高等学校文科教材

外国文学史

（亚非卷 · 修订本）

主　编　　朱维之

副主编　　陶德臻　俞久洪

　　　　　孟昭毅

南开大学出版社

天　津

本书荣获国家教委优秀教材二等奖

图书在版编目(CIP)数据

外国文学史:亚非卷 / 朱维之主编:—2 版(修订本).
—天津:南开大学出版社,1998.10 (2018.1重印)

ISBN 978-7-310-01122-3

Ⅰ.外… Ⅱ.朱… Ⅲ.①文学史－世界－高等学校－教材②文学史－亚洲－高等学校－教材③文学－非洲－高等学校－教材 Ⅳ.I109

中国版本图书馆 CIP 数据核字(1999)第 19237 号

南开大学出版社出版发行

出版人:刘运峰

地址:天津市南开区卫津路 94 号　　邮政编码:300071

营销部电话:(022)23508339　23500755

营销部传真:(022)23508542　　邮购部电话:(022)23502200

*

天津泰宇印务有限公司印刷

全国各地新华书店经销

*

1998 年 10 月第 2 版　　2018 年 1 月第 35 次印刷

880×1230毫米　32开本　16.5印张　410千字

定价: 48.00元

如遇图书印装质量问题,请与本社营销部联系调换,电话:(022)23507125

出版说明

本书是受国家教育委员会的委托而编写的教材。它与《外国文学史(欧美部分)》是姐妹篇。

本书由朱维之主编,陶德臻、陈友书为副主编,北京师范大学、南开大学、天津师范大学、华中师范大学、扬州师范学院、厦门大学、宁夏大学七所高等院校的十三名外国文学教师参加了编写工作。1985 年写成初稿,经各编的审稿人修改后,由朱维之、陶德臻、陈友书、何文林统稿,完成全书。

1986 年 8 月,经国家教育委员会同意,特聘请了复旦大学杨烈教授、河北大学雷石榆教授、中国社会科学院李芒研究员对本书稿做了审定。

本书各章的执笔人是:

第一编综述、第一章——俞灏东

第二章——彭端智

第三章——朱维之

第四章——周而琨

第二编综述及第五章第一、二、三、四节——何乃英

第五章第五、六节及第六章——甘章贞

第七章——何文林

第八章第一、四、五、六、七节——俞久洪;第二、三节——梁工

第三编综述、第九章——何文林

第十章——周而琨

第十一章第一、二、三节——陶德臻;第四节——何文林

第十二章——俞灏东

第四编综述——彭端智

第十三章第一、二、五、六节——陈友书；第三、四节——何乃英

第十四章第一节——陈友书；第二节——孟昭毅

第十五章——彭端智

第十六章——孟昭毅

第十七章——赵双之

再版说明

本书是受原国家教委委托编写的教材。它是《外国文学史(欧美部分)》的姐妹篇。后者的修订本命名为《外国文学史(欧美卷)》,本书的修订本也相应命名为《外国文学史(亚非卷)》。

本书自1988年4月出版以来,先后印刷了13次,印数近11万册,很多大专院校用为教材,受到欢迎和好评,并获国家教委优秀教材奖。但本书出版毕竟已10年了,10年来国际形势发生了重大变化,亚非文学及其翻译研究都取得不少进展。同时,本书在使用过程中也发现了一些疏漏和不当之处,听到一些宝贵意见,亟待修订。为此,受原国家教委委托并立项,决定吸收最新成果,对全书作较大的、认真的、全面的修改,并加以必要的补充。

本书在修订时对原书作了一些必要的删改和补充,使重点更加突出,同时还增加了一些新的内容。据统计,共删去8节,新增10节。此外,个别章节在顺序安排上作了适当调整。尤其应该提出的是,将第四编中的“现代”扩充为“现当代”,其时限延伸至本世纪末,并增加了大江健三郎、韩雪野、西巫拉帕、阿格农、马哈福兹、索因卡、戈迪默等重要作家。

本书原由朱维之教授任主编,陶德臻、陈友书为副主编,并由7所高等院校的13名外国文学教师参加编写。因原书的执笔者很分散,难以集中,而修改工作又十分繁重,时间很紧,所以经主编朱维之教授和出版社的同意,决定由京津两地的原执笔者负责修订工作。参加修订的为南开大学、北京师范大学和天津师范大学的有关教师。修订本由朱维之任主编,陶德臻为副主编,并增补俞久洪、孟昭毅为副主编。由俞久洪负责协调安排修订工作并统阅全稿。修订工作于1997年2月开始,历时一年多才结束。在修订过程中，得到南开大学出版社的大力帮助，在此深表感谢。由于时间所限，修订本难免仍有不足和错漏之处，恳请读者批评指正。

本书各章节的修订人和撰稿人是：

第一编综述、第一章、第二章——陶德臻。

第三章——朱维之。

第四章——孟昭毅，其中第三节佛经故事由孟昭毅重新撰写。

第二编综述、第五章——何乃英，其中原书第四节松尾芭蕉和第五节朴趾源删去。

第六章——俞久洪。

第七章——何文林，新增第二节《五卷书》，由俞久洪重新撰写，第三节迦梨陀娑由第四章第三节移到这里，第四节为杜尔西达斯。

第八章——俞久洪，其中原书第二节阿拉伯诗歌和第六节海亚姆删去，新增第六节纳沃依，由俞久洪重新撰写。

第三编综述、第九章——何文林。

第十章——俞久洪。

第十一章第一、二、三节——陶德臻，第四节——何文林。

第十二章——陶德臻。

第四编综述——孟昭毅。

第十三章第一、二、五节——孟昭毅，原书第六节赵基天删去，改为韩雪野，由孟昭毅重新撰写。

第十三章第三节——何乃英，原书第四节井上靖删去，改为大江健三郎，由何乃英重新撰写。

第十四章第一、二节——俞久洪，新增第三节西巫拉帕，由王力撰写。

第十五章——陶德臻。

第十六章第一、二、三节——何文林，新增第四节阿格农、第五节马哈福兹，由何文林重新撰写。

第十七章第一、二节——孟昭毅，删去原书第三节桑托斯，新增第三节索因卡和第四节戈迪默，由孟昭毅重新撰写。

目　　录

出版说明…………………………………………………………（ 1 ）
再版说明…………………………………………………………（ 1 ）

第一编　上古亚非文学综述 ………………………………（ 1 ）
第一章　古埃及文学……………………………………………（ 7 ）
第一节　概　述……………………………………………（ 7 ）
第二节　诗　歌……………………………………………（ 13 ）
第三节　故　事……………………………………………（ 19 ）
第二章　古巴比伦文学…………………………………………（ 24 ）
第一节　概　述……………………………………………（ 24 ）
第二节　《吉尔伽美什》…………………………………（ 29 ）
第三章　古希伯来文学…………………………………………（ 35 ）
第一节　概　述……………………………………………（ 35 ）
第二节　哲理诗文和抒情诗………………………………（ 51 ）
第三节　《路得记》和《以斯帖记》………………………（ 62 ）
第四章　古代印度文学…………………………………………（ 71 ）
第一节　概　述……………………………………………（ 71 ）
第二节　《摩诃婆罗多》与《罗摩衍那》…………………（ 80 ）
第三节　佛经故事…………………………………………（ 87 ）

第二编　中古亚非文学综述 ………………………………（ 91 ）
第五章　中古东亚文学…………………………………………（ 96 ）
第一节　概　述……………………………………………（ 96 ）
第二节　《万叶集》………………………………………（107）

第三节　紫式部…………………………………………………（115）
第四节　《春香传》……………………………………………（126）
第六章　中古东南亚文学……………………………………（134）
第一节　概　述…………………………………………………（134）
第二节　阮　攸…………………………………………………（139）
第七章　中古南亚文学………………………………………（148）
第一节　概　述…………………………………………………（148）
第二节　《五卷书》……………………………………………（159）
第三节　迦梨陀娑………………………………………………（164）
第四节　杜尔西达斯……………………………………………（174）
第八章　中古中亚、西亚、北非文学…………………………（179）
第一节　概　述…………………………………………………（179）
第二节　《古兰经》……………………………………………（194）
第三节　《一千零一夜》………………………………………（200）
第四节　菲尔多西………………………………………………（208）
第五节　萨　迪…………………………………………………（215）
第六节　纳沃依…………………………………………………（222）

第三编　近代亚非文学综述 ……………………………………（228）
第九章　近代东亚文学………………………………………（234）
第一节　概　述…………………………………………………（234）
第二节　二叶亭四迷……………………………………………（243）
第三节　岛崎藤村………………………………………………（251）
第四节　夏目漱石………………………………………………（257）
第五节　芥川龙之介……………………………………………（268）
第十章　近代东南亚文学……………………………………（274）
第一节　概　述…………………………………………………（274）
第二节　黎萨尔…………………………………………………（279）

第十一章　近代南亚文学……………………………（285）
第一节　概　述……………………………………（285）
第二节　泰戈尔……………………………………（291）
第三节　萨拉特……………………………………（308）
第四节　伊克巴尔…………………………………（314）
第十二章　近代西亚、北非文学 ……………………（321）
第一节　概　述……………………………………（321）
第二节　纪伯伦……………………………………（327）

第四编　现当代亚非文学综述………………………（332）
第十三章　现当代东亚文学…………………………（337）
第一节　概　述……………………………………（337）
第二节　小林多喜二………………………………（352）
第三节　川端康成…………………………………（361）
第四节　大江健三郎………………………………（372）
第五节　李箕永……………………………………（383）
第六节　韩雪野……………………………………（389）
第十四章　现当代东南亚文学………………………（396）
第一节　概　述……………………………………（396）
第二节　普拉姆迪亚………………………………（404）
第三节　西巫拉帕…………………………………（412）
第十五章　现当代南亚文学…………………………（418）
第一节　概　述……………………………………（418）
第二节　普列姆·昌德 ……………………………（426）
第三节　安纳德……………………………………（438）
第十六章　现当代西亚、北非文学 …………………（443）
第一节　概　述……………………………………（443）
第二节　塔哈·侯赛因 ……………………………（454）

第三节　赫达亚特……………………………………………………（461）
第四节　阿格农……………………………………………………（467）
第五节　马哈福兹…………………………………………………（472）
第十七章　现当代黑非洲文学……………………………………（480）
第一节　概　述……………………………………………………（480）
第二节　乌斯曼……………………………………………………（489）
第三节　沃尔·索因卡 ……………………………………………（496）
第四节　纳丁·戈迪默 ……………………………………………（506）

第一编　上古亚非文学综述

亚非两大洲是人类文明的摇篮，也是世界文化和文学的发源地。

上古亚非文学是指亚非原始公社制社会末期到奴隶社会的文学。

亚非两大洲的原始人类经过漫长年代的发展，到了新石器时代，逐渐脱离野蛮的蒙昧状态，由游牧群居生活转向定居生活。他们选择了一些植物品种进行人工栽培，形成了原始农业，在此基础上，出现了原始的村落。后来发展成以某种动物或植物为图腾的部族，人类社会进入了原始公社制时期。由于发现了冶炼金属的方法，人们学会了制造青铜劳动工具，人类开始从新石器时代进入铜石并用的时代。劳动工具的改进，促进了生产力的迅速发展。由于生产力的提高，剩余劳动产品的出现，人类社会逐渐从没有阶级的原始公社制社会向有阶级的奴隶制社会过渡，并出现了最早的奴隶制国家。这是人类历史上由一种社会形态跃上另一种社会形态的第一次历史大变动，对人类社会的发展具有重大意义。

多年来考古发现的一些碑铭和文献记载表明，世界上最早的奴隶制国家出现在亚非两大洲的各江河流域和沿海地带。

富饶而瑰丽的非洲，是人类古老文化的发源地之一。在远古时代，当欧洲还被冰雪覆盖的时候，居住在非洲北部撒哈拉的古代居民，就已过着人类早期的文明生活。1933 年，撒哈拉中部发现的《塔西里壁画》，就是当时这里的居民创造的早期文明的例证。这幅壁画约产生于公元前一万年。画面上描绘了当时人们的生活情景：一部分人穴居，一部分人住在圆顶的草屋中；妇女在田间耕作，男子则在从事游牧或在水草中捕猎河马。到旧石器时代末期，北非的气候发生了急剧的变化，原来从中非流经撒哈拉进入地中海的河水，逐渐向东转移，取道尼罗河流入地中海，撒哈拉由水草丰茂的大草原一变而成为荒凉的大沙漠。居住在非洲东北部的古代埃及人，早在远古时代，就已在尼罗河两岸从事生产劳动。到公元前5000年前后，他们已开始了定居的农业生活，以自己的聪明才智创造了古埃及的早期文明，并在公元前3500年前后，建成统一的奴隶制国家。在西非、特别是居住在西苏丹的古代居民，约在公元前4000年左右，就在尼日尔河上游一带，独立地发展起了农业文明。据说世界上约有250种农作物起源于西非。东非和北非一样，也是非洲文明发展较早的地区之一，特别是在公元前3000年前后，埃及曾多次征服努比亚，又把埃及的早期文明传入东非。

幅员辽阔的亚洲和非洲一样，也是人类古老文化的发源地之一。在西亚，居住在幼发拉底河和底格里斯河两河流域南端的苏美尔人和居住在北端的阿卡德人，早在公元前5000年前后，就已掌握了利用河水灌溉的技术，使两河流域逐渐成为适于农业耕作的地方。他们几乎与古代埃及人同时创造了人类最早的文明，并在公元前3000年前后出现了城市国家。由于两河流域地处交通要冲，是古代亚非两大洲来往必经之地，因此两河流域早期的文明对周围很多民族的文化的形成起了重大作用。苏美尔人和阿卡德人创造的早期文明后来发展成为著名的古代巴比伦文化。在南亚次大陆的印度河流域，在旧石器时代，就已有人类居住，到公元前3000年前后，这里的原始居民达罗毗荼人就已创造了发达的城市文明，位于今巴基斯坦境内的摩亨佐达罗和哈拉帕古代文化遗址就是有力的证明。印度古代文化对周围各民族，特别是对南亚各民族的文化发展起了推动作用。在东亚黄河流域的中游，约在公元前3000年左右，当地的居民炎黄族(即后来的汉族)即已进入定居的农业生活，创造了发达的仰韶文化，并对东亚和东南亚各民族文化的进一步发展产生了巨大影响。

在古代亚非两大洲出现的这四个文化发源地，由于气候适宜、土壤肥沃、水源充足，后来又由于都掌握了从矿石中提炼青铜的技术，因而更加促进它们各自生产力的发展，先后都由原始公社制社会进入奴隶制社会，并逐渐出现了一些奴隶制国家和城市国家。这些地区的居民也逐渐由游牧生活转向定居生活，并开始从事原始的农牧业生产。

亚非两大洲各大河流域和沿海地带形成的人类社会最早的奴隶制国家，也是世界上古老文学的发源地。在东北非的尼罗河流域产生了古代埃及文学；在西亚的两河流域产生了古代的巴比伦文学；在地中海和约旦河之间产生了古代的希伯来文学；在南亚次大陆印度河和恒河流域产生了古代印度文学；在东亚的黄河和长江流域产生了古代中国文学。此外，在古代的亚非还产生过喜特、波斯、腓尼基等文学。上古时期的文学作品开始只是口头流传，后来，伴随着经济、文化的发展，各个文明地区出现了早期的不同类型的文字，这就为文学的发展创造了有利条件。

亚非两大洲产生的这些早期文学，从各个方面反映了东方各民族从野蛮的蒙昧时期进入原始公社时期，然后又过渡到奴隶制时期。它们大致反映了原始公社时期、从原始公社向奴隶制过渡时期和奴隶制时期的社会现实。

与原始公社时期和奴隶制时期的社会发展相适应，产生了各种不同样式的文学。

最早产生的民间口头文学，反映了人类社会产生阶级以前原始公社制时期的集体生活现实。民间口头文学是古代原始社会的人类在共同劳动和生活斗争中创造出来的。这种文学由于年代久远，缺少记载手段，因而很难完整地保存下来。现在能看到的一些少量作品，大都是凭口传，或在较晚的时期根据口头传述而记录下来的。早期口头文学最初的形式是一些劳动歌谣、民歌等。它们大都是广大的奴隶、农民在劳动中为了减轻疲劳、消除心中的烦闷或是发泄自己的思想感情而随口唱出来的。如古代埃及的劳动歌谣以及青年男女为了表达互相爱慕之情唱出来的情歌等。集体生活本身决定了民间口头文学创作的共同特点,因而不同的民族在同一时期出现了许多同一类型的口头文学作品。在原始社会,人们在和自然界的斗争过程中,试图解释他们不理解的自然现象,由于生产力的不发达和认识水平的低下,因此出现了万物都有灵的神话、传说和英雄故事等。东方各民族几乎都产生过各种大同小异的有关开天辟地的神话、创造世界的神话、大洪水的神话、制服怪物野兽的神话、对祖先或图腾崇拜的神话、长生不老的神话等。后来随着生产力的发展,人类有了理解和顺应自然界变化的知识和能力,所以神话也有了变化,有些神话中的神具有了人的形态,出现了按照人的模样创造神的形象的神话,因此出现了人神同体或人神相似的故事。如在埃及产生的有关拉神的神话、奥西里斯的神话等;在西亚两河流域产生的《吉尔伽美什和阿伽》的传说、《咏世界创造》的神话、大洪水的故事、马尔都克的神话等;在巴勒斯坦产生的创世神话、诺亚方舟救渡的神话等;在中国产生的盘古氏开天辟地的神话、女娲氏补天的神话、大禹治水的故事等。

由于社会结构的改变,原始公社解体,人类社会逐渐向奴隶制过渡。在这一漫长的时期,东方各民族先后产生了氏族兼并的大规模战争。和这一变化相适应,文学创作的形式也发生了变化,出现了大规模的史诗。如在西亚两河流域古代巴比伦产生的人类社会最早的史诗《吉尔伽美什》,在印度产生的两大史诗《摩诃婆罗多》和《罗摩衍那》,在中国出现了黄帝联合炎帝在涿鹿之野大败蚩尤统一中国的神话传说等。

人类社会进入奴隶制社会以后,随着阶级压迫和剥削的加剧,广大的奴隶和劳动人民被剥夺了参与文化活动的机会和权利。随着生产力的发展，社会上出现了少数专门从事脑力劳动的文人，他们把过去口头上流传的文学作品加工整理或记录下来，或是自己进行创作，进一步丰富和发展了人类的文学创作活动。如埃及在公元前13世纪就出现了作家恩纳和他创作的《尼罗河颂》；波斯在公元前10世纪出现了记述琐罗亚斯德的生活和教训的古经《阿维斯塔》。当时许多作家都能站在社会进步势力一边，揭露和批判社会的弊端和黑暗现实，同情奴隶和广大劳动群众的苦难遭遇。他们是东方古代文学的光辉代表。

此外，在古代埃及各个历史时期出现了不少著名的散文故事，如《魔术师的故事》、《乡民与雇工》、《遭难的水手的故事》、《厄运被注定的王子》、《昂普、瓦塔两兄弟》等，它们不仅在古代埃及文学中占有重要地位，而且还影响了后来世界散文和小说的发展。希伯来文学的总集《旧约》① 是亚非古代文学的重要作品，它所记载的神话传说、英雄故事、诗歌、训言等，不仅代表了古代希伯来文学的最高成就，并且对后来的文学，尤其是对欧洲文学的发展产生了重大影响。还有印度的古老诗歌总集《吠陀》，中国的诗歌总集《诗经》等，都在亚非古代文学的发展史上占有十分重要的地位。

古代亚非文学在它的产生和发展过程中，受到了宗教思想的直接影响，可以说是伴随宗教产生的。在流传至今的许多作品中都保留着宗教观念或带有宗教色彩。上古时期的原始宗教多表现为自然崇拜、生殖崇拜、祖先崇拜等。以后随着社会的发展，逐渐出现了对自然神和社会神的崇拜，并由此转向一神或主神的崇拜。如希伯来文学的代表作《旧约》，和犹太教的宗教思想紧密相联，许多地方都表现出对上帝亚卫神的崇拜；古代印度文学与婆罗门教以及耆那教和佛教思想息息相通，有些作品本身就是直接宣传某

① 这里指的是希伯来经书，原名《律法、先知、诗文集》，后来基督教《圣经》收录时，改名《旧约全书》。

种宗教教义的。可见，宗教意识形态在古代亚非文学的形成和发展中起了重大作用。

古代亚非文学在世界文学发展史上占有非常重要的地位，它内容丰富，题材广泛，既反映了广大劳动人民的生活斗争和思想感情，也反映了统治阶级内部的矛盾，揭露了他们的罪恶。在体裁上也是多种多样的，从歌谣、神话、故事、诗歌一直到箴言、传记、寓言、戏剧等，应有尽有，对世界文学体裁的发展产生了深远的影响。

古代亚非各国的文学丰富多彩，成就辉煌，具有自己独特的风格。它们最初的产生都是在各自的土壤上独立发展起来的，互相之间没有联系，各有各的民族特色。后来由于历史的发展，交通的发达，贸易往来的增多，在文学上也开始有了相互之间的交流和影响，从而有力地促进了亚非文学自身的发展。

第一章　古埃及文学

第一节　概　　述

社会简况

埃及是世界文明古国，具有悠久的历史，是人类文化发源地之一。早在远古时代，古埃及人就聚居在尼罗河两岸的高地，从事农牧业生产，繁衍生息。由于良好的自然条件，旧石器时代后，这里居民的生活和生产得到了飞跃发展。经过新石器时代，很快就过渡到铜石并用时代。到公元前5000年前后，他们就已经开始定居农业生活，创造了高度发达的古埃及文明。古代埃及文学是古埃及人在原始公社制社会末期和奴隶制社会生活和生产斗争的反映。

古埃及人聚居的尼罗河谷地，是一块狭长的地带，它南从第一瀑布起，北到三角洲尽头，全长778公里，而它的宽度则仅仅局限在河谷地带，从尼罗河两岸的每一边到沙漠地带，最宽不过15公里。而在三角洲地带，则呈扇形展开，周围有600公里宽阔。沿尼罗河两岸的河谷地，土质肥沃，适于农业耕作。从事农业耕作的居民，为了防卫游牧民族的袭击，开始组成村社，后来又发展成部族。这时，居民之间的关系是平等的。这些村社或部族的聚居点后来就发展成为埃及特有的诺姆(省)的中心城市。

在尼罗河谷地，原始公社制度的解体，早于其他很多国家。它是人类历史上最早出现奴隶社会和奴隶制国家的地区之一。早在公元前4000年前后,这里的村社和部族就逐渐合并成一系列不大的奴隶制王国,随后又合并成两个大的国家,即雄踞南方的上埃及和坐落在三角洲的下埃及。根据保存在都灵的纸草卷和巴勒摩的石碑记载,下埃及的都城是在三角洲口的布托,上埃及的都城是位于尼罗河上游右岸的涅赫布。这两个国家之间经常发生战争,都想吞并对方。最后是上埃及战胜了下埃及,出现了统一的王国,当时国家的保护神是贺尔。在地方上则按部族划分为诺姆,整个国家仍然分为上埃及和下埃及两部分。

根据都灵保存的纸草卷和一些碑铭上的记载,我们大致可以确定出古代埃及第十二王朝是在公元前2000年开始建立的,而第一王朝到第八王朝之间的时间是955年,第九王朝到第十一王朝之间的时间是360年,这样推算下来,古代埃及第一王朝的建立则是在公元前3315年。史家一般又把古代埃及从第一王朝建立到第二十六王朝(公元前663年—前525年)覆灭沦为波斯一个行省为止,划分为四个时期,即第一至第二王朝(公元前3315年—前3000年)为早期王朝时期,第三至第八王朝(公元前3000年—前2360年)为古王国时期,第九至第十七王朝(公元前2360年—前1584年)为中王国时期,第十八至第二十六王朝(公元前1584年—前525年)为新王国时期。并把第一王朝建立前1000年左右的时间(约公元前4500年—前3315年)称为前王朝时期。

埃及第一王朝的国王是明纳,建都于中埃及的基尼斯。他是埃及历史上的第一个国王。最初国王的职责只是监督农业生产,并根据自然界的规律调整田间耕作。为了计算时间和安排农活,制定了历法。根据月亮的圆缺,太阳的周而复始的循环,确定了一年为12个月,每月为30天或31天,全年365天。将一年分为三季,即春汛季、播种季和收割季,每季为4个月。一年开始的一天大约在6月15日,因为这一天是尼罗河春汛的开始,也是太阳落山和天狼星出现发生在同一时间的一天。

第一王朝建立后，首先是创造发明文字。大约于公元前3300年在发明了会意字母的基础上，接着又创造了形声字母，这样就使会意与形声字母组合而成的古埃及象形文字的数量得到成百倍的增加。原来依靠口头传述的事情，现在可以用文字记载下来。

文学概况

古代埃及文学，最初起源于人民的口头创作，内容比较简单，以口传的方式在民间流传。后来由于发明了象形文字和纸草，有些文学作品才得以保存下来，流传至今。

埃及最古老的文学是神话。由于当时生产力水平低下，人们对自然界的现象无法理解和解释，就借助于自己的想象，认为生活的每个领域都有一个或几个神在掌管。如太阳神拉，水神努，天神努特，地神盖勃，尼罗河、土地及丰收之神奥西里斯，恶神塞托，死神内布其司，智慧与司书之神托司，爱情女神赫托尔，战神贺尔，牛神哈辟，落日之神拉－台谟等。因而，相应地也就产生了有关这些神的许多神话。例如开天辟地的神话，灭绝人类的神话，拉神和奥西里斯的神话等。尤其是关于拉神和奥西里斯的神话影响最大，流传最广。

在埃及历史的黎明时期，神话就已经相当完备，而且在最初的书面文学中已有了一些记载。当时有很多关于开天辟地的神话，并且互相矛盾，但是最普遍的一种说法是，太阳神拉是开天辟地之神，他是一切生命创造力的体现者。据说在混沌初开之际，拉在水神努的体内孕育成形，以蛋形花苞状升起于水面，显形为一轮太阳，大地便开始得到了光和热。拉神创造了天地、日月、星空和万物，从此拉神便成为众人和诸神的统治者。经过了几千年的时间，当拉神衰老时，他的骨头变成银子，肉变成金子，头发变为青金石，众人和诸神不再服从他的统治。拉神为了惩罚人类，便派他的女儿爱情女神赫托尔去毁灭人类。可是随后他又怕人类从此灭绝，想劝阻赫托尔，但她不听从，于是他便在赫托尔必经的路上造出美酒之湖。赫托尔贪杯醉卧不醒，停止了毁灭人类的工作，人类因此才得免于全部毁灭。拉神的神话反映了古埃及人对天地、人类和万物出现的朴素的想象和理解。这不仅是出于对自然的畏惧，也表现了他们对大自然的感激和崇敬心情，因为太阳的光和热使万物得以生长，给人们带来丰美的收成。

在古代埃及神话中，关于奥西里斯的神话特别多，也流传极广。奥西里斯是水和植物之神，是尼罗河、土地以及丰收之神，也是耕作和文化的传播者，死后又成为冥界之王。在一首关于奥西里斯的颂诗中说：

奥西里斯，你法力无边，不可思议，
你是天边悬挂的月亮，
你想成为少年就变作少年，
你想成为青年就变作青年。
尼罗河，你在新的一年开始，使两岸更为开阔，
从你涌出的水，湿润了大地，使众人和诸神得以生存，
我也发现你是尊贵的冥界之王。

根据古埃及的神话传说和古埃及末期罗马人普鲁塔克访问埃及时的记载，对证陵墓中出土的材料，奥西里斯是前王朝时期埃及的国王。他秉性善良，他和他的妻子埃西斯由于教会了埃及人民播种耕作的知识、栽种培育果树的技术和酿造好酒的方法，以及传播文化等，受到了人民深深的爱戴。但是，他这一切成就，却遭到了他的弟弟恶神塞托的嫉恨。由于塞托急于想当埃及的国王，就想方设法要除掉奥西里斯。有一次，塞托带着一只金箱子去参加诸神的聚会。他请每个人都躺在箱子里试试，说谁的身长正和箱子的大小一样，就把箱子送给谁。由于他事先是按奥西里斯的身长做的，所以奥西里斯一躺下去，正好合适。这时，塞托和他的助

手立即把奥西里斯关在箱子里，扔进尼罗河，自己篡夺了王位。奥西里斯的妻子埃西斯对丈夫忠贞不渝，她历尽艰辛，四处寻找，终于在地中海的俾布鲁斯海岸找到了奥西里斯的尸体。埃西斯悲痛万分，请求诸神使奥西里斯复活。但诸神不允，因奥西里斯已成冥界之王。后来埃西斯生下一个遗腹子，这就是战神贺尔。据说他就是古埃及第一王朝国王明纳之前曾统一上、下埃及的国王，被称为"公仆贺尔"。埃西斯担心孩子遭到塞托的毒手，便带着孩子隐藏在尼罗河三角洲的沼泽里。贺尔长大成人之后，找到塞托决斗，为父报仇。因双方都膂力过人，势均力敌，不分胜负。后来贺尔虽打败了塞托，但他也被塞托挖掉了一只眼睛。贺尔让奥西里斯吞下了自己被塞托挖出的一只眼睛得以复活。但是奥西里斯没有再回到人间，他把王位交给贺尔，自己去冥府为王，成为死者崇拜的中心人物。

在埃及古王国时期，传记文学已经开始出现，不过大多是为奴隶主贵族歌功颂德、树碑立传之作，成就不大。我们现在能看到的早期的传记文学作品有第四王朝产生的《梅腾传》和第六王朝产生的《大臣乌尼传》等。

《梅腾传》概括地记述了梅腾出身于法官和书吏家庭，并从自己父亲那里继承了一份遗产。他当过食品仓库的首席书吏和财产监督，还当过法官、城市首长和州尹等。由于他勤于国事，国王还封赠过他很多财产和一大片领地。《大臣乌尼传》是流传下来的传记文学中较详尽的一部，它记述乌尼生于第六王朝特提法老以后的时期，即公元前 2600 年以后的时期。乌尼曾担任过管理房产的首脑、僧侣监督等职务，后来得到国王的宠幸，当上了大臣，代表国王审讯宫闱中的秘密案件，为国王建立警卫队和驻屯所，并根据国王的旨意组建了数万人的军队，南征北伐，进行掠夺性的战争，镇压起义人民等。

在上述古王国时期的传记文学中，把梅腾和乌尼作为奴隶制时代的英雄，极力宣扬他们的文治武功，目的是为埃及奴隶制王国对内巩固专制统治和对外推行掠夺政策服务的。

在古代埃及的每个时期，都有箴言作品产生。它们大都出自统治者和奴隶主之手，有的是教谕臣下如何进行统治，有的是训示子弟立身处世之道，有的则是宣扬奴隶主阶级的道德规范和待人接物的经验。尽管大多数充满了剥削阶级的意识和说教，但有些作品仍能从侧面反映出当时阶级矛盾的激化和奴隶、农民起义的一些真实情况。

《普塔霍台普箴言》是古王国时期的作品，约产生于公元前2800年。大臣普塔霍台普在晚年为了把儿子培养成“有名望的人”，留下了40多段训言，是古埃及箴言的代表作。它的内容涉及到各个方面，从修身养性之道到治国安邦之术，应有尽有。

到中王国时期，又有《赫提三世箴言》、《伊浦味箴言》和《涅费尔蒂箴言》出现。其中《伊浦味箴言》产生于中王国末年人民大起义之后。作者站在统治阶级的立场上，真实地记述了大起义中“贵族陷于悲哀，而庶人则感到喜悦”的社会动荡局势。箴言中说：“过去衣饰华丽者，今天穿着破衣烂衫。昔日为人耕织者，而今却衣着绫罗绸缎。”这次起义虽然最后还是失败了，但它却使奴隶主阶级遭到了一次沉重的打击，有力地动摇了王权统治的社会基础。作者也不得不承认“大地像陶轮一样地翻转起来”，国王的权力只剩下“一个空名”。

到新王国时期，也还有《阿曼莫奈普箴言》出现。从十八王朝开始一直到希腊时代，埃及或以统治者的身分或以商人的身分经常与他们的东北邻邦来往。因此，古代埃及箴言得到了广泛的传播。后来的希伯来文学中的《所罗门箴言》就有很多地方和古埃及《阿曼莫奈普箴言》有相似之处。

古代埃及文学中，还产生过宗教性戏剧作品，它们是在宗教祭祀中逐渐发展起来的。早在古王朝时期的《金字塔铭文》中，就有宗教戏剧的片断脚本被保存下来，其中主要是记述了对奥西里斯的哀悼和他复活的故事。到中王国时期，关于奥西里斯的宗教戏剧的诗体脚本有了进一步的提高，特别是埃西斯和纳弗齐斯在奥西里斯尸体前的哀恸场面，写得特别生动。在中王国时期的伊赫诺弗列特石柱以及后来的纸草卷上，都保留着对演出的个别戏剧场面的描绘。它们对后来古希腊的戏剧产生过显著影响。

古代埃及文学是古埃及文明的反映，在它数千年历史的每一个时期，都有光辉灿烂的成就。尽管由于年代久远，大多数作品被湮灭，保存下来的仅仅是其中很少的一部分，但它无论在内容或形式上，在题材或体裁上，仍然对后来世界文学的发展产生了巨大影响。

第二节　诗　　歌

在古代埃及文学中，诗歌比较发达。在古埃及墓地的石柱和墙壁上，在纸草卷和宗教诗文集中，保存下了大量的诗歌作品，有世俗诗、宗教诗、赞美诗、宗教哲理诗等。它们集中地反映了当时人们的生活和生产状况、思想感情以及他们对未来的向往。

在古代埃及诗歌作品中，产生得较早的是劳动歌谣，它们大致产生于公元前3000年以前。这类作品大多是口头文学创作，人们先在口头上传唱，后来才用象形文字记录下来。由于历代统治阶级的偏见，这类作品流传下来的不多，但它却深刻地反映了当时劳动人民的生活斗争和思想愿望。

《庄稼人的歌谣》、《打谷人的歌谣》和《搬谷人的歌谣》是保存在埃及埃尔·开布地方帕赫里墓壁上的三首古埃及劳动歌谣。这三首劳动歌谣据说是公元前16世纪十八王朝时期的作品。这是我们现在能够看到的最早的劳动歌谣，它们在未被记录下来以前，可能已经存在了相当长的时间，是村民和奴隶们伴随着劳动在田野上、打谷场上和码头上歌唱出来的。它们都是用象形文字记录下来的，歌谣旁还配有绘画，诗画并茂，栩栩如生。如：

赶快，领队的人，
快驱打那群公牛！
瞧，王爷站在那儿，
正望着我们呢。

——《庄稼人的歌谣》

从这首诗的文字内容和配画看，这是当时为王室劳动的村民或奴隶们在田野间放牧或耕种时所唱的歌。他们在劳动时远远看到王室牧主来了，感到紧张，就赶紧提醒自己领工的头儿，赶快驱打公牛，以免受到主人的呵斥或责罚。从这首歌谣简朴的语言、急促的节拍、紧张的心理来分析，表现了当时村民或奴隶们被迫劳动的情景以及他们对奴隶主的恐惧和不满心理。

给自己打谷，给自己打谷，
哦，公牛，给自己打谷吧！
打下麦秆来好给自己当饲料，
谷子都要交给你们的主人家。
不要停下来啊，
要晓得，今天的天气正风凉。

——《打谷人的歌谣》

这首诗看来是村民或奴隶们在打谷场上一边打场一边吟唱的歌。它的特点是村民或奴隶们假借同公牛谈话，用反语发泄自己满腔的怨恨，间接反映了奴隶主对村民或奴隶们敲骨吸髓的剥削，说明奴隶们一年到头辛辛苦苦地耕耘、播种和收割，但打下来的谷子却完全交给了奴隶主，而他们自己则只能落下一些糠糠皮皮，用以充饥。

难道我们应该整天搬运大麦和小麦吗？
仓库已经装得满满，

一把把谷子滚出了边沿；
大船上也已经装得满满，
谷子也都滚到了外面，
但还是逼着我们搬运，
好像我们的心是用青铜铸成！

——《搬谷人的歌谣》

这首诗更明显地表现出了村民或奴隶们对自己紧张劳动和处境的不满和反抗情绪。他们已经直接提出了“难道我们应该整天搬运大麦和小麦吗?”这样尖锐的问题。这首歌谣说明了那些被征调来搬谷的村民或奴隶们对沉重而又持久的强迫劳动的极度愤懑和不平。

这三首劳动歌谣和古埃及流传下来的大量宗教诗和赞美诗不同,它们是最古老的反映阶级矛盾的文学作品。它们以浓厚的生活气息、明快有力的语言、清新隽永的艺术手法和直接抒发内心情感的对话形式,表现了古埃及劳动歌谣独特的艺术风格和民间口头创作的鲜明特色。因此,这些劳动歌谣不仅是古埃及文学的精华,而且也是古埃及重要的文献资料,具有很高的史料价值,值得我们倍加珍视。

除上面所谈的劳动歌谣外,还有一些表现爱情生活的情歌。古埃及的情歌,通常都是可以用笛子和竖琴伴奏进行歌唱的。在这类情歌中,情郎和女情人在对唱中互相以兄妹相称,表达了当时青年男女互相爱慕的纯真感情。下面是一首流传至今的情歌的片断：

她是举世无双的妹妹，
谁也比不上她漂亮。
看啊,她像天上的星辰，
象征着幸福的一年的诞生。
她神采奕奕,肌肤娇嫩，

她的明闪闪的眼睛迷人。
甜蜜啊，那两片轻巧的嘴唇，
从来没有说过多余的话。
修长的颈，匀称的头，
纯真的天青石是她的发。
她的手胜过黄金，
她的指头宛如莲花。
她的脚载着她的美，
地面上飘舞着她轻盈的步伐。
人们只要走过她的身边啊，
就都扭转脖子来看她。

在这首情歌中，情郎直截了当地把自己所爱慕的姑娘的美丽同当时完全现实而且最被珍视的物品相比较，头发比作天青石，手比作黄金，指头比作莲花等，显示出当时普通埃及人朴实的审美观念。

在古代埃及，由于盛行对神灵的崇拜，因此，宗教对文学艺术的影响非常大，人们把一切文学艺术、建筑、雕刻等方面的活动都看作某种神灵的活动。在古埃及人的神力万能的观念中，也包含着这样一个真理，即文艺不是现实世界事物的简单的和消极的反映，而是它们生命的反映，是在人们的记忆中延长它们存在的一种手段。这是在远古时代对自然崇拜的基础上发展起来的。

在古王国时期，中央法老政权强化以后，埃及兴起了统一的对太阳神的崇拜，太阳神拉被奉为最高神。中王国时期，由于底比斯统一埃及，阿蒙神也成为全国的最高神。新王国时期，第十八王朝的埃赫那顿对宗教进行改革时，曾一度以阿顿神为唯一的太阳神。因而在古代埃及文学中，出现了大量的宗教性诗篇，这类诗篇历代都有记载，但以中王国时期保留下来的最多。

埃及最古老的文学作品之一是《亡灵书》(或译《死者之书》)。它是一部庞大的宗教性诗歌总集，汇编了大量的神话诗、祈祷诗、颂神诗、歌谣、咒语等。经过长期的编纂修改，现存的善本《亡灵书》是属于第十八王朝的作品，但其中有些篇章，曾出现于古王国时期的《金字塔铭文》和中王国时期的《石棺铭文》。它由27篇诗组成，长短不一，各有题目。古代埃及人们相信，人死之后，人的灵魂"库"必须经历一段下界生活，经受诸般考验后才能登上天国。因此，古埃及人十分重视尸体保存和死后生活指导，于是就在石棺中放进这类诗歌，作为下界旅行指南。《亡灵书》中的大部分诗篇具有浓厚的宗教思想，反映了古埃及人的宗教信仰和冥国观念，主要是表现奴隶主阶级的思想倾向，但其中个别诗篇或某些诗段也反映了人民大众的思想感情。如在《另一个世界》中写道：

你不再在你的
选中的小径中颠踬，
一切的邪恶与黑暗
全从你的心灵中落下。

在这里的河旁，
喝水和洗你的手脚罢，
或者撒下你的网，
它一定就充满了鱼。

古埃及的诗歌中，还有大量对太阳神、地神、水神、奥西里斯和一些国王的赞美诗。《阿顿（太阳神）颂诗》是古代颂诗中的名篇，这是在第十八王朝的法老埃赫那顿时代，宣布太阳神是国家崇拜的唯一最高之神时写的，它热烈地赞颂了使大地产生生命的太阳神的伟大力量：

在天涯出现了您美丽的形象，
您这活的阿顿神，生命的开始呀！
当您从东方的天边升起时，
您将您的美丽普施于大地。

……

当您在西方落下时，

大地像死亡一样地陷在黑暗之中。

对尼罗河的赞颂是历来埃及文学的重要主题之一。古埃及人赞美尼罗河，把它看成伟大而美妙的事物，因为它用自己泛滥出来的河水灌溉他们的田地，从而带来了蓬勃的生机和美好的日子：

赞美你，尼罗河，你从大地中向外冒涌，

你的到来，为了使埃及欣欣向荣！……

你把拉神创造了的田地灌溉，

为了使普天下的生灵安乐康泰……

它创造了大麦和小麦，

使神殿里充满了节日的景象。

……

人们那个乐呀，

嘴也合不上了。

它带来了粮食和丰富的食物，

它创造了一切美好的事物……

至于古埃及的宗教哲理诗，最著名的是《失望者和自己灵魂的谈话》，它被认为是古代埃及诗歌的最高成就之一。诗中说：

死神今天站在我面前，

像康复的征兆，

像脱离了病魔的缠扰……

死神今天站在我面前，

像荷花的芳香，

像是沉醉在烟雨茫茫的岸上……

死神今天站在我面前，

像消失了的风暴，

像游子从远方回到了自己的故乡……

死神今天站在我面前，
像一个被监禁了多年的囚徒，
渴望见到家屋的墙垣。

诗中的主人公把死亡比拟为人的幸福的话语所表达出来的消极厌世情绪，显然是属于上层阶级某些人的想法。但诗中也揭露了社会的不平，发出了叛逆的呼声。这在古代埃及的长篇诗歌中，是十分难得的。它是中王国时期社会矛盾和阶级斗争在文学创作中的反映。

第三节 故 事

古代埃及的各个历史时期都有大量的故事作品流传下来，它们尽管受奴隶主阶级思想的影响，不免带有浓厚的神秘主义和宗教色彩，但仍然鲜明地反映了各个时期的时代特征，具有一定的批判力量和较强烈的战斗精神，始终为古代和现代的埃及人所喜爱，是古代埃及文学创作的主要组成部分。

早在古王国时期，埃及就已有故事作品出现，但是，这些早期产生的故事，保存下来的极少。大约在第四至第六王朝（公元前2850年—前2540年）形成，由第十二王朝（公元前2000年—前1783年）写定的《魔术师的故事》，保存在柏林博物馆的“维斯特卡纸草卷”上，它是现在已经发现的最早的一篇故事作品，记述了第四王朝克胡甫王的三个王子讲的故事，开了短篇小说这一艺术形式的先河。

《魔术师的故事》包括三个小故事。第一个是《克哈福拉所讲的故事》，它的内容是讲在克胡甫王的祖先真福奈布卡在位的时候，有一次国王驾幸“太祝”（即祭司长）乌巴阿奈尔的住宅，乌巴阿奈尔的妻子见国王的侍童长得俊美，“发生了思慕之心”，就送给他华美的礼物，加以引诱，并发生了苟合之情。这件事被太祝的总管发现，就报告了乌巴阿奈尔。乌巴阿奈尔当即施展魔法，用蜡制的鳄鱼捉住了侍童。然后他又把“侍童和他的妻子在他家里所行的事禀告了国王”。于是国王让鳄鱼带走侍童，并下令把乌巴阿奈尔的妻子在后宫前点火烧死，把尸灰投入河中。这个故事反映了当时妇女的受歧视和无权的地位。第二个故事是《保甫拉所讲的故事》，讲述克胡甫王的父亲真福赛乃费卢在位的时候，太祝采采莽克赫为了替国王解闷，让 20 名“四肢、前胸和头发都长得美”的处女，裸体穿着网状衣服为国王划船的故事。它反映了当时统治者的荒淫生活和残暴统治。第三个故事是《豪尔代代夫所讲的故事》，讲的是克胡甫王在位的时候，祭司拉乌赛尔的妻子鲁德狄代特一胎怀了拉神的三个男孩的故事。故事中说拉神指出“这三个男孩将来要担当统治这全地的高贵职务，他们的大哥并且要做太阳城的大祭司”。后来，这三个男孩果然都做了埃及的国王。这个故事明显地是为埃及第五王朝开国君主篡夺王位制造舆论的。

《魔术师的故事》中的三则故事，虽然都是用浪漫的笔法描绘了一些神奇的魔法故事，但从整个故事情节和艺术形象来看，展示的都是一些王公贵族实际生活中的事情。在思想倾向上，它们都是为统治阶级服务的，宣扬“君权神授”的思想，以及仆人以下犯上必遭报应的道德观念，用以欺骗蒙蔽群众，达到巩固奴隶主阶级统治的目的。在艺术上，故事的情节结构完整，达到了较高的水平。

中王国时期，是埃及文学繁荣的时期，史称古典文学时期。这时，随着社会经济活动范围的扩大，随着文学事业的发展，文学作品中的故事也增多了，出现了《乡民与雇工》、《遭难的水手的故事》、《撒奈哈特历险记》等著名的故事作品。这些故事大都叙述主人公的游历冒险事迹，情节一般都比较曲折。它表明了当时埃及人社会视野更为开阔，也反映了埃及奴隶制国家的军事政策、贸易政策以及与海外邻邦往来的日益增多，统治阶级鼓励人们向海外发展、谋取财富的冒险精神。

在中王国初期的第十王朝时，产生了著名故事《乡民与雇工》，这是古代埃及最优秀的故事之一。它叙述住在盐乡的一个名叫赛克赫提的农民用驴子驮运自己家乡的土特产到亥嫩赛坦的南方去出卖，在途中遭到王室总管、专管地方治安的麦卢伊坦撒大人手下的管事亥木提的刁难，借口说赛克赫提的驴子吃了总管麦田的麦子，不仅把人毒打了一顿，抢走了货物和驴子，而且还不许赛克赫提高声叫嚷。赛克赫提无奈，只好去向王室总管告状。赛克赫提接连几次的控诉，都遭到拒绝并被下人用短棒轰出来。但他仍然去告，不达目的誓不罢休。他在每次陈情时，都是首先祝赞总管"办事秉公"，然后晓以大义，最后再提出强硬的要求。比如在第6次告状时，他就说："您抬起了脸，看看我的命运，莫贪赃，倒要包管满足我，行善莫行恶吧。"据说，在英译本删去的部分辞句中，还有"统治者应是好牧羊人，保护穷人不应帮富掠穷，神放之于高位是做公理支柱，非做臣民拷打手"等等。由于他义正辞严，坚毅顽强，能言善辩，王室总管也拿他没办法，只好将这一案件转呈法老处理。法老听了案情后，非常欣赏赛克赫提的辞令，告诉总管不要急于决断，让他继续讲下去，只是要把他的话记录下来。直到赛克赫提告到第9次，法老才决定惩办抢劫者，命令把"属于亥木提的一切，连他的产业和他的职分在内"全判给了赛克赫提。后来，"赛克赫提被王宠爱得有过于王的一切管事"。

《乡民与雇工》的故事，通过一个农民的巧妙言辞，反映了中王国初期的阶级矛盾，揭露了统治阶级的豪门恶仆对普通农民的掠夺和迫害，颂扬了一个普通农民反对掠夺与迫害的不屈不挠的斗争精神。这种矛盾斗争演变的结果，导致了中王国末年贫民和奴隶的大起义。这篇故事所以被认为是古代埃及最优秀的故事之一，是古代埃及散文修辞的典范。不仅因为赛克赫提妙语惊人，他用尖刻的奚落、恰当的嘲讽，淋漓尽致地揭露了当时的不良时尚和社会弊端，而且在艺术上也达到了较高的水平，刻画了一个聪明智慧的劳动者的生动形象。他机智顽强，据理力争，终于战胜了豪强恶势力，表现了劳动群众终将战胜统治阶级的乐观精神和坚定信念。

古代埃及发展到新王国时期，统治阶级和劳动人民之间的矛盾越来越尖锐，加上异族入侵频仍，统治阶级处于内外交困、风雨飘摇之中。因此，这个时期产生的故事作品，不仅数量多、情节离奇曲折，而且反映的社会生活面更广，内容也更深刻。主要故事作品有《占领尤巴城》、《厄运被注定的王子》、《昂普、瓦塔两兄弟》、《赛特那和魔术书》、《真话和谎话的故事》、《身体与头的争论》、《威纳蒙旅行记》等。

新王国第十八王朝末叶产生的《厄运被注定的王子》，题材是很普通的，但它却是这类故事中产生最早的。它叙述从前有个国王因为缺少子嗣，向众神祷告后得子。但众神又预言，王子将来要遭到厄运，"他得死于一头鳄鱼，或者一条蛇，或者一只狗"。国王为了使王子逃脱注定的厄运，命人在沙漠中建造了一座府第，配备了一应用品和仆人进行防范。但王子长大后，认为自己既然命中注定要遭厄运，那就听任上天的心意去安排好了。他在取得了国王的同意后出外漫游，在漫游到美索不达米亚的哈拉伊那地方，和一个当地酋长的女儿结了婚。婚后，他把自己命中注定要遭受的厄运告诉了妻子，妻子就加意防范。虽然后来接连杀死了想要爬进城的一条鳄鱼和一条偷偷钻进屋里的蛇，但最后王子还是被他自己从小养大的狗咬死了。这个故事通过对人的意志和命运的冲突的描写，表现了当时人们对神意和命运的反抗，具有一定的进步意义。它也折光地反映了奴隶主阶级的统治后继无人、行将崩溃的危机。

《昂普、瓦塔两兄弟》是十九王朝记录下来的故事。它叙述昂普和他的妻子把弟弟瓦塔从小抚养成人，瓦塔敬事兄长和嫂嫂犹如父母，一心一意地为兄嫂干好家里和地里的一切活计，生活过得平静而和睦。但是昂普的妻子见瓦塔长得年轻英俊、强壮有力，就在一次瓦塔单身回家取麦种的时候，主动挑逗他，遭到了瓦塔的严词拒绝。她恼羞成怒，晚上等丈夫从地里回来后，诬告瓦塔调戏她。昂普误信谗言，在气愤之下逼走瓦塔。瓦塔后来在胶树谷单独生活，众神怜他冤枉，为他造了一个美女陪伴他。后来这个美女被法老抢去，她丧心病狂地在法老面前一再陷害瓦塔。瓦塔多次变形，几次死而复生，历尽种种磨难，最后当上了埃及国王，终于得以报仇雪恨。这个故事想象丰富，情节曲折，通过对瓦塔的多次变形、几次死而复生的描写，影射了瓦塔是自然界死而复苏之神奥西里斯的化身，显示了劳动人民的机智和力量，并侧面反映了当时劳动人民希望摆脱受压迫受奴役命运的迫切愿望。故事中对妇女的厌恶和鄙视的偏见，表现了作品的时代局限性。

古代埃及故事，无论在思想内容和艺术技巧上，都达到了较高的水平，较全面地体现了古代埃及民间文学创作的特点。它对埃及和世界文学的发展，特别是对短篇小说的发展，产生了有益的影响。

第二章　古巴比伦文学

第一节　概　　述

两河流域的古代文明

在西亚的底格里斯河和幼发拉底河之间，形成一个冲积平原，名为美索不达米亚，即两河流域之间的意思。在两河流域下游，被称为巴比伦尼亚，其南部为苏美尔，北部为阿卡德。这里土地肥沃，适宜农耕和放牧。远在史前时代，苏美尔人和阿卡德人便在这里定居，创造了人类最古老的文化，使这块土地成为人类文明的发祥地之一。在公元前4千纪时，原始氏族公社开始瓦解，并出现一些以城邦为中心的原始奴隶制小国，如埃利都、乌尔、尼普尔、乌玛、拉伽什和乌鲁克等。公元前3千纪中叶，拉伽什的创建者乌尔—南歇开始征服他的邻邦。在国王安那吐姆在位时，拉伽什处于极盛时期。公元前2378年，拉伽什爆发起义，乌鲁卡吉那在祭司集团支持下，夺取政权。公元前2372年，乌玛的统治者卢伽尔扎吉西率军灭拉伽什，统一了苏美尔地区。与此同时，阿卡德城邦的统治者萨尔贡(约公元前2369年—前2314年)经过多次战争，统一了阿卡德地区。不久，萨尔贡击溃并俘虏了卢伽尔扎吉西，从而统一了苏美尔和阿卡德，自称为“世界四方之王”。公元前2191年，东部山区古提人侵占阿卡德；125年后，乌鲁克王乌图赫伽里率军同古提王提利坎展开一场血战，击溃并俘获了提利坎，结束了古提人的统治。此后，两河流域的政治文化中心转移到苏美尔的古老城市乌尔，史称乌尔第三王朝(约公元前2113年—前2006年)。乌尔王朝衰落后，两河流域陷入小国纷争的分裂状态，直到古巴比伦王国建立。

在公元前3千纪末，阿摩里特人就进入美索不达米亚平原。公元前19世纪初，阿摩里特人在两河流域的中心，建立了著名的古巴比伦王国。在它的第6代国王汉谟拉比在位时(公元前1728年—前1686年)，建立了一个统一两河流域的强大的中央集权制王国。汉谟拉比主持制定了人类最古的第一部完备的成文法典，史称汉谟拉比法典。当时，古巴比伦的经济文化都达到了世界最高峰。巴比伦成为人类最早的四大文明古国之一。后来，由于外族的不断侵犯，在公元前16世纪时就已衰落。公元前1750年前后，居住在东部山区的加喜特人进入两河流域平原，建立加喜特国。公元前1593年，加喜特人攻占巴比伦城，巴比伦王国灭亡。公元前13世纪末，加喜特王朝灭亡，两河流域进入亚述帝国称雄的历史时期。

两河流域的文明史源远流长。古巴比伦文明源于公元前4千纪就已开始的苏美尔和阿卡德文明，故史称苏美尔—巴比伦文化。苏美尔人的伟大贡献之一，就是发明了文字。从考古发现，最早的文字出现在公元前4千纪的乌鲁克时代。苏美尔文字最初是图形，后逐渐发展到表意和图形相结合，演进为表音。他们把柔软的泥板作“纸”，把木棒，骨棒或芦苇杆削尖，在泥板上刻字，因其笔形印痕状如木楔形，故名之为楔形文字。这种楔形文字，为古巴比伦、亚述和波斯人所采用。他们只是略作修改，以符合自己的语言要求。这种文字一直使用到公元前后；而以泥板作纸的方法，一直沿用到公元前5世纪。从苏美尔时代起流传下来的两河流域的大批刻在石头上的铭文和泥板书籍，成为两河流域文明史的重要文献，但后来被战乱所湮没，直到19世纪中叶，这种楔形文字才重新为人所破读。

在两河流域文明发展的漫长历史中，古巴比伦王朝存在的时间不算太长，但却十分重要，有承上启下的作用。它是两河流域一个典型的古代东方奴隶制国家，文化特别繁荣，留下的法典、文书和文学艺术作品最多。古巴比伦灭亡后，它的文化遗产为后来在这个地区建成的加喜特王国、亚述帝国、波斯帝国、新巴比伦王国所继承，其影响涉及到包括希伯来人在内的整个西亚、古希腊以及北非。

文学概况

古巴比伦文学是在继承苏美尔时代文学遗产的基础上发展起来的，故通称为苏美尔—巴比伦文学。这是人类最古老的文学宝库之一。它包括了神话传说、史诗、哲理抒情诗和戏剧等。

苏美尔—巴比伦人和其他民族一样，在远古时代都创造了自己的包括开天辟地、创造万物等神话故事以及英雄传说。大神阿努是诸神之首，居住在第三重天上。日神舍马什是正义的维护者和国王的保护者，最受人们的欢迎。水和智慧之神埃阿是人类的朋友，他把一切技艺和知识教给人类。大地之神是恩里尔。爱情与生命之神伊什塔尔，是一个十分活跃的女神。植物之神坦姆兹是故事最多而又最受人们关注的一位神。关于洪水的神话，在苏美尔—巴比伦神话系统中流传极为广泛。这则神话说，众神会议决定用洪水来毁灭人类和世界上的一切生物，祭司赛苏陀罗因为虔诚奉神，神则梦示他造大船一只，得以脱险后升而为神。这则神话在史诗《吉尔伽美什》中是一则十分精彩的插曲。希伯来民族古代文献汇编《旧约》中的"挪亚方舟"和阿拉伯人的《古兰经》中的"努哈的故事"，都源于此。

在苏美尔—巴比伦文学创作中，史诗和神话创作特别丰富，除著名的《吉尔伽美什》外，还有《埃努玛·埃立什》、《阿古沙伊雅》、

《阿达帕》和《伊什塔尔下降冥府》等。现存除《吉尔伽美什》较为完整外，其他大都只发现片断。

《埃努玛·埃立什》是流传极广的创世神话，刻写在7块泥板上，约千余行，因泥板上第一句话是"埃努玛·埃立什"而得名。这篇神话叙述古巴比伦王国保护之神马尔都克创造天地万物的故事。神话写道：太初之始，只是一片水渊而无天地之别。那时，蒂阿玛率群妖怪蛇、恶龙、狂犬和人蝎等，向诸神进攻。诸神惊恐万状，不知所措。大神安夏尔派遣自己的儿子马尔都克率军应战。马尔都克用枪刺死蒂阿玛，夺取其掌握的命运之册，又把她的尸体一分为二，上为天，下为地，形成宇宙，然后又创造了人类和万物。神话以马尔都克受到众神赞美被尊为神王而结束。这部神话无疑反映了古代两河流域民族对于世界的起源及社会的形成的理解和幻想。马尔都克是春天、创造、太阳的象征，而蒂阿玛则是水渊中黑暗、凶恶力量的代表。马尔都克杀死蒂阿玛而创造世界，就是光明、幸福和秩序对邪恶的胜利。

《阿古沙伊雅》是写伊什妲尔和萨尔图这两位女神因在人间争夺神庙而不和，智慧之神埃阿应女神阿古沙伊雅之请，为她们调解的故事。神话以三位女神在人间同样受到尊重而结束。这篇神话曲折地反映了以母系为中心的氏族社会的发展、权力的再分配和各祭司集团之间的矛盾。

《阿达帕》写智慧之神埃阿的儿子阿达帕的故事。南风吹翻了阿达帕的小船，阿达帕就打伤南风的翅膀作为报复，因而受到大神阿努的审判。阿达帕按照父亲的指点去天庭，得到了天神们的怜爱、同情和关心。本想用有毒食品害死阿达帕的阿努，也因而改赐长生不死的食品。可是，阿达帕牢记父亲的告诫，害怕食物有毒而不愿吃，以致失去了永生的机会。这篇神话，反映了两河流域的远古居民对生命追求的幻想和愿望。

《埃达那》是叙述埃达那为儿子求不死之草和王权的故事。埃达那听信预言，即他生下的儿子将成为国王。于是，他就乘鹰飞上天空，去索求不死长生草和王笏，不幸从鹰背上坠地而死。这篇神话反映了人类对生命的追求却又无能为力的思想。

《伊什塔尔下降冥府》是反映古代人对大自然运行规律的认识的神话：植物神坦姆兹落入地府受苦，爱情与生命女神伊什塔尔下到地狱去救助。她过了 7 重狱门，会见了坦姆兹，但无法回到人间。在这两位神被囚在地府时，大地之上，自然界的万物停止了生命，陷入一片混乱之中。众神会议决定放回这两位被囚的神之后，春回大地，万物恢复了生机，人间充满欢乐。神话以人间庆祝坦姆兹的复活而结束。这部巴比伦神话源于苏美尔时代的神话故事《印妮娜降入冥府》。苏美尔时代的印妮娜，为伊什塔尔所替换。

在古巴比伦文学中，还有充满宗教色彩和哲理意味的抒情诗。这些诗作，大都源于苏美尔时代。如赞美诗、忏悔诗等，多为由祭司收集而在举行宗教仪式时诵唱的。还有反映巴比伦时代社会矛盾的诗篇，如《咏受难的诚实人的诗》和《主人和奴隶的对话》等。前者写一个诚实人对自己的困难生活处境不满，他认为自己处处遵守神示和法规，可是却得不到神的恩惠。他说，“我召唤我的神，但是他并不转过脸来向着我。我向自己的女神祈求，但她甚至连头都不抬”。这就表现了他对神的怀疑和不满。后者以主人和奴隶对话的形式，反映了奴隶主的悲观情绪和奴隶的不满。

古巴比伦文学保存下来的还有宗教剧、故事等的断片。

古巴比伦文学创作相当丰富，各种文学作品具有其共同特点：

首先是古老性。人类在其生存和延续的历史进程中的最早阶段，同自然界的敌人(包括自然灾害和猛兽毒虫在内)作斗争，了解自然，利用其规律，以求生存和发展。古巴比伦文学所描写的内容，主要就是人和自然的斗争，这就说明了古巴比伦文学所反映的时代和形成时间的古老性，意味着影响的深远。

其次，具有共同的对生命探索的主题。神话《阿达帕》、《埃达那》和史诗《吉尔伽美什》等，都从不同角度写了英雄对生命的探索和寻求长生不死的药草，然而都未能实现长生的愿望。对于生命奥秘的探索和对于命运的反抗，都反映了古巴比伦人强烈的生存意志和勇敢的探求精神。

第三，宗教哲理性。古巴比伦文学描写人和自然的斗争时，具有浓厚的宗教色彩和哲理内容。宗教，在某些时代和地域，会使人悲观、消极和厌世，但在遥远的古代的原始宗教信仰中，却具有极为丰富的文化内涵，其中包括了人们认识自然和社会的自然观、历史观等。哲理的内容表现了人们对事物认识和探索的最深层次。因此，古巴比伦文学的含义深刻，具有令人回味的艺术力量。

第二节 《吉尔伽美什》

古巴比伦文学中的《吉尔伽美什》，是迄今为止所发现的世界文学中最早的一部史诗。这部史诗的情节，远在公元前 3000 年的苏美尔时代，就已开始在民间广泛流传，并留下一些有关吉尔伽美什的诗篇和铭文，如《吉尔伽美什与阿伽》就是一部由 11 块泥板复原而成的苏美尔时代的史诗，计 115 行。在公元前 18 世纪的巴比伦王国繁荣时期，《吉尔伽美什》就已定本并刻写在泥板上。这部史诗开始流传的年代比古希腊的荷马史诗要早 1800 年，定本也早 1200 年左右。但是，自公元前 612 年尼尼微城陷落、亚述帝国灭亡时起，保存于尼尼微城图书馆的《吉尔伽美什》版本，便随同这个图书馆的毁灭而被埋于地下。19 世纪 80 年代，考古家在尼尼微城等亚述的古代遗址，开始发现亚述帝国时代的楔形文字泥板，以后又陆续发现苏美尔—巴比伦时代的铭文和泥板。90 年代后，亚述文泥板的《吉尔伽美什》陆续被发现，计 12 块，亚述学学者开始编辑这部史诗。20 世纪初，又发现了部分古巴比伦和苏美尔原版，从而编辑了亚述—巴比伦文版的史诗全文。

这部根据12块泥板整理的3000余行史诗,缺漏的诗行和脱字较多,但基本情节是完整的。史诗的主要故事发生在乌鲁克城,这是苏美尔时代最早的一个著名城邦。史诗的主要人物是两位英雄—乌鲁克城王吉尔伽美什和他的朋友恩启都。史诗的主要情节是歌咏吉尔伽美什和恩启都结交为友后,杀死林怪芬巴巴和天牛为民除害,以及恩启都死后吉尔伽美什到远方会见他的祖先和寻求长生不死草的故事。史诗的情节分为四个部分:(一)关于吉尔伽美什和恩启都从相互敌对到结交为友的故事。乌鲁克国王吉尔伽美什强悍、聪颖和秀逸,但却是一个残暴的君主。城中贵族不堪其苦,诉之于神。诸神计议,由创造之神阿鲁鲁造出半人半兽的恩启都去同吉尔伽美什争斗,以求乌鲁克城的平安。在森林中与野兽为伍的恩启都,经过神妓的驯化,去掉兽性而成为智人之后,进城同吉尔伽美什比武。两位英雄久战不分胜负,相互钦佩,转而结成生死之交。(二)叙述这两位朋友的英雄业绩。吉尔伽美什和恩启都到森林中,在太阳神舍马什的帮助下,杀死森林之怪芬巴巴,为民除去一害,同时又救出女神伊什塔尔。伊什塔尔爱上了吉尔伽美什,但遭拒绝。她恼羞成怒,请求大神阿努制造天牛为害,并罚乌鲁克城7年歉收。吉尔伽美什和恩启都合力杀死天牛,又为民除去一害。(三)叙述恩启都之死和吉尔伽美什远游寻求长生不死仙草的故事。他们杀死天牛,触怒诸神,得死一人作为惩罚。恩启都死去后,吉尔伽美什悲痛万分。他怀着对死的恐惧,去找祖先乌特那庇什提牟,寻求长生不死的奥秘。他经历种种艰险,终于见到乌特那庇什提牟。乌特那庇什提牟给吉尔伽美什讲述了当年洪水为害和他得神示造舟逃生的经历以及他上升为神的事,说明生命无处寻觅,生死都由神所定。当吉尔伽美什离开时,乌特那庇什提牟向他透露了长生草的隐秘。吉尔伽美什按照他的指点,把沉重的石头绑在双脚上,跳进深渊,取了长生不老仙草,准备带回乌鲁克城。在归途中,吉尔伽美什下到冷水泉中净身洗浴时,不料长生草被蛇叼跑。吉尔伽美什悲痛万分，泪水滔滔。(四)吉尔伽美什同恩启都灵魂的对话(载于第12块泥板)。吉尔伽美什得到智慧之神埃阿的帮助，在地里凿开一个洞，恩启都的灵魂从阴间上升。吉尔伽美什向朋友探询阴间的秩序。恩启都作了悲观的描述。许多学者认为，这块泥板不属于这部史诗，只是另传有关吉尔伽美什和恩启都的故事片断；有的则认为这是后人的伪作。故一般把这块泥板作为史诗的附录，有的辑本不收录这块泥板的内容。

这部史诗是在其原版埋没了3000多年以后才重新被发现而整理的，缺漏也较多，虽经研究而复原，但自相矛盾之处不少。从全诗的主要情节来看，史诗的主题主要是反映远古时期人和自然的矛盾，表现了人类对生命与死亡奥秘的探求和企图战胜死亡的愿望。

史诗中所描写的吉尔伽美什和恩启都征服芬巴巴和天牛的故事，是人类对自然斗争的反映。芬巴巴是“名字传遍国内的杉妖”，控制着又深又广的森林。史诗写道，“芬巴巴的吼声就是洪水，他嘴一张就是烈火，他吐一口气就置人于死地。”从这部史诗整体结构来看，芬巴巴作为自然力的一种象征，既符合史诗的基本主题，也更好地体现了史诗艺术构思的匀称与和谐。在史诗中，芬巴巴是洪水、烈火和毒气的象征。至于天牛，则是凶恶的野生动物。在人类还处于生产力水平低下的蒙昧时期，洪水等当然都是危害人类生存的力量。例如这部史诗中的著名插话——关于洪水的故事，就反映了洪水对人类的毁灭。因而，能够驯服洪水，杀死野兽的人，也就成为人们歌颂的英雄了。

史诗关于人和自然斗争的主题，特别反映在吉尔伽美什对生命的探索和征服死亡的企图上。万物生长荣枯，是远古人类难以理解的自然现象，特别是对于人自身的生老病死，祸福荣辱，更是远古人难以理解的。于是，就幻想有超人力量的植物之神、命运之神控制自然和人类的变化。可是，史诗中的英雄吉尔伽美什却要去探听“关于死和生命”，并且在深渊中取出长生不老仙草。这就是古代人企图揭示生命奥秘和战胜死亡的愿望。

史诗中神的形象是人按照自己的面貌和想象而创造的，在不同的历史阶段，具有不同的社会特征。在原始公社时代，神是按氏族社会而组织的，一般地说，那时的神除了具有神力外，同人是大致平等的。而在私有制出现以后，神则具有专制者的权威了。

吉尔伽美什在古代两河流域，是一个流传极广的英雄。早在苏美尔时代流传下来的国王名录中，就有这个名字。也许历史上实有其人，是这个传说的原型。在苏美尔时代流传下来的诗篇《吉尔伽美什与阿伽》中，吉尔伽美什就是乌鲁克城的英雄国王。这篇由 11 块泥板组成的诗篇，是本世纪才发现的，今文全译文首次发表于 1949 年。作品写基什的国王阿伽进攻乌鲁克城时，吉尔伽美什分别召开长老会和民众会，计议投降或战斗。吉尔伽美什根据民众会议的意见，决定迎战。当阿伽包围乌鲁克城时，他就派恩启都去探听虚实。后来，当吉尔伽美什取胜时，阿伽同意讲和，双方又言归于好。这部史诗反映的是苏美尔时代氏族社会“军事民主制”时期氏族部落之间的掠夺，而《吉尔伽美什》中的这位英雄的业绩，则主要是征服自然的斗争。

吉尔伽美什的主要功绩是杀死芬巴巴和天牛，为民除害。他勇敢、聪慧、重友谊，也不贪图女神的爱情。他曾鼓励恩启都说：

我的朋友啊，谁曾超然人世升了天？
在太阳之下永生者只有神仙。
人的(寿)数毕竟有限，
人们的所作所为，都不过是过眼云烟！
你在此竟怕起死来，
你那英雄的威风为何消失不见？
让我走在你前！
你的嘴要喊：“不要怕，向前！”

我一旦战死，就名扬身显——
“吉尔伽美什是征讨可怕的芬巴巴，
战斗在沙场把身献”，
为我的子孙万代，芳名永传。

吉尔伽美什正是一位为了子孙万代芳名永传的英雄。

吉尔伽美什不仅是一个杀死怪物、为民除害的英雄，而且还是一个敢于反抗命运的安排、企图掌握人的生死和长生之术的伟大探索者。他去寻找祖先而长途跋涉的故事，使这个人物的英雄形象更为丰满，更显示了这个形象思想的深邃，闪耀着人类智慧的光芒。他在去寻找祖先的路途上，对他的保护之神舍马什呼叫：

难道我白白地在旷野里跋涉，
我的头颅仍然必须躺在大地的正中，
仍然必须年复一年地长眠永卧?!
请让我的眼睛看到太阳吧，使我浑身广被光泽；
那有光的地方，黑暗便告退，
让我仰沐太阳神舍马什的光辉，
将死亡给予那些死者！

吉尔伽美什会见先祖乌特那庇什提牟后的第一句话就是：“你是如何求得永生，而与诸神同堂?!”当他知道了长生不老草的秘密时，就毫不犹豫地跳入深渊，取出仙草。

这是一个远古流传下来的不朽艺术形象，至今仍给人以力量。千百年来，人类为延长生命、战胜死亡而进行的探索和科学实验，正是这种精神的继续。

《吉尔伽美什》是苏美尔—巴比伦文学中有关吉尔伽美什史诗故事群中的代表之作，是古代民间创作的精华，具有很高的艺术价值。

首先，史诗的篇幅不算很长，但却形象地反映了人类对大自然斗争的进程，为人们提供了一幅古代生活的漫长历史图画，表现了巨大的艺术概括力量。史诗中对古代人类历史生活的描绘，或者化为神奇的艺术形象，或者予以精细的艺术描绘。前者如恩启都从半人半兽转化为全人的故事，构思巧妙，想象奇特，充分显示了民间口头创作的艺术魅力；后者如对洪水的描绘，细致具体，层次分明，时而浓墨重彩，写出了洪水的巨大威力；时而轻轻几笔，反映了洪水之后的凄凉和平静，史诗写道：

海水平静了，暴风雨住了，洪水退了，
瞅瞅天，已然宁静如故，
而所有的人却已葬身粘土。
在高如平房屋脊的地方，有片草原出现，
刚打开舱盖，光线便照射我的脸。
我划船而下，坐着哭泣，
我泪流满面，
在海的尽头，我认出了岸。

其次，这部史诗的重要特点是具有哲理性。这一特点主要表现在吉尔伽美什对生命探索的故事中。这是神秘的幻想，又是严肃的科学追求。这是对人类现实生活的具体描绘，又是超越一切社会形态的人类生活最抽象、最深层次的理智的概括。

第三，这部史诗具有种种民间创作的特色，如现实和幻想、神话传说和人间生活的有机结合；浪漫主义和现实主义因素的结合；反复、联想和比喻的运用等。

《吉尔伽美什》经过亚述帝国和波斯帝国的传播，对东方和西方文学都产生过巨大的影响。希伯来文学中关于洪水的故事等，就直接来自这部史诗。

第三章　古希伯来文学

第一节　概　　述

希伯来民族历史简介

中东地区是人类文化摇篮之一。巴比伦、埃及、腓尼基、希伯来等民族的文化发达较早，对其他民族，特别是对西方民族的影响极其深远。希伯来民族在古代中东各民族中虽然在政治上、军事上不是大国，但在文化上却因受到四邻各族的影响，尤其在文学方面，可说是集大成者。所以希伯来民族遗留给后代的文学遗产比四邻各族都更丰富多彩。流传至今的希伯来《圣经》、《次经》、《伪经》和 40 多年前发现的《死海古卷》，组成一大文学宝库，为世界古代影响最大的文学四大文库之一，和中国、印度、希腊文库并列。

希伯来民族是闪族的一支，和巴比伦、腓尼基、叙利亚、阿拉伯等是亲属，他们的语言文字属一个系统——闪族语系。

闪族原是阿拉伯半岛南部的游牧民族，逐水草而居。大约在公元前 3 千纪时向东进到幼发拉底河西岸的乌尔(《圣经》中作吾珥)，在那里住了相当长的年代；再往西北，沿大河游牧到了哈兰，又住了相当长的年月；再往西、往南，到了迦南地区，就是后来叫做巴勒斯坦的地区。这是他们第一次到达迦南，所走过的路线是沿着所谓“新月形沃土”的边缘。他们最后一次北征进入迦南是在公元前2千纪的中叶,即公元前15、14世纪。这一次进占迦南是兵分东西两路进攻的,东路是从约旦河东,渡河攻打迦南的中部。西路以犹大部族为主,从近地中海东岸的山地北进,只占领迦南南部较贫瘠的地方。东路以以色列部族为主,取迂回的战术,从约旦河东岸攻入迦南的腹地。这次北征共用了几百年的时间,先由摩西领导40年,走出埃及,在沙漠中练兵、教育,征服约旦河东岸的摩押、亚扪等国。继由约书亚率领渡河西征,再由"士师"们领导平乱,逐渐使迦南人与他们和平共处。

公元前1030年开始在以色列成立王国,由扫罗作第一任国王。王国成立后的主要使命是巩固希伯来人的统治,其主要敌人除迦南各部族外,威胁最大的是从海上新侵入的非利士人,他们是从爱琴海和地中海来的民族,在希腊和特洛伊战争时南下入侵的。他们已经知道怎样用铁器,武器比较先进,所向无敌。他们将迦南地区改名为巴勒斯坦,就是"非利士人土地"之意。扫罗的主要对手是非利士人。扫罗父子都在抗非战争中伏剑而死。扫罗死后,犹大族人大卫称王(公元前1010年—前970年)。他凭自己的雄才大略,首先打败了非利士人,把南方的犹大人和北方的以色列人统一起来,成为希伯来联合王国,迁都耶路撒冷,然后南征北伐,东西扫荡,终使四邻宾服,国势空前强大。大卫的小儿子所罗门继位时(公元前970年—前930年)希伯来达到空前繁荣的黄金时代。于是,所罗门大兴土木,筑建圣殿、宫殿、离宫和要塞,豪华盖世。他剥削人民,尤其是对北方以色列人更甚,引起北方臣民的不满。所罗门一死,北方就独立,联合王国便分裂为南北两小国——犹大和以色列。分裂以后,又自相残害,国势迅速衰落,引起强邻的觊觎。公元前722年,北朝以色列亡于亚述;公元前586年,南朝犹大亡于新巴比伦,君民(除贫苦的农民外)被囚虏的数以万计。他们在巴比伦过了约半个世纪(公元前586年—前538年)的浮囚生活,到波斯人灭掉巴比伦后,允许犹大人返国重整家园。公元前

444 年,耶路撒冷城重建后,犹大复国,做了波斯的保护国,由祭司长执行行政长官职务。这时期的犹大国虽不是完全独立自主的国家,但人民却能安居乐业,尤其是商业发达,财源通三洲——亚、欧、非。公元前 333 年以后,亚历山大大帝战胜了波斯,实行希腊化的统治,对希伯来的文化和宗教习惯还相当尊重。亚历山大大帝死后,他的将军托勒密在埃及统治巴勒斯坦时(公元前 323—前 198 年)也是如此。托勒密王朝的大本营在埃及,他们不仅重视希伯来宗教习惯,还容许他们在希腊化的大城市亚历山大里亚殖民,在那里开设译场,大规模地翻译希伯来圣经等文献为希腊文;还容许他们著书立说,讨论和希腊文化、哲学交流融合的问题。所以从公元前 6 世纪末到公元前 2 世纪初 300 多年间,希伯来人受到的外界压力不大,文化仍很发达,文学也有所发展。

但到公元前 198 年以后,情形就不同了。以叙利亚为大本营的塞琉古王朝统治巴勒斯坦时,特别是在暴君安条克四世时,实行残酷的压迫和剥削,人民不堪其苦,尤其是急激地推行希腊化,把宙斯的神像放在至圣所,代替亚卫,叫希伯来人敬拜,还强迫他们吃猪肉,用猪代牛羊来献祭,使他们一向厌恶的猪肉熏烟飘荡于全地区,引起马卡比领导的反抗战争。他们用英勇、巧妙的游击战术,屡战屡胜,于公元前 166 年成立独立的哈斯门王朝,统治 103 年。公元前 63 年,罗马的将军庞培占领耶路撒冷以后,他们开始了在罗马帝国傀儡的铁蹄下过亡国奴的生活。他们多次举行起义,遭到一次又一次残酷镇压。直到公元 135 年,他们被迫流散世界各地。古希伯来民族的历史至此结束。

从总体看,希伯来民族具有如下特点:

首先,它是一个开放性的、富有创造性的民族。亚卫神给他们族祖的第一道命令是“走出去,离开故乡”。他们最初不满足于板滞的阿拉伯南部沙漠生活,走出去,到幼发拉底河西岸的乌尔,浸润一下巴比伦的文明;后又沿大河北上,到上游的哈兰,学习一些苏美尔、亚述古文化；又从那儿走出去，顺着新月形肥沃地带走到迦南地区，吸取一些迦南的先进文化，打算在那儿定居。后因饥荒而出走到埃及尼罗河三角洲放牧；但到埃及法老兰塞二世加以残暴的剥削时，又在摩西的率领下走出埃及，再向迦南进军。经过几百年的斗争，终于建立了王国。在大卫和所罗门时，达到空前繁荣的黄金时代。亡国后，经历了四个霸权大国的奴役，虽一度独立而政绩不著。他们成批成批地出去散居在世界各国，近两千年来，他们虽在流亡的生活中，仍能发挥他们的创造才能于各种事业上。例如最近100年来，马克思在政治经济学上，爱因斯坦在物理学上，弗洛伊德在心理学上，海涅、卡夫卡等在文学上，都以杰出的创造才能走出去，树立了光辉的旗帜。

其次，它在艰苦中炼出坚强的意志和韧性的战斗精神。闪族成长于沙漠地带，后来定居于迦南，即巴勒斯坦，地处亚、欧、非三洲的枢纽，介于埃及、巴比伦、腓尼基、波斯、希腊、罗马之间，是通商和军旅的必经之地，虽有吸取各国文化和发展商业的方便，但常有强敌入侵之患。在王国成立之前，长期跋涉于沙漠水草之间；亡国之后，沦为俘囚，从巴比伦转到波斯、希腊马其顿和罗马的治下，处处仰人鼻息。长期的磨难，不断的挣扎，给他们更丰富的生活，有利于文学的深化。

第三，它是一个宗教意识浓厚的民族。早在公元前2000多年前，就摆脱多神的原始宗教，倡导一神论的民族宗教。后来先知们又把它发展为世界大同的思想。他们相信唯一神亚卫，命令他们的族祖“走出去，离开故乡”，去开创新途径。亚卫又做他们民族的思想纽带，在艰苦中坚定意志，统一奋斗目标。宗教是人类社会历史上的一个重要现象，在目前世界各民族中仍然存在，而且还起着不同的作用。在古代各民族的文学中，尤其是印度、希伯来和希腊的古代文学，都和宗教分不开。古代希伯来民族虽在1800多年前亡于罗马，人民散居世界各地，但他们的文学和宗教仍传承不绝，作为这个民族的特殊精神，影响世界。

文学发展史略

希伯来文学作品，大多数是无名氏之作，只有部分"先知书"有作者的署名。"先知书"中也有无名氏的作品，例如《以赛亚书》的后半部(40—66章)和前半部的时代和风格显然不同，但作者的姓名无可考证，学者只能名之曰"第二以赛亚"。《撒迦利亚书》的后半部也有同样的情形，学者也只能名之为"第二撒迦利亚"。全部希伯来作品，只有极少数可以确定写作的年分，如启示文学中的《但以理书》可以确定为公元前164年的作品。其它只能推断出大略的年代。

不同时代的希伯来的文学作品反映了各自时代的历史、精神和特点。这些作品的写作年代虽不能确定，却可以从史事、文字、风格等，推知其大概。

希伯来文学史大致可以分为三个大阶段：王国成立以前阶段、王国阶段和流亡阶段。

王国成立前的文学

希伯来人在它的史前时代(公元前1030年以前)，产生了神话、传说和史诗。这三种文体，在希伯来文学中很明显地分为三个时代：神话产生于前氏族时代，传说产生于氏族时代，史诗产生于氏族末期和奴隶制的初期，也就是历史的草创时期直到正式王国兴起的前夕。

希伯来的宗教很快就进入一神教，所以神话比较简单，不像多神教的希腊、罗马、印度神话那么丰富。它只有创造天地，造人和乐园，恶天使造成罪恶、洪水等。同时，希伯来人和周围多神教的民族一起生活，也流传着其他民族的神话，如迦南神巴力和阿舍拉、巴比伦神马尔都克和彼勒、腓尼基神亚斯他录、叙利亚神坦姆兹和埃及神奥西里斯等的故事。

希伯来人的传说，主要是述说他们氏族男性家长制的族长或酋长的传说故事。他们把几百年或一千年的氏族历史，浓缩成三代人，就是亚伯拉罕、以撒、雅各的故事。除了氏族家长的传说故事之外，还有历史初创时期逃出埃及和征服迦南的英雄们的传说，如约瑟、摩西、约书亚、基甸、参孙等的传说，都被写成史诗。

过去，西方的学者们认为希伯来没有史诗。因为他们先入为主地以荷马史诗为唯一模式，希伯来没有这一模式的史诗，便说它没有史诗。其实希伯来人有希伯来的史诗模式，就是篇幅较短，是以类似散文为主的模式。① 有《约瑟记》(《创世记》39—50)、《摩西记》(包括《出埃及记》、《民数记》、《申命记》)、《约书亚记》和《士师记》等四部史诗，它们完全合于史诗的特点：崇高、尊严的风格，简洁的结构，以古代传奇故事为中心，叙述有关人类的问题，里面有高大的英雄人物，这些人物有着超凡的体力或智力。

希伯来史诗的英雄，裹着浓厚的传说外衣，都是传说中的历史人物；其文体以散文为主，也杂糅着诗歌或歌谣。其风格特点是明快、捷劲。

王国时代的文学

公元前 1030 年—前 586 年是他们的王国时代，正式进入历史的时代。公元前 1030 年扫罗第一个被诰封为王。公元前 1010 年大卫继为联合王国的王。接着所罗门于公元前 970 年继位，但他生活豪奢，对人民进行残酷剥削，特别是对北方富庶区域的以色列等各族人民，更为残酷，使他们不堪重负，终于起义独立，将联合王国分裂为南北两朝。在分裂期中(公元前 930 年—前 586 年)，南

---

① 18 世纪末赫尔德(J.G.Herder)《希伯来诗歌韵律的精神》一书说：希伯来语基本上用韵语表达，圣经中所谓散文的各卷，也当以韵文来读。

北两朝都逐渐衰落下去，先后为亚述和新巴比伦两霸权帝国所灭。在这王国时期的444年中，主要的文学形式是历史文学和先知文学，其次是哲理诗文和抒情诗。

只有进入正式的历史时代之后，才能产生历史文学。历史文学要求写真人实事，神话主要写神的故事，想象和幻想是主要成分，虽然它也是反映自然界和人类社会的情况的。传说写的是半神半人的故事，想象的成分和现实的成分参半。史诗写的基本上是社会历史的进程，历史的事实胜过想象传说的成分。历史文学则要求忠实于现实，但因为它也是文学范畴的作品，便不能没有想象为之辅。正当大卫、所罗门在位时，声威显赫之秋，一些能文的史家于默默无闻中写下辉煌的历史文学。《撒母耳记》上、下和《列王纪》上、下，被称为"四史"，其描写的泼辣有生气、语调的简劲流利，可以和我国司马迁的《史记》、希腊希罗多德的《历史》等并称为世界历史文学的嚆矢。例如《撒母耳记下》第18章记大卫的军队和他儿子押沙龙的叛军作战时的情况，描绘大卫复杂的心理是脍炙人口的，被近代英国诗人、小说家哈代称为最巧妙的艺术散文。

古来历史文学有两种，一种是记叙的，一种是教训的。前者的目的是著者记述他认为有兴趣的事件或问题，把事件本身写成故事，浮现在读者面前，引起与作者感到的同样兴趣就满足了。但时代进展之后，不能以此为满足，便出现了教训的历史文学，就像孔子所用的"春秋笔法"，寓褒贬于字里行间。希伯来的王国四史在公元前621年的改革以后，被重修了一次，这次重修是以新本《申命记》的道德标准，写成带有教训的历史文学。新《申命记》的精神是：对神要严格遵守以亚卫为唯一的神，礼拜当集中在耶路撒冷，废除地方的圣所，废除祭祀亚卫·巴力混合神的祭坛，废除异教的仪式。对人则权贵富者不可欺压穷人。违背这个诫命时，国家就要遭殃。挽救的方法只有忏悔改过，然后可得太平。这次修史是在公元前7世纪末。

王国时代产生的先知文学是希伯来文学中最光辉、最有特色的一种。他们把先知分为前期先知和后期先知两种。前期先知是指公元前8世纪上半叶以前的先知,如以利亚、以利沙等。他们没有著作留下来。后期先知是指公元前8世纪后半叶开始的“先知运动”中的志士仁人,他们为世风日下担忧,对于社会的坏风气不满,用演说、诗文作神和人民的代言者,大声疾呼,谴责为政者的专权独断、生活腐败、敲诈勒索、离弃传统的道德诫命;他们谴责富者欺压穷苦无告、多行不义,弄得社会风气堕落,淫靡颓废,强邻起而虎视眈眈,民族危机在即。先知们勇于说出真话,警告当权者和富人,往往受到迫害,甚至牺牲。先知一般都富于热情,有先知先觉的天赋,发为火一样的诗文。他们又勇于负责,用自己的真姓名,表示对所说的话负责。希伯来的作品一般是无名氏之作,唯独先知们毫不隐瞒自己的思想感情,不怕牺牲,虽九死其犹未悔。

最初出来的先知书是《阿摩司书》和《何西阿书》。阿摩司的活动始于公元前750年左右。他是南方犹大国的一个农民,以种树和牧羊为业。他有文化,有思想,在北方卖羊皮时,看见以色列人上下交征利,权贵富人欺压穷苦人民,用一双鞋的价钱,出卖穷人为奴隶。父子同宿一寺庙的娼妓,用剥削穷人的钱在神殿中酗酒。阿摩司义愤填膺,代表人民,义正词严地警诫他们;代表亚卫向他们预言:以色列人要被赶出本土,流亡到外国去,就是说亡国的隐忧迫在眉睫。坏人们以为神明也可以贿赂,只要烧香膜拜,高唱赞歌,勤献祭物,就可以得到神的喜悦。阿摩司却代表神说话:

我不要你们的燔祭和素祭,
　　也不稀罕你们献肥牲作平安祭。
我不喜欢你们闹哄哄的歌声,
　　也不爱听你们奏弹的琴音。
我要你们像洪水滚滚涌流,
　　不屈不挠地伸张正义,

像溪水川流不息，

始终不懈地主持公道！(5:22—24)①

何西阿(活动于公元前745—前733年之间)是以色列人，他的性格是多情，讲慈爱。他的不贞的妻子被休了，神却要他宽恕她，同她复婚，因为神也宽恕以色列人，不弃绝他们。

以色列人要跟偶像绝缘，

我要垂听他们的祈祷，照顾他们。

我要像长青的树木荫庇他们，

我是他们一切幸福的泉源。 (14:8)

从何西阿开始，把亚卫那“复仇之神”的严厉形象，改变为“慈悲之神”的形象。这是先知思想的进步意义。

当何西阿在北国活动时，在南国耶路撒冷兴起一个最有威望的先知以赛亚(活动于公元前737—前700年左右)。他那壮丽的辞采，丰富的想象，构成优秀的先知文学。《以赛亚书》共66章，很明显地分为两个截然不同的部分，属于两个不同的时代、两个不同的作者手笔。第一部分是1至39章，是以色列国和犹大国未亡之前，在亚述威胁之下写的。第二部分(《第二以赛亚书》)是40至66章，是君民经历“巴比伦之囚”的苦难后，在波斯统治下，容许归来复国的时期写的，比第一部分的写作时间要晚200多年。那时人民抱有回国重建家园的希望，书中充满着解放的喜悦。所以“第二以赛亚”被称为“乐观的先知”。

以赛亚活动于北朝以色列国灭亡前后，以政治家、社会改革家的面貌出现，以各种优美的诗文谴责上流社会的恶弊，预言惩罚之将临，但惩罚过后将因忏悔自新而重见光明。在以色列亡国(公元前722年)以前，谴责以色列与叙利亚联盟进攻犹大国；犹大国王

① 本章引文的章节数字，“:”之前数字为章数，“:”之后数字为节数。如“5:22—24”即第5章第22至24节。下同。

亚哈斯则向亚述求助。南北两朝都实行勾结外国,引狼入室的愚蠢政策。

北朝亡后,南朝先和亚述结好,后又想背盟去依靠埃及,以赛亚说,出尔反尔,必遭大难。公元前701年,亚述王西拿基立进攻耶路撒冷时,先知便指责亚述的趾高气傲,骄兵必败。果然,亚述不久便亡于新巴比伦,小小的犹大国倒比霸权国亚述生存得长久些。以赛亚的社会改革目标在于对罪恶的忏悔、新生。他那不胜枚举的优秀诗歌中,有很多这样的名句:

虽然你的罪孽猩红,
　　必会变成洁白如雪;
虽然你的罪污染成深红
　　必会变得像纯白羊毛。　(1:18)

弥迦和以赛亚属同一时代,他和阿摩司一样,是个农民,非职业的先知。他的特点是猛烈地攻击新兴的地主阶层,揭露他们不管佃农们穷无立锥之地,自己却霸占广大的土地,把妇女都赶出家园,"把人民活活剥皮,从骨头上刮下肉来……把耶路撒冷建在血腥的基础上"。他揭发地主们呆在城里,和官僚们同谋行贿,多行不义。希伯来社会的封建制萌芽,在弥迦和以赛亚的书里得到了反映。

北朝以色列亡国之后100年,即公元前7世纪末,南朝犹大也紧张起来了。公元前626年,从黑海北边来的斯奇提亚人(或译西徐亚人)南下,使中东地区一片恐慌,贵族出身的先知西番雅感到末日的恐怖。《西番雅书》的教训是国人不该崇拜外国的神巴力,不该模仿外国的习俗,致遭亚卫神的震怒。

先知那鸿的感情,不是西番雅的恐怖。相反地,他因亚述首都尼尼微的沦陷(公元前607年)而拍案称快。因亚述是霸权大国,犹大国长期仰其鼻息,在它的压迫之下生活,一旦见它倾覆,人人称快,是可以理解的。但作为一个先知,思想就未免狭窄了些,不知道灭亡亚述的新巴比伦，正是后来灭亡犹大的新霸权国家。

先知哈巴谷因为巴比伦的崛起而忧心忡忡。《哈巴谷书》的主题是穷苦的义人受压迫，民族的压迫和阶级的压迫。他的祈愿是铲除恶人：

您打倒邪恶人的首领，
　彻底毁灭他的巢穴。
您的箭刺穿恶霸，当他来如旋风，
　暗中把我们咀嚼吞噬的时候。 (3:14)

这时期的大先知是耶利米，他一生为说真话而受尽折磨，直至殉道。他从公元前626年开始先知活动，直到耶路撒冷陷落(公元前586年)以后。40年中，眼见斯奇提亚人铁蹄蹂躏之惨，本国政策的举棋不定，官僚的贿赂公行，盲目崇洋媚外，心如刀割。他迫于内心的正义感，不能不说真话，说了真话便遭到逮捕、关禁、地牢、石砸，历尽坎坷而死。他有惊人的政治远见，力主切戒联埃及而抗巴比伦，近视者骂他是卖国贼。事后的史实证明他的远见是对的。从先知的献身精神看，他是先知史中的顶峰。他又是多情的诗人，尤以写“哀歌”著称。

流亡以后的文学

犹大国人被俘囚期的先知文学者，有大先知以西结。他是公元前597年，尼布甲尼撒首次围攻耶路撒冷时被虏去的祭司。他在巴比伦做先知20年(公元前593年—前573年)。他年轻时曾听过耶利米的讲话，深受影响。但他的思想和耶利米不同，有他自己的特点。他更多地强调个人的责任，如在第18章说得更具体。他说以色列境内有句俗语是“父亲吃了酸葡萄，儿子的牙齿酸坏了”，今后要说父亲吃了酸葡萄，父亲自己的牙齿酸坏了。各人对自己的行为负责。他是先知中强调个人责任的。《以西结书》是散文作品，结构完整、严密。

《哈该书》是公元前520年到公元前518年的作品。该书是在波斯寄语在巴勒斯坦的同胞，也是散文。他的兴趣是说现在没有敌人了，希望万国的人都到耶路撒冷去朝圣。

《撒迦利亚书》是由两个部分组成的，1至8章与《哈该书》同时；9至14章则是公元前2世纪，希腊化时期的作品，前后两部分写作时间相差300年。学者把后者称为《第二撒迦利亚书》，为启示文学的先驱。

"第二以赛亚"是最后一个伟大的先知，他的伟大在于把当时一般人的狭隘民族主义升华为世界大同的思想，把国人近百年来的悲吟，化为欢乐的希望之歌，使希伯来文学思想发展到最高的境界。在他的书中，一篇篇继续不断的青春蓬勃之歌像喇叭一样吹醒民族之魂。

要在荒野为亚卫预备道路，
　要在沙漠为上主开辟大道。
每一个山谷都要填满，
　大小山冈都要削平。
高低不平的要改成平坦，
　崎岖起伏的要化为平原。　(40:3－4)

公元前333年，马其顿的亚历山大帝东征，打到波斯以后，使中东进入"希腊化"时期。到了公元前2世纪，塞琉古王朝的安条克三世、四世统治时，便蹂躏希伯来的文化和宗教习俗，以宙斯代替亚卫，祭祀用猪肉，禁止行割礼，还残酷地剥削犹太人。于是人民忍无可忍，揭竿而起，用游击战争争取独立，建立了马卡比家的哈斯门王朝。这时期爱国热情高涨，先知们也倾向于爱国主义。《俄巴底亚书》、《约珥书》、《玛拉基书》等后期先知书都充满着民族意识，爱国主义思潮重新高涨。

在"希腊化"的末期，文化思想和宗教信仰被抑制，加上罗马铁蹄的蹂躏，残酷的血腥斗争，将先知的正义呼声淹没了。先知文学改变了发展方向，用象征的手法，用幻想或异像来启示前进的道路。他们揭示历史的终点、世界的末日、光明与黑暗、善和恶的大决战。这就是启示文学的主要内容。启示文学和先知文学不同，作者不是自己说预言，而是作为第三者接受神的启示，借用古人的口，说出未来(当代)的事，貌似神秘的世界观，实际是现实社会的事。他们揭露残酷的现实，以爱国主义的狂热和先知呼吁"世界末日"大审判的恐怖来激发人心。

《但以理书》是启示文学的代表作。它的写作年代现在已肯定为公元前164年，就是暴君安条克四世死前不久，马卡比王朝进行洁殿之时。它虚拟公元前6世纪时的历史故事，来描写公元前167年至公元前163年间，马卡比战争时代的社会情况。这是启示文学的常用方法，其目的正如革命导师恩格斯所说的："但以理书的作者，在164年名王安条克死前不久的时候，把关于波斯、马其顿的世界统治的兴衰和罗马的世界统治的开始的预言，放到好像生在尼布甲尼撒时代的但以理的嘴里，以便通过这种证实自己预言的效验的办法，使读者能够接受最后关于以色列人会克服一切苦难，终将胜利的预言。"①

《次经》中的《以斯德拉二书》(或《以斯拉四书》)是一篇优秀的启示文学作品。作者借用古人象征地描述当代发生的事件，揭露当时的社会罪恶行为，反映公元70年耶路撒冷被罗马帝国毁灭以后的人民苦难。写作年代约在公元90年—100年之间。3至14章是正文，有6个幻象，犹如6场的荒诞派戏剧。例如第4个幻象：一个妇人为儿子哀哭，准备绝食而死。以斯拉责备她为儿子哀哭而不为耶路撒冷哀哭时，她忽然不见了，却现出一座城来，儿子象征毁灭了的耶路撒冷，出现的城是新耶路撒冷。这象征公元70年耶路撒冷再次被毁灭了，但人民应当相信，新的耶路撒冷将会重

① 《马克思恩格斯全集》第22卷。第534页。

新出现。

《伪经》中有好几篇启示作品，其中最著名的是《以诺书》。此书写作时间约在公元前165年至公元80年之间。它描写了天使的堕落，在人间的放纵行为，终至灭亡，描写义人以诺的游历，他在旅途中看到了宇宙的奥秘。还描写了末日的大审判。

《巴录启示书》比《以斯德拉二书》稍晚，约写于公元90年—100年之间。巴录这人是耶利米的学生或秘书，距离此书写作时约600多年。作者也是借古讽今。巴录眼见耶路撒冷的第一次灭亡。此书作者看见其第二次的灭亡，启示同胞，京城陷落还会复原，不要灰心。

《伪经》中的第三本启示作品是《巴录三书》。当时借巴录的酒杯，浇自己心中块垒的书不少，《巴录三书》是其中较好的一部。此书写巴录在圣殿废墟中哭泣，天使来安慰他，引导他游历天界，让他知道宇宙的奥秘。他只游到第五层天，没有达到第六、七层天。

《摩西升天记》约写于公元前后，借摩西在老年时把重任交给约书亚，并讲述以后的希伯来历史，直到世界末日。摩西升天的事在第二部，但已经失佚了。

1947年春天，一个阿拉伯贝杜因的牧童在死海西北岸库姆兰地区的高山深谷中寻找失羊时，发现一个山洞中有些陶瓮，里面装有写着希伯来文的羊皮古卷。消息传开后，引起经学和考古学的学者们极大注意，他们又在洞的附近发掘，找到10个洞窟，里面藏有大量的抄本古卷。学者把这些抄本称为“死海古卷”，说是文艺复兴以后最大的文献发现。

《死海古卷》到目前为止，有希伯来圣经除《以斯帖记》以外的各卷抄本，全部的或部分的，有些还抄有几份，有些有解释。还有《次经》中的《托比传》、《便西拉的智慧》、《所罗门的智慧》和《伪经》中的《以诺书》、《巴录启示录》等。创作则有“颂神诗篇”几十首，散文有各种“手册”，特别可注意的是一篇《光明之子和黑暗之子的战争》，共7次战役，前6次战役各有胜负，最后一次决战则光明之子赢得了全胜，进入快乐的新世界。

因为我们的政权是神圣的，光荣之君站在我们一边；神灵的军旅和我们的步兵、骑兵一起。他们好像群云，降露的轻云，覆盖在大地上，好像阵雨把正义普降润泽所有的花木、庄稼。

据考查，《死海古卷》是在公元132年—135年犹太人最后一次起义失败前，怕被敌人毁灭而封存的。因为在山洞中除古卷外，还有9枚硬币，上面刻有起义领袖巴·科卡巴（“星之子”）的肖像。当时的作品多带启示文学的特点。

希伯来的戏剧和小说都是流亡以后才产生的。希伯来的宗教颂神歌中，早有戏剧性对唱的诗，先知书中也有剧体的狂欢歌，但真正发展成为戏剧的作品——《约伯记》，却是在公元前4、3世纪之间。诗剧《约伯记》被称为希伯来文学中最伟大的杰作，被列入世界最佳文学名著之林。

《约伯记》是个有关哲学问题的诗剧，主题是好人为什么受苦，恶人为什么逍遥法外，但不是枯燥的哲理论文，其中有激烈的抒情诗，美丽的韵文。书分42章，1、2章是散文式的序言，说明故事的起因，最后的11节是尾声，也是散文式的。中间从3至42章是正剧，可分为三部分；3至31章是约伯和三个朋友的辩论，朋友们说受苦是因为犯罪的应得惩罚，约伯却坚持说自己没有犯罪，而是上帝待人的不公平。轮番辩论，气氛非常激烈。32至37章是一个青年的独白，他责备约伯的不逊，同时也谴责三个朋友的话不能说服人。他说苦难可以锻炼人，但谁也不说他说得对或不对。38至42章是约伯和上帝的对话，在乌云和暴风中，神的发言，肯定了约伯，批评了三个友人的旧观念。

《约伯记》这个剧本比希腊埃斯库罗斯的《被缚的普罗米修斯》（公元前479年—前478年）晚一个或半个世纪，可能受了它一些影响。二者有相同点:主人公都是好人受苦,又受人数落,剧的对话多而动作少,对神的不满,终场时出现雷电交加的场面。约伯虽然受苦,但始终被肯定是义人,以喜剧的团圆结束;普罗米修斯被迫害,而以悲剧终;但被马克思称为"哲学的日历中最高尚的圣者和殉道者"①。约伯虽然抱怨神的不公平,但最后深信神力不可测度;在《普罗米修斯》中,"希腊众神悲剧式地受到一次致命伤"②。不过希腊众神后来在琉善的《对话》(公元165年—170年)中喜剧式地重死一次,让人们能够愉快地和自己的过去诀别。那时正是欧洲多神教向一神论的基督教过渡的历史过程。③

从形式方面看,二者都是诗剧,而《约伯记》的序言和尾声都是散文式的,这很特别;序中的"天上会议"曾为歌德的《浮士德》所采用。《普罗米修斯》只有两个演员,外加合唱队;《约伯记》有六个演员,没有合唱队,而年轻的独白者在剧中起了合唱队的作用。

《约伯记》以后,希伯来戏剧就没有再发展的机会了。许多学者把《雅歌》看作戏剧,如果可以肯定它是戏剧的话,那么它可说是希伯来剧的最高的发展了。

希伯来小说的发展比戏剧更晚,但比戏剧发展得更充分,可说是古希伯来文学光辉的结束。希伯来小说最初产生于公元前5世纪和4世纪之间,第一篇《路得记》带有田园诗的风味,歌颂婆媳的相亲相爱和不同民族男女结亲的好处。《约拿书》号召打破狭隘民族主义,主张向世界开放。到了"希腊化"时期,爱国主义思潮再起,小说《以斯帖记》和《次经》中的《犹滴传》,描绘了两个巾帼英雄为民族作巧妙的斗争而取得辉煌的胜利。《次经》中的《苏撒娜的历史》和《伪经》中的《马卡比传三书》写民族宗教信仰之间的斗争。

---

① 马克思《博士论文》,第3页,人民出版社版。

② 《马克思恩格斯选集》第1卷,第5页。

③ 《琉善哲学文选》译本序,第12页,商务印书馆版。

《次经》中的《托比传》和《伪经》中《阿希卡传》都有奖善惩恶的思想。

第二节　哲理诗文和抒情诗

希伯来文学中哲理诗和抒情诗占重要的地位，都是代代相传的传统文学。哲理诗文在希伯来被称为“智慧文学”，在政治上或宗教上都被看做瑰宝。《传道书》是智慧文学中最美丽的一个哲学诗篇，也被称为世界哲理文学中最优秀的作品之一。抒情诗是希伯来最早产生的文学体裁之一，代有才人出，到了《雅歌》，可说是发展到顶端了，《雅歌》传诵于全世界。这里就把这两个短小精悍的作品做为哲理诗文和抒情诗的代表作来作简单的评介。

哲理诗中的《传道书》

希伯来最初的智慧文学，包括谚语、格言、寓言和谜语，都是民间口头流传的。到了王国建立时，“智者”或“聪明人”便成为军师、书记或讽谏者。智者、先知、祭司三者鼎立而为政治、宗教上最有发言权的智囊。他们留给后代的“智慧书”有著名的《箴言》、《次经》中的《所罗门的智慧》、《便西拉的智慧》和《伪经》中的《祖宗的话》等，这些书中多片言只语的汇集，其中也有比较长篇的议论。《传道书》则是首尾完整的著作，译成汉文约八千言，比老子的《道德经》还长。它的文体韵散杂糅，或可说是散文诗，这一点也似《道德经》。作者自称“传道者”(koheleth 这个字是自造的，字根是 kahal，集会的意思，引申为“当众宣道”)。还有一本长达 2400 行的哲理诗剧《约伯记》，学者多说是智慧文学中最雄大的杰作，和《传道书》并称“智慧文学”的双绝。

《传道书》和《约伯记》都受希腊思想的影响，作于公元前最后 300 年内。《约伯记》讨论的是好人为什么受苦难的问题，《传道书》讨论宇宙与人生的价值问题。这个“道”就是悲观主义或怀疑主义的哲学思想。作者在希腊化的后期,在暴君安条克的压迫、掠夺下,民族的经济、文化遇到危机,亲自经历民族的、个人的重重困难,到处都是压迫和不公平,回顾几百年的流亡生活,换过多少征服者,发现万事反复循环,日光之下没有新事。

虚空的虚空,虚空的虚空,
人生虚空,万事都是虚空。
人在太阳底下劳碌一生,
究竟有什么益处?
一代过去,一代又来,
大地却永远是这个样子。
太阳升起,太阳沉没,
迅速又回到原来的地方。
风向南吹,又向北转,
不断地循环反复。
江河流入海洋,
海洋却不满盈,
水归原来的地方,
从老路川流不息。
万事令人厌倦,
没有人去一一数说。
眼看,看不饱;
耳听,听不足。
发生过的事,以后还会发生;
做过的事,将来还要再做。
太阳底下没有新的事。
有谁能说"看,这是新事?"
不,在我们出生之前早就有了。
以住的事没有人去追念,

今后的事也没有后人去怀念。 (1:2－11)

人类虽然是万物之灵，但寄人篱下的奴隶生活，比鸡狗牛马又好多少呢？

到头来，人和兽的命运相同；前者怎样死，后者也怎样死。两者有一样的气息，人不比兽强；因为一切都是虚空。两者都要归回尘土：他们从那里来，也要回到那里去。谁能肯定人的灵会往上升，而兽的魂会落入地下呢？所以我看，人最好是享受他劳碌的成果；这就是他的命运。谁能使他看见身后的事呢？

……我羡慕那些已经死了的人，他们比活着的人幸福多了。而那未出生，未曾看见过世上不公平的事的，比上述两种人都幸运。 (3:19—4:3)

一个人尽管有上百的儿女，在世长寿，如果他没有享受，死后不得安葬，那么，即使他活了许多岁数，又有什么益处？我想，一个流产的胎儿比他还好呢。胎儿空空地来，空空地回到黑暗中去，不留痕迹。他没有见过阳光，没有知觉，却得到了安息。这比那活了两千年却没有享受过生命之乐的人强多了。到头来，他们两者不都要归宿到同一地方去吗？ (6:3—6)

传道者给人很多警句，如云："一只死苍蝇会使整瓶的香膏发臭；少许的愚妄比智慧、名誉还重。""不要让任何事使你烦恼、痛苦；因为青春不能常驻，风华正茂时也有空虚。""太阳、月亮、星辰还没有失去光芒，雨后的云彩尚未消逝时，你要照那样子放出光辉。时候一到，持家的手发颤，强健的腿变软，牙齿只剩几颗，难以咀嚼食物，眼睛昏花，耳朵聋背，听不见市街上的喧声，但清晨雀鸟一唱，你就得醒来。你怕高处，怕走危险的道路，头发斑白，精力衰败。到时候，银链子断了，金器皿碎了，井里吊绳断了，水罐在井边砸烂了，生命归回尘土。空虚，空虚，一切都是空虚。"因此，传道者说："年轻人哪，快活地过你青春的时光吧！趁年轻时欢乐吧！随心所欲地做你喜欢做的事吧！”

这种思想可能受当时流行在希腊的伊壁鸠鲁(公元前341年—前270年)快乐主义的影响。这样的快乐主义和西方19世纪末的颓废思想很相似，怎么能编进宗教的经典中去呢？他们在争论之后，编辑者加上按语和注释，例如在“随心所欲地做你喜欢做的事吧”的后面加上一句：“但是要记住，上帝要按照你的行为审判你。”(11:9)全书的结语也是编者加的：“要敬畏上帝，谨守他的命令；因为这是人人应尽的义务。我们所做的一切，或善或恶连最隐秘的事，上帝都要审判。”

抒情诗中的《雅歌》

希伯来各体文学中，抒情诗的历史最长。从上古的神话时代开始就有《拉麦之歌》(《创世纪》4:23—24)，其名句是：

杀死该隐必须赔上七条命；
杀死我的必须赔上七十七条命！

传说时代有族长们的祝福之歌，如以撒给雅各的祝语：

愿上帝从天上赐给你甘霖，
　使你的土地肥沃。
愿他赐给你丰富的五谷、美酒！
　愿万国服侍你，万民向你下拜！(《创世纪》27:28—29)

到了史诗时代，抒情诗更加发展了。摩西率领以色列人出埃及，渡过红海，而埃及追兵被淹在海中后，他便和姊姊米利安率男女歌队大唱凯歌，反复地唱出这样的主题：

歌颂上主，他获得光荣的胜利，
他把战马和战士扔进海里。

——《出埃及记》(15:1—8)

摩西和以色列人民在旷野里干渴无水时，忽见水泉，并挖出水井时，留下来《挖井歌》：

井啊，涌出水来吧！
我们的赞歌应和着一同涌流！
这是首长用权杖挖的井，
是人民的领袖用手杖凿的井，
荒地所给的礼物啊！

——《民数记》(21:17—18)

在英雄的史诗中，记载着不少的凯旋歌，其中最有名的是《底波拉歌》，是女士师底波拉和巴拉挂帅战胜迦南王耶宾的统帅西西拉时的凯旋歌。这是近百行的雄大凯歌，歌中歌颂亚卫的威声，各部落人民的齐心协力，主动参战，加上天时地利的帮忙：

晨星从天际支援，
掠过天空攻击西西拉，
基顺河水滚滚——
急流把他们冲走。
那时壮马飞驰，
蹄声挞挞奔腾。

歌中还生动地写出敌将西西拉逃走，死在民间妇女雅亿的手下。他逃进雅亿的房子，要求水喝，她便用贵重的碗盛牛奶给他。他安心睡下，立刻鼾声大作，她便一手拿木钉，一手拿锤子，打碎他的头，穿透他的太阳穴，他便死在她的脚下。同时，西西拉的母亲凭窗凝望，问他的战马为什么迟迟未归？最聪明的宫女告诉她，一定是打了大胜仗，忙着分战利品，他分得漂亮的女奴，还带回彩衣来给老太太呢！在风趣的讽刺之后，以赞美亚卫为结束：

亚卫啊，愿你的仇敌都这样灭亡！
　愿你的朋友像旭日东升，光芒四射！

——《士师记》(5:1—31)

到了王国成立以后，抒情诗有更大的发展，大有繁荣的景象，大卫组织了 288 人的盛大乐队和歌咏队，他自己创制了各种新的乐器，交给 24 个专家训练他们。大卫自己又是个歌手、诗人，他的作品多数散佚，传说《诗篇》是他的诗集，那是误会，《诗篇》是各时代的抒情诗集，中间虽有大卫时代的作品，但多数是后人的作品，还有不少是亡国以后的作品。所罗门也写过很多诗，《列王纪上》4:32 说他“作了三千句箴言和一千零五首诗歌”。那些诗也多佚失了。《箴言》、《雅歌》等虽注明是他的作品，而实际上是托名的。在《伪经》里有一卷题名为《所罗门的诗篇》，更是明显的托名。那是公元前后法利赛人的作品，和所罗门相去近一千年。王国时代有个集子叫《雅煞珥书》，原书已经散佚，但其中部分诗歌被《诗篇》所录用了。

《诗篇》是一部重要的希伯来抒情诗集，共 150 首，分为 5 卷。其中不少颂神诗，是配合仪式而演唱的。这部分是宗教抒情诗，意境较深远，如云：“诸天述说上帝的荣耀，穹苍传扬他的作为。这日到那日发出言语，这夜到那夜传出知识。不用言语，也不用音响，它的话语传遍地极，它的声音遍及天涯。”(第 19 篇)这些宗教抒情诗作，对西方文学影响很大。目前我们较有兴趣的是犹大国亡国后民族的抒情诗。如脍炙人口的第 137 篇：

我们曾在巴比伦的河边坐下，
一想起耶路撒冷就哭了！
我们把琴挂在那里的柳树上，
因为那些掳掠我们的要我们唱歌；
　　那些抢夺我们的要我们奏乐……

这分明是反映“巴比伦之囚”的生活，诗人切求报复，以消心头之恨。又如第 74 首，反映公元前 2 世纪安条克四世强行希腊化，掠夺耶路撒冷，玷污圣殿，把宙斯的像立在圣殿里。犹太人忍无可忍而揭竿起义。诗中有云：

您的仇敌在您的圣殿欢呼，

他们已经竖起他们的旗帜。
他们像伐木者用斧头砍树，
圣殿里雕刻的柱子被铁锤捣毁。
他们纵火焚烧您的圣殿，
他们亵渎敬拜您的地方。
他们决心要彻底消灭我们，
把这片地上的圣所全都烧毁。

诗穷而后工。对民族意识特深的希伯来人来说，亡国是最大的穷（穷尽、极致），所以他们哀悼亡国之痛的诗歌专集——《哀歌集》是功力最深的诗集。单就诗律而言，“哀歌体”（气纳体—Kinah）每行五个强音节，前三后二，中间有一个停顿，像人在哭泣时，话语若断若续。这种诗律，很难译成外语。我国的“骚体”庶几相近。例如第4篇的头10节，用《九歌》之体制试译如下：

一、何黄金之变色兮，纯金黯淡，
　彼神阙之圣石兮，弃诸路畔！
二、叹锡安之众子兮，贵比精金，
　今贱于陶工手兮，所制瓦瓶。
三、顾猛犬能哺幼兮，厥性柔和；
　何民女而犷悍兮，沙漠之鸵！
四、彼婴儿之失乳兮，舌贴焦膛，
　儿求饼而嗷嗷兮，孰与干粮？
五、享珍馔之王孙兮，伏路孤寒，
　曾夜锦而褥朱兮，偃卧粪壤！
六、所多玛之速亡兮，非为人力，
　今吾民之罪愆兮，更为可耻！
七、昔贵胄白于乳兮，皎皎如雪，
　丰润胜于珊瑚兮，冰清玉洁；
八、今尘容之黎黑兮，莫识于途，

形憔悴而销铄兮，枯如槁木。
九、毋饿死于饥荒兮，宁蹈白刃，
不得田园蔬果兮，衰竭昏晕。
十、哀吾民遭屠戮兮，民女不仁，
亲烹儿婴而食兮，腹饥难忍！

《哀歌》又用了“贯顶体”(acrostic)，每节首句第一个字母要按字母表的顺序排列。全诗必须22节，和希伯来文字母数相等。第一节首字用A，第二节首字用B，以下顺推。《哀歌》第三篇的体例是每节三行，每行全用贯顶体，即第一节三行的首字母全用A，第二节三行的首字母全用B，以下顺推。由此可知《哀歌》的诗律最细最严。

希伯来诗歌用这种“贯顶体”头韵的，除《哀歌》外，有《诗篇》中的10、25、34、37、111、112、119、145等篇。其中第119篇体制最雄大而严格，全诗分为22解，每解8股16行，一解之内各股都用同一字母为头韵。全诗176股352行，全用贯顶的头韵，可说是一绝。(一般希伯来诗的韵律是并行句，二句或三、四句并行都可以，比较自由)

希伯来抒情诗发展到《雅歌》可说到了顶峰。它的标题是“歌中之歌”，是最佳诗歌之意。事实上，在写恋情的诗歌方面，全部古代诗作无出其右者。对于两性爱情表现的大胆，对于两性肉体美描写的露骨，比东西方古代的诗作都超过了。最难得的是写一个少女心灵的纯洁、爱情的专一和不受威胁利诱，说：

因为爱情如死之坚强，
嫉妒如坟墓之残忍。
爱情所发的火焰，
是最猛烈的火焰。
众水不能熄灭爱情，
洪水也不能把它淹没。

若有人想用财物换取爱情，
他必全然被藐视。

这是对爱情最崇高的歌颂。只这一点，就有流传的价值。这篇作品没有宗教的气味，没有提到上帝，怎么能收集在《圣经》里呢？它在激烈的争论之后，只因两个假设而得以编入《圣经》。一个假设说它是所罗门的手笔；另一个假设说它是寓言，象征神对选民的爱。在现代人看来，这两个假设都是站不住脚的。这篇作品从文字看是晚期的作品，不可能是近一千年前的所罗门之作。作品本身丝毫没有象征神人恋爱的迹象或寓意的企图。现代人喜爱它，一因它写得美，二因它描写了一个纯洁、坚贞、勇敢的性格。

《雅歌》的体裁有几种说法：18 世纪末的德国哲学家和文学家赫尔德(J. G. Herder)最初发现它是优美的情歌集。后来又有人发现它是个整体的作品，有故事、有结构、有思想。摩尔登(R. G. Moulton)说是牧歌：国王所罗门在山中遇到美艳的牧羊女，便向她求婚，她逃走了；他装作牧人向她唱歌、求情，她终于答应了，便回到耶路撒冷成婚。婚后她思念故乡，所罗门同意陪她回娘家和亲朋们欢聚。也有很多人说它是戏剧。而在戏剧说中，又有两种说法，一种说剧中人物只有两个——所罗门和牧羊女，情节和牧歌说差不多。这一说以德立茨(F. Delitzsch)为代表。另一种是说剧中人物有三个——国王、牧女之外还有个牧羊情郎。情节故事和前一说相反，牧女一直拒绝国王的引诱、求情和威胁，最终放牧女归山和牧羊情郎完婚。这一说以埃瓦尔德(H. Ewald)为主。后一说获得更多人的同意，因为它表达出女主人公的高尚思想品德，胜过“所罗门的荣华”和“所罗门的智慧”。不过埃瓦尔德的方案是把它分成 5 幕 22 场，未免太琐碎了些；我们参考埃氏的方案，改编为 10 场(不分幕)如下：

第一场(1:2－8)　牧女被迫到离宫里去，宫女的歌队高唱情歌以诱发牧女向所罗门发生爱情；但她念念不忘牧羊情郎，对所罗门冷淡。

第二场(1:9－2:7)　所罗门进场，赞赏牧女的美丽；她却想起山中情人的爱，请歌队不要挑逗她的爱情。

第三场(2:8－17)　牧女和牧羊情郎相爱的情况。

第四场(3:1－5)　牧女梦见牧羊郎，第二次请歌队不要挑逗她对所罗门的爱。

第五场(3:6－11)　歌队描述所罗门王迎亲的队伍、花轿和冠冕的豪华。

第六场(4:1－7)　所罗门再次向牧女献媚；牧女说自己对牧羊情郎已订终身。

第七场(4:8－5:1)　牧羊情郎和牧女相爱的情况，田园之乐。

第八场(5:2－6:3)　牧女第二梦，山中的爱情生活。

第九场(6:4－7:9)　所罗门和歌队最后一次的进攻。他说宫中有皇后 60，妃嫔 80，还有宫女无数，但没有一个完美无缺的，只有牧女是完人。

第十场(7:10－8:14)　牧女终于胜利，回家投入情郎的怀抱，与亲朋、兄弟、姊妹们相互庆祝行乐。

把《雅歌》看作一个完整的牧歌或戏剧，是因为它本身从头到尾给人一个完整故事的印象。在公元前 3 世纪时的俄利金早就说它是戏剧体，12 世纪的伊本·以斯拉说《雅歌》剧有三个主角。这样便更觉得它生动泼辣；有思想和感情的斗争，也显得更有意义。

剧情很简单：一个初夏天气，所罗门王在黎巴嫩山的离宫附近行猎取乐时，遇到一个健美的牧女，便把她弄到宫中，先由宫女组成的合唱队唱歌，向她挑逗对王的爱情；继之所罗门上场求爱，都被她拒绝了。她心中只有一个牧羊情郎，觉得宫中虽好，不如林中草地的自由、可爱；君王的尊荣，不如谷中的百合。她回忆山中纯洁的爱情，厌恶宫中的妖形怪状，勾心斗角。尽管君王对她百般献媚，显示豪华，她都不动心。她坦率声言自己已经和牧童私订终身，对君王的财富表示藐视。她说："若有人想用财物换取爱情，他必全然被藐视。"她的纯真和坚决，终于感动了君王，放她自由回到牧童那里去。

所罗门的豪华气派、权威，一时无敌。他的王后、妃嫔和宫娥虽多，但都不是由爱情结合的。他娶埃及的公主为后，是为政治的因素；其他宫女贡献进来的多如《红楼梦》中的贾元春，觉得深宫中是见不到人的地方，虽百依百顺却没有乐趣。书拉密女出身于劳动人民，被太阳晒黑而俊俏、天真、泼辣，她爱情专一，虽有君王之富也不能动摇她的真情。所罗门在她身上欣赏到真正女性的尊严和矜持，而不像他宫中那些百依百顺的玩物。他在这个不可征服的女子身上发现了"完人"。体会到真正的爱情如死之坚强，不能以金银财宝来换取。他为了尊重这个"完人"，不忍损伤她，最终允许她回到牧童的怀抱中去。

关于《雅歌》的作用，众说纷纭。有的说是比喻，表达神与人之爱。中世纪才华出众的法国说教家伯尔那，曾用《雅歌》说教达 18 年之久，说了 86 次，还只说到了第 3 章第 1 节。单用开头的一句"愿你用嘴和我亲吻"，就作了 7 篇说教文，用种种的比兴，象征神人之间的爱。这和我国的道学家把《国风·关雎》说成文王之德，后妃之情深意至一样。不少人说《雅歌》是结婚庆典中的歌曲，且以现代叙利亚人婚礼中歌唱同类的情歌为证。这也不足为训，希伯来人的婚礼长达两周之久，其间有歌、有舞、有谜语和各种戏言、胡语；唱些和《雅歌》类似的歌曲，并不稀奇；但《雅歌》决不是专为婚礼而写的。他们每年都在逾越节这个大节日当众朗诵《雅歌》，以纪念他们祖宗的出埃及，气氛是隆重的，和婚宴中的戏谑大不相同。但《雅歌》也不是为逾越节而写的，不过是纪念会上朗诵喜剧性的文艺名篇为主要精彩节目而已。

《雅歌》的写作时代，许多学者都肯定在公元前 3 世纪所谓"希腊化"时代。可是它被收入《圣经》，却经过长期的争论，到公元前

1世纪时才最后决定收入，理由是卷首有“所罗门的雅歌”字样。既是名王所罗门所作，谁也不好反对。其实它并非出自所罗门的手笔，希伯来文 Le Selomoh 这个字，可以译为“所罗门的”，也可译为“关于所罗门”或“献给所罗门”。《雅歌》文字之美，写爱情之大胆、细腻是东西方古文库所没有的；其所写纯朴、天真、敢于抗拒帝王求爱的女性形象，又是空前的。我们认为，把它收入《圣经》或文库中是理所当然的。

第三节 《路得记》和《以斯帖记》

希伯来人有杰出的讲故事的才能，从神话、传说的故事起，到史诗、历史、小说，有源远流长的讲故事的传统。史诗中约瑟的故事比荷马史诗还早，而故事的生动、形象的鲜明、结构的巧妙，为近代伟大小说家列夫·托尔斯泰所惊叹不已。王国成立（公元前1030年）以后写的历史文学中，如大卫的一连串故事，被近代诗人小说家哈代称为最好的散文艺术品。从世界的范围看，小说的产生时代都比较晚，在希伯来，公元前4世纪，产生最初的小说《路得记》；不久以后便产生《约拿书》，二者都是隐含批判狭隘民族主义，宣扬开放思想的文艺小说。到了公元前3世纪和前2世纪，小说更加发达了，因为“希腊化”时期，民族文化的矛盾和斗争频繁，在民族思想的激发下，产生了《以斯帖记》、《犹滴传》等民族主义思想浓厚的小说。他们在公元前便产生了这么优秀的小说作品，而且每篇都有伟大的主题，但因为时代的混乱，文献散失了很多，幸存者不多。我们只选择《路得记》和《以斯帖记》两篇来作例子。

《路得记》

《路得记》是希伯来最早的小说，带有田园牧歌气味。《路得记》描写王国成立前的“士师”时代，犹大伯利恒地方遭到荒年，农民以利米勒带了妻子拿俄米和两个儿子到异国摩押去逃荒，并且在那里娶了两个儿媳妇。但在10年后，父亲和两个儿子相继死去，留下三个寡妇——婆婆和两个媳妇。后来婆婆拿俄米听说家乡年成好转了，便准备回国。临行时，婆婆对两个媳妇道："你们都还年轻，回娘家去再嫁人吧。"说了就和她们吻别。但两个媳妇放声大哭，不愿离开婆婆。拿俄米说："孩子啊，回去吧，为什么跟我去呢？我还能生儿子做你们的丈夫吗？回去吧，我年纪老迈，不能再嫁，即使能嫁，也能生儿子，你们岂能等他们长大呢？孩子啊，我很难过，因为上天惩罚我，连累了你们！"说得两媳更加放声大哭。大媳妇跟婆婆吻别而去了，只是小媳妇路得舍不得婆婆拿俄米。

拿俄米说："看，你嫂子回娘家去了，你也去吧！"路得说："不要催我回去，您往哪里去，我也往哪里去。您住在哪里，我也住在哪里，您的国就是我国，您的神明就是我的神明。您在哪里死，我也在哪里死，葬在哪里。除非死，我决不离开您。不然，愿受天罚！"拿俄米见她决心跟自己走，就不再劝她了。

二人回到伯利恒，全城的人都惊讶，说："这不是拿俄米吗？"她说："不要叫我拿俄米(甜的意思)了，叫我玛拉(苦的意思)吧，我满满地出去，空空的回来。"

那时正是收割大麦的季节，年轻的路得到麦田里去拾麦穗，恰巧在财主波阿斯的田里拾。波阿斯一看见她就喜欢她，他已经知道她不肯离开婆婆，并很勤快，便吩咐工人们善待她，多落下些麦穗让她去拾。到吃饭时，还亲自拿饼给她吃，她吃不完，还带回给婆婆吃。黄昏回去时，她打下了拾到的麦穗有一担大麦。婆婆看了大麦，并听说波阿斯怎样善待她，十分高兴。她知道波阿斯是近亲中最能干的中年人，而且对路得特别关心，便对路得说："孩子啊，我当为你找个安身之处，使你幸福。波阿斯是我们的近亲，[①]

① 希伯来人风俗，年轻寡妇要嫁给故夫的近亲。

他今夜在场上簸麦;你要沐浴抹膏,换上衣裳,到场上去,不要让人认出是你。等他吃喝完了,看准他睡在哪里,你悄悄地进去掀开他脚尾头的被,躺在那里,他会告诉你当做的事。"路得说:"听婆婆的吩咐就是。"

到了半夜,波阿斯醒来一翻身,发现一个女子躺在脚尾头,便问:"你是谁?"她说:"我是你的婢女路得,求你用衣襟遮盖我,因为你是我的至亲。"波阿斯说:"不要怕,我知道你是贤德的女子,你本可以嫁给年轻小伙子,却不愿离开婆婆,来到陌生的异国,如此贤淑,必有后福。我是你的至亲,但还有一个人比我更亲。明天我去问他,他若不肯尽本分娶你,我一定娶你。"

第二天,波阿斯在城门口和那个至亲当着10个长老的面问明白:他愿不愿意赎回拿俄米那块地,并娶了寡妇路得,使死人在产业上保留他的名分。那人明说不愿意尽这个义务,脱下鞋子给他为证,让他去尽这个义务。波阿斯请诸长老和众人作证,他有权利和义务赎地并娶摩押女子路得为妻。长老和众人都愿做证;于是波阿斯娶了路得,生子名俄备得,就是耶西的父亲,大卫的祖父。

小说的作者① 对以斯拉和尼希米禁止希伯来男子和外族女子结婚很不满意,便特意描写摩押女子路得的贤慧、忠贞、勇敢、勤奋,和犹太族的波阿斯结婚后,家庭和睦美满,邻居们说拿俄米有这媳妇,比7个儿子还好。更重要的是她生子作了大卫王的祖父,和外族女子结亲有什么不好呢?这就是小说的主题思想:反对狭隘的民族偏见,主张对外开放,放开眼界。

小说末尾所附的大卫的家谱,显然是编辑《圣经》的祭司们加上去的。我们可以把它看做附注。

全文译成汉文不过三千字,除故事的生动感人外,田园诗般的

---

① 《路得记》作者姓氏不可考,唯知是公元前4世纪时人,因为小说针对尼希米的禁令,文体尚带田园诗风味。

抒情成分也引起诗人的共鸣。英国浪漫诗人济慈的名诗《夜莺曲》有这样的名句：

当路得含泪站在异国的麦田中，
苦思家乡的时候，从她愁苦的心中
掠过的，恐怕就是这同一的歌曲吧。

《以 斯 帖 记》

希伯来的小说，到《以斯帖记》产生时，已经脱离田园诗的气味，小说艺术相当成熟了。[①]《以斯帖记》的故事情节动人，结构巧妙，文字优美可诵；加上爱国的热情，更为当时和以后的犹太人所看重。它虽然没有宗教气味，不少人反对把它放在《圣经》里面，但最终还是被通过收在《圣经》里。并且将小说中提到的"普珥节"定为全希伯来民族的喜庆日（阿达月 13 和 14 日，即现在的公历 3 月间），每年在普珥节都要当众朗诵这个作品。

希伯来文学作品中被列为每年在特定节日朗诵的作品有五卷，称为"五卷书"（5 Megiloth），除《以斯帖记》之外，《雅歌》在逾越节朗诵，《哀歌》在耶路撒冷陷落纪念日朗诵，《路得记》在五旬节即收获节朗诵，《传道书》在住棚节朗诵。后四个节日都是希伯来人历史上重大事件的纪念日，惟独这个普珥节（Purim）是由于《以斯帖记》这篇小说而虚构出来的节日。"Purim"是波斯语，是抽签的意思，因为这个节日是波斯宰相哈曼要杀尽国内的犹太人，抽签决定的动手的日期；因以斯帖的苦心焦虑和努力，反过来处死了宰相哈曼，又在那抽定的日子杀了许多波斯人。于是全部犹太人以该日为普珥节。

《以斯帖记》的写作年代，约在公元前 2 世纪末，犹太人受暴君安条克四世的欺凌，马卡比家起义发生后，公元前 130 年左右。小

---

① 《以斯帖记》作者不详，学者多肯定是公元前 2 世纪末"希腊化"后期的作品。

说的波斯历史背景是借用的；借古讽今是那时希伯来文学惯用的手法。

《以斯帖记》的故事梗概是这样的：

波斯灭了巴比伦以后，拓殖的土地很广，从印度到苏丹 127 个行省。亚哈随鲁皇帝大宴群臣 180 天，最后请皇后瓦实堤盛装出来让大家一瞻风采；不料皇后拒绝圣旨，皇帝盛怒之下便废了她而册立新后以斯帖。新后以斯帖是犹太人，早孤，由堂兄末底改抚养长大。这次被选为皇后时，末底改吩咐她不要暴露自己的种族和身世。末底改自己在御门供职，得知两个御门的内侍阴谋弑君，便通过以斯帖皇后告知皇帝。经调查属实，二内侍被处死，而末底改立了一大功。

新宰相哈曼狡猾得宠，气焰万丈，出入宫门，臣仆莫不跪拜；而犹太人末底改却不跪不拜。哈曼气极，和家人商量，抽签定个日子除灭所有的犹太人。皇后以斯帖暗中设法营救。

三天后，皇后盛装见帝，帝问何所欲，即使江山一半也可以给她，她只要皇帝和宰相赏脸赴她的私宴。酒宴中皇帝又问何所欲，江山的一半也可得到；她只要求明天皇帝和宰相再次赴她私宴。因此宰相哈曼更觉骄傲，认为连皇后也特别看重、偏爱他了。但他走出宫门时，末底改又对他无礼，他火冒三丈，回家和家人商量，决定造一大木架来把末底改吊死。

当晚皇帝重温史册，对末底改的立功未赏，耿耿于怀。正当此时，哈曼来请求把末底改吊死。皇帝见他来了，便问他："朕想褒奖一个人，你看怎样做好？"哈曼想这个要褒奖的人除他还有谁呢？便说："让他穿上皇袍，骑在戴冠的御马上，叫尊贵的大臣牵马游遍京城的大街广场。"皇帝说："就照你说的办，你明天牵马让末底改骑马游街。"哈曼只得照办。

皇帝和哈曼第二次赴皇后以斯帖的私宴时，皇帝问以斯帖要什么？江山的一半也给。她说："如蒙皇恩，请陛下饶我一命，也饶我全族人的命,因为我和我全族的人都被卖给刽子手了。我全族要被杀害,要遭灭种之祸了!"皇帝问刽子手是谁? 她说:"就是这个阴险恶毒的哈曼!"哈曼顿时惊惶失措。皇帝大怒,离席去御花园。哈曼见势不妙,便向皇后求恕。当他伏在以斯帖所坐的躺椅上求情时,皇帝回来了,见此情状,更加大发雷霆,说:"哈曼竟敢在宫中侮辱皇后!"太监们便上前用黑纱蒙住他的脸。一个叫哈波拿的太监说:"哈曼刚好为末底改造了一大刑架在家中。"皇帝说:"把哈曼挂上去!"

哈曼被处决了,皇帝的怒气才平静下来。于是末底改代替哈曼做宰相,当天就下诏书给 127 省,命令全部犹太人于 12 月 13、14 日武装起来集中自卫,因为那两天是哈曼抽签决定杀死犹太人的日子。到了日子,犹太人在京城杀了 500 人,把哈曼 10 个儿子杀死挂在大刑架上。

这是作者虚构的小说。在马卡比家起义的时代,借以鼓励犹太人各尽所能地为民族的生死存亡出一把力。全篇贯穿着民族复仇的情绪,而结构巧妙。以斯帖的控诉、复仇,不是通过直接向皇帝哀求,而是通过私宴,到酒酣饭饱时,当面揭发哈曼的阴谋。第一次宴会时还不明说,却一延再延,情势却一步紧一步,终于当场将敌人逮捕,使局势来了 180 度的转变。

17 世纪法国的悲剧作家拉辛用这故事写了大悲剧《以斯帖记》,被 19 世纪的雨果誉为高超美妙之作。

《以斯帖记》爱国主义思想突出而缺乏宗教的信仰成分。它之所以能被收入《圣经》,除了故事动人、情节结构巧妙之外,还靠《次经》中的《以斯帖补编》,所补的正是宗教的成分。例如,在书的开头补上末底改的梦,梦中看见两条巨龙相斗,发出惊天动地的巨响,太阳昏暗,大地晦冥,天下大乱,恶霸横行,义人向上帝呼吁,在呼声中,如有涓涓泉源汇成江河大水,于是曙光出现,日上东山。谦卑者升高,吞灭显贵。末底改醒后一直思想这梦的兆头。到了晚上，于万籁无声中听见同房的两个太监密谋弑君事，便禀告亚哈随鲁帝，皇帝探明实情，给末底改记一大功。他和新宰相哈曼二人同为朝廷最显贵的人物。而哈曼知道末底改是犹太人，便密谋定期除灭国内全部犹太人。哈曼掌握皇帝的私印，用皇帝的名义私发诏书给全国各个行省。

补编写末底改和以斯帖在大难临头时，向上帝祷告。末底改祈求上帝谅鉴他的心事，他之所以不肯向哈曼跪拜，是因为一意只敬拜亚卫的缘故。以斯帖悲恸几死，三天不饮不食，祈祷于神前，愿那恶人的计谋变成他自己的陷阱。这段祷词插在中间——第4章17节以下。

末尾处，补编说这件事是他所梦见幻影的应验，二巨龙就是末底改和哈曼，涓涓泉源是以斯帖皇后，命令定12月13、14日为普珥节。

这个补编，在希伯来文本中是没有的，在希腊文译本中分别插入6处。到耶柔米(Jerome，公元340年—420年)翻译成拉丁文时，再把它抽出来另放在一处，成了《次经》中的《补编》，还希伯来文原本的本来面目。近、现代的《圣经》翻译者多认为还原本以本来面目是有眼光的。

和《以斯帖记》差不多同时产生的《犹滴传》，也是故事动人、情节结构巧妙的著名小说，堪称公元前2世纪希伯来爱国主义小说的双璧。以斯帖以自己的美貌、柔情和智慧，配合末底改的谋略而挽救了民族的危机；犹滴则以自己的美貌、勇敢和自己的谋略，智割敌将的头颅而反败为胜。

犹滴是犹大彼土利亚山城里一个美貌的年轻寡妇，因为亚述王围攻山城，断绝水源，不得不答应在五天以后投降。犹滴挺身而出，在五天内设法转败为胜。她脱下穿了3年的丧服，换上新婚时的盛装，抹上香膏打扮得像个天人。当晚带着使女，背上粮食酒浆，往敌营走去。敌军统帅和罗孚南和他部下见此绝色，都如醉如痴。她说自己是希伯来女子,因知亡国在即,特冒险前来告知犹大内部的秘密,并愿做带路人,可以使战争不损一兵一卒而取胜。她请求住在敌人军营中,每夜三更时分和使女一起去山中祈祷,求神告知犹大亡国的时机。敌将允许她这样做,一连三夜都出去祈祷,到了第四天,敌将请犹滴跟他一同饮酒取乐,意在占有她。她盛装华服赴宴,把敌将灌得烂醉。夜深了,敌将左右都散去了,只剩下犹滴独自陪着烂醉如泥的和罗孚南,她叫使女等在门外听使唤,自己拿下将军的宝刀,竭尽平生之力,向和罗孚南的颈项砍了两刀,头颅落下了。她叫使女进来把砍下的头颅装进粮袋里,把敌人的华帐等贵重的东西卷起来,一起带去。她们二人和平日一样,于三更时分走出军营,带着胜利的硕果而归。

第二天,犹滴和彼土利亚的长老把敌军统帅的头颅挂在城头示众,号召军士和人民向敌营发动进攻。敌军发现统帅已被杀死,群龙无首,又见山城上大军攻下来,声势汹汹,便抱头鼠窜。犹大战局转败为胜,并乘势号令全国起来歼敌,终获彻底胜利。

这篇小说也和《以斯帖记》一样,不是历史的纪实,而是由想象虚构的。它的历史背景是犹大亡国前而受到当时霸权大国威胁时的情景。小说的写作目的也和《以斯帖记》一样,在"希腊化"的暴君安条克四世的压迫欺凌之下,为响应马卡比家起义战争而鼓舞打气。

《犹滴传》被收入《次经》中,对后世西方文学的影响也是十分深远的。19 世纪意大利戏剧家贾科美蒂编剧《犹滴传》,著名女悲剧演员里斯托丽扮演该剧主角犹滴。恩格斯在《一八五八年的欧洲》一文中说:"意大利是激起运动的另一个策源地。在同俄国缔结和约之后比较平静下来的政治狂热病,由于波拿巴主义阴谋的助长而不可避免地笼罩了这个易于激动的民族。在伦巴第,旧的反对烟草垄断的运动重新又展开了。帕尔马公爵夫人不顾在波阿琴察有奥地利的驻防军,竟允许里斯托丽扮演一个鼓吹同亚述人进行神圣战争的犹滴，来鼓动反对奥地利人。”[①]《马克思恩格斯全集》的注释道：“剧终时里斯托丽唱了一支圣歌，歌中有这样一句话：‘让他们知道，要是外国人威胁祖国，战争就是神圣的。’意大利的爱国者以人声沸腾的，显然是反对奥地利占领者的游行示威来响应这支圣歌。当女演员在帕尔马巡回演出的时候，帕尔马公爵夫人说帕尔马没有外国人，准许演唱这支圣歌。这个剧引起了观众的狂喜；此后，无论里斯托丽演什么剧，群众都要求她演唱《犹滴传》中的这支圣歌，每次演唱都激起了暴风雨般的掌声。”[②] 可见该剧对观众的影响力量，也可见小说《犹滴传》对后代世界人民的抗暴运动起了多么大的作用。

---

① 《马克思恩格斯全集》第 12 卷，第 697 页。

② 《马克思恩格斯全集》第 12 卷，第 388 页。

第四章　古代印度文学

第一节　概　　述

印度得名于发源现今巴基斯坦境内的印度河。印度河流域和世界许多大河流域一样，也是人类文明的发祥地之一。中国汉代史籍将其译为“身毒”或“天竺”，在唐玄奘所著的《大唐西域记》中始改译为印度。古代印度基本上包括现在的印度、巴基斯坦和孟加拉等国的领土。因此，本章所述的古代印度文学主要是上述三国的古代文学。

据印度国内外考古学家和专家学者的多方探察与考证，一般认为印度河流域文明是达罗毗荼人创造的。经过漫长时间的繁衍生息，在公元前 2500 年至前 1700 年左右(此断限与放射性碳测定的年代基本相符)，这块肥沃的土地上生成了以较为发达的农业文化和较为完备的城市文化为代表的璀璨壮观的“印度河流域文明”。残留这些文明的是哈拉巴和摩亨佐·达罗这两处迄今为止最大最古的遗址。在遗址出土的青铜工具有斧、镰、锯等，武器有匕首、箭头、矛头等，工艺品有铜像、头像等，这都表明当时已进入青铜文化时代。尤为值得提及的是在出土的印章上可以看到一些铭文符号，但作为文字始终未能被后人破译释读。20 世纪 70 年代，有位芬兰学者声称已对这些文字符号释读成功，但未见正式发表的文章。

印度河流域文明初兴于公元前 2500 年左右，在公元前 2300

年前后开始进入鼎盛时期，至公元前1750年左右，印度河流域的许多城市遭到破坏，这一地区的文明也随之迅速衰落。至于衰落的原因有些学者认为是洪水泛滥、海岸隆起、地震破坏等自然灾害所致；也有的学者认为是异族入侵、争霸斗争、阶级对立等人为原因所致等等。但无论是哪一种原因，即或是目前尚未可知的原因，都不可能是消灭印度河流域文明的根本原因。因为任何古老的历史文明都不可能断然灭绝，只是迫于某种外力而变换一种生存方式而已，文明自有它生存的延续性，古代印度河流域的文明自不例外。随着人类文化的进步，人们可能会对此做出令人满意的解释。

雅利安人原系部落集团，自称“雅利阿”。主要从事畜牧业，擅长骑射，崇拜多神。其故乡一般认为在中亚一带。其中一支约于公元前2千纪中期进入印度河流域，便得名印度雅利安人，以区别另一支进入波斯的波斯雅利安人。至公元前1千纪前半期，雅利安人已占据了整个恒河流域，并逐步建立起自己的文化。这种文化由于主要记载于最古老的文献“吠陀”里，因而又称为吠陀文化。虽然雅利安人自进入印度河流域这个水草丰盛、气候温暖的“大花园”以后，驻足不再迁徙，并经过长期征战，征服了达罗毗荼人，但是在文化方面，前者在很大程度上已被当地的达罗毗荼人同化了。因此，吠陀文化实际上是雅利安人与达罗毗荼人等土著民族共同创造的，是它们各自的文化互相交汇、融合的结果。这种交融经历了一个漫长的历史过程，其间充满了对立、冲突和痛苦。雅利安人运用战争、征服、占领等暴力方式，强行推动文化交流的结果，致使吠陀文化乃至以后各个时期的印度文化中，无不深深留下印度河流域文化的印迹。

吠陀时期

吠陀时期是指公元前2000年左右至公元前500年左右这段时间。当时正处于古代印度氏族社会解体到阶级社会初步形成的时期。

雅利安人刚刚进入印度时，并无种姓的概念。由于社会逐渐进入阶级社会，其内部分化出3个阶级，即执掌宗教事务的僧侣贵族、行使行政与军事权力的世俗贵族，以及从事各种生产活动的平民。当雅利安人与非雅利安人分离，雅利安人就将被征服、被统治的土著民族称为“达萨”或“达休”，于是种姓制度逐渐形成。主持宗教事务的祭司被称为“婆罗门”；武士和世俗贵族被称为“刹帝利”；农工被称为“吠舍”；被统治的当地人被称为“首陀罗”，他们只能从事最卑贱的工作。在吠陀时期另一件大事即婆罗门教形成。它由公元前2000年左右生活在印度西北部雅利安人游牧部落信仰的吠陀教演化而来，是大约于公元前7世纪形成的以吠陀文献为其经典的多神教。

雅利安人创造的久远的、丰富多彩的文化，由于缺乏可靠的史料记载，所以只能从一些文学遗产中去寻找蛛丝马迹。其中最早的文献是宗教诗和圣歌的汇编，被称为“吠陀”。其本意即“知”，是知识、学问和智慧的意思，主要是指当时印度宗教知识的集大成，后来转化成教义、经典之意。通常所说的吠陀，是指《梨俱吠陀》、《娑摩吠陀》、《夜柔吠陀》、《阿闼婆吠陀》4部吠陀本集。其中不仅大量保存了反映当时社会生活的资料，而且有不少诗歌，具有文学意义。

《梨俱吠陀》不仅是印度最早、最重要的诗歌集，也是世界上最古老的诗歌集之一。“梨俱”是书中诗节的名称，其成书时间大约在公元前1500年至前1000年之间。诗集中既有雅利安人入侵印度河流域以前的作品，也有他们定居印度后的新作品。婆罗门教产生以后，它即成为婆罗门教的根本圣典。诗集中描绘了印度历史初期雅利安人与自然的斗争和对异族的征伐，多方面地表现了他们的社会生活和思想形态，具有较高的文献史料价值和文学价值。

《梨俱吠陀》基本采用颂诗的形式，表现当时的雅利安人对自然现象、社会现象以及由自然现象和社会现象转化成的诸神的那种出自内心敬畏的赞美、恳祈和劝诉。他们赞美太阳威力无比：“在洞察一切的太阳面前，繁星似窃贼，悄然逃散。”他们歌颂朝霞的吉祥美丽：“辉煌灿烂的朝霞女神啊，你袒露胸脯，大放光明。”他们祈求暴风雨的宽容庇护：“由于你，植物千姿百态，雨云啊，我们求你保佑!”雅利安人尤其崇尚勇武精神，他们愿意像战士一样身披盔甲冲锋陷阵：“让我们用箭征服敌国，带给敌人忧伤和悔恨!”因此，既是战神，又是雷神的因陀罗在吠陀诸神中最受尊崇。他们认为：“拓宽天空，撑住天国”，“杀死巨龙”，“释放七河”，“征服和驱逐达萨(印度土著居民)人”，都是因陀罗为人们做的巨大英雄业绩。其他受赞扬的还有火神阿春尼和酒神苏摩，可见吠陀社会早期对战争、对火、对酒的渴求。

《娑摩吠陀》是可配曲演唱、祭祀用的歌词集。“娑摩”的意思是祭祀用的曲调，内容绝大部分取自《梨俱吠陀》，居于附属地位。

《夜柔吠陀》分《白夜柔吠陀》和《黑夜柔吠陀》两种。前者包括诗体或散文体的祷词，后者还有关于祭祀仪式的讨论。“夜柔”的意思即祭祀或祭祀的用语，指那些代表《夜柔吠陀》特点的散文祷词。

《阿闼婆吠陀》是4部“吠陀”中成书最晚的一部诗集。它主要是一部用诗的形式写的巫术书，由于配上了形象的比喻和铿锵的诗律，颇有诗歌的艺术魅力。“阿闼婆”原意为拜火祭司，因古代的祭司往往即是巫师，因此，阿闼婆也可理解为巫师。《阿闼婆吠陀》因是巫术诗歌，因此多用于“驱邪禳灾”。它们有的针对疾病本身，有的针对想象中的制造疾病的虫豸或妖魔。不少是治发烧、水肿、眼疾、骨折、外伤、蛇咬、中毒、癫疯等各种病痛的咒语。祈求治愈咳嗽的咒语这样写道：“像心中的愿望，迅速飞向远方，咳嗽啊，远远飞去吧，随着心愿的飞翔。”还有些咒语用来求祈长寿、生子、家庭和睦、爱情等，充分表现了人们丰富的想象力和追求幸福美好生活的强烈主观感情。

雅利安人进入印度河流域以后，不断由西向东推移。4 部吠陀本集的内容反映出他们这种渐进的轨迹。最古老的《梨俱吠陀》和《娑摩吠陀》的内容说明，当时的雅利安人活动范围在印度河流域；《夜柔吠陀》反映的是他们进入恒河流域的情况；《阿闼婆吠陀》最晚，其内容表明雅利安人已抵达现在的孟加拉地区。为区别前一段时间雅利安人的 4 部吠陀时期，有些学者称约公元前 1000 年至前 500 年这段时间为“后吠陀时期”或“梵书、森林书、奥义书时期”。

当 4 部吠陀本集被独揽祭祀大权的婆罗门祭司奉为神圣的宗教经典之后，即被繁琐化和神秘化。于是主要内容详细介绍各种祭祀仪式，阐释其起源和意义，指导各种吠陀颂诗用法的《梵书》便应运而生。这些实质上为婆罗门祭司的专业用书在解释祭祀仪式的起源和意义时，吸纳了一些神话传说，因而有了一定的文学内容。在现存的 10 多种梵书中，《百道梵书》篇幅最长，共 14 卷 100 章。其中有一则关于天女优哩婆湿与凡人补卢罗婆娑相爱的故事。它最早见于《梨俱吠陀》，在后来的大史诗和《毗湿奴往世书》等诸多往世书中，均有记载。公元 4、5 世纪，诗人迦梨陀娑又将这个故事改编成戏剧。从文学传承关系来分析，梵书上承吠陀，下启史诗和往世书。

《森林书》是各种梵书的附录，处于梵书的结尾部分，但不是梵书主题思想的延伸，重在探讨祭祀的神秘意义。这类书只在远离城乡的森林里秘密传授，并因此而得名。它们不注重制定祭祀的实施规则，强调内在的或精神的祭祀，是梵书的“礼仪之路”向奥义书“知识之路”的中介与过渡。

《奥义书》书名原义是“坐在某人身旁”，具有“秘传”的意思。其内容庞杂，成书年代前后相去甚远，除神秘主义说教以外，还讨论了一些哲学问题。《奥义书》出现时，《吠陀》时代已临近结束，因此,它又被称为"吠檀多",意即"吠陀的终结"或"吠陀的究竟"。《奥义书》中较古的部分提出的最著名的哲学观点是"梵"和"我"的思辨命题,并表达为"宇宙即梵,梵即自我"。"梵"代表宇宙本体,"自我"代表个体灵魂。"宇宙即梵,梵即自我"即是梵我同一,宇宙本体与个体灵魂同一。这一哲学思辨形成理论,是古代印度理论意识初步成熟的标志。《奥义书》的另外一个理论贡献是建立了轮回业报的观点,这既是一种哲学思想,也是一种宗教伦理学思想。从历史上分析,它既有消极落后的一面,又有积极进步的一面。这两种思想长期以来构成印度传统的思维定式,对后世和印度文学影响深远。

史 诗 时 期

史诗时期是指公元前 500 年左右至公元 400 年左右这段时间。当时印度大部分部落已经过渡到城邦制的国家,印度社会从吠陀时代进入列国时代。

公元前 6 世纪至前 4 世纪,西印度诸小国经过争霸战争,瓶沙王获得胜利,建立了统一的摩揭陀国。前 4 世纪中期,难陀王朝时期,摩揭陀国已经统一了恒河流域和印度中部一些地区。约公元前 324 年,旃陀罗笈多推翻难陀王朝,开始了孔雀王朝的统治。至孔雀王朝第三代国王阿育王(公元前 273 年—前 232 年)执政时期,除南部迈索尔地区外,整个印度都已并入孔雀王朝的版图,成为印度历史上第一个幅员辽阔的统一帝国。但这一帝国却随着阿育王之死而分裂瓦解。此后相继出现过一系列统一规模较小的巽伽王朝、甘婆王朝和贵霜王朝等,直至 4 世纪笈多王朝兴起,才再次统一了包括恒河流域、中印度和旁遮普一带的印度北部地区。在这一战争频仍和统一分裂交替的时代里,印度逐步完成了由奴隶制社会向封建社会的过渡。

乱世出重法,印度出现了最早的法典即《摩奴法典》。它成书于公元前 2 世纪至公元 2 世纪之间，主要论述了婆罗门教的神话、礼仪、人生经历(梵行、家居、林居、遁世)四阶段的责任、国王的职责、民法、刑法和四种姓的职业等。《摩奴法典》常常在印度文学作品中被提及，其人生四阶段和种姓制度的思想对印度文学产生重大影响。

随着古印度奴隶制的发展和奴隶制大国的兴起，印度社会形成严格的种姓等级制度，婆罗门教盛行。同时，低种姓群众起来反对不合理的种姓等级制度，反对婆罗门的特权。这样，在公元前 6 世纪，耆那教和佛教在印度的西北部与东部先后兴起。

这一时期，印度社会思想领域呈复杂状态，多种思想派别并列。既有尊重传统的吠陀祭祀，又有信仰苦行的极端派，还有具有唯物倾向的顺世派以及婆罗门上层改良主义者形成的唯心主义吠檀多派。印度史诗、往世书以及佛教的一些著作就在这种背景下产生了。

列国纷争为描写战争的史诗提供了素材，“苏多”阶层的出现为史诗的成型奠定了基础。“苏多”是刹帝利男性与婆罗门女性的婚生子。因为是逆向婚姻所生，所以受到婆罗门的歧视，这就造成了他们思想感情上倾向于刹帝利的事实。于是他们常以编唱英雄颂歌为业，形成了一种新兴的世俗文学传统，区别于婆罗门以祭祀为主的宗教文学传统。这些英雄颂歌经过漫长时间的编纂、修改、加工，终于形成了相对独立、完整的两大史诗《摩诃婆罗多》与《罗摩衍那》(详见本章第二节)。

与史诗有关、略迟于史诗出现的是《往世书》。这些《往世书》的作者也被说成是毗耶娑(广博仙人)。它的文体主要是诗歌，部分用散文，全书用对话形式写成，沿用史诗格律。《往世书》内容主要记述宇宙形成经过、神系家史及英雄传，可以说是新时期神话结集。《往世书》的历史观是循环论，最坏的第四代毁灭后还原到最好的时代去，实际是借古讽今，幻想复古。《往世书》崇神观念主要看神的降魔能力，视其为民除害的功绩如何。可见《往世书》既有来自民间的成分，也有各派宗教、祭司的创造。

《往世书》分大、小《往世书》各18部，现仅存18部。主要的有《梵天往世书》、《莲花往世书》、《湿婆往世书》、《毗湿奴往世书》及《薄伽梵往世书》等。

《往世书》与吠陀显然不同的是吠陀时代尊奉的天神因陀罗在《往世书》中已不占重要地位。《往世书》确立了对大梵天、湿婆天(大自在)、遍入天(毗纽天、那罗延)的崇拜，甚至还出现过三神一体的理论。这是以后印度教所崇拜的三主神。关于他们的神话，《往世书》各集分别有所记载。

大梵天是创造之神，名为三神之首，因无降魔能力，威力不及其他二神。三眼神湿婆是毁灭之神，有降魔驱邪威力，人们想象他是除邪降福的化身。他又被看做是地、水、火、风、空、日、月、祭司(人)8种化身，就是说，他同宇宙合一，而且他是世界的创造者，并不只是掌管毁灭。遍入天是保护之神，也能创造世界和降魔，他的妻子是吉祥天女。《往世书》多数是宣扬这位大神的。《毗湿奴往世书》是崇奉遍入天这一教派的根本经典，它宣传万物归一、众生平等，虔信毗湿奴可以得救的思想，表达了当时农民的情绪。《薄伽梵往世书》写遍入天10次下凡救世。其中第10篇又写大神黑天化身下凡，除暴安良。他的形象是头上插孔雀翎，口吹横笛的牧童，他是顽童，又是神童、英雄、人民的朋友，黑天在印度人民中深受喜爱。

总的说来，《往世书》既包含着宗教迷信成分，又表达了受压迫群众的思想感情。它对后世印度宗教思想及教派形成有重大影响。

随着耆那教、佛教的兴起，也产生了大量的宗教文献。佛教在印度兴盛时间不长，在国外影响深远。流传至锡兰、缅甸、泰国等地的是接近梵语的巴利语文献，流传至我国的有汉译文献。这些文献都分经、律、论三类，通称“三藏经”。其中最有文学价值的是《本生经》。《本生经》是讲释迦牟尼成“佛”以前的生活和若干动物的故事，还包括寓言、笑话、逸事、童话、伦理故事、箴言、圣徒故事等等。实际是一部民间故事集，只不过按照佛教要求在思想上进行过改造，成为宣传佛教教义的武器。其中一些本生故事含有浓厚的文学色彩(详见本章第三节)。

两大史诗是用梵语写成的。这种史诗梵语比吠陀梵语简易、通俗。史诗梵语也有别于这一时期正在形成的古典梵语。波你尼(约公元前 4 世纪)的《八章经》(又称《波你尼经》)，对当时的梵语语法进行了总结规范，为古典梵语奠定了基础，对促成印度古典梵语文学的成熟准备了条件。

印度是个多民族的国家，各民族的语言文学极为丰富。吠陀语、梵语、巴利语和各种俗语基本上都是印度北方语言，同属印欧语系，文学丰富多彩。印度南方语言属于达罗毗荼语系，其中泰米尔语成熟最早，历史最悠久，文学成就也最令人瞩目。约公元前 5 世纪至公元 2 世纪，泰米尔文学发展到桑伽姆时期，涌现出大量的优秀诗作，史称“桑伽姆文学”。其作品虽因年代久远等原因而大量散佚，但仍有《朵伽比亚姆》、《八卷诗集》和《十卷长歌》3 部典籍传世。

《朵伽比亚姆》本身虽不是文学作品，但作为一部语法书和创作论著作，作者将泰米尔文学分成爱情诗和非爱情诗两类，并总结了泰米尔文学的成就和经验，均说明当时文学的发达与繁荣。《八卷诗集》和《十卷长歌》是数百年间众多学者在国王支持下，集体收集整理而成的诗歌总集。来自各个不同阶层的作者在他们的诗作中，注意格调韵律，以刻画细腻的笔触，活泼生动的情节，表现了他们各自不同的现实生活，堪称是桑伽姆文学的代表作。

第二节 《摩诃婆罗多》与《罗摩衍那》

按照西方学者的文学观,《摩诃婆罗多》和《罗摩衍那》可并称为印度古代两大史诗。但在印度人的观念中,前者是"历史"或"历史传说",后者是"大诗"和"最初的诗"。它们最初是"伶工文学"的产物,即由宫廷歌手和民间云游艺人不断加工和扩充,日积月累,才逐渐形成目前的规模和形式,堪称是目前世界上最长的诗。

《摩诃婆罗多》和《罗摩衍那》是印度古代列国纷争时代的历史产物,是当时社会现实的艺术再现。两大史诗形成于公元前 400 年到公元 400 年的 800 年间,主要颂扬了传说中的民族英雄的业绩,表现了光明战胜黑暗、正义战胜非正义的主题。这两大史诗在印度古代文学中占有重要地位。评论家认为:"如果排除这两部史诗和受过两部史诗影响的文学作品,那么梵语文学中所剩的作品就寥寥无几了。"

《摩诃婆罗多》

《摩诃婆罗多》的作者相传是毗耶娑,意译为广博仙人。他既被称为这部史诗的作者,又是史诗中的一个重要人物,无法确定他是真实的历史人物。史诗中说毗耶娑是波罗沙罗大仙和渔家女贞信的私生子。后贞信嫁给象城福身王,生有花钏和奇武二子。他们先后登基,都无子嗣就死去了。贞信只得从森林中找来修炼苦行的毗耶娑,让他与奇武的两位王后同房,生下两个儿子持国和般度。此后毗耶娑仍然隐居森林修行,但目睹了持国和般度两族儿孙们生死拼杀斗争的全过程。在般度族 5 兄弟升天后,他以此事为题材,用了 3 年的时间创作了这部大史诗。

《摩诃婆罗多》约成书于公元前 4 世纪至公元 4 世纪的 800 年间。它大致经历了 3 个阶段。最初只是一个口耳相传的核心故事

《胜利之歌》，只有8800颂。后由广博仙人的弟子护民在这个故事的基础上扩充为2.4万颂的《婆罗多》。最后经过众多民间艺人之口和文人之手的艺术加工，演变成长10万颂的《摩诃婆罗多》。

由于《摩诃婆罗多》成书时间长，情况复杂，多有伶工文学的特点，因此传本很多。尽管各种手抄本字体不一，但主要可分为南北两大类传本。为了清除史诗中的讹字和衍文，尽可能地恢复作品的原始形式，印度梵文学界从1919年起，开始进行编订《摩诃婆罗多》精校本的工作，于1933年出版第一卷，至1966年全部出齐，成为比过去任何抄本都完整的较纯净的版本。

《摩诃婆罗多》这一名称的意思是"伟大的婆罗多族的传说故事"。全诗约10万颂(每颂两行，每行16个音)，共分18篇，外加一个附录《诃利世系》。史诗主要描绘出印度古代一幅极其生动残酷的战争图画，深刻反映了当时社会各方面的生活场景，鲜明地表达出人们对强暴、奸诈的厌恶，以及对公正善良的同情。《摩诃婆罗多》中包含了印度古代的历史、宗教、政治、哲学、人伦等多方面的内容，全面反映了当时人民的生活价值标准和审美观，概括了当时印度人民全部的文化意识。

《摩诃婆罗多》篇幅浩大，内容博杂，主线故事叙述了印度古代婆罗多族后裔中的两支俱卢族和般度族为争夺王位继承权所引起的矛盾，并引发几乎波及整个印度的一场大战。

象城的婆罗多族后裔持国和般度是同父异母兄弟，持国天生为盲人，王位由般度继承。持国生有百子，长子难敌。般度只生有5子，长子坚战。前者为俱卢族，后者为般度族。般度死后持国执政。坚战成年后，持国指定其继位，但难敌等反对并企图霸占王位。难敌设计了一座紫胶宫让坚战5兄弟住，以便烧死他们。坚战等逃脱后隐姓埋名，后乔装前往参加般遮罗国王为女儿黑公主举行的选婿大典。坚战之弟阿周那取胜赢得黑公主。于是坚战5兄弟合娶黑公主为妻。持国获悉后不顾众子反对，分给坚战5兄弟半壁江山。

般度族在分得的土地上立国建都，征服四方。难敌心生嫉恨，又设计赌博的骗局。坚战输掉了一切财产和国土，最后又输掉了兄弟 5 人及他们的共同妻子黑公主。难敌命令弟弟难降在赌博大厅当众羞辱黑公主，般度族 5 兄弟发誓要报仇。最后由于持国的干预，5 兄弟才被释放。难敌再次引诱坚战赌博，致使般度族 5 兄弟和黑公主被流放森林 12 年，第 13 年还须隐姓埋名。

13 年约定期满后，般度族 5 兄弟要求归还国土，而难敌连一寸土地也不肯给。于是双方各自争取盟友，最后在俱卢之野展开大战。战争异常残酷，经过反反复复的激烈较量，在黑天的帮助下，俱卢族全军覆没。后来，虽然般度族全部将士皆被偷袭的俱卢族 3 勇士杀死，但是般度 5 兄弟、黑公主和黑天却幸免于难。坚战在众人的劝说下登基为王。36 年后，黑天仙逝升天，坚战于是指定般度族的唯一后裔——阿周那的孙子为王位继承人，然后与 4 个兄弟和黑公主离开京城，登须弥罗山升天。在天堂，般度族和俱卢族众人和平相处。

上述《摩诃婆罗多》的主干故事最多只占全诗篇幅的一半，其余是穿插在这一主干故事中的大量神话传说和寓言故事，以及许许多多的哲学、宗教、政治、法律、伦理道德和风俗等方面的说教性文字。插话中最著名的是《那罗传》和《莎维德丽传》；说教性文字中最著名的是第 12 篇《和平篇》、第 13 篇《训诫篇》以及第 6 篇《毗湿摩篇》中的《薄伽梵歌》等。

大史诗《摩诃婆罗多》曾被后人誉为印度“诗歌顶峰”，有“第五吠陀”的历史文化地位。它塑造的众多栩栩如生的人物一直被后人所传颂；它丰富的内容，不少成为后世文学创作的源泉；它作为印度古代知识的宝库，传统上一直被视为政治和伦理教科书。《摩诃婆罗多》在印度社会各个领域所产生的影响既深且广，至今家喻户晓。

《罗摩衍那》

《罗摩衍那》的作者相传是蚁垤，音译为跋弥，被后人称为“最初的诗人”。作为传说中的人物，有人说他是位古代仙人，有人说他是金翅鸟之子，也有人说他是位语法学家。《罗摩衍那》史诗中传说他早年是杀人越货的强盗，曾受仙人点化并教以吠陀知识。他不断念诵“摩罗”（“罗摩”的颠倒念法），专心修行，天长日久白蚁在其身上筑窝而不知，形成“蚁垤”，并由此得名。一天，蚁垤看到一对麻鹬在交欢，雄麻鹬突然被射杀，雌麻鹬悲鸣不止。蚁垤心生悲愤，话语出口即成一颂诗。当他意识到自己由于“输迦”（Soka，忧伤）而会作诗时，就称这种新诗体为“输洛迦”（Sloka，短颂）。继后，他遵大神梵天之命创作了《罗摩衍那》。

《罗摩衍那》约成书于公元前三四世纪至公元四世纪之间。早期的传本约有 2.4 万颂，现在的精校本缩短为约 1.9 万颂。《罗摩衍那》的形成也经历了一个长期流传演变的过程。其总的趋势是越来越长。玄奘于 7 世纪前半叶在印度所见到的《罗摩衍那》只有现在版本的一半，后来在伶工口耳传承中逐渐形成了现在这样宏篇巨制的规模。

《罗摩衍那》的书名意思是“罗摩的漫游”或“罗摩传”。全书共 7 篇，以主人公罗摩和妻子悉多悲欢离合的故事为全诗的主线，展示了印度古代社会生活的全貌。通过描写宫廷内部的阴谋与矛盾，列国之间的纷争与战斗，批判了反面人物的凶残、奸诈、无耻，赞扬了正面人物的善良、勇敢、正义，成功地表现了古代印度人民对崇高精神、美好情操、政策法度、国王职责、社会理想的纯朴理解。

《罗摩衍那》的主干故事比较清晰、简洁。阿逾陀城十车王的 3 个王后生有 4 个儿子，实为大神毗湿奴的化身。其中长子罗摩最正直勇敢，他拉断神弓娶了悉多为妻。在继承王位时，罗摩不愿置父亲于不守信义之地，而甘愿流放山林，悉多和罗什曼那甘愿跟随。楞伽城十首魔王罗波那受其妹怂恿设计劫走悉多。罗摩兄弟在救助悉多途中帮助猴国国王重登王位，国王派神猴哈奴曼帮助罗摩寻找悉多，并发现悉多被劫往楞伽岛。罗摩兄弟和哈奴曼及猴军架桥渡海与罗波那展开一场大战，经过长期、艰苦、激烈的战斗，罗摩杀死罗波那并救出悉多。悉多因贞洁被罗摩怀疑，她决心投火自明，火神证明她无瑕。回国后不久，由于民间怀疑悉多的贞操，罗摩只好将怀孕的悉多丢弃在恒河边。得到蚁垤仙人救护的悉多在净修林里生下孪生子。蚁垤让兄弟二人在罗摩举行马祭时诵唱他写的《罗摩衍那》。之后，罗摩认子，但仍不肯接受悉多。悉多纵身投进地母怀抱以示贞洁。最后，罗摩将王国交给两个儿子，抛弃凡体升入天国。

《罗摩衍那》的写作风格成熟老练，富有诗情画意。它的语言洗炼、流畅，以典雅的语言极其优美地描绘出古代印度社会生活的种种图景。但是其语言由于经过精心润色，已开始出现讲求藻饰和过于雕琢的倾向。也正因为如此，《罗摩衍那》才成为古典梵语诗的最直接的先导，印度传统将其称为“最初的诗”，传说中的作者蚁垤也自然成了“最初的诗人”。

《罗摩衍那》的作者不仅将自己融入大自然迷人的山林景色之中，并以描述背景的形式，借助大自然抒发自己的情感，表达人类共有的思想，而且将人物之情与自然之景和谐地统一起来，浑然一体，情景交融。如罗摩流放之初，他因沉浸在大自然的美景之中而忘掉了失去王位、遭流放之苦。再如悉多被十首魔王罗波那劫往楞伽之后，自然景物也呈现出一片悲哀色调等等。

《罗摩衍那》在叙述描写时，最大的特点是由于诗人对大自然的爱而显示出对美的感受是富有诗意的。诗人对大自然的柔美、可怕、肃穆等景象所作的细致的考察和刻画，无不表现出其非凡的洞察力和成熟的美感。虽然诗中描写自然景物大部分还属于叙述性的，而并非描写性的，但是已显露出诗人卓绝前人的叙述技巧。例如其中叙述恒河之美，就包含着诗人对大自然的看法以及独特的审美角度。

正如描绘大自然一样，在刻画人物形象或叙述描写其他内容时，诗人在发掘人物内心的细微思想感情的同时，也表现出塑造优美艺术形象的能力。诗人笔下的罗摩具有人类的各种美德，在对自然和邪恶的斗争中，他勇于战胜艰难和强暴；在父子关系上，为不让父王处于失信的地位，他忍辱负重，不违父命；在夫妻关系上，他不移情别恋，忠于妻子，并甘愿为之流血负伤，离散后誓不再娶；在个人与国家关系上，他为了维护王族的尊严而不怕牺牲个人性命，为了取信于民而遗弃爱妻悉多。史诗在描绘他的美德的同时，还写了他作为一个人的某些弱点。因此，他并不是以超人形象赢得读者，而是以凡人的真实令读者难忘。

悉多是诗人精心塑造的妇女形象。她外柔内刚，既有古代东方妇女的温柔贤淑之美，又有她们那种顽强坚韧的刚劲，二者有机地统一于一身，成为古代妇女的榜样。她美貌绝伦，才德双全，心地善良，对丈夫忠贞不渝。她体贴丈夫、尊敬婆母、爱护兄弟、体恤百姓。面对逆境，她处之泰然，为了追求幸福，她不惜抛弃宫廷的荣华富贵，甘愿和丈夫一同流放。她恪守妇道、侍候丈夫，不论面对怎样的威胁利诱决不屈服。在同十首魔王的斗争中，悉多对爱情的坚贞表现得尤为突出。她获救后，仍不被罗摩理解，只得跳火自明，直至最后，她仍然受到怀疑，便义无反顾地投入地母的怀抱，和丑恶的现实决裂。两千多年来，她一直作为理想的妇女形象受到印度人民的崇敬，始终是印度妇女的最高楷模。

《罗摩衍那》中的神猴哈奴曼的形象也被塑造得栩栩如生、活灵活现。他既富有正义感、勇敢机智、乐于助人，又有顽皮的猴性。他不畏任何艰难险阻，全心全意地为代表着正义力量的罗摩效劳。在寻找悉多的过程中，他不畏艰险，英勇善战，给人留下极深的印象。自古以来，印度人民对他非常崇拜，认为他是扶持正义的化身。中国古典名著《西游记》中的孙悟空与之有颇多的相似之处。中国现代不少学者认为孙悟空形象中含有哈奴曼的“血缘”。

《罗摩衍那》既是一部史诗，也是印度文化、文明和思维方法的一座宝库。其题材的构思、感情的表达、风格的自然、修饰的手法等，都表明它已达到相当完美的境地。因此，其在国外的影响远远超过《摩诃婆罗多》。《罗摩衍那》的内容或罗摩的故事很早就开始传到亚洲各国。古代东南亚各国几乎都有译本，近代《罗摩衍那》又被译成意大利文、法文、英文等多种西方语言。在中国古代汉译佛经中也曾多次提及《罗摩衍那》，少数民族如傣族、藏族、蒙古族等地区，以及新疆的古代语言中，都有《罗摩衍那》的故事流传。

以上两大史诗有许多相同或相似之处。主要是产生的时间、反映的时代大致相同；都使用史诗梵语，诗律也都用输洛迦；情节、主题基本一致；信仰的主要是新一代天神毗湿奴。

两大史诗也有不少不同之点。两部史诗的规模、篇幅不同，《摩诃婆罗多》大约是《罗摩衍那》的 4 倍。前者中民歌成分较多，所用输洛迦诗体比较粗糙，后者的语言文学性强，输洛迦诗律比较精致。前者产生于印度西部，重视畜牧业，对农业不感兴趣，后者产生于印度东部，对农业相当重视。前者中女子地位卑微，存在一妻多夫制，不重视女子的贞洁，后者推重一夫一妻制，十分强调女子的贞洁。前者结构庞杂，使人有入迷宫之感觉，后者运用倒叙手法，情节相对比较集中。

解放后，我国对两大史诗的翻译和研究有重大进展。1984 年，中国社会科学出版社出版了《印度两大史诗评论汇编》。1980 年至 1984 年，人民文学出版社相继出版了著名教授季羡林先生翻译的 7 卷 8 册全译本《罗摩衍那》。目前，《摩诃婆罗多》的翻译也正在进行，已有一定进展。

第三节 佛经故事

佛经是佛教经典，是佛教徒用来宣扬佛教教义的工具。为了吸引广大民众，佛经常常采用通俗的寓言故事或生动的譬喻阐发教义，文体有散文体、韵文体和散韵杂糅体等形式。因此，佛经中含有文学因素或带有文学色彩就成了很自然的事情。佛经中最具文学性的主要有《本生经》、《百缘经》、《天譬喻经》、《妙法莲华经》、《贤愚经》、《杂宝藏经》、《百喻经》等。

佛经中的故事洋溢着古代印度人民所崇信的几种基本道理。最主要的是和平、牺牲、慈爱、诚信、忍让、平等、无私、克制贪欲、禁戒残暴等。这些故事无不表现出较高的语言艺术水平，朴素中透出哲理，单纯中含有深邃。如果除去其宗教附会的部分，使人备感精彩。在现存的佛经故事中有不少是广大人民创造的，长期流传在民间，颇能反映他们的爱与恨，祈求与希望。其中，又以《本生经》中的故事最具代表性。

《本生经》又译作《佛本生故事》，是一部内容浩繁的寓言故事集，也是世界上最古老的寓言故事集之一，主要讲述佛陀释迦牟尼前生的故事。按照佛教的说法，释迦牟尼在成佛之前，只是一个菩萨，还跳不出轮回，他必须经过无数次转生才能成佛。他曾是国王、王子、婆罗门、商人、妇人、大象、猴子、鹿等等。每一次转生便有一个积德行善的故事。这就产生了所谓的“佛本生故事”，现存547个，收集在巴利文经藏《小尼迦耶》中，是其第10部经。

佛本生故事都有一个固定的模式，即每个故事都由5部分组成：一是今生故事，交代佛陀讲述前生故事的身份、地点及缘起。二是前生故事，讲述佛陀前生故事的具体内容。三是偈颂，穿插在散文叙述中，有总结性质或描述性质的诗。四是注释，对偈颂中词语含义的解释。五是对应，将前生故事中的人物与今生故事中的人物一一对应。如《摩尼克猪本生》,今生故事讲述一个比丘受一少女引诱,佛陀得知后告诫他说:“她是你的祸根,甚至在你前生,你就成了她结婚筵席上的佳肴。”佛陀接着讲述前生故事。菩萨曾转生为一头牛,名叫大红。其弟名叫小红。兄弟俩干了家中牵引拖拉所有的重活。主人的女儿即将结婚,喂养了一口名叫摩尼克的猪。小红问大红:“这家重活都是咱俩干的,主人只给我们稻草麦秸吃,而这口猪却吃牛奶粥。”大红安慰小红说:“主人是为给女儿办喜事才喂养它的。”不久,主人宰杀了摩尼克猪,献给庆贺婚礼的客人吃。在叙述这个故事当中有一首偈颂:“勿羡摩尼克,它吃断头食;嚼你粗草料,此乃长命食。”这道偈颂下面有一连串词义注释。故事的最后部分是对应,即佛陀指出前生中的摩尼克猪是现在这个受诱惑的比丘,主人的女儿是现在这个少女,而小红是阿难(佛陀的弟子),大红是佛陀本人。

所谓佛本生故事实际上绝大部分是长期流传于印度民间的寓言、传说、故事、童话和传奇。佛教徒将其采集起来,按照上述固定的模式进行改造加工,给每个故事加上头尾,然后指出故事中某人、某神、某动物是佛陀前身,并以偈颂点出佛家要说明的主旨。佛本生故事采用散韵杂糅文体,通俗易懂,幽默易记,风格质朴,从内容上可以分成以下几类:

一类歌颂菩萨的睿智与法力。佛本生故事由于都是讲述菩萨如何转生的,因此几乎每篇故事都程度不同地歌颂佛陀的智慧、知识、英明、悟性、道德、胸怀、情操、大度、魄力等。此外,还时常歌颂他所具有的广大神通和奇异的力量。如《真理本生》中的转生为商队长的菩萨,由于聪明才带领商队走出5种险境,并高价卖掉货物返回故乡。再如《芦苇饮本生》中转生为猴王的菩萨,他以神异的力量使芦苇节打通,8万猴子以芦苇为吸管饮到有水妖看管的莲花池水。

一类宣扬平等、博爱,小人物可以战胜大人物。在这类故事中，菩萨往往转生为某一小人物或弱小的动物，而压迫者、欺骗者则往往没有好下场。如《箴言本生》中转生为婆罗门的菩萨，他从水中救出落难的王子、蛇、老鼠和鹦鹉。忘恩负义的王子得到报应，而菩萨在转生为国王后仍与3个动物和睦友爱地度过一生。再如《猴王本生》中转生为猴王的菩萨，每次都要跳到一块石头上才能再跳到水中岛上。一条鳄鱼想得到猴王心上的肉，就伏在石头上等机会，猴王依靠智慧战胜了它。又如《鹌鹑本生》中转生为象王的菩萨，对待小动物非常仁慈。而一头傲慢的大象随意踩死小鹌鹑。于是老鹌鹑为复仇联合了乌鸦、苍蝇和青蛙。乌鸦啄瞎了大象的眼睛，苍蝇在那儿产了卵。被蝇蛆折磨得焦渴难耐的大象在找水喝时，被青蛙引向悬崖，跌落山下而死。

另一类提倡经商发财，合理致富。佛教重视种姓平等，尤其得到吠舍种姓的支持。吠舍主要从事手工业和商业，他们在政治和军事上无力与婆罗门和刹帝利抗争，于是就将自己的聪明才智完全用于商业活动之中。所以，佛本生故事中有许多描写的是经商题材，充满浓厚的商业气息。如《真理本生》、《小商主本生》、《奸商本生》、《果子本生》、《伊黎萨本生》等。这些故事中的商人，有的冒险经商，大智大勇，获利而归；有的指导他人，由穷变富；有的唯利是图，受到惩罚等等。

佛本生故事中，有的讽喻当时的统治者，嘲笑神仙和婆罗门，批判自私残暴、欺诈虚伪等行为，有的歌颂团结友谊、知恩图报、忠贞不渝等品德。当然，由于阶级和时代的局限，也有少数故事鼓吹消极的宿命论，宣扬逆来顺受、绝对忍让，诬蔑、轻视妇女等，形成消极影响。

佛本生故事随着大乘佛教的传布，首先传入中国，再由中国传到日本、朝鲜、越南。随小乘佛教的传布，首先传入斯里兰卡，其后又传入缅甸、泰国、老挝、柬埔寨、印度尼西亚等国。近几十年来，许多欧洲国家的学者也从事佛本生故事的研究，并将其译成德文、英文等多种欧洲语言。佛本生故事传入中国,对中国文学、戏剧、绘画、雕塑等,都产生了极其深远的影响。

第二编　中古亚非文学综述

中古亚非文学是指亚非地区中古历史时期的文学，亦即亚非封建社会的文学。

当人类的历史进入中古时代，即封建社会后，东方一些先进国家仍然走在世界各国前列。就进入封建社会的时间而言，我国可能是最早的。大约在公元前 700 年至前 400 年之间(即春秋时代)，我国便已经历了一个急剧变革的时代，逐步从奴隶社会过渡到了封建社会；其他许多东方国家也在公元二三世纪至七八世纪之间先后确立封建制度。总之，东方先进国家进入封建社会的时间比欧洲先进国家早(一般认为，欧洲的封建社会从公元 5 世纪西罗马帝国崩溃算起)，其他许多国家也不比西方国家晚。

在中古时代的前期(约至 15 世纪)，东方各国人民继续发挥自己的聪明才智，创造了丰富多彩的文化和文学，取得了光辉灿烂的成就。相比之下，受到封建统治者和基督教教会严格束缚的欧洲国家的中世纪文化和文学却不很突出，除了大诗人但丁的创作以外，没有取得多少特别引人注目的成果。

在文化方面，东方地区一些先进国家，如中国、印度、阿拉伯和波斯等国的发展超出了同时代的欧洲国家。例如：我国的火药、指南针、造纸术和印刷术等“四大发明”处于世界领先地位，传入欧洲以后，对欧洲国家经济和文化的发展起了一定的促进作用。印度和阿拉伯在数学研究上成绩卓著。印度人创造了“0”的符号和十进位制，阿拉伯人加以改进，形成“阿拉伯数字”，传入欧洲，取代了欧洲人原来使用的罗马数字；此外阿拉伯人还为创立代数学和现代数学做出了许多贡献。波斯学者伊本·西拿(阿维森纳)所著的《医典》,堪称当时医学的百科全书,长期成为欧洲医学教学和研究的指南。

在文学方面,东方文学无论在数量上还是在质量上都超过同时代的西方文学。这时的东方文学在古代文学的坚实基础上进一步向前发展,涌现出不少优秀的作家,创作出许多不朽的作品,呈现出一派欣欣向荣的景象,可以当之无愧地被称为当时世界文学的高峰。如我国出现了屈原、司马迁、陶渊明、李白、杜甫、白居易、苏轼、陆游、辛弃疾、关汉卿、王实甫等一系列伟大的散文家、诗人和剧作家;日本的主要成果是和歌总集《万叶集》和紫式部的长篇物语《源氏物语》,后者被认为是东方最早的长篇小说,世界最早的长篇小说之一;印度继续保持文学大国的地位,名家名作有伐致呵利的诗集《三百咏》、迦梨陀娑的剧本《沙恭达罗》、成日王的剧本《龙喜记》、寓言故事集《五卷书》和格比尔的格言诗等;波斯在9至14世纪迎来了诗歌创作的黄金时代,诗人辈出,名家如林,菲尔多西、欧玛尔·海亚姆、内扎米、萨迪和哈菲兹等人堪称代表;阿拉伯的《古兰经》既是宗教经典,又是散文典范,艾布·努瓦斯、艾布·阿塔希叶、穆太奈比、麦阿里和哈里里等是一系列诗人中之佼佼者,而大型民间故事集《一千零一夜》则是世界影响最大、声誉最高的文学作品;格鲁吉亚诗人鲁斯塔维里的长篇叙事诗《虎皮武士》,代表该民族古典文学的最高成就,也是世界文学名著之一;乌兹别克诗人纳沃伊最负盛名的作品是《五诗集》。总之,优秀作家作品琳琅满目,不胜枚举。

然而,与西方文学相比,东方中古时代的文学也存在着明显的弱点,即发展的缓慢性。文学发展的缓慢性是与社会发展的缓慢性相联系的。早在古代,东方国家就由于奴隶占有制度比较原始,农村公社势力强大,专制君主独揽大权等原因,社会发展速度较为迟缓。到了中古,东方各国社会发展很不平衡,水平有高有低,速度有快有慢;但从整体上看,东方封建社会存在的时间比欧洲长,解体的时间比欧洲晚,发展的速度比欧洲慢。在东方许多国家当封建制度形成时,没有出现像西方国家所发生的那种急剧而重大的变革;在封建制度统治下,经济发展速度较为迟缓,生产长期维持在较低的水平上,直到19世纪前后,绝大多数国家沦为殖民地或半殖民地为止,资本主义因素始终没有得到显著的发展。其原因是极其复杂的。大体上说,主要原因在于这些国家的内部结构特征。封建主义野蛮的政治压迫和残酷的经济剥削,使广大劳动人民陷入水深火热之中,几乎丧失了推动社会生产的积极性和发展社会经济的可能性;同时,自给自足的自然经济制度居于统治地位,商品交换和货币经济不够发达,也对社会发展产生了相当大的消极作用。此外,异族的侵略和统治(特别是比较落后的民族对比较先进的民族的侵略和统治),对于不少国家也有不同程度的阻碍作用。凡此种种,造成如下结果:在中古时代的前期,东方一些国家是比较先进的,是走在世界各国前列的;但是到了中古时代的后期,东方国家就逐渐落在欧洲先进国家的后边了,当欧洲已经进行产业革命和资产阶级革命时,东方仍处于封建制度的制约之下。

与社会发展的缓慢性相适应,东方文学的发展也具有缓慢性的弱点。这个弱点在古代和中古前期还不十分明显,但到中古后期便显得颇为突出了。尽管这时东方文学还在继续向前发展,产生了诸如我国的《三国演义》、《水浒传》、《西游记》、《聊斋志异》、《儒林外史》和《红楼梦》,印度的《莲花公主传》(加耶西)、《苏尔诗海》(苏尔达斯)和《罗摩功行录》(杜尔西达斯),日本的松尾芭蕉、井原西鹤、近松门左卫门的俳句、小说和剧本,朝鲜的《春香传》,越南的《金云翘传》(阮攸),马来语的《杭·杜亚传》等名著;可是由于这时欧洲先进国家已经渐次步入资产阶级革命时代,资产阶级文学开始取得突飞猛进的发展,相继出现了文艺复兴、古典主义、启蒙主义、浪漫主义、现实主义等文学思潮和文学运动,产生了塞万提斯、莎士比亚、弥尔顿、莫里哀、笛福、菲尔丁、伏尔泰、卢梭、歌德、席勒、拜伦、雪莱、雨果和普希金等一系列大作家,所以继续囿于封建框框之中的东方文学就显得大大地落后了,东方文学自身发展缓慢性的弱点就充分地暴露了,东方文学与西方文学的对比形势也就根本地改变了。

中古亚非文学的地位和成就大致如此。从这一时期亚非文学的发展过程和文学作品的内容形式来看,具有如下几个显著特点:

一是多民族文学的共同繁荣。古代的亚非文学主要限于几个文明古国,其他大部分地区仍然处于蒙昧状态;到了中古时期,亚非文学的地域大大扩展了。在古代业已取得光辉成就的文明古国中,埃及、巴比伦和希伯来的文学先后中断,只有印度文学、中国文学和波斯文学在中古时期继续向前发展。同时,许多新的国家和民族文学兴起,涌现出不少优秀的作家和作品,为世界文学发展做出了很大贡献。这些新兴的民族文学遍及亚洲和北非大部分地区,其中主要有日本、朝鲜、越南、马来、阿拉伯、乌兹别克和格鲁吉亚等。

二是文学交流空前活跃。在古代,由于种种条件的限制,各国之间的文学交流不够频繁。到了中古,随着经济的发展和交通的发达,各国之间的文学交流也空前活跃起来。这种情况最突出地表现在以三大文化体系(即中国文化体系、印度文化体系和阿拉伯—伊斯兰文化体系,其中前两个体系是在古代形成的,而后一个体系是在中古形成的)为中心的三大文化交流区的形成上。一个是我国与日本、朝鲜、越南的文化交流区。我国与这几个国家的文化、文学交流由来已久,这几个国家的不少诗人、作家精通汉诗、汉文,并在创作上受到汉诗、汉文的深刻影响。再一个是印度与南亚和东南亚一些国家的文化交流区。印度与这几个国家的文化、文学关系密切,印度史诗和佛教故事在这几个国家广泛流传,其内容为当地群众所熟知。第三个是阿拉伯与中亚、西亚各国文化交流区。伊斯兰教和阿拉伯语成为它们之间联系的纽带。在交流过程中，历史比较悠久、文化比较发达的国家的文学作品流传到邻近的国家，对邻国文学的发展起了良好作用。同时，这些国家也接受了邻国文学的若干影响。

三是文学内容的复杂化和形式的多样化。与古代文学相比，中古亚非文学在内容上更加复杂了，在形式上更加多样了。首先，文学作品的题材比较广泛，思想比较丰富，倾向比较复杂，反映了封建社会生活的各个方面。其中自然有不少是为统治阶级歌功颂德，维护封建统治秩序的作品，但更多的是直接或间接、有意或无意地反映封建社会的矛盾、暴露统治阶级的罪恶、表现人民大众的愿望的作品。同时，文学作品的形式也有新的发展，体裁也有新的变化，诗歌、小说、戏剧、散文都取得了长足的进步，有的已经达到了相当成熟的地步。

四是民间文学的蓬勃发展。亚非古代文学是以民间文学为基础的。到了中古时期，民间文学继续向前发展，在民间歌谣、民间故事、民间戏剧和民间说唱等方面产生了不少优秀作品，并且对专业作家的创作起了巨大的推动作用。亚非许多杰出的诗人和作家善于从民间文学宝库中吸取养料，使自己的创作内容更加充实，思想更加明确，语言更加生动，风格更加平易。

五是与宗教的关系仍然比较密切。尽管中古时期文学与宗教逐渐疏离，但是文学与宗教的联系仍然较多，受宗教的影响仍然较深。如日本、朝鲜和越南文学常有佛教色彩，印度文学常有印度教色彩，波斯和阿拉伯文学常有伊斯兰教色彩，等等。值得注意的是，这时宗教对文学的影响虽然还有积极的一面，可是随着宗教日益明显地为统治阶级所利用，其消极面也逐渐扩大了。

第五章　中古东亚文学

第一节　概　　述

中古东亚文学,在这里主要是指中古时代日本和朝鲜的文学。

中古日本文学

大约在纪元前后,日本列岛上的原始公社制社会逐渐解体,开始向奴隶社会过渡。据我国史书记载,当时岛上有许多小国,后来经过不断征战,其中比较强大的大和国家着手统一全国,至5世纪基本完成。随后通过7世纪中叶的"文化革新",建立了以天皇为中心的中央集权制国家。8世纪初,定都奈良,史称奈良时期。

日本古代文学就是在这样的社会条件下起步的。日本原来没有文字,文学创作依靠口耳相传。5世纪中叶,开始采用汉字记载日语,曾经写下一些简单的皇族世系以及传说、歌谣之类的东西。8世纪初叶,出现了两部比较完整的著作:《古事记》和《日本书纪》。

《古事记》是日本最古老的一部历史和文学作品,是以汉字表义和注音的方法写成的。据原序说,始编于711年,成书于712年,口授人是稗田阿礼,撰写人是安万侣。内容分帝纪和本辞两部分:帝纪记载历代天皇的概况,本辞则是神话、传说和故事的汇编。天皇下令编撰这部书的目的乃是为了建立以天皇为中心的绝对权威。但是作为一部神话、传说、故事和歌谣集来看,它有一定的文学价值。如关于国土形成、速须佐之男命、大国主神、海幸彦和山幸彦等的记述，都有许多生动的场面，充满丰富的想象；此外还有不少歌谣也很感人。

稍后于《古事记》的《日本书纪》(720)具有正史性质，体例则模仿我国的《史记》。书中记载的史料较为丰富，具有较高的历史价值；但文学价值却不如《古事记》，文章也过于质朴。

8世纪中叶先后编成的《怀风藻》(751)和《万叶集》(760)是这一时期最重要的两部诗集。前者是汉诗集，其中虽然不乏优秀作品，但是由于主要表现行幸、从驾、应召一类生活，所以多数作品现实性不强，格调也不很高。后者是和歌集，反映社会生活相当深广，风格也比较质朴、清新，充分显示了古代日本民族的艺术创造力量，因而足以代表这一时期诗歌创作的水平。(详见本章第二节)

8世纪末，天皇把都城从奈良迁到平安[①]，开始了持续400年的“平安时期”。这个时期的重要特点之一是天皇权力日趋衰落和贵族势力日渐强大。它的标志则是贵族私有土地制度——庄园制的确立和贵族掌握朝廷实权政体——摄政关白[②] 的建立。

促成这个时期日本文学发展成长的一个重要因素是假名文字的创造。假名由汉字改造而成，可以自由地、正确地记录日本语音。

假名的作用，在诗歌领域首先发挥出来，即汉诗的正统地位渐渐动摇，和歌重新抬头。虽然这时仍有天皇敕撰的汉诗集问世，但是引人注目的却在和歌方面。905年，第一部天皇敕撰的和歌集——《古今集》编成。全书20卷，收入自《万叶集》以后至当代的作品。不过，这些作品大多缺乏万叶和歌的生气，过于讲究技巧，往往给人以矫揉造作之感。其后，敕撰和歌集日趋隆盛。《古今集》

① 平安即今日之京都。

② 天皇年幼时由太政大臣掌权叫摄政，天皇年长时由太政大臣掌权叫关白。

和它的续集《后撰集》、《拾遗集》合称“三代集”,“三代集”又和以后的《后拾遗集》、《金叶集》、《词花集》、《千载集》、《新古今集》合称“八代集”。从形式上看,和歌确实夺得了宫廷正统文学的宝座;但从实质上说,和歌反而从此丧失了生命力。

平安时期文学的主要成就不在诗歌方面而在散文方面,物语[①]、日记、随笔等新的散文文学得到飞速发展。

物语起初是在神话传说、故事、童话等民间口头创作的基础上产生的,以后又不断从这些民间口头创作中吸取素材和营养。物语文学初期存在两个不同流派:一是传奇物语,即富有传奇色彩的物语;二是和歌物语,即以和歌为中心的物语。传奇物语的早期代表是《竹取物语》,大约产生于10世纪初,叙述一个从竹心里发现的美貌姑娘,拒绝5个贵族子弟的求婚和天皇的强娶,最后升天而去的故事。和歌物语的早期代表是《伊势物语》,大约产生于10世纪中叶,由125个短篇组成,描写贵族在原业平一生悲欢离合、颠沛流离的遭遇。其后,传奇物语与和歌物语逐渐合流,10世纪后期产生的《宇津保物语》可以说是合流的过渡作品。这部物语篇幅长,场面大,故事复杂,但前后缺乏联系,所以不够完整。出现在11世纪初的紫式部的《源氏物语》,才是一部思想内容和艺术形式统一的杰作,足以代表这一时期物语文学的最高成就(详见本章第三节)。《源氏物语》之后,又出现了一系列物语作品,如《狭衣物语》、《半夜醒来》、《滨松中纳言物语》、《女扮男、男扮女物语》、《堤中纳言物语》等。这些作品有的是对《源氏物语》的单纯模仿,有的片面追求离奇曲折的情节,有的热中于庸俗的色情描写,有的则带有浓厚的宗教迷信色彩,显出衰败的倾向。

第一部用假名文字写成的日记文学作品是纪贯之的《土佐日记》(935),记述作者从土佐回京城时的旅行生活。《土佐日记》之

---

① 物语是一种文学体裁,类似我国的传奇。

后的日记文学作品，几乎都出于贵族妇女之手。这些作品通过作者的亲身体验表现她们的生活状况，反映她们对于男尊女卑观念和一夫多妻制度的不满，具有一定思想价值。《蜻蛉日记》(约974)是最早的妇女日记。作者道纲母通过自己21年的生活记录，谴责丈夫的喜新厌旧，诉说本人的内心痛苦。《和泉式部日记》(约1008)记述作者和泉式部的恋爱生活，具有浓郁的抒情色彩。《更级日记》(1060)的作者是菅原孝标的女儿。她以浪漫的精神和感伤的笔调叙述自己40年的生涯。此外，《紫式部日记》也是一部值得重视的日记文学作品。

随笔文学的代表作品是清少纳言的《枕草子》(996)。全书共约300段，可以分为列举、日记、随想三部分，描绘自然景物、回忆后宫生活、抒发个人感受，笔调明快，感觉敏锐。

随着历史的前进和社会的发展，以天皇为首的古代国家迅速衰败下去，贵族摄关政治也不能挽回颓势，于是就有新兴的武士阶级代之而起。12世纪末，得到全国武士支持的新政权机构——镰仓幕府成立，中经南北朝对立，直到室町幕府灭亡，前后共400余年。在这期间，天皇失去实权，贵族土崩瓦解，武士执掌大政。与此同时，以表现皇家贵族生活、适应皇家贵族需要的贵族文学，也被以表现武士生活、适应武士需要的武士文学所取代，此外平民文学也逐渐抬起头来。

这个时期文学的特色之一是战记物语的兴盛。镰仓时期是在激烈的战乱中开始的，武士们是通过剧烈的战斗登上政治舞台的，所以反映战争生活的战记物语活跃起来，并且取得了较高的成就。最初的战记物语作品是《保元物语》和《平治物语》。这两部作品都分为三卷，情节发展也有相似之处，前者写的是1156年保元之乱，后者写的是1159年平治之乱。战记物语的代表《平家物语》(1201—1221)，记述1156—1185年间源氏和平氏两大武士集团在中央和地方争夺权力的兴衰始末，反映从平安时期向镰仓时期过渡,从贵族掌权向武士掌权转化的历史进程。源氏和平氏虽然同样属于武士集团,可是由于平氏登台以后没有能够代表武士利益,没有能够完成历史使命,所以平氏终于遭到失败,源氏终于获得胜利。这部作品在文体方面也有所创新。日文汉文交织,韵文散文并列,雅语俗语杂陈,读来音节铿锵,琅琅上口。这部作品对后世的物语、小说和戏曲有着深远的影响。《平家物语》之后,战记物语继续出现,如《源平盛衰记》、《太平记》、《义经记》和《曾我物语》等。其中以《太平记》(1372)较为出色,这部作品写的是从镰仓幕府垮台到室町幕府建立前后约50年间的战乱。

随笔和日记文学方面也有一些佳作产生。为了躲避乱世,不少人移居山林,成为隐者,随笔文学应运而生。鸭长明(1155—1216)的《方丈记》(1212)和吉田兼好(1283—1352)的《徒然草》(1330—1331)最为有名。前者描述居于乱世之苦和隐遁山林之乐,后者表述关于自然、人生、趣味之类的随想。日记文学首先应当举出《十六夜日记》(1280)。作者阿佛尼(?—1283)为了解决家产继承问题,从京城到镰仓,这部作品便是她的旅行日记。其中有对儿子的热情,有对景物的描绘,颇为动人。另外,《建寿御前日记》(1219),《辨内侍日记》(1252)、《中务内侍日记》(1292)等,也是这时出现的妇女日记。

诗歌创作虽然数量不少,可是优秀作品却不多见。以和歌为例,尽管宫廷经常举办盛况空前的比赛,天皇不断下令编撰歌集,前后共达13集(合称"十三代集")之多,仍然不见什么起色。这可能是皇家贵族在政治上没落的反映。

戏剧文学的出现是这个时期文学发展的新因素。日本过去没有戏剧,这时受到中国戏剧的刺激,开始产生"能"和"狂言",构成初期的戏剧。"能"以舞蹈为中心,取材于古典文学作品,文体华丽,注重技巧,戴假面具,服饰豪华,歌颂上层人物。"狂言"则以模仿为中心,取材于现实社会生活,采用口语,不戴面具,滑稽幽默,讽刺上层人物。若就思想内容而论,"狂言"的价值在"能"之上。观阿弥(1333—1384)和世阿弥(1363—1443)父子被认为是能乐之集大成者。

室町幕府倒台以后,经过一段战乱时期,至17世纪初江户幕府创建,全国由分裂归于统一。江户幕府建立起一整套封建统治秩序,有效地控制了全国,形成一种太平局面,史称江户时期。城市的扩大和商业的繁荣,商人的大量出现及其经济力量的不断壮大,是这个时期社会生活的显著特点之一。伴随着商人的兴起,商人文学也就在诗歌、小说和戏剧方面逐步成为主流了。自然,这时的商人文学一面呈现出群芳吐艳的景象,一面也孕育着颓废腐化的危机。

占据这时诗坛中心地位的是俳句。俳句是由和歌变化而来,最初作为余兴吟诵,以后独立出来成为一种新的诗体。松永贞德(1571—1653)首先倡导俳句,使之推广于世,被称为贞门。西山宗因(1605—1682)继之而起,创立了谈林派。随后,松尾芭蕉(1644—1694)在继承贞门和谈林两派基础上形成独自的风格——蕉风,其风格,有的闲寂幽玄,有的欢快、充满活力,有的色彩鲜艳,有的雄伟壮观,有的悲壮深沉,有的通俗质朴。由于他不断发展创新,把俳句推上了更高的境界,因而荣获"俳圣"之美称。芭焦以后,有名的诗人是与谢芜村(1716—1783)和小林一茶(1763—1827),前者的俳句富有浪漫情调和唯美色彩,后者的俳句则以自由使用俗语和生活气息浓厚为特色。

小说方面的主要形式是浮世草子。浮世草子是以表现现实生活为内容的小说。井原西鹤(1642—1693)是它的代表作家。西鹤本身是个商人,所以他不大看到商人生活的消极面,对商人抱肯定态度,对生活持乐观态度。他的作品很多,主要的是两类:属于商人小说的,有《日本永代藏》、《世间费心机》等,描写商人发家致富、破产衰败的故事,赞美他们艰苦奋斗的精神;属于色情小说的,有

《好色一代男》、《好色五人女》、《好色一代女》等，描写以妓院为中心的放荡生活，肯定商人的旺盛生活欲望。当商人尚在封建桎梏下谋求发展的时期，这些作品无疑具有某些反封建的积极意义。但是，其中美化商人、宣扬剥削、描写色情和宗教迷信等等成分毕竟是不可取的。西鹤前后，小说方面还有假名草子、草双纸、读本、洒落本、滑稽本、人情本等多种形式出现，其中较为出名的是十返舍一九(1765—1831)的《东海道徒步旅行记》和式亭三马(1776—1822)的《浮世澡堂》、《浮世理发店》等，不过这些作品或流于滑稽可笑，或偏于色情淫秽，或追求离奇曲折，已经达不到西鹤的水平了。

净琉璃和歌舞伎是这时戏剧方面的主要形式。净琉璃本是由说唱艺术发展起来的木偶戏，歌舞伎则是由舞蹈演变而来的歌舞剧。近松门左卫门(1653—1724)的作品标志着当时戏剧文学创作的最高水平。他一生写过100多部净琉璃剧本，20余部歌舞伎剧本。净琉璃方面又可以分为历史剧和社会剧两类。历史剧如《景清出家》和《国姓爷会战》。前者取材于《平家物语》，描写一个充满悲剧色彩的复仇故事，表现武士的英勇精神；后者写的是我国民族英雄郑成功复兴明朝的斗争。社会剧直接反映现实社会的商人生活。表现社会上的金钱统治与人们争取自由幸福生活愿望的矛盾，结局往往是悲剧性的，具有一定的思想深度，代表作有《曾根崎殉情》、《天网岛殉情》和《女杀油地狱》等。《曾根崎殉情》是第一部社会剧，写商店伙计德兵卫和妓女阿初在郊外森林中双双自杀的故事。近松之后，竹田出云(1691—1756)在净琉璃方面取得了一定成绩，河竹默阿弥(1816—1893)则成了歌舞伎方面的集大成者。

中古朝鲜文学

朝鲜进入阶级社会大约是在公元1世纪前后。当时形成了高句丽、新罗、百济三国鼎立的局面。7世纪中叶，新罗统一三国，建立了第一个中央集权的国家。9 世纪以后，又在内外矛盾中重新分裂为三。这段历史统称之为三国时期。

朝鲜文学史的开端可以上溯到公元 1 世纪以前，主要形式是口耳相传的神话、传说、祷词、歌谣等。进入三国时期以后，汉字传入朝鲜，书面文学随之产生，有的直接采用汉字汉语，有的则用汉字记载朝语。汉文文学方面有金大问、薛聪、慧超等散文家和崔致远、朴仁范、崔匡裕等诗人，其中以崔致远(857—?)所取得的成就最大。他 12 岁即来我国学习，以后应试中举，做官多年，回国之后不被重用，并且屡遭陷害，最后举家隐居于伽倻山。他的作品散失很多，只有文集《桂苑笔耕》20 卷和收在《东文选》等书中的少量诗集保存下来。在《寓兴》、《古意》、《江南女》和《蜀葵花》等诗中，他对社会上的黑暗和丑恶加以讽刺，对受迫害的卑贱者表示同情，表现了自己鲜明的爱憎和高洁的人格。崔致远的地位很高，影响很大，被公认为朝鲜汉文文学的奠基者。

国语文学的发端是一系列新罗乡歌的创作。这类作品据说数量很多，但是目前仅存 25 首。其中有的是民间创作，有的是文人创作。内容主要描写世俗生活，表现风土人情，歌颂贵族，赞美佛法，形式则分为四句体、八句体和十句体三种，以十句体为基本形式。

10 世纪初叶，高丽国王重新统一三国，建立了高丽王朝。高丽王朝至 14 世纪末崩溃为止，延续 400 余年，史称高丽时期。

汉文文学(尤其是汉诗)是高丽时期文坛的主流。朴寅亮、郑知常、金富轼、李仁老、李奎报、李齐贤、李谷、李穑等一大批诗人涌现出来，将诗歌创作水平提高了一大步。其中，李奎报和李齐贤最负盛名，被誉为高丽文学的双璧。李奎报(1168—1241)出身于士大夫家庭，在官场上曾遭降职、流放等处分，但因能诗善文而一度受到重用，历任户部尚书、集贤殿大学士等要职。他一生写过近万首诗，可是保存下来的只有 2000 余首。长诗《东明王篇》写高句丽始祖东明王的开国业绩，歌颂祖国的悠久历史和优秀文化，充满爱国思想和民族自豪感。《孀妪叹》、《闻国令禁农饷清酒白饭》、《望南家吟》、《代农夫吟》、《苦寒吟》等诗描述了农村的贫困和农民的苦难,揭露了官府的暴虐和权贵的奢侈,表现了诗人的人道主义精神。“新谷青青犹在亩,县胥官吏已征租。力耕富国关吾辈,何苦相侵剥及肤。”(《代农夫吟》)等名句便是这种思想的集中体现。他在艺术方面力求创新,反对蹈袭古人。李齐贤(1288—1367)出身于文人家庭,曾在我国北京住过 20 余载,回国后官至右政丞。他一生写有大量诗和词。其中有的触及人民的疾苦(如《促织》),有的描绘我国和朝鲜名山大川的壮丽景色(如《蜀道》、《望华山赋水调歌头》、《山中雪夜》、《金刚山二绝》、《菩萨蛮·舟中夜泊》等),还有的则抒发他对我国的留恋和对祖国的思念(如《庚辰四月将东归题齐化门酒楼》)。他的写景诗自成一格,倍受朝鲜后代诗人推崇。

国语文学的主要形式是高丽歌谣。高丽歌谣是在新罗乡歌的基础之上发展起来的。《青山别曲》、《西京别曲》、《思母曲》、《沙里花》等较为有名,其中多数属于爱情歌谣,表现男女之间的离愁别恨,并在一定程度上流露出妇女对所受压抑的不平;此外也有反映政治上的矛盾的,甚至还有暴露统治者盘剥农民的罪恶的。

14 世纪末叶,新兴地主阶级的代表李成桂起而推翻了高丽王朝,建立了李氏王朝的统治。李朝初期,由于实施一系列改革,生产力有所发展;但是到了后期,随着统治阶级日益腐化,阶级矛盾日趋尖锐,加上外族不断侵略,国力衰退,终于在 19 世纪后半期走上了半殖民地的道路。

1444 年朝鲜文字“训民正音”的创制,是李朝时期文化生活中的一件大事,为国语文学的发展开辟了广阔的道路。

首先是国语诗歌获得了蓬勃发展。国语诗歌的主要形式有时调和歌辞。时调是由新罗乡歌、高丽歌谣发展而来,最初产生于高丽末期,李朝时期逐渐构成一种定型诗体。金宗瑞、南怡的爱国时调和黄贞伊的爱情时调都有一定价值,而尹善道(1587—1671)则堪称时调名家。他在官场不大得志，曾三次遭流放，因而常常寄情于创作，以山水的优美反衬官场的污秽。他的名篇《山中新曲》、《山中续新曲》、《渔父四时词》等，都是出色的风景诗，感情饱满，笔法细腻，生动地再现了朝鲜四时山川景物的变化。歌辞也是由新罗乡歌、高丽歌谣发展而来，并且受到时调影响。它的形式较为自由，长短可随内容而定。郑澈(1537—1594)是歌辞初期的代表。由于当时党争激烈，他的官场生活也多坎坷，曾经屡次遭到降职、罢官和流放的处分。他的代表作《关东别曲》、《思美人曲》和《续思美人曲》写景细腻，抒情大胆，语言生动，形式优美，有朝鲜《离骚》之称。郑澈之后，朴仁老(1561—1642)继续从事歌辞创作。他是一员武将，曾在抗击日本侵略的壬辰战争中多次立下战功。因之，他的作品也往往与战争有关，充满爱国精神。如《太平词》是描写壬辰战争的，热情地讴歌了朝鲜军民同仇敌忾卫国保家的壮举；《船上叹》则抒发诗人抱病服役的壮志，警告敌人不要轻举妄动。

其次是国语小说取得了重大成就，李朝小说是在大量稗说文学基础上形成的。许筠(1569—1618)是国语小说的第一位重要作家。他由于对当局不满，曾经策划发动起义，结果事情泄露被处死刑。他的小说《洪吉童传》写的是农民起义领袖洪吉童组织活贫党，惩办贪官，劫富济贫，并在海岛建立理想王国的故事。这部小说据说深受我国的《水浒传》的影响。金万重(1637—1692)是进而把国语小说推向成熟的重要作家。他的作品《谢氏南征记》和《九云梦》对朝鲜后世小说产生很大影响，前者描写封建士大夫家庭内部的妻妾相争，旨在劝善惩恶；后者描写仙界男女下凡成亲，最后大彻大悟、皈依佛门的故事，说明浮生若梦。进入18世纪以后，国语小说更加繁荣兴旺，《兴夫传》、《沈清传》和《春香传》等都是在民间创作基础之上加工而成的。《兴夫传》通过兄弟之争，反映贫富矛盾，表现善有善报、恶有恶报的思想。《沈清传》写的是少女沈清为救盲父舍身投海终获幸福的故事，赞美沈清的孝心和善良。《春香传》位于三传之首，无论在思想上还是艺术上都不愧为国语小说的代表作(详见本章第四节)。

李朝时期的汉文文学仍然为文人所重视。汉诗的内容结合现实更加紧密，反映现实更加深刻。徐居正、李石亨、李荇、白光勋、申钦、李植、权韠等是这个时期负有盛名的诗人；其中权韠(1569—1612)尤被推崇，所作《驱车儿》、《切切何切切》等诗对于贫苦百姓深表同情。特别值得提出的是，18世纪前后进步文学流派——实学派兴起，实学派的代表作家朴趾源和丁若镛在汉文文学创作方面取得了突出成就。朴趾源(1737—1805)是朝鲜中古时代最优秀的现实主义作家和杰出的思想家。他出身名门望族，勤奋好学，博览群书，曾出使中国，接受先进文化影响。其主要创作有短篇小说集《放琼阁外传》和访华旅行记《热河日记》等。前者收入的讽刺两班懦弱无能的《两班传》是作者的主要代表作之一，后者通过多种多样的文体提出了各种社会问题，全面地体现了作者的实学思想。丁若镛(1762—1836)是实学派思想的集大成者和实学派的大诗人。他主张从事诗歌创作必须从关心国计民生的愿望出发，即所谓不忧君爱国，非诗也；不伤时愤俗，非诗也；非有美刺劝惩之义，非诗也。他一生写有汉诗2500余首，其中有的抒发自己忧国忧民的情思(如《述志》)，有的描述百姓所受的苦难(如《奉旨廉察到积城村舍作》、《饥民诗》)，有的揭露贪官污吏的丑恶嘴脸(如《猎虎行》、《狸奴行》、《龙山吏》)，有的提出改革社会的理想(如《夏日对酒》)等。除了上述作家作品之外，金时习的汉文短篇小说集《金鳌新话》，作为朝鲜小说创作的先驱也是不应忽视的。

大约由于地理环境、民族性格以及其他种种因素的关系，自古以来日本和朝鲜的文化同当时历史比较悠久的中国文化有着密切的交往，受到中国文化的深远影响，因而也就使得日本文化和朝鲜文化之间形成了一定的联系，产生了某些共同性。

在语言和文字上，日本和朝鲜起初都没有自己的文字，以后都采用汉字注音、表义，最后都借助汉字创立了民族文字；与此同时，大量的汉语词语融入日语和朝语之中，成为日语和朝语的有机组成部分。因此，在日本和朝鲜文学史上，都曾长期存在汉文文学和国语文学并立的现象。

在文学创作的内容和形式上，日本和朝鲜的作家常以中国文学为规范，在思想、题材、体裁、格律、语言、典故等方面向中国文学学习，从中吸取营养。当然，那些优秀的作家都是既善于学习外国的长处，又善于保持本民族的传统的，所以他们所写出的作品仍然具有鲜明的民族特色。

在作家的世界观和作品的思想性上，日本和朝鲜文学都受到中国的儒家思想和从中国传过去的佛教思想的深远影响，但日本更多地接受了佛教思想的影响，而朝鲜更多地接受了儒家思想的影响。

第二节 《万叶集》

《万叶集》是日本最早的也是最重要的一部古代诗歌(和歌)总集，它在日本文学史上的地位有些类似《诗经》在我国文学史上的地位。

所谓“万叶”，日本学者有种种不同的解释，或说“万语”之意，表示内容丰富多彩，或说“万世”之意，表示生命万古长新，至今没有定论。全书共收入诗歌 4500 余首①，分为 20 卷。关于本书的编者和编辑年代，缺乏确切资料。从各卷体例极不一致的情况来看，可以确定本书各卷并非经由一人之手编成。全书编者到底是谁，历来众说纷纭；但多数学者认为，大伴家持参与其事是无可怀疑的。公元 760 年左右可能已经大体编成，后来有人又作了一些修订。

---

① 由于根据的本子不同，对相近作品看作一首还是两首的计算方法不同等原因，所以统计出来的数字有出入，相差 200 余首。

《万叶集》原来完全是用汉字写的，以汉字记述日语的音或意，用法十分复杂，被称为“万叶假名”。这种假名后人很难读懂，于是历代许多学者不断注音、注释，逐步改为现代汉字和现代假名混合的文体，完全使用汉字的本子已经湮没不传。

《万叶集》中的诗歌，就内容来说，大体上可分为相闻、挽歌、杂歌三类。相闻是互相闻问的意思，是表示男女相爱，长幼相亲等的作品。挽歌是哀悼死者的作品。杂歌包括范围很广，凡不属于上述两类的作品都属此类。就形式来说，分为短歌、长歌、旋头歌、佛足石体歌四类。短歌每首31个音节，分5句，各句分别为5、7、5、7、7。长歌句数不限，可以看作是短歌的复合；长歌后面往往附有反歌，用以概括长歌大意，或者补充长歌未尽之意。旋头歌和佛足石体歌与短歌差别不大，旋头歌为5、7、7、5、7、7，佛足石体歌为5、7、5、7、7、7。

《万叶集》中最早的作品大约写于公元4世纪上半期，最晚的作品则作于759年，上下经过400余年；不过其中年代分明的作品，多数产生于7世纪中叶至8世纪中叶的130年间。这时以天皇为中心的中央集权制国家已经建立，贵族充任各级官吏，全国划分为国、郡、里；经济上实行班田制，按年龄、性别分配土地，课以租、庸、调。这些制度和政策在开始阶段对于生产发展曾经起过促进作用。但是，社会矛盾也逐渐暴露并且日趋尖锐。这表现在皇室贵族生活奢侈腐化，不断迁都，大兴土木，加之战乱频繁，人民受到沉重压迫和剥削，大批逃亡。这造成班田制的破坏和庄园制的发展；随着班田制的没落和庄园制的兴起，天皇势力渐次衰落，贵族势力渐次增强，双方夺权斗争愈演愈烈。《万叶集》对这个特定历史阶段的社会生活面貌有所反映。

《万叶集》诗歌的作者，上有天皇、皇室、贵族、官吏以及专业歌人(以上一般是署名作家)，下有士兵、农民、渔民、妓女、乞丐以及行吟艺人(以上一般是不署名作家)，几乎包括了各个阶级和各个阶层的人。

署名作家的创作大致可以划分为三个时期，即初期、中期和末期。

万叶初期一般是指7世纪末叶以前的300余年间，为日本古代抒情诗开始确立的时期。这个时期虽然时间很长，可是保存下来的作品不多。尽管如此，其中颇有一些内容充实、气魄雄大、感情明朗、风格典雅而又朴素的佳作。舒明天皇、天智天皇、有间皇子、天武天皇、额田王、高市皇子、但马皇女等是这时有代表性的诗人。这些诗人虽然大多是天皇和皇族，但是由于他们当时尚处于创业阶段，所以能够显示出一定的艺术创造力。

万叶中期包括7世纪末叶至8世纪初叶的40余年间，是名家辈出、名作迭起的时期。大津皇子、柿本人麻吕、高市黑人、川岛皇子、圣武天皇、大伴旅人、山上忆良、山部赤人、高桥虫麻吕和坂上郎女等都是这一时期比较重要的诗人，其中柿本人麻吕、大伴旅人、山上忆良和山部赤人都能各自代表一个方面。

柿本人麻吕(？—约708)是《万叶集》中最早出现的专业歌人。他先后为持统、天武两朝服务，官位不高，大约是个宫廷歌人，所以很多作品都与天皇、皇子、皇女有关；最后似乎任石见国地方官，并且死于该地。他通晓日、汉文学，信仰佛教，敬畏神灵。他在诗歌方面造诣很高，既长于长歌，也长于短歌，尤其善于自由驱使枕词、序词、对句等修辞手法，感情深厚，格调高亢，颇有动人力量。他的作品大多含有悲剧色彩，悲叹生离死别是他经常表现的主题。他一生写有长歌20首、短歌75首；其中以《从石见国别妻上来时歌二首并短歌》、《高市皇子尊城上殡宫之时作歌一首并短歌》最有名气。

大伴旅人(665—731)出身名门贵族，官位很高，历任中纳言、太宰帅、大纳言等职，死时67岁。他一生官运亨通，但也不得不陷入大伴氏和藤原氏的纠葛之中，不能不感到自己家族的没落，因而产生无限的哀愁。他长于短歌，特别是抒情短歌，如《赞酒歌十三首》，以平易的风格和轻快的韵律抒发自己内心深处哀怨和苦闷的感情，不过缺乏柿本人麻吕作品那样激动人心的力量。他的作品有长歌 1 首、短歌 70 首。

山部赤人(? —736)是圣武天皇朝廷的下级官吏，曾多次陪同天皇到各地行幸，并多次出外旅游。他擅长写短歌，擅长描绘自然景物。《望不尽山歌一首并短歌》是他的名作，其中以清新、雄浑的笔调描写了富士山的优美姿态，表达了热爱乡土、热爱祖国的深厚感情。诗人并未直接表达主观感受，仿佛自己已经投入大自然的怀抱之中。他共写了长歌 13 首、短歌 37 首。

万叶末期是指 8 世纪中叶约 20 余年间。这时的万叶歌风已经渐趋没落，作品在内容上大多逐渐脱离现实，吟风弄月；在表现上过度注重形式，偏于纤巧。这些弱点不仅在汤原王、笠女郎、阿部女郎等人身上有所表现，而且就连大伴家持也未能幸免。

大伴家持(718—785)是大伴旅人的儿子。他一生浮游于宦海，当过多任京官和地方官，最后官至中纳言，死时 68 岁。他的作品普遍带有感伤情调，一面热烈向往功名，表示忠于皇室；一面又悲叹本族没落，寻求解脱之道。他的作品在数量上远远超过其他歌人，计有长歌 46 首、短歌 431 首、旋头歌 1 首、连歌 1 首，不过其中大多数是对前人作品的摹拟，并且极力在艺术技巧上下功夫。这不仅是他诗才贫乏和诗情枯竭的表现，也是他所代表的贵族势力走向没落的结果。他的 3 首《依兴作歌》历来为人称道，被认为是登峰造极之作，其实格调并不很高，而且给人以纤弱之感。他为防人所作的歌，倒有一读之价值。他的诗风，日后为《古今集》的歌人们所继承和发扬。

在所有这些有名作家之中，山上忆良(660—733)占有一个特别重要的地位。山上忆良早年曾经出仕于持统天皇朝廷，任少录职。702 年随遣唐使出使长安。在中国两年期间，认真研习汉学。

714年晋升为从五位下,不久出任伯耆守。721年担任东宫侍读。726年任筑前守,赴九州达6年之久。最后由于中风瘫痪,死于奈良,终年74岁。他一生写有长歌11首、短歌65首、旋头歌1首、汉诗2首、汉文序若干。他以“社会诗人”著称,作品大多富有思想性和社会性,这是由于生活经历坎坷,加上深受儒家思想影响,所以不满现状,并且能够推己及人,同情贫苦人民。他没有歌咏自然和恋爱的诗歌,他的作品差不多离不开老、贫、病、死之苦的主题。在这个意义上说,他是《万叶集》中独放异彩的诗人。

《贫穷问答歌一首并短歌》是山上忆良的代表作品。这首诗通过两个穷人的互相问答,诉说他们饥寒交迫的可怜处境,哀叹充满忧患的人生之苦。诗的第一节是问。在一个“风兼雨”、“雨兼雪”的凄寒夜晚,一个贫苦的文士无法抵御寒冷,只好边嚼黑盐粒,边饮糟汤酒。可贵的是,他不独感到自身的痛苦,而且能够想到比自己更为穷苦的人们:“较我更穷人,寒夜如何济?父母饥且寒,妻子求且泣。试问当此时,如何度斯世?”[①] 第二节是答。这个贫苦文士尚有黑盐粒和糟汤酒聊以充饥御寒,比他更加贫苦的劳动者就简直难以维持了。不但穿得褴褛不堪,住所低矮狭窄,而且更可悲的是,早已灭火断炊,饥饿难当:“灶上无火气,甑中蛛网牢。岂是忘饭炊,呻吟空哭号。”然而,祸不单行,在这样饥寒交迫的情况下,又有里长前来讨租派差,逼得这个劳动者走投无路,终于发出了“怒呼无术答,世间无路逃”的惨痛呼声。据《续日本纪》记载,当时政令不行,官吏腐败,以致经常发生“率土百姓,浮浪四方,规避课役,遂仕王臣”的现象,一遇荒年更是“秋稼不登,国家骚然,万姓苦劳”。《贫穷问答歌》通过具体的艺术形象表现了处于当时社会底层的人民大众的生活情景,从而在题材和思想方面开拓了万叶其他有名作家的作品从未涉足的新境地,达到了它们从未攀登的新

① 译文引自《万叶集》,杨烈译,湖南人民出版社1984年版。下同。

高度。

民谣是《万叶集》诗歌的另一重要组成部分。属于这方面的有第 14 卷的东歌,即日本本州东部地方的歌谣;第 20 卷的防人歌,即戍守海防士兵的歌谣;此外还有其他一些散见于各卷的民间歌谣。这类作品不但在数量上相当多,而且代表万叶诗歌的一个方面,体现万叶诗歌的某些特点。民谣一般不是纯粹个人的创作,而是集体智慧的结晶,其中有的恐怕是在民众兴奋的集会过程中产生的。《常陆风土记》叙述筑波山嬥歌会的盛况时写道,自坡以东,诸国男女,春花开时,秋叶黄节,相携骈肩,游乐栖迟,咏歌甚多,不胜车载。可见在古代村落生活中,这类充满活力的集会常常成为创作和传布民谣的大场所。此外,日常生活和劳动过程以及从军、服役等异常境遇,也能够进行民谣的创作和传布。在收入《万叶集》之前,这些作品一般不是像有名歌人作品那样用文字记载着,而是在口头流传着。在编入《万叶集》的过程中,又有一大部分被编者当作"劣作"删掉了,保留下来的也大都经过加工修改,所以我们今天所见到的,往往不是真正的民谣,只能说是经文人删削加工过的民谣作品。

民谣中有一大部分是爱情歌谣。这类作品在一定程度上表现了当时人民大众的爱情生活,表达了他们要求从不合理的婚姻制度下解放出来和追求幸福的愿望。比如:

如云倚高峰,我亦愿倚君。
思君望高峰,我作冉冉云。

这是姑娘思念情人的歌谣。姑娘的感情不是直接抒发的,而是借景喻情,将情人比做屹立挺拔的高峰,将自已比作缭绕缠绵的白云,形象生动,意境优美,颇有感人力量。大约由于编者的删削,劳动歌谣极其少见,直接表现劳动人民的穷困和痛苦的歌谣更加难得;尽管如此,但在爱情歌谣中用作比兴的生活素材,却包括了种田、开荒、狩猎、捕鱼、种麻、养蚕、织布、制铁、畜牧、造船等各式各样的生产劳动。比如：

多摩川漂布，抖晒响哗哗。
何以这姑娘，令人实爱杀。

这首歌谣把漂布的动作同姑娘的可爱联系起来，把对爱情的赞美同对劳动场景的描写巧妙地结合在一起，富有生活气息，不言而喻，这些歌谣的风格是与皇家、贵族笔下的爱情诗迥然不同的。它的特点是健康、奔放、纯朴、直率。

防人歌在民谣中占有重要地位，并且具有独特性质。据史书记载，当时的农民除租、庸、调的沉重负担外，还要承担繁重的兵役。他们或当兵60天，自带武器和粮食，每隔三四年被征发一次；或充当卫士，在京城服役1年；或充当防人，到九州地区戍边3年。由于主要劳力外出，一家老小难以维持生计，所以群众中有“一人当兵，全家灭亡”的话。防人制度是664年开始仿效唐朝做法产生的，到757年由于百姓不堪其苦，难以维持下去，朝廷才不得不下令废止。《万叶集》里的防人歌大部分作于755年。这些作品从不同角度描写了防人的痛苦境遇，表现了他们对沉重负担的苦恼和对骨肉亲人的思念，属于防人和亲人的别离歌。如《昔年相替防人歌一首》：

犹如漆黑夜，前途不可知。
姑娘殷勤意，暗暗问归期。

尤其值得注意的是，防人歌里还有相当一部分作品不仅表达这种离愁别恨，而且还把矛头指向强制百姓戍边的人，甚至指向最高统治者——天皇，公然表示对于他们的不满。“此身奉严命，明日戍边行”，“大君有严命，仓皇便起程”，“诏命敢违抗，仓皇到此来”之类的表现屡见不鲜。如第4382首：

布多的老爷，是个大恶棍。
我染急病时，拉去作防人。

描写一个身患重病的百姓硬被拉去充当防人，愤怒情绪溢于言表。

就思想的大胆和尖锐而言，这类防人歌在万叶民谣中也是不多见的。这可能是因为防人制度最不得人心，最损害庶民百姓利益的缘故吧。

《万叶集》中的民谣在思想内容上是丰富多样的，在艺术表现上也有自己的特色。虽然它们在语言上不如署名歌人作品那样洗炼，在构思上也有类型化的地方，但是它所显示出来的健康明朗的情调和质朴清新的风格，却自有一种魅力，非署名歌人作品所能比。同时，我们还应看到，许多署名歌人都与民间创作有着紧密联系，不断从其间吸取营养，从而使自己的创作获得新的生命。

在日本古代的许多诗集中，《万叶集》无疑是最出色的。它汇集了当时存在的各种和歌诗体，显示了日本民族的艺术创造力，并且形成了日本诗歌的独特风格。万叶风格的特色，虽然因不同的时期、地区和作者而有所差异，但是与后来的一系列和歌集比较起来，总的来说是清新、真挚、明快的。

《万叶集》具有很高的学术价值。它是研究日本古代社会的历史、风俗、习惯、思想、制度等的重要资料之一，尤其是为研究当时的语言（如文字、语法、词汇等）和文学（如长歌的衰亡、短歌的兴起等）提供了极其宝贵的资料。

《万叶集》对于日本后世文学的影响很大。这种影响不仅表现在歌集的编辑方法和分类方法等外在形式方面，更主要的是表现在诗歌创作的精神实质方面。历史事实一再证明，每当新的诗歌运动开始兴起的时候，《万叶集》往往成为推动的力量。自古至今，提倡继承和发扬《万叶集》传统的歌人大有人在。镰仓时代的源实朝已经认识到《万叶集》的真正生命是题材广泛，创作态度认真，表现直率朴素，因而反对单纯着眼于模仿其用语。到江户时代，驾茂真渊、平贺元义等对于《万叶集》也有较深的理解，并在它的精神指导下进行创作。明治维新以后，倾向《万叶集》并深受其影响的第一位诗人是正冈子规。他极力推崇《万叶集》，同时致力于创作万叶式的诗歌。正冈子规之后，伊藤左千夫、长冢节、斋藤茂吉等继承他的事业，对诗坛影响很大。

最后应当提到，《万叶集》也是中日友好交往最早结出的硕果之一。用汉字做记录符号，编入部分汉诗，采用中国文学的题材，仿照中国文学的分类法，受到儒家和老庄思想影响，以及收入一些直接表现遣唐使情况的作品等，都是生动有力的证明。

第三节　紫　式　部

生平与创作

紫式部是日本平安时期的女作家。她出身于中层贵族家庭，曾祖父和祖父都擅长和歌，父亲藤原为时作为汉诗文家和和歌作者也很有些名气。

关于紫式部的生平活动，由于缺乏资料，今人所知甚少。她大约生于公元978年左右。本姓藤原，式部是她在宫廷服务期间的称呼，据说由她父亲做过式部大丞（掌管国家礼仪之类的官员）而来。起初她被称为藤式部，后来在《荣花物语》等书里被记为紫式部，这可能是因为她在《源氏物语》里着重描写紫姬事迹的缘故。

据说紫式部自幼丧母，由父亲抚养成人。公元996年，父亲出任越前守，紫式部随父亲离开京城前往越前。998年春天，她单身返回京城，并于同年冬天与藤原宣孝结婚，当时藤原宣孝已经过了45岁，并且娶过三个妻子，紫式部约25岁。第二年，紫式部生下一个女儿，取名贤子。但是好景不常，1001年丈夫突然死去，紫式部过起孀居生活。1006年，她进入后宫，担任一条天皇中宫（相当于皇后）藤原彰子的侍女，直到1011年一条天皇去世，彰子成为皇太后为止。在这期间，她曾为彰子讲解《日本书纪》、《白氏长庆集》

等，据说受到一条天皇称赞，获得“日本纪局”[①] 的美称。这段后宫生活对于她写作《源氏物语》无疑具有决定性的影响。她不但由此了解到后宫的底细，而且体会到后宫是个勾心斗角的所在。天皇嫔妃的周围，各自聚集许多名门才女，争妍斗艳，以邀君宠。在这种环境中生活，她格外敏锐地感受到皇室贵族的复杂矛盾和腐化堕落。紫式部死于哪年，日本学者众说纷纭，如 1014 年、1015 年、1016 年诸说都有，此外还有人认为她活得更长，但都没有确凿证据。

紫式部的创作有三部，即《紫式部集》、《紫式部日记》和《源氏物语》。《紫式部集》实际上是紫式部的和歌集，收有她各个时期创作的和歌 128 首。日本学者认为，这个集子大约是在《源氏物语》已经大部完成或者全部完成之后，作者为了总结自己的一生而编辑的。《紫式部日记》约于 1010 年左右写成，记述 1008 年 7 月至 1010 年 1 月间一条天皇的第二皇子和第三皇子诞生前后藤原道长家的盛况，其中既有对后宫生活的详细描写，又有对人物性格和心理活动的锐敏观察。以上两部作品不仅具有一定文学价值，而且为探索紫式部的活动和心理提供了宝贵的资料，具有很高的史料价值。

不过，紫式部的主要创作成果还不是上述两部作品，而是那部获得世界声誉的古典小说——《源氏物语》。尽管由于资料不足，对《源氏物语》的作者究竟是谁有种种说法，诸如紫式部执笔，藤原道长修订说；藤原为时制订大纲，紫式部执笔写成说；紫式部写前半部，贤子续后半部说；从头至尾由紫式部写成说等。但是无论哪种说法都不否认紫式部所起的是决定性的作用。至于写作时间，一般认为在紫式部进宫之前已经着手准备，入宫之后进而积累资

---

① “局”是宫廷内部的房间，供侍女用。这个称号是对紫式部精通《日本书纪》的赞美。

料，并且写成几回，出宫之后最后写成。

紫式部生活和写作《源氏物语》的时代，正是藤原道长执政的时代，即藤原氏全盛时代，摄关政治全盛时代。自大化革新以来，藤原氏一直是全国头等贵族，握有朝廷大权。后来他们又成为天皇外戚，夺得摄政、关白职务。摄关政治的经济基础是庄园制。藤原氏就是全国最大的庄园主。从10世纪末藤原道长就任左大臣开始，藤原氏进入绝顶荣华的时代。道长是一条、三条、后一条、后朱雀、后冷泉等几代天皇的岳父和外祖父。自摄关以下朝廷所有重要职务几乎为他这一门所独占。他的庄园遍及全国各地，以致有人兴叹：天下的土地都归一家所有，我们连立锥之地也没有，真可悲痛！国家政务被道长当作私事，在他的私邸处理。天皇不得不承认道长的权威，处于受他保护的地位。然而，藤原氏摄关政治本身也孕育着深刻的矛盾和危机。首先有天皇皇族与宫廷贵族的对立，院政政治[①] 与摄关政治的对立；其次有宫廷贵族内部各派的对立，藤原氏内部各派的对立；再次有宫廷与地方的对立，宫廷贵族与地方贵族的对立；最后还有贵族与武士的对立。这种种矛盾逐渐激化，危机逐渐深化，甚至达到爆发多次武装叛乱的地步。此后不久，藤原氏就被平氏取而代之，摄关政治也被幕府政治取而代之了。由此可见，藤原氏摄关政治并不能挽救贵族阶级的没落，武士阶级代替贵族阶级的端倪已见。紫式部既与藤原道长一家有着密切联系，又能从旁观察他们。作为一个头脑比较冷静的贵族妇女，紫式部虽然没有可能看清历史的全貌，但是却有可能发现许多现实的问题，而所有这一切又通过具体的艺术形象表现在《源氏物语》中了。

---

① 院政是指退位的天皇在隐居地方执行政务，与被摄关控制的天皇相对立。

《源氏物语》

《源氏物语》共有54回，可以分为前后两个部分。第41回以前为前半部，第42回以后为后半部。前半部是源氏的故事。第1回至第13回写源氏放荡的青年时代，写他放荡的爱情生活和政治上的升沉；第14回至第33回是他全盛的中年时代，写他对所交往女性的安排和政治上的中兴；第34回至第41回是他失意的晚年时代，写他的心灰意冷、出家遁世以至郁郁而死。后半部写薰君的故事。第42回至第44回写他少年时代的生活；第45回至第48回写他对大女公子的追求和失败；第49回至第54回写他对浮舟的追求和失败。

源氏是小说前半部的男主人公。作者对他的描写有不少理想化的地方，在外貌、才能等方面极力加以赞美，甚至达到无以复加的地步。如说他名叫光君，意谓光华照人；容貌之美无人可比，而且年龄越大越有光彩，直到中年毫不衰减；读书聪明颖悟，善作清新警策之诗文；歌声悠扬，犹如佛国的妙音；舞姿优美，达到世无可比的程度，弹琴首屈一指，横笛、琵琶无不擅长；戏笔作画，竟教古今名家退避三舍……诸如此类，不胜枚举。作者自己也说，他的才干如果一一列举起来，简直如同说谎，教人不敢相信。至于从政方面，作者则尽力想把源氏写成一个既有济世治国政治才能，又有雍容大度政治风度的人。

作品用大量篇幅描写源氏和各式各样女性的交往。在这方面，作者并没有把他完全理想化。正如书中所说的那样，光君源氏，只此名字是堂皇的，其实此人一生的缺陷多得很，尤其是那些好色行为。在作者笔下，他既是温文尔雅、多情善感的，又是用情不专、轻薄放荡的；他既对女性表示关怀、爱护，又对女性肆意玩弄、侮辱；他为收容几个与他有过交往的女性而精心营造的六条院，虽被说成和睦相处、其乐融融的极乐世界，其实生活在里面的人个个满怀辛酸，争风吃醋之事层出不穷。源氏为了物色满意的对象，满足自己的欲望，不仅追求空蝉、明石姬、末摘花、紫姬等很多妇女，而且和藤壶私通。从小说整个构思来说，与藤壶的私通是一个至关重要的事件。

藤壶是桐壶天皇的皇后，其身分相当于源氏的继母。源氏听说藤壶的容貌酷似自己的生母，便产生一种恋慕之情。以后随着年龄渐长，他对藤壶的感情也发生微妙变化，每逢春花秋月、良辰美景，时时向她倾吐衷肠。他没有抑制自己的感情，终于发展到和藤壶私通并生下一个孩子的地步。这个孩子就是日后上台的冷泉天皇。源氏与藤壶私通具有乱伦性质。它是源氏好色行为所产生的最大恶果。这个事件对小说情节的发展有密切关系；不仅因为有冷泉天皇上台，才有源氏政治上的中兴以至后来的绝顶荣华，而且源氏与女主人公紫姬的结合，也是因为紫姬相貌和藤壶相似，血脉又和藤壶接近。藤壶是源氏的理想，紫姬则是藤壶的化身。更为重要的是，源氏和藤壶的私通，又同柏木和三公主的私通存在某种联系。当源氏发现自己的正夫人三公主失身后，曾在痛恨之余悟出一个道理：这是自己一生犯的许多可怕的罪过，尤其是和藤壶私通这个最可怕的罪过的现世报应，是无可逃避的命运。此外还应看到，柏木和三公主私通生下薰君，而薰君则是小说后半部的男主人公，这样就把这条线索贯串到小说后半部去了。由此可见，源氏和藤壶私通以及与此有关的一系列事件，是贯串小说始终的一条重要线索，是表现小说主题的一个重要方面。

作者既是一个贵族，又是一个妇女。当她描写源氏和女性的交往时，就不能不同情这些女性的不幸，不能不对源氏的所作所为有所揭露，有所批评；虽然有时一边揭露，一边又替他掩饰，一边批评，一边又为他开脱。

小说通过对源氏和许多女性恋爱过程的描写，塑造了一系列有血有肉的女性形象。联系第 2 回里源氏等人对妇女的评论可以看出，作者描写这样众多的妇女形象，并非兴之所至、信笔写来的，而是有意识地表现各个阶层的贵族妇女面貌，使之形成贵族社会的长幅画卷。其中空蝉、明石姬、末摘花、紫姬等几个人物写得颇有深度。

空蝉的丈夫是个地方官，在源氏看来自然是微不足道的。因之，源氏听说她有几分姿色，就毫不考虑她是一个有夫之妇，半夜三更贸然闯进她的卧室，玷污了她的身体。空蝉感到万分痛苦，非但对源氏的情书置之不复，而且一再巧妙回避源氏，使源氏占有她的欲望再也不能满足。空蝉是少数敢于对源氏的好色行为抗拒到底的妇女的代表。她同源氏地位相差悬殊，后来完全失去依靠，却敢于抵制源氏，这充分说明她是一个刚强的女性。正如小说里所形容的那样，她的性情，温柔中含有刚强，好似一枝曲竹，看似欲折，却终于不断。

如果说空蝉的社会地位本来不高，她被源氏凌辱的不幸遭遇是贵族集团内部等级森严、上层欺压下层的表现之一，那么末摘花的命运则具有别一种性质。末摘花属于皇家血统，出身可算高贵。但是由于家道中落，加上其貌不扬，长着一个难看的红鼻头，备受源氏欺凌。源氏和她私通后，虽然不得不照顾她的生活，可是又极端看不起她，当面侮辱她的人格。过着这种寄人篱下生活的末摘花的苦痛心情也就可想而知了。末摘花的命运反映了贵族集团的分崩离析和没落贵族的可悲处境。

空蝉和末摘花的结局自然不能算是美满的，明石姬的情况则与之不同。她是个身分低微却获得所谓美满结局的妇女形象，然而她所走的道路也是崎岖不平的。她的祖父还属大臣之列，父亲已经失掉官职。以这样微贱的身分去同高贵无比的源氏结合，矛盾和痛苦自然是不可免的。心地聪明的明石姬对此颇为敏感。所以，源氏初次寄来情书，她不肯作复；源氏二次来信，由于父亲百般劝勉，她才提笔作答；源氏摆起架子，不愿主动前来，她也始终不肯迁就。按她的身分和情况来说，她很有可能遭到遗弃。以后只是由于她生下一个女孩儿，源氏打算把这个孩子培养成皇后，才破格优待她，让她迁居六条院。六条院的物质条件自然是优越的，但精神方面却不愉快，不仅难得见到源氏，而且连亲生女儿也同她长年分居。明石姬的所谓美满结局，其实是充满辛酸和泪水的。她痛苦的根源，在于身分的微贱。

紫姬是小说前半部的女主人公，在一定程度上体现了作者的理想，因而理想化的成分比较多些，不过仍不失为一个有特色的艺术形象。比起上述几个人来，紫姬应当算是幸福的。她出身高贵，容貌端丽，被源氏当作终身伴侣，立为正夫人。她是源氏精心培养起来的。不过，源氏认为她仍有一个不可克服的缺点——嫉妒。她虽然深受源氏宠爱，但因源氏用情不专，常常做出偷香窃玉的事来，所以也不免心怀戒备和痛苦。特别是源氏 40 岁上又突然迎娶朱雀天皇的女儿三公主，更使她感到伤心。她有时强装笑脸，有时不免流泪，担心自己将来年老色衰被遗弃，最后终因长年忧心忡忡，正当盛年就染病身亡。可见紫姬的所谓嫉妒，乃是对于源氏轻薄好色的不满和抗议。紫姬的痛苦说明，在一夫多妻制社会中，无论身分多么高贵、条件多么优越的妇女也是不会获得真正幸福的。

总之，小说前半部通过源氏和空蝉、末摘花、明石姬、紫姬等很多妇女的关系，从不同角度揭示了源氏好色行为的恶劣后果。这些妇女虽然地位不同，遭遇各异，但是都被作为男性贵族玩弄的对象，成为一夫多妻制的牺牲品。

小说后半部的男主人公是薰君。他名义上是源氏和三公主的儿子，其实是柏木和三公主的私生子。像源氏当年一样，他也年轻貌美，地位优越，生活奢侈，官运亨通。可是，他却不像源氏当年那样乐观。他很早就对自己出生的秘密感到苦恼；打听到真实情况后，更是日夜感叹不已。他和大女公子的恋爱，自始至终充满悲伤和眼泪，并以大女公子之死收场。他追求浮舟，但又顾虑重重，缺乏热情,行动迟缓,以致铸成大错,使得浮舟先后走上投河自尽和出家为尼的末路。在小说里,薰君是以源氏继承人的身分出现的。但是比起源氏来,他的内心矛盾更加激烈,痛苦更加深重,解决这种矛盾和解除这种痛苦的力量则更加薄弱。

在小说后半部登场的妇女,命运更加悲惨。女主人公浮舟的坎坷经历,可以作为代表。浮舟的命运就像她的名字所喻示的那样,犹如随风逐浪四方飘泊的小船,只身飘零,前途茫然。她是宇治八亲王和侍女私通生下的女儿,从小被父亲遗弃,跟随母亲到处奔波。她被薰君带到宇治山庄后,又必须同时逢迎两个男人,觉得苦恼不堪,终于走上投河自尽的道路。事后虽然被人救起,但她并不感到幸运,反而觉得求死不得,颇为遗憾,于是毅然出家为尼,并且断然拒绝薰君让她还俗的要求。她采取这种果断措施,乃是对冷酷现实的强烈抗议。这里应当指出,作者将浮舟这样一个具有浓重悲剧色彩的形象放在全书的末尾,作为故事的结局,是很耐人寻味的。

如上所述,这部小说主要写的是贵族社会的男女爱情故事;不过,作为这些故事的社会背景,小说还广泛地描写了贵族社会其他各个领域的状况。

首先是宫廷内外争权夺利的斗争。小说比较真实地反映了摄关时代的政治面貌,尤其是宫廷内外的夺权斗争。宫廷内部的斗争,往往是后宫嫔妃的争宠和朝廷大臣的争权互相交织在一起的。在桐壶天皇和朱雀天皇时期,朝廷显然分为两派:一派是桐壶天皇和他的宠臣左大臣,源氏也属于这一派;另一派是朱雀天皇、弘徽殿女御和她的父亲右大臣。桐壶天皇在世时,前者处于优势;桐壶天皇去世后,后者独揽朝纲。两派斗争愈演愈烈,终于酿成源氏的须磨流放。这次流放的导火线是源氏和胧月夜的私通,根本原因则是源氏一派的失势。源氏流放结束后,他们这派又大权在握,而其对立面则溃不成军了。但是,斗争并未止息,接着又出现了源氏和左大臣两家的摩擦。源氏通过支持六条妃子的女儿为皇后和培养明石姬的女儿为皇后的办法，不断巩固和加强自己的政治力量。左大臣一家几次竞争皇后失败，对于源氏颇为不满。虽然两家表面维持合作关系，可是内部纠葛却纷至沓来，实在永无解决之时。在宫廷以外，男女婚姻也往往同政治利益有关，贵族官吏依靠裙带关系互相勾结，达到升官发迹的目的。上述斗争的性质，纯属派系之间为谋私利的你争我夺；斗争的手段也不光明正大，主要依靠阴谋权术。这种现象说明皇室贵族在政治上业已腐化，摄关政体也已无济于事了。

其次是皇室贵族骄奢淫逸的生活。小说生动地表现了皇室贵族的生活、习俗、思想和感情，描写了他们的生老病死、婚丧嫁娶、行乐游猎，反映了他们对妇女及对文学、绘画、音乐等的观点。从小说里可以看到自天皇皇族至高官显宦，在政治上无所作为，却终日沉溺于享乐。宫廷经常进行宴饮、舞会、行幸、赛画、游猎等活动，规模盛大，挥霍浪费。源氏的六条院更是尽情取乐的场所，宴游玩乐花样不断翻新，管弦之乐不绝于耳。

再次是地方贵族追名逐利的丑态。小说除表现皇室贵族之外，还刻画了一些地方贵族的形象，其中以明石道人和常陆介较为突出。他们既是不择手段地搜刮民脂民膏的地方官，又是挖空心思靠女儿发迹的钻营者。这些地方贵族的艺术形象，作为宫廷贵族形象的补充，使小说在更广阔的范围内暴露了贵族阶级的丑恶本质。

总起来说，《源氏物语》好像一幅色彩斑斓的长幅画卷，它通过源氏和薰君同周围妇女悲欢离合的故事，展示了贵族阶级的生活状况和精神面貌，对男性贵族的好色行为加以批评，对女性贵族的不幸命运表示同情；同时，它还生动地反映了贵族社会其他方面的情况。从源氏本人由盛而衰的变迁过程，从源氏到薰君一代一代逐步衰微的趋势，从紫姬到浮舟一代一代愈加深重的苦难，读者不难具体地感受到平安时期贵族的腐化堕落及其走向衰微的历史命运。

此外，小说偶尔也涉及下层社会人民的生活状况，诸如京城的商人愁叹生意不佳的谈话，须磨的渔夫向源氏申诉身世中的苦况，小野的农民收割稻子的情景，等等。尽管这些描写远远不够深广，但是也可以从中窥见普通百姓辛勤、痛苦生活之一斑。

我们应当看到，由于作者头脑较为清醒，对贵族社会的矛盾和腐败有所认识，能够忠实地描写现实生活，所以小说在客观上相当深广地表现了贵族集团的状态，反映了某些本质性的问题，甚至揭示了某些规律性的东西。从这个意义上说，作品的思想及其意义超出了作者主观认识的范畴。但是，由于作者生活在过去的时代里，而且又是贵族妇女，所以世界观必然受到时代和阶级的制约，这就使小说的思想具有一定的局限性。这种局限最突出地表现在以下两点：一是小说评人论事常常表现出贵族的阶级偏见。书中有个人物说过，我在世间见闻所及，人的容貌和品性的优劣，往往根据其人的身分高低而定。这种看法很有代表性，在小说里随处可见。皇族比臣下优越，宫廷贵族比地方贵族优越，贵族比武士优越，官吏比百姓优越，被说成是普遍规律，如有例外也是少数。因之，下级侍女、仆役、农民、渔夫、樵夫、牧人往往受到嘲弄，遭到丑化，被冠以"无知无识"、"形容古怪"、"相貌丑陋"、"语无伦次"、"声如鸟啭"、"村俗不堪"、"不解情趣"等等坏字眼。二是小说深受佛教迷信思想的影响。书中几乎所有的人物都相信因果报应，认为前世为现世之因，现世又为来世之因，一切已经决定，人们无能为力。出家遁世成为他们摆脱现实矛盾和苦难的归宿。相面、占卦、托梦、鬼魂作祟、祈祷、讲经等成为故事情节的有机组成部分和推动故事情节发展的重要因素。

《源氏物语》在艺术表现方面也有显著特点：

第一，结构宏伟。本书规模庞大，文字多达百万，时间长达 70 余年，前后历经四代天皇，情节复杂，场面众多。它的结构方法是一回或几回的相对独立性与全书的统一完整性结合，短篇与长篇结合。一回或几回构成一个相对独立的短篇，但全书又不是许多短篇的杂然辑录，而是有统一的主人公、统一的故事和统一的思想的整体。不过，大致相同的心理描写和场景描述重复过多，乃是它的不足之处。

第二，人物形象鲜明。全书出场人物共有400多个，其中形象生动、个性突出的不下几十个。作为一位女作家，作者善于细致入微地描绘人物复杂的心理，尤其是妇女的内心世界。

第三，语言优美。本书语言绵密而又优雅，据说比较接近当时宫廷贵族的口语。在一般文人尚为汉字所束缚的时候，作者能够自由驱使假名文字，写出这样的长篇巨著，为日本文学语言的发展奠立基石，实在是难能可贵的。此外，本书还在以散文为主的条件下大量穿插和歌，使之对推动情节发展、抒发人物感情和加强气氛感染力方面起了良好作用。这是作者继承和发扬传奇物语、和歌物语两个传统所取得的成果。

《源氏物语》对日本古典文学的发展产生了很大影响。在小说方面，《滨松中纳言物语》、《半夜醒来》、《狭衣物语》等在构思和人物性格上模仿它，《荣华物语》在组织材料上模拟它，而井原西鹤在创作时也从其中吸取营养。在戏曲方面，谣曲、宴曲、净琉璃等常以它的内容为题材。在诗歌方面，它被视为歌学研究必读书，对于和歌、连歌、俳谐的演变影响甚大。同时，作为亚非地区最早产生的一部长篇小说，《源氏物语》在亚非中古文学史上也占有相当重要的地位。

《源氏物语》也是中日友好交往的一面镜子。它生动地记录了我国各种文物、思想、典章、制度在日本广泛流传的情况，如儒家、道家的学说和思想，宫廷设置的典章和制度，磁器、纸张、衣服、丝绸等生活用品，琴、棋、书、画等文化娱乐用具，等等。它广泛地引用了《论语》、《老子》、《韩非子》、《战国策》、《史记》、《汉书》、《文选》

等著作中的典故史实，引用了陶渊明、刘禹锡、元稹等人的诗，尤其是多次引用了白居易的诗，《白氏长庆集》几乎成为当时日本宫廷皇室贵族文化生活中不可缺少的读物。

第四节 《春 香 传》

《春香传》在朝鲜是一部盛传不衰、流传最广的古典名著。它大约形成于18世纪初、中叶，由出身于平民阶层的无名氏说唱家创作而成，其故事则早在16、17世纪就已在民间流传。

朝鲜进入18世纪以后，农民起义在全国范围内此起彼伏，市民阶层的反封建气势空前高涨，处于封建社会末期的李氏王朝已是摇摇欲坠，行将崩溃。但是，与李氏王朝国势衰微相反，这一时期在中古朝鲜文学史上，却是最灿烂的黄金时代。其特征一是实学派文学的盛行；二是市民阶层的反封建文学像雨后春笋般地兴盛起来，出现了一批文风朴实、笔调清新、思想活泼健康的小说及说唱台本，其中最著名的是《春香传》。

《春香传》分上、下两卷。上卷写南原府使的儿子李梦龙与春香一次偶然相遇，两人一见钟情，订下婚约后遂结为夫妇。不久，李父被调往京城任朝廷内职，春香因出身卑微，不能随同前往。下卷写新官卞学道到任后，强令春香做他的侍妾，春香誓死不从，被判死刑，后被新到任的全罗御史李梦龙救出，夫妻得以团圆。

《春香传》的作者站在平民阶层的立场上，热情地赞颂了青年男女为摆脱封建身分制度的束缚而结下的平等、真挚的爱情。

李氏王朝统治时期，等级森严的身分制度是受到国家法律保护的。“一方是以最高统治者国王为首的具有特权的两班地主，另一方是被统治阶级良人、身良役贱和贱人。”① 身分不同的阶层彼

① 《朝鲜通史》第614页，吉林人民出版社。

此不能随意来往，更不能相互配匹。

《春香传》的男女主人公由于身分相差悬殊，他们的爱情一开始就隐藏着很大的危机。整个作品也正是以这种“潜伏着的危机”为线索安排情节，并通过个性鲜明的人物形象不断深化主题的。其过程大体可分为三个阶段逐步推进。

首先，在最初阶段，“潜伏着的危机”是通过春香母女之口引出的。

贵公子李梦龙端午佳节发现春香在“花红柳绿”中荡秋千，竟惊为“洛浦仙人”，不禁“心旌摇摇，魂飞天外”，于是立即派房子(侍从)前去传唤。春香并未因此感到受宠若惊，相反，她镇定自若，断然拒绝李梦龙对她的奉邀，并严肃地对房子说道：“我既非时仕[①]，你对闺阁女子，呼来叱去，实在有失体统！”可见春香对自己身为退妓之女，动辄有可能遭到人们歧视是很敏感的。她急切声明自己并非时仕也是完全必要的。后来听说李梦龙并不把她看作艺妓，主要是因为尊重她的才华而相邀才欣然前往。

年轻的春香见李道令仪表非凡，不免芳心宛转，“偷闪秋波”，但当李道令正式提出求婚时，春香却沉思良久正色答道：“想道令乃是贵介，贱妾出身蓬门……尚请道令三思！”春香的答词很有分寸，一方面说明她对自己出身卑微有明确认识，是一个懂得自尊自爱、有自知之明、头脑清醒的女子；另一方面，也把构成作品矛盾冲突的根本原因毫不隐讳地直接提了出来。不仅如此，作者还通过春香的母亲与李梦龙的对话进一步作了暗示，香母向登门求亲的李梦龙直截了当地说道：“俯就婚姻……与其悔恨于他年，不如慎重于今日。”他日如若有变，春香母女真可谓有言在先了。

其次，在第二阶段，男女主人公因离别而导致“潜在危机”的爆发，不仅使作品的情节继续向前发展，主题也愈益鲜明。

---

① 指艺妓。

李梦龙随父赴京之前，听从其母不能娶“艺妓之女做妾”的训戒，提出要与春香分手。春香听后陡然变色，心痛如绞，但她马上冷静下来，有理有据地列举出李道令如何主动求爱，如何指天发誓等一桩桩往事，指责他撇自己而去是背弃盟誓，心肠忒狠，并愤怒地喊出：“恨哉，恨哉！尊卑贵贱，委实可恨！”香母此时也执意要李道令将春香带走。在春香母女的严正要求下，李梦龙只得同意进京后先争取状元及第，然后“出任外职”，到时接春香一同赴任。

眼看与李道令离别在即，春香痛苦万分，她“晕绝于地”、“扑倒大门之外，用两只纤手，冬冬捶地”。严酷的身分等级差别残忍地折磨着春香，差点儿夺去了这个无辜少女的性命。

进入第三阶段，从骄奢淫逸的卞学道登场开始，《春香传》的情节进一步向高潮发展，基本主题至此也完全明朗。“在这里表现的，已不是由单纯的封建的身分差别引起的冲突，而是社会与阶级的各种势力的矛盾和冲突在剧烈的极度紧张的展开。”①

卞学道到任后，强行要春香做他的侍妾，但春香抵死不从，并在公堂上进行了义正词严的斗争，她理直气壮地回答卞学道道：“贱门之女……那从一而终的道理，却还能够领悟。大人逼我弃家背夫，另嫁他人；请问大人，你是否愿意弃国背君，而事二主？大人如若觉得这也事属无妨，就请大人随意发落！”卞学道被春香问得老羞成怒，就以“辱骂官长”、“叛逆不道”等莫须有的罪名恐吓她，要把她“严刑定配，置之死地”，并声言这是“法有明文”的。一向温柔、和善的春香，这时也“暴跳起来”，她严厉地反问道：“那劫夺有夫之妇的人，为何无罪？”但是，卞学道既昏庸贪色，又暴戾恣睢，他根本不听春香的正义呼声，当场令人重责春香 25 杖。春香此时自知“浩劫难逃”，她早已把生死置之度外。在法堂上，她毫无顾忌地时而昂然申诉，一字一血地唱出了揭露卞学道罪行的“十杖歌”；时

① 尹世平：《关于〈春香传〉》，《春香传》中译本第 7 页。

而愤怒地喝令昏官："要杀要剐，赶快动手！"春香正义凛然的斗争，并没有使昏庸贪色的卞学道有丝毫的收敛，她终于被戴上大枷关进死牢。

卞学道之所以如此有恃无恐地虐待春香，主要是因为她是"贱妓贱妾"的女儿(属"贱人"阶层)。在他看来，像春香这种"门户人家"的女儿，好似"路柳墙花"，送旧迎新原是她的本分，根本不配谈什么贞节，春香竟敢对抗他，在当时实为法律所不容，是死是活，卞学道完全有权定夺。由此看来，我们可以认为，春香对卞学道所进行的斗争，实质上是针对不合理的封建身分制度而展开的。

综上所述，《春香传》通过这样三个阶段所揭示的主题思想是很鲜明的。但是，《春香传》是一部内涵极为丰富的作品，它不仅讴歌了以春香为代表的市民阶层反对封建身分制度的胜利，赞颂了男女主人公坚贞不渝的爱情，而且还从多方面揭示了题旨。其一，通过两班官僚阶层的典型人物卞学道及其爪牙等对春香的迫害，真实地反映了当时的社会不但整个封建制度腐朽不堪，就是统治阶级成员的伦理道德也处于崩溃状态。卞学道还未到任，一听说南原果真有个名唤春香的绝色女子，而前往该地又有360里路程时，便焦急异常，赶忙动身。一路上，他傲慢地坐在轿中，瞪着双眼向百姓显示"官府的威风"。到任后，第一件大事便是点传全城的艺妓，明月、桃红等20多个艺妓竟没有一个被他相中的，便传令非见春香不可。尽管手下人一再进言：春香并非艺妓，且她已与前任使道之子结为夫妇，不便传唤，但卞学道利令智昏，一意孤行，最终只好在"歌声高处怨声高"的谴责声中，被赶下了历史舞台。其二，下层劳动人民对春香的声援，生动地反映了平民阶层的反封建动向与他们的伦理道德观念。当卞学道在法庭上大施淫威毒打一个无辜弱女时，向主子讨好的爪牙虽大有人在，但是，全南原府的"男女老少与闲良"，以及衙门里的大小官吏等却都为春香抱不平，相与议论道："好一个春香！恁般坚贞！节烈之气，世代罕见。使道必然得不到好下场!”这些话语充分表达了平民百姓对卞学道的憎恨和诅咒。不仅如此,他们按照自己的伦理道德观念而形成的巨大舆论压力,对督促和鞭策李梦龙坚守诺言,不变初衷,无形中也起了很大的作用。李梦龙被任命为出巡南原的暗行御史后,立即带领随从向目的地进发。进入全罗道境内后,他将随员分成三路察访民情,自己则头戴破笠、身着旧衫、手持破扇独自行走。一路上,他接触到了农民、送信童子、洗衣女子等劳动人民,亲耳听到了这些人既骂卞学道“异想天开”、“残忍无情”,也指责李梦龙“薄情”、“可恨负心”、“冷心冷肠,无情无义”,同时赞扬春香“冰清玉洁”、“气节高尚”。所有这一切使李梦龙不能不清醒地意识到:南原别后,仅仅未给春香书信,名声尚且如此坏,如今身居高位,若轻易抛弃春香,则必然声名狼藉,为千夫所指。为此,严惩卞学道之后,他毫不犹豫地与春香团聚,并确认她正室夫人的地位。

《春香传》的篇幅不算长,但就上述所反映的当时社会现实生活的深度和广度而论,在中古朝鲜文学史上却是空前的。

这部作品在艺术上也很有特色:

一、《春香传》克服了过去李朝小说形象描绘少、概念叙述多的不足,注意通过人物本身的行动和对话来塑造具有鲜明个性的人物形象。

春香同朝鲜古典文学中许多优美动人的妇女形象一样,具备秉性聪慧、温柔多情、才貌出众等许多良好的素质,但构成其性格最主要特征的则是“刚烈”、“贤淑”四个字。

首先,作者恰到好处地使用了许多动词来刻画春香“刚烈”这一侧面。春香早在待字闺中之时,就是个懂得“重节守义”,具有木兰气概的姑娘。她与李梦龙山盟海誓结合后,鉴于自己出身微贱,对未来前程并无过多的奢望,将来能被李梦龙正式接纳做个小妾,她也就心满意足了。但是,出乎意料之外的是,婚后不到一年,李道令顶不住来自家庭的压力,竟声言要与她分手,这突如其来的重大打击，使春香极为痛苦，作者写道：

> 春香一听此言，登时变了颜色。慢慢睁大了眼睛，皱紧了眉头，噘着嘴，扇动着鼻子，吱嘎吱嘎地咬着牙……只见她腰身一挺，用劲把裙子吱拉一声撕破，乱扯着头发，口里说道："这些要它何用！"转身进屋，把那梳妆镜、穿衣镜、珊瑚竹节，一齐摘下，掷在地上，跌成粉碎。她跺着脚，捶着胸，背着脸坐下，唱起了一支"自叹歌"。

作者一连用了"变、睁、皱、噘、扇、咬、挺、撕、扯、掷、跺、捶、唱"等10多个动词，维妙维肖地写出了春香激愤时的动作表情。又如，春香在家中得知新官卞学道传呼她后，自知无法躲避，就"挺身起立，昂首出门"；在法堂上，卞学道百般无奈，只得令手下人把她往下拖，春香此时则毅然喝了声："放开"。"挺、昂、喝"仅3个动词，便把春香刚正节烈的凛烈气概，描绘得有声有色，读者看到这里，对春香的钦佩之心也就不禁油然而生。

其次，作品还通过春香母女的对话来描绘她"贤淑"这一侧面。春香自与李梦龙别后，尽管他音讯渺茫，但她坚持守节，发誓永生不变。为了忠于爱情，坚守节操，她被卞学道打得遍体鳞伤，但她仍然矢志不改。眼看即将关进死牢，昏迷中听说母亲要找人往京师送信，她担心李梦龙得知消息后担当不起，便劝阻了母亲。特别令人感动的是，春香被打入死牢后，自知"豪官相逼，有死无生"，尚存的一线希望是，也许李梦龙能回来救她出狱。岂料她日夜盼望回来的郎君，却是一个衣衫褴褛的乞丐，这对于春香来说犹如"天崩地塌"，她不由抽了一口冷气。不过，她马上镇定下来，既无怨言，也不嚎啕大哭，在悲痛和绝望中她一再要求母亲要好好看待李梦龙，不要因自己不在而疏远他，并对李梦龙的衣着和起居也一一作了周详的交代，如请母亲将自己的衣裙、首饰、家什全都卖掉，为李梦龙添置鞋帽、衣裤以及做几味可口的小菜等。春香对落魄的夫君如此体贴入微，充分体现了朝鲜妇女传统的高尚道德风貌，并因此赢得了历代朝鲜人民的赞颂。

二、《春香传》在形成的过程中,受到说唱台本的演唱特色及戏剧性艺术手法的影响,因此,它既可作小说阅读,也可供说唱演出。整个作品散韵相间,散文一般用于铺叙故事情节的发展;韵文则大多用于抒情写景,描绘人物的心理活动和激烈的感情变化。例如,作品中的"爱歌"、"离别歌"、"十杖歌"等,都是人物在极度欢快、哀伤或愤怒中唱出的。此类歌词古朴典雅,有的富有凄怆、悲壮的韵味,一般以朝鲜民间歌谣的基本格律为调式(三、四调或四、四调),琅琅上口,为朝鲜广大群众所喜爱,至今吟唱不绝。

《春香传》在戏剧冲突的表现上,一是场景变换迅速,无拖沓之感;二是大胆运用浪漫主义的手法表达思想。李梦龙与春香身分等级相差悬殊,这在现实生活中一般是很难解决的,但作者却巧妙地让李梦龙最后以全罗暗行御使的身分登场,这一关键性情节的安排,不仅将卞学道革职罢官,大快人心,男女主人公得以团聚,而且在紧张的气氛中迅速把矛盾推向高潮,从而增强了戏剧效果。

三、充分利用场景的对比加强作品的感染力。《春香传》中的每一景物都是经过作家的精心选择而设置的,它们有的绘景状物;有的则根据人物的思想感情和故事情节的不同,对相同或相类似的场景的写法亦各不相同。例如,李梦龙在夜晚初访春香时,她家的庭院虽略显寂寥,但他感到院中的一切都在热情地欢迎他的到来,呈现出一派生机勃勃的景象:

> 池中金鲫,泼剌水面以迎宾;月下白鹤,唳鸣松间而待客。武陵渔子虽不识桃源之路,而步步行来,已入仙境。

若干时日以后,李梦龙假装成乞丐重访春香住处,尽管庭院依旧,但此时因女主人公正在死牢中受熬煎,因此展现在他眼前的是:

> 行廊塌倒,老树无皮,只剩下苍碧梧桐,还在迎风矗立。阴森无光的短墙之下,突地跳出了一只脱毛的老狗,一瘸一跛,汪汪乱叫;扉窗前的黄狗,窜近身来,似乎想起了旧日熟

客,有些惊奇,叫得一些没有力气。

断垣残壁,阴冷萧索,连狗儿也竟叫得“没有力气”,这与初访时的景象两相比较,真有天渊之别!

四、《春香传》语言的最大特色是,以创制于1444年的朝鲜自家文字“训民正音”(国语)进行创作,人物的语言比较接近民间口语。原作中虽然相间使用了大量汉字词汇,引进了许多中国典故、历代著名诗人(如陶渊明、王维、李白、杜甫、白居易、苏轼等),尤其是唐诗词的名句,但是,由于作者知识渊博,对中国诗词造诣精深,使用时均能恰到好处,往往起到画龙点睛的作用。这不仅给原作增添了光辉,而且还从一个侧面显示了中朝两国文化的友好交往。

当然,《春香传》的语言也有所不足,有些地方还未能克服文人创作时刻意雕琢的毛病。例如运用中国传说、典故、诗词时,有时堆砌过多,从而在一定程度上损伤了这部名著的完美性。

总之,《春香传》由于它在思想、艺术上的光辉成就,不仅在国内享有盛誉,成为中古朝鲜文学史上首屈一指的作品,而且在世界文坛上,特别是在中古东方文学史上占有重要地位,目前已被译成英、法、俄、德、丹、汉、日等10多种文字,在世界各地广泛流传。

第六章　中古东南亚文学

第一节　概　　述

中古东南亚包括缅甸、泰国、老挝、柬埔寨、越南和马来亚等大陆上的国家和由岛群组成的印度尼西亚和菲律宾等。东南亚这一名词虽然是在第二次世界大战时期才普遍使用，但在这片美丽的土地上，自远古以来就有人类繁衍生息，不断地创造出独具特色的高度文明。

东南亚由于所处地理位置的特殊性，即她在自己的历史时期开始很久以前，与其相邻的中国和印度，早已是为世人所承认的文明大国，故这一区域的文化主要是在上述两大文化中心的影响、滋养下发展起来的。

在中古初期和中期，东南亚大致可分为受印度影响和受中国影响的两大文化区。

在受印度影响的这一区域（如缅甸、泰国、老挝、柬埔寨、印度尼西亚等）里，印度文化沿海、陆两条通道传入后，对这一地区的国家制度、艺术、宗教意识以及文学创作等均产生了很大的影响。例如，柬埔寨曾于5世纪初采用“天竺法”，对自己国家的制度进行改革；地处中缅甸的骠国的雕像与铜器，其风格与笈多王朝的极为相似。在宗教意识方面，印度教与佛教的影响同时存在，它们之间几乎划不出一条明显的界线，如印度尼西亚和柬埔寨等国的统治阶级就曾先后以这两种宗教作为自己统治的精神支柱。在文学方面，继印度的神话故事在东南亚广为流传之后，在中古初期，印度梵文文学对东南亚影响最大的作品有历史传说总集《往世书》、民间故事集《五卷书》、两大史诗《罗摩衍那》和《摩诃婆罗多》等，其中两大史诗的影响尤为久远。例如，印度尼西亚的古典文学在伊斯兰教传入之前，绝大部分是从《摩诃婆罗多》、《罗摩衍那》以及其他梵文名著中直接取材的；爪哇古典文学则是从移植两大史诗开始的。但是，进入中古中期，印度对这一区域的影响却发生了变化，这主要表现在：一、随着小乘佛教在缅甸、泰国、老挝、柬埔寨的传播，以及它于13世纪前后成为这些国家的国教之后，印度梵文文学对这一区域的影响已接近尾声，开始了印度巴利语文学的影响时期。例如，缅甸自小乘佛教于11世纪成为国教后，从国王开始，笃信佛教的人日渐增多，文学作品也相应产生了不少以佛陀轶事为主要内容或根据佛本生故事改写的作品，著名的如信摩诃蒂拉温达(1453—1518)的四言长诗《修行》、《祈祷》，和僧侣诗人信摩诃拉达塔拉(1468—1530)的《布利达》、《九章》等。与缅甸相邻的老挝亦因信奉佛教的人占多数，古典文学中宗教文学的题材、内容等均与佛教及其教义密切相关，其中有不少是颂扬佛陀的。著名的有写佛陀由动物变成人或神仙的《本生经》以及描述佛陀生活史的《三藏经》等。二、在中南半岛的南端，从13世纪开始，由于伊斯兰教的传入，曾经较早受到梵文文学影响的马来古典文学，此时又先于其他地区吸收了伊斯兰的文化，文学方面最先介绍进来的是与伊斯兰教先知故事有关的《穆罕默德传》等。后来，阿拉伯和波斯的神话故事和传奇小说也受到欢迎，并在它们的影响下形成了马来古典文学的两种基本形式——传奇小说和长篇叙事诗。前者著名的如《杭·杜亚传》，这部歌颂14、15世纪马来民族英雄杭·杜亚的长篇传奇小说，大约产生于17世纪之后，原先为民间创作，经文人加工后，内容上尽管夹杂着忠君的封建色彩，但作品的主要倾向是赞扬杭·杜亚为捍卫自己民族的独立和尊严所发扬的勇敢精神，加之艺术上很有成就，被誉为印度尼西亚的《奥德修纪》，代表着马来古典文学的最高成就。

在受中国文化影响的区域里，越南最有代表性。它于939年建立了独立王朝。从10世纪到13世纪，王室交替频繁，历经四个朝代，其中最后的一个朝代李王朝(1009—1225)，曾将佛教定为国教，崇尚儒学。直至20世纪初，越南文学一直以儒家思想为正宗。官方还规定汉字为全国通用文字。1226年建立的陈朝，于13世纪开始推广和运用自创的民族文字——字喃①，这一决定不仅改变了汉文文学独占文坛的局面，而且为越南民族文学的发展开辟了新的道路，具有重大意义。

汉语文学在越南文坛上一直占重要地位，字喃文学登场后，它并没有因此衰亡，仍继续向前发展，说明汉语文学对整个越南文学作出了巨大贡献，同时也可看出中国文化对这一区域影响甚为深远。

越南中古著名的汉文学者和作者有阮廌(1380—1442)和邓陈琨(1710—1745)等。阮廌作为黎朝开国元勋，是一位著名的政治家、军事家兼文学家。他一生历经坎坷，遗留下来的作品有《平吴大诰》和汉文诗《抑斋诗集》等。邓陈琨所处的时代正值内战连绵不断，人民被迫奋起反抗的时期。他的《征妇吟曲》是一首长达447句的乐府诗，作品通过一个征妇的自述，真实地反映了不义之战给人民心灵上带来的创伤和痛苦。全诗凄楚哀婉，真切感人，数百年来一直被誉为“千古绝唱”。《征妇吟曲》此后被不少人译成字喃作品，其中女诗人段氏点(1705—1748)翻译得最成功，故她的译作与原作均被列为越南18世纪的古典文学名著。

字喃文学在13世纪打下一定的基础后，14至16世纪得到进一步发展。18世纪由于字喃被西山王朝定为全国通用文字，提高

① 借用汉字来标识越南音的文字。

到正统地位，故从这一时期开始直至19世纪上半叶，字喃文学的成就达到了光辉的顶点。

著名的字喃文学，有的以反映这一时期妇女的不幸遭遇为主，如阮嘉玿（1741—1798）的反映宫女们的哀怨和痛苦的《宫怨吟曲》和女诗人胡春香的诗歌等；有的则受到中国明末清初的章回小说影响较深，如阮辉似（1743—1790）的《花笺记》、阮攸（1765—1820）的《金云翘传》（详见本章第二节）以及无名氏的现实性强、具有反封建倾向的《潘陈》、《范载和玉花》等。这类作品经过越南作家精心改写后，体裁大多采用国语诗歌中最普遍的六八体或双七六八体，一般都没有显出斧凿的痕迹。

胡春香大约生于18世纪中叶，是西山时期最有才华的一位女诗人。她的生卒年月已无确证可考，所著诗篇亦大多散失，仅存的50余首，都收在《春香诗集》中。

据有关材料记载，她原为书香门第才女，但是，庶出的身世和两度"为人作妾"的处境，使她历尽辛酸苦楚，并受到种种不公平的待遇。但是，逆境并没有使她屈服，相反，她勇敢地拿起了笔，根据自己的切身体验，写出了如《做妾的命运》、《扇子》、《香积寺》等许多战斗性强的诗篇，大胆揭露封建婚姻制度对妇女的压抑和摧残；讽刺社会上的伪君子、僧侣以及军人们的种种丑恶行径。

胡春香的诗明白晓畅、形象生动、生活气息浓，深得群众喜爱。特别是她在继承民间文学传统的基础上，使字喃诗更臻成熟，对后世文学有较大影响。

如上所述，中古初、中期的东南亚文学受到印度、中国的影响是显而易见的。但是，需要同时指出的是，这些国家在吸收他国文化的过程中，注意坚持自己的民族性，这在受印度文化影响的区域里表现尤为明显。例如，古印度的宗教文化在东南亚虽然长期占统治地位，然而印度的社会结构、种姓制度等对这一地区却基本上没有产生影响；艺术和建筑有的也与印度教和佛教的风格有明显的不同(如柬埔寨的吴哥窟等)。特别是在借鉴印度的文学作品时,很少直接照搬,一般都根据本国的实际需要重新改编。爪哇11世纪诗人恩浦·甘哇的《阿周那姻缘》,就是借用印度史诗《摩诃婆罗多》的《森林篇》中的神话故事,来歌颂本国国王爱尔朗卡恢复王朝统一的丰功伟绩的。印度另一史诗《罗摩衍那》大概于公元初的几个世纪传入东南亚各国,有关国家在接受罗摩的故事后,大多以自己固有的文化为依据配上本国的背景,如泰国文艺作品中有关罗摩故事的主题以歌颂勇敢豪迈的英雄气概为主,这与中古时期泰族的处境是密切相关的。因为他们在13世纪从中国云南进入湄南河谷地带后,迫切希望本民族的成员能像罗摩那样英勇善战,以大无畏的战斗精神开辟疆域,建立起稳固的王国,以便安定地生活下去。

进入中古后期,随着西方殖民主义势力的渗入和帝国主义的入侵,中古东南亚文学与初、中期不同的特点是:一、在西方殖民侵略者的摧残下,不少地区的民族文学每况愈下,一蹶不振(如马来古典文学等)。二、自从16、17世纪西方殖民主义的魔爪伸进东南亚之后,菲律宾、印度尼西亚、缅甸、越南等国先后沦为西班牙、荷兰、英国、法国的殖民地。面对国破家亡的惨痛局面,作家们纷纷写诗著文痛斥侵略者和民族叛徒,许多作品充满强烈的爱国主义精神,如缅甸贡榜王朝末期的诗人塞耶佩(1838—1894)的诗,曾被誉为"缅甸反帝文学的先声"。三、资产阶级民主与科学思想的传入,对东南亚各国起到了一定的启蒙作用并在一定程度上促进了文学创作的发展。例如,从18世纪开始,缅甸国势虽日渐衰微,但文人创作中的现实主义因素却日渐增多,名作家不断涌现,最能代表这一时期创作特色的作家有吴邦雅(1812—1866)等。

吴邦雅是中古缅甸文学史上最著名的诗人和剧作家。他自幼即在寺庙的学校里学习,1852年还俗后曾在宫廷任职。1866年因被控参与叛乱事件而遭杀害。

他所处的时代，正值英帝侵占下缅甸，贡榜王朝苟安于上缅甸，朝政腐败之时。诗人是位多产作家，创作题材比较广泛。他的作品有的是应宫廷王亲国戚的要求所写，有的是以佛本生经故事为蓝本加以改写，一般看来，大多属于佛教或宫廷文学的范畴。但是，诗人并不因此受到限制，他秉性刚直，鄙夷权势，敢于揭露社会上种种不合理的现象。

在吴邦雅的各类诗歌、戏剧、小说和散文中，代表作有讽喻国王和王后的讲道故事诗《六彩牙象王》和向国王进谏的剧本《巴杜玛》以及《卖水郎》等。《卖水郎》通过一个豁达大度的国王屡次宽容贫穷、贪婪的卖水郎的故事，旨在劝谏当时的国王与某亲王和睦相处。剧本构思新颖，语言幽默、风趣，富有艺术魅力，在缅甸被认为是吴邦雅“最佳之剧作”。此外，吴邦雅还在不少作品中，对山河沦陷、人民困于饥饿等悲惨景象作了真实反映，如他在《回复》一诗中，就充分表达了对国家“前途渺茫”的忧虑和不愿“追逐官场”的高尚情操。

第二节　阮　　攸

生平与创作

阮攸(1765—1820)在越南被称为“民族的天才诗人”，“大文豪”。他字素如，号清轩，河静省宜春县仙田村人。阮攸的家庭是一个官僚世家，父亲阮俨被黎(昭统)朝封为春郡公，兄弟 7 人及叔伯亲戚大都为科举出身。他本人和侄子阮衡是当时诗坛上“安南五绝”中的两绝，足见他的家族不论在政治上或文坛上都很有声望。

阮攸受到家族对他所进行的“重忠义、擅文章”的传统教育，很早就有志于仕宦，为匡扶王室效劳，年仅 20 即出任太原武官。不仅如此,他的家族在文化上也给他以很好的熏陶。阮攸本人多才多艺,对中国古典文学造诣颇深。

阮攸所处的黎末阮初社会,封建统治阶级内部相互倾轧,南(阮氏)北(郑氏)两大封建集团混战不已,特别是西山农民起义(1771—1802)的节节胜利,进一步加速了黎朝的灭亡。

阮攸和他的家族对于轰轰烈烈的西山起义是持对抗态度的。黎朝败亡后,他的哥哥阮侃等就曾为恢复黎朝到处奔波。他身为武官,也曾与妻兄段阮俊先后三次图谋恢复王室,但均遭失败。阮攸失望伤感之余,只好亡命越北。所谓"行脚无根任转蓬,江南江北一囊空"(《漫兴》)、"灶头终日无烟火,窗外黄花秀可餐"(《杂吟》)等,正是他这一时期生活的真实写照。穷极潦倒的生活使阮攸尝尽了人世的艰辛,有时甚至流露出消极遁世的思想("何能落发归休去"《自叹》)。但是,这一段生活却使他有机会接近人民,了解到百姓的疾苦,从而在思想感情上发生某些变化,为以后创作杰出的文学作品《金云翘传》奠定了一定的思想基础。

阮攸蛰居越北长达 10 余年,这一时期用汉字写下的诗篇,大多收集在他的诗集《清轩前后集》和《南中杂吟》中。

1802 年阮福映统一越南后,阮攸应召回朝,先后担任过知县、东阁学士、勤政殿学士以及礼部右参知等官职。1813 年—1814 年被任命为正使出使中国,1820 年曾再度准备出使,但因突患重病逝世,未能成行。

阮攸根据自己 1813 年—1814 年出使中国的见闻和感受,用汉语写下了许多诗篇(均收入《北行诗集》,又名《北行杂录》中),其中有赞扬岳飞、文天祥等英雄人物的颂诗;也有仰慕中国的文人学者(如屈原、李白、杜甫等),凭吊他们的祠墓或遗迹时写的诗词,如《耒阳杜少陵墓》等。还有不少是他途经湖南、广西等地时写下的,如《反招魂》、《太平卖歌者》、《五月观竞渡》、《所见行》等。此类诗大多猛烈地抨击了种种不合理的社会现象,这里当然不排斥作者借喻越南社会的因素。阮攸此时虽充任正使出使中国，但伤时忧国之情从诗中却隐约可见。

阮攸一生中创作的优秀诗篇除汉诗文外，用越文(即字喃) 写的还有《招魂文》、《十类众生祭文》和《金云翘传》等，后者是越南古典文学中最优秀的作品之一，它不仅使阮攸在越南，而且在世界文坛上赢得了声誉。

《金 云 翘 传》

阮攸 1813 年至 1814 年出使中国时，正当中国清仁宗嘉庆年间，估计他这次可能接触到由青心才人于明末清初加工编次而成的《金云翘传》。据说他还到过江南一带《金云翘传》故事结局所描写的地方，可见他对王翠翘与徐海的故事很感兴趣。可能是他所处的黎末阮初社会环境，与中国明朝嘉靖年间严嵩当权时的社会背景有相似之处。从中国回去后，他结合自己坎坷的经历和饱含辛酸的生活体验，针对越南腐朽、颓废的社会现实，以青心才人章回体的《金云翘传》为蓝本，用越南特有的六八体改写成韵文。

诗体的《金云翘传》经过删繁就简，精心安排之后，取得了很大的成功。不仅为广大读者所喜爱，而且对开创“国语文学”的新局面、奠定民族文学的基础均具有重大意义，在越南文学史上享有很高的声誉。

青心才人的《金云翘传》与阮攸的诗作相比，在中国文学史上虽然影响不大，但故事的渊源和作品的演变过程却颇为久远、复杂。早在明朝末年，王翠翘与徐海的故事，就曾在民间广泛流传，明清的小说和戏曲作品有不少是从此类故事中取材的。例如，明代继茅坤偏重纪实的《纪剿徐海本末》之后，还有周清源、凌濛初等辑录的拟话本小说和戴士琳的《李翠翘传》等；清代除余怀的《王翠翘传》、青心才人的《金云翘传》外，还有从王翠翘、徐海故事中部分取材的王钺的《秋虎丘》和叶稚斐的《琥珀匙》等。上述作品对故事中的几个主要人物(如王翠翘、徐海、胡宗宪等)的态度虽不尽相同,但一个共同的特点是:随着时间的推移,尤其在清朝取代明朝之后,对男女主人公与胡宗宪的褒贬却越来越明显。

阮攸的《金云翘传》借用青心才人作品中的女主人公翠翘和书生金重悲欢离合的爱情故事,影射越南黎末阮初黑暗的社会现实,表达了作者对受迫害者深切同情的人道主义思想。

《金云翘传》共 12 卷,3252 行诗,在越南原名《断肠新声》,通常简称《翘传》。所谓《金云翘传》,是从作品中三个主要人物的名字(金重、王翠云、王翠翘)中各取一字联缀而成的。故事大体可分为 6 个部分:1 至 3 卷首先点明故事发生的时间是明朝嘉靖年间,继而写家居北京的王员外有二女一子,长女王翠翘与金重私订终身后旋即别离的情节。4 至 5 卷铺叙王员外一家无端受到丝商诬告,在原告与官府相互勾结的情况下,翠翘被迫卖身,以所得银子 300 两贿赂官府,老父幼弟虽幸免一死,但翠翘却受到人口贩子马监生、流氓楚卿和妓院老鸨等的欺骗、愚弄和毒打,忍辱含垢地开始了卖笑生涯。6 至 8 卷是为深化主题的一段插曲,翠翘被一个名叫束生的富家子弟赎出娶为偏房,由于大妇暗中设下种种圈套,她先是沦为女奴,接着先后两次出家为尼,不久又落入老鸨白婆之手,被她按"子母利,十倍取偿"的代价,骗卖给另一家妓院。第 9 卷是故事的高潮,写翠翘重新屈身青楼期间,结识了一个"才略高强"的男子汉——徐海,"两人深深投契,从无半点猜疑"。徐海出百金将她赎出,尊为夫人,并发兵至无锡、临淄一带,将以前陷害翠翘的歹徒全部交由她处决。正当翠翘"了却恩仇大事",徐海"称霸南天"之举得到"沿海推崇"之时,总督胡宗宪被朝廷任命为剿除海寇的全权大臣,他知道徐海不好降服,便利用翠翘从中劝说,待徐海接受翠翘劝告身穿礼服出降时,胡宗宪早已做好"礼先兵后"的准备,暗中设下埋伏将徐海杀死。翠翘悲痛欲绝,投江而死。10 至 12 卷是诗篇的尾声,写金重返回旧地时,翠翘已人去楼空。尽管他“散尽千金”，访遍天涯，却未见踪影，只得遵从翠翘以妹“代续鸾胶”的留言，与翠云先完婚。后来，金重名登青榜，并被授职临淄。他乘赴任之机沿途查访翠翘的过程中，偶遇老尼觉缘，得知翠翘投江后被她救起，这对历经15年磨难的恋人才得以团聚。

阮攸笔下的王翠翘是一个在残酷的封建制度下，受侮辱受损害的妇女形象。她本是“书香门第”的才女，善良多情，品貌出众，敢于大胆追求幸福，富有自我牺牲精神。清明佳节巧遇金重后，她乘家人去外家庆贺生辰之机，主动自带“时珍佳果”，一日数会金重；面对家庭突遭横祸，父亲无辜被诬陷的严酷现实，她能冷静正确地作出判断，省悟到衙役滥施毒刑，“无非志在金钱”，于是她毅然决定卖身救父，这对于热恋中的翠翘来说，既要失去情人，又要告别双亲，实属不易。此后她被辗转骗卖，在那个到处是“人肉市场”的黑暗社会里越陷越深，难以自拔。她一生三次出嫁，三次出家为尼，三次堕入青楼教坊，又三次自杀，尽管其中一次是“举刀欲试”，后因恐累及双亲而作罢，但另两次却是或“举刀自戕”，或“纵身跃入长江”。不仅如此，她还屡遭毒打，不是被老鸨折磨得“横飞血肉”，就是被贵妇人诬为“逃婢”用竹棍“打得皮肉绽开，心惊胆颤”，真可谓历尽艰险，九死一生。

在与黑暗的封建势力搏斗的过程中，翠翘又是一个富有反抗精神的女性。官府、流氓、鸨母、妒妇，乃至身居高位的总督虽然接连不断地向她步步进逼，但她始终没有屈服，仍然执着地追求幸福，追求自由。为了跳出火坑，结束卖笑生涯，她甘愿嫁与束生为妾。徐海尊重她的人格，与之结为夫妇后，她忠于爱情，兵荒马乱中亲朋都劝她躲避，但她不顾个人安危，坚守诺言，真诚地静候丈夫出征归来；胡宗宪计赚徐海成功后，她后悔莫及，悲愤中拼却一死，以报答丈夫的恩情。

当然，王翠翘的形象也有所不足。她既是封建制度无辜的受害者，同时又是封建制度不自觉的维护者。她迷信命运，认为自己之所以遭受种种折磨，是因为“前世善因未种，今生宿债应偿”。只有按天意“捱尽风霜”才有所归宿；在“夫贵妻荣”、“尽忠尽孝”的思想观念支配下，她力劝徐海归命王臣，说什么：“黄巢气运岂能长？怎能比高官厚禄，功名快捷非常”。徐海就是因为误听她的“忠告”而断送了功业和性命的，翠翘为此痛不欲生，虽不难理解，但之所以酿成悲剧，则与翠翘头脑中浓厚的封建意识有关，故她对于徐海的死是负有不可推卸的责任的。

《金云翘传》通过王翠翘的种种悲惨遭遇，所展示的思想内容是极为丰富的。

一、黎末阮初的社会已腐朽、颓废到无可挽救的地步。吏治腐败，社会混乱，百姓的生命财产毫无保障，随时有遭到诬陷、监禁的可能，像作品中王员外这样具有一定财势的人也不例外。阮攸在王家被抄这一节里，把“挟棒持刀”的衙役比作“牛头马面”，谴责他们是一伙“恣意抢掠”的歹徒，把他们比作令人厌恶的“青蝇”，发出一片嗡嗡声，足见作者从思想感情上对欺压百姓的官府是深恶痛绝的。

阮福映统一越南后，对农民的剥削有增无减，广大农民迫于生计，有的流落他乡，“幕天席地，日日月月，到处行乞”（阮攸：《众生十类祭文》）；有的则纷纷揭竿而起。据历史记载，阮朝嘉隆时期（1802—1819）前后仅17年，农民起义竟有50次之多。由此我们也就不难理解，为什么黎朝末年对西山起义持对立态度的阮攸，却在阮朝初年写就的《金云翘传》里，转而把惩治恶人的希望，寄托在按他自己的理想和愿望所塑造出的像徐海这样的英雄人物身上，这可能是阮初社会的腐败、颓废比黎末有过之而无不及吧。

二、由于商品经济的兴起和外来资本主义势力的入侵，金钱万能在当时已成为时尚。正如越南历史学家明峥在他的《越南史略》中所指出的那样：“商人阶层的生活方式向封建伦理的规矩进行猛烈的冲击。贞、节、孝、义已经变成一些可以出卖的商品。”王翠翘就是因为官府"志在金钱"才被迫卖身的,而官府也居然在得到银子后便立即"了结讼件"。钱既神通广大,又伤天害理,这在《金云翘传》中揭示得再深刻不过了。

三、阮攸写《金云翘传》的目的在于指责当时的社会是摧残人才的。在塑造王翠翘这一形象时,首先突出的是她的才华,如在第1卷第23至32前后仅10行诗中,作者竟一连用了三个"才"字,写翠翘"才色超群"、"才华拔萃"、"才华似锦",而对她容貌的描写与其妹翠云相比则着墨不多。紧接着,作者又分别通过束生和老尼觉缘等人的口,对翠翘"才高不遇"、"空负才华斗山重"深表惋惜。不仅如此,作者还在叙事诗的卷首和末尾一再点明人才备受摧残这一题旨,如叙事诗开篇第一行就开宗明义地写道:"人生不满百,才命两相妨。"诗的结尾部分又重申:"多'才'不必自炫'才','才'与'灾'字音相仿。"特别是他巧妙地将青心才人所谓的"才命两相妒"意译为"才命两相妨",并以此贯穿全篇,使作品的题旨分外鲜明。

阮攸的《金云翘传》自问世以来,尽管人们对它的思想内容有各种不同的看法,但就《金云翘传》的艺术成就而论,几乎都承认是完美无缺的。成功的原因当然是多方面的,其中主要的一点是,作者在借用青心才人的故事情节时,不是逐字逐句地将其译成本国文字,而是富有创造性地进行改写,这主要表现在:

一、作品的形式富有民族特色,采用了以民歌为基础的"六八体"形式,音乐性强,韵律优雅,既可"被之管弦",又可"徒歌咏叹",广为群众传颂。

二、充分利用大自然渲染气氛,有意识地将抒情与叙事相结合。例如,青心才人的《金云翘传》写金重与翠翘的盟誓和别离时,比较偏重于叙事。但阮攸的诗作却分别以"明月中天"、"枝头鹊噪"、"雁影凄零"等景物作为烘托,有时还以景物构成画面,使之与人物的内心活动相映衬,以加强作品的感染力,如在第4卷中,对翠翘送走金重后的痛苦心情作者写道：

凝愁伫立西轩，
乱丝般回肠九转。
窗外袅袅轻烟，
看，花褪残红，柳渐飞绵。

仅4行短诗，就把一个少女因离别恋人而“凝愁伫立”的神态写得非常逼真，整个画面情景交融，动静相间，给人以深刻的印象。

三、新增添的中国典故、成语和诗词等，均能恰到好处地描绘作品中人物所处的环境和心理状态，故改写后的韵文在词汇方面较原作更为丰富多彩。如第3卷写金重盼望再会翠翘时用“且效蓝桥”、第8卷描绘翠翘逃离束家时引用温庭筠的诗句等，均是适例。

四、阮攸根据自己的审美情趣，对原作的情节往往作必要地增删以突出题旨。例如，原作第1回的开头和第20回的结尾部分删去后，新添加的内容均围绕“才命两相妨”发表议论；原作第10回后半回写翠翘落到老鸨秀婆手中后，开始时她以死相抗，在自杀未遂、求死不得的情况下，只得忍辱含垢暂且活下去。阮攸对这一段情节的借用，不仅删去了秀婆“烟花教训”的具体内容，而且还写出了翠翘在听取所谓教训时，“愁眉双锁，脸色改容”。她憎恨秀婆为金钱而无耻诲淫的丑恶行径，并为自己“初入世，竟学淫种种”而深感耻辱，这就使翠翘的形象更加丰满，读者对她遭逢绝境也就更为同情。再如，阮攸为了把徐海塑造成理想中的英雄人物，除增添笔墨描绘他的肖像、体态、才略外，还热情洋溢地讴歌了徐海的远征（原作只简略地写徐海“一去三年，杳无音信”），赞扬徐海告别翠翘是因为志在四方，是为了“跃奔前程”，匆忙上路的情景“好比大鹏乘风，扶摇直上”。

总之，改写后的《金云翘传》在题旨、意境或语言等方面均有不少创新之处，但就作品的局限性而论，则与原作相去不远。其主要原因是作者受到所处时代、家庭出身以及本人世界观等方面的限制,因此,他虽然看到了社会上的种种罪恶,但对造成罪恶的根源却认不清,因而作品不可避免地带有浓厚的宿命论观点,流露出一种悲观失望、无可奈何的思想感情。

第七章　中古南亚文学

第一节　概　　述

中古南亚地区的文学就是中古印度文学。当时，南亚地域民族矛盾尖锐，割据局面严重，但是还没有像今天这样形成许多独立的国家，仍然是一个统一体。只有斯里兰卡岛国(旧名锡兰)是具有相对的独立意义的国家。

中古印度经历了一个漫长的封建过渡时期，大约从公元前开始有了封建社会的因素，到五六世纪初步形成了封建社会。因此以 9 世纪前后为界可以分成两个阶段，即中古前期和中古后期。顺应时代演变的文化、文学也是如此，也经历了两个不同的时期。

一、古典梵文文学时期(约 1 世纪至 9 世纪)

这一时期的印度几度统一又几度分裂，常常是相对统一的大国和分立的小国并立。贵霜王国衰落之后，笈多王朝于 320 年建立，随之强大，成为历史上少有的庞大帝国。5 世纪由于白匈奴(哒哒人)入侵，笈多王朝步入衰落时期。6 世纪之后新的普西亚布蒂王朝出现，7 世纪初戒日王登基，开始了新王朝的鼎盛时期。戒日王去世后，印度又陷入了分裂状态。从 8 世纪开始，异族不断入侵印度。10 世纪之后，信仰伊斯兰教的西北部民族日益强大，逐渐占领印度的广大土地，建立了新王朝，结束了中古前期。

这一时期，我国三位高僧法显(晋)、玄奘(唐)、义净(后唐)先后留学印度学佛法。他们的著作真实地记载了当时印度的社会面貌。当时几个王朝国势强盛，社会安定，经济、文化繁荣，保留了原始的农村公社制度，采用封建式的生产方式，“惟耕王地者，乃输地利。”(法显《佛国记》)。帝王重视文化、学术事业，一批文人进入宫廷，受到统治者的恩宠。

这个时期，婆罗门教、佛教和耆那教并存并互为消长。婆罗门教融合了民间的信仰，逐渐形成印度教，崇尚三大神，即毗湿奴(司保护)、湿婆(司毁灾)和梵天(司创造)。佛教则由原始的小乘佛教发展到大乘佛教。

这一时期的文学继承了史诗时期的文学传统，有了新的发展。首先，以宫廷为中心的城市文学得到发展，文人文学渐渐抬头，逐步取得文坛的优势；其次，文学作品与宗教文献分离，形成自身的独立的文化形态，因而摆脱了宗教的束缚；再次，各种文学的形体逐渐完备、定形，戏剧、诗歌、故事、小说等都取得了辉煌的成就，尤其文艺理论的发展，标志着文学自觉性的加强。

古典梵文文学时期是印度文学史上一个繁荣、辉煌的时代，一个文学自觉、成熟的时代。

故事文学发端于史诗时期后期，但在这个时期取得了更大的成果。《五卷书》大约产生于公元前，而成书于公元四五世纪，它虽以婆罗门教的文献形式出现，却是一部表达平民思想的民间寓言故事集(详见本章第二节)。随着城市的发展，商业的繁荣，产生了一批以娱乐市民为主的世俗故事。其中著名的有《故事海》、《僵尸鬼故事》、《宝座故事》、《鹦鹉故事》等等。它们多数以城市生活为背景，故事生动、曲折，富有风趣，语言朴实、简洁，比较广泛地反映了社会面貌。《故事海》是失传的《伟大的故事》的改编本，由于故事众多，内容丰富，堪称印度古代故事“大全”。

古典梵文诗歌繁荣，涌现大量的诗作。它们来自文人的手笔。长篇叙事诗效仿两大史诗的形式，取材于史诗、神话、历史传说，突出了战争、爱情和风景的描绘，追求辞语的修饰和形式的华美。抒情诗也源于古代吠陀诗歌和史诗中的抒情部分，出现了一些著名的诗人，如迦梨陀娑、伐致呵利等。

伐致呵利的《三百咏》流传广泛，是抒情诗的代表作。作者生平不详，大约生在7世纪，是一个没落的婆罗门。

《三百咏》表达一个内心感情矛盾的落拓文人对社会的愤愤不平，并由生活经验总结而形成诗歌。诗人在作品中写道："若不见苦妻房衣衫褴褛，饿孩儿牵母衣哭哭啼啼，有志者谁肯为可恶肚皮，恐遭拒，语含糊，向人求乞?"诗人又写："穷困时肯求索一握大麦，富足时视大地如同草芥；看事物，算大小，有种种不同，钱多少，位高低，能变更轻重。"诗人还用诗歌表明他自己出家修道的原因："乐歌在前，南国热情诗人在左右，执宫扇的女郎环珮叮当在身后；若能这样，便可去贪恋人生美味，否则，心啊！快快进入无分别三昧"。这些诗歌反映了诗人的生活观和对现实的不满情绪。《三百咏》是梵语古典文学的卓越代表，对后世文学有重大影响。

戏剧也是这一时期的重要文学形式，并且取得了辉煌成就，成为世界戏剧史上一个光辉的时代。印度戏剧最初发端于民间。印度古典戏剧和演出理论约在公元前后达到成熟阶段。马鸣、跋娑、首陀罗迦、迦梨陀娑的戏剧创作促进了古典戏剧的繁荣。

马鸣是佛教诗人和戏剧家，古典梵文文学的先驱者，大约生活在公元初期。他的作品现存的有长诗《佛所行赞》、《美难陀传》，前者写释迦一生事迹，后者写佛度化堂弟难陀；还有诗歌《犍椎梵赞》和宣传佛教的《大庄严经论》及三部梵剧残卷。三部戏剧残卷中，一部《舍利弗传》的卷尾说明本剧作者是金眼之子马鸣。剧的内容是写佛陀的两个大弟子舍利弗和目犍连怎样改信佛教出家的故事。戏剧的形式、人物、语言、格式等都和古典戏剧相同，是梵文剧本中现存的最早作品，证明印度古典戏剧已达到完全成熟阶段。

跋娑被认为是古典时期具有民间文学倾向的戏剧家。他生活的时代专家们推断约在马鸣和迦梨陀娑之间，约在公元二三世纪。

写优填王两次结婚的剧本《惊梦记》被看做是跋娑最优秀的剧作。它以爱情为题材，写国王不忘故妻，甚至在梦中也见到她，故名为《惊梦记》。戏剧的主旨实际是写政治斗争。戏剧开场写犊子国遭外敌侵犯，国土沦丧，优填王去国外求援，宰相负轭氏、大将卢蒙温、王后仙赐等背着国王计议，散布宰相和王后被烧死的谎言，使优填王与邻国摩揭陀公主结婚，两国以婚姻关系结成联盟。最后大将卢蒙温在摩揭陀帮助下消灭了敌王，收复了失地。戏剧表现了爱国主义的政治倾向，具有明显的进步意义。

《惊梦记》布局结构严谨，情节发展有序，结局圆满。人物刻画注意发掘内心矛盾。剧中写女主角仙赐后既热爱丈夫又不得不牺牲爱情让丈夫与莲花公主成亲的内心冲突，把一个既爱丈夫又爱国家的女性心理充分表现了出来，这是《惊梦记》在艺术上取得的主要成就。《惊梦记》风格朴素，语言通俗，多用简短格言，是古典戏剧的优秀作品之一。当然，剧中也包含了宿命论、轻视妇女的落后观念。

首陀罗迦是平民剧作家，生平不详。从“首陀罗迦”字面看，这个名字与“首陀罗”有关，暗示作者出身是低微的人。从其剧作《小泥车》判断，大约是公元 3 世纪的作品。作者也就生活在那个时代。

《小泥车》(十幕剧)有两条相互联系的情节线索：一条是写优禅尼城被压迫的群众在起义领袖阿哩耶迦领导下对暴君八腊王的斗争和胜利；另一条是写妓女春军与穷婆罗门商人善施爱情婚姻的波折和团圆结局。第一条线索是戏剧背景，第二条是剧情主线。两条情节线的联系主要表现在：一方面善施婚后派车迎接春军，受八腊王追捕的阿哩耶迦无意中乘车，善施将他送至起义军的根据地，保全了他的性命，也促成了起义的胜利；另一方面春军错登国舅蹲蹲儿马车抵旧花篮园，因拒绝蹲蹲儿的无耻要求遭他扼杀(后被一僧人救活)，蹲蹲儿将杀人之罪转嫁善施，致使善施被判斩刑。

就在临刑的关键时刻，春军与僧人赶到刑场，从斩架上救下了善施；同时，人民起义爆发，杀死八腊王，阿哩耶迦登上王位，善施、春军团圆。

按照印度种姓制度规定，婆罗门与首陀罗是不能通婚的，否则，婆罗门即失掉种姓，为人所不齿。首陀罗妓女根本不可能自由选择婚姻对象。剧中善施、春军的爱情与婚姻以团圆结局，表现了他们根本不顾习俗与法律的束缚，对不合理的种姓制度进行了有力的批判，表达了人们的理想和愿望。

剧中人民反对暴君举行起义并取得胜利的情节是有一定史实根据的。但作者创作时，却将宫廷政变写成人民起义，赋予了作品鲜明的政治倾向与教育意义。

从贯穿全剧的戏剧冲突看，《小泥车》主要以善施、春军、阿哩耶迦与国舅蹲蹲儿、八腊王的冲突推动剧情的发展。所以作品不是一部单纯的恋爱故事，而是一种反映城市贫民与贵族、暴君作斗争的社会剧，反对暴政统治就是全剧的主题。

《小泥车》中人物众多。除上述几个主要人物外，还有侍女、赌徒、窃贼、按摩匠、车夫、帮闲、刑吏、刽子手、僧人等等，他们组成了印度社会生活的缩影。作者在剧中着重塑造了春军、善施、蹲蹲儿等各种人物形象。善施是一个贫穷的婆罗门，性格慷慨、仁慈、安贫守分，对己严，对人宽。他的缺点是胸襟狭窄，有时怨天尤人，感情不丰富，勇气不足，还有些虚伪。可见，作者笔下的善施，不是理想的完人，而是一个真实的人。春军虽是妓女，但聪明、美丽、善良，品格端庄、热情。不过在印度人看来，她有些行动过于轻率。蹲蹲儿是《小泥车》中刻画得最成功的人物形象之一。他的性格矛盾、复杂，既愚蠢又狡猾，既粗犷又懦弱，既残酷又胆怯，既容易冲动又死硬，既神经过敏又颠三倒四，既好表现博学多才，又因发音器官缺陷吐字不清。印度评论家们称这类“国舅型”人物为“蹲蹲儿式人物”。

《小泥车》写作技巧也相当精炼。全剧以丰富的动作穿插于紧张场面之中,语言雅俗相间,丰富多样,形成了风趣幽默、诗情画意的独特戏剧风格。

继首陀罗迦而起的迦梨陀娑是印度梵语古典文学中获得世界声誉的大诗人、大戏剧家。他的抒情诗《云使》和戏剧《沙恭达罗》是古典文学中的典范作品,对印度和世界文学都产生了深远影响(详见本章第三节)。

古典戏剧发展至 7 世纪,由于内外政治、经济的矛盾和斗争,明显出现两种倾向。一种是重在表现宫廷生活、传说故事,炫耀作家文才,脱离生活现实;另一种是以现实为题材借古讽今,揭露社会矛盾。薄婆菩提是后一种古典戏剧的杰出作家。

薄婆菩提约生于 8 世纪西南印度。流传至今的有三个剧本,其中《茉莉和青春》是以男女婚姻为题材的戏剧,作品在歌颂爱情、友谊,赞赏男女平等的同时,表现了冲破世俗等级思想、暴露社会黑暗的积极意义。戏剧技巧以场面紧张、感情奔放、文词华丽见长。《大雄传》、《罗摩传后篇》虽都以《罗摩衍那》为题材,但却表现了借古讽今以及相信人民、肯定爱情、勇于斗争、以弱胜强等民主主义新观念。薄婆菩提的戏剧以强烈的感情和尖锐的生活矛盾吸引观众,风格雄健,与迦梨陀娑的婉转、妩媚形成对照。

薄婆菩提之后,以历史传说为题材的作品较多。在流传至今的古典戏剧中,毗舍祛达多的 7 幕剧《指环印》和婆吒·那罗衍的 6 幕剧《结髻记》是具有重要意义的政治戏剧。

古典小说也是一种新型的文学形式。印度古典小说从《伟大的故事》问世起,便逐步由口头说唱文学发展为包含有情节、环境、人物描写,用诗歌和散文联缀的文言长篇。著名作家与作品有檀丁的《十公子传》、波那的《戒日王传》、《迦丹波利》及苏般度的《仙赐传》等。古典小说发展至苏般度时期,由于只重形式与词藻,不注重内容,开始趋于衰落。

檀丁生卒年代不详，据说是7世纪的诗人、小说家、文艺理论家。《十公子传》是用文言散文写作的传奇长篇。全书本文八章，《引子》、《尾声》系由后人补写而成。叙述一个名叫罗阇婆诃耶的王子与9个公子外出征服世界，王子被一婆罗门领走，成为波陀罗城国王。其余9公子也都失散，四处漂泊寻找王子，在这过程中，各人靠阴谋侥幸取得王位和妻子，最后10位王子会合一起，各讲自己不平凡的经历，结合起来成《十王子传》。小说表现了7世纪前后印度社会情况，除描写贵族公子和小姐之外，还写了小国的宫廷纠纷与政变，饥荒和奴隶买卖，以及斗鸡、杂技等社会风俗，人物还有江湖术士、修道人、妓女等。这是一部暴露印度封建贵族和市民腐朽生活的作品。

印度古典梵文的文艺理论著作产生很早，婆罗多的《舞论》成书于公元前后，它以探讨戏剧表演为中心，涉及了戏剧创作和戏剧美学的观念。10世纪胜财的《十色》是另一部重要的戏剧学著作。在诗学上，首先于7世纪出现了探讨诗歌语言的婆摩诃的《诗庄严论》，不久又出现了以论述风格为主的檀丁的《诗镜》。9世纪欢增的《韵光》和10世纪新护的《韵光注》也是杰出的文论著作。

二、地方语文学时期(约10世纪至19世纪)

9世纪以后，印度多次遭到西北部信仰伊斯兰教的民族的侵略，政治、经济受到严重的破坏。入侵的民族掠夺印度人民的土地和财产，印度各个封建王公纷纷进行抵抗，因此当时民族矛盾、宗教矛盾十分尖锐，战端频起。经过几百年的动乱，在14世纪初，蒙古人帖木儿建立了新的王朝，确立了统一的印度北方的霸权。不久帖木儿王朝衰落，各封建王公抬头，割据的局面又重新出现。16世纪阿富汗的强悍民族侵入，占领德里，建立了莫卧儿王朝，再次形成了一个强大的封建王国。它不仅独霸北方，也将势力伸向南方。新王朝的统治者为了巩固自己的统治，在民族和宗教问题上，采取了缓和的政策，因此这一时期民族矛盾相对地得到了缓和，而阶级压迫严重,阶级矛盾上升。综观中古印度长期处在外来民族控制之下,战祸不已,民不安生,民族矛盾和阶级矛盾相交,时而民族矛盾加剧,时而阶级矛盾尖锐。所以反映在宗教、文化上,不同民族的宗教、文化相互抵触,而又相互融合,构成纷繁复杂的形势。印度为了抵御外族的统治,逐步改革了婆罗门教,发展成为印度教,而且加强了控制。十四五世纪之后,民族矛盾稍有缓和,印度教受到伊斯兰教的冲击,出现了宗教改革运动——“虔诚教派”的运动,它维护了民族和大多数中下层教民的利益。因此中古后期的印度,宗教问题是各种社会矛盾的焦点,它贯穿着整个中古后期,成为当时社会上一个突出的问题。

这一时期的文学是印度文学的一个新阶段,它受到时代、政治、宗教、文化各方面的影响,以崭新的姿态出现。10 世纪之后,统一文坛的印度梵文文学衰落,代之而起的各个地方语(俗语)文学兴起,印地语文学、乌尔都语文学、孟加拉语文学、泰米尔语文学、波斯语文学、马拉玛兰语文学等等竞相出现,呈现一派百花争艳的局面。

12 世纪孟加拉诗人胜天是最后一位杰出的古典梵文文学的作家。他的《牧童歌》是根据史诗和民间文学的内容,描写了大神化身的黑天和牧女陀罗的爱情。全诗感情直率,情节起伏跌宕,描写细腻,充分发挥了抒情诗体的特点。《牧童歌》由于对黑天大神的颂扬,开拓了中古时代虔信文学的先河。

10 世纪之后,在民族矛盾尖锐时期,体现民族精神的英雄史诗盛行,在印地语和其他地方语中,歌颂封建王朝领主业绩的史诗众多,它们带有理想色彩,富有民族精神。最著名的作品是 12 世纪宫廷诗人金德·伯勒达伊的《地王颂》,它集中描写了地王和夏布哈丁王之间的战事,地王英勇善战、宽厚待人,体现了印度民族的高贵品性和不可屈辱的民族精神,最后地王惨遭暗杀,寓意了印度遭受外族蹂躏的灾难深重的现实。它继承了大史诗《摩诃婆罗多》

的文学传统，结构宏伟，人物众多，内容丰富，涉及了社会生活的各个领域。另一部重要史诗是14世纪诗人维德亚伯迪的《吉尔蒂颂》。这个时期抒情文学也有发展，有的诗人模仿迦梨陀娑的《云使》，写出了情调伤婉的情诗，抒发了征夫思妇的绵绵不绝的相思之情，如11世纪的阿伯杜尔·勒赫芒的《托告君夫》。

14世纪之后，随着宗教虔诚运动的发展，宗教文学兴起。它是宗教虔诚运动的一翼，因此又称之为虔信文学。在印地语文学中出现了几位宗教大诗人，他们各自代表不同的教派文学。格比尔和加耶西是"无形派"的诗人，他们认为神是无形的，反对偶像崇拜。格比尔则又认为只有获得智慧和理性方能与神融合，因此称他为"明理"派诗人；加耶西则认为通过情爱可以解脱，所以称他为"泛爱"派诗人。他们深受伊斯兰教的影响，是代表中下层印度人民利益的宗教改革家，尤其格比尔是来自民间的致力于宗教改革的志士，所以被称为圣者(达斯)。苏尔达斯和杜尔西达斯是"有形派"的诗人，他们认为神有形体，主张信仰大神的化身。杜尔西达斯膜拜罗摩，是"罗摩"派诗人(详见本章第四节)，苏尔达斯崇拜黑天，是"黑天"派诗人。他们也是宗教改革家，亦被称为圣者(达斯)，都企图以纯洁印度教的方式实现民族、国家统一和强盛的理想。

宗教虔诚运动席卷了印度多数地区，许多地方语文学都有强烈的反响。孟加拉语文学有崇拜湿婆教派和崇拜毗湿奴教派的文学；前者以歌颂湿婆妻子难近母(琼基)的诗歌成就突出，著名的穆贡德拉沃的《琼基颂》描写女神的威力、仁慈以及为民降魔除妖的功业，它反映了人民痛恨战乱、渴望安定的心愿；后者以15世纪诗人钱迪达斯为代表，他的抒情诗《黑天颂》体现了诗人对毗湿奴化身的黑天膜拜的宗教情感，也歌颂人生的美好、青春的欢乐，并且痛斥了世间的丑恶。

格比尔是十四五世纪之交的宗教诗人。他出身寒微，自身又是织布工人，自幼失学。后来随从毗湿奴教派大师摩难陀出家学道，自创格比尔宗教支派。他是位宗教改革家。他的诗歌创作是在传教过程中顺口拈来的作品，由信徒们记录下来，去世后由门徒搜集出版，名为《格比尔诗集》。他的诗由于语言通俗，内容深刻，比喻贴切、新颖，符合普通民众的心理，因而深得人民的喜欢，至今流传在民间，成为指导人们行动的至理名言。格比尔以哲理诗见长。他尊重实践，尊重从实践得来的思想与认识，反对虚幻的偶像与空洞的玄学之说，具有素朴的唯物观念；他同情人民的疾苦，反对种姓制度和观念，主张在神的面前，只有“虔诚”，无贵贱等级之分；他不满不同宗教、教派之间的敌视心理，主张消除民族、宗教隔阂，统一国家，安定人民。他也创作了感情细腻的情诗，借男女欢情寓意教民对真神的虔诚、膜拜的心理，音律谐婉，也具有较高的艺术性。他的诗歌具有自然、朴实之美，但也有浅露之弊。

加耶西(1493—1542)是印度北方印地语诗人，出身在伊斯兰教徒家庭。他笃信伊斯兰教派的“苏菲”派的教义，主张平等和泛爱。他最有名的作品是长篇叙事诗《伯德马沃蒂》，全诗分 58 章，1.1 万余行，规模宏大，篇幅浩繁，叙述了公主伯德马沃蒂与王子勒登森悲欢离合的爱情故事。他们忠贞不渝，最后在凶恶的异邦统治者的迫害下，双双殉情。长诗的爱情悲剧超出一般情诗的内容，而含有更为深刻的社会意义。他们在爱情上的坚贞不屈是对异国暴君的淫威的反抗，是具有反对异族统治的民族精神的。全诗笔力遒劲畅达，形象逼真鲜明，是一部印度中古时期少有的优秀之作。

苏尔达斯是 15 世纪后期印地语诗人，生卒年代不详。他出身在民间艺人家里，本人也是民间说唱艺人。他曾出家当过僧人，信奉黑天教派。他的传世之作有三部作品：《苏尔诗海》、《苏尔诗选》和《文学之波》，但可靠的只有一部《苏尔诗海》。《苏尔诗海》是歌颂黑天大神的长诗。它抒情、叙事兼备，利用《薄伽梵往世书》的素材、情节，倾吐了人的真实情感，歌唱了不带灵光的人性。诗中最精彩部分是黑天童年和少年的生活以及和牧女陀罗的爱情的描绘。童年的黑天是天真、活泼、顽皮的牧童，招人喜爱；少年的黑天是翩翩美男子，情场上的多情之种，招来众牧女的爱慕；成人之后，他嫉恶如仇，为民除掉暴君刚沙，是一位具有超凡神性的英雄。黑天性格完整，感情真挚可爱。长诗着意地描写了牧民的生活和刻画了牧女罗陀的形象，显示出一位来自民间诗人的特点：热爱生活，赞美纯朴、善良、真挚的情感。牧民的生活在诗人彩笔之下是人生的乐园，是一派和睦、幸福、勤劳、朴素的世外桃源的生活，并富有田园乐趣。《苏尔诗海》被奉为宗教的圣典，是在宗教庆典之时诵读的赞美诗，苏尔达斯也被看作是宗教的圣者。然而，揭去长诗的颂神的轻纱，它却是生动有趣、浪漫抒情的印度中古人民生活的写照，诗中男女主人公的情感富有人情味，整部长诗散发着浓烈的生活气息。

米拉巴依(1503—1573)是印度封建时代一位杰出的女诗人。她一生不幸，20多岁时就成了寡妇，以敬神拜仙，笃信宗教排解精神的苦闷。她信奉黑天大神，一生写下不少宗教抒情诗，倾吐了她被压抑的心愫，尤其在描写牧女罗陀爱慕黑天的诗歌里，透露出诗人渴慕爱情自由、不满封建礼法的心思。她的宗教诗既有强烈的生之欲望，又有悲观色彩和神秘主义倾向。

17世纪以后，虔信诗歌衰落，大量效仿前人之作涌现，形式僵化，内容单调，缺少创新的精神。

与宗教虔信文学发展的同时，也产生了不少世俗文学。14世纪用梵文编定的《关于骗子的故事》就是社会中各种奸诈之徒的形象集锦，描绘了各色各样以行骗为术的人物的面貌，作品幽默，富有情趣，也具有反宗教的倾向。孟加拉语作家卡娜和达克合著的《格言集》有肯定人生、否定来世的反宗教倾向。无名氏的长诗《虚空往事诗》揭露了宗教对人迫害的残酷。

第二节 《五 卷 书》

中古印度是一个民间文学十分丰富、发达的国家。它先后产生了《本生经》、《五卷书》、《故事海》、《益世嘉言集》、《鹦鹉故事集》、《宝座故事集》和《僵尸鬼故事集》等众多民间寓言、故事集。而其中影响最大、流传最广的当推《五卷书》。

《五卷书》这部动物寓言故事集用古典梵文写成,最早可能产生于公元1世纪,最晚的、影响最大的是耆那教和尚补哩那婆多罗于1199年编纂而成的梵文本。

《五卷书》全书由序言和5卷78个故事组成。序言部分为全书立下了总的框架。它讲述:古代印度有一个国王,他有3个蠢笨的王子,因难以教育成材而苦恼。后来,终于请来了一位聪明的、德高望重的婆罗门,他编写了这部以统治术为宗旨的《五卷书》作为教材,并保证半年内让王子们聪明起来。3位王子在他的教导下,果然变得聪明异常。这样,序言既阐述了该书作为统治术的宗旨,又借此把书中松散、互不连贯的故事串连在一起。

当时印度处于封建社会,正由低级阶段向高级阶段发展,存在着许多大大小小的王国,纷争不断,政局变幻莫测,难以统一。不但包括商人、手工业者在内的黎民百姓不能掌握自己的命运,就连统治者自己也感叹世事之多变。老百姓渴望安居乐业,统治者追求长治久安。在这种历史条件下,以物讽人、以事喻理的寓言故事便相继出现,《五卷书》也就应运而生了。

《五卷书》采用"连串插入式"的结构形式,卷首的序言讲述了一个总的故事贯串全书,下分5卷。每卷各有一个中心故事和主题,中间穿插许多小故事,其中有的与骨干故事有关,有的在内容上并无联系,只有结构上的联系。每个故事后面均附有道德和伦理的教训。第1卷《朋友的分裂》,包括30个故事,中心故事讲公牛和狮子因受到豺狼挑拨，朋友关系破裂，公牛被狮子杀死。第 2 卷《朋友的获得》，包括 9 个故事，中心故事讲乌鸦、老鼠、鹿和乌龟团结一致，共度危难。第 3 卷《乌鸦和猫头鹰从事于和平和战争等等》，包括 17 个故事，中心故事讲乌鸦们用诈降的计谋消灭了猫头鹰。第 4 卷《已经得到的东西的丧失》，包括 11 个故事，中心故事讲猴子与海怪交往，海怪背信弃义，猴子设计脱险。第 5 卷《不思而行》，包括 11 个故事，中心故事讲一个理发师因贪财而被处死的经过。

《五卷书》是以动物为主的寓言故事集，人只占一少半，但也能找到古印度社会上各阶层的代表人物。而其中的动物有狮、虎、象、猴、狼、鱼、牛、羊、鼠、鸽、鸦、鹰、龟、蛇、虾等等，它们既有动物的特性，又有人的思想感情和社会生活特点，是人的化身。虽然在编纂过程中掺入了一些当政者和婆罗门的思想意识，但仍包含了不少积极而有益的思想和哲理。从整体来看，全书的核心思想是积极入世的，主要教给王子和民众一些待人治世之道，没有夹杂多少宗教迷信的色彩，表现的是一种比较质朴的原始唯物主义思想。

《五卷书》在许多方面反映了商人和手工业者的利益和被压迫的弱者的思想感情，宣扬只有联合起来才能战胜强暴，才能保护自己并获得安全的为人处世之道。如第 1 卷第 7 个故事，写弱者保护自己的武器就是联合和智慧。故事讲：狮子曼陀末底横行无忌，肆意伤害兽类，羚羊等为求狮子不要乱食兽类，就决定每天送一只野兽作为其食物。一天，一只小兔被派去充当狮子的食物。它使用计谋，把狮子骗到一口井边，让狮子跟自己在井里的影子打架，结果将狮子淹死在井里，为兽类除了一害。又如第 1 卷第 5 个故事讲受到黑蛇严重伤害的乌鸦夫妇把偷来的金链子丢到蛇的洞口，借人之手把黑蛇除掉了。再如第 2 卷的一些故事强调弱者的团结就是力量。其中一个故事讲鸽王带着群鸽觅食，不幸落入猎人的网中，鸽王鼓励群鸽齐心合力，朝一个方向飞，这样就带着网子飞向天空，摆脱了猎人的追捕。这类故事很多，富有启迪意义，是印度人民长期生活与斗争经验的总结。

《五卷书》的编纂目的是帮助王子们掌握统治术，因此书中提供了许多治世之术。如整个第1卷就提出了统治者应该听从什么言论的问题，认为“主子不应该听了别人的话而使自己的理智受到限制；在任何情况下也应该……分析一下有利的东西和有害的东西，说话和回答，以及时间的限量；之后，聪明的主子就应该下去处理所有的事情”。第1卷第13个故事中提出“宁愿要一个周围有一群天鹅的秃鹫当国王，也不要一个周围有一群秃鹫的天鹅当国王”，因为陷入小人包围之中的国王不会办出什么好事来。君臣关系是如此，那么君民关系又应怎样呢？第3卷第1个故事明确地说：“如果不能保护那些战栗恐惧、永远为敌人所威胁的臣民，这样一个君主，只有名义上是君王，实际上他就是死神。”

《五卷书》里有不少故事把讽刺和抨击的矛头直指国王和婆罗门，表现了印度下层人民对统治阶级的憎恨和藐视。国王常常被描写成一个高高在上、性情乖戾、反复无常、令人生畏的人物，如第1卷第1个故事中写道：

> 国王们真是不容易对付！常言道：
> 只知道寻欢取乐，甲胄披身，
> 　　性格残酷乖戾，走路曲曲弯弯，
> 脾气暴躁如火，一念咒语，
> 　　就俯首贴耳，国王就跟毒蛇一般。

《五卷书》中许多故事都有诗文并茂、夹叙夹议的特点，如第1卷通过豺狼之口，揭露狮王冰揭逻迦7大毛病俱全：“女人、骰子、打猎、酗酒，第5件是：语言伤人，随意滥用酷刑，再加上把别人的财产侵吞。”另有一节诗，讽刺国王的政策如同一个妓女一样，反复多变。这类讥讽真是大胆尖锐、一针见血。当时的印度社会等级森严，对言论管制极严，如同一个大囚牢。法典明文规定，首陀罗如指责一下上等人，就要用烧红的铁块塞在嘴里，以示惩罚。吠舍如有类似举动，其惩罚也不在首陀罗之下。尽管有这种高压的酷刑，但印度下层人民还是通过《五卷书》里的许多故事和诗句，直接间接或明或暗地表达了他们对统治者的愤恨和反抗，这是十分难能可贵的。

《五卷书》大胆地向神秘的命运挑战，不相信命运由天定的观点，提出智慧就是力量和事在人为的思想与之相抗衡。前面提到过的一只小兔智斗雄狮的故事，说明人们的命运完全可以掌握在自己手里。正如书中第1卷第7个故事中的第195首诗中所记的那样：

对那个永远精勤不懈的人，
　命运也一定会加以垂青。
只有那些可怜的家伙才老喊：
　“这是命呀，这是命！”
把命运打倒吧，
　要尽上自己的力量做人应该做的事情！
那么你还会有什么过错呢，
　如果努力而没有能成功？

第2卷第7个故事中的第144首和第145首诗中也表现了类似的思想：

哪里精勤努力，
　哪里不懒懒散散糊里糊涂，
哪里智慧和勇气同时出现，
　在那里就会有完满的幸福。
不要放弃自己的努力……
如果不努力的话，
　连芝麻粒也压榨不出香油来。

《五卷书》中还有许多充满教益的处世之道和人生哲理。其中一些有关戒骄戒躁，教人不要贪得无厌，做事要有毅力和恒心，要

防患于未然的故事和诗文,对读者是很有教育和启迪作用的。如教人谦虚、谨慎,要有自知之明的教诲:

最难的是自知,知道自己什么能作,
　什么又不能;
谁要是有这样的自知之明,
　他就不会陷入困境。

当然,《五卷书》因经过统治者、婆罗门等的整理加工,书中也有不少消极落后的成分。如宣传宿命论,宣扬贪财好利思想,轻视妇女,甚至提倡寡妇自焚殉夫等等。这些都是书中的封建糟粕,应该批判和否定。

《五卷书》来自民间集体创作,除了具有民间文学的共同特点外,还有其独到之处:一是其结构方式,二是其诗文并茂的文体形式。

《五卷书》的结构方式是"连串插入式"。全书有一个总故事,每卷又各有一个中心故事,中心故事中又包含一些大故事,大故事里又套进许多小故事。故事之间有一定的联系,又有相对的独立性。全书故事生动活泼,情节曲折离奇,引人入胜,常常给读者留下一个带有戏剧性的悬念,吸引人们继续读下去。这种结构方式是对印度两大史诗结构艺术的继承与发展,为印度小说,特别是长篇小说的发展开辟了道路。

《五卷书》采用诗歌与散文并用的文体。散文部分是用来叙述故事情节的,篇首或篇中插入的诗歌是用来议论和抒情的。书中,叙事、议论、抒情都恰到好处,有机结合,增强了故事的生动性和说服力。这种文体形式也给印度戏剧文学的发展提供了借鉴。

《五卷书》是世界上流传最广的寓言故事集之一。早在公元570年左右,它就被译成巴列维文(中古波斯通用文字)和叙利亚文,然后由巴列维文转译为阿拉伯文。再从这个阿拉伯文译本直接和间接地产生了大量的欧亚各国的语言译本,影响遍及全世界。

可以说,除了《圣经》之外,《五卷书》是译成世界各种语言最多的书之一。它的一些题材和结构方式影响到了世界各国文学。它之中的一些故事,早就通过汉译佛经传到中国来。1959 年,我国著名学者季羡林先生从梵文直译的《五卷书》汉译本在我国问世,颇受欢迎。

第三节 迦梨陀娑

生平与创作

迦梨陀娑是印度古典诗人和剧作家。他的生卒年月和生平活动至今没有发现确凿的历史资料,只能依据传说与作品进行分析、推测。他的名字是由两个词组成的复合词。"迦梨"是女神的名字;"陀娑"意为奴隶,合起来就是"迦梨女神的奴隶"。传说他原是一个婆罗门之子,幼年时期父母双亡,由一牧人抚养成人,后与某公主结婚。公主耻其出身微贱。他遂向女神迦梨祈祷,因而变成大诗人、大学者。

印度和世界其它国家的学者对迦梨陀娑生卒年代和生平考证意见分歧,但一般认为迦梨陀娑大概生活于公元 330 年至 432 年之间,时适笈多王朝旃陀罗笈多二世执政时期。诗人属婆罗门种姓,居住于王国首都邬阇衍那,信奉湿婆教,是宫廷诗人。

迦梨陀娑的作品很多,一般公认确系他所作的有剧本《沙恭达罗》、《优哩婆湿》、《摩罗维迦和火友王》,叙事诗《鸠摩罗出世》、《罗怙世系》,抒情长诗《云使》,抒情短诗集《时令之环》。

《鸠摩罗出世》是诗人的第一部叙事诗。它取材于印度古代神话传说。鸠摩罗就是战神塞健陀,是湿婆之子。他应众神之请托生下凡,充当众神统帅。叙事诗全文 17 章,前 8 章写喜马拉雅山的女儿美丽的优摩在山中苦行,被大神湿婆发现,相互恋爱、结婚;

后 9 章写鸠摩罗出世、降魔。这部叙事诗表现的是入世思想。据学者鉴定，后 9 章是伪作。

第二部叙事诗《罗怙世系》，取材于印度古代历史传说，共 19 章。前 9 章写罗摩的高祖父底离钵、曾祖父罗怙、祖父阿阇和父亲十车王的历史。第 10 至 15 章写罗摩生平，内容同《罗摩衍那》，重点描绘罗怙及阿阇。第 16 至 19 章讲罗摩后裔的历史。作者发挥自己所长，用炫目的文采、铿锵的韵律表现"圣贤君主"。第 19 章写一个荒淫无度的国王阿耆尼娑哩那。全诗虽着重写帝王家谱世系，但并不着力歌颂帝王的"文治武功"，而是利用他们的故事，表达作者带有民主性的理想。长诗语言和谐，富于音乐性，是印度古典诗的范本。

《云使》是一篇著名的长篇抒情诗。长诗描述一个被贬谪他乡的小神仙药叉委托天边北飞的云彩向故乡妻子传递信息的故事。小药叉家住印度北方的阿罗迦城，是财宝之神俱毗罗的侍从，因"怠忽职守"，受主人诅咒被流放到印度东部的罗摩山，为期一年。药叉在罗摩山生活了 8 个月，眼见雨季即将来临，7 月初的一天，他见一片乌云飘上峰峦之顶，不禁心动神驰，思念爱妻之情难以抑制，遂委托这片北去的雨云向亲人带个信息，抒发自己的相思之情。

《云使》分《前云》与《后云》两个部分。

《前云》写药叉请求雨云为使，并向他讲述北去的行程路线。借此一一介绍了北行途中山川名胜、田野城镇的美景、古迹。在他满含感情的叙述中，大自然中的雨云、彩虹、禽鸟、野鹿都富有灵性，山川丛林壮丽而充满生机，史迹、神话显现出青春的活力，田野滴翠，城市若碧海明珠，现实世界一片锦绣，生机盎然。

诗人在第 13 首中写道："云啊！现请听我告诉你应走的路程，然后再倾听我所托带的悦耳的音讯；旅途疲倦时你就在山峰顶上歇歇脚，消瘦时便把江河中的清水来饮一饮"。诗歌用拟人化的笔法表现了药叉对雨云的关切和依恋之情；第30首写药叉想象雨云渡过信度河水来到优禅尼城的情景："阿槃提的乡村老人都熟悉邬陀衍故事，到了那儿，你就去我说过的大城优禅尼；它好像是天上的人在享受自己福报将尽时把剩余的福泽换了一角天堂带来大地"，诗歌用"天堂一角"作比，让人们充分想象京城优禅尼的繁荣盛景。诗歌第22首写药叉猜度北去途中雨云的心情："朋友啊！我知道你为我的爱人虽然想快走，却仍会在每一座有山花香气的山上淹留。但愿你能努力加快脚步，如果见到有孔雀以声声鸣叫向你表示欢迎而珠泪盈眸"，诗歌写出了云使被自然景色陶醉而留连忘返的情景。这些诗歌在描述美妙大自然的同时，也表达了药叉热爱生活的丰富感情。

《后云》写药叉想象雨云来到阿罗迦城会见自己妻子，向她传达信息的情景。诗歌描绘了阿罗迦城的盛况，从而反衬被贬谪的药叉的不幸；描绘阿罗迦妇女的优美和爱情的热烈，又烘托出药叉妻子外貌和内心的完美，从而使读者体会到繁荣的阿罗迦城中最美好的地方是药叉的家园；城中最动人、最富爱情的女性是药叉妻子。

诗歌第64首写药叉向云使描绘他故乡阿罗迦城的盛景："你有闪电，有虹彩，有殷殷隆隆的可爱的低音，那儿的宫殿有美女，有画图，有伴音乐的鼓声，它上触云霄，珠宝铺地；你地位崇高，内含净水，凭这种种特色阿罗迦城足可与你抗衡"。接着，又刻画了药叉幸福的家园，进一步在第82首中描绘了药叉妻子的优美形象："那儿有一位多娇，正青春年少，皓齿尖尖，唇似熟频婆，腰肢窈窕，眼如惊鹿，脐窝深陷，因乳重而微微前俯，以臀丰而行路姗姗，大概是神明创造女人时将她首先挑选"。对这样娇美的妻子怎能不怀念呢？药叉又想象传递信息的云使在向妻子表达自己对她的思念："他为厄运阻隔在远方，怀着心心相印的愿望。他只有凭清癯消瘦，凄怆悲痛，频频叹息，热泪纵横和焦灼不安，来配你的瘦弱可怜，凄凉伤感，长吁短叹，珠泪盈腮和满怀焦急”（第102首），这样一语双关，写出了相爱夫妻远离的思念、痛苦，也含蓄地揭示了造成夫妻分离的社会原因。

《云使》主题十分鲜明，即通过对被贬谪他乡的药叉的痛苦及对妻子思念的描述，歌颂真挚、专一的爱情，并含蓄地对造成这种现状的社会流露不满情绪。诗中被贬谪的药叉代表了当时下层群众的不幸命运，他的遭遇反映了社会上层与下层人之间的矛盾。

《云使》在艺术上以丰富的想象、浓郁的抒情、逼真的描绘、细致的心理刻画见长，是中古印度现实主义与浪漫主义创作方法成功运用的范例。在写作手法上最突出的是善用借景抒情方法表达人物的思想感情。诗歌仅有一条十分单纯的情节细线，但却以此为脉，枝蔓丛生地描绘了种种美不胜收的自然景色，来衬托人物优美的仪表、变幻的思想和丰厚的感情，达到了状物抒情、情景交融的和谐境界。诗歌的语言丰富、生动、凝炼、富于韵律，显现出端庄、高雅、潇洒、谐美的独特风格。

《摩罗维迦和火友王》是5幕剧，包含诗歌96节，着重表现宫廷艳情。剧情大意是写火友王爱上一宫娥，后妃嫉妒。宫廷小丑用计帮助国王，最后发现此宫娥原来是摩罗维迦的公主，全剧以大团圆结束。

《优哩婆湿》也是一个5幕剧，剧情取自《梨俱吠陀》等著作中的古老故事。迦梨陀娑的再创作给它添上了时代色彩。

戏剧写国王补卢罗婆娑从恶魔手中救出了天宫歌女优哩婆湿，两人一见倾心。优哩婆湿回天宫后念念不忘国王，再次来到人间看望。正在这时，因陀罗派人接优哩婆湿回天宫演戏。她心神不宁，误将剧中人物名字错念成“补卢罗婆娑”而被师傅赶下天宫。因陀罗慈悲为怀，告诉她，只有在她见到自己亲生儿子面孔时，她才能回到天宫。被贬的优哩婆湿下凡后与国王共同生活。王后对此逐渐容忍下来。一天出游，优哩婆湿见国王盯视一女妖，嫉妒中忘记禁戒，误入鸠摩罗林，顿时化作一株蔓藤。国王遍寻无着，最后拣到一块红宝石，偶触蔓藤，优哩婆湿复原形。回宫后红宝石被大鹰叼走，一少年用箭射中老鹰取回红宝石。此少年即是优哩婆湿与国王所生之子。原来优哩婆湿下凡后不愿离开国王，怕因陀罗的预言实现，将生下的孩子长期寄养在女苦行者家里。现在，女苦行者将取回红宝石的少年送进宫中，优哩婆湿见子又喜又悲，喜的是骨肉相见，悲的是即将离开国王，天上人间相离。正在优哩婆湿悲愁交集之际，因陀罗下凡宣布，优哩婆湿和国王可以白头偕老，戏剧以团圆结束。

《优哩婆湿》主要表现天女优哩婆湿为争取人间的爱情，以自己的聪慧和坚强的意志改变了天宫为她设下的命运，闯过了神的“禁区”，取得了人(王后)的谅解，终于与国王结成了合法的婚姻。剧中的女主人公优哩婆湿性格机警、聪慧、温柔、多情；男主人公补卢罗婆娑则充满热情、富有权谋、能果断处事。他们的形象与其以前的古典作品中的形象相比有了很大发展。

《优哩婆湿》的戏剧冲突不够尖锐、激烈，矛盾的解决不完全靠内在因素，而带有相当的偶然性。剧情曲折，富有诗情画意，天上人间恍若幻境，也有相当的戏剧性，但与现实相距较远，这一切都反映了作品尚不够成熟，表现了作家追求和谐、回避矛盾的思想意识。

从迦梨陀娑全部创作看，他的抒情诗和戏剧都达到了时代的高峰。他的抒情诗情景交融，细腻地反映了人们的思想与精神状态；他的剧作有浓厚的抒情气氛，反映了生活的真实。

《沙恭达罗》

《沙恭达罗》是迦梨陀娑最优秀的剧作。它的基本情节取自《摩诃婆罗多》和《莲花往世书》。作者运用了他特有的诗情画意的文笔，依据当世的现实，在剧作中增加了若干细节和人物，使戏剧融合了时代精神和生活情趣。

《沙恭达罗》全剧共7幕:第1幕写国王豆扇陀打猎来到净修林,见净修女沙恭达罗美貌非凡,便隐瞒身分与她接近。少女沙恭达罗亦对他产生好感。这幕是男女主角出场,是戏剧的开端。第2幕写国王热恋沙恭达罗,以净修林"保护人"身分继续留在净修林内,而打发他的随从军队归国。这一幕是迦梨陀娑的创新,是剧情发展的过场戏。第3幕写沙恭达罗与豆扇陀的自由结合。戏剧表现了钟情男女之间的爱情、相思,也有情欲的描写。国王临走时,把一只刻有自己名字的戒指送给沙恭达罗,作为信物。第4幕写沙恭达罗孕育了豆扇陀的儿子,决定离开净修林前往城市寻找自己的丈夫。这幕开始插写了一个细节,即沙恭达罗对来访仙人失礼,因而受到仙人"诅咒"。这就为下面情节的突变埋下伏线。戏剧发展至此,改变了前几幕情爱缠绵的情调,而制造了别离伤感的气氛。第5幕写国王不承认与沙恭达罗的婚姻,沙恭达罗被迫与国王发生冲突。她在宫中无依无靠,最后被天女接上天去。第6幕写国王重新见到沙恭达罗祭水时遗失的戒指,恢复了记忆,想起旧情,思念儿子。这一幕为戏剧大团圆结局作了铺垫。第7幕写豆扇陀乘车上天,与妻、子团圆。

从上述情节可以看出,戏剧主要写男女主人公之间的爱情。写他们钟情、思念、结合的曲折和喜剧结局。

戏剧第1、2、3幕的剧情是按照自然顺序,即剧中男女主人公感情的发展推进的。造成戏剧曲折并将全剧推向高潮的是第4幕大仙人达罗婆娑的"诅咒"。他在忿怒中诅咒沙恭达罗:只有"她的情人看到他给她作为纪念的饰品"时,"诅咒"才会"失掉力量"。果然,戏剧由此顿生曲折,第5幕由于国王的"忘却"而抛弃沙恭达罗母子。遭受屈辱的沙恭达罗不得不为保护自己而挺身反抗。情人变成冤家,冲突激烈,戏剧由此推向高潮。其实,由"诅咒"产生的戏剧转折纯粹是外界因素,戏剧的真正冲突不在大仙人与沙恭达罗之间，而在于统治阶级的代表国王豆扇陀和普通妇女沙恭达罗的对立，“不相称的婚姻”是造成他们之间冲突的根本原因。只是迦梨陀娑用民间熟悉的“诅咒”方法巧妙地表达了不公平的生活真实。如果按照第5幕剧情的自然发展，戏剧结局必然是悲剧性的，但在第6幕中，剧作家又写了戒指失而复得，国王见物生情，想念儿子、承认婚姻的情节，这就过渡到第7幕由悲转喜的结局。这种喜剧终场体现了作家的生活理想。从上述分析中我们可以看出，《沙恭达罗》既是一部反映现实生活的戏剧，也是一部表现未来理想的戏剧。它批评了造成婚姻悲剧的统治权贵；歌颂了人生中的美满爱情和幸福婚姻。

剧中主要人物是沙恭达罗和豆扇陀。沙恭达罗的形象居于首位。

沙恭达罗是印度古代妇女的典型，也是作家理想中的人物形象。她原是天女所生，父亲就是王仙，然而自幼就遭遗弃，为林中飞鸟养活，后被净修林隐士干婆收为义女。虽然她是仙、人结合的后裔，但却生活在印度社会的底层。

沙恭达罗在净修林中长大，终日与山川林木、香花野草、禽鸟野兽、净修隐士、净修女为伴，这就养成了她作为“自然人”的特性。她生活简陋，却具“天生丽质”。她穿的是树皮衣裳，戴的是荷花须子弯成的手镯，却“正如月亮的暗影那样能增加月亮的光彩。”她像一枝“野林中的花朵”，芳香美丽。她的思想感情也像她的形体仪表一样单纯、质朴、温柔、娴静。在净修林中，她与花草树木、飞禽小兽结下了深厚情谊，互相依恋；她与女伴之间互相爱护、体贴、信任；她对义父母更是尊重。她外在的美、内心的美以及她周身洋溢的青春气息高度和谐，并与锦绣的大自然浑然一体。

在对待婚姻、爱情问题上，沙恭达罗也保持着“自然人”的纯朴，没有夹杂世俗的金钱、权势欲望，没有虚伪的忸怩作态。她对豆扇陀的爱情真挚、诚恳、热烈、温柔。她对婚姻的决定自由、果断。第1幕中沙恭达罗对她心爱的花草吐露心声:"朋友阿奴苏耶呀!草木都在成双成对地互相拥抱结婚,真可爱呀!这一棵小茉莉花用鲜花炫耀自己的青春,这一棵芒果树结满了果实,也能自得其乐。"这席话正透露了沙恭达罗对自然爱情、婚姻的渴望。她明知钟情于豆扇陀必违犯净修林清规,却仍设法"取得国王、仙人的同情",甚至直接向豆扇陀敞开自己的心扉:"你的心我猜不透,但是狠心的人呀!日里夜里爱情在剧烈地燃烧着我的四肢,我心里只有你",表现了她性格的单纯和感情的热烈。

然而当孕育着国王之子的沙恭达罗为寻夫来到豆扇陀宫殿的时候,他们神圣的婚姻竟遭到国王的否定。沙恭达罗竭尽努力换来的却是讽刺与辱骂。天真的沙恭达罗由此进一步认识了世事,她不得不为保护自己挺身反抗,她指责豆扇陀:"卑鄙无耻的人!你以小人之心度君子之腹,谁还能像你这样披上一件道德的外衣,实在是一口盖着草的井。"一向温驯的沙恭达罗现在是词严色厉,揭露了豆扇陀的虚伪,批判了统治者的荒淫。然而沙恭达罗的表现始终不失身分,她言词合理,态度庄重。就全剧看,沙恭达罗的性格随着环境的变化而发展,但其真诚、坦率、重于感情的主导性格仍然十分鲜明。

剧中的豆扇陀是一个复杂的人物形象。他集英雄、开明君主、暴君于一身,同时又是爱情与情欲的化身。在他身上反映了迦梨陀娑的思想矛盾。

剧作家首先是按照自己的理想将他刻画成一个开明君主、古代英雄、美好的情人、忏悔的丈夫。剧中写他关心臣民,深受人民爱戴,"人民欢迎他的诏令,就像欢迎及时的甘露一样";他是杰出的武士和猎手,是净修林和天宫的保卫者。他的威力甚至超过了天神因陀罗。剧作特别着重表现他对沙恭达罗的感情。在1、2、3幕中,迦梨陀娑不仅将他们之间的爱情描绘得富有诗情画意,而且通过国王向沙恭达罗的女友表白:"这爱情是双方的,我是非常幸福的”,“尽管我后宫佳丽很多,我家里只有两宝可守,一个是四周环海的大地,一个是你们的朋友”,说明他们的爱情是相互的,她对于他是唯一的。戏剧还刻画豆扇陀在失去记忆过程中,也能庄重自持,审慎琢磨自己。他自问:“是我糊涂呢,还是她说了谎话?我真是彷徨迟疑。丢掉自己的妻小呢,还是抚摩别人的妻子而陷于不义”,表现了他深刻的内心矛盾。豆扇陀恢复记忆后发自内心的自我谴责和悔恨也反映了他对沙恭达罗的真挚感情。他说:“另一只戒指带回了我的记忆,我就毫无理由把最亲爱的人儿遗弃。我现在对你后悔不迭,我痛哭流涕,虽然现在都是春光明媚的好天气。”作者将他悔恨与挚爱交织的感情写得十分真切动人。

其次,戏剧还按照当时现实中国王的言行来刻画豆扇陀形象,表现了历史的真实。迦梨陀娑用明显的或隐蔽的言词揭露了作为统治阶级代表的豆扇陀的残暴、荒淫。他集军政大权于一身,甚至还要向净修道院勒索 1/6 的贡品;他宫中的爪牙都仗势欺压百姓,拾得戒指的渔夫横遭毒打就是宫廷暴行的例证。豆扇陀的生活也是享乐放荡。他对沙恭达罗的爱慕其实质仍是强烈的占有欲。就像剧中小丑嘲弄的那样:“正如一个厌恶了枣子的人想得到罗望子一般,万岁爷享受过了后宫的美女,现在又来打她的主意。”婚后沙恭达罗遭到遗弃,虽然作者用“诅咒”造成的“忘却”来减轻他的不义行为,但剧情发展中仍反映出他的虚伪、狡滑、冷酷、蛮横的思想性格。戏剧表现他不承认与沙恭达罗的婚姻,还指责她“处心积虑想尽方法来污蔑我的家声,毁坏我的名誉”,诬蔑沙恭达罗“是林子里草野之人,不懂得调情卖俏”,一个暴君的嘴脸暴露无遗。

剧中豆扇陀肯定与否定的二重性格不是截然分裂存在的,而是对立的统一。从总体看,迦梨陀娑对人物的颂扬与美化占主导地位,其中寄托了自己的政治和爱情的理想;而对豆扇陀的批判、揭露则较含蓄、温和。

《沙恭达罗》在艺术上是独具特色的。

首先，戏剧情节具有古今结合、浪漫色彩与现实因素结合、悲剧性与喜剧性结合的特点。剧情取自古代神话，但有现实内容。神话故事给剧情提供了密林、城市、天宫等不同背景，使剧中人物活动的天地广阔，爱情发自密林，曲折于王宫，团圆在天庭。作者既暴露和批判了现实社会，又抒展了自己的理想。剧情波澜起伏，富有浪漫色彩又饱含现实因素。最后由悲转喜的结局反映了作家追求和谐统一的美学思想。

戏剧结构以"序幕"和 7 幕组成。"序幕"中舞台监督和主要演员登场介绍戏剧，对观众欣赏演出作了思想准备。这种方式不是迦梨陀娑首创，但由于他的运用对欧洲戏剧产生了影响。1 至 7 幕的安排基本按剧情发展顺序组合，其中作者抓住"仙人诅咒"情节，巧妙布置了"戒指遗失"、"忘却"、"戒指复得"、"大团圆"幕次，使戏剧发展环环相扣又波澜起伏，显示了作者的匠心。

其次，作者善于通过环境刻画人物性格。超尘脱俗的净修林形成了沙恭达罗的单纯、纯朴的性格；等级森严、尔虞我诈的城市、宫廷社会激起了沙恭达罗的反抗精神；天宫是理想境界，进入天宫的沙恭达罗和豆扇陀都摆脱了尘俗社会的束缚，得以"净化"，重获团圆。这只是作者浪漫的幻想。

第三，诗剧《沙恭达罗》用古典梵语写成，风格淳朴，语言文字流利、雍容、谨严。剧中人物语言各具个性：沙恭达罗语言真挚、热情、典雅；豆扇陀语言精粹、雅致，有时显得虚伪；小丑的语言含有辛辣的讽刺。

《沙恭达罗》于 1789 年被译成英文，1791 年译成德文，从此传遍欧洲。歌德、席勒曾给予高度评价。约在 800 年前，《沙恭达罗》情节即传入我国，解放前有过几种英、法转译本，其中卢冀野曾改为南曲，名为《孔雀女金环重圆记》。鲁迅先生也在《摩罗诗力说》中给予肯定评价。解放后，我国陆续翻译、出版了迦梨陀娑的一些作品，还将《沙恭达罗》搬上了舞台，获得好评。

第四节　杜尔西达斯

杜尔西达斯是中古印地语的重要宗教诗人,"虔诚"运动诗人的代表之一。他的生平缺乏确切的史料,大约于1532年生于印度北方农村中的婆罗门家庭,出生后不久父母双亡,家道败落。少年时期曾沿街乞讨,被人收养。青年时期成家娶妻。后又跟随一位师傅到圣地贝拿勒斯攻读圣书,聆听了师傅传授罗摩的故事。以后弃家进入僧门,曾游历过印度许多宗教圣地,结识了社会各个阶层的人士,广泛地接触了现实生活。他于1623年死于贝拿勒斯。他一生从事传教活动,也勤于笔耕,留下12部诗体著作,著名的有《罗摩功行录》、《谦恭书》、《歌集》、《双行诗集》和《黑天诗集》等。

杜尔西达斯是虔诚派的印度教教徒,崇尚毗湿奴化身的罗摩大神。他出身贫寒,青少年时代生活坎坷,体验过贫困生活的痛苦,出家之后广游社会,目睹各种社会现象。他深谙社会上的各种矛盾和民间的疾苦,有着忧国忧民的思想。他提出了用宗教净化人们的心灵、取得精神解脱以及用罗摩盛世的宗教理想改革社会的主张。他的诗作一方面表达诗人对罗摩大神的敬仰的深情,一方面也表露出诗人济世救民的思想。《谦恭书》是宗教的赞美诗和祈祷诗,诗人用深沉、真挚的感情赞美罗摩,祈求大神的庇护,倾吐了纯洁的宗教情感;《歌集》是罗摩故事诗,但比较简约、粗略,是著名的叙事诗《罗摩功行录》的提要;《双行诗集》别具一格,除了一部分赞颂罗摩功业的诗歌之外,多数是训诫的格言诗,形式短小精悍,语言洗炼含蓄,蕴藏着诗人的智慧和才华。其中有教导世人为人处世的生活真理,也有痛斥封建昏君的不仁和富翁的不义的激愤之言,自然也掺杂了一些迂腐陈旧的封建伦理观念。

《罗摩功行录》(又译《罗摩功行之湖》)是他多年呕心沥血,精心创作的长篇英雄史诗。壮年在圣地阿逾陀开始执笔创作,晚年在贝拿勒斯完成。史诗取材于《罗摩衍那》的故事，并且吸取了各种关于罗摩事迹的文学作品中和民间传说中的素材，加工改写而成。全诗1.8万颂，是部卷帙浩繁、规模恢宏的巨著。

印度古代大史诗《罗摩衍那》编定之后，影响极大，罗摩形象在印度人民心目中是光明、幸福、高尚的象征，是为人们敬重的造福于人的大神。因此膜拜罗摩就形成印度人民一种民族宗教的情绪，罗摩也就成为体现民族精神和性格的大神之一。在中古时代，印度人民处在水深火热之中，在外族和异教的统治之下，罗摩更是他们心中一尊拯救人们于苦海之中的至高至尊的"上帝"，膜拜罗摩成为民族宗教的风气，于是就出现了崇拜罗摩的宗教改革派，它把人民善良的愿望体现在对罗摩的敬慕之中。杜尔西达斯在这样的宗教思想支配之下，完成了这部宏伟的长诗。

《罗摩功行录》以罗摩事迹为情节线索，中心描写了遮那竭王朝宫廷内部的斗争和罗摩失妻救妻的故事，并用主人公罗摩 的事迹予以贯联。从故事本身来看，它与《罗摩衍那》相同，沿用了大史诗故事的框架，但在突出重点和删繁就简以及刻画人物上，诗人则做了精心选择和改动，以适应新时代的要求，赋予了罗摩更为理想的人格。在《罗摩功行录》里，罗摩在宫廷矛盾斗争中，是一位具有政治眼光的恪守"忠、孝、节、悌"的模范王子；在与悉多夫妻关系上，是一个忠于伉俪之情，与妻子共度患难的痴情的夫君；在建立为民降妖造福的英雄功业上，又是一个神力无边的君主。诗人在罗摩身上增强了神性的光轮，也赋予了罗摩更高的人性道德标准，使之成为一位十全十美的贤德君主。

罗摩是十车王的长子，学艺成就之后，得到父王的信赖。老王让他继位，立他为太子，他得知之后并不喜形于色，而是踌躇不安，感到"弟弟们不能与长兄一起继承王位，真好比一根光洁的线染上了一点污垢"。王位继承的问题必然引起兄弟之间的隔膜，加剧宫廷的矛盾。果然，父王在后妃吉迦伊的胁迫下，改立其弟婆罗多为太子，无辜地放逐罗摩去森林生活。罗摩面对宫廷的风云突变和飞来的横祸，不仅毫无怨言，而且顺从父王的旨意，并阻止众人(包括婆罗多)怨恨后妃。他甘心情愿地携带妻子悉多离开宫廷流放森林，即使父王死后，婆罗多再三请求他回朝执政，他也坚守诺言，坚持过满 14 年的森林流放的痛苦生活。在宫闱内部斗争中，突出了罗摩的谦恭、大度、谦让的性格和恪守忠、孝、节、悌的道德观念。诗人颂扬罗摩这种高尚的品格，并且希望以此来平息由于王朝内部争夺权势而引起的战乱。史诗还描写了猴国国王须羯哩婆兄弟之间为争夺王位的厮杀以及魔国国王罗波那兄弟之间的紧张关系，有意加以对照，点明罗摩是仁义之君。王权继承历来是各代王朝的重大政治问题，为了争夺王位，兄弟厮杀、父子相残、叔侄反目，甚至引起绵延不断的内战，危及国家、民族和人民的情形，是屡见不鲜的。杜尔西达斯生活的莫卧儿王朝，当时统治者内部为权势之争所进行的火并现象是十分严重的。诗人用罗摩形象感召王者，消除内讧，稳定政局，以利于社会和人民的安定。

在《罗摩功行录》里，对罗摩与悉多夫妻关系的描写，作了创新。罗摩在悉多选婿大典之前，就与悉多相爱，他们在风景秀丽的王家林苑中幽会，互相倾吐爱慕之心，这为他们婚后亲密相爱、情笃意深作了铺垫。在流放到森林的生活中和悉多遭劫的苦难中，他们经受住严峻的考验，表现了坚贞不渝的情感。史诗还改变《罗摩衍那》中罗摩抛弃发妻悉多的令人遗憾的结尾，而成为罗摩即位、悉多生子，两人白头偕老的幸福归宿。爱情的忠贞贯穿长诗的始终，诗人用抒情的格调歌颂了罗摩与悉多的爱情，把他们颂为理想的夫妻，一扫《罗摩衍那》中罗摩弃妻荒野的残暴不仁的面貌，赋予罗摩笃爱妻子以深情。诗人用罗摩和悉多的美好结合，宣扬了伉俪情深的一夫一妻的婚姻，并把它视为盛世的标志之一：

所有的男人都忠实于自己的唯一妻子，
女人们用心、声、行，维护自己的夫君。

这种一夫一妻婚姻制的主张，体现了当时妇女要求摆脱受男人作践的痛苦命运的愿望。这在封建社会里是难能可贵的。

《罗摩功行录》在塑造罗摩形象上，用理想的道德标准美化罗摩，使他成为人间完美的君主，也用神性突出罗摩的威力，使之成为大神的化身。史诗的罗摩神力无边，在孩提时期，就显现了神性，在头发里曾显现出宇宙全貌，使他的母亲惊愕不已；他能预卜妻子悉多被魔王劫走，用法力将妻子真相隐进火中，致使罗波那劫去悉多的幻影；在与魔妖血战之时，他的神箭一发，立即扭转战局，使敌方溃败。就是神力广大的神猴哈奴曼，他的法术也是由罗摩所赐。增强罗摩身上的神性，加强了史诗的宗教倾向，而且还通过罗摩的言行宣扬了宗教观点。长诗还改变罗摩残杀低级种姓人的原来描写，代之以罗摩感化众生、使万民解脱的描述。这体现了诗人的宗教改革的愿望，提倡在神的面前人人平等，万民都有敬仰大神的权利，突破了婆罗门垄断教权的局面；同时也强调了万民归一，共同膜拜罗摩的宗教思想。

最后罗摩经历千难万苦归朝复得王位，成为人间的帝王。他施仁政、理朝纲。在他统治下的王国没有“歧视和差别”，没有“忧伤与仇恨”；人们既“无身心的痛苦”，也“无物质的煎熬”，人人幸福，个个康乐，呈现出一派繁荣、和平、昌盛的景象。正是：

圣河两岸风景如画，
四民同泰共沐恩泽。

这种团结和睦、安定昌盛、不分种姓、平等互助的社会就是杜尔西达斯描画的幸福蓝图—“罗摩盛世”。《罗摩功行录》用此唤起人民对幸福生活、安定社会的向往。

与美化的罗摩相对，作品也勾画了十头王罗波那。他抢男霸女，祸害人民，凶狠残暴，肆意胡为，是一个吃人的魔王。在他身上，可以掠见当时封建暴虐王者的形影。

《罗摩功行录》是一部宗教长诗，它也宣扬了陈腐的宗教意识，诸如歧视妇女、美化婆罗门等等，这些观念渗透在作品的形象体系之内，成为致害人们思想的精神毒物。

《罗摩功行录》沿用《罗摩衍那》的结构形式，由三人口述、三个听者转述构成全诗，形成层层相接、环环相扣的结构特点。诗体工整匀称，每首诗由四节四行诗和一节双行诗组成，节数、行数相同；诗歌用语经过锤炼加工，典雅优美，富有节奏感和韵律美。然而，过多的宗教说教和罗摩神性的自我表述，却有损于艺术的完美。

《罗摩功行录》与《罗摩衍那》并驾齐驱，同是印度著名的古典文学的诗歌，也同是印度教的宗教圣典，在印地语地区，《罗摩功行录》更为深入人心，超出《罗摩衍那》的地位，是人们生活的宝卷。印度学者普拉萨德在其序中说：它可以“与穆斯林的《古兰经》或者基督教的《圣经》比美”。

第八章　中古中亚、西亚、北非文学

第一节　概　　述

中亚、西亚和北非地区，是世界文明的摇篮之一。

7世纪，在中亚、西亚、北非有众多的国家，如波斯的萨珊王朝(包括现在的伊朗、阿富汗、伊拉克等地)，阿拉伯半岛中部的喀丹国，后来还有乌兹别克、塔吉克、亚美尼亚、格鲁吉亚等。现今的埃及、叙利亚和巴勒斯坦地区当时属于东罗马帝国的版图。这些国家和地区大多具有悠久的历史和文化，都已进入封建社会。而在六七世纪之交，阿拉伯半岛上的各阿拉伯部落还正处于原始社会瓦解时期，他们大都以游牧为生。半岛的西北部和西南部原来农业、手工业、商业很发达，但这时由于外族入侵，战争频繁，使经济遭受严重破坏，对外贸易往来受到严重影响。社会经济萧条，贫富悬殊，社会秩序动荡不安。阿拉伯氏族贵族为了镇压下层人民的反抗，并向外掠夺土地和财富，迫切需要建立一个统一的国家。下层人民为了摆脱贫困，也渴望各部落联合起来。在这种情况下，反映这种统一要求的一神教——伊斯兰教便应运而生了。

穆罕默德(570—632)是伊斯兰教的创建人，他以伊斯兰教为旗帜统一了阿拉伯半岛。政教合一的阿拉伯国家崛起之后，又迅速向外扩张，继续征服叙利亚、巴勒斯坦、埃及、波斯、北非及西班牙等地，控制了中亚大部分地区和印度河流域。到8世纪中叶，成为横跨欧、亚、非三大洲的阿拉伯大帝国。伊斯兰教也随之传播各地，逐步发展成为世界三大宗教之一。阿拔斯王朝建立的最初100年间，即8世纪中叶到9世纪中叶，是阿拉伯帝国最强盛的时期。封建关系确立后，农业、手工业、商业得到很大发展，阿拉伯商人的足迹遍及亚、非、欧；科学文化也极为发达，在数学、医学、天文学等方面有很大成就，文学也很繁荣，在世界上一度处于领先地位。但与此同时，阶级矛盾与民族矛盾加剧，人民不断起义。帝国各地相继出现了许多独立自主的封建国家，帝国陷于分裂。1055年，塞尔柱突厥人占领巴格达，阿拔斯王朝名存实亡。1258年蒙古人入侵，该王朝彻底覆灭。后来，中亚、西亚、北非地区又为土耳其人所占领，成为奥斯曼帝国的一部分。

民族的融合促进了文化的交流和文学的繁荣。阿拉伯帝国建立后，阿拉伯固有文化和被征服民族的文化、印度文化、希腊文化互相影响，互相融合，产生了以阿拉伯语言和伊斯兰教为纽带的阿拉伯新文化。这一文化是帝国境内的各族人民共同创造的。在此基础上产生了具有浓郁的伊斯兰教色彩的丰富多彩的阿拉伯文学。

阿拉伯帝国地跨东西方，是东西方文化交流的重要桥梁。阿拔斯王朝建立的最初100年间(750—850)，是阿拉伯文化的黄金时代。为了学习、研究和吸收外国古典文化遗产，在几位著名哈里发的倡导和支持下，帝国境内出现了著名的“百年翻译运动”。在这期间，希腊的哲学、自然科学著作，罗马的政治、法律著作，波斯的历史、文学著作，印度的数学、天文学著作被大量地翻译成阿拉伯文。不仅保存了西方文明，把西方文明介绍到东方，而且又通过各种途径把中国的造纸术、指南针、火药和印度的数学、十进位法等传入西方。早在8世纪，古老的印度寓言故事就通过波斯语、阿拉伯语的翻译而流传到欧洲。十字军东征期间，该地区的民间故事、诗歌等也传到了西方。通过这种交流，促进了欧洲经济、文化的发展，也加快了欧洲文学的发展步伐。

中古时期的中亚、西亚和北非地区，阿拉伯文学与波斯文学均取得突出成就，土耳其文学也有一定发展。此外，该地区的格鲁吉亚、亚美尼亚、乌兹别克等民族的文学也有可喜的收获。

阿　拉　伯

中古时期的阿拉伯文学即阿拉伯帝国的文学，包括帝国疆域内的各族人民用阿拉伯语写的文学作品。阿拔斯王朝时期是阿拉伯文学的黄金时代。

中古时期，阿拉伯诗歌取得了辉煌成就。在伊斯兰教产生之前，诗歌是阿拉伯文学的主要体裁，其基本体裁是“卡色达”。7篇“悬诗”是“卡色达”体长诗中的瑰宝，被视为阿拉伯诗歌的典范。相传，伊斯兰教产生以前，来自阿拉伯各地的诗人，每年要到麦加附近的欧卡兹举行一次赛诗会。会后评出优胜之作，将其用金水描在细麻布上，悬挂在“克尔白”天房的帷幕上。“悬诗”因此而得名。在7位“悬诗”作者中，首屈一指的是乌姆鲁勒·盖斯(497？—545)，他是阿拉伯诗歌的开创者；其次是安塔拉·本·舍达德(525—615)。除7位“悬诗”作者外，当时比较著名的还有游侠诗人塔阿巴塔·舍拉(？—450？)、尚法拉(？—525)和以写悼亡诗著称的女诗人韩莎(575？—664？)。

伊斯兰教初期和倭马亚王朝时期，诗歌仍然是阿拉伯文学的主要体裁，具有较强烈的宗教、政治色彩。主要诗人有哈桑·本·萨比特(？—674)、艾赫泰勒(640—约708)、欧麦尔本·艾比·赖比阿(644—711？)等。

阿拔斯王朝时期的代表诗人有艾布·努瓦斯(762—814)、艾布·泰伊卜·穆太奈比(915—965)和艾布·阿拉·麦阿里(973—1057)等。蒲绥里(1211—1296)是蒙古人和土耳其人统治时期的著名诗人，其代表作是颂扬穆罕默德的宗教长诗《斗篷颂》。它于1890年被译成中文，名为《天方诗经》。

阿拉伯诗歌内容丰富，题材广泛，体裁多样，各具特色，宗教诗、讽刺诗、征伐诗、爱情诗、悼亡诗、哲理诗等都取得了一定成就。阿拉伯诗歌在其发展过程中不断有所创新，其体裁、格律等对波斯诗歌及欧洲诗歌的发展产生了较大影响。

阿拉伯的散文也有较大的成就。阿拉伯古代的散文有谚语、故事、演说辞和卜辞，大多已经失传。伊斯兰教创建人穆罕默德死后编订成书的《古兰经》是阿拉伯文学史上第一部散文巨著。这部伊斯兰教的经典对阿拉伯的政治思想、社会生活、文学艺术都产生了深远的影响(详见本章第二节)。

《圣训》是穆罕默德和他所默认的门弟子的言行集录，是对《古兰经》的解释和补充，也有一定的文学价值。

阿拔斯王朝时期，散文有很大发展，有书信、游记、故事和玛卡梅体韵文故事等多种形式。

伊本·穆格法(724—759)是阿拔斯王朝初期的著名作家。他是波斯人，早年信奉袄教，后改信伊斯兰教，曾任巴士拉总督的文书。他的散文作品有《小礼集和大礼集》、《卡里来和笛木乃》等。后者是他的代表作。这本寓言故事集源于印度的《五卷书》，伊本·穆格法从其古代波斯巴列维语译本翻译成阿拉伯文，并作了增删，进行加工和再创作。他通过书中的动物寓言故事劝诫统治者，抒发反对民族压迫和主张社会改革的思想。《卡里来和笛木乃》是第一部被译成阿拉伯文学的重要作品，被视为阿拉伯散文的典范。它还被译成欧、亚多种文字。它的德文本译者佛尔夫说它是“除了《圣经》以外，还要算译成全世界各种语言最多的了”，可见其影响之深广。

艾布·阿拉·麦阿里不仅是著名的诗人，也是杰出的散文作家。它的作品充满哲理。他的散文作品《宽恕书》是用书信的形式写成的，内容是写学者伊本·格历哈游历天堂、地狱的故事。作者通过这一故事对社会现实和统治阶级加以批评指责，对宗教、对天堂地狱等传统观念大胆怀疑。他写了许多坏人因为颂扬了宗教而进入天堂，甚至狮子、狼这些动物也因为某种原因进入天堂，而另一些人则莫名其妙地在地狱里受苦，得不到宽恕。因此，正在地狱里受苦的诗人奥斯愤愤不平地说："什么是宽恕呀！它像尘世社会的黄金，决定人的命运。比我更坏的人都进了天堂！"这种对宗教关于来世说教的嘲讽态度，实际上也是对社会不平等现象的一种批评。《宽恕书》的思想深刻，想象奇特，构思新颖，人们往往把它同但丁的《神曲》相比拟。有人还认为《神曲》可能受到《宽恕书》的影响。

阿拔斯王朝中期出现了玛卡梅体散文作品，即用带韵的散文写的故事。"玛卡梅"的原意为"聚会"，引申为在聚会场所讲述的故事。白迪阿·宰曼·赫迈扎尼(969—1007)是玛卡梅体的奠基人。他生于波斯，少年时代即离家到各地游历，曾广泛结交从王公贵族到乞丐的各阶层人士，这些生活经历对他创作玛卡梅故事有很大影响。相传他写过400篇玛卡梅故事，流传下来的只有52篇。各篇故事内容互不相关，但都有一个共同的主人公——聪明的流浪汉艾布·法特哈·伊斯坎德里。故事的情节也大致相同，都是讲主人公在流浪途中陷入山穷水尽的绝境之中，但由于他的机智老练，总是能用玩笑和欺骗手段摆脱困境。这些故事反映了社会的真实情况，揭露了社会的不良风气，情节幽默风趣，富有戏剧性，并交替用带韵的散文和诗歌叙述，因而娓娓动听，生动感人。继赫迈扎尼之后，哈里里(1054—1122)创作的玛卡梅故事，也取得了一定的成就。玛卡梅故事是古典阿拉伯小说的雏形，后世有不少阿拉伯作家模仿这种体裁进行创作。

玛卡梅故事也传入西班牙，那里的阿拉伯人也进行仿作，如艾布·塔希尔·穆罕默德·萨拉戈斯蒂(？—1144)就曾创作过50篇玛卡梅故事，还有一些在西班牙的阿拉伯文人、学者，对哈里里的《玛卡梅集》加以注释。有的学者认为"西班牙流浪汉小说，如《小癞子》，实际是受阿拉伯《玛卡梅韵文故事》影响的产物。”①

在阿拔斯王朝时期出现了两部著名的作品，一部是蜚声世界的阿拉伯民间故事集《一千零一夜》(详见本章第三节)，另一部是长篇故事《安塔拉传奇》。这两部作品都由民间故事整理而成，前者主要是反映阿拉伯城市生活，后者则是古代阿拉伯沙漠部落生活的写照。

一般认为，《安塔拉传奇》由9世纪阿拉伯说书人艾绥迈伊整理而成，并于14世纪最后定型。传奇的主人公安塔拉是7篇悬诗的作者之一，他虽是历史上的真实人物，但作品在描写他的征战和爱情的事迹时，有不少虚构和夸张成分，使作品和它的主人公具有强烈的传奇色彩。作品把他描写成一个理想骑士的形象。他自小就力大无比，勇敢非凡，但由于他出身低微，因而备受歧视，在爱情上也不得意。他虽身处逆境，仍顽强奋斗。在外出行侠的过程中，他扶弱锄强，多次打败强敌，粉碎敌人的侵犯，为部落屡建奇功。他终于冲破了血统、门第、等级的重重限制，成为众望所归的英雄，既赢得了荣誉，也赢得了爱情。作品热烈歌颂了安塔拉这个为自己部落与民族献身的英雄，唤起了阿拉伯人的民族自豪感，也给受压迫的下层人民带来希望，因而引起人们的强烈共鸣，长期以来一直广泛流传，并对后世作家有很大影响。

8世纪以后，阿拉伯人入侵西班牙并长期占领其南部地区，阿拉伯人把当时该地区的文学称为“安达鲁西亚文学”，并看作阿拉伯文学的一部分。9世纪，安达鲁西亚诗人在阿拉伯传统诗歌的基础上，吸收了西班牙民歌的长处，创造了一种更适合吟咏、弹唱的新诗体“彩诗”，阿拉伯语称之为“穆瓦舍赫”。这种诗体形式灵活多样，为人民所喜闻乐见，因而不仅在西班牙，而且在阿拉伯各地广为流传，为阿拉伯诗歌开辟了一条新的途径。伊本·图菲勒

① 郅溥浩：《登霄传说和世界文学》，载《阿拉伯世界》1982年第3期。

(？—1185)是出生于西班牙安达鲁西亚的阿拉伯作家、哲学家。他由于校订阿维森纳的哲理小说《觉民之子永生》而出名。他的代表作是小说《哈伊·本·耶格赞的故事》。小说通过一个王族的私生子独自在孤岛上的生活经历，强调理智的作用，否定人们对世界利益的追求，宣扬伊斯兰教苏菲派神人合一的神秘主义观点。小说早在17世纪就传入欧洲，被译成多种文字。有人认为笛福的《鲁滨孙飘流记》可能受到它的影响。

阿拔斯王朝覆灭以后，阿拉伯文学受到摧残。但这时期也还产生了一些有影响的作家，伊本·白图泰(1304—1377)就是其中之一。他生于丹吉尔，是阿拉伯著名的旅行家和游记作家。他先后三次出游，行程长达12万公里，足迹遍及西非、东非、阿拉伯地区、西亚、印度、锡兰、中国、印尼的苏门答腊以及俄罗斯、西班牙。1354年，他回到摩洛哥之后，奉国王之命，向书记官伊本·朱泽依口授旅途见闻，并整理成书，书名一般称为《伊本·白图泰游记》。游记中既有真实的记载，又穿插了许多奇闻轶事，文笔清新明快，幽默动人，富有文学趣味。游记记叙了各国风土人情，对研究各国的文化史和社会史有重要参考价值。

16世纪初，土耳其人的奥斯曼帝国统治中亚、西亚、北非地区之后，极力消灭阿拉伯文化，阿拉伯文学也难以继续发展了。

波　斯

中古波斯文学主要是指以达里波斯语创作的文学。它是在萨珊王朝时期(224—651)文学的基础上发展起来的。

萨珊王朝时期有着丰富的文学作品，它们都是用中古波斯语——巴列维语创作的。这些作品，后来由于阿拉伯人入侵和其他原因，大部分失传了。在保存下来的文学作品中，有写萨珊王朝奠基人的《阿尔达希尔·帕帕克的生平》以及《马资达克传》的片断等。另一些作品，如收有许多古代波斯英雄史诗的编年史《统治者之书》和故事集《一千个故事》，虽然现已失传，但它们分别成为菲尔多西的长篇史诗《王书》与《一千零一夜》的基础，对后来的阿拉伯文学和波斯文学产生了重大影响。

萨珊王朝为阿拉伯人所灭之后，波斯在政治上丧失了独立性，其固有文化遭到严重摧残，但是波斯人民和仁人志士们具有强烈的民族意识和爱国情绪，他们持续不断地用各种方式反抗阿拉伯入侵者。他们主张阿拉伯帝国内各民族在政治上应该一律平等，他们顽强地保持本民族的文化传统。正是在这种爱国思潮的推动下，阿拉伯统治者用阿拉伯语取代波斯语的企图失败了，新产生的达里波斯语逐渐成为波斯人民通用的语言。这就为波斯文学的发展奠定了良好的基础。到了9世纪，阿拉伯帝国陷入分裂，波斯封建主建立了一些独立自主的国家。萨曼王朝(874—999)就是其中之一。萨曼王朝统治者为巩固自己的政权，把当时许多著名文人集中到宫廷，鼓励他们用波斯语创作，讴歌本民族的光荣历史和传统，借以振奋民族精神。由于萨曼王朝的大力扶植和提倡，在霍拉桑地区出现了长达二三百年的文学繁荣局面。波斯文学得以复兴，并开始繁荣。

10至15世纪是波斯文学空前繁荣的时代，波斯素有诗国之称，中古波斯文学的成就主要在诗歌方面，在五六个世纪内先后出现了许多杰出的诗人，其中菲尔多西、海亚姆、萨迪、哈菲兹等都是在世界上享有盛誉的诗人。

鲁达基(858—941)是波斯古典文学和古典诗歌的奠基人。他出生于撒马尔罕附近的鲁达克镇一个贫苦农民的家庭，自幼擅长音乐和诗歌，曾应召当过萨曼王朝的宫廷诗人，晚年失宠，被逐出宫廷。他一生写诗甚多，但传世的只有不到两千行短诗和长诗《卡里来和笛木乃》的一些片断。他的诗没有沾染什么宗教色彩，而是热情地赞美秀丽的自然风光，歌颂青春、爱情和人生的欢乐，强调科学和知识的作用。他再三指出："吸引我灵魂的——是科学、知识和理智”，“知识对于身体，好比是防灾避难的铠甲”。他作为宫廷诗人，也写过一些为君王歌功颂德的诗，但他并不一味颂扬统治者，而是揭露了他们的虚伪、卑劣。他同情被压迫者，对社会不平等现象提出了抗议：

这些人桌上摆满了肴肉和精制的杏仁糕，

那些人却饥肠辘辘，连大麦饼也都难弄到。

鲁达基的诗形象鲜明，寓意深刻，语言朴实明快，富有民歌风味。他通过自己的诗歌创作，改进了颂诗、抒情诗、叙事诗和四行诗等主要诗歌形式，使之逐渐定型，为波斯诗歌的发展奠定了基础，对后世波斯诗人的创作产生了巨大影响。所以，人们总是尊称他为“波斯诗歌之父”。

菲尔多西(941—约 1020)是继鲁达基之后出现的波斯伟大诗人。他创作了长篇英雄史诗《王书》(详见本章第四节)。

欧玛尔·海亚姆(约 1048—1123)，是波斯塞尔柱王朝时期出现的著名哲理诗人，同时又是杰出的哲学家、数学家、天文学家和医生。他留给我们的文学遗产是 400 余首“柔巴依”体哲理诗。“柔巴依”意为四行诗，是波斯传统诗体，第一、二、四行押韵，类似我国近体诗中的绝句。

他的哲理诗对自然、人生、社会、宗教等重要问题作了严肃、深入的探讨，对异族王朝的黑暗统治及其精神支柱伊斯兰教进行了大胆抨击。他对伊斯兰教的教义和教规，如真主创造并主宰人和万物，对地狱天堂的恐惧和渴望，给予全面怀疑和否定。他热爱现世生活，讴歌酒和爱情，反对禁欲主义和教会关于来世的欺骗。在一首遗言般的饮酒诗中，他纵情抒怀：

我死后，请用酒为我洗身，

斟满一杯醇酒代替超度的经文，

到复活日你若要找我，

请到酒肆门前土中去寻。

这种至死不悔的态度不仅表现了他的勇敢的叛逆精神，更表现了他对自由、幸福生活的执著追求。他的诗引起了统治阶级和教会人士的惶恐不安，攻击他是“吞噬教义的彩色斑斓的毒蛇”。

他的诗凝炼、含蓄，比喻贴切，哲理性强。他使“柔巴依”体诗臻于完美。19 世纪中叶，他的诗经英国诗人菲茨杰拉德(1809—1883)的翻译，在西方引起轰动，广泛流传。在中国，他的诗也有很大影响。

11 世纪以后，波斯诗歌的创作中心逐步由东部的霍拉桑地区转移到西部和西南部。创作上也一改原来简明朴实、不事铺排的特点，诗歌的主题有所变化，内容更加丰富，描写也更加细腻，文学史上称之为“伊拉克体”。

内扎米(1141—1209)是“伊拉克体”的杰出代表，是波斯著名的长篇叙事诗大师。他出生于阿塞拜疆的甘贾城，受过良好的教育，对神学、哲学、天文学等均有一定的造诣。虽然宫廷人士很赏识他，但他始终不愿当宫廷诗人。由于历史条件的变化，他不像菲尔多西那样写英雄史诗，而是擅长写爱情叙事诗。他的诗流传下来的主要是 5 部叙事诗，统称为《五卷诗》，其中《霍斯陆和西琳》、《蕾丽和马季侬》、《七美人》3 部是爱情叙事诗。他善于把爱情描写与社会问题结合在一起，或揭露君王的残暴，或抨击社会的黑暗，或对君王进行劝谏，或对下层人物表示同情。《霍斯陆和西琳》取材于菲尔多西的《王书》，但诗人做了重大改动和加工，把西琳写成主要人物，突出了她以国家利益为重和执著追求真正爱情的高贵品质。长诗还描写石匠法尔哈德因为深爱西琳，而被国王霍斯陆用毒计害死。诗人通过这一情节表达了自己憎恨暴君、同情下层人民不幸遭遇的人道主义思想。《蕾丽和马季侬》是根据古老的民间传说改编的，它通过一对青年男女的爱情悲剧，把矛头指向造成这一悲剧的根源——封建制度、封建伦理道德观念和社会舆论。叙事诗《亚历山大故事》则通过亚历山大大帝的幻想经历，表达了诗人要建立幸福、自由、平等的理想国的愿望。和菲尔多西相比，内扎米的诗更接近现实，对封建势力的批判也更加有力。他的诗大量吸取了民间故事的营养，故事曲折动人，心理刻画细致，想象优美丰富，在艺术上也取得了很高的成就，后来在中亚和印度等地区产生了广泛的影响。

13 世纪波斯诗坛上升起两颗巨星，一是伟大的人道主义诗人萨迪(1203—1292)，其代表作是道德训诫作品《蔷薇园》(详见本章第五节)；另一个是苏菲派诗歌的主要代表莫拉维(1207—1273)。

苏菲派是伊斯兰教内的一个神秘主义思想派别，它提倡禁欲主义，强调修身养性，以达到心灵与真主合一。这一思想派别在 8 世纪传入波斯后，一度在城乡手工业者中广为流传，在反对封建压迫和宗教压迫的斗争中曾起过积极作用。苏菲派诗歌中除了有不少宣扬真主万能的内容外，还有一些诗宣扬与宗教教义对立的观点，有些诗包含了对社会和宗教的揭露与批判，这些诗是有一定社会意义的。苏菲派思想对波斯的社会生活、宗教信仰、文学艺术都有重大影响，12 世纪以后波斯诗人的创作几乎都不同程度地受到其神秘主义思想的影响。

莫拉维，又名鲁米，生在巴尔赫一个教派首领和著名学者的家庭。他学识渊博，在文学、哲学、神学、语言学等方面都有很深的造诣。他曾当过一个教派的领袖。在苏菲派著名诗人阿塔尔和著名思想家夏姆斯·大不里士的影响下，他成为苏菲派诗人。他的主要作品有 6 卷叙事诗《玛斯那维》和抒情诗《夏姆斯诗集》。莫拉维常常用寓言式故事来阐述自己的苏菲派观点。如故事诗《罗马人和中国人》写国王分别让中国人和罗马人在墙上作画，中国人忙碌一番，画的画巧夺天工，而罗马人虽然未画一笔，只是把墙壁刷得洁白无瑕，但结果中国人画的画映到他们墙上却显得“更加漂亮”。诗人把罗马人刷洗墙壁比作苏菲信徒的自我修养，借以说明如果自我修养达到了“无欲无念”、心如明镜的完美地步，就可以领略到坚定信主的真谛。诗人的一些故事诗、箴言诗还涉及到当时的社会问题。如《戒哈和孩子》揭示了蒙古人入侵后下层人民过着地狱般的痛苦生活;《受惊的市民》则写一个市民因国王下令捕捉驴子而产生极度恐慌的情绪,并通过这一近乎荒诞的故事痛斥了暴君横征暴敛、掠夺百姓的罪行。由于他的诗里往往有着浓厚的宗教情绪,因而有时令人感到费解。莫拉维在波斯文学史上有很高的地位,有人把他与菲尔多西、萨迪、哈菲兹并提,并称他们为波斯诗歌的四大支柱。

在萨迪和莫拉维之后,又出现了一名伟大诗人哈菲兹(1320—1389),他是中古波斯最杰出的抒情诗人。哈菲兹出生于波斯伊斯法罕一个商人家庭,后移居设拉子。他精通阿拉伯文学和神学,能熟背《古兰经》。他在年轻的时候就在诗歌方面显露出惊人的才华。巴格达和德里的统治者曾邀他去当宫廷诗人,他都拒绝了。他眼见社会黑暗而无能为力,为寻求精神寄托,他弃家到设拉子郊外修身养性,并在穷极潦倒中死去。哈菲兹虽是苏菲主义者,但不是其正统派。他身为下层僧侣,同情劳苦人民,又深受新兴市民阶层思想的影响。因此,他常常在苏菲主义的掩盖下,表现自己的叛逆思想。他流传下来的主要是近500首"嘎扎勒"体抒情诗。他在抒情诗里对"鬼魅横行,一片黑暗"的世界深恶痛绝,坚信"那压迫的锁链,那强权的桎梏——不会青山常在",他甚至口吐豪言,"要像雄狮一样,把这老狼的套索挣断"。美酒和爱情是他吟咏的重要主题。美酒和爱情在他看来是人生应该享受的权利,为此他不顾统治阶级和教会的禁欲主义说教,热烈地追求现世的享受,大胆地宣传及时行乐的思想,并声称"为了爱情和美酒,我将把这浮世抛弃"。这类诗歌突出地表现了他高傲不屈、放荡不羁的性格。他曾郑重宣布:"无论在人世或地府,我绝不低下自己的头。"面对咒骂和责难,他理直气壮地为饮酒人的放荡不羁行为辩护。他痛斥一名暴君下令关闭酒店是欺骗和伪善的行径。他旗帜鲜明地表明心迹：

宁做一个饮酒者——
心地高洁纯善，
也不做一个禁欲者——
胸怀虚诈欺骗。

总之，这一类诗表现了他对美好生活的向往和对个性独立与自由的追求，也表现了他对统治阶级、宗教教义、传统道德的蔑视和反抗，因而有很大的积极意义。哈菲兹的诗想象丰富，寓意深刻，感情热烈奔放，语言优美形象，运用“嘎扎勒”诗体达到了炉火纯青的地步。他的诗被公认为中古波斯抒情诗的高峰，不仅长期以来在波斯广泛流传，而且被译成多种文字。德国伟大诗人歌德曾给哈菲兹以极高评价。

贾米(1414—1492)是中古波斯文学的最后一位杰出诗人。他是苏菲派学者。他的主要作品是《七卷诗》和《春园》。前者中有3卷叙事诗，深受内扎米的影响，其中以爱情叙事诗《尤素福和佐列哈》最为动人。《春园》是散文作品，是仿效萨迪的《蔷薇园》创作的。

贾米之后，波斯文学长期处于衰落状态，没有取得什么成就。

土　耳　其

中古土耳其文学主要是奥斯曼帝国时期的文学。

中古土耳其文学的主要体裁是诗歌，其诗歌受到阿拉伯和波斯诗歌的强烈影响，在诗体、题材、形象等方面都是一脉相承的，既有歌颂真主的宗教诗，也有吟咏爱情、美酒、狩猎、复仇的抒情诗。

13、14世纪的著名诗人有阿舍克·帕夏(1271—1332)和尤努斯·埃姆莱等。阿舍克·帕夏的诗篇《异乡流浪者的故事》具有苏菲教派神秘主义色彩，被誉为伊斯兰的百科全书。尤努斯·埃姆莱的诗描写乡间风土人情及农民的苦难生活，深受人民喜爱。

15世纪末和16世纪是奥斯曼帝国的极盛时期，也是中古土耳其诗歌的繁荣时期。这时期，出现了中古土耳其杰出的诗人富祖里(1495—1556)。他出生于伊拉克的希拉城，主要用突厥语写作。他的主要作品有长诗《蕾丽和马季侬》、《玫瑰与夜莺》，劝诫诗《心之友》，小说《怨诉之书》等。长诗《玫瑰与夜莺》运用寓意、象征手法，描写了玫瑰(象征公主)与夜莺(代表诗人)的爱情故事，诗人结合一年四季的变化，既讴歌爱情的欢乐，又感慨人生的无常。他的作品长于抒情，并具有一定的社会意义。对后世土耳其文学及中东其他国家文学有很大影响。稍晚一些的诗人巴基(1526—1599)擅长写抒情诗。他的主要作品是《诗集》，其中大多抒写爱的悲欢之情。他敢于突破古典诗歌格律，风格清新，技巧高超，被尊为"土耳其抒情诗之王"。

17世纪以后，阶级矛盾和民族矛盾渐趋尖锐，奥斯曼帝国开始衰落。其时，讽刺文学一度很繁荣。内菲(1572—1635)是中古土耳其优秀的讽刺诗人。他的讽刺诗集《命运之箭》大胆地把矛头指向上层社会和封建帝王，尖刻地揭露了他们道德败坏的丑行。此外，纳比(1642—1712)的教谕诗《仁爱集》、埃弗利亚·切莱比(1611—1682)的散文《旅行札记》、内迪姆(1681—1730)的爱情抒情诗、谢赫·加利普(1758—1799)的长诗《美与爱》等，也都是土耳其文学史上的重要作品。

中古土耳其民间文学很发达。民间故事集《四十大臣的故事》在结构、题材等方面都与阿拉伯的《一千零一夜》极其类似。纳斯列丁·霍加(1208—1284)是土耳其著名的民间口头文学家。他出生于距安卡拉不远的锡夫里希萨尔城附近的霍尔托村。他的笑话用聪明机智、幽默风趣的语言，表达了劳动人民鲜明的爱憎和他们对美好生活的向往，揭露了愚蠢的封建统治者的罪行，嘲笑了虚伪奸诈的僧侣、财主们。纳斯列丁·霍加的笑话和轶事是土耳其民间文学的瑰宝，他的笑话在流传过程中不断丰富发展，他本人也成为民间文学的著名人物，即我们经常提到的阿凡提。有关他的笑话和轶事，长期以来在中东、中亚、我国新疆、巴尔干半岛以及欧美各地广泛流传，产生了世界性的影响。

中亚、西亚其它民族

除上述国家、地区外，中亚的乌兹别克、塔吉克，西亚的亚美尼亚、格鲁吉亚等民族，也都产生了传世的佳作。

中亚乌兹别克诗人纳沃依(1441—1501)，受波斯诗歌传统影响，又有所创新和发展，用本民族语言创作了《五诗集》(详见本章第六节)。

当时西亚的格鲁吉亚、亚美尼亚都饱受战乱之苦，人民渴望过和平、安定的生活。

格鲁吉亚民族大约形成于公元6至10世纪。11至12世纪，格鲁吉亚的封建经济比较发达，文化兴盛。鲁斯塔维里(1172？—1216?)是格鲁吉亚著名诗人，格鲁吉亚文学语言的奠基人，曾任格鲁吉亚女王塔玛拉(1184年—1213年在位)的司库。他的代表作是史诗《虎皮武士》。史诗写印度国王的女儿涅丝丹与虎皮武士塔利埃尔相爱，而国王却要把女儿许配他人，女儿坚决不从，因而被悄悄监禁在城堡里。虎皮武士四出寻找涅丝丹的下落。阿拉伯王命令与季娜尔公主热恋的武士阿夫坦季尔去帮助寻找这位虎皮武士。他历尽千辛万苦，终于找到了虎皮武士。虎皮武士仗义搭救了惨遭暗算的武士普拉东。三位武士结拜为兄弟，同心协力攻打城堡，救出了涅丝丹，正义战胜了强暴，善良战胜了邪恶，两对有情人双双结为夫妻，虎皮武士和阿夫坦季尔当上了印度国王和阿拉伯的国王。普拉东返回故里，成为穆尔加赞扎王。史诗塑造了虎皮武士等英雄形象，热烈歌颂了真诚的友谊和忠贞的爱情，赞扬不同民族之间的友谊和团结，谴责背信弃义、谄媚虚伪等卑劣行径。作品表明作者是一位爱国主义者，也是一位伟大的人道主义者。

他希望君主贤明，反对暴政；主张中央集权，反对封建割据。他主张个性解放、男女平等，反对强迫婚姻和禁欲主义。《虎皮武士》是世界著名史诗之一，被欧、亚许多国家、民族翻译出版。1966 年 9 月，世界各国人士广泛地开展了作者 800 周年诞辰纪念活动。

《沙逊的大卫》是亚美尼亚人民的民族史诗，大约形成于 1000 多年前，内容主要是反映亚美尼亚人民从 7 世纪至 10 世纪反对阿拉伯统治者侵略的斗争。史诗成功地塑造了沙逊家族四代人的英雄业绩，弘扬亚美尼亚人民反侵略的光荣传统，歌颂他们不畏强暴的坚定信念和英勇气概，表现他们热爱自由、和平并与各民族平等、友好相处的美好愿望。史诗是亚美尼亚民间文学的瑰宝，其思想和艺术成就足可以同《虎皮武士》、法国的《罗兰之歌》等著名史诗相比美。

第二节 《古 兰 经》

《古兰经》(又译《可兰经》、《古兰真经》、《古尔阿尼》)是伊斯兰教的根本经典，也是阿拉伯文学史上第一部散文巨著。《古兰经》是阿拉伯—伊斯兰思想文化体系的基础和核心，在穆斯林[①] 的宗教活动和世俗生活中地位非常重要，是阐述伊斯兰教教义和立法的首要依据，也是伊斯兰教的信仰学、法学、伦理学以及历史学等赖以建立与发展的基础，还是穆斯林个人行为的准则。

《古兰经》是伊斯兰教创始人穆罕默德在传教 23 年(610—632)期间的言论汇集。穆斯林们认为，它是真主安拉通过大天使加百列降示于先知穆罕默德的“真言”。穆罕默德在世时，这些言论被其弟子默记在心或记录在兽皮、石板和骨片上，散存多处；他去世后，第一任哈里发艾卜·伯克尔令人搜集整理，辑善保存；到第

① 穆斯林，意为“顺从者”，指顺从真主安拉的人，是伊斯兰教徒的通称。

三任哈里发奥斯曼时，又对已汇集的本子统一加工修订成为定本“奥斯曼本”(约 651 年)，流传至今。其篇幅约等于《新约》阿拉伯语译本的 4/5。

“古兰”为阿拉伯语音译，意谓“诵读”或“讲述”。《古兰经》分为 30 卷，114 章，6236 节。全部经文由“麦加篇”和“麦地那篇”两部分组成，“麦加篇”86 章，“麦地那篇”28 章。各章篇幅长短悬殊，最长的 286 节，最短的只有 3 节。全书第 1 章《开端》是一篇简短的、引言性的祈祷词，其余各章大致按长短次序编排。在现行的《古兰经》版本中，每章一般都含有下列要素：一、标题，通常取自该章中某一突出的(或最初的)词，如《蜜蜂》、《上午》等。它们与本章内容关系不大，但有些标题也显示全章的基本论题，如《优素福》、《大难》等；二、说明该章的“降示”地点(麦加或麦地那)，以及全章节数；三、宣称经文为真主启示之句，即“奉至仁至慈的真主之名”；四、有的章首有一个或几个字母，如“哈一，米目”、“艾列弗，俩目”等，其含义至今尚无人能做出令人满意的解释；五、正式经文。经文各节长短不一；一般由若干节构成一个“节群”，表述某一相对完整的情节或意念；各节群之间往往缺乏严密的内在联系。

《古兰经》是 7 世纪初阿拉伯历史深刻变革时期的社会产物。五六世纪时，阿拉伯半岛尚处于原始公社末期，盛行多神教和偶像崇拜，各部落间的仇杀战争接连不断。到六七世纪之交，随着原始公社的解体，阶级矛盾日趋尖锐，一批富商和高利贷者逐渐上升为财力雄厚的商业贵族，而普通氏族成员则日益穷困，有些沦为奴隶。同时，民族危机也不断加深。波斯和拜占庭两大帝国为控制“也门—麦加—叙利亚”的传统商道，掠夺半岛的丰富物产，接连发动军事入侵，直接危害着阿拉伯民族的政治、经济利益。因而，阿拉伯贵族迫切希望建立一个统一强大的国家；中下层贝杜因人也渴望打破部落的限制，以获得新的牧场和土地。正如恩格斯所说：

"历史上的伟大转折点有宗教变迁相伴随"[①]。这时,阿拉伯各部落旧日信奉的多神教显然已成为历史发展的羁绊,为把一盘散沙般的半岛人民团结起来,必须树起一面联合、统一的旗帜。这面旗帜就是穆罕默德顺应历史潮流而建立的伊斯兰一神教;而《古兰经》则是他在伊斯兰教初创时期的政治热情、宗教主张和社会理想的集中体现。

《古兰经》的内容广博而庞杂,主要包括下述几个方面:穆罕默德的传教活动及其对异教徒进行斗争的记录;伊斯兰教的宗教信条和典章制度;穆罕默德针对当时半岛情况提出的社会主张和伦理规范;为传教需要而穿插出现的所引证的各种神话、传说、故事、寓言、谚语、见闻等。若把书中材料按产生时间的先后重新编排,就可看出不同时期的经文各有不同特点:最初几章集中说明真主是世界的创造者,人应当无条件地信奉他;世界末日必将来临,真主将按照人们对他的不同态度施行最后审判,穆斯林将在天堂中得享幸福,不信道者则在火狱里忍受熬煎。随后的章节着重指出真主是唯一的、无敌的——"他是真主,是独一的主;真主是万物所仰赖的;他没有生产,也没有被生产;没有任何物可以做他的匹敌",而阿拉伯人所信奉的其他诸神不过是愚拙无能的偶像。这部分中多有论辩之词,其中反复强调穆罕默德是自古以来的许多先知之一,也是众先知中的最后一位;这些先知中有《圣经》人物阿丹(亚当)、努哈(挪亚)、穆萨(摩西)、尔萨(耶稣)等,也有阿拉伯传说中的人物,如胡德、撒利哈,他们被安拉直接派往人间,负有为真主"传警告"、"报喜信"、"慈惠众生"的神圣使命。最后,经文转向新创建的穆斯林公社中的各种实际问题,涉及证言、礼拜、斋戒、天课、朝觐等伊斯兰教徒的宗教义务,与先知交往时的注意事项、食

---

① 恩格斯:《路德维希·费尔巴哈和德国古典哲学的终结》,《马克思恩格斯选集》第4卷,第231页。

物禁忌、婚姻法、财产继承法等仪礼和法律，以及穆斯林公社的组织形式和各种道德伦理规范等。

《古兰经》多方面反映了6世纪末7世纪初阿拉伯人的思想、文化和生活情况，具有重要的史料价值。人们也从中可看到当时阿拉伯半岛的风俗民情、商业往来和贝杜因人原始宗教的某些特点，了解半岛人民和犹太教、基督教徒的交往和冲突，以及穆罕默德的成长经历和传教过程等。

《古兰经》在阿拉伯社会急剧变革的历史关头发挥了巨大的进步作用。其基本思想——树立一神安拉的最高权威、反对多神教和偶像崇拜——曲折地体现了6、7世纪之交半岛人民渴望联合、反对分裂的客观要求。作为新的生产关系的代言人，穆罕默德正是通过日后记录在《古兰经》中的言论及其毕生的传教活动，将潜在于民众之中的变革愿望融会成势不可挡的历史洪流，使蒙昧涣散的贝杜因部落迅速铸成统一强盛的阿拉伯国家。但《古兰经》的思想体系毕竟是神学唯心论的，穆罕默德死后，随着阿拉伯帝国的形成、发展和早期伊斯兰教进步性的日渐衰减，《古兰经》对后世穆斯林社会的影响，逐渐变得复杂起来。

作为阿拉伯散文的开山之作，《古兰经》取得了引人注目的文学成就。歌德曾惊叹《古兰经》使人“惊心动魄”，“肃然起敬”，这种赞誉并不过分。

穆罕默德在《古兰经》中独创了一种新奇美妙的散文文体。伊斯兰教产生之前，“卡色达”诗歌虽已得到高度发展，散文方面却收获寥寥，除少量演说辞、占卜辞外，根本没有书籍出现。为适应表达新思想新学说的需要，穆罕默德综合借鉴了古代诗歌、咒语和占卜韵文的某些表现手法，以传统预言家演说时的天启式文体① 为

① 天启式文体：古代宗教预言者宣称传达“天意”时运用的文体。由若干押韵的语句构成，内容多神秘晦涩。

基础，首创了一种具有独特的节奏和韵脚、又不拘泥于古诗格律的散文样式。经文以节为基本单位，每节能表达一个独立的意义，终了时，刚好是读者在气势上和情感上需要停顿之处。其艺术魅力使当时的阿拉伯人叹为观止，不得不认为《古兰经》是诗歌、咒语、卜辞——当时三种最迷惑人的东西的集合体，试以第47章15节为例：

> 敬畏的人们所蒙应许的乐园，其情状是这样的：其中有水河，水质不腐；有乳河，乳味不变；有酒河，饮者称快；有蜜河，蜜质纯洁。他们在乐园中，有各种水果，可以享受；还有从他们的主发出的赦宥。永居乐园者，难道与那永居火狱，常饮沸水，肠寸寸断的人是一样的吗？

这段文字经过翻译无疑已减损了原文的特色，但其生动的言辞、起伏的节奏和悦耳的韵律仍是可以约略窥见的。

《古兰经》以安拉的"真言"自喻，这一特点决定了全书具有庄严宏伟的文章风格。经文一般用第一人称，以示此乃真主原话；当记录穆罕默德与其弟子交谈时，前面多加上命令词"你说"，用以强调他是奉安拉之命讲话。文章纵横驰骋于宇宙三界，奥秘之语俯拾皆是，神妙之象应接不暇，颇有高屋建瓴、势如破竹之气魄。具体分析，可知文风随着内容的发展又有变化：产生较早的麦加章多是宣传教义的赞颂文、祈祷文、劝善文和警告文，往往言辞简短，富于想象力和抒情色彩，文字优美而有力；产生较晚的麦地那章则以制定各种典章律例为主，在这里，穆罕默德从一个充满诗人气质的鼓动家逐渐变为严肃的立法者，经文也变成了朴实无华、语调平缓的专题议论。

《古兰经》的突出艺术成就还表现为多种修辞手法的成功运用。经文中几度出现真主"创造了人并教人修辞"的句子，可见讲道者时常变换手法以打动人心，实乃有意为之。《古兰经》最常运用的修辞手段有譬喻、夸张、排比、对比、反问、呼语等，它们都卓有成效地加强了文意的表述。比如譬喻，第 24 章 35 节写道："真主是天地的光明，他的光明像一座灯台，那座灯台上有一盏明灯，那盏明灯在一个玻璃罩里，那个玻璃罩仿佛一颗灿烂的明星，用吉祥的橄榄油燃着那盏明灯……真主引导他所意欲者走向他的光明。"将多层次的明喻、隐喻顶针和美丽的联想融合为一。再如对比，经文常常将天堂的美妙和火狱的恐怖、虔诚人的幸福和背教者的苦难、义人的善报和恶人的受罚联系起来对照描写，使读者在对比鲜明的画面中对穆罕默德"传警告、报喜信"的"天赋使命"和伊斯兰教的基本信条留下深刻印象。

《古兰经》曾以安拉的口气声称："我借着启示你这部《古兰经》而告诉你最美的故事。"确实如此，各色各样的《圣经》故事和阿拉伯半岛的神话、传说、历史故事在经文中出现频繁，从而使《古兰经》的文学意味大大增强。这形成《古兰经》的又一重要特色。全书大约 1/4 的经文直接来源于《圣经》，涉及《圣经》人物 20 多人，先知故事近 20 则。在记叙详细的伊甸园故事、方舟洪水故事、优素福(约瑟)的故事、易卜拉欣(亚伯拉罕)的故事、穆萨(摩西)的故事和苏莱曼(所罗门)的故事中，以优素福的故事最为集中、完整。记述这篇故事的第 12 章 3 至 100 节详尽地描绘了优素福幼年被卖为奴、在埃及因拒绝女主人引诱而下狱、为国王圆梦后得以高升，以及厚待籴粮的众兄长并接父亲前往埃及的全过程，情节曲折多变，描写绘声绘色，优素福形象颇为感人。作者讲这故事意在颂扬古代先知的盛德高风，借以达到劝人行善的目的，但客观上却生动地展示了中东地区中古社会的生活面貌和风土人情。这篇故事和《旧约·创世记》中的约瑟故事大同小异，由此显见希伯来、基督教文化对伊斯兰文化的重大影响。

《古兰经》在辞章方面的缺陷也很明显。因穆罕默德生前并非有意著书，其身后弟子又未依内容类别或年代顺序整理编订，造成一定程度的结构混乱和逻辑不清；又因说教者过分强调"真主之言”的幽邃玄妙，以致某些语词意义含混，神秘莫测；另外，书中故事大都支离破碎，难以给人留下清晰印象。

《古兰经》在伊斯兰文化史和阿拉伯文学史上都占有极其重要的奠基地位。正是由于《古兰经》的诞生，阿拉伯的文字学、语法学、修辞学、圣训学、法学、历史学、哲学才相继出现；正是由于《古兰经》的广泛传播，阿拉伯语才迅速成为一种世界性语言。目前，《古兰经》已被广泛介绍到世界各地，译文种类之多仅次于《圣经》。

第三节 《一千零一夜》

《一千零一夜》是阿拉伯中古时期的一部著名的民间故事集，高尔基誉之为世界民间文学史上“最壮丽的一座纪念碑”。我国在明朝以后称阿拉伯为“天方国”，书中的故事都是在晚上讲的，故旧译本与其英译本名称《阿拉伯之夜》相对应而名为《天方夜谭》。

《一千零一夜》决非一人一时一地之作，而是中近东地区广大民间艺人、文人作家集体智慧的结晶。它从流传、收集、提炼、加工到编定，前后经历了将近一千年的时间。《一千零一夜》的故事和早期手抄本开始流传时期大约是在八九世纪之交，后来经过许多增补、变化，一直到16世纪才在埃及基本定型。

《一千零一夜》的故事来源主要有三个：一是波斯和印度。《一千零一夜》的基础原是波斯故事集《赫佐尔·艾夫萨乃》(意为“一千个故事”)，《一千零一夜》中的第一个故事即出于该故事集。它最初可能来自印度，后由梵文译为古波斯文，然后转译成阿拉伯文；二是伊拉克，即以巴格达为中心的阿拔斯王朝(750—1258)时期流行的故事，主要是何鲁纳·拉施德和麦蒙两位哈里发当政时期的故事；三是埃及麦马立克王朝(1250—1517)时期流传的故事。

《一千零一夜》的名称出自这部故事集的开头。相传在古代印度和中国的海岛中有一个萨桑国，国王山鲁亚尔因为王后与人私通，便把她杀死。以后，他每天娶一个少女，第二天早晨便杀掉。他的暴行使全城一片恐怖，“当时的妇女，不是死于国王刀下，便是逃之夭夭，城中十室九空”。宰相的女儿山鲁佐德为拯救无辜的姐妹，自愿嫁给国王。她用讲故事的方法引起国王的兴趣，使国王暂不杀她。这样她连续讲了一千零一夜，国王终于被感化，放弃了残暴行为，并立她为王后。这个故事起了穿针引线的作用，把全书的故事连接在一起。《一千零一夜》实际上并没有讲了一千零一个故事。按阿拉伯人的语言习惯，在一千或一百之后加上一，以强调其多。据统计，全书共有 134 个大故事（大故事中套的中故事、小故事没有计算在内）。

《一千零一夜》的体裁丰富多样，包括神话传说、童话、寓言、道德训诫故事、历史故事、恋爱故事、航海经商冒险故事、笑话等等。它的故事背景广阔，涉及亚、非、欧几大洲，时而在巴格达，时而在埃及，时而在希腊，有时还发生在中国。它的人物包括神仙妖魔、帝王将相、富翁巨商、医生裁缝、脚夫渔翁、窃贼强盗等各个阶层。它广泛地反映了中近东的社会状况、风土人情、宗教习俗等等，可以说是中古阿拉伯城市社会生活的一部百科全书。

《一千零一夜》中的不少故事揭露了封建统治阶级的罪行。它的第一个故事《国王山鲁亚尔及其兄弟的故事》不仅在结构上起到极其重要的作用，而且深刻地揭露了封建帝王荒淫残暴的本性。《女人和她五个追求者的故事》写国王、宰相、省长、法官不约而同地要调戏一个向他们伸冤的女人，揭露了上层统治者的荒淫无耻和丑恶灵魂，说明他们从上到下都是一丘之貉。《努伦丁·阿里和艾尼西·张丽丝的故事》中的宰相萨威“暴虐成性”，“道德败坏，无恶不作，名誉扫地，为人不齿”，他千方百计造谣陷害另一位宰相哈高的儿子努伦丁·阿里，必欲置之死地而后快。《驼背的故事》中的法官昏庸无能、玩忽职守，视法律为儿戏。他不加调查，乱判死刑，几乎酿成冤案。这充分说明封建官僚及其法律草菅人命的反人民本质。《驼背的故事》中套有许多小故事,大都是写官府与富人、坏人勾结,使百姓被错判而蒙受冤屈、惨遭迫害的,其中理发匠的几个兄弟都是穷苦人,由于坏人的陷害,被捕入狱,遭受官府的毒打,然后被游街示众,驱逐出境。他们不仅在精神上和肉体上备受摧残,而且好不容易积攒下的一点钱财也被盘剥一空。《理发匠五兄弟的故事》中的省长吞没了理发匠五兄弟的钱财和布匹,又怕事情败露,自己会倒霉,便威胁他说:"你赶快离开这个城市,否则我就吊死你"。这些故事绝好地说明宰相、省长、法官都是封建帝王的爪牙,封建专制统治是劳动人民贫困和不幸的根源。

《一千零一夜》的一些故事中出现了脚夫、渔夫等生活在社会最底层的人物形象,并通过他们真实地反映了劳动人民的悲惨处境,对坏人当道、贫富悬殊的黑暗世道发出了不平之鸣。《辛伯达航海旅行的故事》中的脚夫辛伯达终日辛劳,疲于奔命,压在肩上的担子却越来越重。他不禁发问,人与人本质上并无差别,可是为什么"彼此间却隔着一条鸿沟"。《三个苹果的故事》中的老渔翁生活穷极潦倒,得不到人们的同情、帮助,他哀叹:"如此惨淡生活,比睡在坟墓里还差得多"。《渔翁的故事》中的渔翁终日在死亡线上挣扎,"衣食的来源已经断绝",他发现"衣食不是专靠劳力换来的","辛勤打鱼"的人一无所有,不事劳动的人却"坐享其成"。他对"命运抬举下流无耻之徒","鹰隼沉沦,鸭子飞腾"的社会不平等的现象极其愤恨,并进而对黑暗的世道发出愤恨的诅咒:

> 呸,你这个世道!
> 如果长此下去,
> 让我们老在灾难中叫苦,呻吟,
> 这就该受到诅咒。

广大劳动人民与奴隶是不甘心永远受压迫与屈辱的。《死神的故事》、《白侯图的故事》等突出地表现了他们的反抗精神。《死神的故事》是一篇道德训诫故事,故事塑造了死神这一幻想形象,他“不怕帝王的威权和势力”，对几个骄横、暴虐、残酷压榨人民的国王作了严厉的斥责和无情的评判，摄走了他们的灵魂，生动地体现了“善有善报，恶有恶报”的思想，也反映了人民要推翻暴君的理想与愿望。阿拉伯帝国虽是封建帝国，但仍然大量地蓄养和使用奴隶。《白侯图的故事》以笑话的形式描写了奴隶的反抗斗争。白侯图是一个聪明过人和富有反抗精神的奴隶。他从8岁起就学会用谎言这个特殊的武器来欺骗主人，以回敬主人对他的凌辱。他被卖给商人当奴隶之后，用谎言巧妙地欺骗、戏弄主人，使其全家在精神上受到沉重打击，在物质上遭到重大损失。他不仅把主人搞得狼狈不堪，而且还惊动了省长，闹得满城风雨。虽然他因此而受到严惩，并每次都被转卖，但他仍继续不断地用谎言同新主人做斗争。因此被辗转出卖，卖到相府，卖到富贵人家，最后流落到王宫里。这个故事赞扬了白侯图不屈不挠的斗争精神和巧妙的斗争艺术，显示了他高度的聪明才智和精神力量，并以此反衬出奴隶主们的愚蠢可笑。

《一千零一夜》的许多故事描写了下层人民和黑暗、邪恶势力的斗争，赞扬了他们善良正直、聪明伶俐、勇敢机智的高贵品质。《渔翁的故事》中的渔翁制服无恶不作的魔鬼，《阿拉丁和神灯的故事》中的阿拉丁战胜诡计多端的非洲魔法师，都是这方面比较突出的例子。《阿里巴巴和四十大盗的故事》中的女仆马尔基娜智斗40大盗的故事更加引人注目。马尔基娜是一个智勇双全的女性。她的主人阿里巴巴得知强盗的秘密，并从他们的山洞里得到大批财宝。强盗一直在追踪着他，密谋杀害他。马尔基娜先后4次发现并挫败了强盗的阴谋，使40名强盗都死于她之手。尤其是最后一次，她一眼就认出了扮成商人出席主人宴会的匪首，还发现他衣袍底下藏着匕首，于是她带着匕首在宴会上跳舞，并出其不意地杀死了匪首。她不仅具有敏锐的观察力，而且能够临危不乱、当机立断，以其大胆、机智、果敢的行动力挽狂澜，使斗争得获全胜。这一切都使她的形象大放光彩。以上几个故事中的正面主人公虽然出身低微,也没有受过什么教育,但他们在智力上远远超过自己的对手。他们有着丰富的斗争经验和很强的应变能力。尽管邪恶势力嚣张一时,但最终都被他们所战胜。在故事的结尾,他们都过上幸福、富裕的生活,并且有很高的地位。这些故事表现了光明必然战胜黑暗、正义终将战胜邪恶的思想,也在一定程度上体现了劳动人民追求美好生活的理想。

《一千零一夜》中的许多婚姻恋爱故事也体现了劳动人民对美好生活的追求和向往。在当时阿拉伯的封建社会中,妇女地位极其低下,伊斯兰教教义公开宣扬男尊女卑的思想,一夫多妻制盛行。在这种情况下,男女之间很难有真正自由幸福的婚姻爱情可言。针对这种黑暗的现实,《一千零一夜》中的不少爱情故事,有的写王子与公主之间的爱情,有的写穷人、奴隶与商人、贵族之间的爱情,有的甚至写了凡人和仙女之间的爱情。其中有些故事突破了国家、民族、阶级、宗教的界限,表现了进步的爱情理想。《乌木马的故事》、《巴士拉银匠哈桑的故事》、《努伦丁和玛丽亚的故事》、《一对牧民夫妇的故事》是其中的名篇。《巴士拉银匠哈桑的故事》中的男主人公哈桑,为了寻找失散、落难的妻子——神女买娜伦·瑟诺玉,勇往直前,不怕牺牲,经过 7 道深谷,7 个大海和 7 座高山,越过无人能生还的飞禽、走兽、鬼神地带,终于来到了神王所居住的瓦格岛,救出了爱妻和两个儿子。买娜伦·瑟诺玉也对爱情忠贞不渝,她不顾父亲神王和大姐胡达女王的疯狂反对与残酷迫害,即使被打得遍体鳞伤,也决不屈服,最后终于战胜了父亲神王所代表的封建反动势力,放弃了天上的优裕生活,毅然同丈夫哈桑返回人间。这一故事曲折地反映了中古阿拉伯青年男女为争取婚姻爱情自由所进行的艰苦卓绝的斗争。《一对牧民夫妇的故事》中,牧民之妻肃尔黛的形象很有光彩。她丈夫因遭牲畜瘟疫而破产,她父亲与县官勾结,威逼她与丈夫离婚,把她嫁给县官。哈里发见她美丽可爱，也起了邪念，想利诱她和牧民，让她嫁给他。牧民回答哈里发说："除了肃尔黛本人之外，即使你把整个江山送给我，我也不会接受的。"哈里发问肃尔黛，在他、县官、牧民当中究竟谁最可爱，并要她从中选定一个做丈夫。尽管她的牧民丈夫饥寒交迫、衣食无着，她还是毫不犹豫地选择了他。他对哈里发说："故夫遭逢天灾人祸，我可不是漠不关心，见死不救的人。我和他情投意合，彼此间有着不可遗忘的旧情和不可磨灭的爱情。因此，像过去我们同甘那样，我应该和他共苦到底。"肃尔黛及牧民不怕威胁利诱，决心同患难共命运，这种真诚、坚贞的爱情，体现了劳动人民高尚的情操和朴素的爱情理想，是十分感人的。上述故事中的主人公有许多是王公贵族或神仙，但他们对爱情的专一与忠贞，他们同封建反动势力的坚决斗争，在一定程度上体现了劳动人民的优秀品质和思想感情，也表现了他们要求冲破封建礼教和宗教清规束缚，追求爱情婚姻自主、男女平等和妇女解放的美好理想。

阿拔斯王朝时期，阿拉伯地区的商业往来和海外贸易十分繁荣。与此相适应，《一千零一夜》中收入了一些描写富商和航海冒险家的故事。如《商人阿里·密斯里的故事》、《辛伯达航海旅行的故事》等。《商人阿里·密斯里的故事》写富商的儿子阿里·密斯里在把家产荡尽后，外出流浪。有一天，他在巴格达的一个经常闹鬼的凶宅里过夜，得到大批黄金，他全家享尽荣华富贵。这个故事反映了商人渴望冒险和发财的心理。《辛伯达航海旅行的故事》是这类故事的代表作。主人公辛伯达是积极发展海外贸易的商人典型。他出生于富商之家，从小接受了经商营利、发财致富的教育。他先后 7 次航海旅行，远涉重洋，历尽艰险。虽然他每次回来都发了大财，过着安宁、舒适的生活，但是他不畏冒险，不安于现状，致富的冲动，对异地风光的向往促使他一次又一次地到海外去旅行冒险。他具有顽强的毅力和超人的智慧，常常在极其困难的情况下，努力奋斗，化险为夷。在第 6 次旅行中，他遇险后只剩下孤身一人,流落在荒岛上,陷入绝望的境地,但是他不为一时的灾难而忧心,坚信“任何灾难总有个尽头”。他终于安全脱险,并获得了大量财富。故事赞扬了他的不畏艰险的创业精神和百折不挠的进取精神。这种精神在当时是有一定进步意义的。但是,在辛伯达身上也暴露了他作为剥削者的自私、贪婪甚至狠毒的一面。如第4次旅行遇难脱险后,他在一个国家结婚定居,该国有极野蛮的殉葬制度,不管夫妻那一方死了,另一方都得陪葬。他妻子死后,人们把他和他妻子的遗体一起扔到埋死人的坑洞里,只给他放进很少的水和食物。他为了自己活命,接连打死其他陪葬人,夺取他们的饮食,还从死人身上搜集了许多名贵首饰。他逃出坑洞后,又发了一笔大财。这件事固然说明了辛伯达有很强的应变能力,但也暴露了他不择手段、极端自私的丑恶的一面。但总起来说,他的积极向上的一面是主要的。

《一千零一夜》在思想内容上也有一些局限。如一些故事美化君王,把哈里发何鲁纳·拉施德写成开明君主,似乎一切问题到了他手里都能迎刃而解。另一些故事写劳动者凭借幻想的形象或宝物战胜了邪恶势力,改善了自身的地位和处境,有的当上了皇帝,有的成为大富翁,享尽荣华富贵。这固然反映了当时劳动者的愿望,也反映了小生产者的思想局限。另外,如浓厚的宗教色彩和宿命论观念,对妇女的蔑视等也都是作品的糟粕。

《一千零一夜》在阿拉伯文学史上有着重要的地位。在这之前,阿拉伯文学的传统形式是诗歌和散文。而《一千零一夜》把民间故事这种文学体裁向前推进了一大步,使其由简单到复杂,由零散到系统化,其中许多长篇故事具有人物众多、背景广阔、情节曲折的特点。它是阿拉伯文学史上最早的也是最优秀的一部以人物为主的民间故事集。

《一千零一夜》具有很高的艺术性。浓郁的浪漫主义色彩是其重要特点。它的丰富的想象、大胆到近乎荒诞的夸张、曲折离奇的情节，赋予故事以特有的魅力。《辛伯达航海旅行的故事》中出现的貌似海岛的大鱼、能遮住太阳光的巨大的神鹰、一口能吞下一只大象的巨蟒，这些大胆的想象和夸张突出了旅行的艰险，也给故事涂上了神奇的色彩。《一千零一夜》中的想象和夸张往往渗透着人民群众的美好愿望。故事中常常出现有神奇力量的宝物，如能随意从中取出各种食物的鞍袋，能日行一年路程的神骑，能自由飞翔的乌木马、飞毯，能隐身的头巾，可以驱使神魔的手杖、神灯、戒指，它们能够帮助人们克服困难，战胜邪恶势力，获得幸福和财富。这反映了劳动人民要认识自然、征服自然并战胜邪恶势力的大胆想象和美好愿望。《一千零一夜》的不少故事情节曲折离奇，富有传奇性。《巴士拉银匠哈桑的故事》中通过凡人与仙女结合的故事把幻想的仙界和人间世界联系在一起；《渔翁的故事》中渔翁和魔鬼斗智的情节跌宕起伏，几经波折，引人入胜；《嫉妒者和被嫉妒者的故事》中公主与魔鬼斗法，二者多次变形，情节紧张惊险，也大大加强了故事的感染力。

《一千零一夜》的结构巧妙，采用大故事套小故事的环环相扣的连锁式结构，把所有故事组织在一个大的框架之中，使全书成为一个有机的整体。如《国王太子和将相妃嫔的故事》中包括 7 个大臣和太子以及妃子所讲的 18 个小故事，妃子勾引太子不成，反诬太子奸污她，国王听信诬告要处死太子，于是以大臣、太子为一方，以妃子为一方，反复讲故事劝谏国王，最后引导国王做出了正确的决定。这些小故事既是独立的，又因围绕一个中心而紧密地联系在一起。这类连锁式的故事，可以激发读者或听众的兴趣，吸引他们继续不断地观看或听下去。这种结构形式充分体现了民间文学的特征。

在塑造人物形象时，《一千零一夜》善于使用对比的手法来突出人物性格的主要特征，人物的善恶，美丑分明，体现了鲜明的爱憎。如《阿拉丁和神灯的故事》中的阿拉丁和非洲魔法师，《补鞋匠马尔鲁夫的故事》中的马尔鲁夫和他的妻子发额麦等等。

《一千零一夜》的语言吸收了大量民间口语,通俗易懂、优美流畅。常常在叙述中穿插一些短诗。抒发人物强烈的内心感受。由于诗文并茂,使故事更加生动感人。

《一千零一夜》在世界各国广泛流传,产生了深远的影响。大约在十字军东征时期,《一千零一夜》的故事就已经传到欧洲。意大利薄伽丘的《十日谈》、英国乔叟的《坎特伯雷故事集》等名著,在题材和结构方法上都受到它的影响。塞万提斯的长篇小说《堂吉诃德》、莎士比亚的戏剧也都直接或间接地受到它的影响。从欧洲的音乐和绘画里,也都可以感受到其影响。早在1704年,法国人加朗就根据叙利亚手抄本首次把《一千零一夜》译成法文出版,轰动了欧洲。我国从1900年起开始翻译出版这本故事集。这一年,周桂笙在上海清华书局印行的《新庵谐译》(上卷)中转译了它的部分故事。我国回族翻译家纳训在从原文翻译此书方面做出了重大的贡献。解放前几年,他就出版过选译本。解放后,1957年至1958年,他的3卷选译本由人民文学出版社出版;1982年至1984年又由该社出版了他的6卷全译本。

第四节 菲尔多西

生平与创作

菲尔多西(940—约1020)是波斯伟大诗人。关于他的真实姓名,历来众说纷纭。据考证,诗人姓"阿卜尔·卡西姆",意为"卡西姆之父";笔名叫"菲尔多西",意为"上天乐园"。他出生在霍拉桑省多斯城郊塔巴朗地区一个破落的名门世家,自幼受到良好教育,精通阿拉伯语和中古波斯语(巴列维语)。他阅读过波斯古代的大量文史资料,还深入民间访问,搜集了不少民间传说和古代英雄故事，为创作长篇英雄史诗《王书》(又译《列王纪》)做了充分准备。

菲尔多西创作《王书》的时期正是波斯人统治的萨曼帝国逐渐衰亡的时期。饱经亡国痛苦的波斯，刚从阿拉伯帝国的长期羁绊下解脱出来不过100多年，又因封建主的纷争和外族入侵而陷入内外交困之中。999年，萨曼帝国被突厥人建立的伽色尼王朝所取代。长期亡国的切肤之痛，对祖国命运和前途的深重忧虑，激起人们强烈的爱国主义情绪和民族意识。在本民族统治者的提倡之下，一些文人纷纷动笔追忆祖国的光荣历史和传统，缅怀英明君王和在反对异族侵略中建立功勋的勇士。于是，以阿拉伯人入侵之前古代波斯帝王、英雄的神话传说和历史故事为题材的《王书》陆续问世。据记载，在菲尔多西创作《王书》时，已有5部《王书》问世。这几部《王书》对菲尔多西的创作都有影响，其中阿甫·曼苏里所著的散文体《王书》是他写作《王书》的重要依据。与菲尔多西几乎同时代的萨曼王朝宫廷诗人塔吉基奉命撰写《王书》，但他只写了一千多行诗就为他手下的奴隶所杀害。菲尔多西为了纪念这位诗人，把这一千多行诗收在自己写的《王书》中。菲尔多西正是在这民族危机的时刻，在爱国情绪和民族意识高涨的情况下，集前人之大成而创作他的《王书》的。

《王书》是菲尔多西毕生心血的结晶，开始创作于978年，1009年完成初稿，1015年定稿。诗人为写作《王书》付出了巨大的代价，他不仅花费了37年的漫长岁月，而且经受住了贫困、疾病、爱子夭折等灾难痛苦的折磨熬煎。书成后，诗人按照惯例把《王书》献给伽色尼王朝的突厥族国王马赫穆德。由于《王书》中表现的反对异族侵略和反对暴政的思想触怒了国王，国王断然拒绝接受这一作品，并指示一些御用文人对诗人横加攻击。诗人写了一首讽刺诗予以回击。国王大怒，下令严惩他。他不得不离家出逃，直到去世前不久因为思乡心切才偷偷回家乡，约于1020年至1026年间去世。他死后，穆斯林寺院教长视他为“异教徒”，不准许把他的遗体安葬在公墓内，经生前友好多方奔走，才获准埋葬在诗人自己的小花园里。1934年，伊朗全国为诗人一千周年诞辰举行隆重的纪念活动，把他的旧坟址改建为菲尔多西陵墓，把他的故乡多斯城改名为菲尔多西城。

《王　书》

菲尔多西的《王书》长6万联[①]（目前仅存5万联），叙述了波斯4000多年历史中4个朝代50位帝王的生平业绩，收集了许多神话、传说和民间故事。其内容大致可分为三部分：

1.神话传说部分，包括公元前3223年到公元前782年的事件。这部分写了波斯雅利安人的起源，文明的萌芽，农耕的开始和衣食的制作等，其中以铁匠卡维起义反对蛇王佐哈克的传说最为精彩。

2.勇士故事部分，从公元前782年到公元前50年，约6万余行诗，是全书的核心部分和精华。主要写波斯与敌国突朗交战的故事，其中对卡乌斯和霍斯陆这两个国王写得比较详细，而故事的中心人物则是波斯的头号勇士鲁斯塔姆。

3.历史故事部分，从公元前50年到公元651年，约3万余行诗。主要写萨珊王朝时期的重大事件，其中以萨珊王朝国王巴赫拉姆·古尔的故事和马资达克起义的故事等最为动人。

《王书》以其规模宏大、包罗万象而著称。除了帝王的神话传说以外，还有勇士传奇、爱情故事等，内容丰富多彩。但《王书》主要不是写帝王的事迹，而是以几乎2/3的篇幅写鲁斯塔姆等勇士的事迹，使其成为全书的主体部分。因此，人们往往把《王书》称为《鲁斯塔姆的王书》。

菲尔多西并不信仰占统治地位的伊斯兰教，而把古代波斯的

---

① 联即双行。

拜火教作为正宗。他在《王书》中以拜火教所谓善与恶的永恒斗争作为主要线索，评判人物、事件，宣扬自己的观点和主张。他的《王书》充满爱国热情，强烈反对异族侵略，赞扬保家卫国的勇士，谴责暴君的苛政，歌颂开明君主的仁政，同情人民的苦难，向往国家的安定与统一，在一定程度上体现了人民的愿望与要求。

鲁斯塔姆是诗人所着力描绘的古代波斯勇士的光辉典范。他出生在波斯著名的勇士世家，年寿高达700余岁。他的一生具有浓厚的神话传奇色彩。他自幼就力大无比，勇敢非凡，杀死了别人对付不了的妖怪——白象。长大以后，在反抗侵略、保卫祖国的战斗中，他总是不畏艰险，出生入死，屡建奇功。他的丰功伟绩都是在卡乌斯国王统治期间建立的。卡乌斯不听劝阻，任意妄为，多次使国家和他本人陷入绝境，都亏鲁斯塔姆搭救，才使他得以保全王权和生命。如有一次他出征马詹德兰，不仅全军覆没，而且落入白妖精的魔掌。鲁斯塔姆闻讯后，一路上斩妖除魔，接连建立7件大功，最后经过殊死搏斗杀死了白妖精，才把他营救出来。后来，卡乌斯又在哈马维兰被囚禁，邻国国王阿夫拉西亚伯乘虚而入，占领波斯，又是鲁斯塔姆赶走了入侵之敌，并救出了他。鲁斯塔姆多次打退了大举进犯的敌人，甚至在他年老力衰的时候，还挺身而出，力挽狂澜，保卫了祖国的独立和安全。

鲁斯塔姆虽然对卡乌斯忠心耿耿，但决不是一味盲从，当俯首听命的奴仆。他心直口快，还有点居功自傲。对暴跳如雷、口出狂言的卡乌斯，他敢于当面顶撞，甚至不顾军情紧急而愤然离去。但当大臣们追上他，晓之以国家、民族大义之后，他又立即飞速奔赴前线。他时刻以保卫祖国为己任。诗人突出地表现了他的高度责任感和荣誉感：

我的宝座——马鞍，我的光荣在疆场上，
我的冠冕是头盔，我的王国是——江山。

诗人生活在战乱频繁的年代，渴望有持久的和平。在他笔下，鲁斯塔姆奋勇杀敌是为了反对侵略、保卫和平，而没有任何侵犯和并吞邻国的意图。鲁斯塔姆协同卡乌斯的儿子夏沃什沉重打击了入侵的突朗敌军之后，敌方退回了侵占的波斯领土，撤军回国，真心诚意求和，在这种情况下，鲁斯塔姆、夏沃什和敌方签订了和约。他们这样做是想使两国永罢干戈，和睦相处。在《鲁斯塔姆和苏赫拉布》中，诗人通过鲁斯塔姆父子互相残杀的悲剧，渲染了战争给交战双方、给鲁斯塔姆本人带来的深重灾难。诗人通过鲁斯塔姆表现了人民反对侵略、热爱和平的思想，也表现了他本人的远见卓识。总之，鲁斯塔姆是一位战无不胜、攻无不克的勇士，是众望所归的民族英雄。诗人把他比作国家的"台柱、砥石"，"心脏、脊梁"，"永恒力量的源泉"，认为有了他这样的英雄，才能使人们幸福，才能重建太平盛世。诗人在他身上寄托了自己的政治理想。

卡乌斯国王的形象塑造得十分成功。这是一个好大喜功、昏庸无能、心地险恶的暴君。他撕毁了夏沃什、鲁斯塔姆与突朗订立的和约，破坏了大好的和平局面，迫使夏沃什流落异国，落得个可悲的结局。鲁斯塔姆多次营救过他，对他恩重如山，可是他忘恩负义，一不如意，就狂叫要杀死鲁斯塔姆。鲁斯塔姆在保卫祖国的战斗中重创敌军主帅苏赫拉布，而苏赫拉布正是鲁斯塔姆从未见过面的儿子。鲁斯塔姆知道真情后，请求卡乌斯赐予灵药使苏赫拉布起死回生，但卡乌斯怕这样一来，鲁斯塔姆会如虎添翼，夺走他的王位，便一口拒绝了。鲁斯塔姆父子的悲剧清楚地说明统治阶级内部君臣关系的本质，充分暴露了卡乌斯冷酷残暴的面目。诗人甚至通过一位著名勇士之口说出了这样悲愤的话：

君王满怀着敌对情绪，
带给我们的是——恶毒的果子。
世上谁还有像他那样残酷心肠！
忠于他，为他立功效劳有啥用场！

诗人对卡乌斯的揭露是深刻的。可以想象，在卡乌斯手下，鲁斯塔姆等人的理想、抱负是难以实现的，他们的悲剧命运是不可避免的。

诗人对本国的暴君虽有一定的揭露，但他的笔触主要是指向异族的入侵者和暴君。在他笔下，突朗国王阿夫拉西亚伯是波斯人的主要仇敌。他杀害了逃亡到突朗避难的卡乌斯的儿子夏沃什。还挖掉了其妻——自己的亲生女儿法兰吉斯的双眼，这件事成为波斯和突朗之间重新爆发战争的导火线。当苏赫拉布出征波斯的时候，他又密谋策划，指使其亲信不让鲁斯塔姆父子相认，使他们互相残杀，他好从中渔利，乘机征服波斯。他多次发动侵略波斯的战争，是造成夏沃什和鲁斯塔姆父子悲剧的罪魁。诗人着重揭露了他的凶恶残暴和阴险毒辣。诗人热烈赞颂了反对外族入侵者统治的人民起义。蛇王佐哈克占领波斯后，鱼肉百姓，每天要用两个青年的脑子喂养长在自己肩头上的两头凶蛇。铁匠卡维为此已经丧失了 17 个儿子的生命，眼看最后一个儿子又要遭难，在忍无可忍的情况下，他大声疾呼，号召人民起义，并以自己的铁匠围裙作为战斗的旗帜。佐哈克被推翻后，这个围裙被镶上宝石成为波斯的国旗。这次人民群众的起义为明君法里东的统治奠定了基础，揭开了波斯历史的新的一页。诗人对人民群众的作用作了充分肯定，这是难能可贵的。

诗人还塑造了贾姆席德·贾欧、法里东、霍斯陆等贤明君主的形象同暴君相对照。他们的共同特点是笃信天神、爱护百姓、政治清明。其中俾什达迪王朝的贾姆席德·贾欧国王的形象富有教诲意义。他当政长达 700 年，为人民做了许多好事，人们不渴、不饿、不病、不死，人口大增，百姓对他十分尊敬。但是后来他骄傲了，不再听从天神的命令，失去了天神的庇护；他杀了许多无辜的百姓，百姓们起来反对他。最后，他被外族侵略者所杀。诗人通过这个传说故事说明人心的向背是统治巩固与否的关键，并以此来劝诫当政的统治者。在关于巴赫拉姆·古尔国王的故事中，他写国王微服私访,惩治贪财吝啬的犹太人,奖励慷慨大方的卖水人,表现了他的借助国王惩恶扬善、解决社会矛盾的幻想。

诗人对反对本国统治者的马资达克起义的态度是矛盾的,一方面,他受到统治阶级偏见的影响,对起义持否定态度,反对用暴力解决问题,认为起义把人们引上了邪路;另一方面,他又同情起义,认为起义拯救了许多人的生命,使国家免遭饥荒,并反对统治者对起义者的残酷镇压。他甚至不止一次地用"光明"、"善良"、"光辉"这些词语来形容起义领袖马资达克。这也反映了诗人的民主倾向。

《王书》体现了诗人的爱国情绪、民族意识和民主倾向,也暴露了他思想上的局限。《王书》贯穿了诗人的封建正统思想,宣扬波斯君主制度的合法性。他虽然不满本民族暴君的苛政,对他们有一定的揭露,但又有所袒护。如他认为卡乌斯不管怎样总还是波斯的"真命天子"、"正宗皇帝",因而应该听从他的命令,为他效劳。诗人还宣扬"君权神授"的"灵光"说,和带有宗教神秘色彩的"祥瑞观念"等,在《王书》中或隐或显地表露出来。诗人虽然同情人民起义,但又反对用暴力手段推翻正统王朝。他虽然想改变社会黑暗、腐败的状况,但又把希望寄托在个别开明君主和英雄人物身上。但诗人也深知矛盾难以解决,因而常常流露出一种命由天定的宿命论观点和悲观主义思想。

《王书》是古代波斯民间文学的总汇,其中既有大量的神话传说,又有不少真实的历史事件。即使是历史事件,也往往真假参半,虚实难分,把幻想与现实交织在一起。诗人为了突出善恶斗争的主线,运用了民间文学的夸张手法,善者极言其善,恶者极言其恶,如鲁斯塔姆被写成无敌的勇士,而佐哈克则被写成吃人的魔鬼。人物形象鲜明生动,故事情节曲折跌宕,富有戏剧性是《王书》的重要特点。夏沃什王子的故事是十分引人入胜的。他本是个光明磊落、心地纯洁的勇士,却受国王宠妃的诬告,好不容易弄清事实真相，国王又被宠妃迷住，他无奈只得领兵去反抗邻国的入侵。战争得胜后，他反对父王撕毁和约，重开战端，而被迫到邻国避难，一度当上邻国国王的女婿，终因坏人进谗言而被杀。诗人把夏沃什的命运同后宫的纠葛与政治斗争以及敌对国之间的冲突交织在一起，故事一波三折，又加上对夏沃什复杂心理的细腻描写，既表现他“明知不可为之，而又不得不为之”的矛盾心情，加强了其悲剧冲突的政治色彩，也渲染了故事的悲剧性，产生了极好的戏剧效果。在鲁斯塔姆父子互相残杀的故事中，诗人善于制造悬念，写父子两人由于种种破坏、干扰和意外事件的发生，虽相见面而未能相认，因而酿成惨剧，这种描写造成了强烈的悲剧气氛。

菲尔多西的《王书》是一部爱国主义的教科书，它在激励波斯人民团结一致，抵抗外敌，振兴祖国方面发挥了重要作用。《王书》几乎全部用波斯文写成，对波斯语的发展也有突出的贡献。

《王书》在波斯家喻户晓，对中世纪波斯文学产生了重大影响，为后世的诗人和作家提供了丰富的创作素材，如内扎米的《霍斯陆与西琳》等。《王书》还蜚声国外，不仅在阿富汗、土耳其、乌兹别克等东方国家中广为流传，而且还被译成欧洲许多国家的文字，得到歌德、车尔尼雪夫斯基等著名文学家的推崇。车尔尼雪夫斯基在《小说中的小说》一文中将菲尔多西同但丁、莎士比亚相提并论。《王书》中鲁斯塔姆误杀亲子的情节使英国作家马修·安诺德和威廉·琼斯赞叹不已，促使他们分别写了同名的作品。

第五节　萨　　迪

生平与创作

萨迪(约 1203—1292)是中古波斯的著名诗人，出生于波斯南部文化名城设拉子。他父亲是一个下层传教士。童年时代，他曾得到父亲的细心教育。14 岁左右时，他父亲去世，家境十分困难。后来，经人帮助，他到了当时伊斯兰教世界的文化中心巴格达城，进入最高学府尼扎米亚神学院学习，享受公费待遇。他攻读古兰经和古代哲学等，在波斯和阿拉伯诗学方面造诣很深。在校期间，他并不热中于宗教的教义，而是表现了追求世俗欢乐的倾向。

由于异族军队入侵，战火连绵不断，他未等毕业就离校而去。从 30 年代起，他作为一名游方僧开始了近 30 年的流浪生活。他的行踪遍及亚非的广大地区，还到过我国新疆的喀什噶尔，并多次朝拜圣地麦加。他沿途忍饥挨饿，历经艰险坎坷，曾被十字军俘虏，服过苦役，后被一个好心的商人用钱赎出。这个商人还把自己的女儿许给他为妻，但妻子十分凶悍，使他无法忍受，被迫离家出走，继续流浪。他富有正义感，敢于同邪恶势力作斗争。有一次，他见古兹拉大庙里的僧侣暗中操纵泥塑木雕的偶像，蒙骗百姓说是天神显灵。他戳穿了这一骗人的诡计。当那个僧侣恼羞成怒反扑时，他一气之下，把该僧侣推下一口井里去。在长期的流浪生涯中，他耳闻目睹民族的兴衰、社会的动乱、贫富的悬殊、人民的疾苦，对统治者和侵略者的专横残暴非常痛恨，对下层人民的苦难十分同情。他积累了丰富的生活经验和写作素材，为创作奠定了良好的基础。

诗人早在少年时代就已开始写诗，但没有保存下来。他写过抒情诗、叙事诗、讽刺诗、箴言、警句等多种体裁的诗歌，表现了他善于在前人的基础上创新的才能。他流传下来的第一部作品是抒情诗集《库里雅塔》，收入了他 30 至 40 年代的作品。诗人把其中的一部分诗称之为“快乐的诗”。

萨迪大约于 50 年代结束了流浪生活，1257 年，他完成了哲理性叙事长诗《果园》之后，回到阔别 30 年的故乡设拉子定居。《果园》又名《萨迪书》，共分 10 卷，包括正义、行善、爱情、谦逊、知足、礼拜、教养、感恩、忏悔及序诗，诗中融入了作者的经历和见闻，每卷都由一些生动的小故事和寓言组成，并插入作者的见解，有着比较浓厚的道德说教意味。《果园》问世后，萨迪名声大震，国王想聘他为宫廷诗人，但他因不愿侍奉权贵而婉言谢绝了。

1258 年，他只用了 3 个月的时间就完成了他重要的作品《蔷薇园》。他把《果园》和《蔷薇园》献给波斯王阿布·伯克尔·本·萨德，国王十分高兴，奉他为诗圣。

萨迪晚年在设拉子郊外过着隐居的生活，直到 1292 年逝世。

《蔷　薇　园》

《蔷薇园》是一部由散文和诗歌相结合的作品。全书除写作缘由和跋以外，有正文共 8 卷，包括记帝王言行、记僧侣言行、论知足常乐、论寡言、论青春与爱情、论老年昏愚、论教育的功效、论交往之道等。前 7 卷都由短小的故事组成，第 8 卷主要是一些警句、格言，几乎没有什么故事情节。

《蔷薇园》和《果园》写作年代紧接在一起，二者在题材、思想内容、结构形式等方面有许多类似之处，又都是道德训诫式的作品，可以视为姐妹篇。但《蔷薇园》同《果园》相比，显得更深刻、更成熟、更完美。

萨迪生活在商业与手工业迅速发展的时代，他本人是饱经磨难的下层僧侣，深受新兴市民阶层的新思想的影响。他的《蔷薇园》从多方面反映了 13 世纪波斯及近东地区五光十色的社会生活，同时也融进了自己宝贵的人生经验。他对封建暴君、贪官污吏、上层僧侣进行了深刻的揭露与批判；他对劳动人民寄予深切的同情与关怀，赞美他们的高尚品德；他重视学者和知识的作用，并且强调经商；他还提出了一些很有价值的为人之道，饱含生活哲理，发人深省。总之，他的《蔷薇园》处处渗透着同情人民、反对强暴的人道主义思想。他认为人生来是平等的，他反对压迫与奴役。在下面一段诗中鲜明地表现出了这种民主和进步的思想：

亚当的子孙是一个身体上的四肢，
原是来自同样的一种物质。
这一肢如果受到压迫和痛苦，
其他各肢也难安享幸福；
你不同情别人的不幸遭遇，
你就算不得亚当的后裔。

这段话被浓缩为“亚当子孙皆兄弟”被联合国用来阐述其宗旨。

萨迪十分看重人民的作用，在《果园》里，他就提出“君主是树民为根”，把君与民的关系比作树与根的关系。在《蔷薇园》里，他又再三强调人民是国家的根基，指出：“天下的得失在于民心的向背”，“国王对人民任意榨取，正是削弱国家的根基”。在“托钵僧与国王的故事”里，他又通过托钵僧之口提出“国王是保护百姓的，不是百姓应该伺候国王”的主张。萨迪明确地表现了“民贵君轻”的思想，这在当时是十分可贵的。

萨迪怒斥那些喜怒无常、鱼肉百姓、视臣民生命为儿戏的暴君，把他们比作豺狼，称他们为“天下最大的恶人”，痛快淋漓地发出了“暴君，暴君，你是人民的灾难”的诅咒。他认为暴君“醒不如睡，生不如死”，而圣徒对暴君的“最好的祝愿”是“取走他的生命”，表达了人民痛恨暴君、推翻暴君的心声。

萨迪写一位波斯国王横征暴敛，人民不堪忍受他的暴政压迫，纷纷逃亡。这位国王不但不听宰相的善意劝谏，反而将他捆绑入狱。由于国王一意孤行，他的几个堂兄弟趁机起兵作乱，过去逃亡出去的人民都投奔他们，把国王推翻了。萨迪通过这个故事向统治阶级发出严厉的警告：

假如帝王欺压人民，
在危难中就会众叛亲离。

在谴责暴君的时候，萨迪强调国王应该“大公无私”、“仁慈宽厚”、政纪严明。他写了古代明君努什旺王的故事，写该王有一次出外打猎，烹调野味需要盐，派仆人到村里去取，嘱咐说不要忘了付钱，破坏了规矩，要防微杜渐。萨迪接着引出一段富有教诲意味的话：

国王如果在一个百姓的园子里
　取一只苹果，臣属就会砍走一棵果树；
苏丹如果放纵了自己，
　拿走五个鸡蛋；他的臣属
就会杀死百姓家的一千只母鸡

萨迪写了暴君和明君这两种国王，对统治阶级提出劝谏和警告，其中当然包含有作者的幻想，但也在一定程度上反映了人民的愿望与要求。

萨迪嫉恶如仇，爱憎分明。他同情受尽欺压的平民百姓，痛恨恶霸和贪官污吏，对“愚者有福，智者受欺”的黑暗世道感到愤愤不平，并旗帜鲜明地指出：“怜悯恶人便是亏负好人，宽容恶霸便是欺压平民。”他警告那恣意欺压穷人的恶霸必将遭到严厉的惩罚。

你应该注意那受害者的叹息，
　否则那后果你会知道得太晚；
你不要使任何的心灵哭泣，
　因为那声音能使地覆天翻。

萨迪把欺压百姓的贪官比作狮子，把吃苦耐劳的百姓比作驴子，虽然传统的看法认为“狮子最高贵，驴子最低贱”，他却认为后者远比前者可取：

吃苦耐劳的牛和驴子
胜于为害人群的败类。

作者不仅赞美平民百姓吃苦耐劳的精神，而且颂扬了他们自食其力、贫贱不移、不向权贵折腰的高贵品德和崇高气节。有一个故事写兄弟俩，一个在国王那里做官，一个靠劳动为生。前者劝后者也来做官，以摆脱贫困的生活，但后者却反劝前者摆脱伺候人的可耻地位，并说：“与其腰束金带，服侍别人，不如坐在地上自食其力。”在作者眼里，清贫的劳动者要比荣华富贵的统治者高尚得多。这一点突出地表现了他的民主思想。

萨迪是一位虔诚的伊斯兰教徒，他的作品里充满了对真主和宗教的赞颂之辞，但他的宗教观点里也渗透着同情、关心人民的人道主义思想。他认为“为民造福就是敬主之道”。他往往引用宗教经典或教义来宣扬人道主义思想。如他警告为非作歹的贪官、恶霸，谁若欺压百姓，万能的真主将把他诛灭。他认为衡量一个人的信仰真诚与否，重要的不是看形式和外表，而是看内心和行动：“何必用这些毛衣、数珠和衣裳？只要你的行动正当……你的心若能和圣徒一样，戴上鞑靼人的礼帽也无妨。”可见，在他的宗教观里也包含着某些自由思想的成分。

萨迪对上层僧侣的贪婪、伪善进行了猛烈的抨击和辛辣的讽刺。他说：“圣徒如果贪婪便是强盗。”他鄙视那种“劝人弃世绝俗，自己却在追求财物”的两面派行径。他写一个圣徒在国王的宴会上故作姿态，吃得特别少，祈祷的时间特别长，以表白他的虔诚。但一回到家里却吩咐马上给他开饭，活画出一个伪君子沽名钓誉、弄虚作假的丑恶嘴脸。

萨迪接受了新兴的市民阶层思想的影响，在一定程度上反映了他们的利益与要求。他十分重视学者和知识的作用，认为“知识是取之不尽的源泉，用之不竭的财富”，“学问是战胜恶魔的武器。”他指出“不仁的帝王”和“无学的圣徒”都是“国家与宗教的敌人”，而“有了智慧，才识，能力才可治理国家”。他在一则故事里写有一次叙利亚发生大骚乱，人民纷纷背井离乡，国王忙把农民的儿子请去做宰相，因为他绝顶聪明，而前宰相的儿子因为没有学问而被赶走，在各地流浪，靠乞讨为生。萨迪提出了由智者、贤者治国的主张，以反对封建帝王的专制和愚昧的宗教统治。这在当时无疑是有一定进步意义的。

萨迪走在时代的前列,他已经开始意识到商人和市民阶层的重要地位。他提倡用钱财去经商,赞扬那些富有进取心和冒险精神的商人,嘲笑死抱住钱财不放的守财奴。在一则故事里,他认为有5种人最宜于外出旅游,并把商人排在第一位。这个故事描写了父子之间的辩论。父亲认为命由天定,富贵不可强求,反对儿子出外旅行冒险。儿子认为死守着家庭的人只能算是庸人,应该到各地旅行,通过个人努力去争取幸福和财富。他理直气壮地对父亲说:"你不肯吃苦就得不到财富;你不肯冒险就打不倒敌人;你不去撒种就没有收获。"这种奋发有为、积极进取、大胆探索的精神,反映了商人和市民阶层的意识和时代的风貌,也是对封建阶级因循保守思想和宿命论思想的有力冲击。

萨迪是一个伟大的人道主义作家。他的《蔷薇园》不局限于写帝王和上层人物,而是几乎涉及到了社会的各个阶层,并大多取材于现实生活,在许多方面表达了新兴市民阶层和平民百姓的心声。和前辈作家相比,《蔷薇园》反映的现实更加广泛深刻,也更富有民主性。萨迪在一定程度上突破了中世纪封建思想的束缚,但是他不可能完全摆脱封建思想的局限。他有时宣扬命由天定的宿命论思想,要穷人安于命运,要富人怜悯穷人,甚至鼓吹对恶势力逆来顺受、宽恕忍让,想通过宗教和道德的说教来解决尖锐的社会矛盾。这当然是不足取的。

萨迪的《蔷薇园》广泛地吸取了民间文学和古典文学的精华,取得了卓越的艺术成就。

散文和诗歌紧密结合、诗文并茂是《蔷薇园》的突出特点。散文夹诗本是波斯和阿拉伯古典文学的传统形式,萨迪利用了这一形式,使之臻于完善,成为独立的体裁。萨迪的每则故事都包括散文和诗歌两部分,并且在散文故事的中间或末尾插入短诗。这些短诗在散文故事的基础上引出其应得的教训,或进一步发挥,起到画龙点睛、深化主题的作用。从某种意义上看,《蔷薇园》中的诗歌部分比散文部分显得更为重要。

正如萨迪所说,《蔷薇园》“用欢笑的蜜糖调着忠言的苦药”。萨迪的文笔自如,故事生动,人物逼真,对话风趣,比喻贴切,或庄或谐,妙趣横生,使人在不知不觉中得到教益。如他强调学问要和实践结合,并把有知识而不用的人比作驮着经卷的牲口。这个别致的比喻令人忍俊不禁,也发人深省。

《蔷薇园》的语言优美、简洁、质朴、自然,其中有许多言简意赅、含意深刻的警句和格言。如“学生没有恒心,如同情人没有金钱;旅人没有常识,如同飞鸟没有羽翼;学者不去实践,如同树木不结果实;圣徒没有学问,如同房屋没有门户。”这些警句和格言是人民的智慧和作者丰富生活经验的结晶,有不少至今还在伊朗流传。

萨迪的《蔷薇园》产生了广泛的影响,它很快传遍了中亚和西亚各国。萨迪又是最早为欧洲所熟悉的波斯诗人之一。1958 年,《蔷薇园》创作 700 周年的时候,世界各国举行了隆重的纪念活动。

第六节　纳　沃　依

纳沃依(1441—1501),全名为纳沃依·尼扎玛京·米尔·阿里舍尔,乌兹别克中世纪著名诗人、政治活动家。他出生于赫拉特一个官僚贵族家庭,从小受到良好教育。5 岁时已学会波斯文,7 岁就能背诵波斯著名诗人菲尔多西、内扎米、萨迪、哈菲兹等人的作品。15 岁时,他能用波斯语和乌兹别克语这两种语言写作。

纳沃依少年时代曾是王子霍拉桑·拜卡尔的同学。1468 年,霍拉桑·拜卡尔继位为王。次年,纳沃依被任命为掌玺大臣。1472 年起升为王国大臣。但他的仕途很不平坦。他为人正直,因维护国家安定统一,主张发展经济、文化教育和文学事业,反对封建贵族的权势之争,反对达官显贵贪赃枉法,得罪了不少宫廷要员,还激怒了国王。1487 年,他遭诬陷被流放外地。一年后回到赫拉特,从此不涉足政界,潜心写作。

他一生创作颇丰,传世之作有30卷,主要是诗歌创作,还有哲学著作《心之所爱》、语言学著作《两种语言的诉讼》、诗学论文以及有关当代波斯著名诗人贾米的《回忆录》等。

他的诗歌创作分为两类。一类是用古代阿拉伯、波斯流行的抒情诗体“嘎扎勒”写成的抒情诗集《思想的宝库》,于1498年至1499年面世,包括《童年的异事》、《青年的珍品》、《中年的异事》和《老年的训言》这4个部分,共2500首嘎扎勒。这些诗一反当时社会流行的装腔作势,无病呻吟的陋习,赋予其丰富的社会内涵和真实的思想感情,抨击上层统治集团的昏庸、腐败,揭露封建贵族的贪婪、残暴、争权夺利,申斥中世纪神学的虚伪、保守等等,还赞颂普通人坚贞不渝的纯洁爱情。他的诗中还不时流露出孤独不安、愤世嫉俗的情绪。另一类是叙事诗,其中成就最高的是叙事长诗《五诗集》(1483—1485),共5.3万行,全部用乌兹别克语写成。它由5个相对独立的部分组成:《正直者的不安》、《蕾丽和马季侬》、《法尔哈德和西琳》、《七星图》和《伊斯坎德尔的城堡》。《正直者的不安》带有训诫性质,劝诫统治者要从善,要维护正义,反对专制暴政。《蕾丽和马季侬》写一对互相钟情的青年男女因种族纠纷和社会不平等而酿成的悲剧。《七星图》写5世纪波斯国王巴赫拉姆·古尔晚年不理朝政,在打猎中死去的故事。而《伊斯坎德尔的城堡》则称颂公元前4世纪马其顿国王亚历山大的种种美德。这两部分一贬一褒,对国王霍拉桑·拜卡尔委婉地实行劝谏,期望他实行开明统治。他的叙事长诗还有《百鸟朝凤》(《鸟的逻辑》),这是仿效波斯著名苏菲诗人阿塔尔(1145—1229)的同名长诗而写的。

《法尔哈德和西琳》写成于1484年,是《五诗集》中最精彩的部分,也是他创作的最高成就。该诗的主人公法尔哈德是一位勤劳、博学的中国王子,他命中注定要遭受爱情的磨难,并为了爱情死在异乡。他父亲为他建造了春夏秋冬4座宫殿,他本人也参加了修建，并从而熟练地掌握了石工的技能。但豪华的宫殿、数不尽的金银财宝吸引不了他，他对继承父亲的王位也不感兴趣。他要外出游历，漫游世界，增加知识和阅历。在旅途中，他历尽艰险，战胜狂风暴雨，杀死巨龙、怪兽等。在希腊岩洞中，见到哲人苏格拉底，深受教育，智力大开。回国后，又在父亲的宝库中发现亚历山大王的伊斯坎德尔宝镜，宝镜中现出理想王国和美女，他十分向往，再次外出漫游、寻找。一天，他来到亚美尼亚国，见百姓正开凿运河，准备引水入城。他用自己发明的工具参加劳动，一天竟完成 3 年的工作量。他的出色劳动震动了亚美尼亚全国，连女王和公主西琳也来看望他。他发现公主西琳正是宝镜中现出的那个美女，便一见钟情。西琳也深情地爱上了他。为了表达爱心，他为西琳建造了美丽的城堡，还为百姓修建了一座水库。举国上下都很喜欢他，他和西琳的爱情也在民间传为佳话。这时，波斯国王霍斯陆听说西琳美丽过人，派人求婚遭拒绝后，便出兵征讨。法尔哈德率兵奋起自卫反击，击退波斯的侵略。霍斯陆又施诡计，收买叛臣，使法尔哈德不幸被俘。霍斯陆逼迫法尔哈德放弃爱情，法尔哈德不从；他又派巫女谎称西琳已同意嫁给霍斯陆，法尔哈德信以为真，痛苦而死。霍斯陆的儿子施鲁亚伊杀死父王，夺得王位，要强娶西琳。西琳要求把法尔哈德的遗体运回城堡，然后她默默地死在心上人的遗体旁。法尔哈德的弟弟巴赫拉穆闻讯带兵赶来，为死去的兄长和西琳报仇，赶走了波斯人。亚美尼亚人民又重新过上和平、安宁的生活。

《法尔哈德和西琳》本是伊斯兰世界流传甚广的爱情传说，原名为《霍斯陆和西琳》，历代许多著名诗人，如菲尔多西、内扎米等都因写出了同名的长篇叙事诗而驰名世界。《霍斯陆和西琳》叙述波斯国王霍斯陆和阿尔曼公主西琳的曲折多变的爱情故事，虽经历悲欢离合，但最终以两位有情人成为眷属而结束。法尔哈德不是爱情故事的男主人公，他和西琳的爱情纠葛只是其中的一段重要插曲。纳沃依对原作进行了重大的艺术改动和创新，保留了原有的法尔哈德、西琳和霍斯陆的三角关系，但赋予人物以不同的性格和命运，以法尔哈德和西琳双双殉情的悲剧结束故事，突出了两人至死不渝的坚贞爱情。

纳沃依的《法尔哈德和西琳》不光是讴歌爱情的长篇叙事诗，它也包含着丰富的民族情绪和爱国精神，15 世纪时，乌兹别克出现了独立的国家，在政治上、经济上同波斯彼此对立或隔绝，并使用本民族的语言。长诗改写了原来的波斯国王霍斯陆的形象。霍斯陆原来是光彩照人的开明君主，是长诗的主人公，现在成为反面人物和陪衬人物。他不再是执著追求爱情的情种，而是一个肆意霸占妇女的暴君。他贪恋美色，嫉恨法尔哈德，求婚不成，悍然发动战争。失败后，又用卑劣手段，陷害法尔哈德，使其被俘。在酷刑的威胁和金钱的利诱均遭失败后，又用谎言使法尔哈德在精神上绝望，愤愤而死。他残暴、狠毒、奸诈、卑鄙、无恶不作，成为邪恶势力的代表。他是制造法尔哈德和西琳这场爱情悲剧的元凶。他为儿子所杀，罪有应得。纳沃依对霍斯陆形象的变动，可以说是长诗的一大创新。他把霍斯陆由开明君主、正面人物写成暴君、小人，把一场爱情纠葛写成一场反对外族入侵的正义的爱国战争。这就为这首以爱情为主要内容的叙事长诗注入了鲜明的民族意识和爱国情绪。

长诗的最大创新是成功地塑造了主人公法尔哈德的形象，取代了原传统故事中波斯国王霍斯陆的地位。长诗以法尔哈德的漫游和对爱情的追求作为中心情节，把传说故事中只为爱情而活着的性格单一的痴情汉，写成一位性格丰满、多样的英雄，在他的身上，集情种、劳动能手、开明君主和英雄于一身。

长诗一开始就把法尔哈德写成是一位出身高贵的王子，而不是原传说中默默无闻的石匠。他具有高尚的人品和良好的教养。他身为王子，对王位都不屑一顾，也不愿过王室荣华富贵的生活。

他不安于现状而是志在千里：

金制的笼子虽然闪闪发光，
笼中的鸟儿还是会忧愁悲伤。

他投入广阔的世界，开始第一次漫游，到希腊见到了哲人苏格拉底，聆听其教诲，增长了知识、智慧和才能，施展了才华。回国后，又受到伊斯坎德尔宝镜的启迪，促使他再次漫游世界，去追求理想和爱情。他千里迢迢来到了理想国家亚美尼亚，见到了爱与美的化身西琳公主。他置身于爱与美的理想之中，忘却了一切。他情不自禁地感叹道：

夺走了我的王位、祖国和家园，
因为她，我到处在漂泊流浪。

在他眼里，西琳正是“他的爱情、他的苦痛、他的梦想！”

法尔哈德不仅心地善良、精神高尚、知识渊博、有远大理想，而且以其聪明才智从事富有成效的创造性的劳动，给亚美尼亚人民开凿运河，修建水库，营造城堡，为百姓造福，建功立业，造就了理想君王的伟业，赢得了人民的尊敬，也赢得了西琳公主的一片爱心。

法尔哈德还是正义、善良、公正的化身。为了亚美尼亚的安全，为了心爱的西琳公主的幸福，他奋不顾身地投入反对波斯国王入侵的战争。在战场上，他的勇敢和浩然正气使暴君霍斯陆望而生畏。最后，他不幸中了诡计，死于敌人的谎言欺骗之下，为爱情和正义而殉难。他和霍斯陆的对立和冲突构成了长诗中美与丑、善与恶、正义与邪恶的对峙。他虽然不幸殉难，但他对知识、爱情、劳动、理想和正义的不懈追求，体现了时代精神和人民的愿望，其精神永留人间。

长诗以西琳公主死在法尔哈德的遗体旁这一悲剧结果为结尾，改变了原传说故事中的喜剧性结尾。原传说故事中，西琳公主也是个富有个性、独立自主的女性。她和霍斯陆的爱情因各执己见而一再发生误解，造成曲折多变。西琳移情于石匠法尔哈德是因为她在爱情上受到冷遇。她在爱情上的多变不符合古代东方女性在爱情上始终如一的美德。所以纳沃依改变了西琳与霍斯陆的曲折、复杂的爱情纠葛，突出她对法尔哈德王子的爱情的坚贞、始终如一，又以她不屈服于暴君霍斯陆父子的威胁和利诱，衬托出她性格的坚强、完美。她不仅外貌秀美，而且心灵也美，这使她成为一位中世纪具有理想色彩的卓越女性形象。西琳对霍斯陆的断然拒绝，不仅是一场爱情的冲突，也是对正统的波斯王国权势的否定。因此，也使这篇以爱情为主的长诗带有了较强烈的民族意识和政治色彩。

纳沃依的长诗从原来的枝节繁多、结构松散，变为故事集中、结构紧凑、主题突出。另外，长诗的人物形象鲜明，文辞优美。这体现了时代、民族、文学的新变化。12 世纪波斯诗人内扎米的长诗《霍斯陆和西琳》忠实地体现原传统的故事和思想。15 世纪乌兹别克诗人纳沃依的《法尔哈德和西琳》则改写了原来的传统故事，正面主人公让位于来自中国的法尔哈德王子，西琳公主变成对爱情专一的女性，而正统势力的代表波斯国王霍斯陆被贬为暴君。长诗还把讴歌对爱情的坚贞、专一和歌颂反侵略、反暴政交织在一起。

纳沃依是最早成功地运用民族语言来创作的，“纳沃依”意译是“和谐的”和“悦耳的”，可见他对自己本民族语言是多么珍视和热爱。正因如此，他成为乌兹别克民族文学的创建者和民族语言的奠基人，他也理所当然地被誉为“乌兹别克文学之父”。

纳沃依的《法尔哈德和西琳》的故事在我国新疆一带广为流传。长诗中所说的中国，就是指我国的新疆。相传新疆库车千佛洞前面的河流和山谷，是法尔哈德亲手凿开的，可见其影响、流传之广。

第三编　近代亚非文学综述

亚非近代史是一部东方各族人民的屈辱、苦难的历史，也是一部东方各族人民的奋发、反抗的历史。西方殖民主义者荷兰、西班牙、英国、法国以及沙皇俄国等从16世纪起即来到东方，开使侵略扩张，19世纪以后逐渐取代了东方大多数国家的封建统治者的地位，掌握了其政治、经济和军事命脉。19世纪中叶之后，除了个别国家(如日本)，亚非各国皆沦为殖民地、半殖民地。殖民者的入侵和占领，给亚非人民带来了巨大的灾难，大批无辜居民惨遭屠杀，大批宝贵的文物被破坏、毁灭或被盗走，生产凋敝，经济落后，社会停滞不前。面临着辱国丧权的民族危机，亚非人民奋起反抗，掀起多次波澜壮阔的反殖、反帝的民族解放斗争。从19世纪20年代到60年代是亚非人民第一次民族运动的高潮。它由爪哇人民反对荷兰入侵者的起义(1825—1830)，伊朗巴布教徒的起义(1848—1852)、印度反对英国占领者的义兵起义(1857—1859)和中国的太平天国运动(1851—1864)等构成。虽然这期间的斗争终因各起义队伍缺乏明确的斗争纲领和内部的统一而失败，但它唤起了东方人民的民族觉醒，打击了入侵的殖民主义者，动摇了封建统治的社会基础。在此之后，随着西方殖民主义势力深入亚非各国，也为亚非近代民族资本主义的发展提供了条件，促进了亚非各国的民族资产阶级和无产阶级的形成以及民族经济的发展，为新的反殖、反帝和反封建的斗争打下了社会基础。20世纪初，亚非人民又掀起第二次民族解放运动高潮，它由1902年菲律宾独立战争开始，有1905年—1911年的伊朗革命运动，1905年—1908年印度民族大起义,1908 年—1909 年土耳其革命,1910 年朝鲜反日的义军起义和 1911 年—1912 年中国辛亥革命。这次斗争规模巨大,群众基础深厚,取得了重大斗争成果,因而震撼了世界。列宁对这场斗争给予高度的评价,称它为“亚洲的觉醒”[①]。

近代亚非各国仍然处在封建制度的残酷统治之下,落后的封建社会关系阻碍了各国经济的发展。各国封建王朝统治者在西方殖民者的策动和利诱下,从妥协投降到互相勾结,他们共同镇压人民的反抗。国家独立、民族复兴、社会发展,都必须推翻压在人民头上的封建统治,建立新的社会制度。因此,要反殖、反帝,必须反封建,两者都是近代亚非人民的历史使命。亚非人民在反对殖民主义斗争的过程中,都贯穿着反对封建统治的斗争,而且斗争的目标愈益明确,斗争的成果愈益辉煌。20 世纪初土耳其和中国结束封建王朝统治的革命,是近代亚非人民反封建斗争取得巨大胜利的标志。

政治战线上的反殖、反封建斗争日益激烈,思想战线上的民主启蒙运动也就日益发展。随着亚非人民民主爱国力量的增长,近代启蒙运动蓬勃发展起来,提倡科学文明,反对宗教迷信;宣传民主进步,批判保守落后;提倡知识教育,反对愚昧无知;主张妇女解放和人权自由,批判封建伦理观念等等,是近代亚非各国思想战线的主潮。它为亚非人民确立近代文明做出了重大的贡献。

亚非近代文学是在这样斗争激烈、矛盾复杂、新旧交替的历史转变时期形成的。它起于 19 世纪初,止于 20 世纪 20 年代,全部经历只有百年。虽然时间较短,成就也比不上西方近代文学几百年取得的巨大成果,但是它在东方文学发展历史的长河中,却起到了重大的作用,它结束了封闭、停滞不前的封建时代的文学,为东方文学走向世界,形成新型的民族文学开拓了道路。它具有承上

① 《列宁选集》第 2 卷,第 448 页,人民出版社 1972 年版。

启下的作用，又是从旧文学到新文学的转变的桥梁。因此，它无论在内容上，还是在形式上，都有所创新，具备新的特点。

西方殖民主义者入侵之后，破坏了东方传统文化，阻碍了东方文学的正常发展；同时，西方近代文化大量地移入，又成为东方近代文学发展的催化剂、刺激物，使其勃然兴起。两种因素的组合，就造成了东方近代文学发展的剧变，及其面貌的复杂和道路的艰难。

东方各国近代文学的发展并不平衡。大体上是，在一些具有古老文化传统而民族、民主运动发展较快的国家里，其文学发展较快，成就突出；在一些缺乏深厚的文化传统、社会落后的国家和地区，文学发展较缓。东亚地区，日本近代文学最为突出。在近代亚非世界里，日本是唯一走上资本主义道路，未沦为殖民地或半殖民地的国家，它的社会发展独特，文学发展道路也与其他东方国家不同。它自 1868 年明治维新之后，开始了新文学的历程，经过一段启蒙文学的发展之后，较多地接受西方近代文学的影响。几十年之间迅速走完了西方近代文学的进程，在 20 世纪 20 年代之后，与西方文学同步发展。因此，它派别众多，各种倾向并立交叉，涌现出一批颇有成就、颇有影响的杰出作家，像二叶亭四迷、夏目漱石、岛崎藤村、芥川龙之介等等。他们的创作倾向反映了近代日本反封建主义、反资本主义的民主要求，推动了日本近代文学的发展。东南亚地区各国的近代文学发展缓慢，它们多数是在 19 世纪末 20 世纪初形成，成就不高。但是过去较为落后的菲律宾文学在强烈的反对西班牙殖民主义斗争中，却奇峰突起，最早地进入了近代文学时期。著名的爱国诗人黎萨尔，他的名字为世界人民所熟知。在南亚地区，印度近代文学独树一帜，在印度人民反殖、反封建的斗争中崛起和发展。它于 19 世纪 20 年代到 30 年代起步，在 19 世纪中叶确立，到了 20 世纪之后，取得重大的成就，出现了具有世界影响的作家泰戈尔和著名作家萨拉特以及巴基斯坦的民族诗人伊克巴尔等。印度是古老的国家,具有优秀的文化传统。印度近代文学是在综合本国和西方的两种文化、文学精神的过程中发展起来的,因此,复古与革新、封建与民主、本国的传统与外来的影响、宗教思想与近代思潮等,互为抵触,互相融合,构成了印度近代文学的复杂面貌。西亚、北非的近代文学,改变了以阿拉伯本土为中心的文学发展的局势,阿拉伯文学统一的格局也被解体,近代阿拉伯文学是由阿拉伯地区的国家民族各自发展起来的。最早出现的是埃及近代文学,它在19世纪上半期,就提出了复兴民族文学,对广大阿拉伯地区产生了影响;其后,西亚的伊朗、土耳其以及阿拉伯本土的黎巴嫩、叙利亚等国也形成了近代文学的潮流。近代阿拉伯文学也出现了一批著名的作家,如伊朗诗人巴哈尔、土耳其作家赛菲丁、埃及诗人巴鲁迪等。而黎巴嫩作家纪伯伦和以他为中心组成的"叙美派"文学更负盛名。至于黑非洲的近代文学,则处在沉寂的状态。

综观亚非近代文学的发展,它具有如下几个方面的变化:

首先,反殖、反帝和反封建是其主调。东方近代文学是在东方近代的反殖反封建的社会斗争中应运而生的,它的产生和发展推进了东方人民的民族独立和民主运动的开展。它暴露了殖民主义者、帝国主义者的野蛮侵略行径,批判了国内封建主义的残暴和腐败,启迪了人民的爱国、民主思想。东方近代许多诗人和作家,投入民族独立自主的斗争和民主运动,甚至为了民族、民主事业洒下鲜血,献出生命。他们把个人与民族命运联系起来,用自己的创作生动地描绘了祖国人民所从事的民族解放斗争,表达了他们振兴国家的宏愿和为民族衰败而伤痛的情思。他们还在作品中探索了国家、民族复兴的道路。

其次,积极向西方近代文学吸取有益的营养,在融合本民族文学传统的基础上,开创民族文学的新道路。亚非近代的历史使命之一是用西方近代先进的科学、文化和思想改造本民族的封建、落后的状态,确立亚非近代化的文明。在文学上亦是如此。接受西方近代文学的影响,并使之与民族文学传统结合,是亚非近代文学的重要课题。19 世纪初叶,埃及成立了阿拉伯语学院,它专事翻译介绍西方近代学术和文学,在阿拉伯地区引起极大的反响;日本明治初年翻译小说的流行,打开了文坛的眼界;从 19 世纪中期开始,印度广泛翻译、介绍西方近代文学,推动了本民族文学的发展。积极吸收西方文学的影响,使之民族化,是东方近代文学发展的必然趋势,也是在这种发展趋势之下,造就了一批成就卓著的东方近代作家。他们结束了封闭、僵化的旧亚非文学,创造了汇合在世界文学潮流之中的、开放的、有生命力的新型东方文学。

再次,挣脱了文学为封建宫廷和宗教服务的桎梏,逐步建立了再现生活、探索人生、体现时代精神和民族命运的新文学。它摈弃了封建时代的传统题材和僵化的艺术形式,面对现实生活,引进西方近代文学的艺术形式,逐步加以改革、创新,使文学接近时代和人民。亚非近代文学经历了由韵文为主体发展到以散文为主体、由单纯传奇故事发展到描写人物、揭示生活的艺术小说的变化。在这一艺术发展演变中,还创立了多种新型的艺术形式,如反映时代精神的语体化的新诗,表现复杂的社会矛盾的新剧等等。尤其在作品人物上,有更大的变革,一般作品把王公贵族、帝王将相、英雄仙女占据的主人公地位,逐渐让位给现实生活中的平凡人物,加强了对现实生活的描绘。

第四,亚非的近代是其社会的转折时期,是封建社会解体的时代,这就造成了东方各个国家和地区的政治、经济、文化的不同变化,因而也造成了它们的文学发展速度和水平的差异。原来一些自古代、中古以来处于发展缓慢的国家和地区的文学,率先兴起,突破原有的文学发展的格局,对邻近的国家、民族文学产生了影响。在东亚地区,日本近代文学发展较快,成就突出,对中国和朝鲜的文学都有影响。它改变了东亚地区文学自古以来以中国文学为主导的局面；东南亚地区文学，由于菲律宾近代文学的突起，改变了它的发展局势；在南亚印度文学中，近代孟加拉语文学发展较快，成就卓著，改变了自古以来以梵语和印地语文学为主体的局面；西亚和北非文学，埃及和伊朗的近代文学兴起，代替了阿拉伯本土文学的主导地位。总之，亚非各地区文学的发展格局的变化，也标志着亚非文学新时代的到来。

亚非近代文学独具的民主、爱国倾向，反殖反封建的主调和绚丽多彩的民族风格，使它成为世界近代文学中的奇花异葩。

第九章　近代东亚文学

第一节　概　　述

东亚地区的近代历史比较复杂，处在一个由封建社会过渡到资本主义社会和殖民地半殖民地的历史转变时期。

19 世纪以后，西方殖民主义国家英、法、德、意、俄、美等来到东亚地区，寻找蚕食之地。19 世纪中期开始了武装侵略，激化了民族矛盾，引起东亚各国人民的反抗斗争。在反抗殖民主义的斗争中，东亚各国只有日本走上了自新的道路，其他国家（中国和朝鲜）先后沦为半殖民地和殖民地。日本经过明治维新的变革，确立了统一的天皇制政体，走上了资本主义的道路。几十年的迅速发展使日本在 20 世纪初，成为称霸东方、侵略邻国的帝国主义国家。

19 世纪东亚各国仍然处在封建势力的严格控制之下，经济、文化落后，社会思想保守。伴随着西方殖民主义者的到来，西方近代文化也跟踵而至，它打开了人们的眼界。于是新的文化、新的文学崛起。反对封建统治，要求改革社会的民主文学和抵御外强入侵、歌颂民族精神的爱国文学逐渐发展，显示出反殖、反封建、民主、爱国的新特质。由于时代发生了重大的变迁，造成了各国政治、经济、文化发展的不平衡，因而东亚近代文学改变了自古代以来形成的以中国汉民族文学为主导的局面。各国文学走上本民族文学独自发展的道路。

近代日本文学

日本近代文学发展迅速，成就突出，是近代东亚地区最令人瞩目的民族文学。

1868年日本的明治维新是一次自上而下的资产阶级民主革命，它结束了封建末期的德川幕府的统治。由于改革不彻底，明治维新之后，封建主义势力仍然是社会中强大的势力。这就造成了日本近代社会(明治社会)两个最为显著的特点：政治上是封建贵族和大资产阶级的联合专政；经济上则是迅速发展的城市资本主义工商业和封建落后的农业经济并存。明治维新之后，广大人民并未得到真正的利益，反而身受封建主义和资本主义的双重压迫，因此农民的暴动和城市贫民的骚动不断涌现，被压抑的中小资产阶级的民主运动也逐渐发展，在19世纪80年代形成了波及全国的“自由民权运动”。到了19世纪末20世纪初，人民反抗斗争进一步高涨，出现了早期的社会主义思潮和工人运动。天皇政府为了扼杀不断增长的革命势力，于1910年—1911年逮捕了革命人士幸德秋水等人，制造了镇压革命的血腥事件“大逆事件”(“幸德秋水事件”)。然而，在第一次世界大战前后，民主、进步、革命的政治势力又勃然兴起。

日本近代文学伴随着日本资本主义的发展也成长起来。它受到西方文明的强烈影响，在短短的几十年之间，就完成了欧洲从文艺复兴到19世纪末几百年间的文学发展历程。但由于日本近代资本主义社会带有浓厚的封建色彩，日本近代资产阶级政治力量的软弱，以及日本近代社会的急速发展和变化，就铸成了日本近代文学两个明显的现象：一是派别众多，纷纭万状。5年、10年、最多15年就要更新换代，所以它面貌杂然纷致；一是进步、民主的文学在急速发展变化的社会条件下，缺乏坚实的政治基础，往往形不成强大的文学力量。

日本近代文学首先经历了一个启蒙阶段。这个时期主要是政治、学术、社会思想和科学文化等各个领域，为了适应明治维新的需要，满足开化启蒙的目的而得到了发展；但就文学本身来看，并没有取得很大的进展，只是出现了不少作为启蒙工具的文学作品和翻译作品。在自由民权运动时期，近代文学才开始勃兴，促成了近代文学的黎明。这个时期首先出现了作为民权运动宣传工具的"政治小说"，它虽然在艺术形式和手法上没有摆脱封建时代通俗小说的羁绊，但是鼓吹民主，宣传民权，针砭时弊，表达了强烈的爱国忧民思想，确是发聋振聩的新声。其代表作有矢野龙溪的《经国美谈》(1883)和东海散士的《佳人奇遇》(1885)。与此同时，坪内逍遥(1859—1935)也开始了文学活动，他的《小说神髓》(1885)是日本第一部提倡近代现实主义文学理论的著作，书中提出以"人情"、"世态"为描写对象，反对游戏文章和道德功利的观念。他纠正了当时盛行于社会的封建主义的文学偏见，把小说艺术提高到具有社会价值的重要地位。在他之后，出现了日本近代现实主义奠基者二叶亭四迷(1864—1909)的长篇小说《浮云》(详见本章第二节)，它是第一部用自然、生动的语体写成的优秀的现实主义之作。通过在政府供职的小官吏文三被解雇的遭遇，揭露了官僚机构的腐败和贪财附势的市民风气，为日本近代文学的发展开拓了道路。稍后森鸥外(1862—1922)于1890年发表了短篇小说《舞姬》，它与《浮云》一样，表现了近代知识分子生活中的苦恼。青年留学生太田丰太郎在德国大学的自由风气的感染下，个性觉醒，违抗官方的指令，与德国舞女爱丽斯相爱，追求个性自由，可是最后在功名利禄的诱惑下，抛弃已怀孕的情人回国得到天方伯爵的"庇护"。整篇作品用感伤、浪漫的格调抒发了一个个性自由追求者的失败的哀叹。《舞姬》为日本近代浪漫主义文学确立了方向。

在坪内逍遥、二叶亭四迷、森鸥外等作家开创的文学道路上，日本近代文学迎来了迅速成长的时期。19世纪末叶，日本文坛出现了繁荣局面，作家、作品大量涌现，文学结社不断形成。“砚友社”和“文学界”是两个重要文学社团。“砚友社”以尾崎红叶为首，他们以赢得读者的眼泪为宗旨，写出一些思想内容肤浅、迎合部分读者趣味的作品。“文学界”以北村透谷为首，是一群致力于文艺改革的诗人、评论家，他们采取了与现实对立的态度，提倡个性解放，梦想幸福的海市蜃楼，讴歌青春的活力。他们掀起了日本近代浪漫主义文学风潮，为近代诗歌发展、繁荣奠定了基础。

北村透谷(1868—1894)是浪漫主义诗人、评论家。他曾参加过自由民权运动的左翼活动。运动失败之后，又置身于文学事业。他不满日本近代明治社会，倡导个性自由，恋爱神圣，主张发扬德川幕府时代的平民精神。他深受英国浪漫主义大诗人拜伦的影响，创作了两部格调激昂的诗作《楚囚之歌》和《蓬莱曲》，表现了诗人向往自由，追求个性解放的炽热情感和对污浊现实的强烈不满：

这个无聊的世界，
这个无所作为的世界，
这个虚伪的世界，
这个狡诈的世界，
这个丑恶肮脏的世界，
怎么能叫我有片刻的安宁！

——《蓬莱曲》

北村透谷也创作了一些格调清新，意境优美的抒情诗，表现了诗人对爱情的崇尚和作为一个觉醒者的孤独、寂寞。他最后终因对现实不能忍受，怀着痛苦、绝望和迷惘的心情自杀了。北村透谷倡导的浪漫主义文学得到发展，出现了以岛崎藤村《嫩菜集》为代表的抒情诗歌的繁荣；接着浪漫主义文学风潮也冲击了日本传统诗歌的和歌领域，改革了和歌的内容和形式，容纳了近代的思想。与谢野晶子(1878—1942)是有代表性的女诗人，她在《乱发》等和歌集中，大胆地讴歌了青春的热情、性爱的自由，向传统的道德观念进行了挑战。

中日甲午战争激化了日本明治社会的矛盾,加深了阶级对立,因而也影响了日本近代文学的发展,开始由浪漫主义向现实主义转化。樋口一叶(1872—1896)是青年女作家,“文学界”的同人,她出身于下层,一生饱尝了人生的艰辛。她满怀深情地描写了处在近代社会底层的小人物的悲剧,尤其是被社会蹂躏、践踏的下层妇女生活。她感情真挚,文笔清秀纤细,作品散发着浓郁的抒情气息,在日本近代文学中,她是独具特色的女作家。其代表作品有中、短篇小说《埋没》、《浊流》、《十三夜》和《青梅竹马》等。与樋口一叶同样较早地表现了现实主义倾向的作家是国木田独步(1871—1908),他起初是一个浪漫主义诗人,后来转向现实主义文学的创作。早期以俊秀洒脱的文笔讴歌自然的壮丽,寄托自己寻求自由的情思。晚年用深刻有力的描写,暴露了现实的黑暗。《穷死》描写了失业工人走投无路以自杀而终的惨景;《竹栅门》表现下层劳动妇女的悲剧。作家艺术高超,技巧娴熟,富于抒情性,艺术感染力强,至今仍为日本人民所喜爱。

社会矛盾激化,日本工人觉醒,促发了早期工人运动和社会主义思潮。这一新的社会动向反映在日本近代文学中,一种倾向于社会主义思想的文学崛起。它在小说领域内以德富芦花和木下尚江为代表,在诗歌领域内以儿玉花外为代表。德富芦花(1868—1927)是一位激进的民主作家,其作品洋溢着深厚的人道主义思想。他关注社会,对近代日本资本主义极为不满,探求社会出路,寄情于社会主义思想。1903 年发表的《黑潮》是他的代表作。这部小说以明治初年欧化主义盛行时期的生活为背景,描写了天皇重臣的擅权仗势、生活腐化,也表现了受到封建礼教压迫的贵族妇女的不幸。作品由于揭露深刻,大胆地触及上层统治者,引起广大读者的兴趣。

1904 年日俄战争的胜利促进了日本资本主义经济发展,它急速地由自由资本转向垄断资本,因此社会贫富差距加大,社会矛盾深化,也加深了个人与社会的对立。这些社会现象促进作家对社会问题的深省,为寻求个人在社会生活中的地位和出路,冷静地观察、分析社会问题。在这样时代思潮的背景下,日本近代自然主义文学兴起,它接受了西方自然主义文学理论,主张表现人类的本能,赤裸裸地暴露人间的丑恶,描写了消极、灰色的内容,因而给日本近代文学带来了一些不良的影响。然而,自然主义作家生活在封建势力强大的日本近代社会里,他们继承浪漫主义文学倡导的个性解放的精神和民主、人道的思想,也创作了一些不满于现实,暴露社会黑暗的具有现实主义倾向的文学作品。1906 年岛崎藤村发表了长篇小说《破戒》(详见本章第三节),它以鲜明的态度批判了日本封建的等级制度,提出了人权解放的民主要求,揭露了明治末期日本政界和教育界的腐败。1907 年田山花袋(1871—1930)发表了《棉被》,它描写中年作家厌倦家庭生活,追求女学生的恋爱失败的精神体验,赤裸裸地暴露了人们的情欲。它与《破戒》相对照,形成另一种自然主义作品的类型,即把描写集中在作家个人和家族的琐事及其各种情绪的感受的狭小世界里,带有浓重的自传色彩。在《破戒》和《棉被》影响下,自然主义作品大量出版,一时间自然主义文学蔚然成风,大有左右文坛的趋势。在藤村和花袋之后,又出现了德田秋声、正宗白鸟和岛村抱月等著名的自然主义作家、评论家。

田山花袋是自然主义文学的重要作家,他开始以浪漫主义诗人步入文坛,后来转向自然主义文学的创作。《棉被》之后,又写出了以个人或家庭生活为内容的长篇小说《生》、《妻》和《缘》三部曲等,对封建家族制度有所揭露。1910 年所创作的《乡村教师》,具有较大的现实意义。作品描写一介知识青年在偏僻的农村度过的灰暗、短促的一生,揭露了日本近代社会的黑暗对一代青年人的摧残。以后他脱离了自然主义文学的创作轨道,以宗教冥想世界为题材进行创作。

在自然主义文学风潮盛行时期，在文坛上异军突起而自成一家的是夏目漱石(详见本章第四节)，写出了《我是猫》(1905)等作品，以嘻笑怒骂的方式、冷嘲热讽的文笔揭露明治社会的黑暗。夏目漱石写出的一些批判力较强的作品和自然主义作家的一些具有现实主义倾向的作品，汇合成日本近代批判现实主义文学的潮流，推动了日本近代文学的发展。

总之，日本近代文学在这个时期达到繁荣阶段。它反映了社会下层人民生活的悲苦，也描写了近代知识分子生活的苦闷，在一定程度上表达了日本人民对明治社会的不满和反抗，初步形成了近代民族文学的风格和特点。

1904 年发生的“大逆事件”，标志着统治者进一步反动化。这次政治事件给日本知识界以极大的震动，加速了知识分子的分化；它也给日本文坛带来了暗影，使之发生了曲折的演变。“大逆事件”之后，政府采取了镇压政策，对进步、民主的知识界施行了禁锢的办法，迫使多数作家沉默；有的作家则在压力面前逃避现实，倾向悲观、颓废，或者描写身边琐事、忏悔人生；少数作家敢于挺身反抗，用影射等方式曲折地暴露了社会政治的黑暗。1910 年以后相继主宰文坛的两大思潮，浪漫主义文学和自然主义文学出现了停滞和分化的局面。年轻的民主主义诗人石川啄木(1885—1912)首先打破了当时文坛沉寂的局面。石川出身贫寒，一生穷困，最后穷苦和病痛夺去了他年轻的生命。他少年时代崭露才华，创作出浪漫主义格调的诗歌，有热心于社会问题的倾向；以后又接近了自然主义文学，写出不少有现实内容的小说；此后他又创作了咏叹个人生活悲苦和忿懑情绪的和歌集《一握砂》、《可悲的玩具》以及具有批判倾向的现实主义小说《道路》、《我们一伙和他》等。“大逆事件”促成他的思想成熟，认识到日本“强权”统治的反动，朦胧意识到用暴力推翻国家政权的必要，决心倾向社会主义。“长期以来，我对自己以社会主义自诩而迟疑不决，今天不再迟疑了。”(《致赖川的信》)。他在《时代闭塞的现状中》(1910)一文里，尖锐地批判当时以自然主义文学为代表的日本近代文坛：“今天的小说、诗、和歌，几乎全是嫖妓、私娼、野合、通奸的记录。”并且向日本青年大声疾呼：“我们青年为从这毁灭的状态中振拔出来，现在已经是必须认清‘敌人’的时候了……要以全部精神贯注在对明日的考察上——即对我们自己所处的时代进行有系统的考察上。”尽管他思想模糊、理论混乱，还有无政府主义的杂质，但是他敢于反抗黑暗政治，勇于探索人类光明的道路，在当时是难能可贵的。他为近代进步文学的发展做出了有意义的贡献，成为革命文学的先驱者。

1912年大正时代开始，日本近代文学进入了末期。此时反自然主义文学思潮兴起，先后出现了三个派别，一是“新浪漫派”，它明显表露了近代颓废、没落的倾向，描写变态的心理，崇尚唯美主义的文艺观，其代表作家是永井荷风、谷崎润一郎和后起之秀佐藤春夫；一是“白桦派”，它是理想主义文学派别，宣扬人类之爱，主张以个性的完美和发展来改革社会，它的多数作品对近代社会有所揭露和批判，尤其深刻地描写了社会上封建因袭的重荷，其代表作家有武者小路实笃，志贺直哉和有岛武郎；另一个是晚出的“新思潮派”，它主张客观、冷静地描写现实，对所描写的现实生活用以理智的剖析，提倡技巧的纯熟。它着重表现了近代日本社会给市民生活带来的不幸和苦闷，其代表作家有菊池宽和芥川龙之介(详见本章第五节)。

志贺直哉(1883—1971)是大正时期重要小说家。他的作品取材于个人和家庭日常生活琐事，通过点滴生活现实的描写，揭露日本社会的黑暗，具有鲜明的人道主义倾向和现实主义文学的色彩。他文笔清新隽永，生动洗练，用疏寥的笔墨勾画出生动的形象，具有较高的艺术造诣。他是一位颇有影响而且颇具特色的作家。其代表作多为短篇小说，如《到网走去》(1910)、《十一月三日午后事》

(1918)和《灰色的月亮》(1945)等,它们以生活中习见的小事,再现了封建礼教对妇女的束缚、日本军国主义的残暴以及二次大战给人民带来的灾难。《暗夜行路》是他唯一的长篇小说,描写近代知识分子追求“个性完善”道路的失败,最后在自然的怀抱中求得灵魂的安宁,反映日本近代知识分子的苦闷、彷徨、悲观的情绪。

有岛武郎(1878—1923)是一位具有强烈的人道主义思想的作家,他关心社会,勇于追求生活。1918 年发表的长篇小说《一个女人》是其代表作,作品刻画了一个青年女性早月叶子,她不满封建礼教习俗的约束,寻求个性解放的道路,但是她只凭个人的强悍性格和本能的要求反对不平的世道,最后误入歧途被畸形社会所吞噬,抱病而终。小说以女主人公的悲剧结局,暴露了近代社会文明的虚伪,表现日本知识妇女寻求解放的失败。它是一部具有深刻社会价值的现实主义小说。其他著名作品还有《该隐的后裔》和《诞生的苦恼》。

大正时代末期,社会矛盾深化,阶级斗争激化。有岛武郎和芥川龙之介都对现实社会非常敏感,他们面对尖锐的社会矛盾和日趋高涨的革命形势,感到茫然和畏惧,内心怀着深刻的矛盾和不安相继自杀。他们的死标志着日本近代文学的结束。

近代朝鲜文学

近代朝鲜是一个封建的殖民地的国家。1870 年朝鲜和日本签定了辱国的“江华条约”,从此走上了殖民地的道路。1910 年朝鲜被日本吞并。日本殖民主义者的残酷统治,激起朝鲜人民的不满和反抗,先后爆发了全国性的 1894 年的“甲午农民战争”和 1910 年的“义兵起义”。在此基础上朝鲜人民开展了早期爱国启蒙运动。朝鲜文学于 19 世纪末和 20 世纪初,进入一个新的历史阶段,史称“启蒙文学时代”。它反映了人民渴望民族独立和国家复兴,有力地配合了当时反帝、反封建的斗争。开始是以翻译介绍外国近代作品起步，激起民族的爱国热情，唤起人民的觉醒和斗志。20世纪初出现了一批描写反对异族侵略的英雄故事，它与反对帝国主义斗争的现实生活联系起来。接着在文学表现形式上也有重大的改革，出现了用语体写成的新小说和诗律自由的新诗。新小说的代表作家和作品有李仁稙的《雉岳山》、《鬼之声》，李海潮的《自由钟》、《牡丹屏》，具然学的《雪中梅》，金教济的《显微镜》等。这些作品往往通过对封建家庭内部矛盾的揭示，批判封建社会的黑暗现实以及封建礼教对人的毒害，具有启蒙意义。其中《自由钟》描写一位爱国妇女在生日宴会上，与女友交谈、议论，提出了朝鲜亟待解决的社会问题，表现出朝鲜的反帝爱国倾向。这些作品都不同程度地体现了新时期的启蒙爱国的特点。

这个时期诗歌创作也很活跃，民主、爱国是诗歌的主要内容。著名的《劝学歌》（无名氏作）中写道：

生存竞争，当此时代，
国家兴亡，我独有责。
列强侵略，再思再想，
奴隶牺牲，耻辱而已。

这首诗表现了强烈的爱国精神。此外，在反抗日本占领的义兵起义的战士中间，也传诵着不少悲壮的爱国诗歌，像义兵将领安重报的《慷慨吟》和金海山就义前的绝命诗，也是千苦绝唱的诗篇。

朝鲜近代文学处在由中古文学向现代文学转折的时代。时间较短，没有得到充分的发展，未产生有重大影响的作家与作品。但它毕竟为朝鲜现代文学的形成奠定了一定的基础。

第二节　二叶亭四迷

生平与创作

二叶亭四迷（1864—1910）是日本近代现实主义文学的奠基作

家，本名长谷川辰之助，生于明治元年，是武士子弟。明治维新后，随其父辗转于名古屋、东京、松江等地，少年时代受过良好的汉学教育。15岁考入东京外语学校，学习俄语。其间，受到俄籍教师梅契尼可夫和库柯[①]的影响，接触了19世纪俄国现实主义作家果戈里、屠格涅夫、冈察洛夫、陀思妥耶夫斯基等的作品，尤其俄国革命民主主义评论家别林斯基和杜勃罗留波夫的文学理论给他以极大的影响，形成他对文学的爱好和“为人生而艺术”的文艺观。

他的青年时期正值明治初年，民主思想高涨，民族情感炽热。他受到维新志士的影响，有图谋大业、忧国忧民的思想。他本想置身于军界为国效劳，但因身体条件差，转学外语，希望从事外交事业为国增光。1886年在他毕业前夕，外语学校突然改为商业学校，他因不满这种改变，愤然退学。

二叶亭四迷在俄国文学的影响下，开始热衷于文学创作，同时进行评论和翻译活动。1886年他拜访了当时成名的作家坪内逍遥，在其帮助和鼓励之下，同年发表了文学论著《小说总论》，提出较为完备的近代现实主义论。转年又开始发表长篇小说《浮云》，同时以流畅、清新、生动的语体翻译并发表了屠格涅夫的《幽会》，开始引起文坛的重视。但是他生不逢时，当时正是“砚友社”主宰文坛，处于“红露”[②]并称的时代。娱乐读者、现实倾向不强的作品风靡一时，而他那富有坚实内容、真实再现生活的作品和旗帜鲜明的现实主义理论却受到排斥，不为文坛所接受。加之当时民主的自由民权运动遭到政府镇压之后，政府颁布各种律令，加强了天皇绝对君权制的统治。现实社会的黑暗和文坛的落后，使他感到孤独、忿懑，甚至绝望，《浮云》未完就不得不弃笔，他还无限愤慨地

---

① 梅契尼可夫和库柯均是帝俄沙皇时代的政治流亡者，他们崇尚民主主义思想，反对沙皇专制制度，热爱19世纪俄国现实主义文学。

② 红露即尾崎红叶和幸田露伴。

扬言:“……文学对我来说,是无足轻重的、没有价值的”(《在友人欢送会上的致答词》)。

离开文艺界之后,二叶亭先后从事情报翻译工作、外语教学工作以及工商实业的活动,还随从被称为“东方豪杰”的川岛速浪,到中国北京参加了清政府的改革活动。虽然弃笔文学创作,但还不断地翻译发表俄国19世纪现实主义作家的作品,因为译笔清新、朴实,又利用准确、生动、优美、新鲜的口语翻译,所以译作很好地传达了原作的文意和风格,赢得广泛称赞。

他关心社会,体察民情。他热心收集、翻译和介绍俄国当时的工人运动和社会斗争的情况,这些介绍材料给当时日本从事民众运动的先驱者们以极大的启迪。他还深入社会,出入贫民窟,了解下层劳动人民生活的实际状况,为改变穷苦人们因恶习而造成的精神上和道德上的病态而进行探索。他研究各种学术著作,笃信以民主主义、人道主义为基础的空想社会主义思想。这些实际的社会活动,促进了他思想上的进展。他深为人民的质朴、善良所感动,“常说的人类纯真在浓妆艳抹、锦缎束身的上流社会里决没有体现,反而在蓬头垢面、衣裳褴褛之间发现了真正的人性。”(内田鲁庵:《二叶亭的一生》)

1904年入大阪“朝日新闻社”。1905年日俄战争结束后,日本近代文学又呈现了蓬勃发展的新气象。文坛繁荣的景象具有强烈的诱惑力,促使他在弃绝20年文坛生活之后,又以文坛宿将的身分重返文艺界,先后创作了两部重要小说《面影》(1906)和《平凡》(1907),并且发表了文学评论和随笔多篇,恢复了旺盛的文学活动精力。1909年以朝日新闻社特派员身分出使俄国彼得堡采访,在回国时,因旅途劳累,肺病加重,于1910年死于途中,时年46岁。

二叶亭的文学道路是艰辛曲折的。《浮云》的中断、他正当旺年时期的早逝,都是日本近代文学的不幸,这也象征着日本近代文学草创、探索时期的艰难、困苦。作为日本近代文学的开拓者,二

叶亭为推进日本近代文学的发展做出了杰出的贡献:

首先,确立了较为完整的近代现实主义文学理论。二叶亭深受俄国革命民主主义文学理论的影响,在第一篇文论——《小说总论》里,在日本近代文学史上最早提出了完整的现实主义文学论。其一,他明确阐述了艺术内容和形式的辩证关系:“有形亦有意,意依形显,形依意存”,但以“意”为主,“意若在内而显于外,虽无形而尚存;形而无意,则片刻不存”。内容是主要的;其二,强调文学艺术性的重要。他认为认识世界有两种手段:“以知识来理解的学术”上的认识和“以感性来获得艺术”上的认识,所以艺术的目的在于“描摹”,即“藉实相(生活的真实细节)写出虚相(现实的本质)”,小说的“描摹”是“以语言修饰人物形象,用偶然的形态(个性形象)明晰地写出自然的本意(本质)。”因此小说的艺术性是十分重要的,它关系到是否形象地再现现实本质。二叶亭为了探讨现实主义文学的艺术规律,在其后的《我的前半生忏悔》、《作家苦心谈》等文章中,进一步阐明了小说的人物、情节与主题的关系以及形象的典型化等艺术创作原则和技巧问题;最后他还明确提出现实主义文学的评论原则:“写出浮世之形而无意者是劣等之作,形意兼备者是杰出之作,形意兼备而又生动感人者是名人之作。所以,考察意之有无、表达之优劣,加以理论的说明,并且在创作的实践中具体研讨,从而断定小说之价值,则是我们批评家应努力去做的工作。”(《小说总论》)

第二,成功地塑造了富有近代个性觉醒的新型知识分子形象,广泛地描写明治维新以后社会的黑暗,为日本近代文学开拓了广阔的领域。二叶亭一生小说创作不多,只有三部长篇小说和一篇短篇佳作《茶筅发》。虽然数量不多,但都是“为时而发”的现实主义作品,体现了“为人生而艺术”的原则。《浮云》暴露了腐败的官僚机构和小市民的庸俗生活;《面影》对日本封建习俗的养子制度作了有力的批判和对拜金主义的世俗风气作了深刻揭露;《平凡》

描写了才华出众的知识青年在艰难岁月中空虚而无聊地度过半生的凄凉景象，反映明治社会中“才秀人微”的不合理现象；《茶筅发》站在维护妇女权益的立场上，再现了封建礼教对妇女的束缚，提出了妇女再婚的重要社会问题。这些作品集中塑造了明治社会中平凡的知识分子形象，《浮云》中的文三，《面影》中的小野，《平凡》中的“我”，都是具有才智、受过良好教育的正直知识分子。他们有个人理想的追求，不与世俗社会同流合污，但又承受不了时代的重压，缺乏冲破现状的勇气，为时代的压力所挫伤，成为明治近代社会被排挤的“多余人”。然而，文三的愚直、小野的挣扎、“我”的孤愤都在不同程度上反映了他们对社会的不满、对“人性生活”的追求，而且有近代个性觉醒的特色。与他们相对，也描写了知识分子的败类，他们是庸俗的小市民，是统治者的奴才，自私自利，追逐金钱和权势，玩弄权柄，迎合时代的潮流而自鸣得意，《浮云》中的本田升、《平凡》中的小孤三平、《面影》中的叶村幸三郎均是这类知识分子的形象写照。作品展现了这两类人物的矛盾、纠葛，揭示了明治社会的矛盾，再现了日本近代社会的风貌。二叶亭小说的现实描写的深刻性和人物塑造的典型性都是日本近代文学中的典范。

第三，初步确立了日本近代文学的文体。日本近代文学确立的标志之一是文体的改革，废弃远离民众的古语而采用生动、活泼、通俗的口语。最早完成这一文学改革业绩的是二叶亭四迷。明治初期的文学沿用封建末期的文学用语——“文言文”，或是通俗小说的套语(戏作调)。二叶亭的创作和译作则大胆地采用了接近口语的语体，它生动、通俗、清新、活泼，在人物对话、叙事、状物、写景和抒情上，都达到了完美的境地。他在《我的白话文之由来》中谈道：“不用没有取得国语资格的汉语”，也废弃了已经死去的古词语。这种文学用语力求口语化的原则，为近代日本文学语言的发展奠定了基础。他的文学语言也成为后代作家的学习楷模。

《浮　　云》

《浮云》是二叶亭的出世之作，也是他的代表作。《浮云》写在明治二十年代，这时，明治初期的动乱时代已过，代表民主、自由的民权运动也失败了，天皇专制政体经过多次波动之后，终于牢固地确立起来。天皇政府接连颁布了各种律令，在国内形成了强权的统治，一切都按照政府的官僚机构的要求行事。社会各个阶层的人们也发生了变化，一部分人追随时代，甘愿成为政府的奴仆；一部分人感到压抑、苦闷，不满政府的各种律令。《浮云》就是描写新时代变化之下的“青年男女的倾向”(《我的前半生忏悔》)。小说通过一个被解职的小官吏内海文三的平凡生活和他周围人们的活动，表现了“明治青年”的不同倾向，暴露了官僚机构的腐败和社会上小市民的庸俗习气。

内海文三是一个贫困的小资产阶级知识分子。父亲死后，他寄居东京叔父家里，勤奋学习，毕业后在政府谋得一个低微的职位。他为人善良、诚实，工作勤恳，安身于自己平凡的生活，只希望和自己相爱的堂妹阿势结亲，把在家乡过着孤苦生活的老母接来同住，共享天伦之乐。但他不谙世俗，也不会逆溯自己的良心去迎合上司的需求，终于被政府机构革职。失去职业之后，他首先遭到婶母阿政的责骂、非难和同事本田升的嘲讽、讥笑，继之情人阿势也转向他人。他感到痛苦和烦恼，为自己不平之遇而忿懑。

内海文三是个小人物，他没有图谋伟业的志向，也不是卓尔不群的高傲人物。他的理想是正直做人和勤恳工作，过一种与世无争的小康生活。他懦弱无能，优柔寡断，缺乏坚定的信念和勇敢的行为，终究被排除在社会幸福大门之外。但是在他身上也葆有了一种纯正的品性，“正直”的秉性，有维护人格尊严的明确意识。他从来不违背自己的良心去随俗沉浮，与腐朽的势力同流合污。他看不起无工作能力、只会溜须拍马的同事本田升，称他为“猫狗不如的东西”;也敢于蔑视上司,对上司的非分要求不予理采。他的这种品性,与当时官场风气大相径庭,所以他才被政府机构排挤出来,成为世人嘲弄的对象。尽管文三的这种观念并不自觉,但却闪耀着近代个性觉醒的光芒,它是近代民主思想对陈旧的封建习俗的冲击,是一种“执着的社会正义感、责任感对侮没人性的反抗力”(小田切秀雄《二叶亭四迷》)。它反映了明治知识青年的民主倾向。自然,这种新时代的倾向在文三身上还很微弱,更没有形成自觉的意识。他不能割断与旧传统、旧观念的千丝万缕的联系,置身于社会的叛逆行列之中,他性格怯弱、遇事踌躇,即使失业之后,在遭到婶母的白眼、情人的背义之后,也没有勇气离开叔父家而自立。这不仅因为难于割舍与阿势的恋情,寄希望于情人的转变;也是因为在叔父不居家时,把整顿家族的责任看作是家族男儿的任务。这种封建处世的原则,成为使他不能以全新面貌立身的羁绊。作家对文三的软弱无能作了批判,但他着意之处还是通过一个平凡人物写出新的时代对民主思想的召唤。

与文三相对照,作者也刻画了另外两种倾向的青年:本田升是官场豢养出来的市侩人物,当僚友一个个被革职之时,正是他被上司看重加官晋级之日。他卑躬屈节、溜须拍马赢得上司的青睐;他甚至乘人之危,挑拨文三与情人阿势的关系,勾引阿势以满足自己的色欲。他行为卑劣、灵魂肮脏,却是明治社会的得意者。他的得意反衬了文三的失意和落魄,进一步暴露了官僚机构的黑暗。文三的堂妹阿势处处以“新女性”自居,她骄纵轻佻,追逐时尚,虚荣浮华,见异思迁,对文三的爱情缺乏真挚深沉的感情,随着文三的落魄而转向他人。她的“时髦”不过是日本近代开化的肤浅性的表现,究其底她不过是一个势利的小市民。对阿势的描写表达了作家对明治社会欧化倾向的否定。婶母阿政是旧式的小市民,嫌贫爱富,当文三在职时,视文三为“珍宝”,“爱不释手”;文三被解雇之后,又视为路人,恶语相讥,“竖目横眉”。阿政与阿势尽管面貌不同,却是一对气味一致的世俗小人。

《浮云》以社会中平凡的事件和人物,反映了明治时代的社会面貌,尤其深刻地揭露了日本天皇政府官僚机构的庸俗、腐败。它不愧为日本近代批判现实主义文学的奠基之作。小说对人物描写个性突出,具有典型特征,富有时代色彩。作家在谈到人物创造时说过:"当然并非偶然发现一个模特儿,就觉得它很有趣;而是首先在自己的脑海里,对当时日本青年男女倾向产生某种模糊的、抽象的观念,然后考虑为了使它具体化,究竟描绘什么样的形象好呢?在这种酝酿过程中,我就会在某处见过的人,或者自己过去认识的人中,发现多少与自己的抽象观念血脉相通的人。于是便以这人为基础创造典型。"(《我的前半生忏悔》)他依据现实主义典型化的原则,突出小说中各色人物的性格,并且加以互相对照,加强人物关系的描写,深化作品的主题。作家在塑造人物上擅长人物内心的描写,把人物复杂、矛盾的心理状态予以细腻、真实的描绘,突出了人物性格。例如对文三一步三思的内心活动的写照,充分展示了他那种优柔寡断、好思少行的性格特征。《浮云》在日本近代文学史上还是第一部采用白话文语体的文学作品,是运用生动、鲜明、活泼、形象的口语进行创作的。它为日本近代文学的语言指引了新的方向。

《浮云》是日本近代文学的奠基之作,但在当时,它不为文坛所接受,得不到应有的社会反响。这大大刺痛了二叶亭的内心,他感到自己的文学才华不为人们所重视。他在《浮云》三编发表之后,愤然弃笔。这成为日本近代文学的憾事。《浮云》按照作家原意,是以阿势的堕落、文三的发狂告终。可以看出作品悲剧性的结局将能更有力的控诉明治社会的黑暗与不平。

第三节 岛崎藤村

生平与创作

岛崎藤村(1872—1943)原名春树,别号古藤庵、葡萄园主、六窗居士等等,生于信州一个旧封建世家,祖上是武士。父亲岛崎正树是个富有正义感和爱国心的维新志士。藤村自幼受到父亲的教诲,深受其父的影响。10岁去东京上学,20岁毕业于明治学院。在当时文艺风潮的影响下,他开始创作浪漫主义诗歌,参加了文学社团"文学界"。在文学同人中间,他以北村透谷为师友,钦佩北村的大胆卓识和勇于反抗社会、追求自由的精神。在北村直接影响下,写下了不少热情、豪放的诗篇。不久北村横死,接着,岛崎藤村家庭也连遭不幸,加之爱情的波折,使他心情灰暗,意志消沉。正在此时,他的第一部诗文集《嫩菜集》出版,这是一部歌颂青春、爱情、光明的浪漫主义抒情作品集,它以明媚的春天象征着新时代的到来,象征着诗人的自我觉醒,突破了古典诗歌的格调和形式,写进了近代自我意识,拨响了寻求自由、解放的时代的音符,在典雅、流畅的诗句中,在寓意朦胧、愁思淡淡的诗行中,散发出浓郁的时代气息。《嫩菜集》鲜明的时代感和浪漫格调唤出许多新诗人的登场,汇成浪漫主义诗歌的潮流,推动了日本近代文学的发展。此后,岛崎藤村又连续创作了《一叶舟》、《夏草》和《落梅集》三部诗文集,完成他作为日本近代文学中一位浪漫主义诗人的业绩。

1899年家族的败落,使他不得不独立谋生,去故乡信州一带从事教学工作,从此揭开他创作生涯的新的一页。信州是日本偏远地带,那里的人民单纯、质朴、勤劳,那里的自然景色绮丽动人。他在教学余暇观察自然,体察民情,改变了他原有的创作思想和风格,开始转向现实主义文学的创作。1901年创作的散文集《千曲川素描》，是他新的创作起点，它展现了千曲川流域的风土人情，表现了祖国山川的壮丽景色，又以人道主义精神描写了农民质朴、勤劳以及与自然斗争的艰辛，也勾画了他们与地主之间的斗争。藤村自己说道："想从自己周围开始，把映在眼里、感在心头上的如实写出来，我就首先从农民粗杂的生活的写生起步。"(《绿荫集·序》)

1903年在信州教育界发生了一件令人气愤的事件，一名部落民(秽多)出身的小学教员被校方无理地解除教职，引起了社会的公愤，藤村也义愤填膺。他根据这一事件，写出一部重要的现实主义杰作《破戒》。《破戒》出版之后，反响很大，被誉为一部"问题小说"，是当时兴起的自然主义文学的代表作。《破戒》也是他创作生涯中的第一个高峰。

1906年为了更好地从事文学事业，他辞去教职再度来东京定居。在东京生活不久，家庭一连发生许多不幸，三个女儿相继亡故，妻子也在几年后死于难产。生活中的不幸并未使他消沉，他顽强地在逆境中继续创作，写出了两部长篇小说《春》和《家》。《春》以自己在"文学界"的一段经历为素材，再现了明治进步青年的觉醒和苦恼。它成功地塑造了明治文学青年的群像，他们探讨人生，改革文艺，与顽固的封建习俗势力作斗争；其中青木的形象更为突出，他思想激进，态度鲜明，大胆指责："今天的国家只是青年的坟墓而已。"号召青年要"破坏！破坏！向束缚思想的一切旧习俗、旧礼教冲击。"他最终不能忍受现实的黑暗而自缢。他的死是对明治社会的有力控诉。《春》虽是自传体小说，但仍不失为一部有现实倾向的佳作，尤其作为"文学界"同人活动的艺术文献，则更有纪念意义。《家》也是一部自传体小说，它直接取材于藤村家族和姐夫高濑家族的衰败历史，反映了明治维新之后，在资本主义势力的冲击之下，日本封建的旧式大家族不断解体和衰败的过程。小说以小泉三吉坎坷不幸的遭遇为中心线索，串联起小泉的家族和以制药业为本的桥本家族的两代人的变迁。小泉经过勤奋努力，终以一个作家而立身，桥本家族嫡后正太无力重振家业，在郁郁之中死去。小泉再次回到家乡，满目凋敝、破落，毫无振兴希望。整部小说笼罩着阴沉灰暗、凄楚哀伤的情调，它是一曲封建世家没落的挽歌。作品最后一句是“屋外仍是一片漆黑”，透露出作者的悲观情绪。《家》结构严谨，描写有力，不愧是一部力作。但是藤村描写封建家族败落的历程，不是植根在时代的变迁，而是立足于家族血缘关系的败坏，尤其以“对屋外发生的一切一概不写，只限于屋内的光景”(《偶感》)为创作的原则，更削弱了作品揭露、批判的力量，自然主义色彩更为浓厚。正因为如此，《家》被视为“自然主义纪念碑式的作品”，藤村也因此成为文坛上的一位大家。

满获作家荣耀的藤村在多年独居生活中，不慎与侄女发生了不正常关系。他被迫于 1913 年离开祖国去巴黎寄居。三年后回到东京，他为了清算这件不光彩的事件，用道德忏悔的方式写下了一部新小说《新生》。小说最后让男女主人公在宗教情爱的感召之下获得“新生”。《新生》是一部缺乏社会意义的作品，也是他创作中最低点的作品。

第一次世界大战之后，日本社会发生急剧的变化，革命运动风起云涌，革命思想迅速传播，左翼文艺也蓬勃发展。现实的巨变引起藤村的关注，他感到一个崭新的时代即将到来。他满怀喜悦，期待着“一个自由、光明的世界”出现。他把这种时代感写进了自己的作品，在杂文《敞开胸怀》中，号召人们消除隔阂，赤诚相待，渡过艰难的岁月，准备迎接新时代的到来；在短篇小说《风暴》里，透过孩子们的行踪听到新时代的脚步声，他最后无限感叹：“家庭内外都是劲风再吹。”

社会的变化引起藤村反顾历史，重新审视近代发轫时期(明治维新时代)的社会变化，现实民众力量的强大和革命思想的传播，使他寻求新的观点来确立自己的明治维新史观，“从草野之间”来看待这场历史变革，与官方学者的观点对立。出于这种动机，他构思新的作品，经过多年的呕心沥血，完成了《黎明前》(1932—1935)这部历史小说巨著。这部小说以其父正树多半生的经历为题材，广泛描绘了风云变幻的时代图景。主人公青山半藏是维新志士，他在维新前夕满怀欣喜，期待振兴民族的时刻到来。明治维新以损害人民的利益而确立了日本近代社会，这使他大失所望。半藏曾为争取农民进山伐木的权利与官府交涉，遭到官府的拒绝。他不得不在文明开化的声浪中愁眉苦坐。终日愁苦耗尽了他的后半生，最后发疯而死，在惊叫"敌人来了！敌人来了！"声中气绝。作品以一个维新志士追求理想而破灭，直至发疯而死的惨剧，充分揭露了日本近代化的丑恶，反映了日本明治社会的实质。这部小说规模宏大，视野广阔，笔力遒劲，描写了长达30年的社会历史的变迁，是一部优秀的现实主义历史小说，它是"昭和时代的里程碑式的作品"。

岛崎藤村1935年任日本"笔会"第一届主席，转年曾赴南美参加国际笔会大会，回国途中在上海停留，去新村凭吊了刚刚故去的鲁迅先生，表示对中国人民、中国作家的友好。

藤村最后几年是在日本进一步法西斯化的社会条件下度过的。政府推行高压政策，不允许作家进行独立、自由的创作。1942年设立了帝国艺术院，以便统辖舆论，为"东亚共荣"的圣战服务。藤村开始拒绝参加艺术院，表示"任何时候都作一名文学家的希望"，维护一个作家的自由和清白。在极端困苦的年代里，他仍然坚持创作。新的历史长篇小说《东方门》尚未完书，竟于1943年8月31日突然病逝。

藤村作为日本近现代著名的作家，他经历了艰辛、痛苦，又以百折不挠的精神寻觅时代前进的脚印，走完了自己独特而又曲折的文学道路。他起步于近代浪漫主义文学风潮，以一个抒情诗人登上文坛，在日本近现代文学发展史上留下了光辉的一页。从《嫩菜集》到《黎明前》，他每部重要作品都是日本近现代文学发展的路标。

岛崎藤村的作品深受日本自然主义思潮的影响，自传性色彩较强。有些作品拘泥于个别事件和人物的真实，缺乏艺术虚构和典型概括，描写往往又流于琐细、平板、呆滞，影响了作品的艺术感染力，这是他创作中最大的不足。

《破　　戒》

《破戒》是藤村信州 7 年艰辛探索的文学结晶。1906 年出版之后，立即引起文坛的震动，被视为一部具有时代意义的杰作，著名评论家岛村抱月说："小说界得此一篇，才达到更新的转折点。"《破戒》的主人公濑川丑松是一名乡村教师，他出身于低贱的部落民"秽多"。从幼年时起，就受到父亲的谆谆告戒，要隐瞒自己的身分，以免遭到社会的欺凌与迫害。他为人正直、善良，工作勤奋、能干，受到学生的爱戴，却遭受到乡村教育机构的代表人物校长和郡督学的妒嫉和排挤。他受到同是部落民出身的思想家猪子莲太郎的影响，以猪子为师表，要破除父亲的戒律，把自己的身分公之于社会，向封建社会习俗挑战。但又恐遭受黑暗社会的迫害，因而思想矛盾重重，行动迟缓怯懦。后来父亲暴亡，猪子惨遭政敌的暗杀而死，引起他心灵的巨大波澜。终于在猪子精神的感召下，以忏悔的方式向社会告白了自己隐瞒的出身，在情人志保的安慰和挚友银之助的帮助之下去美国生活。

《破戒》以丑松破除父亲戒律的思想觉醒变化的过程为主干，广泛触及了日本近代末期的农村乡镇的现实生活，揭露了乡镇的政界、教育界的腐败以及封建等级偏见的危害、封建剥削的残酷。《破戒》确实反映了日本近代社会的明显特点，即日本近代社会是一个富有浓重封建色彩的资本主义社会。

"明治维新"之后建立的天皇专制制度的政体是以大资产阶级和封建贵族政治势力联合为其支柱的，因而封建政治、经济、思想的势力仍旧是很强大的，封建身分制度、封建等级观念依然顽固地控制着社会的习俗。丑松生活在这样的社会里，自幼就饱尝了“秽多”所受到凌辱的痛苦。他痛感社会给予部落民的不公正待遇，他认为在这堵身分制度的“高墙前面……有多少善良的新平民就这样默默无闻地被葬送了。”他同情“秽多”人的遭遇。但是部落民的非人境遇是严峻的现实，被社会抛弃的痛苦使他不寒而栗，恐惧万端。他遵从父训、严守出身的秘密以“立身处世”。然而时代毕竟向前发展了，丑松是生活在明治维新时代的新人，他受到近代化的教育，得到民主思想的陶冶。他不堪忍受这种屈辱的境遇，不满自己内心的两重性人格。他要真诚作人，要得到社会平等的待遇，“我也是社会的一员，和别人一样，我有生存的权利！”这种强烈的民主和人权的要求，促使他醒悟。终于在前辈猪子先生的大义凛然的精神感召下，公开了自己的“出身”，向黑暗的社会势力作了勇敢的挑战。丑松的觉醒是付出了巨大的痛苦和代价的。他在抉择人生道路的关键时刻，苦闷、彷徨，焦虑踌躇，充满着悲伤、怅惘的情感，以致也流露出“觉醒者的悲哀”；最后则谦卑地忏悔式地告白和请求社会诸界的宽恕。这都反映了明治时代的知识青年的软弱性，也说明了日本近代社会中封建陈习势力的强大。尽管作品表现了主人公觉醒者的软弱和反封建的不彻底性，但它的主调仍然是歌颂近代新人的觉醒。丑松既不是思想麻木、任人欺凌的旧式部落民，也不是只追求个性自由、个人社会出路的近代知识分子。他的个性觉醒充分表达了部落民要求人权解放的思想，具有更鲜明的反封建的特点。因此，丑松的性格蕴藏着更深刻的社会内容。丑松觉醒之后，却不能在自己祖国立身，不得不去异邦寻求“乐土”。这说明近代日本的落后、保守，不能容纳一点民主、平等的要求存在。

《破戒》广泛地再现了落后的乡镇、农村的面貌。农民依旧从事笨拙的手工劳动，地主尽力盘剥佃农，乡镇教育机构由思想保守的校长、郡督学之流把持，乡镇的政界是阴险毒辣的政客高桥利三郎等野心家的角逐场。小说也写到在明治社会风云变化之下“士族”没落的命运，作品中小学教员风间敏之进及其家庭的变迁，就是生动的写照。

总之，《破戒》是广角镜，它把一个个富有时代特征的生活画面和人物尽收眼底，使其成为社会视野广阔的现实主义之作，充分揭示了近代日本社会的特点。正如作家所说：“虽说是明治维新，但我们并未能将过去根深蒂固的事物完全更新。从某种意义说，呈现在我们面前的事物，不过是封建时代遗物的近代化而已”。（《敞开胸怀》）

《破戒》创作之时，正值日俄战争爆发。藤村声言“人生是大战场，作者也是从军记者”（《绿荫集·后记》）。他以记者采风实录的精神广泛地报导了社会生活的真谛，写出了这部严肃的社会小说。小说中的现实主义内容，立即引起新闻界的重视，称它为关于部落民解放的“问题作品”。作者早年是浪漫主义抒情诗人，抒情的笔法和对自然景物生动、细致的描绘贯穿于作品的始终，使得作品情趣盎然、愁思朦胧，显示出作家既冷静、客观而又富有抒情色彩的艺术风格。小说还把人物活动的舞台置于风景绮丽、安宁、古朴的乡镇环境里，增添了作品的乡土气息和田园情趣，也为日本近代文学开拓了一个新的艺术领域——表现远离喧嚣的城市的乡镇知识分子的生活。

第四节　夏目漱石

生平与创作

夏目漱石（1867—1916）是日本近代文学的著名作家。他在日本自然主义兴盛时期，与其相对，对自然主义文学持不同的文学观，开拓自己的文学道路，完成了一位大作家的业绩。

他的本名为金之助，生在一个武士的家庭，明治维新之后家道败落，他从小被送到盐田家做养子。童年是在养父家度过的，因养父母不和，导致他的生活异常不快。他自幼好学，在中学时代就深受汉学的熏染，对汉诗文和小说极为爱好。1888 年中学毕业后入大学本科英文专业，专习英国文学。这时期他曾致力于汉诗文的创作，后收为一集，名为《木屑录》。其书序文明确表明“予有意于以文立身”。

夏目漱石在大学毕业后，去松山、熊本等地从事教学工作。此时受到学友正冈子规（1867—1902）的影响，积极参加了子规倡导的俳句改革运动。1900 年他被政府选为官费留学生，去英国伦敦深造。在异国，他度过了两年“不愉快”的生活，人地生疏，经济困难，又遭到西方人的冷眼，他觉得自己像“在狼群中的一只长毛狗一般”，与世格格不入。他用读书和钻研学问送走孤苦、寂寞的日子。他从事文学理论的研究，以心理学、社会学的观点探索文学的规律；也研究英国文学的发展，尤其倾向于英国斯威夫特、奥斯汀、梅瑞狄斯等作家。后来他将这些研究成果编成《文学论》（1907）和《文学评论》（1909）两部著作，充分显示了一位学识丰厚的学者的面貌。两年的英国生活也使他体察到在金钱主宰之下的“西方文明”的丑恶。1903 年回国，在东京从事教学工作。

正当自然主义兴起之时，夏目漱石于 1905 年完成了第一部长篇之作《我是猫》。小说以独特的艺术风格，强烈的讽刺、批判精神，惊动了文坛。此后又连续发表了《哥儿》、《旅宿》等众多的作品，显示出作家多方面的才能，使他成为世人所瞩目的重要作家。1907 年接受“朝日新闻”社的邀请，辞去教职，成为该社文艺专栏作家。他更以顽强的精神、勤奋的态度进行创作，先后发表了十余部作品，几乎每年都要完成一部力作。由于过分劳累，积劳成疾，1909 患了严重的胃病，多次危及生命，不得不住院治疗。他拖着病身，仍然顽强地坚持创作，直至生命最后一瞬。1910 年，他拒绝了天皇政府授与的文学博士称号，表现出一个富有正义感的作家的骨气。1916 年正当他执笔创作长篇小说《明暗》之时，病情恶化，治疗无效，于当年年底病故。

夏目漱石晚年文名大振，被许多青年文学家颂为“人生导师”。他组织文社，举办“星期四聚会”，收有不少门徒，培养有志于文学的青年，使他们成为著名的作家，如芥川龙之介、久米正雄以及“白桦派”的武者小路实笃、志贺直哉等人。他为日本近代、现代文学的发展做出了积极贡献。

夏目漱石一生作品甚丰，有诗歌、小说、评论、随笔等等，尤以小说作品成绩最为突出。他共创作了十几部长、中篇作品和为数不少的短篇佳品，可以说这些作品耗尽了他一生的精力。他发表作品较晚，年近 40 才发表了第一部小说《我是猫》，以才艺成熟的面貌出现于文坛；在其最后，又以娴熟的艺术描写，创作《明暗》(未完成)，开创了社会心理小说家的业绩。从发表作品到逝世，前后不过 10 年的时间，但他在这短短的时间里，却经历了三个创作阶段：

第一阶段是一位业余作家的创作时期。这个时期他一面从事教学工作，一面进行创作。他的第一部小说《我是猫》打开局面之后，又接连发表了众多的作品。《哥儿》是他以其从事教育工作的经验而写成的一部现实主义作品，小说通过一个青年知识分子“江户子”从事半年教育工作的经历，批判了教育界的腐败和黑暗。主人公是一位诚实、憨厚、富有正义感的青年知识分子。他嫉恶如仇，视学校腐败风气为敌，经常仗义执言，冲撞以校长、教务长为首的保守势力。他由于单纯、直率，也遭到对方的戏弄和欺侮。他最后联合有正义感的教员崛田，痛打了教务长，发泄了自己心中的愤恨。“哥儿”勇于斗争、坚持正义，但又缺乏对社会的深刻理解。他的大胆行动、反抗斗争的举动，带有见义勇为的侠义气质，有其盲动、幼稚的特点，表现出青年人的弱点。“哥儿”性格鲜明、可爱。小说发展了《我是猫》的讽刺的艺术特点，吸取了民间曲艺的“洒落本”的用语，全书诙谐、幽默，富有情趣，深得日本人民的喜爱。以后作家又创作了《一百二十天》和《疾风》等短篇小说，表现了作家大胆干预社会生活和热切希望改革社会的精神。《一百二十天》描写青年圭君和碌君一面漫步于风景迷人的阿苏山的山麓，欣赏宜人的景色，一面交谈，痛斥日本近代“文明开化”以来的种种弊端，指责社会的黑暗，要“打倒文明野兽，消灭金钱势力”，希图人们的思想来一场“文明革命”的洗礼。《疾风》刻画了致力于社会改革事业的志士白井道也先生。他饱尝了人间的不幸，一生反对“华族”(贵族)和财主。他发表言论，猛烈地批判了日本近代文明，指出它是“杀人不见血的地狱”。他还积极提倡尊重人格、尊重知识分子的社会理想，表达了作家的人道主义思想。

夏目漱石出身于没落的武士家庭，从幼受到佛教禅学的影响，后来又得到西方唯美主义艺术的熏陶。在他批判、讽刺社会弊端的同时，也表现了逃避现实的唯美的、浪漫的倾向。这时期他也发表了一系列的梦幻式的作品，如《伦敦塔》、《幻影之盾》、《薤露行》等。这些作品充满着异邦情调和抒情、浪漫的色彩。1906 年创作的中篇小说《旅宿》是这一倾向的集大成之作，它与其说是有情节、人物的小说，不如说是抒情、写景的散文。它通过画师的眼睛，描绘了一个超脱世俗的美的世界。他以“非人情”的情感，用“无心与稚心”来尽艺术家的天职写诗作画。作品描绘了秀丽的山水，渲染出一派“世外桃源”的景色。它充分表露出他的唯美主义文学倾向。

这一时期夏目漱石对各种文学形式都很关心，创作出各类主题的作品，表现出绚丽多姿的艺术风格。可以说这个时期的创作是他在艺术上的探索。尽管这时期显示了他丰富多彩的艺术天才，但是在作品中关注现实、描写社会，仍是他艺术上的基本倾向。

正如他所说："只睡在这种小天地(唯美主义天地)里，毕竟无法撼动这个辽阔的人世"(《致铃木三重吉书》)。

第二时期是他辞去教职以后成为专业作家的创作时期。第一部长篇小说《虞美人草》，集中批判了随日本资本主义发展而来的社会风尚的腐败，揭露了拜金主义和利己主义的风行。主人公藤尾小姐爱慕虚荣、追求浮华，最后以失去了爱情而失败、自杀。通过藤尾小姐的悲剧，作家申明了伦理、道德的是非观念，赞扬以诚实、坦率为立身的甲野和宗近，批判了藤尾的利己倾向。作品展示了作家心理描写和探索哲理的新特点。

1908年到1910年创作了《三四郎》、《后来的事情》和《门》三部作品，构成了描写近代日本知识分子生活的三部曲。《三四郎》描写生长在山村僻地的青年三四郎，怀着美丽的憧憬来到东京上大学。半年大学生活，使他领悟到世间的艰辛和不幸，目睹了大学教育的弊端，尤其遭到所爱慕的新女性美弥子的拒绝，更使他感到幻想的破灭。三四郎由追求到幻灭的遭遇，反映了明治时代知识分子共同的感受，也反映了他们的苦闷和对现实社会的不满。《后来的事情》刻画了一个旧式家庭的逆子代助，他出身于富家，父亲是官僚商人，思想守旧，封建观念十足。代助与其格格不入，但他依靠家族的供养过着优闲的生活。不久和嫁给友人平冈的旧日情人千代子相遇，又燃起昔日的情感之火。代助为了得到爱情、婚姻的幸福和个性自由，不顾社会的压力和家族的反对，要与千代子结合。但他又抵抗不了金钱主宰一切的日本近代社会的压力，无力与家庭断绝联系，自寻出路。他觉醒了，小说最后在寻求职业的烦恼中结束。代助体现了日本近代知识分子的觉醒和反抗，他强烈地抨击了日本近代文明社会，那里是"连一寸见方的光明之处都看不到"。他指责日本是"与牛竞争的青蛙"，迟早会"破腹"。《门》描写一个小官吏宗助得到朋友妻子御米的爱情，在穷街陋巷居住，过着小市民的平庸生活。虽然得到爱情的满足，但体会不到个性自由和生活的幸福。家庭生活的穷困和爱情结合所引起的对朋友道义上的责任,使他精神苦闷,心情郁闷。他为寻求精神的解脱,去镰仓参拜佛门,但是终究与佛门的大彻大悟相距甚远,感到自己是一个“站在门旁等待落日的不幸的人”。悲观、失望情绪笼罩着小说,表现了一个个性觉醒者的悲哀。《三四郎》、《后来的事情》、《门》尽管人物各异、情节不同,但是贯穿着一个中心主题,即描写了日本近代知识分子思想成长、变化的过程,他们追求理想、反抗社会,最后以不幸而终,体现了日本近代知识分子追求、反抗和破灭的三个步骤。三部小说都有成功的心理描绘,表现了知识分子复杂、矛盾、敏锐的心理状况,显示出作者精于心理分析的艺术才能。

1909年夏目漱石患了严重的胃病,身体衰弱,影响了精神的健康;翌年“大逆事件”发生,使日本社会呈现一片黑暗,因而加重了他的悲观情绪,从此他的文学创作转入了第三个时期。在艺术上,他更为娴熟精当;在思想上更为深沉、敏锐而又消极。这个时期他从西方人道主义思想和东方禅学思想出发,提出一系列改革社会的主张。他首先斥责了日本近代的文明开化,认为它是一种畸形状态,是在西方文明的强烈刺激诱发之下的“外发”,而不是植根于日本社会土壤中的自然生成的“内发”(《现代日本的开化》);其次,面对情欲横流的日本近代社会,他提出了“以自己为本位”的改革社会的主张,实现保全个性完整的理想社会(《我的个人主义》);同时强调从伦理道德观念净化人们的心灵,提倡富有宗教意味的“法天去私”的律己责人的伦理信条(《明暗》)。这些改革社会的道德观念,无济于改变日本近代资本主义社会的弊端,因而使他感到现实黑暗的沉重和前途的渺茫,更为他后期作品增添了阴霾厌世的色彩。

晚年创作了不少作品,除带有自传色彩的作品《路边草》、《玻璃窗内》之外,还有长篇小说《春分之后》、《使者》、《心》和未完成的

《明暗》，它们显示出作家的风格变化：文笔凝重，描写苍劲有力，深入探索近代知识分子的苦恼、孤独以及义理与自私的深刻矛盾的心理，突出了知识分子的孤独感和悲观厌世情绪，形成鲜明的心理剖析和哲理探求的艺术倾向。《路边草》描写作家个人与封建家族的矛盾，最后得出绝望的宿命结论："现世能够料理好的事情几乎没有。只要一件事情发生，不知继续到何时，并且以各种形式变成别人或者自己都无法解决的了。"小说《心》的主人公"先生"识破人世的辛酸和人们自私自利的阴暗心理，过着与世隔绝的孤独、寂寞的生活，自身又背负着在爱情纠葛中背离友人的道德上的自我谴责而异常苦闷，深深感到落后于时代，最后以自杀了却痛苦的一生。"先生"的孤独感和矛盾心理正是近代过渡时期日本知识分子的内心写照。《明暗》是心理小说的典范，它通过津田、阿延、清子、阿秀等人物的家庭和爱情纠纷，揭示了隐藏在人们心底的利己主义思想，描写细腻，情节集中，充分暴露了人们的灵魂的卑劣。由于作家病故，作品只写了丑恶的"暗"的部分，而显示善良、光明的"明"的部分却未完成，成为日本文学中的憾事。

在日本近代文学中，夏目漱石是少有的严肃作家。他目光敏锐、笔锋犀利，勾画了日本明治社会的种种丑态，具有鲜明的现实主义倾向。但他思想较为消沉，对现实抱有绝望的态度，晚年这种情绪尤为明显，因此在他的作品中总存在一个孤独、愤世、悲观的影子。

《我　是　猫》

1905 年发表的长篇讽刺小说《我是猫》是夏目漱石的出世之作，也是他的代表作之一。多年来他在逆境中生活，目击了社会的龌龊和丑恶，在内心深处埋藏了强烈的不满和愤世的心情。《我是猫》像火山的喷口一样，一泻千里地倾吐出他心中多年的垒块。

《我是猫》反映了 20 世纪初日本中小资产阶级的思想和生活，

尖锐地揭露和批判了明治“文明开化”的资本主义社会。它接触面广泛，内容丰富复杂。作品没有完整的故事情节，以猫为故事的叙述者，通过它的感受和见闻，写出它的主人穷教师苦沙弥及其一家的平庸、琐细的生活以及他的朋友迷亭、寒月、东风、独仙等人经常谈论古今、嘲弄世俗、吟诗作文的故作风雅的无聊世态。作品还巧妙地写进了邻家金田小姐的婚事引起的纠葛，并把它贯穿在作品始终。资本家金田的妻子为了选婿，到苦沙弥家里打听理学士寒月的情况。苦沙弥有些傲慢，不大理睬她，于是招来了金田夫妇的肆意迫害：先是指使一伙人侮辱谩骂；接着唆使苦沙弥的同事进行报复；以后又买通落云馆的顽皮学生闹得他不得安宁；最后还叫苦沙弥过去的同学对他进行规劝、恐吓。

小说围绕金田小姐的婚事引起的风波，有力地揭露了资产阶级的丑恶，批判了社会拜金主义风气。金田老爷是靠高利贷起家的“穷凶极恶、又贪又狠”的大资本家，拥有大量财产。他的“堂皇富丽的公馆”，与苦沙弥的“暗黑的洞窟”恰成鲜明对比。他发财致富的“秘诀”是“要精通三缺”，即缺义理、缺人情、缺廉耻。“把鼻子、眼睛都盯在钞票上”，“只要能赚钱，什么事也干得来”，把金钱看得比生命还重要。金田依仗自己的财势，成为社会上赫赫有名的人物。他财大气粗，依势压人。苦沙弥安贫、正直，教书 10 年之间，与金田素不相识，只是因慢待了他的老婆，他便兴师动众、三番五次进行打击，致使苦沙弥的身心受到严重摧残，搞得苦沙弥坐卧不宁，而金田却得意洋洋地说：“……这个家伙……不久将来，总会投降的呢。”暴露出一副奸诈、凶狠可憎的面目。所以，连“猫”也觉得金田是“最坏的人类”。

作者笔下的小资本家铃木藤十郎，同样具有唯利是图、损人利己的丑恶本质。他的人生观是“要做资本家就得做个大的”。铃木与金田老爷的不同个性是“圆转油滑”。“他以为一个人的事业倘能不经劳神苦思，不经辩驳争论而获得开展的话，那也就是人生达到快乐的极致了。”铃木大学毕业之后，就是靠这种“极乐主义”获得成功，带上金表，并成了“金田老爷的股肱”。他虽然是学生出身，但唯财是命，崇拜金钱，甘当金田老爷的走狗，毫无学友之情，两次来到苦沙弥家，做金田的暗探，铃木是典型的势利小人。

近代日本社会，金钱统治一切。金田老爷就是社会的“无冕之王”，他有叫人“生就生死就死的本领”。作品中的“猫”一针见血地指出：“我现在明白了使得世间一切事物运动的，确确实实是金钱。能够充分认识金钱的作用，并且能够灵活发挥金钱的威力的，除了资本家诸君之外，再没有其他的人物了”，表现了作者对金钱势力和资本家的深恶痛绝。

作品还有力地批判了明治政府的暴力工具——警察。作者笔下的一群知识分子对警察和侦探极为鄙视。苦沙弥痛骂“侦探是和小偷、强盗一个族类的东西，其臭无比”。作者通过他们的议论，揭露了警察制度镇压人民、剥夺人民言论和思想自由、草菅人命的反动本质。侦探“为了搜索证据，什么都作得出来”，“他们甚至罗织虚构，陷害良民”。作者还通过他们指出，真正的罪人是警察，真正的疯子是侦探。苦沙弥质问：“良民出了钱雇用的人，倒把雇主陷害，不是十足的疯子是什么呢?”迷亭用推想未来的滑稽趣谈，进一步对警察制度作了抨击：“到了那个时候，警察要提了棍棒在街上巡逻，和打野狗一样扑杀天下的公民了”。影射了日本警察机构的严厉统治。近代的日本是一个军国主义气味浓厚的国家，它广布密探和警察，钳制人民的行动，禁锢人民的思想。政府的反动统治是极其黑暗的。小说把矛头指向维护地主、资本家剥削制度的专政工具——警察制度，深刻地批判了它残杀人民的反动性，表现出作者目光的敏锐和进步的思想倾向。

作品还用众多的篇幅描写了以主人公苦沙弥为代表的明治时期的知识分子，他们正直、善良、鄙视世俗、不与败坏的社会时尚同流合污。穷教师苦沙弥“从当学生起就讨厌资本家”。他大骂金田

“算什么东西!”他把铃木的名片扔“在那个臭地方(厕所)判处了无期徒刑”。他对金钱和资本家的仇恨甚至到“顽固不化”的程度。美学家迷亭机敏多智,锋芒毕露,一有机会便嘲讽金田、铃木,使他们陷入窘态。理学士寒月不慕时尚,不愿作财主金田家的乘龙快婿。他们不满现实,揭露时弊,挖苦世俗。在他们尖刻、讥讽的语言中,却也表达了处在黑暗之中的人民忿懑的情绪。然而,他们也有着种种弱点,甚至不良的倾向。苦沙弥愚直、软弱、无能,不谙“世道”,他与金田的斗争中,虽有“雄壮”的“架势”,但“一交锋就成了银样的镴枪”了。迷亭轻浮说谎,玩世不恭,还往往故弄玄虚,哗众取宠。哲学家独仙宣扬“心的修行”,用“大彻大悟”教诲大家,实则是一种戕害人们身心的毒剂。他们最大的弱点是胸无大志、无所事事;虽然自命清高,但却过着无聊、庸俗的生活。他们为了寻求精神刺激,填补生活的空虚,卖弄知识,故作风雅,嘲笑世俗。这种矛盾的生活状态和性格特点,正是当时一种既不满上层统治,又不与人民为伍的处在社会中间状态的中小资产阶级知识分子的典型写照,因此他们被称之为日本的“多余人”形象。作者来自这个阶层,熟悉他们的生活习性和心理特征,因而在作品中真实地再现了他们的生活,有力地鞭挞和嘲弄了他们的弱点。在这样辛辣的讽刺背后,也隐藏着作者的苦闷和悲哀。作者说过:“比起嘲笑他们来,更嘲笑我自己,像我这样嘻笑怒骂是带有一种苦艾的余味的。”①

作品除了上面的揭露和描写之外,对当时的官吏、教育制度也有所抨击,尤其对当时追逐金钱、损人利己的时尚更是予以深刻的揭露,另外也写到了这样污浊的社会所造成的下层劳动人民朝不保夕、卖儿鬻女的生活惨景。可以说,《我是猫》是日本近代文学中一部视野广阔,描写深刻,贯穿着批判精神的讽刺小说。

---

① 转引自伊豆利彦等编《日本现代文学史》。

《我是猫》是一部具有独特形式的批判现实主义小说。小说中的"我"是虚构的、独特的艺术形象,不仅具有动物的习性,而且具有人的思想意识。在这部小说里,"猫"是叙述者、评判者,又是一个完整的形象,起着多方面的作用。小说以"我"(猫)为叙述者,以"我"的见闻和议论构成作品的内容。作品以"我"的出生为开头;随着"我"因喝了啤酒掉进水缸淹死,小说随即结束。作品没有完整曲折的情节,也没有一般小说那样严谨的结构。正如作品初版序言里所说:"《我是猫》像海参一样,不易分辨哪是它的头,哪是它的尾,因此随时随地都可以把它截断,进行结束。"

《我是猫》又是以讽刺小说著称的。作者继承和借鉴了日本俳谐文学和西方讽刺文学的传统,善于运用风趣幽默、辛辣讽刺的手法进行揭露和批判。他的描写既夸张又细腻,语言诙谐有趣。对金田夫妇的面容的描写用夸张的手法,达到讽刺的效果。金田夫人的鼻子"大得出奇,好像是硬把别人的鼻子抢来安置在自己的面孔正中似的";而金田则不同,不仅"鼻梁很低";而且"整个面庞也很扁平"。这种夸张、对照,突出了他们面容的丑陋,取得令人发笑的效果。作者还善于用突兀的滑稽手法达到批判的效果。正如作者所云,它是一种"一顿胡说八道,竟会叫人信以为真","激起滑稽的美感"。迷亭信口吹嘘意大利某画家如何画自然从写生做起。苦沙弥信以为真,照章做起。后来迷亭又说这是他胡诌捏造出来的,结果是一场笑话。这在让人发笑的同时,也使人感到迷亭的玩世不恭、戏弄别人的不良作风和苦沙弥的愚直、迟钝的性格特点,更使人认识到他们生活的空虚、无聊。全部作品语言幽默戏谑,处处闪烁出作者机智诙谐的风趣。

《我是猫》艺术精熟,叙述流畅,舒展自若,表现出作者高超的艺术造诣。但是,它也有结构松散、内容庞杂、议论较多、描写油滑低俗之弊。尽管有这些不足,究竟是瑕不掩瑜。《我是猫》可以说是日本近代文学中讽刺文学的典范之作。

第五节　芥川龙之介

大正中期,日本文坛出现了“新思潮派”文学,或称“新现实主义”文学,它是继明治末年的自然主义文学和大正初年的“白桦派”文学之后,又一个对日本近代文学颇具影响的文学流派。“新思潮派”对现实的表现是客观的、理智的;在艺术技巧上更是刻意追求。它的代表作家是芥川龙之介。

芥川龙之介(1892—1927)别号我鬼、澄江堂主人、柳川隆之介等,本姓新源,生于东京,因辰年辰日辰时所生,故名龙之助,自称龙之介。生后不久母病,不得不送给舅父芥川道章家寄养,后成为芥川家养子,更姓芥川。舅父是没落武士出身,虽有薄产,但还需依靠供职的薪金过活。养父尚喜南画与俳句,居住地区又是江户时代文人墨客萃聚之处,芥川自幼在这样一个文化艺术氛围浓郁的环境中生活,因此熟通琴棋书画。他自幼聪明、好学善思,但体弱多病,神经异常敏锐,少年时期就阅读了大量的文学作品,表现出浓厚的文学兴趣。1913 年中学毕业,以优等生被优先录取在东京高等学校学习。大学时代,他更广泛地接触了西方文化,尤其是 19 世纪末的西方文学对他影响更深,如斯特林堡、法郎士、波德莱尔、王尔德、爱伦·坡等作家,正如他自己所述:“我也是在 19 世纪 90 年代的艺术气氛中成长起来的”(《萩原朔太郎》)。这初步形成他的人生观和艺术观:在思想倾向上,他有早期法朗士的怀疑主义思想和波德莱尔的悲观厌世情绪;在艺术观念上,他有王尔德的唯美主义的美学观。他同时开始了文学创作尝试,参加了“新思潮”文学组织,并是其中得力的一员。后来经文友的介绍加入了夏目漱石的“星期四聚会”,成为夏目的门生。在夏目指导下进行创作,取得了文坛上的名声。大学毕业以后,在海军军官学校任教。这时期出版了小说集多种,成为当时知名的作家。1919 年 3 月辞去教职,加入“每日新闻”社,专门从事文学创作。1921 年 3 月曾被新闻社委派到中国考察,先后旅行了上海、杭州、南京、武汉、长沙、北京、沈阳等地,因身体健康不佳和中国动乱,不得不提前回国。在中国,他游览了许多名胜古迹,结交了不少中国名士,也目击了日本帝国主义者的侵略给中国造成的灾难,这些内容都写进了《中国游记》里。

芥川龙之介晚年过着“多事、多难、多忧”的日子。他身体病弱,精神恍惚,由于社会矛盾的加剧引起思想的恐慌愈来愈严重,加之家族经济的负担加重,使他悲愁难消、痛苦难解,终于在 1927 年 7 月 24 日凌晨服毒自杀。他的死是社会问题。他在遗书中说他“对未来怀着莫名其妙的不安”(《致友人书》),正是因为这种不安的感觉导致出自戕的行为。这体现了一个敏感的小资产阶级作家在动荡不安和矛盾加剧的社会面前的恐惧感和绝望感。

芥川龙之介一生创作了中短篇小说一百多篇,还写下不少童话、小品、随笔、札记、评论、戏剧等等,他为日本人民留下了一笔丰富的文学遗产。他在艺术上精益求精,苦心孤诣,所以篇篇作品构思奇巧、寓意新颖、俊逸精当,构成一个绚丽多姿的艺术世界,取得了很高的艺术成就。因之他被称为日本近代文学中的“短篇小说巨擘”;又由于他的作品奇特、别致、诡谲,所以他又被称为旷世的“鬼才”。他的文学成就是巨大的。正因为如此,一些文学评论家把他那个时代称之为“短篇小说全盛时期”(臼井吉见《大正文学史》)。

芥川龙之介十多年的创作生涯可以分为两个时期,以他辞去教职而专事文学事业的 1919 年为界,前后两期在创作倾向、艺术风格方面,有很多不同。

第一个时期是以历史小说为主,他发挥了自己学识丰富的特长,广采历史轶事、传闻,写出了众多的特色鲜明的历史小说。他的两篇成名作品《罗生门》(1915)和《鼻子》(1916)都取材于日本古代故事文学集《今昔物语》，利用历史的景场，写出当时日本资本主义社会中的人和事。《罗门生》写在古代平安朝末期，灾难横生，京都荒凉，一个被解雇的仆人走投无路，来到罗生门楼避雨，见门楼上尸骨如山，一个瘦弱老婆在拔死人的头发。他本想申斥老妇的不义行为，转念在生死攸关之时无道德观念可言，旋即持刀胁迫老妇，剥其衣裳而去。《鼻子》描写一位寺院方丈，鼻子长半尺，受人讥笑，使他甚为苦闷。他多方求助偏方，使鼻子短如常人状，但又招来更多的人讪笑，这更使方丈不安，以致日夜苦恼，忽然一夜鼻子长如以往，才使方丈安心。这两篇作品，洗练精悍，立意奇巧，而且语言幽默、诙谐，得到夏目漱石很高的赞赏。前篇借用仆人的转念，深刻地揭示人们在生死关头，只为个人打算的自私自利的心理；后者以方丈鼻子受尽别人的嘲弄，披露了人们专以别人不幸而快慰的阴暗心理。尽管作品让人忍俊不禁，但其背后却潜藏着作者的不安和痛苦的心情，他把人情的冷漠看成是人类堕落的深渊。

《戏作三昧》(1917)描写的是封建末期江户时代小说家曲亭马琴晚年的一天生活，通过马琴潜心于完成终生大作《南总里见八犬传》的创作活动，吐露出芥川创作的甘苦，表达了他在艺术上刻意追求和不懈努力的精神。他笔下的马琴是“想表现我内心活动而假托的马琴”(《致边渡库辅书》)。《地狱图》(1918)也是取材于艺术家生活的历史小说。它描写封建领主大公名下的一位名画师良秀的不幸遭遇和追求艺术完美的精神。良秀与《戏作三昧》的马琴一样，也是一位艺术大师，他自恃艺术高明，不屈从封建势力的压迫，作画嘲弄僧侣和佛陀，就连封建领主大公他也不放在眼里。他和秀丽端庄、温驯善良的女儿相依为命，但女儿不幸自幼成为领主府邸的使女。良秀除作画之外，唯一的愿望是把女儿领出府门团聚。他愿为领主画一幅地狱图的屏风以换得女儿的自由。他为了在创作上有实感，养了鹰、蛇之物，还把弟子捆绑起来让鹰、蛇来咬，使弟子恐慌万状，以便诱发出他的创作灵感。他想目击火烧华贵牛车和车子中嫔妃的凄惨景象，以便作画。阴险的领主答应画师的要求。领主骄奢淫逸，贪图画师女儿的美色，几次下手均未得逞。他借画师的要求，报复画师父女，把画师女儿捆在牛车里，架火燃烧。良秀见之，无限惊愕，但当看到女儿在烈火弥漫当中痛苦万状之时，又触发了他的艺术天性。他随即作画，在完成精美的屏风之后的第二天夜里，就悬梁自尽了。作品情节紧凑、气氛紧张。它没有幽默、诙谐的语调，代之以肃穆、严厉的批判。作者以极大的愤怒把批判矛头指向封建统治者的残暴。大公是扼杀人性和艺术的暴君，他所统辖的府邸就是人间地狱。作品生动有力地勾画了一幅封建社会的地狱图。画师良秀不惜一切，甚至不顾女儿的生命来追求艺术的精美，体现了作者的艺术至上主义倾向。作品最后以领主的惊慌和屏风地狱图成为传世之宝来结束，指出了社会最有价值的是精美的艺术品，艺术家要不惜一切追求艺术的完美。芥川说过："人生不如波德莱尔的一行诗"(《某傻子的一生》)。他这种唯美主义倾向，对后来的日本作家颇有影响。自然这种倾向是唯心的，但在当时却是对污浊现实社会的一种反抗，而且为了艺术完美而刻意求精，努力于技巧的提炼和纯熟，也是值得称道的。

芥川的历史小说是出色的，它题材多样，形式小巧玲珑，而且立意新颖，代表了日本近代历史小说的最高成就，尤其借助历史的装束，演出现代生活的悲剧，寄寓着深刻的哲理，这在盛行自然主义琐末描写的时代以及盛行"白桦派"溢于言表的情感的抒发的文坛上，的确给人耳目一新的感觉。

1919年以后，在俄国十月革命的影响下，日本社会发生了激烈的动荡，当时社会思想活跃，民意沸腾，反政府的群众活动不断涌现，革命的、民主的力量迅速增强。社会的巨大变动也冲击了芥川的书房，使他从艺术迷宫中走了出来，关注社会的激变。在创作上，他开始脱去历史的外衣，逐渐直接取材于现实生活，描写了日本资本主义社会的种种现象。第一篇具有鲜明现实倾向的作品是短篇小说《桔子》(1919),它是一幅列车上的即景写生,寥寥几笔,勾画出一幅生动感人的画面。一个乡村小姑娘去城里做佣人,在停车的三岔路口上见到前来送行的三个弟兄,她探身窗口报之微笑,并把手中的几个桔子酬谢了弟兄。贫家孩子姐弟之间的真诚情谊跃然纸上,使人感到社会的光明。在一旁观看的"我""顿时恍然大悟","忘记那无形的疲劳和倦怠,以及那不可思议的、庸碌而无聊的人生"。作者捕捉到劳动人民的真挚纯朴的情感予以表现,反映了他的人道主义的思想和对人类的希望。《桔子》是他作品中少有的对生活抱以明快心情的佳作。

继《桔子》之后,芥川又写出表现近代知识青年生活苦恼的作品:《保吉的札记》(1923)、《大导寺信辅的前半生》(1924)、《秋》(1926)以及《玄鹤山房》(1927)等。

《玄鹤山房》以老画家崛越玄鹤死前病榻的生活为中心,揭示了资产阶级家庭中的明争暗斗。画家的女儿女婿从不把重病的父母放在心上,而是希望父母早死,家产可以早日到手,并且还防范父亲外室阿芳母子前来干扰财产继承。老画家目睹家庭的矛盾,自叹一生"卑劣",感到绝望。自缢未遂之后不久病故。作者深刻剖析了这个家庭的成员无不是自私自利者,他们每一个欲念,每一个行动无不牵动个人的私利。只有出身下层的外妾阿芳才真诚希望丈夫病愈,前来尽心侍奉。作品最后写画家死后出殡,作者让一个进步的大学生出场,暗示了旧时代即将过去,新时代将要到来。小说用一幕资产阶级家庭日常生活的悲剧,揭示了资本主义社会的黑暗。作品阴沉灰暗,是芥川自称为"极为阴郁的力作"(《致吉田泰司书》)。

《水虎》(又译《河童》,1927)是一部杰出的现实主义讽刺小说。它借用一个精神失常的人口述,偶入半人半妖的水虎世界的所见所闻,全面抨击了日本资本主义社会。水虎国是异常发达的工业国，“平均每月发明七八百种新机械”投入生产，每月也有大批水虎失业。失业的水虎被瓦斯成批毒死，制成肉食品，倾销市场，以消除水虎罢工反抗。水虎社会也有法律，它以指控罪名为手段，受害者承受精神压力自行暴亡，它也用军警镇压不合时流的艺术表演。水虎国里党派之争尖锐，各党派都标榜自己是全体水虎利益的代表者。执政党受报界政客的指使，报界则受到资本家的支配。统治者还可以随意发动战争，驱使成千上万的水虎去当炮灰，而资本家乘机大作投机生意，大发不义之财。水虎世界在作者笔下，就是一个活脱脱的资本主义社会的写照，作者借它影射业已军国主义化的日本，对其予以讽刺和批判。

芥川后期创作有不少的优秀作品，现实主义批判精神加强，同时，悲观、厌世的情绪也有所增长。《竹丛中》(1921)借用历史题材，写了一件情杀案，由于供词相异，案情难以辨认。作品的目的不在于制造一件情节离奇、悬念众多的奇案，而是要说明客观真理难以掌握，表露出作家的深刻的悲观主义倾向。

正因为如此，他在晚年背负着沉重的思想压力，在社会矛盾加剧、革命发展的形势下，终不能弃绝旧物、摆脱旧时代的束缚而自灭。

从日本文学发展来看，芥川龙之介的创作标志着一个时代文学的转换，而他的死则标志着日本近代文学的结束。

他的文名早已超出日本疆界，在世界上享有盛誉。20年代我国鲁迅先生就曾翻译了他的作品，以飨我国读者；二次大战之后，他的作品被译成多种文字，成为世界人民共享的艺术珍品。日本文学界为了纪念他，每年召开“水虎”忌，还设立了以他为名的芥川文学奖——日本文坛上最高的文学奖。

第十章　近代东南亚文学

第一节　概　　述

东南亚各国自中古转入近代的历史阶段，都先后沦为西方国家的殖民地或半殖民地。菲律宾早在1570年就被西班牙强行霸占；18世纪60年代荷兰迫使印度尼西亚成为它的属地；马来西亚于20世纪初也全部被英国占领；1885年，法国强占了越南，英国侵吞了缅甸；柬埔寨、老挝也从19世纪下半叶沦为法国殖民地。东南亚诸国中，泰国虽表面保持“独立”，但实际上从1855年签定不平等条约起，就沦为英国的半殖民地。

东南亚国家中，有的早在17、18世纪在封建社会内部就产生过资本主义萌芽，但殖民入侵使资本主义发展遭到挫折，甚至被迫中断。殖民主义者有的还勾结东南亚国家的封建势力镇压人民的起义和反抗。所以，东南亚的近代史既是殖民主义者入侵的血泪史，又是东南亚人民开始觉醒进行反帝、反封建的民族、民主运动的斗争历史。

西方殖民主义者对东南亚诸国进行军事占领、政治奴役和经济掠夺的同时，又进行文化侵略。他们竭力宣扬“欧洲中心主义”、“基督教文明史”，论述殖民统治的合理性；他们还禁止使用民族语言、文字，实行奴化教育，企图摧毁民族文化传统和民族意识；他们大力传播西方色情、颓废文化和东方文化中的封建糟粕，目的是麻痹东南亚人民斗志，以此为殖民主义的总政策服务。东南亚近代文学就是在这样曲折、复杂的历史条件下产生的。由于各国历史和文化发展的差异性，东南亚各国近代文学的发展是不平衡的。但就总体看，从 19 世纪中叶至 20 世纪初，东南亚近代文学正处于发展阶段。与西欧文学相比较，近代东南亚文学形成较晚，发展尚不够成熟时就很快过渡到现代文学阶段。

近代东南亚进步文学在思想内容与艺术形式上都有自己的特色。

首先，近代东南亚进步文学属资产阶级民族、民主文学范畴，具有启蒙文学性质，其作用在于教育人民认识殖民主义、封建主义的真实面目，鼓舞人们为争取民族独立和民主权利而斗争。

随着帝国主义入侵，西方资产阶级思潮像急流似地涌进了东南亚诸国。一些爱国的知识分子便“拿来”西方文化的有用成分，从介绍、翻译开始到改写、创作，对群众进行“启蒙”教育。所以，近代东南亚文学典型地显示了西方文化影响东方的过程。在这种刚刚萌发的资产阶级文艺思潮冲击下，东南亚传统的宫廷文学、宗教文学开始停滞、解体。

其次，近代东南亚进步文学的主要内容，是表现人民群众反对殖民主义和封建主义的斗争，描写人们思想觉醒过程，反映人民的苦难、不幸，展示他们的生活理想，因此具有强烈的民族主义、爱国主义、民主主义思想特色。

在这一时期，东南亚国家中从事文学创作的不仅仅是普通知识分子，还有民族运动的领袖和接受了新思潮的国王、贵族。他们从不同角度反映了社会现实，表达了反帝、反殖的共同心声。但由于不少作者来自封建士大夫阶层，因而一些作品中也夹杂着忠君报国、三纲五常的封建意识。这也正是这一历史过渡时期的特点。

第三，近代东南亚文学在艺术形式上有了较大的演变与发展。传统诗歌有了新的内容；从中国传来的《三国演义》等章回体小说普遍受到欢迎，并竞相仿作。此时，西方不同形式的文学所产生的影响更为深刻。戏剧、白话小说赢得了更多读者。文学语言逐步从韵文、文白相杂向散文形式发展。这样,文学作为宣传启蒙思想的同时,自身也获得了丰富与发展。

近代东南亚文学具有上述一般特征,但各国发展情况不尽相同。

菲律宾近代文学受西方文学影响的过程十分明显。西班牙殖民者侵占菲律宾后,大量传播祈祷书、圣徒传、耶稣遇难戏剧、反穆斯林戏剧等。同时,民间流行着已经菲律宾化了的西班牙和法国中古时代侠义英雄传奇、骑士文学作品。不过在这类描写骑士勇武、爱情故事的文学中,已融进了穆斯林反天主教、菲律宾反殖民统治的精神。

19 世纪前期,菲律宾出现了用地方语言他加禄语写作的爱国诗人弗朗西斯科·巴尔塔萨尔(1785—1862)。他出身于布拉干省比加市庞伊奈村的铁匠家庭,当过佣工,入过狱。在狱中创作了长篇叙事诗《弗罗兰第和萝拉》(1838),以欧洲为背影,描写了阿尔巴尼亚人反对异族奴役的斗争,以此表达菲律宾人民反西班牙统治,期望获得民族独立的心声。长诗以优美、生动的地方语言打动读者,因而作家被人们誉为“他加禄诗人之王”。

19 世纪,菲律宾民族运动不断高涨,文坛上涌现出一批反对殖民主义的爱国诗人和作家,其中最杰出的是何塞·黎萨尔(1861—1896)。他的长篇小说《不许犯我》、《起义者》对菲律宾民族解放运动起了重要作用。他牺牲后,被尊为菲律宾民族英雄和国父(详见本章第二节)。

这时,作家佩德罗·阿帕特尔诺(1858—1911)创作了诗集《茉莉花》(1880)、小说《妮奈》,作品表现出对祖国山河、民族和生活的热爱,人们称他的创作体现了“菲律宾人的个性”;安德列斯·波尼法秀(1863—1897)是一位工人出身的诗人,他在武装起义中被陷害牺牲。他的诗歌《对祖国的爱》表现了他献身祖国的忠诚;何塞·

巴尔马(1876—1903)、弗尔南多·马·格雷洛(1873—1929)、塞西略·阿波斯托尔(1877—1938)都是抒情诗人,并称为“诗中三杰”。他们各自创作的《菲律宾》、《我的国家》、《致黎萨尔》都充满了爱国激情,体现了时代精神。

1901年,菲律宾又沦为美国的殖民地,英语逐步取代了西班牙语,菲律宾文学由此转入了现代阶段。

印度尼西亚近代文学没有获得充分发展,很快就由中古末期过渡到现代文学阶段。形成这种特殊现象的原因是荷兰的殖民政策阻滞了印度尼西亚资本主义的发展。但这一时期印度尼西亚文坛也受到西方思潮的影响,出现了西方的翻译小说。在中古末期的一些作品,如历史人物传奇小说《杭·杜亚传》、叙事诗《希姆布》中,都表现出反对葡萄牙和荷兰殖民统治的思想倾向。

马来亚长期沦为英国的殖民地,近代文学的发展也受到阻滞。直到19世纪初,阿卜杜拉(1796—1854)的创作才具有新文学的因素。阿卜杜拉是个买办文人,出生于马六甲伊斯兰传教士家庭,精通、熟悉马来语等多种语言,长期担任英殖民主义者莱佛士的文书和马来语教师。他重视马来民族传统文化,又对西方文化崇拜备至。他于1830年完成的长诗《新加坡大火记》可视为马来亚近代新文学的先声;他的代表作《阿卜杜拉传》是19世纪马来社会的大型风俗画;他整理的《马来由史话》对马来语言文学发展有一定贡献。阿卜杜拉的创作近于写实,不拘泥俗套,语言风格有所革新,所以有人称他为“马来新文学的先驱”。印度尼西亚和马来西亚都把20世纪民族觉醒以前的马来文学看作是本国文学史的组成部分,所以阿卜杜拉既是属于马来西亚的,也是属于印度尼西亚的。

越南近代文学形成是和西方资产阶级思想的传播和爱国抗法的“勤王运动”联系在一起的。此时许多诗人作者本身就是爱国人士、勤王运动领袖。抗法爱国文学是当时越南文坛的主流。

近代最有影响的作家是越南南方诗人阮庭炤(1822—1888)。

他出身于嘉定省平阳县一个知识分子家庭。1843年中秀才，1848年双目失明。1861年法军侵占南部六省后，他不愿与之合作而隐居，并与爱国志士交往，以笔作斗争武器进行抗法斗争。早期作品长诗《蓼云仙传》，描述了清寒书生蓼云仙和乔月娥的不幸遭遇和曲折的婚姻，揭露了社会的奸邪罪恶，批判了封建社会道德的沦丧，具有反封建的倾向。但作品也反映了作家本身尚存有儒家三纲五常的封建意识。阮庭炤最好的作品是他创作的50多首诗歌、数篇祭文和赋。《勤约义士祭文》既是一首哀悼疆场殉身的英雄赞歌，又是一篇声讨卖国贼的檄文。阮庭炤还在其他许多诗歌中赞颂与敌人顽强斗争的义军战士，刻画了憨厚、勤劳、勇敢、纯朴的义军形象。

与阮庭炤同时，活跃在越南近代文坛的作家还有潘文治、阮春温、阮光碧、潘廷逢等。阮光碧本身就是"勤王运动"的爱国领袖，它用汉文创作的《渔峰诗集》可视为"勤王运动"的斗争实录。

20世纪初，法国殖民者在越南推行拉丁文字的新拼音文字，这反倒促进了越南文学的发展。著名爱国诗人潘佩珠(1867—1940)的创作，将越南近代文学推向了现代文学的历史阶段。

泰国近代文学的产生、发展是从介绍、翻译、改写西方作品开始的。国王拉玛五世自幼学习英语，受西方教育，赴欧访问，创作了《十二个月的皇家典礼》、《远别》等作品；拉玛六世翻译莎士比亚名著《威尼斯商人》、《罗密欧与朱丽叶》，将《奥瑟罗》改写为《帕耶叻察旺讪》，还创作了话剧《帕銮》、《战士的心》，又从古希腊戏剧取材写了《海洋的婚礼》等，因而被公认为是泰国现代话剧的创始者。纳拉蒂·巴攀蓬亲王著有剧本《帕罗》和《妙令克乐发》(据西方《蝴蝶夫人》改编)，被人们称作现代歌剧的创始人。

泰国在向西方学习的同时，也不断翻译、介绍中国古典作品。《西游记》、《三国演义》、《隋唐演义》、《水浒》等作品深受泰国读者欢迎，甚至形成了特具风格的"三国文体"。

泰国在向西方学习的过程中，传统的宗教文学、宫廷文学由阻滞而告终。

缅甸近代文学是从1940年詹姆斯拉觉(1866—1919)根据法国作家大仲马《基度山伯爵》片断改写成白话小说《貌迎貌玛梅玛》以后兴起的。小说打破了传统的佛教故事、轮回思想，带来了新的主题与风格，获得读者欢迎，从而为现代小说创作开辟了道路。此后，白话小说风行缅甸文坛，著名的有吴基的《卖玫瑰茄莱人貌迈》、《小宝石》、《小钻石》，吴腊(1866—1921)的《瑞比索》等。

近代缅甸文学的重大变化是反帝文学的兴起。在反帝文学家中，列蒂班蒂达·吴貌基(1879—1939)以写历史小说借古喻今著称；比莫宁(1883—1940)以改写英国小说来揭露、谴责现实而享誉文坛。

第二节　黎　萨　尔

何塞·黎萨尔(1861—1896)是菲律宾近代著名作家、诗人，也是民族运动活动家。1861年6月19日他诞生在菲律宾内湖省卡兰巴富裕的地主家庭。少年时代曾亲身感受过母亲被诬入狱的屈辱，又受到1872年甲美地人民“打倒西班牙”运动的影响。同年进入马尼拉阿登尼奥学校学习。1876年毕业。翌年转入圣托玛斯大学。大学期间积极参加社会政治文化活动。开始从事文学创作。这一时期他最优秀的作品是热情宣传爱国思想的诗篇《献给菲律宾青年》(1879)。

由于黎萨尔为民族独立解放运动奔走呼号，因而不断遭到西班牙殖民当局的迫害。1882年，诗人不得不离开菲律宾出走欧洲。他先在西班牙马德里大学学习医学、文学和哲学，1885年，赴巴黎专攻眼科学，1886年入德国海德堡大学学习历史和心理学，同时，又研究欧洲古典文学，毕业后获硕士学位。这期间，黎萨尔虽远离祖国，却时刻关心民族的命运。他与友人一起创办刊物，掀起改良主义的宣传运动，抨击殖民者，揭露教会，提出改革殖民制度、民族平等、驱逐西班牙教士等要求，宣扬民族自豪感。同时，又进行文学创作。1886 年创作了《海尔德堡之花》、《玛丽亚·克拉腊之歌》；1887 年发表长篇小说《不许犯我》，并将此书偷运回国。同年 7 月返回菲律宾，不久即被当局驱逐出境，因而重返欧洲。1891 年在比利时发表《起义者》，转年又在马德里与友人共创《团结报》。

1892 年 6 月黎萨尔回国创立了“菲律宾联盟”，促进民族独立运动。不久被捕，流放达 4 年之久。1896 年菲律宾爆发了波尼法秀领导的武装起义，黎萨尔与起义无关，却遭逮捕，军事法庭以“组织非法团体”和煽动人民造反为罪名，于 1896 年 12 月 30 日将他杀害于马尼拉。临刑前他写了绝命诗《我最后的告别》，表达了他对祖国的热爱和献身精神。

黎萨尔的创作还有诗歌《劳动的赞歌》、《旅行者之歌》，剧本《和巴锡在一起》、《众神的忠告》，自传《一个马尼拉大学生的回忆》及民间故事《猴子与海尔日》等。

菲律宾人民在独立后，将 12 月 30 日定为“黎萨尔日”，并在他牺牲的卢内塔广场为他树立了纪念碑和铜像。

《不许犯我》是黎萨尔的代表作，《起义者》是这部作品的续篇。小说艺术地再现了 19 世纪末西班牙殖民统治下的菲律宾社会生活的广阔画面，探索了民族运动的方向，对菲律宾的解放运动有启蒙和推动作用。鲁迅先生曾在《随感录》和《杂忆》中提及这位“飞猎宾的文人而为西班牙政府所杀的厘沙路”(即黎萨尔)。仿佛在他的作品中听到了“爱国者的声音”、“复仇和反抗”——这也就是两部小说的主题所在。

长篇小说的背景是 19 世纪下半叶的菲律宾。西班牙殖民主义者自 16 世纪 60 年代起已统治菲律宾 300 多年。他们运用“火枪”和“天主教”两种“文明”手段对这块殖民地进行经济掠夺、政治统治和精神麻痹。在此情况下,菲律宾反对西班牙殖民统治的民族运动正在展开。

小说所描写的事件主要发生在菲律宾的圣地亚哥镇。在这个小城镇活动的有西班牙天主教会各派势力的代表;有殖民主义军事力量的代表"将军"、"国民警卫队长";有殖民主义行政势力的代表"总督"以及他们扶植的附庸"镇长"、"警卫队"等,同时,在这个城镇里生活着的还有不同阶级、阶层的菲律宾人:有欧行归来的爱国者、有不满现状的哲人"疯子"、有被迫害的"印第安人"、有进行个别反抗的民族运动志士、还有依附于西班牙殖民势力的走狗。圣地亚哥镇复杂的矛盾冲突正是时代矛盾的反映;动荡不安的圣地亚哥也正是处于危难中的菲律宾的一个缩影。

教会是圣地亚哥镇军政大权的重要支柱。小说在以"统治者"为标题的第 11 章中写道:圣地亚哥镇的统治者究竟是谁? 既不是镇长,也不是副镇长,而是集政教大权于一身的本堂神甫,即达马索神甫和他的继任者萨尔维神甫。前者凶悍粗鲁,后者温文尔雅,但却笑里藏刀,他们虽性格不一,但本质相同。小说通过作品中人物之口指出,"在宗教和政治上,本堂神甫在镇里是首屈一指的人物,有教会撑腰,有钱有势,政府也怕他三分……""一个最低微的普通修士就抵得上一团兵……"这些本堂神甫在圣地亚哥镇打着天主的幌子,专事迫害群众,制造阴谋的活动。他们不仅一手造成了西莎一家的惨剧,使她家破人亡,而且利用宗教忏悔活动窃取"秘密",迫害民族运动进步力量。甚至插手居民个人婚姻,制造悲剧,巩固其殖民主义的残暴统治。

西班牙殖民者还以法权和武力配合教会镇压菲律宾人民的反抗斗争。小说描写圣地亚哥镇政府的会议厅根本不是为民谋福利的会议场所,而是法堂、用刑之地;镇政府管辖下的国民警卫队不是什么保安机构,而是殖民者血腥屠杀人民的工具。书中的警卫队长不仅利用职权任意干扰居民生活,迫使剧院停止演出,而且在教会制造的所谓群众“暴动”事件中以火枪对付无辜群众。小说描写“暴动”那天晚上8时,“从修道院那面一次又一次传来枪声和爆炸声,接着就是人群的呐喊和奔跑声”,不久,便“从镇公所里传来了喊叫、咒骂和打人的声音”,其中国民警卫队长的嗓门盖过一切:“把脚枷起来! 把手铐起来! 谁敢动一动,就开枪打死他!”就这样,许多菲律宾人在国民警卫队长的屠刀下丧生。

在宗教和火枪双重迫害下的菲律宾人是怎样生活的呢? 小说真实地反映了这一历史阶段菲律宾人的生活和精神面貌。部分菲律宾人丧失了民族尊严,力求西班牙化。作品中警卫队长的妻子“慰藉夫人”和西班牙军医的菲律宾“夫人”艾斯帕达尼亚都是这种人的典型,一些菲律宾上层富户一心想保住自己的财产和门第,甘当西班牙附庸角色。镇长甲必丹蒂亚格就是这类人的代表;一些贫苦的菲律宾人虽身受迫害,但仍在昏睡之中,书中的茜莎就是一例;有些人能认识社会现实但看不到祖国的光明前途。小说中被人们称做“疯子”的老人就深感“菲律宾在一片黑暗中”,“现在正进入一个斗争的时期”,但看不到斗争力量所在,最后在孤寂中死去;有的人苦大仇深,不仅认识到唯有斗争才能拯救祖国,而且开始行动,但却没有能够找到正确的组织形式和斗争方法。这种人的代表就是埃利亚斯。埃利亚斯的父母兄妹都被迫害致死。他深切体会到“没有斗争就不会有自由”,“没有自由就不会有光明”。为了光明的前途,他在斗争中表现出大无畏的牺牲精神,但他却没有找到一条通向光明的斗争之路,他将满腔希望和全副精力都寄托在小说主人公家庭富有的爱国青年伊瓦腊身上,希望虽未能实现,然而他的精神却永垂不朽。

探索菲律宾民族运动的主题主要体现在小说主人公胡安·克里索斯托莫·伊瓦腊·马格萨林身上。他的曾祖父是西班牙人,祖父是混血儿,父亲具有更多的菲律宾人的气质,早年因保护一个菲律宾儿童而打死一个西班牙收税员,被天主教视为异教徒死于狱中。伊瓦腊童年时代即离开祖国在欧洲度过7个春秋,归来时成长为朝气勃勃的青年,正与镇长甲必丹蒂亚格之女玛丽亚热恋。但他回归祖国的目的不只是为了完婚,而是为了探索一条祖国自由之路。

伊瓦腊的探索前后经历了两个阶段。

第一阶段是从他满怀热情自海外归来,到他被捕出逃。留学归国的伊瓦腊年轻、爱国、单纯。他看到现实生活中有许多"弊病",但认为,要使"我的国家繁荣幸福",只有"由西班牙母国和本国同胞的共同努力来实现";当他听说与恶势力进行斗争必须寻找"靠山"的时候,就决定"去求本堂神父谅解",相信天主教会把菲律宾人民"从异端邪说中拯救出来"。所以,他反对变革现行的殖民制度,主张在西班牙议会中争得席位,为民请命实现改革。他还着手创办学校,希图通过开发民智,改造弊端,昌盛祖国。

显然,伊瓦腊这种好心的改良是行不通的。在达马索、萨尔维两神甫阴谋操纵下,不仅他与玛丽亚的婚姻成为泡影,而且被诬为"暴动"首领,处于被捕之中,生命危殆。伊瓦腊的理想横遭践踏,被迫出逃。这一段亲身经历使他看清了菲律宾"毒瘤"所在。他愤怒控诉:"三百年来,我们一直向他们伸出双手,向他们要求友爱,想把他们当作兄弟,可是他们是怎样回答我们的呢?侮辱,嘲笑,甚至不拿我们当人!世界上已经没有天主,没有希望,没有人性,什么都没有了!强权就是公理!"他的结论是:"现在,我已经看见侵蚀我们社会的那个可怕的毒瘤,它紧紧地附在社会的肌肉上,它需要我们采取激烈的措施把它连根挖掉。"这是伊瓦腊对改良主义的批判,也是他向第二阶段思想发展的转折。

第二阶段伊瓦腊的探索是他13年后再次回国到他服毒自杀离开人世。这段经历主要在《起义者》中表现出来。从美洲归来的伊瓦腊化名席蒙,公开身分是珠宝商人和总督顾问。此时,他清楚地认识到如果用玫瑰花把祖国和西班牙联系在一起,那是给菲律宾套上枷锁;他揭穿那种鼓吹和西班牙合作的论调的欺骗性,指出参加西班牙议会没有用处。提出要“以暴抗暴,以牙还牙”;菲律宾不是西班牙一个省,要独立成为一个国家。为此,他鼓动西班牙总督为非作歹,“怂恿罪恶”、“制造灾难”,希图加速殖民集团内部的溃烂,迫使人民起来反抗西班牙统治;同时,他偷运军火,制造爆炸事件,采取恐怖、冒险手段使无辜的菲律宾人与西班牙殖民者同归于尽。由于伊瓦腊仅仅依靠个人力量和过激行动,没有认真宣传、组织群众,这就决定了他的斗争必然以失败告终。最后,伊瓦腊在敌人追捕下,只身逃至一个荒岛服毒自杀。他的未婚妻玛丽亚也在修道院中死去。

伊瓦腊是19世纪末菲律宾先进的资产阶级知识分子的代表,他的探索悲剧反映了菲律宾资产阶级的民族理想与殖民地社会黑暗现实之间的冲突;反映了进步的资产阶级知识分子对菲律宾民族独立道路的探索还在改良主义和恐怖复仇活动之间徘徊。但小说绝不是悲观主义的,人们从伊瓦腊探索的悲剧中会总结出历史教训,找到正确的斗争途径和方法的。

《不许犯我》、《起义者》在创作方法上是现实主义的。作品的结构和表现手法都继承了欧洲小说的传统。情节本身含有惊险、神秘色彩,情节开展常用对话手法,结构复杂,不平铺直叙,而是多条线索交叉。总的说,《不许犯我》近似法国大仲马的《基度山伯爵》,《起义者》近似英国伏尼契的《牛虻》。

两部小说在当时的菲律宾产生了巨大影响。广大群众争相阅读;殖民当局视之为“反宗教”、“反国家”、“有害的”作品,严禁出版。但不管怎样禁止,也无法阻止小说的传播,它打开人们的眼界,唤起人们对西班牙殖民者进行最坚决的斗争。

第十一章　近代南亚文学

第一节　概　　述

南亚的近代文学是与英国的殖民统治以及南亚各国人民反殖民主义、反封建的斗争紧密相联的。在南亚诸国中，英国首先把印度置于它的统治之下，继而不丹、斯里兰卡、尼泊尔也先后沦为英国殖民地。

在近代南亚各国，文学上取得重大成就的主要是印度。

印度是亚洲最早遭受帝国主义侵略的国家。从16世纪开始，西班牙、葡萄牙、荷兰、英国、法国等就先后侵入印度，其中英帝国主义的侵略尤为猖狂。英国于1757年取得了对印度的统治权；1849年控制了印度全境，从而把印度彻底变成它在东方的殖民地。英帝国主义不仅把印度作为原料供应地和商品销售市场，而且也把它变成资本输出的场所。英国殖民者的残酷经济剥削和政治压迫，激起了广大印度人民的强烈反抗，使他们不断掀起反抗斗争。其中如1857年至1859年间的印度民族大起义，声势浩大，给殖民主义者及其走狗以沉重的打击。

19世纪下半叶，随着资本主义经济的发展，产生了民族资产阶级和工人阶级，从此印度的民族解放运动步入了一个新的历史阶段。20世纪初期曾出现了几次民族解放运动的高潮，极大地动摇了殖民主义者的统治地位，有力地促进了民族意识的觉醒。然而由于印度民族资产阶级的软弱性和妥协性，政治上的改良主义倾向，他们没能领导反殖民主义、反封建的斗争走向彻底胜利。

这种民族矛盾、阶级矛盾相互交织的复杂的社会历史情况，构成文学反映现实生活的基础。

印度近代文学早在 17、18 世纪时即已开始萌芽，在当时农民起义的斗争中曾出现了不少反封建、赞颂民族解放的诗歌和歌曲。然而它真正的诞生，则是在 19 世纪末至 20 世纪初，并且是伴随着民族解放运动的前进步伐而发展起来的。广大的印度作家面对着殖民主义者的专横和残暴，认识到立足于本国、恢复民族传统，使文学为民族解放斗争事业服务的重要性，因此，他们的作品一般都具有鲜明的反殖民主义、反封建主义的思想倾向；同时多用带有民族特色的地方语言进行写作。在文学体裁上，除了诗歌继续保持一定影响外，适应客观形势的需要，出现了大量的小说、散文和戏剧等作品。

近代印度文学继承了早已形成的多民族多语言的文学传统，在实践中涌现出一大批以地域性的民族语言进行创作的著名作家。其中印地语文学、孟加拉语文学和乌尔都语文学取得了较高的成就，具有代表性。

东印度的孟加拉，经济和文化上处于全国的领先地位，资产阶级的民主、自由的思想，传播得也比较早，曾先后涌现出一系列著名的启蒙思想家、诗人、小说家和戏剧家。

孟加拉有代表性的早期启蒙思想家和作家有古普特(1812—1859)，拉易(1772—1833)等。古普特是著名的诗人，写有《知识海》等。他的诗歌紧密结合现实，尖锐地讽刺批判了殖民主义者及其代理人，赞颂印度的古代文明，具有幽默、诙谐的艺术风格，为孟加拉的讽刺文学开创了道路。拉易是启蒙社团“梵社”的组织者，曾提出不少改革社会的主张。他反对种姓制度和寡妇殉丧的陋习，对被压迫者表示深切的同情。拉易同时是著名的散文作家，他的散文清新明快，充满浓郁的爱国主义情感。

另一位作家维德亚萨格尔(1820—1891)也以散文著称。他的主要作品有《瓦苏代沃传记》、《威达尔二十五》等。他的散文生动自然、平易通畅,颇具文采,为孟加拉的散文文学开创了新径。

般吉姆·钱德拉·查特吉(1838—1894)和萨拉特·钱德拉·查特吉(1876—1938)(详见本章第三节)是孟加拉杰出的小说家,他们的创作在印度近代文学中占着重要的地位。

般吉姆是孟加拉近代文学开创者之一。他出生在西孟加拉一个小税务官的家庭,曾就读于加尔各答大学,于1858年获学士学位。次年通过法学士的考试,出任法官。他才华出众,精通孟加拉语、梵语和英语,并十分熟悉、热爱印度的古老文化,深受古典文学的薰陶。他一生著述甚丰,以长篇小说最为有名。

般吉姆的长篇小说可分为两大类:一类是以历史为题材的,一类是以现实为题材的。

般吉姆的历史小说往往以历史材料为依据,借古喻今,充满爱国主义精神,富有教育意义。其中如《将军的女儿》(1865)、《阿难陀寺院》(1882)等都是颇有影响的。《将军的女儿》描写17世纪印度人民同阿富汗侵略者斗争的故事。《阿难陀寺院》反映的是1772年印度北方一个寺院的僧人为反抗英国殖民主义者举行起义的事迹。作者以浑厚的笔触成功地塑造了吉瓦南德、香蒂等不畏强暴、敢于斗争的爱国者的形象。小说中有一首《礼拜母亲》的诗,充分表达了印度人民对祖国的深厚感情,曾被广泛传诵。这首诗于1906年被泰戈尔谱成歌曲,成为印度的国歌,直到1950年。

以现实生活为题材的小说有代表性的有《毒树》(1872)、《英迪拉》(1872)、《拉吉尼》(1874)等。其中《毒树》最为有名。在这部作品中,作者首次涉及寡妇改嫁的社会问题,把寡妇再嫁比作有毒之树,既暴露了他的保守观念,也表现了对妇女命运的关注。小说构思新颖,具有较强的艺术感染力。

般吉姆作为孟加拉文学的先驱,他的进步文学活动有力地促进了孟加拉文学的发展。他的创作对以后的泰戈尔、萨拉特和普列姆·昌德都产生了很大影响。

印度近代文学的光辉代表泰戈尔(详见本章第二节)也是用孟加拉语写作的,他的诗歌、小说等方面的突出成就给印度文学带来了世界荣誉。

除了诗歌、小说、散文以外,近代孟加拉的戏剧也比较发达。当时著名的戏剧家有德尔格尔登(1822—1886)、米特拉(1829—1874)等。

德尔格尔登是孟加拉戏剧的开创者。他的第一个剧本《贵族的荣誉高于一切》(1854),以谐剧的方式讽刺了封建贵族制度和封建社会的丑恶现象,具有深刻的现实意义。德尔格尔登是首先用本民族的语言进行创作的,对孟加拉戏剧的发展起了推动作用。

米特拉从学生时代起就爱好诗歌和戏剧,曾发表了《靛蓝园之镜》(1860)、《年轻的女苦行者》(1863)、《女戏子》(1867)、《荷花中的美女》(1873)等著名剧本。其中《靛蓝园之镜》描写的是靛蓝商残酷剥削、压榨靛农的故事。戏剧具有深刻的揭露性,上演后受到观众的热烈欢迎。

北印度的印地语文学也取得了相当的成就。随着 19 世纪中叶反殖民主义斗争的发展,近代印地语文学也进入了一个新的历史时期。这时许多印地语作家的创作都与民族解放运动紧密相联。有代表性的作家有赫里谢金德尔(1850—1885)、古伯德(1886—1964)等。

赫里谢金德尔是一位杰出的诗人、戏剧家,出生在北印度的一个富商家庭。少年时代就热爱文学,积极参加文学活动,并参与了文学团体及杂志的创建工作,同不少作家和诗人有着紧密的联系。他一生著述丰富,曾创作了 9 个剧本,改编、翻译了 10 个剧本,并发表了不少散文和诗歌,被认为是印地语戏剧和散文的启蒙者。他的独幕剧《按吠陀杀生不算杀生)(1873),尖锐地讽刺嘲笑了封建王公、大臣、婆罗门和祭司的虚伪。在《印度惨状》(1880)和《蓝色的女神》(1881)等戏剧中,力求以民族的形式表现新的社会内容,充满了爱国主义和人道主义精神。

赫里谢金德尔的诗歌创作也比较有名。他的诗以鲜明的爱憎,谴责了英国殖民主义者的罪恶,对苦难的印度人民表示深切关注和同情。如在《巴拉特—杜尔大沙》一诗中,他以强烈的讽刺口吻,无比愤怒地控诉、揭露了殖民主义给印度带来的深重灾难:

印度的悲苦令人心忧,
穷苦赤贫的人民吓得无路可走。
在英国人的统治下安乐享受应有尽有,
可是国家的财富也被吮吸得什么也不留。
物价飞涨,疾病蔓延,死亡频临,
我们的忧伤与日俱增;
再加上苛捐杂税,
唉,印度的忧伤把一切都吞并。

赫里谢金德尔的创作在印地语文学中具有重要的意义,被誉为“印度的月亮”。

古伯德是印地语的著名诗人。他一生创作了 40 部诗集和长诗,大多取材于古代的神话传说和历史故事。在他的代表作《印度之声》里,以浓重的爱国主义感情,赞美古代印度的繁荣昌盛,展望美好的未来,并激励人们为争取民族独立和民族解放而斗争。古伯德的诗歌既具有深沉的思想内容,表现出鲜明的民族特色,也带有很大的局限性。

乌尔都语文学在印度近代文学中也颇有影响。近代乌尔都语文学开始于 19 世纪初叶,至 19 世纪末进入了启蒙时期。这一阶段的文学往往与 1857 年至 1859 年民族大起义失败后的动荡不安的社会现实有着紧密联系。当时著名的作家和诗人有迦利布(1797—1869)、艾赫默德(1817—1898)、纳兹尔(1836—1912)、哈利(1837—1914)等。

迦利布是著名的乌尔都语和波斯语诗人和散文家。他少年时曾随一些学者和作家学习诗文,受到乌尔都古代文化及波斯、希腊的哲学思想的影响。迦利布的诗歌题材广泛,诗体和格律多样,以抒情诗成就最高,主要作品有用波斯语写的《诗全集》、用乌尔都语写的《迦利布诗选》等。

迦利布的早期诗歌由于过于追求形式,往往脱离现实。后来随着思想认识的发展,他写了不少讽刺宗教偏见、宣扬自由平等、同情劳动人民遭遇的作品,特别是还反映了1857年大起义失败后个人的切身感受和悲观情绪。此外,迦利布还用乌尔都语和波斯语写了一些散文作品(评论、书信等),也具有重要文学价值。

迦利布的诗歌创作对乌尔都语诗歌的发展产生了较深刻的影响。

纳兹尔是一位有名的学者和小说家。他一生著述甚多,但以社会小说影响最大。其中《新娘的明镜》(1869)是乌尔都语文学史上第一部小说。它通过阿克巴莉和阿丝格莉两姊妹出嫁后的不同表现,反映了市民的日常生活和心理趋向,具有一定的现实意义。纳兹尔的小说创作有力地推进了乌尔都社会小说的繁荣和发展。

20世纪初期,在民族解放运动不断高涨的情况下,乌尔都语文学中反映民主思想和民族意识觉醒的作品逐渐增多。许多作家都努力以传统的形式反映新时代的社会生活。其中杰出的诗人伊克巴尔(1877—1938)(详见本章第四节)的创作占着特殊的地位。他充满激情的爱国诗篇对当时和以后的乌尔都语文学都产生了巨大的影响。

综上可以看出,以近代印度文学为主体的近代南亚文学是在继承优秀的民族文学传统的基础上,并在欧洲的近代意识、近代文学思潮的影响下产生的。它无论在思想内容上,还是在艺术表现上都具有革新的意义。近代南亚文学对现代南亚文学以及现代东方文学都产生了积极的影响。

第二节　泰　戈　尔

生平与创作

泰戈尔(1861—1941)是印度近代文学的光辉代表。他博学多才,兴趣广泛,不仅是一位杰出的诗人、小说家、戏剧家,同时也是一位著名的音乐家、美术家和社会活动家。他以自己的文学创作为印度近代文学开拓了道路,赢得了世界声誉。

罗宾德拉纳特·泰戈尔 1861 年 5 月 7 日出生在加尔各答市的一个地主资产阶级家庭。他父亲是一位哲学家、诗人和宗教改革者,兄姊等也多热心于社会改革和文学事业。他的家是加尔各答许多知识分子的聚集地,经常高朋满座,讨论国家大事,并举行朗读会,演出戏剧等。这种环境对泰戈尔的世界观、文艺观的形成产生了积极的影响。

泰戈尔从七八岁时便开始练习写诗,14 岁时发表了爱国诗篇《献给印度教庙会》;16 岁时发表长诗《诗人的故事》。这些作品受到了周围人们的赞许。1878 年,他遵从家训到英国学习法律,但到伦敦后,他便按照自己的志趣学习起英国文学和西方音乐来。由于对混乱、黑暗的英国社会感到失望,便于 1880 年提前回国。回国后的第二年,泰戈尔出版了他的第一部诗集《黄昏之歌》。老作家般吉姆·钱德拉·查特吉看了以后十分欣喜,把他称为印度文学天空中正在升起的太阳。

从 1884 年到 1901 年,泰戈尔大部分时间住在他父亲的庄园里。这段生活经历对他有着重要的意义。在这里,他耳闻目睹了农民的苦难生活处境、妇女地位的低下和婚姻的不幸,对殖民统治下的黑暗现实有了进一步了解。同时,他还搜集了不少民歌民谣,对人民口头创作产生了浓厚的兴趣。泰戈尔后来曾回忆当时的感受说:“无论什么地方,也没有像这里一样,使我产生强烈的创作愿望和情趣。”因此,他的早期创作多取材于这一时期的生活。

泰戈尔的早期创作主要指19世纪80年代至90年代的创作。此时他发表了《画与歌》(1884)、《金帆船》(1894)等抒情诗集和一部《故事诗集》(1900);还写了六七十篇短篇小说。此外还有戏剧、长篇小说等。

泰戈尔的早期创作往往“梦幻多于现实”,但其中的短篇小说和故事诗却充满现实主义精神,带有鲜明的反帝反封建的思想倾向。

泰戈尔在早期创作中就显示出非凡的艺术才能,尤其是他的短篇小说成绩卓著、脍炙人口,产生了广泛的影响。

在20世纪初期印度人民反殖民主义斗争空前高涨的年代,泰戈尔的创作步入了一个新的历史时期。1901年,他怀着改造社会的目的在圣地尼克坦创办了一所与劳动结合的新型学校(以后发展成为著名的国际大学)。1905年,英国驻印总督寇松实行分割孟加拉的反动政策,激起了广大人民群众的愤怒,由此掀起了民族解放运动的高潮。这时,泰戈尔来到加尔各答,积极投身于反英斗争。他参加游行,发表演讲,并写了不少歌曲激发人们的爱国热情。

然而泰戈尔在政治上带有改良主义倾向,他既主张与殖民主义者进行斗争,又害怕暴力革命,幻想通过温和的宗教、哲学、教育和道德等手段来改造国民性、改造社会,从而实现民族自治。正因为如此,当第一次民族解放运动转入低潮时,他思想中的矛盾便暴露出来。他在尼克坦一直呆了十几年。

20世纪初期是泰戈尔思想发展的极为重要的时期,也是他创作十分丰富而有意义的时期。这一时期他发表了《小沙子》(1903)、《沉船》(1906)、《戈拉》等一系列中、长篇小说,广泛地反映了现实中存在的重大社会问题，为印度的批判现实主义文学做出了卓越贡献。

《小沙子》以深切的同情描写了寡妇比诺迪妮的生活悲剧，表现了强烈的反封建精神。

《沉船》通过主人公罗梅西生活经历和矛盾性格的展示，讽刺批判了封建婚姻制度，赞颂了人与人之间相互友好的关系，反映了20世纪初期印度资产阶级知识分子的进步性与软弱性。由于情节曲折生动、结构巧妙、富有传奇色彩，成为深受群众欢迎的杰作。

与此同时，泰戈尔还出版了《吉檀迦利》、《新月集》等一系列具有神秘主义色彩的诗集和剧本，反映了他复杂的内心矛盾，显示出艺术上的高度成熟。

泰戈尔的中期创作十分复杂，进步与消沉并立、成就与局限共存，需要认真地去进行探索和分析。

20世纪20年代至30年代，正是印度国内外政治形势发生急剧变化的时期，也是泰戈尔创作的一个转折时期。1917年，俄国十月革命的胜利给殖民地半殖民地人民以巨大的鼓舞。在大好革命形势的影响下，印度国内的民族解放运动又掀起新的高潮。时代的召唤使泰戈尔重新燃起炽热的爱国激情。他结束了半退隐的生活，以崭新的姿态再次投入民族解放运动的巨流中去。1919年，面对英国殖民主义者镇压爱国群众的野蛮暴行，泰戈尔拍案而起，他愤怒地写信给英国总督表示强烈抗议，并庄严声明，放弃1915年英国国王授予他的男爵爵位和特权。与此同时，泰戈尔还加强了对国际问题的关注。他为了寻求民族自强、自立的道路，曾多次出国访问，先后到过英、法、美、荷、日和中国。1916年，他在访问日本、美国以后，发表了讲演集《民族主义》，其中充满了爱国主义热情，洋溢着为振兴亚洲而献身的精神。1924年，泰戈尔访问中国，回国后发表了《在中国的谈话》，对中国人民的反帝反封建斗争以及苦难处境深表关切和同情。1930年，泰戈尔访问了正在进行社会主义建设的苏联。他在后来发表的《俄罗斯书简》中指出:“我所看到的一切都是奇迹,没有一个国家可以和它相比,从根本上就不相同。”泰戈尔通过参加民族解放运动和出国访问,思想上发生了巨大变化。这种变化反映在创作上的便是:鲜明的进步政治倾向,愈加强烈的爱国主义精神和深刻的人民性。

泰戈尔在后期创作中发表了一系列情绪高昂、爱憎分明的政治抒情诗,还发表了《纠纷》、《家庭与世界》等5部中、长篇小说和《摩克多塔拉》等十几个剧本。

泰戈尔的后期创作突出了反帝斗争、民族解放运动和劳动人民历史地位的主题,其中一些政治抒情诗可以说是他漫长创作生涯的光辉总结。

1941年8月7日,泰戈尔在加尔各答逝世。他一生共写下了50多部诗集、30余种散文著作、12部中长篇小说、近百篇短篇小说、30多个剧本以及其它方面的许多论著和创作。在印度文坛和世界文坛上,像泰戈尔这样多才多艺、创作丰盛的作家是十分罕见的,他以自己的优秀作品建造了一座人工所不能建造的千古不朽的纪念碑。

短篇小说

19世纪末、20世纪初,印度社会的主要特征是殖民主义统治和封建主义压榨相互结合、民族矛盾和阶级矛盾交织发展。广大人民群众反抗的烈火一点即燃。因此,敢于直面这样血与火的社会现实,推动反帝反封建斗争向前发展,便成为时代赋予作家的光荣使命。泰戈尔意识到自己的责任,他写了大量的短篇小说,多方面地反映了当时存在的重大社会问题,向黑暗的现实挑战。

反对殖民主义、启发民族觉醒、宣扬爱国主义精神构成了他短篇小说的重要内容。其中,《太阳和乌云》(1894)揭露了英国殖民主义者的野蛮暴行;《加冕》(1898)批判了可耻的洋奴思想;《深夜》

(1894)戳穿了资产阶级的虚伪性和软弱性。特别是在《泡影》(1898)中,正面描绘了 1857 年的印度民族大起义,赞颂了爱国官兵同英国殖民军浴血奋战的伟大壮举和英雄主义精神,读来感人至深。

泰戈尔对于殖民主义赖以生存的社会基础——封建主义,也给予了无情的抨击。他的许多短篇小说深刻地揭露了封建统治阶级的罪恶。如在《原来如此》(1893)中,既展现了新老地主的伪善面貌,又反映了佃农所进行的反抗斗争。《判决》(1893)通过一个农民失手铲死妻子的悲剧,从侧面揭露了地主剥削、压榨的残酷。当然,在这类主题的作品中,泰戈尔也塑造了一些同情农民的开明地主的形象,显示出一定的改良主义色彩。

在印度,封建婚姻制度和种姓制度是封建主义的两大精神支柱,也是束缚人民特别是妇女的两条锁链。因此,反对封建婚姻制度和种姓制度的主题在泰戈尔的短篇小说中占着十分突出的地位。如《河边的台阶》(1884)、《弃绝》(1892)、《笔记本》(1893)、《摩诃摩耶》(1892)、《法官》(1894)、《献祭》(1898)等,都从不同方面揭露、讽喻了封建婚姻制度和种姓制度的严重危害。在《河边的台阶》中,作者以无限凄凉的笔触描写了 7 岁出嫁、8 岁守寡的库苏姆终于被迫投河自尽的可悲命运。《弃绝》描写一对真挚相爱的青年夫妻赫门达和库松,因发现库松的种姓低下,而被赫门达的父亲强行拆散的悲剧。《笔记本》尖锐地批判了童婚制对天真活泼少女的青春和生命力的扼杀。《献祭》的内容更为令人惊心动魄,它叙述在存在封建的财产继承权的情况下妇女的不幸遭遇。《法官》描写一个道貌岸然的法官莫希特对妇女的践踏。沦为妓女的基罗达被诬犯有谋杀子女罪,法官判她以绞刑,可是不久法官发现这个女人恰是 20 多年前被他蹂躏后抛弃了的情人。作者以深切的同情反映了基罗达的悲惨命运,揭露了法官的丑恶灵魂。情节曲折,引人入胜,它与托尔斯泰的《复活》有异曲同工之妙。

《摩诃摩耶》(又译《莫哈玛娅》)描写一个年轻美丽的少女悲惨的一生。摩诃摩耶从小与同村青年罗耆波真诚相爱,但却被她哥哥强行嫁给一个行将入木的老婆罗门。举行婚礼的第二天她就成了寡妇。按当时印度的习俗,摩诃摩耶必须陪葬。火点着以后,天忽降大雨,摩诃摩耶才幸免一死,可是她那花朵般的面容已被烧伤了。她逃出火葬场,用面纱蒙上脸去找她心爱的人罗耆波,二人生活在一起。后来她变得丑陋的面容偶然被罗耆波看见,她便不顾丈夫的恳求和谅解毅然离家出走。从此就再也见不到她的踪影了。在小说中,作家通过活生生的现实描绘,尖锐揭露和批判了封建包办婚姻、种姓制度以及寡妇殉葬陋习的落后性与野蛮性,表现出强烈的反封建精神。它是泰戈尔短篇小说的优秀代表作。

泰戈尔对殖民主义和封建主义有着强烈的憎恶感,面对人民,特别是对普通人和被压迫者则表现出深厚的爱。在他的《邮政局长》(1891)、《喀布尔人》(1892)等作品中充分表达了这种可贵的感情。

《邮政局长》着意刻画一个天真善良、勤劳倔强的山村孤女勒祖的形象。勒祖为邮政局长做杂役,倾注了自己的热情。邮政局长对她的服务感到欣慰,并也曾动过心。可是当邮政局长忍受不了山村孤寂的生活而离去时,勒祖却坚强起来,她既鄙视别人的怜悯,又表现出淡淡的哀愁。这篇小说写得含蓄,耐人寻味。

比较起来,《喀布尔人》更有代表性和典型意义。小说通过不同国度、不同社会地位的一老一小——拉曼和敏妮之间的亲密交往,歌颂了普通人身上存在的优良品德和真挚深厚的友情。拉曼是一个喀布尔的山民,为生活所迫来到印度做小商贩。他为人正直、善良、真挚、朴实,具有丰富的感情。面对眼前的艰辛生活,不时想起家中心爱的小女儿。为此,他对异乡的小姑娘敏妮表现了慈父一般的爱。在这个人物身上寄托了作者的美好生活理想。这篇小说是泰戈尔的杰作之一。

泰戈尔的短篇小说不仅内容充实、深刻，在艺术上也达到了炉火纯青的程度。

他的短篇小说往往以偶然的事件和巧妙的安排作为情节发展的契机，并善于把情节发展的悬念性、传奇性和细节描写的真实性有机地结合起来，从而产生既扑朔迷离又真实可信的艺术感染力。例如《摩诃摩耶》中，摩诃摩耶被迫嫁给老婆罗门，第二天就成了寡妇的情节；火葬时天忽降大雨，她幸免一死的情节；因烧伤的面容被丈夫看到而毅然出走的情节，都带有偶然性，并给人以悬念，然而这一切又与印度的封建礼法、封建道德观念紧密联系在一起，蕴含着必然性的因素。正是这种带传奇色彩的情节，加深了作品的揭露性，增强了艺术感染力。

泰戈尔还善于运用细节描写展开情节，刻画人物，表现作品的主题。他的短篇小说中的每一个物件、每一个动作几乎都是富有意义的。例如《无法挽救的灾祸》中地主总管的 5 次鞠躬，《法官》中的戒指，《原来如此》中的念珠，《喀布尔人》中拉曼的大口袋等一些具有浓郁生活气息的细节，无论在情节贯穿上，还是在人物性格刻画和人物命运的展示上，都起到了不可忽视的作用，表现了作家高超的艺术功力。

泰戈尔的短篇小说在展开情节、塑造人物的过程中，往往用强烈的对比来加强作品的气氛，表现人物的不同性格。例如，在《献祭》中，通过请来担任祭司的吃喝丰盛的婆罗门与前来讨饭的"一个形容枯槁的女人带着骨瘦如柴的孩子"的对比，尖锐地讽刺、批判了封建财产继承权的罪恶。在《笔记本》中，通过乌玛那表达纯真感情的笔记本与丈夫彼得莫洪写满维护封建礼法谬论的笔记本的对比，揭露了封建包办婚姻给一个少女带来的不幸。同时，在不少作品中，作者还善于通过景物变换的描写，增强艺术感染力。如在《弃绝》中，以月圆之夜的欢快气氛同黑暗之夜的悲凉景象相对照，有力地突现了女主人公的悲剧命运，控诉了种姓制度的危害。

注意心理描写也是泰戈尔短篇小说的一大特色。他在许多短篇小说中所塑造的人物形象,不只着眼于外形的描绘,而更注重于人物内心世界的挖掘和展示,使读者能感受到人物的细微感情。例如《摩诃摩耶》中的女主人公从火葬场逃出后,既想立刻见到自己的心上人罗耆波,又唯恐自己变丑的面容被对方发现;而一旦被罗耆波看见,就悄悄地离去了。小说通过对人物充满矛盾的心理状态的描绘,有力地加强了悲剧气氛和批判力量。又如《一个女人的信》中的妇女姆丽纳尔离家出走后,以通信的形式表述了她结婚15年来在丈夫家中所经历的种种受压抑的生活以及逐渐觉醒、决心同这个家庭彻底决裂的复杂内心世界。泰戈尔短篇小说中这种出色的心理描写是他笔下的人物形象活灵活现、可感可信的重要原因。

浓郁的诗情画意是贯穿泰戈尔短篇小说的另一显著特色。他的短篇小说无论叙事、议论、描写都带有很强的抒情性,它们给予读者的不只是几个故事、几个人物,还有用诗的语言、诗的节奏、诗的激情所创造的情景交融、余味无穷的诗的意境。作者善于赋予大自然以生命力,使之与人物的情感、命运息息相通。例如在《女乞丐》(1877)中,把被"浓密的阴云完全吞噬"的高山、谷地、森林,被白雪覆盖的"凋零的树木头"等与科莫尔那褴褛的衣衫、憔悴的面容、充满泪水的眼睛、蹒跚的脚步紧紧地结合起来,构成了一幅悲凉凄惨、充满苦难的艺术画面。《河边的台阶》中所描写的那狂风呼啸、昏天暗地的夜晚,预示着女主人公库苏姆行将到来的悲剧命运。《摩诃摩耶》中所描述的那正午时分的"不可名状的哀音",正是女主人公面临杀身之祸的前兆。总之,泰戈尔短篇小说中的每一株草、每一片云、每一种色彩、每一点声响,几乎都是与人的心灵、人的命运相互交织、紧密结合的。正是在这情和景的完美融合中,产生了诗一般的境界、诗一般的含蓄美。

泰戈尔的短篇小说以其深刻的思想内容和高超的艺术技巧为

我们提供了叙事与抒情、现实主义与浪漫主义完美结合的范例。他的短篇小说是完全可以和世界上许多短篇艺术大师的创作相媲美的。

长篇小说《戈拉》

在泰戈尔一生所写的12部中、长篇小说中,《戈拉》占着突出的地位。这部小说比较集中地体现了泰戈尔的反殖民主义、反封建主义的思想倾向和爱国主义精神,显示出他长篇创作的成熟技巧和深刻功力。

《戈拉》于1907年至1909年在杂志上连载,1910年印成单行本。

小说所反映的是殖民统治下印度社会的尖锐复杂的矛盾和斗争。19世纪70年代至80年代,正是印度的民族解放运动发展的高潮时期。当时广大印度人民,特别是一些进步知识分子,已逐渐清醒地认识到殖民主义者的种种罪恶。在一部分爱国知识分子中,围绕着民族解放、民主自由和国家前途等问题经常展开激烈的论战,并截然分成相互对立的两种主张。尤其是这种争论又与宗教派别的偏见及种姓制度的僵固纠缠在一起,就更表现出它的复杂性和尖锐性。当时主要宗教派别是"梵社"与"新印度教"。"梵社"中的一些人反对暴力革命,幻想以和平的方式在殖民统治的范围内争取政治权利。他们轻视、否定民族文化,走上了投降主义的道路。"新印度教"主张暴力革命,反对崇洋媚外,但他们却全面维护印度的历史、文化和宗教传统,甚至维护落后的种姓制度,从而走上了复古主义的道路。这两大宗教派别各走极端,都没有找到民族解放的正确途径。泰戈尔在小说中,通过人物间的尖锐论战,歌颂了爱国主义精神,揭露了殖民主义者的残酷统治,批判了"梵社"和"新印度教"的政治偏见,号召印度人民在不分教派、不分种姓的基础上团结起来,为民族解放、民族独立而斗争。

《戈拉》的爱国主义主题主要是通过几个人物的塑造完成的:印度教青年戈拉和他的朋友宾诺耶;梵教姑娘苏查丽达和她的妹妹洛丽塔。其中戈拉的形象是小说刻画的中心,小说中的主要情节都是围绕他而展开的。

戈拉是留居印度的爱尔兰人的后代,因父母双亡,从小被印度的一个中产家庭收养,养父和养母都是朴实善良的印度人,在这样的家庭环境中长大的戈拉已完全印度化了。

在小说中,泰戈尔是把他作为一个民族主义者和爱国主义者加以表现的。戈拉为人正直善良、倔强果敢、嫉恶如仇。他身上有着一种坚韧不拔的精神力量,不断鼓舞他为反殖民主义而斗争。作家以深情的笔触展示了戈拉的爱国主义思想形成、发展和完善的过程。

戈拉刚刚走向社会时,他的爱国主义思想和他的宗教信仰及种姓之间存在着尖锐的矛盾。大学毕业后,戈拉担任了印度爱国者协会主席,成为印度教青年的一个领袖。他"爱印度胜过自己的生命",时刻准备为它献出自己的一切。然而开始时,戈拉却走了一条复古主义的邪路。他不惜著书立说为印度教的弱点辩护,竭力维护印度教的一切陋习和落后的种姓制度;他严守教规,行触脚礼,不吃喝异教徒的东西,甚至反对同异教徒的姑娘结婚。可是戈拉这种宗教狂热在现实生活面前却碰了壁,他陷入孤独可悲的境地和重重矛盾之中。

为了摆脱困境,戈拉决定下乡旅行,从此进入了他思想发展的第二个阶段。戈拉在下乡旅行过程中,了解了农村的现实,特别是接触了农民以后,思想发生了巨大变化。他亲眼目睹印度教和种姓制度所造成的严重后果:不同信仰、不同种姓的人相互为敌,进行了永无休止的争斗。这种情形严重地破坏了人民的团结,阻碍了民族解放运动的发展。在这活生生的现实面前,他对印度教和种姓制度产生了怀疑。小说主要是通过戈拉对印度教徒理发师态度的转变,来展现他的思想变化的。起初,他认为理发师收养了一个异教徒的孩子,违犯了教规,不肯去理发师家吃住。可是当他了解到孩子的父亲是一位反英斗争的农民领袖时,他便改变了主意,毅然回到理发师家去,并明确地意识到“再也不可能用自己脑子所虚构的那种迷妄之见来欺哄自己了”。从此,戈拉的爱国主义思想有了实际的内容,逐渐把它化为自己的实际行动。他对印度教再也不像以前那样虔诚,与人辩论也显得虚弱无力了,甚至向梵教的姑娘苏查丽达表示了爱情。尽管如此,戈拉此时还没有完全否定印度教和种姓制度。

戈拉性格发展的最后阶段是彻底冲破了印度教和种姓制度的羁绊。一天,亲友们准备为戈拉举行“忏悔礼”仪式。在仪式进行之前的关键时刻,他的养父公开了他的真正出身,指出他既没有信奉印度教的资格,也无权举行这种宗教典礼。这消息犹如晴天霹雳,使戈拉大为震惊,一时间他觉得自己的“整个一生,就像一场离奇的梦”。可是当他冷静下来的时候,他却为自己卸下这些沉重包袱而庆幸。于是他清算了自己的宗教偏见,摆脱了种姓的束缚,决心忠诚地为祖国印度服务。他说:“现在我真的有权利为她效劳了,因为真正的劳动园地已经展现在我面前……这是给三万万印度儿女谋福利的真实的园地!”

“给三万万印度儿女谋福利”,这就是戈拉的爱国主义思想发展的高度,这个结论是经过艰苦的实践得出来的。

戈拉是20世纪初印度爱国知识分子的典型,这一形象具有重要的意义。从他身上既可以看到当时印度资产阶级“激进派”的进步性,也可以看到他们的历史局限性。戈拉的成长道路说明,爱国主义思想只有在克服封建意识的局限并面对现实的时候,才能成为一种进步的精神力量。

《戈拉》在艺术上既体现了泰戈尔小说创作的一贯风格,又有其独树一帜、与众不同的特色。

首先，这部小说具有显著的论辩性，论辩几乎成为塑造人物的主要手段。全书79章，而关于祖国、人民、政治、宗教以及自由等的辩论的篇幅竟占一半以上。小说中正面人物与反面人物之间、正面人物与正面人物之间几乎都以不同的方式卷入这场舌战中。这多种多样的论辩不仅带有强烈的感情色彩，而且都与主题思想的表达密切相关，所以并不给人以游离之感。同时，它也是塑造人物、表现不同人物个性和精神面貌的有力手段。当然，有些篇章议论过多、说教性太强，也给小说的艺术感染力带来一定的损害。

其次，小说十分注意运用对比的手法塑造人物，使不同人物的不同性格更为鲜明。不仅正反面人物之间形成强烈对比，就是正面人物之间也是相映生辉的。戈拉的"爱印度胜过爱自己生命"的高大形象与崇洋媚外的哈伦的洋奴嘴脸形成对照，使善与恶、美与丑、进步与反动更加醒目地展现在读者面前。同是正面人物，戈拉的坚定无畏、充满自信与他的朋友宾诺耶的优柔寡断、缺乏主见截然不同。两个梵教姑娘苏查丽达和洛丽塔，一个温柔文静，一个泼辣刚强，各有千秋。这种对比不仅使每个人物血肉丰满，可识易别，而且使中心人物戈拉的形象更为突出，更富有立体感。

最后，这部小说具有浓郁的抒情色彩，自始至终激荡着感情的洪流。作者善于把炽热的情感很自然地融会于叙事和论辩之中，使我们时时都能感受到有一颗火热的心在跳动；他对祖国和人民的爱，对殖民主义者和封建势力的憎恶，像一条奔腾的大河涌起波涛，不断冲击着读者的心。特别是小说的结尾，戈拉关于"祖国，你就是我的母亲！"的那段抒情就更具有扣人心弦的艺术力量。

《戈拉》的深刻的思想内容和卓越的艺术表现，使它不仅成为泰戈尔的长篇代表作，而且也成为东方近代现实主义文学的名著。

诗　歌

泰戈尔是一位有着多方面文学才能的作家，他的小说创作所取得的成就是令人赞叹的,也是世所公认的。然而,泰戈尔首先是一位杰出的诗人,他在印度文学史上的地位,在世界文坛上的影响,主要是通过诗歌来奠定的。

泰戈尔的诗歌创作是伴随着他的思想发展和艺术发展而前进的。其中有代表性的是他的早期故事诗、中期抒情诗和后期的政治抒情诗。

泰戈尔的早期故事诗是同他的短篇小说同时出现的。二者在思想内容和艺术表现上有许多共同之处,但也有明显的区别。早期短篇小说多直接取材于现实生活,而早期故事诗则皆源于古老的宗教传说和民间故事。许多佛教、印度教和锡克教的传说,一些人们世代口耳相传的故事,经过诗人的加工和再创造,已经成为精美的艺术品了。就诗歌的主题来讲,主要包括两个方面:

首先,揭露多种形式的封建压迫,歌颂劳动人民的优良品德。其中有批判种姓制度的《婆罗门》(1893),有抨击寡妇殉葬陋习的《丈夫的重获》(1900),有赞美劳动人民的朴实、诚挚的优秀品质的《无上布施》(1898)等。许多诗歌都带有强烈的反封建的思想倾向,充满人道主义精神。

《两亩地》(1894)是这类故事诗中最有代表性的一篇。这首诗通过巫宾的可悲处境,揭露地主阶级从物质到精神对农民的残酷压榨和迫害,表现出鲜明的人民性。全诗充满悲凉的抒情气氛,有扣人心弦的艺术感染力。

其次,故事诗中也以炽热的感情歌颂了抗击异族侵略的民族英雄,特别是18世纪锡克教徒反对波斯侵略者的英勇斗争。其中代表性的作品有《戈宾德·辛格》(1890)、《更多的给予》(1900)、《被俘的英雄》(1900)等。

《被俘的英雄》是最激动人心的一篇。这首诗描写锡克教的首领般达父子被敌人俘虏以后,在刑场上表现出的大义凛然、视死如归的英雄气概。

泰戈尔在故事诗中通过这种可歌可泣的英雄事迹的描述，宣扬了爱国主义精神，有力地鼓舞了印度人民反殖民主义的斗争。

20世纪初期，在印度民族解放运动高涨的年代，泰戈尔表现出极大的爱国热情，并写下了一系列优秀的现实主义小说。然而，作为一个资产阶级作家，泰戈尔的世界观和文艺观中充满了矛盾。因而第一次民族解放运动转入低潮时，他思想上的种种矛盾就暴露出来了，特别是在诗歌创作中表现得更为充分。此时他发表了大量的抒情诗，并相继出版了《吉檀迦利》(1912)、《新月集》(1913)、《园丁集》(1913)、《飞鸟集》(1913)等诗集，这些作品一方面反映了当时的社会现实，表现了深厚的爱国主义和人道主义精神，另一方面又显露出一定的宗教、哲理观念和神秘主义色彩。

《园丁集》共收入85首诗，主要是表现爱情和探索人生的，诗集中既比较细腻地描绘了男女之间爱情的欢乐和苦恼，也反映了诗人对人生道路的探索和追求。

《新月集》中共收入37首诗，大都是反映儿童生活、表现儿童的纯真和可爱的；有的颂扬了伟大的母爱。这些诗清新隽永，优美动人，充分体现了诗人对儿童深厚的爱以及对美好生活理想的向往。

《飞鸟集》是一部包括325首诗的短诗集。其中不少诗带有深刻的哲理性。这些格言式的短诗更接近生活，处处闪烁着理智的光辉。

在这几部诗集中，最能代表他的创作倾向和艺术特色的是《吉檀迦利》。

"吉檀迦利"是献诗的意思，是献给神的诗。泰戈尔是一个泛神论者，他所信奉的神不是某一个具体的偶像，而是他的理想、希望和光明的化身。

泰戈尔从小生活在浓重的宗教气氛中，后来又受印度传统哲学和欧洲资产阶级哲学中的泛神论的影响，因此，诗人心目中的神活动于一切自然之中，是无所不在、无所不包的。泰戈尔的这种泛神论思想，使他很容易接受欧洲资本主义社会的“自由、平等、博爱”的人道主义主张。所以他在颂神的同时，又宣扬一种“泛爱”思想，他把这种“爱”作为实现美好理想，达到“人神同一”、和谐一致的途径。在这里，“泛神”和“泛爱”是紧密结合的，但“泛爱”是基础，是要达到的目的。正是这种“结合”所呈现出的不同表现，构成了《吉檀迦利》诗歌的神秘主义特色。诗中通过神秘主义的描写，既反映了诗人对现实生活的希望——探求——失望这三者不断反复、不断撞击的矛盾心情，又表现了诗人追求宁静、和谐、自由欢快的美好境界的爱心和愿望。

首先，诗中通过对神的礼赞，表达了诗人美好的生活理想。诗人所敬奉的神具有鲜明的爱憎，他们不是生活在虚无飘渺的仙界，而往往与被压迫的劳动者在一起：“在最贫最贱最失所的人群中歇足”；“在锄着枯地的农夫那里，在敲石的造路工人那里”。在诗人看来，神的意志实现了，国家就会变成自由幸福的乐园。如在第35首诗中，诗人展现出神恩赐的一幅美好的蓝图：

在那里，心是无畏的，头也抬得高昂；
在那里，智识是自由的；
在那里，世界还没有被狭小的家国的墙隔成片段；
在那里，话是从真理的深处说出；
在那里，不懈的努力向着“完美”伸臂；
在那里，理智的清泉没有沉没在积习的荒漠之中；
在那里，心灵是受你的指引，走向那不断放宽的思想与行为——进入那自由的天国，我的父呵，让我的国家觉醒起来罢。

正由于诗人一直把追求“人神同一”作为自己的人生理想，所以每当他所向往的与神相会的美好境界出现的时候，他都感到无比的欢欣和激动。诗人的这种感受在不少诗中都有所表露。如在第46首诗中，他写道：

我不知道从久远的什么时候，你就一直走近来迎接我。

你的太阳和星辰永不能把你藏起使我看不见你。

在许多清晨和傍晚，我曾听见你的足音，你的使者曾秘密地到我心里来召唤。

我不知道为什么今天我的生活完全激动了，一种狂欢的感觉穿过了我的心。

这就像结束工作的时间已到，我感觉到在空气中有你光降的微馨。

在这众多的诗节中，诗人通过对所向往的神赐与的“自由的天国”的展示，对所渴望的达到“人神同一”崇高境界的描绘，不仅反映了他不断探索、追求人生理想的可贵品格，也表现了他深厚的人道主义和爱国主义精神。

《吉檀迦利》在表现诗人生活理想和高尚品德的同时，又反映了诗人为寻求出路而不得的矛盾，痛苦的心境。泰戈尔尽管在不少诗篇中表现出对祖国命运的关注和对被压迫者的同情，但他为解决社会问题所寄托的“神”和“爱”却是脱离现实、不切实际的。正因为诗人的希望是渺茫的，是难以捉摸的，所以在探求出路的过程中就不能不时时流露出哀愁、迷惘的情绪以及失望、绝望的苦恼。这种欲救国救民而不能，欲前进又找不到明确方向的复杂心境在许多诗中都表现出来。如在第102首中，他描述道：

我在人前夸说我认得你。在我的作品中，他们看到了你的画像。他们走来问：“他是谁？”我不知道怎么回答。我说：“真的，我说不出来。”他们斥责我，轻蔑地走开了。你却坐在那里微笑。

我把你的事迹编成不朽的诗歌。秘密从我心中涌出。他们走来问我：“把所有的意思都告诉我们罢。”我不知道怎样回答。我说：“呵，谁知道那是什么意思！”他们哂笑了，鄙夷之极地走开。你却坐在那里微笑。

诗人就这样,时时感受到神的存在,但又觉得与自己距离太远。由于找不到出路,诗人常觉得自己"像一片秋天的残云,无主地在空中飘荡"。诗人这种矛盾的心绪和渺茫的希望就使我们读诗时产生一种朦胧和玄奥的感觉。

概括起来说,《吉檀迦利》既表现诗人对"人神同一"理想境界的追求,又直接间接地反映了诗人一贯的人道主义和爱国主义精神。它是诗人思想探索和艺术探索的重要里程碑。

然而,在充满民族矛盾和阶级矛盾的印度现实社会里,这种以"泛神"和"泛爱"为基础的虚无缥渺的理想在当时虽有一定的积极意义,却是不可能实现的。

诗集中所表现的神秘主义色彩是特定历史条件下,诗人特定情感的产物。

《吉檀迦利》于 1913 年获得诺贝尔文学奖。

20 世纪 20、30 年代,在国内外大好革命形势的影响下,泰戈尔的思想和世界观发生了深刻变化。从此,他的诗歌逐渐改变了以往的改良主义情调和神秘主义色彩,显示出鲜明的政治倾向性。泰戈尔在这一时期写的许多政治抒情诗(如《问》,1932;《边沿集》第 18 首,1937)中,批判了自己泛神、泛爱的思想,主张与侵略者、杀人者进行坚决斗争,号召人们起来,"反对那披着人皮的野兽!"与此同时,还写了《非洲》(1937)、《敬礼佛陀的人们》(1937)等揭露帝国主义的诗篇,表现了对被压迫者的深切同情。

泰戈尔通过长期的观察与实践,已清楚地认识到劳动人民的历史地位,因而在一些诗(如《劳动者》,1941)中对劳动人民的劳动和创造作了热情的颂扬。特别是,此时他已深深地感受到自己同劳动人民之间有着巨大隔阂和差距。正因为如此,他在《生辰集》(1941)等 10 首诗中,表达了要与劳动人民接近的迫切愿望。

《生辰集》第 10 首被认为是泰戈尔一生创作的纪念碑。在诗中，诗人首先肯定了自己的创作在世界文学中的地位和意义，同时明确指出他创作的主要缺陷是脱离劳动人民。之所以如此，是“上等社会地位”限制的结果。诗中写道：

有时我也曾走近他们的围墙，
却没有那种勇气跨进他们的院子。
如果一位诗人不能走进他们的生活，
他的诗歌的篮子里装的全是无用的假货。

基于这种认识，诗人在最后热切地期望未来的诗人能成为劳动人民的“同伴”和“亲人”：

呵，你有才华的诗人，
成为他们的亲人吧！
让他们在你的荣誉里找到他们的荣誉，
我将是第一个
一再向你敬礼，对你衷心欢迎。

这首诗可以说是泰戈尔一生创作的总结，反映了他晚年思想的飞跃。

泰戈尔的一生走过了艰难曲折的道路。他的诗歌创作比较完整地体现了他的思想发展变化的过程。今天，泰戈尔的许多优美动人的诗篇和其它作品已经成为全世界人民的宝贵文学财富，受到了亿万读者的喜爱和欢迎。

第三节　萨　拉　特

萨拉特·钱德拉·查特吉(1876—1938)是印度近代文坛上以孟加拉语写作的著名小说家。他的声誉仅次于泰戈尔，在孟加拉文学史上以及整个印度文学史上都占着突出的地位。

萨拉特 1876 年 9 月 15 日出生在西孟加拉邦胡格里县德瓦南达普尔村的一个婆罗门家庭。他父亲一生穷困潦倒，经常失业，但酷爱文学，曾不断进行小说和诗歌创作的尝试。萨拉特的童年时代是在极端贫困的条件下度过的。他寄居在外祖父家勉强读完中学，毕业后，虽考上了大学，但为生活所迫，没能继续深造。

萨拉特在家庭影响下，于中学学习时就对文学产生了浓厚的兴趣。他阅读了般吉姆·钱德拉·查特吉和泰戈尔等作家的作品，并开始进行小说习作。1901 年，他与一些文学青年创办了一个手抄本刊物《绿荫》，并在该刊发表作品，开始显露文学才华。这一年，由于和父亲发生了矛盾，他离开外祖父家到外地流浪。在漫游的过程中，他比较广泛地接触了孟加拉各阶层人民的生活，亲眼看到农民的贫困境况，特别是妇女的不幸遭遇，思想上发生了重大变化。这段生活经历为他的创作提供了丰富的素材。

1903 年，萨拉特来到缅甸的仰光谋生。他经过多方努力才找到一个小职员的位置。就这样，在那里一直呆了 10 年。在仰光期间，他有机会阅读了大量世界文学名著，接触了不少哲学家的著述，这不仅提高了他对人生的认识，也进一步确立了他的现实主义创作方向。同时，他还经常接触一些处在底层的人民的苦难生活，特别是同来自印度的贫困侨民建立了密切的联系。这使他对祖国的命运和民族解放事业更加关注。

1907 年，他的第一部中篇小说《大姐》在《帕罗蒂》杂志上发表，引起了文坛的轰动。泰戈尔读了这部作品以后说："一位出类拔萃的文学家崭露在孟加拉文学的地平线上，有朝一日他将赢得自己文学上的宝座。"

1913 年，萨拉特离开仰光，回到加尔各答，从此成为孟加拉文学界的第一位职业作家。

萨拉特一生中共写了 30 部中、长篇小说和大量短篇小说。他的作品多以反对印度社会的不平等现象及腐朽的封建传统为主题，比较广泛地反映了孟加拉的社会现实，深刻地揭露了殖民主义者、封建统治阶级及僧侣等的专横和狡诈，对被压迫者，尤其是对妇女的不幸表示深切的同情。

萨拉特的短篇小说独具匠心，颇负盛名。他共出版了8部短篇小说集，这些作品大都以家庭生活和母爱为中心内容，构思巧妙，发人深思。其中影响较大的短篇小说有《宾杜的儿子》、《拉摩的悔悟》、《诉讼的结果》、《摩黑什》、《奥帕吉的天堂》、《光和影》等。

《摩黑什》以悲凉的情调反映了贫苦农民受剥削受压迫的生活命运，具有深刻的揭露性和较强的艺术感染力。

《奥帕吉的天堂》描写一个出身低贱、被丈夫遗弃的妇女奥帕吉的悲剧命运。奥帕吉看到贵妇人死后火葬时的讲究场面，感到非常羡慕。她告诉自己的儿子甘阿利，她死时也能像那个有钱人那样，坐上“升天的彩车”升入天堂。不久，她得病死去，然而在残酷的现实面前，她生前的幻想根本不能实现。最后大家只好“在河边沙滩上掘了一个深坑”把她“一点不留痕迹地掩埋了”。小说以凄楚的情调、细致的心理描写，通过鲜明的对比，深刻地讽刺、揭露了贫富悬殊的社会现象和种姓制度的不合理，具有强烈的反封建精神。

《光和影》反映的是在童婚盛行、寡妇不能再嫁的封建婚姻陋习下的爱情悲剧。被称为“光”的叶盖德特和被称为“影”的苏尔玛有着真挚的爱情。因苏尔玛少年守寡，不能与叶盖德特结婚，乃以“妹妹”的身分帮助“哥哥”娶了一个叫伯杜尔的媳妇，并希望他们能生活得幸福。可是，事与愿违，叶盖德特以媳妇“属于魔星”为借口，不与伯杜尔同房。媳妇在巨大的刺激下得了一场急病，“悄悄地离开了人世”。面对此景，叶盖德特离家出走，而苏尔玛也在呼唤着“叶盖哥哥”的绝望声中“倒下”。从此，“世上的光亮消失了……连那模糊不清的影子也不知道消失在那里——四周漆黑一片”。小说以“光亮”和“影子”的完全消失作结，有力地控诉了封建礼教、封建婚姻制度对人性的损害以及给妇女带来的不幸。

比较起来，萨拉特的中、长篇小说取得了更大的成就。其中著名的作品有《乡村社会》(1916)、《嫁不出去的女儿》(1917)、《斯里甘特》(1917—1933)、《道德败坏的人》(1920)、《婆罗门之女》(1920)以及《秘密组织——道路社》(1929)等。

《乡村社会》通过青年知识分子罗迈斯回乡进行农村改革所遇到的种种障碍，展现了孟加拉农村停滞、落后的悲凉景象，揭露了地主阶级及其代理人对农民的残酷的经济剥削和政治压迫，表示了对贫困农民命运的深切同情。《嫁不出去的女儿》反映的是在封建的婚姻奁资制盛行的情况下，一个既不美丽又无金钱置办妆奁的小姑娘的痛苦和悲哀。《婆罗门之女》描写了一对青年男女——阿鲁纳和桑塔娅的爱情悲剧，有力地控诉了封建种姓制度的危害及对人的基本权利的剥夺和毁坏。《道德败坏的人》，通过对两个寡妇——萨维德莉和吉尔娜的不同性格的刻画，提出了寡妇再嫁的社会问题，具有深刻的批判性和现实意义。

《斯里甘特》和《秘密组织——道路社》这两部作品更具有代表性。

《斯里甘特》是一部自传性的长篇小说，共分为4卷，是作者花费十几年的心血陆续写成的。小说以主人公斯里甘特青少年时代的生活为主线，展现了20世纪初印度社会的广阔画面，暴露嘲讽了贵族、绅士的骄奢淫逸的生活，批判了封建旧习俗、种姓制度以及宗教意识对人的精神的摧残，反映了殖民统治下广大印度人民的悲苦命运，并寄托了作者的人生理想，被认为是印度现实主义文学的杰作之一。

斯里甘特在少年时代就对被压迫者富有同情心，嫉恶如仇。长大以后，他在民主主义思想的影响下对吃人的封建礼教和封建婚姻制度怀着批判和反对的态度。他爱上了少年时期的同学拉佳拉克什弥，无限同情她的不幸遭遇，并敢于冲破封建礼法的约束，与拉佳拉克什弥生活了一段时间。但最后他却没有勇气同封建伦理观念彻底决裂，从而也就没有真正获得自由。这充分暴露了他性格软弱的一面。拉佳拉克什弥虽为被人轻视的“沦落”歌妓，但她的心地是纯洁善良的。她十分忠于对斯里甘特的爱情，对他百般关心和照顾，但由于深刻的思想矛盾，结果，不得不忍着内心的苦痛出家为尼。

从小说主人公斯里甘特以及其他人物身上，我们既可以看出作者的进步思想倾向，也可以看出他的局限性。作者的人生理想和写真实的美学观，对种姓制度的谴责和批判，对被压迫妇女的深切同情以及某些封建意识，都在主人公的言行中得到生动的反映。

这部小说尽管在后几部存在着结构松散等缺点，但它却以朴素自然的艺术风格、幽默讽刺的语言、细腻的心理刻画深深打动了读者，产生了广泛的影响。

《秘密组织——道路社》是作者唯一的一部直接以反殖民主义为主题的小说。它作于 20 世纪 20 年代印度民族解放运动正在掀起的新高潮中。当时在爱国者内部对以什么方式和途径解决印度的民族独立问题存在着严重的分歧，这部小说就是通过对不同人物、不同性格和不同社会态度的描绘，来探索反殖民主义的“道路”。

在小说中，作者着重塑造了斯瓦萨吉、阿布尔沃和帕拉蒂 3 个具有代表性的人物。他们都参加了秘密组织“道路社”，但每个人的想法不同，方向各异。

医生斯瓦萨吉是一个职业革命家，是爱国青年的优秀代表。他知识渊博，胸怀坦荡，对人富同情心，具有刚毅、果敢的个性和自我牺牲精神。斯瓦萨吉十分憎恶殖民主义者，把争取印度的民族独立作为自己一生奋斗的目标；主张用暴力革命的手段对付殖民主义者，反对调和的道路。但他也有着一般资产阶级革命家身上存在的弱点，只靠个人奋斗和献身精神，不相信群众。正因为如此，结果使他们所组织的“道路社”陷于瓦解的边缘。不过，他这种以激进的民族主义思想为基础的个人“复仇”式的反抗斗争精神在当时还是有其积极作用的。

阿布尔沃和帕拉蒂是两个虽有爱国心却缺乏觉悟的知识分子的典型。

阿布尔沃热爱自己的祖国，反对殖民主义统治，具有一种朦胧的民族主义意识。他参加了秘密组织，并曾有所行动。但由于自身的软弱性以及摆脱不了印度教和种姓制度的束缚，在被捕以后就向敌人泄露了组织的机密。后来他虽有所醒悟，与女友一起去农村开办学校，以便改善农民的生活处境，但始终没有一个更高的奋斗目标，因而直到最后也未能成为一个真正的革命者。

帕拉蒂是一个女青年知识分子。她热爱印度、热爱孟加拉，同情印度人民的苦难，希望改变工人的生活境况。但由于她是在英国教会学校受的教育，多方面接受了西方文明的影响，所以她往往幻想在英国统治的范围内过自由、平等、安宁的生活。她的思想认识十分模糊，参加"道路社"带有很大盲目性。帕拉蒂的思想表现在当时受殖民教育的印度青年中带有普遍性；他们虽有爱国之心，但由于对殖民主义者缺乏认识，因而不可能找到前进的"道路"。

小说中通过这几个人物形象的展示，反映了当时在民族解放运动中，中小资产阶级知识分子所表现的种种思想面貌。他们对反殖民主义"道路"的探索，虽然没有得出很明确的结论，但仍具有重要的意义。

在小说中，作者以强烈的爱憎，尖锐地揭露了英国殖民主义者的罪行，热情地歌颂了献身于民族解放事业的爱国青年的革命精神，并且预示了殖民主义制度必然崩溃的前景。尽管它在艺术上有许多不够成熟之处，但书中宣扬的深厚的爱国主义精神却给广大印度人民带来鼓舞和力量。

萨拉特是印度近代文学的代表作家之一。他的创作广泛地反映了 20 世纪 20 年代到 30 年代印度社会动荡的现实，不仅具有强烈的反殖民主义、反封建的精神，在艺术上也取得了相当的成就。

第四节　伊克巴尔

阿拉马·穆罕默德·伊克巴尔(1877—1938)是巴基斯坦和印度的著名诗人和社会活动家。1877年11月9日,伊克巴尔诞生在旁遮普省亚科特市一个穆斯林商人的家庭。他的故乡现在巴基斯坦境内。1899年大学毕业,随后在大学任教,开始从事诗歌创作和哲学研究。1905年赴欧深造,先后在德国、英国学习,1908年获得哲学博士学位,转年回国。在欧洲期间,亲眼目睹了"金玉其外,败絮其中"的西方资本主义世界的丑恶和黑暗,促进了他的反殖民主义反封建主义思想的发展。回国后,一面从事教学和社会活动,一面继续进行哲学研究和文学创作活动。1911年放弃教职,专门从事爱国、民主的政治活动。20年代后期当过议员,30年代初当过全印穆斯林联盟主席,1931年曾代表穆斯林联盟参加过第二次英印谈判会议,1938年病逝。

伊克巴尔生活的年代是印度(包括巴基斯坦)最艰苦的年代,英国殖民主义者完全控制了印度,殖民主义者利用印度宗教的矛盾,制造事端,削弱印度人民爱国力量。面对国家的不幸、民族的灾难、宗教的混乱,诗人沉思、忧伤,用自己的诗歌唤醒民族的觉醒。他的早期诗歌贯穿着鲜明的爱国主义思想,对国家的复兴和民族的崛起,怀着乐观的希望。他热情地歌唱:

> 我们的印度斯坦举世无双,
> 她是我们的花园,我们是园中的夜莺。
>
> (《印度人之歌》)

在伊斯兰传统诗歌观念中,花园和夜莺是一对热恋的情侣。诗人用这一象征性的比喻,把诗人对祖国真挚的痴情完美地表达出来了。它一面赞美祖国美丽富饶,十分可爱,一面用夜莺在花园中的生息、欢叫,体现诗人对祖国的依赖和爱恋之情。诗人在另一首

《全印度儿童之歌》里，更为直接地赞美了祖国。他热情地诵唱：

这块土地的高处与九天接壤，
生活在这儿犹似生活在天堂。
这就是我的故乡，
这就是我的故乡。

在这里，诗人以重叠的诗句增强诗歌雄浑的旋律，唱出了热爱祖国的最强音。

然而，诗人的祖国正处在受人宰割、内部分崩离析的危难之中，他目睹祖国的惨景，悲叹地诉说：

啊，印度！你的境遇使我哭泣；
你的故事在所有故事中最有借鉴意义。

（《痛苦的画卷》）

诗人一面痛斥掠夺者的野蛮行径，一面总结历史的教训：

啊，折花人！你将园中的花草洗劫一空，
这是你的幸运，因为园丁们争斗不息。

诗人并没有为祖国的沉沦悲伤不已，他从国难之中看到了光明；国家统一、民族团结，不给殖民者可乘之机；增强团结，反对分裂是振兴祖国之道。他号召祖国人民：

宗教信仰并没有教相互仇视，
我们都是印度人，印度斯坦是我们的祖国。

（《印度人之歌》）

诗人决意要在印度的宽广国土上，建立一个新的庙宇，它是爱的象征，用“爱的信仰”改变“从偶像那里你学会了自相残杀，真主也默示他的教长明争暗斗”的分裂状态，让所有的民族、教派和人民都沐浴在爱的阳光下：

信徒的赞美诗蕴涵和平与力量，
世间居民在爱中可以重获拯救。

（《新湿婆庙》）

在诗人眼里，国家命运、祖国存亡是高于一切的。它超出了个人、民族、宗教的利益，是消除隔阂、平息纠纷和矛盾的巨大力量。为祖国的解放，必须动员千百万群众，“当被压迫民族的热血一旦沸腾，世界就将颠倒，大地就要颤抖”(《汉志的赠礼》)。他希望“用信仰的烈火使奴隶们心血沸腾”，“让那渺小卑微的麻雀敢向兀鹰进击”(《列宁》)。

伊克巴尔早期诗歌是民族情感的抒情诗，也是他探索祖国自新道路的结晶。曲调高亢，情感激越，充分表达了诗人对祖国的深沉、诚挚的热爱情感。他说过：“熟悉民族的脉博，并以自己的艺术医治民族病症的人，才是真正的文学艺术家。”他正是这样一位热爱祖国、热爱民族，把个人命运与国家、民族命运紧密结合起来的爱国的文学艺术家。

诗人为国家、民族引颈高歌，他自比驼队的驼铃，希望唤起沉睡在人们心中的民族情感。然而，陈习观念严重的印度民众却木然置之。这不免使诗人悲伤、凄凉：

多么令人沮丧！驼队被抢劫一空，
驼队的主人竟丝毫不感到心痛！

孤寂冷漠的花朵不在意你唱与不唱，
麻木不仁的商队不闻驼铃响与不响。

(《蜡炬与诗人》)

为此，孤独、寂寞之情占据诗人的心田：“唉，伊克巴尔！有谁理解你内心的苦楚，在这世界上到何处寻觅一知音。”(《印度人之歌》)

为了摆脱自己的孤独，启发民众的觉悟，诗人要探索一条新的诗歌道路。他收敛了溢于言表的情感，把炽热的感情化为哲理的诗句，用智慧的光芒照耀民众的心灵。他为自己立下座右铭：

在世间就要像火炬那样生活，
点燃自己去照亮别人的眼睛。

（《致阿卜杜·卡迪尔》）

于是开始了诗人的中期诗歌创作。他沉思在伊斯兰宗教神秘的思辨之中，向伊斯兰教义索取新生之路。为伊斯兰世界的各个民族描绘一幅理想的蓝图。他旅欧归来不久，创作了一部重要的长诗《指路人黑哲尔》，借用伊斯兰永生不死的先知黑哲尔的传说，倾吐其忧国忧民的思绪，在强烈批判帝国主义的掠夺和热情歌颂俄国社会主义革命胜利的同时，加强了宗教哲理性的深思，显示了诗风转向的征候。接着写了两部宗教哲理诗《自我的奥秘》和《无我的奥秘》，系统地阐明了诗人的哲理思想。诗人接受了中古波斯宗教诗人莫拉维（鲁米）的哲理观念："自我"和"无我"。他又融合西方近代理性思想，赋予了新的内涵。诗人主张的"自我"既非过去宗教的寂灭、无为、超脱的"自我"，也非西方无限扩张、无限自由的"个性"。他认为"自我"是宇宙万物的本质、生命，是个性的最高形式的体现，它的形式就是运动、创造和斗争：

升腾，兴奋，飞翔，发光，呼吸，
燃烧，点燃，杀戮，死亡，生长。

（《自我的奥秘》）

在《生命和斗争》诗里，诗人借助奔腾的波浪之口，道出了"……我运动，我才活着，假如我停留，我就会死去。"肯定了人类的创造活动，否定了宗教的超脱、无为的观念，指出人类无限地活动、扩展才能生存。

"无我"是"自我"经过修炼、净化达到的最高境界，它体现了"真主"的意志，同时也是人类集体"自我"的表象。诗人用"无我"观念协调个人与集体、民族的矛盾，他指出"自我"作出牺牲，才能融合在集体之中，达到"无我"之境。这种以民族、国家、整个穆斯林世界的利益为重的观念，正是诗人探索宗教哲理的目的。他写道：

个人一旦消失在集体之中，

宛如水滴变成广阔无垠的海洋。

（《无我的奥秘》）

诗人在强调“自我”的创造力的同时，也指出“爱”的力量，它是“自我”控制内外的力量。“自我”只有依靠自爱、自尊，才能显示自我力量的存在。诗人反对乞求和依赖，主张以个人的智能和行动，奋斗不息。

诗人用凝炼的诗句、哲理的思辨，为伊斯兰世界的人民，树立起在殖民统治时期的新的宗教观念、道德标准和行为准则，启发人民觉醒。

在此，诗人摆脱了民族观念，提出了泛穆斯林主义的思想——“穆斯林是兄弟”，把伊斯兰世界的盛衰、荣辱，视为个人和民族的大事。他在《穆斯林之歌》中唱道：

我们是穆斯林，世界是我们的国家，
我们一直只信奉一个神，
谁想毁灭我们，不是容易事，
我们曾在刀光剑影下孕育成长，
我们的国徽是新月形的短剑，
……

诗人为了把自己的宗教哲学思想传播到整个穆斯林世界，他的宗教哲理诗，不用本民族的乌尔都语，而改用伊斯兰世界通用的波斯语。诗歌形式也是沿用穆斯林世界所熟悉的中古波斯的双行诗。这些宗教诗歌不仅使他成了著名的伊斯兰诗人，也使他成为著名的伊斯兰思想家。他的建设伊斯兰世界的理论，广为伊斯兰各国所欢迎。

诗人在晚年创作时期，政治活动频繁，接触了国际、国内的种种政治问题，开阔了他的眼界，打开了他的思路。晚年的诗歌题材广泛，政治性强，体现了一位注视社会改革的政治家的诗风。晚年的诗作提出了政治、经济、文化、教育、妇女、宗教等等社会问题，表达了诗人鲜明的态度和改革的热情。这个时期创作的揭露西方资本主义世界的腐朽、殖民主义的残暴和歌颂被压迫民族的解放斗争的诗篇最为出色。

在《列宁》里，诗人一针见血地写道：

东方的上帝是欧洲的白人！
西方的上帝是亮光闪闪的金属！
……
一人获利换来数十万人意外死亡！
这就是科学，哲理，策略，政府！
喝的是鲜血，传授的是平等！
失业，淫逸，酗酒，贫困，
欧洲文明的胜利品何止这些？
……

诗人站在被压迫民族的立场上，怒斥了西方殖民主义者给东方民族带来的灾难。他在《欧洲和叙利亚》一诗中写道：

叙利亚的土地献给欧洲人
一位纯洁、富有同情心和慈祥的先知。
叙利亚从欧洲得到的酬劳是
酗酒，赌博和大批娼妓！

诗人也曾为中国人民反殖民主义、反帝国主义的斗争欢欣歌唱：

沉睡的中国人民正在觉醒，
喜马拉雅山的喷泉开始沸腾！

（《侍酒歌》）

诗人在世界无产阶级革命中获得了信心，看到了人类的曙光。在俄国十月社会主义革命成功之后，他最早地欢呼了这次革命的胜利，不仅写出激情洋溢的长篇献诗《列宁》，而且还在其他诗作中，歌颂世界革命人民的领袖马克思：

是没有圆光的摩西，是没有十字架的基督，
虽然他是先知，可是他没有圣书。

（《卡尔·马克思》）

伊克巴尔是民族诗人，也是宗教诗人。澎湃的爱国激情和深邃的宗教哲理观念是他诗歌的突出特点。他的诗歌创作突破了印度乌尔都语传统诗歌的模式，抛弃了传统题材和抒情格调，开拓了一代新的诗风。他是乌尔都现代诗歌的奠基者。

第十二章　近代西亚、北非文学

第一节　概　　述

西亚、北非各国的近代文学，一般是指19世纪初到20世纪初的文学。由于各国历史条件不同，文学的发展也极不平衡。有的国家从19世纪初就有了近代文学的萌芽，而有的国家则到20世纪二三十年代才产生了近代文学。它们都是在继承各自民族优秀文化传统的基础上，在反对帝国主义、殖民主义和封建主义的民族民主运动中产生和发展起来的。

西　亚

西亚地处欧、亚、非三洲的交通要冲。古代，这里是人类古老文明的重要发源地之一，曾经创造过灿烂辉煌的文化。近代，西亚是反帝反殖反封建斗争蓬勃发展的一个地区，这一地区各国的近代文学就是在反帝反殖反封建的激烈斗争中发展起来的。

19世纪，阿富汗人民对英、俄帝国主义的侵略进行了英勇顽强的斗争，民族资产阶级开始产生。20世纪初，青年阿富汗党人为争取阿富汗的完全独立和实行改革，进行了斗争。他们开始创办新式学校、出版报纸，近代文学也随之产生。青年阿富汗党的领导人马赫穆德·塔尔基(1867—1935)就是当时的启蒙者，他创办的《西拉吉·乌尔—阿赫巴尔》报和他的著作，奠定了阿富汗近代文学的基础。他的主要作品有诗文集《遇草采花，逢嘴插话》、《其他事项》和论著《文学技巧》，他还翻译过法国和俄国的长篇小说等。和塔尔基同时代的另一阿富汗著名诗人阿卜杜拉·卡利（1868—1943）是用法尔斯—喀布尔语写作的桂冠诗人，他写的颂歌在艺术上有较高的造诣。此外还有19世纪末用普什图语写作小说童话的作家玛乌拉夫——阿赫默德等。

伊朗在1848年—1852年曾爆发过巴勃教起义。到19世纪下半叶，由于英、俄、德帝国主义的侵略和掠夺，加上恺加王朝的反动统治，终于酿成了1905—1911年的大革命。伊朗近代文学就是随着反帝反封建的民主运动而兴起的。当时在欧洲受过教育的米尔扎·马尔科姆汗（1833—1908）于伦敦创办波斯文报纸，而且还写了一些揭露性的剧本，秘密运回伊朗，对伊朗近代文学的产生起了推动作用。19世纪末20世纪初，阿塞拜疆的启蒙者弥尔查·法塔里·阿洪多夫曾写过一些散文和剧本。阿伯丁·麦拉盖（1837—1910）用波斯文写成三卷本长篇小说《易卜拉欣—伯克旅行日记或他对祖国的怀念》。拉希姆·塔里波夫（1855—1910）写过启蒙性的通俗读物等。1905年—1911年革命时期的杰出诗人阿里—麦马列克（1861—1917）曾写过著名的讽刺长诗《阿里夫—纳麦》。著名诗人马列考什·绍阿拉·巴哈尔（1886—1951）在40多年的创作经历中写了很多诗歌，主要的有《心头怒》、《跳蚤的故事诗》、《石油》、《德马文德峰》、《朝霞的使者》等。

19世纪30年代至70年代，在土耳其推行“新政”时期，产生了近代文学。易卜拉欣·锡纳希（1826—1871）是土耳其近代文学的奠基人。他用土耳其语创作了第一部土耳其喜剧《诗人的婚姻大事》。土耳其近代杰出的作家纳默克·凯马尔（1840—1888）是“新奥斯曼派”的主要成员，他的《阿里老爷的奇遇》和《热兹米》，具有开创土耳其长篇小说创作的意义。他还写过剧本《祖国还是水手长的哨子》和《可怜的孩子》，并对土耳其诗歌的改革做出了贡献。阿赫默德·米达特（1844—1913）也是当时重要作家之一，他不仅用土耳其语写作政论、长短篇小说和剧本，并且还翻译介绍过西欧文学作品。1891 年，《文学评论》杂志创刊，著名散文作家哈里德·吉雅·乌沙克雷吉尔(1866—1945)等一批作家聚集在它的周围。他们的作品虽反映了一些社会现实，但大都是歌颂自然、爱情和脱离社会的个人内心经历。当时著名的诗人陶菲格·费克里特(1867—1915)和他的诗集《破碎的诗琴》、穆罕默德·埃明(1868—1944)和他的诗集《土耳其诗歌》等则都反映了劳动者的苦难生活。1908 年，青年土耳其党领导的革命爆发后，文学逐渐繁荣起来。文坛上形成了三大派别：以雅希亚·凯末尔为代表的奥斯曼主义派；以著名诗人埃明为代表的大突厥主义派；以侯赛因·拉赫米为代表的新民族派。著名讽刺作家奥玛尔·赛菲丁(1884—1920)的作品也明显地表现出了大突厥主义的倾向，他的讽刺小说共有 9 卷之多。

19 世纪上半叶，西亚阿拉伯地区已经沦为欧洲资本主义国家的商品市场和原料产地。到 19 世纪中叶，随着资本主义关系的增长，加速了封建社会的解体，促成了反封建的民族解放运动的发生和发展。西亚阿拉伯地区的近代文学就是在这一时期诞生的。它的启蒙者有黎巴嫩的尼古拉·图尔克(1763—1828)、叙利亚的纳绥夫·雅齐吉(1800—1871)和伊拉克的艾鲁西家族等。纳绥夫·雅齐吉毕生致力于阿拉伯语言和文艺的复兴，著有玛卡梅体的韵文章回小说《两海集》等。由于传教士的活动，西方思想和文学的影响也传播到这一地区，促进了这里的翻译和编著活动。布图鲁斯·布斯塔尼(1819—1883)编纂出版了《辞海》和《百科全书》，法里斯·舍德雅格(1804—1888)编写了《辞典探微》，易卜拉欣·雅齐吉(1847—1906)编著了《辞汇学》，注释了《穆太奈比诗集》，审定了《圣经》阿拉伯文译本，还为阿拉伯文印刷体制定了字模。

当时由于报纸是主要的宣传工具，政论首先得到发展，叙利亚的著名政治活动家阿吉布·伊士哈克(1856—1885)和黎兹卡拉·哈松纳等人的政论，成为这一时期的代表作品。在小说创作上起步较晚。1870年，大马士革作家塞利姆·布斯塔尼发表了短篇小说《大马士革花园中的热恋》，阿勒颇作家弗朗西斯·莫拉什（1836—1874）发表了短篇小说《珍珠》，这是西亚阿拉伯地区小说创作的萌芽。稍后，黎巴嫩作家吉尔基·宰丹（1861—1914）在西亚阿拉伯地区首创通俗化的长篇历史小说，创作了大量作品。在诗歌创作方面，伊拉克诗人绥德基·宰哈维（1863—1936）著有长诗《地狱中的暴动》，马卢夫·鲁萨菲（1875—1945）写了《巴格达的监狱》、《巴士拉的贫困生活》等。到了19世纪80年代，西亚阿拉伯作家受奥斯曼土耳其的迫害，纷纷出国。他们最初迁到埃及，到90年代，就大批涌向南北美洲。20世纪初，在美国出现了著名的“叙美派”文学。

“叙美派”是由旅居美洲的叙利亚和黎巴嫩作家组成的阿拉伯文学流派，亦称“旅美派”。“叙美派”作家一方面歌唱自由，表现了对个性解放的渴望；一方面抒发对祖国、对故乡的思念，表现了强烈的爱国主义感情。他们的许多作品揭露了资本主义社会的丑恶现象，激发人们为自由、为社会进步而斗争。“叙美派”的主要代表人物是黎巴嫩的艾敏·雷哈尼（1876—1940）、纪伯伦·哈利勒·纪伯伦（详见本章第二节）和米哈伊尔·努埃曼（1889—1988）等。他们不仅创作了大量的优秀作品，并且创造了阿拉伯语的新文体，即散文诗和小说。“叙美派”文学对后来阿拉伯文学的发展产生了巨大影响，在世界文学中也占有重要地位。

北 非

在北非地区，埃及和阿尔及利亚的近代文学颇有成就。

一般把1798年拿破仑入侵埃及作为埃及近代史的开端。法国远征军的入侵，唤醒了埃及人民，经过三年的抗法斗争，埃及人民赶走了法国侵略者。埃及总督阿里·穆巴拉克（1769—1849）为了建立一支埃及军队，派遣留学生到欧洲，学习先进科学技术。这一活动的主要代表是里法阿·塔哈塔维(1801—1873)，他不仅翻译了西方的科技书籍和文学作品，而且受西方文学和研究方法的影响，写了《巴黎纪行》一书。他是发展埃及近代文学的先驱。随着现代印刷技术的引进，出版事业的发展，报刊的出现，埃及近代文学有了长足发展的广阔园地。报刊上对西方文学的翻译介绍，不仅带来了新的思想和风格，而且也介绍了许多新的文学形式。

在新的文学体裁中，发展最快、影响最大的是杂文。在阿拉伯古代散文作品中，还未曾出现过杂文这种体裁。随着民族意识的高涨，一些主张改革的知识分子便把报纸作为阵地，发表自己对于各种改革的主张和见解，于是在埃及近代文学史上，第一次出现了杂文。穆罕默德·阿卜杜胡(1849—1905)首先采用杂文这种形式在报纸上发表自己的主张。法塔希·柴鲁勒(1857—1927)、鲁特菲·赛仪德(1872—1963)和鲁特菲·曼法鲁推(1876—1924)又进一步发展了杂文。

埃及近代小说的发展可分两个阶段。先是翻译西方小说的阶段，塔哈塔维曾翻译过法国作家费纳龙的小说《忒勒马科斯》，但那实际是一种改写。后来，阿里·穆巴拉克(1823—1893)曾写过游记体长篇小说《阿莱姆丁》，穆罕默德·穆韦利希(1858—1930)也曾写过长篇小说《伊萨·本·希沙姆的谈话》，但实际都是一些仿古的玛卡梅体的韵文故事。一直到1912年，埃及近代文学史上第一部文学性的长篇小说才出现，它就是侯赛因·海卡尔(1888—1956)的长篇小说《宰乃白》。几年以后，又出现了穆罕默德·台木尔(1892—1921)的短篇小说集《目睹集》，它是埃及近代文学史上第一部现实主义短篇小说集。至此，才形成了埃及自己的小说艺术。

戏剧这种体裁，在埃及过去是没有的。近代戏剧的发展，首先是把西方的戏剧翻译介绍过来，加以演出。后来由于掌握了戏剧创作的技巧，才逐渐创作自己的剧本，如法拉赫·安东尼、易卜拉欣

·拉木兹和穆罕默德·台木尔三个人就是这样。

埃及的诗歌，在19世纪前半叶，由于受到传统的阿拉伯诗歌的题材、形式、格律和音韵等方面的限制，一直处于死气沉沉、停滞不前的状态。直到19世纪下半叶，埃及诗人迈哈穆德·萨米·巴鲁迪(1838—1904)才打破了那种僵死的枯燥无味的传统格律诗的统一局面，为埃及诗歌创作开辟了一条新的道路，促进了诗歌的发展。稍后，艾哈迈德·邵基(1869—1932)和哈菲兹·易卜拉欣(1871—1932)对诗歌创作又做了进一步的发展和创新，形成了一种新的格律诗。他们不仅继承了古典诗歌的优良传统，并且赋予诗歌以新的内容，除描写自身经历外，也关心周围事物和国家大事。邵基被称为“诗歌之王”，哈菲兹被称为“尼罗河诗人”。到20世纪初，由于格律诗不能反映时代特色及人们的内心世界，受到诗坛上新一代诗人的批评，于是产生了一个新的诗歌流派，这就是革新的唯理诗派，也叫“诗集派”。这个诗派的创立者是阿巴斯·迈哈穆德·阿嘎德(1889—1964)、易卜拉欣·阿卜杜·卡迪尔·马齐尼(1889—1949)和阿卜杜·拉赫曼·舒凯里(1886—1958)。他们受到19世纪英、法浪漫主义文学的影响，其创作从形式到内容都有所创新，对埃及近代诗歌的发展起到了推动作用。

阿尔及利亚近代文学的产生也比较早，它是在19世纪阿尔及利亚人民反法斗争的战火中诞生的。阿尔及利亚民族英雄阿卜杜拉·卡德尔(1808—1888)本人就是诗人。他在1838年收复古都特累姆森时，就曾写出了著名的诗篇，倾诉对祖国的热爱和对敌人的憎恨。当时，阿尔及利亚还出现过第一批民间说唱诗人，如西·摩汉德(1840—1906)等。1926年，阿尔及利亚诗人穆罕默德·哈迪·赛努西·查希里在突尼斯出版了《阿尔及利亚当代诗选》，其中搜集和编选了包括他本人在内的阿尔及利亚12位著名诗人的部分代表作品，第一次展示了阿尔及利亚近代诗歌发展的成果。

第二节 纪 伯 伦

纪伯伦·哈利勒·纪伯伦(1883—1931)是黎巴嫩著名的诗人、散文作家和画家,阿拉伯近代文学史上第一个重要文学流派"叙美派"的代表人物之一。

纪伯伦于1883年12月6日出生在黎巴嫩北部美丽的山乡卜舍里的一个农民家庭,家庭笃信天主教。那里群山突兀,风景秀丽,给童年的纪伯伦留下了深刻的印象,使他终生都怀念着自己的故乡。纪伯伦的家族原是名门望族,祖上曾有过显赫的历史,但到了纪伯伦父亲这一代,已经衰落下来。他童年时家境贫寒,加之他父亲好酒贪杯,家庭生活到了无法维持的境地。这时正逢黎巴嫩人民不堪土耳其奥斯曼帝国的暴虐统治,纷纷迁居国外。他母亲就携带着他哥哥、他和两个妹妹,随着移民的洪流,经埃及、法国来到美国东海岸的波士顿。他父亲因忙于处理财产,没有和他们一起走。从此全家再没有团聚过。到美国后,母亲和兄妹在商店和缝纫厂做工,供他上学。他学习很用功,并且酷爱绘画。15岁时,他为了学习阿拉伯民族语言,只身返回祖国,进入贝鲁特希克玛睿智学院,学习阿拉伯文、法文和美术。在学习期间,他利用假期,遍游黎巴嫩和叙利亚的名胜古迹,领略自然风光,了解阿拉伯社会,这为他以后的创作奠定了坚实的生活基础。1902年,他创办《真理》杂志,抨击时弊,揭露封建礼教和陈规陋习。后来由于发表小说《叛逆的灵魂》,触怒了当局,被开除教籍。再次赴美国后,1905年,他结识了玛丽·哈斯凯尔,后来在她的资助下前往巴黎学习绘画。1908年,纪伯伦进入巴黎艺术学院,在艺术大师罗丹的指导下学习。这期间,他还到过罗马、布鲁塞尔、伦敦等城市,访问西欧各国的历史文化名胜,这也为他以后的创作中能兼收并蓄东西方文化之长,形成自己独特的艺术风格创造了条件。1911年,纪伯伦学成返美，先在波士顿居留，旋即迁往北美阿拉伯移民汇聚的中心纽约，潜心从事文学艺术创作活动，直到1931年4月10日去世。按照他生前的愿望，遗体被运回黎巴嫩故乡安葬。

纪伯伦从18岁起就开始自己的创作。他的创作活动大致可分两个时期。前期以小说为主，几乎都用阿拉伯文写成；后期则转向散文和散文诗的写作，大都用英文写出，然后再译成阿拉伯文，所以他的《全集》两卷，第一卷称"原文卷"，第二卷称"译文卷"。此外，他还写过一些诗剧、韵诗、剧本及大量书信。

纪伯伦首先是从事小说创作。他先后发表了短篇小说集《草原新娘》(1905)、《叛逆的灵魂》(1908)和中篇小说《被折断的翅膀》(1911)。前一部短篇小说集包括三个短篇，它的矛头直指那些封建教权势力，揭露了封建暴政的可恶，鞭笞屈从的可耻，赞颂抗争的可贵。后一部短篇小说集包括四个短篇，它发出了苦难深重的阿拉伯人民的呼声。由于这部作品歌颂了叛逆和反抗，导致纪伯伦被开除教籍。中篇小说《被折断的翅膀》是纪伯伦最著名的小说之一。小说叙述了"我"与贝鲁特城富家女萨勒玛相识，并产生了纯洁的爱情。但是城里的保罗大主教为了侵吞萨勒玛的家产，强迫她父亲法里斯把女儿嫁给自己的侄儿曼苏尔。由于萨勒玛迟迟没有生育，遭到了曼苏尔的百般虐待。5年后，萨勒玛怀了孕，但她的孩子却在生下的当晚就死了。她万念俱灰，也于第二天黎明前离开了人世。作品的情节并不曲折，但由于纪伯伦能体会到横亘在他们中间的阶级之间的深渊，把他们的个人遭遇同社会的现象联系在一起，写出了萨勒玛的父亲虽然是一个慈祥的老人，但他滥用父权，只知屈从于主教的意志，而毫不顾惜女儿的感情和幸福，终于酿成惨剧。作者通过法里斯的形象抨击了当时的封建陋习。曼苏尔，特别是保罗大主教是恶势力的代表，从他差遣仆人唤法里斯去见他的情节描写中，就使人感到了他的权威之大。他凭借自己的神职身分，掌握了全城人的命运，而折断"我"和萨勒玛翅膀的正是这个教权人物。作品中他虽没有出场，但他却无时无刻不在左右人们的命运。作品真实地反映了那个时代阿拉伯妇女低下的社会地位和苦难命运，深刻地揭露了宗教势力和封建习俗的凶残冷酷。作者既以充满同情的笔触描写了萨勒玛的不幸遭遇，也间接地指出了她的悲惨结局是同她的软弱和屈从分不开的。纪伯伦前期的这些作品，反映了黎巴嫩在土耳其奥斯曼帝国封建军事统治下的社会现实，对当时的封建统治者、僧侣和旧的因袭势力进行了无情的抨击，也反映了阿拉伯民族的觉醒，代表了苦难的阿拉伯人民的心声，受到了阿拉伯各国人民的普遍欢迎，促进了阿拉伯小说创作的发展。后来阿拉伯文坛著名的小说家迈哈穆德·台木尔等都受到了他的影响。

纪伯伦的后期创作，由于受尼采哲学的影响以及受欧美浪漫主义文学的熏陶，他在发表《被折断的翅膀》后，就停止了小说写作，而转入散文和散文诗的创作。散文在阿拉伯过去的文学中是有优秀传统的，但散文诗却是由纪伯伦开始，是他把散文诗的创作首先引入阿拉伯文学的。纪伯伦转入散文诗的创作后，从 1913 年起，用阿拉伯文发表了《泪与笑》(1913)、《行列圣歌》(1918)、《暴风集》(1920)、《珍趣篇》(1923)等散文诗集。在这些作品中，表现了他对爱与美的渴望，对美好生活的向往，对城市文明的厌恶，对大自然的美的赞赏，也表现了他的爱国主义和民族自豪感，谴责了西方的文明等。从 1918 年起，他开始用英文写作，接连发表了好几部散文诗集，如《疯人》(1918)、《先驱者》(1920)、《先知》(1923)、《沙与沫》(1926)、《先知园》(1931)等。这些作品表现了他的哲理思想和幽默讽刺才能。

在纪伯伦的所有散文诗集中，《先知》被认为是他的“顶峰之作”。据说他创作这部作品，经历了将近 30 年的过程。他 18 岁的时候，在黎巴嫩写出了第一稿，又过了 10 年，他在定居纽约之后，写出了这部作品的英文初稿，而在《先知》付印之前 5 年内，他又五易其稿。因此，它是纪伯伦用全部心血浇灌出来的一株奇葩，被称作是“东方赠送给西方的最好礼物”。《先知》虽然不是小说，但纪伯伦却为它安排了一个独特的故事情节。它的开头是这样的，在西方大海边的“阿利法斯”城中，住着一位来自远方的客人，他的名字叫“亚墨斯达法”。这位东方智者居此城已有 12 载，正准备回归久别的故乡。但他在看到故乡徐徐开来的航船时，又舍不得离开他“度过了悠久痛苦日月和孤寂夜晚”的地方和居民。而当地居民得知他要离开时，也从四面八方赶来为他送行。这时又从圣殿里走出对他抱有诚信的女子“爱尔美差”，向智者表达了最诚挚的祝愿。人们要求智者临行之前讲说真理，于是智者回答了送行者提出的爱、婚姻、孩子、施予、饮食、工作、欢乐与悲哀、居室、衣服、买卖、罪与罚、法律、自由、理性与热情、苦痛、自知、教授、友谊、谈话、时光、善恶、祈祷、逸乐、美、宗教、死等 26 个方面的问题。这些问题涉及到人生和社会的各个方面，是一个饱经沧桑、历尽人间坎坷的过来人的经验之谈。作者用诗一般的优美语言，反复比喻的词句，讲了很多平易入情的道理，很值得仔细寻味。

纪伯伦前期的小说创作虽然也获得了辉煌的成就，促进了阿拉伯小说创作的发展，但纪伯伦创作成就最大的还是散文，特别是散文诗。它们大多是歌颂大自然的美以及由之产生的爱，因此，“爱”与“美”成为他散文作品最基本的主题，并以此来表现他对和谐完美理想境界的向往和对现实社会丑恶现象的不满。他的散文诗想象丰富，感情深沉，意境高远，格调清新，富于哲理，具有浓郁的东方色彩。由于他忧世忧民心切，时感曲高和寡，在他的作品中有时不免流露出一种淡淡的哀愁和神秘主义色彩。他的散文诗在当时风靡一时，不仅使他获得了世界声誉，而且也使阿拉伯文学跻身于世界文学之林。到了 20 世纪 20 年代，一个以散文和散文诗为主流的阿拉伯文学流派就形成了，这就是素负盛名的“叙美派”文学。他和艾敏·雷哈尼、米哈伊尔·努埃曼一起组织和领导了阿拉伯著名的海外文学团体“笔会”，他们已成为“叙美派”的代表人物，为创立阿拉伯语的新文体——散文诗和小说，为发展阿拉伯新文学做出了重大贡献。纪伯伦的作品已被译成多种文字，在世界各国广为流传。

第四编　现当代亚非文学综述

现当代亚非文学是指1917年俄国十月革命以来直至今日的亚非各国的文学。但由于发展不平衡，有些国家和地区，迟至本世纪20年代才完成从近代文学向现代文学的过渡。

20世纪是个动荡的世纪，同时又是个发展的世纪；是个破坏的世纪，又是个建设的世纪。在这样一个大的历史背景下，亚非各国的文学发展出现纷繁复杂的局面。

19世纪末20世纪初，世界资本主义进入帝国主义阶段。各帝国主义国家为了摆脱经济困境，竞相向外侵略扩张，瓜分势力范围。这一切都以牺牲殖民地和半殖民地人民的利益为代价，亚非各国首当其冲。帝国主义为支持战争，加紧开发、掠夺各殖民地半殖民地的资源，使得亚非一些国家的民族资本主义在一定程度上得到发展。不少国家的无产阶级作为独立的政治力量，开始登上历史舞台，争取民族独立和解放的力量不断壮大。俄国十月革命的胜利，开辟了人类历史的新纪元，极大地鼓舞了亚非各国人民为争取彻底解放而进行的斗争。

第一次世界大战结束后，帝国主义国家对内着重进行调整与重建，对外则强化对殖民地、半殖民地的掠夺与控制。其结果进一步促发了亚非各民族解放运动的高涨。中国1919年爆发了反帝、反封建的“五四”运动。印度1919年至1922年出现了战后第一次反英运动的高潮。朝鲜1919年3月发生“三一”反日人民起义。土耳其1919年发生了由基马尔领导的旨在反帝的资产阶级革命。1920年4月伊朗北部阿塞拜疆省爆发了武装起义。其他如1922

年至1928年伊拉克的大罢工和武装起义,1925年至1927年叙利亚、黎巴嫩的反法大起义,1926年底至1927年初的印度尼西亚人民反对荷兰的武装起义,1930年缅甸塞耶山农民起义,1930年越南义静苏维埃运动,1919年埃及反英武装起义,1922年至1925年摩洛哥人民反帝武装起义等等。总之,民族要独立、人民要解放的运动,几乎席卷了整个亚非大地,被压迫、受奴役的人民正在日益觉醒。

在反法西斯的第二次世界大战期间,亚非各国人民进一步觉醒。大战的胜利为其进行民族解放斗争、推翻殖民统治开辟了广阔道路。亚洲的印度尼西亚、越南、印度、巴基斯坦、朝鲜、韩国、中国等,先后获得独立和解放。非洲各国人民至70年代初也大多获得解放和独立。亚非各国在这样一个维护政治独立、发展民族经济的新的历史时期,孕育了以民族革命文学为主流的现当代亚非文学,并使之逐步成长。

20世纪亚非现当代文学是新生事物,因而表现得生机勃勃,不仅表现出重新振兴之势,而且在20世纪后半期已表现出飞跃发展、走向世界的态势。当然,与同时期的欧美现当代文学相比,亚非现当代文学在某些方面成绩还不够明显。但无可否认,它已经产生了一些具有世界影响的优秀作家、作品。总体观察整个20世纪亚非现当代文学的发展脉络,可以归纳出以下几个方面的特征:

第一,对内反对封建主义,对外反对帝国主义、反对殖民主义的斗争性。

亚非地区的大多数国家长期处于封建主义的压迫之下,近代以来又多先后沦为帝国主义的殖民地或半殖民地,饱受民族压迫、经济剥削之苦。第一次世界大战,尤其是第二次世界大战的动乱生活,又使亚非许多国家在争取民族独立和国家解放的过程中历经千辛万苦。这一切无不为各国的民族文学,无论是无产阶级文学,还是民族资产阶级的文学,提供了丰厚的创作素材,使之在自己的创作中,自觉或不自觉地表现亚非被压迫民族与帝国主义、殖民主义、封建主义深刻矛盾的主题,反映了亚非人民如火如荼的斗争生活,表达了亚非人民要求独立、自由和民主的迫切愿望。

第二,植根于深厚的民族传统,具有广泛群众基础的民族性。

亚非现当代各国的民族文学几乎都是在古老的文学传统土壤中孕育成长、开花结果的。任何一位有影响的民族作家几乎都是独特民族特色的继承者,也是民族新文学的开创者。无论是受俄苏文学影响也好,还是受欧美文学影响也好,这个时期在亚非各国出现的不少伟大的卓绝前人的作家,首先都是一些具有强烈民族情感的爱国主义者。他们源于民族传统、民族生活、民族情感的创作,使他们成为反帝、反封建的坚强斗士。其中的代表人物有印度的普列姆·昌德、埃及的塔哈·侯赛因等。

普列姆·昌德毕生为国家和民族的独立而奋斗不已,他强调"文学的复兴就是民族的复兴"。作为印度现代文学的奠基人之一,他的创作不仅为广大人民,特别是农民所欢迎,而且在世界上也有较高的声誉。塔哈·侯赛因是埃及和阿拉伯现当代著名的文学家和思想家之一。他一生不趋时媚俗,不肯向封建权贵和传统势力低头,也反对全盘否定阿拉伯古代文化遗产。他是一位将本民族文学推向世界的积极追求者与探索者。

第三,由于发展的日益平衡、内容的逐渐认同、文体的弃旧图新所表现出的趋同性。

统观亚非现当代文学的发展,尽管有先后之别、快慢之分,但逐渐齐头并进,纷纷取得令世人瞩目的成就。例如,中国、日本、印度、埃及等国的现当代文学,比与之相邻国家或地区发展得要快,要早,也更为丰富多姿。另外,东亚、东南亚、南亚等地区现当代文学发展得较早一些,西亚北非地区现当代文学发展得较晚一些,而黑非洲地区则更晚一些。这些早晚、快慢的区别,到了20世纪后半叶,则已很不明显,亚洲各国的文学发展,已由原来的不平衡,逐渐趋于平衡。

亚非现当代文学尽管开始时起步不同，题材各异，但是在适应时代发展的要求，符合历史前进的大趋势，表达人民的愿望和情绪等方面，都不约而同地走到一起来了。亚非现当代文学正是由于站在广大人民的立场上，深刻地反映了现实生活，格调积极向上，因此，才显示出真理之所在，才成为亚非人民向各种恶势力斗争的有力工具，在这一点上亚非人民自觉地取得了共识。

趋同性的最后一点表现在亚非现当代文学的体裁方面。就传统而言，亚非各国文坛原有的民间故事、话本、诗剧、散韵结合的故事体、章回小说体及各国曾流行一时的律诗体等，在现当代面临严峻的挑战。由于现代意识和现代科学思想的影响，亚非各国人民不约而同地将西方的现代小说、现代戏剧、现代诗歌等引进国门，用以表现民族的精神。时至今日，亚非各国的文坛上无论使用语言的技巧有何不同，也不论其表现手法怎样各异，但其所用的文体则大致相同，这是与传统很不相同的。

第四，现当代亚非作家由于受到传统文化和西方文化的双重教育，因此，作品表现出融合性。

这些作家长期生活于民族传统文化的沃土之上，通晓民族文学，热爱民族文学的内容与形式。但是，他们又是在自觉或不自觉地接受了西方文化教育后成长起来的，因此，从他们的创作中，极容易发现运用西方文艺观点、文学理论、文学形式、创作手法表现本民族文学内容的事实。正是这种融合性才揭开了民族文学的新篇章。亚非许多作家都是以直接翻译西方作品开始文学生涯的，也有的作家是通过翻译作品接受创作启蒙的。无论是通过改写、移植、模仿、翻译西方作品开始进行文学创作，还是用西方的文学表现形式来反映民族的社会现实生活，这种融合性无疑都对这些国家文学的发展，起到并仍将继续起到巨大的推动作用。

上述亚非现当代文学的几点特征，是将其置于世界文学体系中考察出来的。自20世纪60年代以来，亚非作家先后有6人获得诺贝尔文学奖，已充分说明当代亚非作家已在世界文坛崭露头角，并为世界所公认。当然，决不只是这几位亚非作家达到现当代世界文学的最高水平；而且可以预期，亚非文学更加灿烂辉煌的局面必将在不远的将来出现。

第十三章　现当代东亚文学

第一节　概　　述

第一次世界大战使东亚地区处于激荡之中，随之这一地区也进入现代社会。从此，东亚地区的政治、经济、文化都发生了明显的变化。而这些变化则直接影响了这一地区文学的发展。

俄国十月革命的胜利，第一次世界大战后世界的分化改组，第二次世界大战的爆发及战后的动荡与相对发展，使东亚成为世界政治、经济、文化等的敏感区域。

1924年，蒙古人民共和国成立，政权建设与社会变革使一批告别旧时代、歌颂新生活的作品得以问世，相应地造就了新的文学队伍。二次世界大战期间，蒙古参加了反对日本侵略者的正义之师。战后，蒙古的和平建设之路走得并不畅达，经济发展缓慢，文化事业的发展也受到一定的影响。

朝鲜1910年被日本帝国主义吞并。1919年朝鲜爆发了"三一"反日起义，民族解放运动进入新阶段。20年代，无产阶级文学由初萌到高涨，30年代初日本大肆进行镇压，朝鲜的革命力量遭到打击。但是抗日武装斗争也促进了朝鲜民族解放运动的发展。二次世界大战后，朝鲜北部于1948年9月建立了朝鲜民主主义人民共和国，开始恢复和发展国民经济。1953年朝鲜战争结束后，朝鲜的国民经济得到进一步恢复与发展。朝鲜南部于1948年5月建立了大韩民国(简称韩国)。50年代，韩国政治、经济、文化百业凋蔽，直至60年代韩国经济才有了较大发展。无论是朝鲜文学，还是韩国文学，都随着它们的经济和文化心态的变化，相应地处于变化发展之中。

第一次世界大战后，日本在政治、经济、文化诸方面都发生了巨大变化。在战争中获利的日本统治集团，在20年代又使日本资本主义迅速发展。战后受俄国影响，日本无产阶级的力量日益壮大，无产阶级文学运动兴起。30年代，日本加紧进行侵略中国和扩张领土的准备，国内的无产阶级文学运动遭到严重破坏。1937年，日本侵华战争开始，1941年又利令智昏地发动了太平洋战争，日本现代文学发展遇到挫折。1945年8月日本军国主义政府宣布无条件投降。50年代，日本走出战争的阴影，社会经济生活相对稳定，文学增加了许多商业气息。60年代，由于日美关系的紧密，政治、经济生活开始进入新的发展阶段。战后派文学的精神得到进一步的拓展。

现当代蒙古文学

蒙古现当代文学起始于1921年7月取得人民革命胜利之后。当时还设有专业作家，活跃于文坛的年轻文学爱好者中，索·博音尼木和、达·纳楚克道尔基、策·达木丁苏伦、勃·仁亲、敦·策伯格米德等比较著名。

二三十年代的作家主要描写旧社会人民的苦难生活，与新社会的新生活形成对比；也有些作家歌颂祖国的大好山河，表现对祖国和人民的热爱。博音尼木和(1902—1937)的剧本《黑暗的政治》(1932)，通过女主人公的遭遇，揭露了封建制度的黑暗。纳楚克道尔基(1906—1937)的剧本《三座山》(1934)，描写青年男女牧民为了爱情同封建主所作的斗争。达木丁苏伦(1908—1986)的《被抛弃的姑娘》(1929)是蒙古现当代文学中第一部优秀的中篇小说，描写了女主人公革命前后截然相反的命运。策伯格米德(1915—)的著名短篇小说《牧童乃当》(1935)以同名主人公在革命前的痛苦生活控诉了旧社会。

四五十年代,蒙古经历了战争与和平两个阶段。前一时期出现了大量军事题材以及有关战争与和平的诗歌、小说和剧本。后一时期描写祖国建设题材的作品占主要地位。那木达嘎(1911—1984)的剧本《哈勒欣河》(1940)表现蒙苏军队与日本侵略者的斗争。达·僧格(1916—1959)的中篇小说《阿尤希》(1948),刻画了一个在对日作战中英勇牺牲的英雄。拉·旺干(1920—1968)的剧本《医生》(1949)再现了蒙古人民和平劳动的现实生活。契·洛道伊丹巴(1917—1970)发表的蒙古现当代第一部长篇小说《在阿尔泰山》(1949)描写了地质勘察队员们的真实生活。早在20年代就有文名的仁亲(1905—1977)在50年代又创作了重要的长篇巨著《曙光》三部曲(1951—1955),通过主人公革命前后的生活经历,展示了19世纪后期至20世纪30年代近60年间的错综复杂的历史风云。

60年代至80年代,蒙古文学的发展主要体现在新作家涌现,各种体裁的作品增多,尤其是长篇小说创作出现了繁荣局面。

60年代活跃于诗坛的后起之秀主要有登·普尔布道尔基(1933—)。他不仅以细腻的笔触描绘了草原风光,而且歌颂了牧民的美好心灵,如长诗《蓝布袍》(1969)、《女牧驼人的信》(1969)等。60年代仍笔耕不止的老剧作家那木达嘎创作了反映社会新风尚的剧本《在新住宅里》(1965)。三四十年代就已成名的女剧作家奥云(1918—),70年代与他人合写了反映工业建设的剧本《瓶中之宝》,被认为是70年代的优秀剧作。60年代以后,长篇小说的创作有了大的发展,除那木达嘎和洛道伊丹巴等老作家多有描写革命历史题材的作品问世外,更多的是反映现实生活的作品。如朝亦吉勒苏伦(1932—)的歌颂人民建设社会主义忘我劳动的《汽笛声》(70年代);图德布(1935—)的以农牧业合作化为题材的《迁移》(1964)、《游牧与定居》(1974)等。80年代发表的长篇小说主要有额尔德尼(1929—)的《生活》(1983)等。

现当代朝鲜、韩国文学

1910年以后,日本对朝鲜实行野蛮的殖民统治。此间前后,崔南善(1890—1957)在他创办的《少年》、《青春》等杂志上,发表他和李光洙(1892—1951?)的新体诗和现代小说。

1919年爆发的全民性的反日运动,促发了进步力量的兴起。在日本被迫执行"文化统治"时,西方的文艺思潮也进入朝鲜文坛。"创造派"、"白潮派"、"废墟派"等文学流派,将欧洲的唯美主义、颓废主义和自然主义等引进朝鲜。在金东仁(1900—1951)、廉相涉(1893—1963)、朴钟和(1901—1981)等代表作家的作品里,充满了颓废、感伤和世纪末等幻灭情绪。

1923年,在国内外进步思想的影响下,一批文学新秀组织了文艺社团"焰群社",首先举起革命文学的旗帜。他们的创作主张表现出与上述资产阶级文学派别截然不同的思想倾向,因此,又称"新倾向派"文学。作品多描写下层劳动人民的苦难生活,揭露社会的黑暗,批判不合理的社会制度,表达了广大人民的强烈不满和对理想社会的向往之情。著名作品主要有宋影(1903—1979?)的《黑暗的村庄》(1923)、《日益扩大的人群》(1924),崔曙海(1901—1932)的《故国》(1924),李箕永(1895—1984)的《穷苦的人们》(1924)等等。

崔曙海是新倾向派最有影响的代表作家之一。他自幼家境贫寒,16岁时即四处飘泊,当小贩,做苦工。这种来自社会底层的经历,使他亲身体验了劳动人民的痛苦与不幸。因此,他的作品主要描写劳动人民的痛苦遭遇和强烈的反抗情绪。他的几十篇短篇小说分别结集《血痕》(1926)和《红焰》(1931)出版。著名的《朴石之死》(1925)写因无钱求医而死了独生子的老妇对金钱社会的诅咒。《饥饿与杀戮》(1925)的主人公京洙因找不到工作而被逼发疯,并发出要“砸烂这个鬼世界”的怒吼。代表作《出走记》(1925)中的主人公朴君善良、勤劳，曾怀着“开辟新生活”的美好愿望弃家出走，但结果仍难以生存。经过5年痛苦挣扎与求索，终于认识到“对于这种只能维护和纵容那些虚伪、奸邪、残暴和懒惰者的制度”，“不能置之不理”，他最终走上了觉醒并反抗之路。朴君的形象是有代表性的，因此这篇小说也成为新倾向派文学的典型之作。

1925年8月，朝鲜无产阶级艺术同盟(简称“卡普”)成立，它是以原来新倾向派作家为基础组成的。“卡普”初期沿用原文艺社团焰群社的纲领。1927年9月“卡普”改组后，制定了新纲领，明确以马克思主义为指导，“作为无产阶级运动的一翼开展无产阶级的艺术运动”。“卡普”主张以文学创作教育人民，反对日本帝国主义，彻底批判封建主义和资本主义。从新倾向派到卡普的成立、改组，标志朝鲜无产阶级文学从萌芽、发展到高涨。这时期出现了一批无产阶级作家，产生了一批优秀的文学作品。如赵明熙(1892—1942)的短篇小说《洛东江》(1927)、李箕永的短篇小说《元甫》(1928)和长篇小说《故乡》(1933)、韩雪野(1900—)的短篇小说《过渡期》(1928)和《摔跤》(1928)、宋影的剧本《拒绝一切会客》(1929)等。“卡普”以其强烈的革命色彩引起日本统治者的仇恨，于1931年和1934年先后两次对“卡普”作家进行逮捕、镇压。1935年“卡普”被迫解散。但“卡普”文学的巨大影响不可低估，它支配了1925至1935年间的朝鲜现代文坛。

赵明熙是“卡普”文学有代表性的重要作家。他于20年代初写的抒情诗有感伤和神秘主义色彩。从日本归国后所写的剧本《婆娑》(1923)、诗《在春天的草地上》(1924)等，表明他创作倾向的进步。1925年他积极参与组织“卡普”，创作的作品主要描写朝鲜人民在日本帝国主义统治之下所遭受的苦难，以及所表现出来的反抗精神。如短篇小说《到地下去》(1925)、《低气压》(1926)、《洛东江》(1927)、《春善》(1928)、《儿子的心》(1928)、《美妮和龙儿》

(1928)等。其中《洛东江》以其独特的创作风格不仅无愧为他的代表作，而且颇能代表“卡普”文学的特点与成就。小说主人公朴成云是洛东江畔渔民的儿子，他苦苦探索反日独立之路，最终由一个民族主义者转变成为社会主义者。小说是20年代朝鲜人民革命运动和反日斗争的一个缩影。

以1935年“卡普”被迫解散为先导，30年代后期，日本帝国主义加紧对朝鲜各方面的统治，进步作家已难以公开活动。只有在金日成领导的抗日武装斗争中产生、发展的革命文艺，如诗歌、小说、戏剧以及政论等，为朝鲜现代文学史留下光辉的一页。其中《血海》(1936)和《卖花姑娘》(1930)等，都是著名的戏剧。

1945年，第二次世界大战取得胜利，朝鲜人民也迎来了自己的解放。但是几年之后，朝鲜北部和朝鲜南部分别成立了两个国家，于是朝鲜当代文学实际就成了朝鲜和韩国两个国家的当代文学了。

朝鲜解放后40余年来，无论是在反美侵略的解放战争中，还是在战后恢复和社会主义建设时期，新老作家一同创作，将当代文学不断推向繁荣发展的新阶段。代表性的作品主要有：描写抗日武装斗争的有赵基天(1913—1951)的长篇叙事诗《白头山》(1947)、朴世永(1902—)的长篇叙事诗《密林的历史》(1962)、石润基的长篇小说《时代的诞生》(1964)、黄健(1918—)的长篇小说《儿女》(1965)等。描写土地改革的有李箕永的长篇小说《土地》(1—2卷，1948—1960)、千世峰(1915—)的长篇小说《大河奔流》(1964)等。描写祖国解放战争的有黄健的短篇小说《燃烧的岛》(1952)、千世峰的中篇小说《战斗的村民》(1953)、石润基的长篇小说《时代的诞生》(1964)等。描写社会主义建设和千里马运动的有李北鸣(1908—)的中篇小说《劳动的一家》(1947)、权正雄(1925—)的短篇小说《百日红》、赵白岭(1913—)的剧本《红色宣传员》(1961)、尹世重的长篇小说《在考验中》(1963)、李根荣(1909—)的中篇小说《第一次收获》(1957)等。其他著名作品如边熙根的长篇小说《地下的星星》(1970)、赵碧岩(1908—)的诗《胸怀伟大的构思》(1972)、黄健的长篇小说《新的航道》(1980)等,都从不同侧面表达了自己对社会主义现实的理解和感受。

1948 年大韩民国成立于民族灾难之中。长期的日本殖民统治和 50 年代初的朝鲜战争,在韩国人民心中留下难以磨灭的阴影。此时西方的文艺思潮也蜂涌而入,一批年轻的文学青年形成了 50 年代韩国文坛上的"战后文学派"。他们认为自己是战争的体验者与受害者,对人存在的价值、道德伦理观念等产生怀疑。战后派作家的作品,内容上主要宣泄战争中郁积的苦闷,揭露战争给人性带来的毁灭;形式上否定文学传统,竭力学习和摹仿西方现代派的表现手法,有意识地进行文学审美观念和创作方法的大胆变革。战后文学派的主要作家有吴永寿(1914—)、孙昌涉(1922—)、金声翰(1919—)、徐基源(1930—)、河瑾灿(1931—)等。

孙昌涉和徐基源分别是战后派文学前后两个时期最有代表性的作家之一。孙昌涉的小说《血书》(1955)以强烈的感情色彩,在忧郁、压抑的气氛中描写了主人公所受的非人侮辱与绝望心情。作品中无论是白痴少女昌爱、残废军人俊锡,还是失业者达寿、无望诗人奎鸿等,都是麻木、漠然,反常的被弃者。通过他们在饥饿和死亡线上的苦苦挣扎,反映了韩国战后的社会现实。徐基源的名篇《深夜的拥抱》(50 年代)不仅描写了战争对人性的毁灭,而且笔触深入主人公的灵魂深处,写出他的觉醒。主人公"我"从战场上偷跑回家想看望病危的妻子,但又痛感自己罪孽深重而无颜去见。总觉得他曾强奸并杀害的一个姑娘仿佛就是妻子。最终他人性复归,决心回到妻子身边去。这两位作家的作品充分体现了战后派文学的特点和成就。

如果说韩国 50 年代文坛的主流是战后派文学的话,那么 60 年代新感觉派的出现也堪称是韩国文坛上的一件大事。这派作家一反战后派文学过分执著于历史的倾向,反对从"悲剧性的历史出发来感伤和哀叹”，主张努力去“探索现实与未来”。他们格外强调语言技巧，注重语言的感觉、意象的跳跃和心理分析，提倡到“无意识”中去寻找创作源泉，竭力表现梦境和幻觉。新感觉派作家主要有金承钰（1941—）、朴泰洵（1942—）、徐廷仁（1936—）、金成一（1940—）等。

金承钰是公认的60年代的新感觉派代表作家。他大学时代发表处女作《生命演习》（1962），确立了在韩国文坛的地位。短篇小说《汉城，1964年冬》（1965）为他赢得很高的荣誉。小说描写寒冷的冬天，在汉城一家酒馆里，无耻的主人公“我”和一个姓安的大学生偶遇一中年汉子。“我”因出身卑微、升学无望，当兵作公务员，都觉得无意义；大学生“安”虽为不愁吃喝的富家子弟，也同样感到空虚、困惑；中年汉子更惨，爱妻得病死在医院，他卖妻子尸体领到一笔钱。他用这点钱求人同他聊天，以解除他的孤独与绝望。十几个小时的谈话、吃饭、看火灾，仍未能使他得到解脱，第二天他在客店自杀。在这三个人物身上集中概括了韩国当时一代人的彷徨、悲观、空虚、失落、百无聊赖的精神面貌。

70年代后，韩国的经济有了迅速发展，文坛也出现了五色斑斓的景象。纯文学、暴露文学、商业文学等，都在争取自己的读者，普通劳动者也成为文学的表现对象。作家最擅长用的文体是小说，尤其是长篇小说。中青年作家表现出更敏锐的思想，不少人已成为近20年来的文坛新秀。比较著名的有：黄皙暎（1943—）描写劳资矛盾的小说《客地》（1971）；女作家朴景利（1926—）反映近代农村生活史的长篇历史小说《土地》（1—3卷，1969—1978）；赵世熙（1942—）深刻揭示韩国社会矛盾和社会悲剧的12篇系列小说《矮子射向上空的小球》（1978）；李范宣（1920—）描写社会底层市民生活和心理的《黑海峡》（1976）和《白乌鸦的手记》（1979）；女作家孙素熙（1917—）以心理描写见长富于抒情色彩的《黑夜》（1974）和《华丽的我们》（1978）；千胜世（1938—）的《黄狗的悲鸣》

(1974)写占领军的专横野蛮与兽性,表现了作家对被侮辱与被损害的女性的深切同情。这些作品代表了韩国当代文学的主要成就,受到广大读者的欢迎。

现当代日本文学

日本现当代文学的开始,是以无产阶级文学为先导的。受国际共产主义运动和俄苏文学的影响,留学法国归来的小牧近江(1894—1978)同金子洋文(1894—1985)于1921年创刊《播种人》杂志。在此刊物上发表文章的主要有有岛武郎(1878—1923)、江口涣(1887—1975)、平林初之辅(1892—1931)等。

《播种人》的创刊是日本无产阶级文学诞生的标志,因为它自觉选定了社会主义文学的方向。小牧近江在《艺术上的国际主义与世界主义》一文中,主张要发展建立在国际主义基础上的无产阶级艺术。平林初之辅在《文艺运动和工人运动》一文中则明确指出:“无产阶级文艺运动首先是无产阶级运动,其次才是文艺运动”。他们第一次明确提出无产阶级文学的阶级性。这些理论建树,对以后的日本无产阶级文学运动的发展,具有深远的影响。

1923年11月,关东大地震的“天灾人祸”迫使《播种人》停刊。1924年6月,青野季吉(1890—1961)、平林初之辅、小牧近江、金子洋文、前田河广一郎(1888—1957)等13名《播种人》同人,又创办了宣传无产阶级文学运动的《文艺战线》。文艺理论家青野季吉发表了著名的《“调查了”的艺术》(1925)一文,提倡“有意识、有目标地去调查现实,由此而产生出思想”。在这种理论引导下,一批无产阶级文学作品纷纷问世。著名的有叶山嘉树(1894—1945)的小说《卖淫妇》(1925)、黑岛传治(1898-1943)的小说《二分铜币》(1926)、里村欣三(1902—1945)的小说《苦力头的表情》(1926)等。

1925年11月,以《文艺战线》的同人为主,成立了无产阶级文学运动的统一战线组织“日本无产阶级文艺联盟”。翌年,青野季吉的评论文章《自然生长和目的意识》(1926)明确指出,无产阶级文学与无产阶级文学运动性质不同,前者是“自然生长起来的”,不是运动,只有在阶级意识的启发下,才可能形成运动,“无产阶级文学运动就是文学领域灌输目的意识的运动”。青野的“目的意识论”给日本无产阶级文学运动的发展带来了转折。

以青野季吉的《自然生长和目的意识》一文为契机,“文艺联盟”内部出现了论争和裂痕,最后导致了无产阶级文学内部公开分裂成“劳农艺术家联盟”、“无产阶级艺术联盟”和“前卫艺术家同盟”。1928 年 3 月 25 日,对共产党表示支持的文学艺术家终于成立了“全日本无产者艺术联盟”(简称“纳普”)。从此,“纳普”成为日本无产阶级文学运动的领导者,为无产阶级文学的成长壮大做出了贡献。1934 年,“纳普”被迫解散,无产阶级文学遭到全面扼杀。但是,小林多喜二(1903—1933)、德永直(1899—1958)、中野重治(1902—1979)、宫本百合子(1899—1951)、佐多稻子(1904—)、村山知义(1901—1977)等一批无产阶级作家,以自己不朽的创作,将日本无产阶级文学推向高峰。

德永直是“纳普”时期最重要的无产阶级作家之一。他出生于贫苦的农民家庭。小学未毕业便去印刷厂当学徒。1922 年进入东京博文馆印刷厂当排字工,并先后发表了《无产者之恋》、《马》、《多余的人》等短篇小说。其间,他参加了出版行业工会的组织工作。1926 年,他参加领导了印刷厂工人长达两个月的大罢工。罢工失败后被厂方开除。1929 年,他在纳普的机关刊物《战旗》上发表了取材于这次罢工的长篇小说《没有太阳的街》。这部小说真实地记录了那些生活在两山之间太阳难以照射到的人们的悲惨生活。将参加罢工的工人及其家属这些社会底层的人们为争取生存权力而进行的艰苦卓绝的努力,组织罢工及罢工工人与各方面的矛盾等,一览无余地展现给人们。因此,尽管小说在艺术上还有这样或那样的不成熟,但是它一问世还是引起了文坛的轰动,并得到国际无产阶级的支持，德国、苏联等国相继翻译出版，中国在30年代也出了这部小说的译介。

1923年关东大地震，致使不少文学杂志停刊，也为不少作家提供了新的机遇。1924年，横光利一(1898—1947)、川端康成(1899—1972)、片冈铁兵(1894—1944)等14名年轻的同人作家创办了《文艺时代》杂志。当时著名评论家千叶龟雄(1878—1935)在读了《文艺时代》创刊号后，发表题为《新感觉派的诞生》(1924)的专论，对该派作家感觉之"新"进行了肯定。于是，新感觉派由此得名。新感觉派的文学创作在相当程度上接受了西方表现主义、达达主义、立体派、未来派等先锋艺术风格的影响，企图以新感觉、新认识、新表现来革新文学。千叶龟雄的评论使这些模糊的文学追求变为有意识的文学运动。由于新感觉派作家多为文学新人，创作倾向处于变化时期，再加上当时无产阶级文学运动是主潮，因此，新感觉派艺术生命很短暂，它随着《文艺时代》1927年停刊而完全解体。但是该派中的横光利一、川端康成等，还是为文学史留下不少风格独具的作品。

横光利一是新感觉派中最具代表性的作家。他早年就喜好文学，曾积极向《文章世界》投稿。并同早稻田大学校友创办同人杂志《街》、《塔》。其早期作品多取材于自己的家庭，如《姐弟》(1917)、《能够悲痛的时候》(1921)等。1923年，他成为《文艺春秋》杂志的同人，同年发表中篇小说《太阳》和短篇小说《苍蝇》，在文坛引起很大反响。这两部小说已充分显示出新感觉派的艺术特色。《太阳》采用福楼拜历史小说《萨朗波》日译本的直译式文体，以自己独特的理解和丰富的想象力，不是再现历史，也不是借古喻今，而是着意表现为争夺美女而进行殊死决斗的强烈色彩，以及女主人公卑弥呼凭借美貌，努力改变被掠夺、遭欺侮的命运，最后登上犹如太阳一般光耀的王位这一过程的因果关系。作者通过新鲜的语言勾画出动态形象，造成新奇的视觉效果，以表达对命运、人生、事件之间关系的特殊理解。《苍蝇》也是如此，马车驭手因喜欢吃豆包而导致了豆包满腹后产生瞌睡，最后马车坠入深谷。小说从一只大眼睛的苍蝇的视角描写人惨死的悲剧，以表现偶然事件对人生的制约力。

1929 年底，一些在文学上或思想上与无产阶级文学持不同观点的作家组成了“十三人俱乐部”。1930 年 4 月，在“十三人俱乐部”的基础上又组成“艺术派”作家的团体“新兴俱乐部”，一些非主流派作家也加入了这一团体。这些被称为“新兴艺术派”的作家中，不少人露骨地描写都市享乐的物质生活，低级庸俗。如龙胆寺雄(1901—)的《放浪时代》(1928)、浅原六郎(1895—1977)的《都市点描派》等。由于这派一些作家迎合商业出版的需要，艺术审美趣味浅薄，所以，不到一年，新兴艺术派实际上就从文坛上消失了。当然，被视为新兴艺术派支流的一些作家也有一些佳作问世，如井伏鳟二(1898—)的《鲵鱼》(1929)和《夜深梅》(1930)，堀长雄(1904—1953)的《圣家族》(1930)等。

30 年代中期，一些新老作家写了不少属于纯文学性质的作品，一时间文坛又相对繁荣起来。比较著名的作家作品有德田秋声(1871—1943)的《伪装人物》(1935—1938)、永井荷风(1879—1959)的《濹东绮谭》(1937)、谷崎润一郎(1889—1965)的《春琴抄》(1933)、岛崎藤村(1872—1943)的《黎明前》(1929—1935)、志贺直哉(1883—1971)的《暗行夜路》(1937)、伊藤整(1905—1969)的《幽鬼街》(1937)等。1933 年以后，日本文坛称之为“文艺复兴”的一段美好时光很快就过去了，被“日本浪漫派”和“国策文学”等宣扬“日本精神”、“民族主义”的为侵略战争服务的文学所取代。

1937 年“七七事变”以后，日本国内局势严峻，文化事业的发展受到种种限制，各种为侵华战争服务的御用文学团体也随之成立。凡有良知的、有正义感的作家无法进行自由的创作，真正意义上的文学作品很难见于文坛了。

第二次世界大战以后，日本文坛上各类文学刊物犹如雨后春笋般地复刊或创刊，为战后文学繁荣准备了条件。最先发表作品的，多是那些在文坛上久负盛名的作家。如志贺直哉的《灰色的月亮》(1946)、永井荷风的《舞女》(1946)、谷崎润一郎的《细雪》(上卷，1946)等。

除老作家纷纷复出以外，一批年轻作家也以各异的创作方法表现战争与战后的现实。其中以自虐的姿态表现对二战后现实的批判精神的所谓“无赖派”，又被称为“新戏作派”，因他们自嘲的态度、戏谑的手法与明治时期“戏作派”文学一脉相承而得名。著名作家作品主要有坂口安吾(1906—1955)的《白痴》(1946)、太宰治(1909—1948)的《斜阳》(1947)、石川淳(1899—)的《黄金传说》(1946)等等。这些作品以主动堕落的态度批判已有的政治观和道德观，反映了战后人们企图寻找新的精神出路的一种思潮。

尤为值得一提的是在二战后的日本文学中，由曾参加无产阶级文学运动的作家、评论家组成的新日本文学会的活动。其中最令人注目的作家是宫本百合子，她将在战争中积聚的愤怒、痛苦、激情以及解放感、期待感统统融于她的创作中。著名作品《播州平原》(1946—1947)、《风知草》(1946)、《两个庭院》(1947)、《路标》(1947)等，将她个人对战争实质的认识及自己的成长道路和日共的工作进行了历史的考察。其他如德永直的自传体小说《妻呵，安息吧！》(1946)、佐多稻子的《我的东京地图》(1946)、中野重治的《五勺酒》(1947)等。这些作品大多以作者的亲身经历与感受表现对战争、对天皇制的反感和揭示时代的变迁。

最能代表二战后日本文学走向的是被称为“战后派”的作家。该派是在“近代文学派”的基础上形成的。《近代文学》杂志创刊于1946年1月，最初的同人是原属于新日本文学会的7位评论家和作家，后因与新日本文学会的主要成员的社会观、文学观有分歧，形成要求发挥文学主体性、确立现代的自我等新的文学观念,人称“近代文学派”。在其理论影响下,战后一批日本文学的生力军又成为《近代文学》杂志的同人,终于以“战后派”的姿态给予战后新文学以巨大影响。著名作家主要有野间宏(1915—1991)、椎名麟三(1911—1973)、梅崎春生(1915—1965)、武田泰淳(1912—1976)、中村真一郎(1918—)、埴谷雄高(1910—)等。

野间宏是战后派作家中第一个引起文坛注目的作家。二战后,他的短篇小说《阴暗的图画》自1946年4月至10月在《黄蜂》杂志上连载,为他赢得很大声誉,公认小说问世宣告了战后派文学的诞生。小说以主人公回忆的形式,采用意识流写法,描写“七七事变”前后京都大学几个学生参加进步活动而被捕惨死狱中的故事,表现了革命与个人追求的矛盾冲突,反映了帝国主义的罪恶。此后,野间连续发表了《两个肉体》(1946)、《脸上的红月亮》(1947)、《崩溃感觉》(1948)等。这些作品深刻揭示出面对战争,由于本能和自私,人们在生理和心理上的矛盾与困惑。1952年,他发表了代表作,反战反军国主义的长篇小说《真空地带》。作品以现实主义手法描写一个普通士兵受到的诬陷与迫害,揭露了法西斯军队非人性、不人道等黑暗、丑恶的现实;尖锐指出日本军队就是扼杀一切生命的真空地带,敢于坚持正义的人在那里都要受到灭绝人性的摧残。

二战后,日本文坛还出现了一批艺术性较高,又有通俗小说倾向的“中间小说”。这类作品介于纯文学小说与通俗小说之间,拥有不少读者。比较著名的中间小说作家有井上靖(1907—1991)、石川达三(1905—1985)、丹羽文雄(1904—)等。井上靖曾在大学专攻美学,写过诗、剧本、小说,长期担任编辑工作。他大器晚成,1950年,他的中篇小说《斗牛》(1949)获芥川奖,确立了自己在文坛上的地位。继后,他又发表了《猎枪》(1949)、《一个伪作家的生涯》(1951)、《冰壁》(1956)等一批构思精巧、引人入胜的上乘之作。

《冰壁》作为中间小说最出色的旗手井上靖的代表作，以诗情画意般的描述，将歌颂登山运动员高洁的情操，上升为歌颂人际间纯洁的爱和信任的高度。这在战后的纷乱世界和50年代中期的商业社会里，都是难能可贵的精神。

50年代，日本文坛崛起了一批被称为第二次战后派的作家。这是相对于野间宏等早期战后派作家而言，并无十分明确的界定，主要是表明他们受到文坛承认要晚些时间而已。第二次战后派作家主要有三岛由纪夫(1925—1970)、大冈升平(1909—1988)、安部公房(1924—)、堀田善卫(1918—)等。他们的作品从关心个人的存在逐渐转向关心社会，表现出各自非常显明的创作个性和文学发展道路。三岛由纪夫以《假面的告白》(1949)发表登上文坛。后又发表《潮骚》(1954)和代表作《金阁寺》(1956)等。《金阁寺》主要表现形成于战争期间和战后的人们的变态性格与变态心理。男主人公沟口患有严重的口吃症，这造成他内心世界与外部现实之间的巨大反差。终于，他在恶德畸形发展之后将美的象征金阁寺烧毁了，领略到瞬间的快感与辉煌。这部小说充分表现了作者颓废的文学观和美学观。

50年代中期，当日本基本走出战败的阴影，而迈向安定和繁荣的道路之时，文坛上出现了"第三新人派"作家。这些作家一般比战后派作家要年轻。他们一改战后派作家创作的实验性、抽象性等特点，着重描写对日常生活的感觉。文体近于私小说传统，但他们只是借助"私小说"的形式构筑他们的文学大厦，本质上有区别。代表作家作品主要有小岛信夫(1915—)的《美国学校》(1954)、安冈章太郎(1920—)的《海边景色》(1959)、远藤周作(1923—)的《海和毒药》(1957)、吉行淳之介(1924—)的《骤雨》(1954)、庄野润三(1921—)的《游泳池旁小景》(1954)等等。

60年代至70年代，世界文化进入多元化时期。文学的多元性使日本战后出生的一批作家表现这一西方文明濒临崩溃、文化转型期的青年一代的心态和当代所关注的事件与问题。如三浦哲郎(1931—)的获奖作品《在白夜里旅行的人们》(1985)、开高健(1930—1989)的《夏天的昏暗》(1972)、井上光晴(1926—)的《心灵善良的叛逆者》(1969—1973)、大江健三郎(1935—)的《万延元年的足球队》(1967)和《个人的体验》(1964)等等。

第二节 小林多喜二

生平与创作

小林多喜二(1903—1933)是日本文学史上最杰出的无产阶级作家。他的文学创作对日本无产阶级文学运动起到了推波助澜的作用。其作品也已成为日本无产阶级文学的典范。

小林多喜二1903年10月13日出生于日本秋田县北秋田郡下川沿村川口一个贫苦的农民家庭。其祖父辈上是村中的殷实之家,后因官司失败而每况愈下。他4岁时,其父只好带着一家人投靠在北海道小樽(原为街镇,后改为市)经营面包房的伯父。得其帮助,其父在一条偏僻的街上开了家小面包店维持生活。

1916年,他小学毕业,伯父资助他进入小樽商业学校读书。在预科2年、本科3年的学习期间,他住在伯父家中,一边勤奋学习,一边在伯父的面包房里劳动。从4年级起,他开始显露出文学艺术的才华。他爱绘画,喜欢写作诗歌、散文和小品等。他的第一篇习作《被诅咒的人》虽然只有千余字,却通过一个穷困青年的烦恼,反映了作者对被压迫者的同情。从商业学校毕业后,伯父又资助他进入小樽高等商业学校学习。高商3年,他专注于文学创作。在研读陀思妥耶夫斯基、列夫·托尔斯泰、高尔基、夏目漱石、志贺直哉等作家的作品的同时,又进行创作实践,曾发表了10余篇小说、论文和译文。1923年他发表在具有无产阶级文学性质的杂志

《新兴文学》上的短篇小说《阿健》受到好评。杂志编委认为“《阿健》是一篇优秀的具有艺术天才的作品”，“是一篇很可以让人觉得是思想鲜明、表现确切的作品”。

1924年3月，他高商毕业后，任北海道拓殖银行小樽支行职员。他并未满足于安逸舒适的工作和生活，而是积极开始革命活动和文学生涯。工作不足一个月，他就创办了同人杂志《光明》，任主编。在第一辑扉页上就引用了法国进步作家巴比塞的小说《光明》中的一段话：“为了指引我们无限的内在的生命，为了指引包含在全人类的生命之中的职责，有一个绝对不容忽视的上帝存在着。这个上帝就叫作真理。”这表明他立志为真理而奋斗的決心，也是他自愿投身无产阶级文学运动的标志。此后，他在积极参加工农运动的同时，努力创作，希望用作品给不幸者以一线光明。他那时写作的《粗点心铺》(1924)、《田口的姊姊的回忆》(1925)、《腊月》(1926)、《杀人的狗》(1926)等短篇小说，由于他思想上没有科学社会主义的指导，所以，正面主人公虽勇于自发反抗，但难以找到正确的斗争出路。

1927年8月，他当选为“劳农艺术家联盟”小樽支部干事。11月加入劳农艺术家联盟分裂后新成立的“前卫艺术家同盟”。这表明他在思想上已基本完成了向无产阶级革命者过渡的转变。这年3月，空知郡下富良野村矶野农场的佃农不堪在外地主(在城市兼营工商业)的残酷剥削，强烈要求减少地租，他们的斗争得到日本农民协会北海道联合会和小樽联合工会的支援。11月初，北海道石狩川河畔空知郡的月形村也发生了大规模的佃农斗争。他以佃农斗争为题材，开始写作《防雪林》(此作品生前未发表，1947年发现遗稿)。内容描写北海道“垦殖农民”源吉不堪忍受在外地主的剥削和压迫，逐渐觉醒反抗，将地主宅院烧毁的故事。主人公的反抗虽属孤军奋战，但已表现农民反抗地主的主题。这表明作者思想与创作上都有了重大的转变与突破。

1928年3月15日,反动的田中内阁为在选举中获胜,逮捕了共产党千余名成员和支持者,仅在小樽地区就有500多人遭到逮捕、拘留和传讯。小林多喜二不顾个人安危,决心代替“那些流了尊贵的血的同志们”,写出他们“想说而未能说出的愤怒之情”。他在广泛调查,深刻思考事实真相的基础上,写成了原副标题为“献给我们的无产阶级先锋战士”的中篇小说《一九二八年三月十五日》。它一方面歌颂了早期共产主义者宁死不屈的崇高气节,为无产阶级战士树碑立传;另一方面,也大胆揭露了当时日本天皇统治的反动及镇压民主和扼杀自由的罪行。当时刚刚从苏联归来的“全日本无产者艺术联盟”的理论家藏原惟人撰文称这部小说是“无产阶级文艺的划时代的作品”。

这部作品的成功给了他更大的激情。1928年10月底他开始创作《蟹工船》。翌年3月底完稿。这期间的1929年2月,他当选为新成立的“日本无产阶级作家同盟”的中央委员。《蟹工船》一经发表,即刻得到很高的评价。日本最有影响的报纸之一《读卖新闻》1929年8月公布的由作家推荐的上半年佳作中,许多作家将《蟹工船》列在首位。1930年7月,小说还由新筑地剧团改编成话剧公演。

《蟹工船》的写作,是作者深入周密地对蟹工船(既是捕蟹的母船,又是制造蟹肉罐头的工厂)上的状况进行调查,并广泛搜集有关蟹工船的资料的劳动结晶。作者成功自觉地运用无产阶级现实主义的创作方法,揭露日本帝国主义政府对外推行侵略政策,对内与资本家相勾结残酷地剥削工人和野蛮地镇压工人反抗的行径。小说主要描写在蟹工船上进行非人劳动的破产农民、失业工人和流浪汉实在不堪忍受饥饿、疾病、风浪、棍棒等死亡前的折磨,举行了有组织的罢工斗争。最后遭到帝国海军的镇压。血的教训提高了工人们的认识:要活下去只有团结起来,“再来一次”斗争。

《蟹工船》在创作上明显受到美国现代作家辛克莱的长篇小说

《屠场》的影响。为了揭开蟹工船上的工人惨遭剥削压迫的黑幕，作家努力探索“无产阶级文学乃是集体文学”的新写作形式。因此，书中并未对“个人性格和心理”，进行“细致的描写”，没有塑造出具有典型意义的革命工人形象，而是描写了一个在地狱火海中痛苦挣扎的群体，他们若不反抗，若不被拯救，就将永远忍受非人的折磨，从而让人思索，令人痛苦，产生出经久不衰的艺术魅力。

《蟹工船》出版不久，即被译成中、俄、法、英等国文字，在国际上产生了广泛影响。与此同时，在日本，人们也受到强烈的震憾。1953 年，小说被山村聪导演改编成电影上演，获得好评。1987 年，日本著名出版社岩波书店纪念“岩波文库”创刊 60 周年，在各界名流中征集“我所喜欢的三本书”，作家早乙女胜元(1932—)选的第一本书就是《蟹工船·一九二八年三月十五日》合集。

1929 年 4 月 16 日，日本田中内阁又一次对革命团体进行大肆镇压，小樽警署以《蟹工船》“对天皇不敬”为名，将小林拘禁两个星期。但敌人的威胁更促使他要“永远冲破困难前进!”于是他一面积极协助再建被破坏的小樽工会，一面用约 4 个月的时间创作了中篇小说《在外地主》。这部作品主要描写的是“处于资本主义统治下的农村”，表现出作者对社会现实的认识日益深刻。它以北海道矶野农场广大佃农抗租斗争为题材，揭露了那些像人鱼似的上半身是地主、下半身是资本家的“在外地主”勾结政府、银行、军队对农民进行的盘剥。作者在《致雨宫庸藏的信》中直言不讳地指出，小说的特点是“描写了‘农民’和‘工人’的联合”，指出在与地主资本家的斗争中工农联盟的重要性。藏原惟人撰文评价说：“这一题材，从社会的角度来看，具有极大的意义……这在我国还不曾有任何人敢于染指。这一困难的工作，现在由小林头一个承担下来，因而我们首先必须承认这部作品的意义。”[1]

---

① 《小林多喜二传》第 190 页，作家出版社，1963 年版。

1929年11月26日《在外地主》发表后，由于书中具体披露了他供职的拓殖银行等北海道金融集团勾结地主狼狈为奸的掠夺行为，他以所谓“自愿辞职”的方式被银行解雇。1930年3月，他迁居东京，开始了他作为作家和职业革命家的人生之旅。自5月中旬起，他一面创作，一面努力捍卫无产阶级文学运动。为此，他与其他作家去关西各地巡回讲演，以致被反动政府以莫须有的罪名多次拘捕，直至1931年1月22日才被保释出狱。同年7月，在日本无产阶级作家同盟第四届代表大会第一次中央委员会上，他当选为中央常任委员、书记长。当年10月他秘密加入日本共产党，同月末，他又当选为新成立的“日本无产阶级文化联盟”的中央协议员。

这期间，他连续发表了几部中短篇小说，较重要的有中篇小说《工厂党支部》(1930)，它描写了工厂工人的斗争生活和党支部的积极作用，表现了以共产党员河田、森本为代表的党组织在工人罢工斗争中的领导核心作用，被评价为“完全是在革命的意图和正确的阶级观点的指导下写作的”作品。中篇小说《组织者》(1931)是《工厂党支部》的续篇，它主要描写党员积极分子河田、森本被捕后，其他党员为恢复党支部的工作所表现出的为无产阶级革命事业前赴后继的大无畏精神。另一部中篇小说《安子》(1931，原名为《新女性的性格》)主要以1929年小樽劳工运动的现实为背景，描写了两个贫农出身的劳动妇女，在党的地下斗争中所表现出的新品质。

1932年春，出于对外扩张、对内镇压的需要，日本反动政府对左翼文化界大批进步人士进行搜捕，小林多喜二也被列入通缉名单，他不得不转入地下活动。在白色恐怖的艰难环境里，他一面领导革命文化团体进行顽强斗争，一面创作了《工厂党支部》的续篇长篇小说《转折时期的人们》(未完，1932)、中篇《沼尻村》(1932)、《为党生活的人》(1933)、《地区的人们》(1933)等等。这几部作品通过北海道农村的农民、小樽和东京地区的工人与革命者的觉悟、反抗、斗争，表现反对日本军国主义侵略战争的主题思想。

1933 年 2 月 20 日下午，他在进行地下联络时，被叛徒告密，同今村恒夫一起被捕。在筑地警察署被秘密警察蓄意严刑拷打，因伤势过重当晚致死，年仅 30 岁。日本这位“足以夸耀于世界的受人敬爱的无产阶级作家”虽然被日本反动政府杀害了，但是他为世界无产阶级和广大人民创造的精神财富却是永存的。

《为党生活的人》

《为党生活的人》是小林多喜二创作高峰期的作品。也是他“在严峻的生活中匆匆忙忙地写成的一部作品”，1932 年 8 月 25 日完稿。由于当时的具体情况和作品的内容，直至他逝世后不久，《为党生活的人》才改名为《转换时代》，发表于《中央公论》杂志 4、5 月号上。

《为党生活的人》以日本文学传统中所喜用的第一人称的手法，让主人公——一个共产党的基层领导人佐佐木安治娓娓动听地叙述自己平凡而又伟大的斗争生活。小说真实、生动地描绘出 30 年代初，觉醒的日本人民在日本共产党的领导下，为反对帝国主义侵华战争、反对残酷剥削与压迫所进行的艰苦卓绝的斗争。

小说的故事背景被放在东京的一家工厂。由于日本政府执行对外扩张的政策，军火工业迅猛发展。东京仓田工厂有 800 余名工人，原来只生产民用产品。“九一八”事变后，侵华战争开始，这个厂改为制造防毒面具、降落伞和飞艇外壳。厂方以所谓“国家非常时期”的名义，欺骗工人增加产量而压低工人工资，并大量招收临时工，以种种卑劣手段剥削他们，获取大量利润。被迫转入地下的日本共产党为发动这个厂的工人进行斗争，乘招工之机派出以佐佐木安治为首，还有须山、伊藤（女）共三名党员进入工厂。小说开篇即写到厂方因即将完成生产指标，正筹划从 600 名临时工中裁去400人。厂方还制造混乱，转移矛盾，于是佐佐木等人为揭露资本家的阴谋，印发传单，启发工人觉悟，准备掀起大规模斗争高潮。但是由于叛徒出卖，佐佐木只好离开工厂转入地下。但他一方面克服重重困难，躲避敌人的追捕，一方面坚持领导须山和伊藤以反裁员为口号，同各种法西斯组织进行斗争。正当工人们逐渐团结在地下党周围准备大罢工时，狡猾的资本家在军警支持下提前解雇了临时工，破坏了地下党的计划。那些被解雇的工人已经觉醒，将成为革命火种，燎原一方；佐佐木等地下党员们也没有灰心丧气，而是"用比以前更大的精力，从事新的工作"。

小林多喜二在给《中央公论》的编辑中村惠的信中说："我想极力使这部作品摆脱过去无产阶级小说的框框。从我过去的一系列的作品来看，我也特别注意这部作品的成果。我是不怕失败而写这部作品的。"① 这部作品堪称是他的代表作，为他的无产阶级文学活动划上了空前绝后的休止符。正如日本著名作家宫本百合子批评当时有人认为《蟹工船》已经达到了他创作顶点的观点时指出的："但是，仔细读一读《为党生活的人》和《地区的人们》吧！虽然在作品的形象化上有着部分的缺点，可是小林同志最近写的这两部小说，已经扬弃了《蟹工船》时代的自然主义手法的晦涩以及以后的作品中朝相反方向努力的稍带肤浅、通俗的毛病。由于作者建立了列宁主义的世界观和经历了政治上的锻炼，他所独具的那种简明、逼真的风格和革命的雄伟的气魄，已经化为他作品深处的光泽而散发出光彩。"②

小林多喜二在这部小说里，概括反映了1932年4月以来他自己地下工作的体验，以及在同年3月左右和他发生联系的藤仓电线工厂工人的生活和斗争；描写了军需工厂的工人为反对增加劳

① 《小林多喜二传》第261页，作家出版社，1963年版。

② 《小林多喜二传》第275页，作家出版社，1965年版。

动强度和发给低工资，反对法西斯分子的分裂活动，而组成统一战线所进行的斗争，以及基层党员所表现出的大无畏牺牲精神和革命热情。他试图通过火热的革命斗争生活塑造新的共产党人的人物形象，应该承认，这种努力卓有成效。

小说的真正价值，恰恰在于成功地塑造出“我”的光辉形象，“我”在尖锐的阶级斗争中，为了无产阶级的利益不怕牺牲、永往直前，表现出共产主义战士的高度阶级觉悟。“我”即佐佐木安治。

佐佐木安治是党的基层领导人，有丰富的对敌斗争经验，也有突出的组织与指挥才能。在错综复杂的阶级斗争中，他目光敏锐，有准确的分析能力和判断能力。当厂方以“转正式工”为诱饵，瓦解临时工的反解雇斗争时，他认识到问题的实质是经济斗争将会把工人的斗争引向歧途，只有教育工人认清资本家的剥削与侵华战争的关系，不再把反解雇、反剥削的斗争视为个人求生存的行动，而认识到这是日本工人阶级反对侵略扩张政策，实践国际主义义务，才能粉碎厂方的阴谋。于是就将党支部的工作重心放在启发工人觉悟上，巧妙地利用敌人的阵地进行革命宣传，终于取得了阶段性胜利。

佐佐木安治是立场坚定的党的地下工作者，受过敌人牢狱的严峻考验，掌握了秘密工作的规律。他每天都在“号称世界最完备的警察网的追捕中进行活动”，时刻都保持着高度的革命警惕性。他认识到对敌斗争“不能依赖偶然性，必须在科学的考虑上进行活动”，因此，身处险境，仍然一次次地躲过敌人的追捕。由于他工作过于紧张、繁重，经济十分困难，身体越来越虚弱，但是他依然斗志昂扬，表现出惊人的毅力和革命乐观主义精神。

佐佐木安治之所以能够成为一个“为党生活的人”，是因为他经历了艰辛的自我改造过程。从一个小资产阶级知识分子成长为共产主义战士，他经历了剑与火的考验。开始参加革命工作，还能有不少属于“个人的”生活。随着斗争的残酷，他遭到敌人追捕，只好转入地下，"个人的"生活部分也随之完全消失。起初，他原有的小资产阶级知识分子的情感和生活习惯，难以适应革命的急风暴雨式的洗礼，他"感到窒息一般的痛苦，那种难受确实说不出来"。随着共产主义信念的逐步确立，他认识到自己的缺点，并"清算了自己过去的生活方式"，自觉"置身于党的工作以外的一切个人欲望都受到抑制的生活之中"。因为他清楚，"自己的牺牲，是为了解放这几百万人的大牺牲所不可缺少的一种牺牲"。为此，他不仅放弃了对青春爱情的慕恋，而且"把过去残留下来的，个人生活的最后退路——和母亲的血肉关系也切断"，使自己完全成为一个为党生活的人。

总之，在这部作品里作者为人们塑造了一个血肉丰满、感人至深的无产阶级知识分子兼共产主义战士的光辉形象，集中表现了30年代日本无产阶级先锋战士，为劳苦大众的解放而忘我斗争的献身精神，生动地表现出革命者艰苦的自我改造过程。

此外，小说还成功地塑造了"我"的母亲，这一个既是慈母又是革命母亲的崇高典型，以及须山和伊藤这两个普通的共产党员、优秀革命者的形象。他们成为当时许许多多觉悟了的普通劳动者的代表，具有普遍意义。

《为党生活的人》在艺术表现上虽然不像《蟹工船》那样立体化和精雕细刻，但是也达到了一个新的高度。其一，小说是以无产阶级文学的理论家藏原惟人倡导的"无产阶级现实主义"(实质即社会主义现实主义)的创作理论为指导，来塑造日本无产阶级革命者形象的，避免了以往作品中人物的概念化和公式化倾向。既注重人物在现实生活中表现出的阶级共性，又突出刻画了人物在典型环境中的鲜明个性，人物鲜明生动、真实感人。其二，小说注重通过细节描写来刻画人物，即使是次要人物也不例外。例如母亲时刻挂念突然离去的儿子，以致双眼红肿、两颊消瘦。她非常渴望见到儿子，一旦组织进行了安排，她反而心神不安，担心儿子会因此而被捕。见到儿子后忐忑不安的心境，以及临别时再三叮嘱儿子要"把摇着肩膀走路的习惯改掉"等细节，无不表现出母亲爱子之情深意切，使小说在叙述描写中增加了艺术感染力。

作者自己坦言，"这部作品(《为党生活的人》)和我过去的《蟹工船》以及《工厂支部》等作品的写法不一样，我是试图作一种冒险的尝试。"① 他成功了，尽管这部作品并不尽善尽美，但是足以表明他在思想和艺术上都已成熟。《为党生活的人》成为日本无产阶级文学纪念碑式的作品。

第三节 川端康成

生平与创作

川端康成(1899—1972)是日本现代著名小说家。

川端康成于 1899 年 6 月出生在日本大阪市。他的父亲是个医生，喜欢汉诗和绘画。他两岁那年，父亲因患肺结核死去。此后，他便随母亲迁到外婆家，第二年母亲也离开了人间。父母早亡对他产生很大影响，他日后在《致父母的信》里写道："深深刻入我幼小心灵里的，便是对疾病和夭折的恐惧。"

母亲死后，川端康成又跟着祖父祖母回到了他们的老家——大阪府三岛郡丰川村。他家本是当地的豪门，可是到他祖父一代，家产已经大部分变卖。他从小体弱多病，由于祖母细心照料才能长大。但当他 7 岁那年，祖母死了；10 岁那年，唯一的姐姐也死了。从此以后，只有川端和他那双目几乎失明的祖父两个人住在那所古老的大房子里，过着阴郁的日子。15 岁时，他唯一的亲人——祖父也与世长辞。这时，他感到极端的孤单寂寞，仿佛天地之

① 《小林多喜二传》第 260 页，作家出版社，1963 年版。

间仅仅剩下自己一个人了。

孤独的生活和不幸的遭遇，对于形成川端的孤僻性格和川端文学的悲凉格调产生了深远的影响，尤其是对他初期创作的影响更为直接。

他自幼喜欢看书。入中学后，热衷于阅读文学书，并将自作的新诗、文章和书信编为《谷堂集》，还频频向《文章世界》等刊物投稿。1917年9月，他考入东京第一高等学校(旧制，相当于大学预科)英文科。这时，他仍然热心读书，读得最多的是陀思妥耶夫斯基、契诃夫等俄国作家和志贺直哉、芥川龙之介等日本作家的作品，尤其敬佩志贺直哉。1920年9月，他进入东京大学英文系，第二年转入国文系。在东大期间，他热心文学事业，积极参加编辑出版东大文科系统的同人杂志《新思潮》(第六届)。在这个刊物上，他发表过一些短篇小说，其中《招魂节一景》获得意外好评，打开了他通向文坛的大门。

1924年春天，川端从东大毕业。他决心走上文坛，成为专业作家。同年10月，他和横光利一、片冈铁兵等人一起创办同人杂志《文艺时代》。《文艺时代》于1927年5月停刊。其后，他又先后参加了《近代生活》杂志、“十三人俱乐部”和《文学》杂志，其中《文学》对他的影响最大。

进入30年代以后，日本军国主义势力在亚洲疯狂推行战争政策。在战争期间，他大部分时间过着半隐居的生活，继续写作几乎与战争无关的作品。总的看来，他在战争期间没有狂热地鼓吹“圣战”，没有投身到战争风潮中去。他对战争胜负似乎采取一种超然的态度。

1945年8月15日，日本军国主义战败投降。这对他也是一个巨大冲击。他对日本战后的现实感到不满，感到失望。这种态度决定了他战后生活和创作的基调。无论是在实际生活中还是在创作实践上，他都不是现实生活的积极参加者和干预者。正像他自己所说的那样:“以战败为分水岭,我从此仿佛只有脚离开现实,遨游于天空了。也许由于我本来就没有深入到现实中去,所以脱离现实也很容易,无非是舍弃世界、隐遁山林而已。”(《川端康成全集》第一卷《后记》)

由于创作方面不断取得成果,川端在战后获得了多种荣誉头衔和奖励。1968 年 10 月,获得诺贝尔文学奖。1972 年 4 月 16 日,他在他的工作室里口含煤气炉管自杀,终年 72 岁。

川端康成一生写了 400 余篇长篇、中篇和短篇小说,其中以中篇和短篇为主,此外还写了许多散文、随笔、讲演、评论、诗歌、书信和日记等。

川端所生活的时代正是日本社会发生剧烈动荡和重大转折的时代,同时也是日本文坛发生剧烈动荡和重大转折的时代。

他的创作,从思想倾向来说是相当复杂的,并且经历了一个颇为曲折的发展过程。

他战前和战时的创作可以归纳为两类:第一类作品是描写他的孤儿生活和孤独感情,描写他的失恋过程和痛苦感受。《精通葬礼的人》(1923)、《十六岁日记》(1925)和《致父母的信》(1923)等是这类作品的代表。这类作品接近于日本人所喜欢的私小说。由于所写的是他本人的经历和体验,所以描写细腻,感情真挚,具有激动人心的艺术效果;但也由于仅仅写他本人的经历和体验,并且自始至终充满低沉、哀伤的情调,所以思想高度和社会意义受到一定局限。第二类作品描写处于社会下层的人物,尤其是下层妇女(如舞女、艺妓、女艺人、女侍者等)的悲惨境遇,表现他们对爱情和艺术的追求。《招魂节一景》(1921)、《伊豆的舞女》(1926)、《温泉旅馆》(1929)、《花的圆舞曲》(1936)和《雪国》(1935—1947)等是这类作品的代表。这类作品不但比较真实地再现出这些被侮辱与被损害者的不幸,比较充分地表达出他们的痛苦,而且还洋溢着作者对他们的同情和怜悯。不过,作者的态度比较消极,很少见到他对问题的深入挖掘和对社会的尖锐批评。可是不管怎样，一般说来这类作品在思想价值上要高出于第一类作品，其中如《伊豆的舞女》和《雪国》等名篇更是如此。

他战后的创作产生了相当大的变化。一方面他仍然沿着《伊豆的舞女》和《雪国》的道路前进，完成了《雪国》，同时继续写作表现人们正常生活和感情的作品，或反映社会存在的某些问题，或表达对普通人民的同情态度，或流露对侵略战争的不满情绪，其中包括像《舞姬》(1951)、《名人》(1954)和《古都》(1962)等颇为成功的作品在内。但是，他另一方面却又写出一批以表现官能刺激、色情享受和变态性爱为主要题材的作品，描写人们内心深处无聊、阴暗的活动，甚至颂扬形形色色违背人类道德的思想和行为，充满颓废的情调。如写儿子与亡父情妇发生关系的《千鹤》(1952)，写公公与儿媳谈情说爱的《山音》(1954)，写年迈力衰的老头子与赤身裸体的睡美人躺在一起胡作非为的《睡美人》(1962)，以及写思想空虚的独身男人玩弄从姑娘身上摘下的一只胳膊的《一只胳膊》(1964)。尽管这些作品要表现的可能是他内心的痛苦和郁闷(如美的理想难以实现，对爱的追求不能得到满足，面对年老和死亡感到不安和恐惧等)，但是选用这类题材毕竟会使作品的格调降低，也使他在艺术上陷入困境。

总之，从思想倾向来说，川端的创作是复杂的，甚至是矛盾的；但是除了战后一部分具有明显颓废色彩的作品以外，其余的大部分作品应当说思想感情基本上是健康的，读者可以从中获得一定益处。不过，尽管他生活在一个剧烈动荡和重大转折的时代，可是由于他不大关心社会和政治，所以他的创作一般并不表现重大的社会主题，并不描写尖锐的社会题材，也不深入开掘题材的社会意义，这就不能不在很大程度上限制了他的作品的思想意义，降低了他的作品的思想价值。

他的创作，就艺术表现而言也是相当复杂的，并且也经历了一个颇为曲折的发展过程。

当他在20年代中期参与创办《文艺时代》、发起新感觉派运动时，曾经一度单纯模仿表现主义和达达主义等西方现代派手法，极力强调主观感觉，热心追求新颖的形式，《感情装饰》(1926)便是这种倾向的产物，因而被认为是新感觉派的代表作品；但与此同时，他又发表了《十六岁日记》和《伊豆的舞女》等很少具有新感觉派特色的作品，前者主要采用简洁、准确的写实手法，后者也几乎没有新感觉派式人工修饰的痕迹，语言朴素，笔法自然，风格清新。30年代初期，他又被乔伊斯等人的新心理主义和意识流所吸引，再度写出两篇纯属模仿式的作品——《针与玻璃与雾》(1930)和《水晶幻想》(1931)，后者未完而辍笔，可见他已感到此路不通，决心另辟新径。那么，所谓新径又是什么呢？一言以蔽之，是将日本文学传统与新心理主义以及意识流结合起来；或者再广而言之，是将日本文学传统与包括表现主义、达达主义、新心理主义以及意识流在内的西方现代派手法结合起来。经过长期探索，他在这条路上果然取得了进展。从《禽兽》(1933)开始，中经《花的圆舞曲》，最后到《雪国》问世，标志着他在一步一步前进。战后，他基本上仍然沿着这个方向前进。用他自己的话说就是，我受过西方现代文学的洗礼，也曾试图加以模仿；但我在根底上是东方人，从15年前起就不曾迷失过自己的方向(《文学性自叙传》)。正因为如此，他的作品形成了自己的风格，即人物描写细腻入微，结构安排自由灵活，文章情调既美且悲，在艺术上颇有值得借鉴之处。

《雪　　国》

《雪国》是一篇中篇小说。这篇小说从1935年到1947年断断续续在几个刊物上发表，1948年出版单行本。从作者1934年底动笔算起，到最后出版单行本为止，前后一共用了15年的时间。小说在刊物上连载时的标题分别是“暮景镜”、“朝雪镜”、“故事”、

"徒劳"、"芭茅花"、"火枕"、"拍球歌"、"新稿"、"雪中火灾"、"银河"、"雪国抄"、"续雪国"。其中,"雪国抄"是"雪中火灾"和"银河"的修订稿。这些标题在出版单行本时全部删去了。

关于《雪国》的创作过程,川端康成在该书《后记》里写道:"《雪国》……不是连续写成的,而是联想式地写下来,断断续续登在杂志上的。因此可以看出一些不统一、不调和之处。起初打算为《文艺春秋》昭和 10 年(即 1935 年——引者注)1 月号写个 40 页左右的短篇;但由于到了《文艺春秋》收稿截止日期没能写完,便又决定为截止日期较迟的同月号《改造》续写未完部分。此后随着写作时日的增加,余韵传到后来,终于变成与起初的计划不同的东西了。在我来说,这样产生的作品不少。"

《雪国》写的是岛村三次从东京到雪国和驹子交往的故事。岛村第一次到雪国是在满山一片新绿的登山季节,当时驹子给他的突出印象是难以想象的洁净。第二次到雪国是在下过初雪之后的冬季,与驹子的来往更频繁了。第三次到雪国是在又一年的秋天,即蛾子产卵、萱草茂盛 的季节。这次岛村在雪国逗留了很久,他一面习惯性地等着驹子前来会面,一面又被另一位姑娘——叶子所吸引。但当岛村下定决心离开雪国的前夕,当地发生一场火灾,叶子被烧死了,驹子则发疯似地把叶子的身体抱在怀里。岛村住在东京的工商业区,依靠父母的遗产过活,无所事事,游手好闲。由于实在闲得无聊,有时也写一些有关舞蹈方面的文章,不过并非认真踏实的研究,只是随心所欲的想象,无非借此捞个文人的虚名而已。除此之外的所长,就只有游山逛水嫖女人了。至于思想感情,则充满虚无的色彩和感伤的情调。但小说的重点显然不在男主人公岛村身上,而在女主人公驹子身上。驹子出生在雪国农村,由于生活所迫,被人卖到东京当过陪酒侍女,以后被一个男人赎了出来,打算将来做个舞蹈师傅生活下去。可是一年半后,那个男人又死了。驹子无奈,只得住到三弦师傅家里学艺,有时也到宴会上表演助兴。最后,感到无路可走,终于当了一名艺妓。

小说主要从日常生活表现和对待爱情态度这两个方面描写驹子的性格。在日常生活表现方面,着重写她坚持记日记,喜欢读小说,刻苦练三弦等几个细节。

驹子的日记从到东京当侍女之前不久记起,一直坚持下来。刚开始时,手头钱不方便,买不起日记本,就写在两三分钱的杂记本上,“用尺量着,画出细格子,把铅笔削得尖尖的,画出整整齐齐的线”(侍桁译,下同)。平日陪酒回家,换上睡衣就写起来,“大概因为每次回来得都很晚,所以现在翻看起来还能发现有些地方写到半途中就睡着了”。对于这些日记,她自己看得很重,不肯轻易拿给别人看,甚至表示要把它毁掉再死。从这些描写看来,尽管她的日记在内容上未必有什么闪光的思想和高深的意义,只是“不管什么事都毫不隐瞒地照原样写下来”的生活记录,而她的生活又是不大光彩的,所以自己看着也会害羞;但是,她记日记的态度是认真的,并且表现出了一种坚持到底的毅力。

驹子从十五六岁的时候起就喜欢看小说,而且把看过的书都记下来,“这样的杂记本已经积累到十本了”。当然,她所读的无非是些妇女杂志或在旅馆客厅里摆着的小说、杂志之类,其中未必能有多少高尚的文学作品,她所记的也无非是些题目、作者、人物名字以及人物关系等等;但是,这却可以说明,她有求知的欲望和顽强的毅力,并不像一般艺妓那样随波逐流。

驹子弹三弦的技巧比当地一般艺妓高出一筹,这是她平日刻苦练习的结果。她不但用普通琴书练习,而且还钻研比较高深的乐谱。正如小说里所写的,“虽说她多少有些基础,而用曲谱独自学习复杂的曲子,直到能离开曲谱弹得自如,这一定和她那坚强意志的努力是分不开的”。驹子苦练三弦自然也是职业的需要,但是贯穿于其中的顽强毅力也是不能忽略的。

总而言之,从日常生活表现来看,作为一个艺妓,驹子应该算是生活态度比较认真的，意志比较顽强的，有进取心的，不同于那些随波逐流、破罐破摔的人。因此，是值得适当加以肯定的。

在对待爱情态度方面，即与岛村交往方面，驹子又是如何表现的呢？这要从她与岛村的第一次交往谈起。

当时驹子虽然也到宴会上陪陪客人，但还不是一个正式的艺妓。她之所以一下子爱上了岛村，并且主动地委身于岛村，是有原因的。简而言之，就是她觉得岛村虽然是个游客，却跟一般毫无教养、毫无感情、毫无良心的游客对自己的态度有所不同。比如，岛村开头没有把驹子当成艺妓看待，不想跟她发生肉体关系，希望跟她清清白白地交朋友，谈谈话，不难为她；而且在岛村来说，这种态度并非全是假的。小说写道："他对于女人的欲望，不想在这个女人身上去追求，只望不留下什么罪孽淡然地相处下去。她是过于洁净了。从一开头他看见她的时候，就对她另眼看待了。"正因为如此，岛村托驹子给他找艺妓，没有直接把驹子当成艺妓。这使驹子感到，岛村对自己的态度要比一般游客真诚一些，至少有几分是真诚的。又如，岛村关于歌舞的一番议论，也使驹子感到兴趣，也成了吸引驹子的力量。虽然岛村的议论并不高明，但是用来吸引驹子已经绰绰有余了。岛村的这些知识和教养，使驹子敬佩，使她的求知欲望得到一定的满足。这就是说，驹子之所以爱岛村，是因为她发现岛村确实有些可取之处；在她所能结交的男人之中，这样的人就要算是少有的了，难得的了。她想在岛村身上求得像是爱情的爱情，哪怕只有一点儿也好，哪怕只能维持一段时间也好。

当然，在我们看来，驹子对岛村的爱情无论如何也不能说是合乎常态的。首先，她把岛村这样一个极不可靠的人当成恋爱对象就是异乎寻常的。她明明知道岛村是有家室的人，明明知道岛村对自己并不像自己对他那样全神贯注，明明知道自己和岛村的关系不能维持长久，可是仍然不顾一切地在岛村身上倾注了自己的全部感情。不过就作者的审美观而言，这一点恰恰表明了驹子只顾自己爱对方,不求对方爱自己的态度,即所谓“无偿的爱”;而这种“无偿的爱”正是女性美的最高表现。其次,她一下子就委身于岛村,这种恋爱方式也是异乎寻常的。但是,这种态度是由于她所处的特殊环境造成的。她的可怜境遇,她的可怜身分扭曲了她,使她不能像一个普通姑娘那样去爱真正合乎自己理想的人,也不能以正当方式去爱。她的爱情既有纯真的一面,又有畸形的、病态的一面。

从上述日常生活表现和对待爱情态度这两个方面来看,驹子作为一个艺妓来说,既不是积极的反抗者的形象,也不是庸俗的堕落者的形象,而是有一定进取心的艺妓形象。

总的来说,《雪国》以同情的笔调表现了驹子这个生活在社会底层的艺妓的悲惨命运,表现了她的进取精神和对纯真爱情的追求,因此具有一定思想价值。同时,《雪国》的思想内容也有消极方面,诸如不加分析地肯定驹子畸形的、病态的恋爱表现,比较露骨的色情描写,等等。此外,小说对岛村虽然没有怎么称颂,但是也没有表示反感,没有进行有力批判。

《雪国》在创作方法和艺术表现方面比较充分地体现了川端康成文学创作的特色。

《雪国》在创作方法上的特点是东西结合,自成一格。所谓东西结合,即将日本的古典文学传统与西方的现代派方法结合起来。其具体表现为,既有一定数量具体的、客观的描绘,又在不少地方通过岛村的自由联想和意识流动状物写人;在总体上基本按照事物发展的自然顺序来写,即岛村前后三次从东京到雪国,三次见到驹子,一次接一次地写下来(只有第一次例外,采用插叙方法),在某些局部又通过岛村的意识流动和自由联想展开故事情节,适当冲破事物发展的时间界限和空间界限,形成内容上的一定跳跃。这篇作品巧妙运用自由联想、意识流动方法的例子很多,其中最为人称道的是它的一头一尾。开头一段描写岛村坐在开往雪国的火车上,凭窗眺望窗外景色。这时由于暮色降临大地,车外一片苍茫,车内亮起电灯,所以车窗玻璃变成一面似透明非透明的镜子。在这个镜面上,车外的苍茫暮色和车内叶子的美丽面影奇妙地重合在一起,前者成为背景,后者浮现在它的上面,构成一幅美妙无比的图画,引起岛村的遐想。这样的描写使得叶子的美貌罩上一层朦胧的、神秘的色彩,为作品增添了许多诗意。结尾一段描写一场火灾,叶子在这场火灾里被烧死。在我们看来,这当然是个可悲的结局;但在岛村看来,却不全然如此。他觉得其中有悲有美,既悲且美。作者似乎也有同感。所以,在岛村的眼里,在作者的笔下,火灾是充满诗意的,地上洁白的雪景,天空灿烂的银河,衬托着火花的飞舞,构成一个美丽的画面;叶子的身体从上面落下来也是充满诗意的,又为这个画面增添了许多美。这是因为,在他们的心目中,叶子的死亡并非彻底的死亡,而是"内在生命的变形以及那变迁的过程"。所以,虽然从艺术效果来看,这种描写似乎使叶子这个非现实美的幻影得到最后完成;可是,这种描写是与作者本人的虚无观念分不开的,而他的虚无观念未必可取。

《雪国》在人物描写上的特点是重视感觉,刻画细微。作者虽然不像现实主义作家那样塑造典型人物和典型性格,可是却很重视表现人物的主观感觉,表现人物纤细的感情和瞬间的感受。从这个意义上说,他也很注意人物描写,并且注意表现人物性格的细腻之处。在《雪国》里,不仅岛村的纤细感情和瞬间感受被表现得细腻入微,同时驹子的心理矛盾和感情变化也被表现得无微不至。如有一次岛村夸驹子是个好女人,驹子不解其意,怀疑岛村耻笑自己,于是"她满面通红瞪眼看着岛村","一阵激烈的愤怒使驹子的肩膀都在发抖,脸色刷的一下变得苍白,眼泪簌簌地落下来";当她哭得疲倦了,"就拿着银簪子卟哧卟哧地戳着铺席"。小说随后写道:"怎么也想不出这个女人会把岛村偶然说出的一句话误解到那种情形,这反而使人觉得她心中有难于压制的悲哀。"这段描写使读者具体地感受到驹子的内心痛苦和好强性情。她被迫沦为艺妓，心里藏着无限悲哀；她最怕别人蔑视自己，最怕别人耻笑自己。所以，她对岛村偶然说出的一句话产生了那么大的误解，并且做出了那么强烈的反应。日本的古典小说，特别是《源氏物语》，善于通过细腻的笔法表现人物心理和感情的微妙变化，川端充分地掌握了这种写法的妙处，而且把它巧妙地融合在《雪国》里了。与此同时，他又适当地采用了西方现代派文学中的意识流手法，以回忆、联想、插叙、倒叙等手段深入探索人物的内心世界，细致表现人物的种种感受，从而使人物描写达到了细腻入微的地步。

《雪国》在结构安排上的特点是自由灵活，活而不乱。作者的中、长篇小说往往近似于若干"短篇"的连缀，其中的第一个"短篇"已经写出一个可以独立存在的世界，其后的"短篇"乃是对于第一个"短篇"的不断补充和丰富；所以作为整体来看仿佛缺乏统一的构思和立体的框架，各个"短篇"之间的联系显得有些松散，不过仔细读来仍然能够发现一定的内在联系。《雪国》也是如此。这篇不算很长的小说分为十多个"短篇"，断断续续在几个刊物上发表，前后长达十几年之久。作者起初没有写成中篇的既定计划，当然也就没有固定的构思。第一个"短篇"成为写第二个"短篇"的动机，而第二个"短篇"又带出了新的"短篇"，这样连缀起来，最后变成现在我们见到的样子了。《雪国》之所以采取这种自由灵活的结构，既与日本古典文艺传统有关联，也与西方意识流手法有联系。日本古典文艺有采用并列式结构方法的传统。正如川端曾经指出过的那样，从长篇物语文学到古典绘画，全部采取由许多互相关联的部分并列于一个平面的方式，并不追求复杂的、整体的结构。他继承了这种方式。同时，他又广泛使用了西方意识流小说的方法，通过回忆、联想、插叙、倒叙等手段展开故事和推动情节，在基本保持客观事物发展自然顺序的基础之上，适当冲破时间、空间的限制，从而既避免了因为联想自由浮现和意识任意流动显得杂乱无章的毛病，又避免了因为从头至尾平铺直叙，显得呆板死气的毛病，做到了活而不乱。

《雪国》在文章风格上的特点是既美且悲，抒情味浓。川端康成是热心探求美的作家。他的作品常常以绚丽多彩的大自然作为背景，以自然界的季节变化作为衬托，使自然的景色和人物的感情结合起来，达到水乳交融的地步。他的作品又常常以美貌的青年女性为中心，以她们对爱情和艺术的不懈追求为主题。这些都与他对美的探求有关。《雪国》充分地体现了这一点。在这篇小说里，驹子的现实美和叶子的空幻美正是在雪国的背景上展示出来的。他又是擅长表现悲的作家。他的作品往往充满失意、孤独、感伤等悲哀感情，结局往往具有悲剧色彩。《雪国》也是这样。在这篇小说里，岛村的感伤情绪和驹子的内心痛苦充溢全篇，而结尾叶子之死更使小说增添悲凉气氛。这是由于他认为美与悲是相辅相成、密不可分的，所以他总是把美与悲联系在一起加以表现，构成一种既美且悲、愈美愈悲、愈悲愈美、因悲方美、因美方悲的独特格调，抒情味浓，感染力强。这种格调的形成既与他本人自幼失去父母及亲人的不幸遭遇和从小养成的孤僻性格及悲观思想有关，又与《源氏物语》的基本情调——“幽情”① 有联系，此外恐怕还受到了西方世纪末艺术和现代派文学所普遍带有的悲凉情绪的影响。

第四节　大江健三郎

生平与创作

大江健三郎(1935—)是日本当代著名作家。1994 年荣获诺

① 按照本居宣长的解释，所谓“幽情”是指在人的种种感情中，使人感受最深的痛苦、忧愁、悲伤等不如人意的感情。

贝尔文学奖，成为继川端康成之后日本第二位赢得此项殊荣者。

大江健三郎于 1935 年 1 月出生在日本四国爱媛县喜多郡大濑村。1941 年入大濑国民学校，1947 年升入大濑中学。1950 年离开家乡考入爱媛县立内子高中，第二年又转入松山东高中。1954 年来到东京，进入东京大学文科二类；1956 年正式成为法文系学生。他从农村到地方城市，再从地方城市到首都东京，这是在日本现代化过程中许多知识青年所走的共同道路。

在东大法文系读书期间，他深受著名教授、法国文学研究专家渡边一夫的影响，热心阅读法国存在主义作家萨特的作品。与此同时，他着手从事文学创作。起初写有《兽声》等剧本，其后有短篇小说《奇妙的工作》和《死者的奢华》先后问世。前者发表在《东京大学新闻》(1957)上，被荒正人推荐为“五月节奖”作品，平野谦则在《每日新闻》文艺评论栏中著文，称之为“具有现代意义的艺术作品”。小说写三个学生勤工俭学到医院去杀狗，结果由于投机肉贩子从中捣鬼，终于一无所获的故事。作者通过主人公“我”的心理活动，对当时青年学生的特质作了如下概括：“我们这些彼此相似、缺乏个性的日本学生被拴在了一起，完全丧失敌意，显得有气无力。我对政治不太感兴趣。对我来说，那些热中于包括政治在内所有事情的举动，不是过分年轻，就是过于老成。我今年 20 岁。对这个奇妙的年龄，我也觉得太累了。”这个有气无力而又疲惫不堪的青年，杀了一天多狗所得的报酬只是被狗咬的一个伤口，而且还有可能被警察传去作证。这种“徒劳”乃是当时青年所陷入的阴暗环境的形象体现。后者于 1957 年刊载于《文学界》上，故事内容与前者相似，主人公“我”也是到医院里去勤工俭学，只不过不是杀狗，而是搬运死尸，结果又由于管理人员的失职，差不多也是白干了一场。

大江健三郎之所以反复描写战后日本青年这种“徒劳”意识，乃是由于他对社会现状的不满。在他看来，这个社会犹如一个封闭的实体，四周都是“墙壁”，而自上而下的强权统治和美国军队对日本的占领等则是构成“墙壁”的内涵。这种意向可以从他1958年发表的小说里得到证实。在获得第39届芥川奖的短篇《饲育》(刊载于《文学界》)里，他写的是战争期间一个美国黑人士兵因飞机坠毁而降落山村的故事。起初，村人们害怕他，仇视他，把他当成怪物；后来，则逐渐喜欢他，亲近他，把他当成伙伴，尤其是村里的孩子们更是如此。然而，好景不常，不久村里便接到上级命令要把黑人送到县里去，于是一场悲剧发生了——黑人在抗拒中被杀死，主人公“我”也受了伤。这表明村人们和黑人的友谊只能维持一段时间，一碰上“墙壁”就会被粉碎。在中篇《拔芽打仔》(讲谈社出版)里，也表现了类似的思想。如果说以上两部作品是将自上而下的强权统治视为“墙壁”的话，那么短篇《人羊》(刊载于《新潮》)则显然是把美国军队对日本的占领当作“墙壁”的。这篇小说所写的故事发生在一辆公共汽车上。由于主人公“我”偶然碰了一下一个跟着一群外国兵(当然是指美国兵)鬼混的女人，这伙外国兵便蛮不讲理地惩罚“我”，强把“我”的裤子扒下来，让“我”光着屁股站在车上示众，然后又让其他在车上的日本人也光着屁股罚站，连司机都未能幸免。

总之，在大江健三郎的初期创作(1957、1958)中，“徒劳—墙壁”意识居于主导地位，因为有“墙壁”意识，所以产生了“徒劳”意识，又因为有“徒劳”意识，所以加强了“墙壁”意识，二者互相作用。正如作者在短篇小说集《死者的奢华》(1958)一书《后记》里所写的那样：“这些作品大体上是我在1957年后半年写的，其基本主题是表现处于被监禁状态和被封闭墙壁之中的生活方式。”

1959年3月，大江健三郎毕业于东大法文系。随后，他踏上了专业作家的道路。在1959年至1963年的创作中，“性”意识和“政治”意识占有中心的地位。

据说他之所以特别重视“性”，是因为受到美国作家诺曼·梅勒所说“留给 20 世纪后半叶文学冒险家的未开垦的处女地只有性的领域了”的启示和刺激，于是便接连不断地写起有关这个问题的作品来。在第一部长篇小说《我们的时代》(1959)里，作者企图通过主人公南靖男的性生活展示日本战后闭塞的社会现状，探求通向未来的道路，结果却得出了悲观的结论。虽然这部作品受到攻击性的、否定性的批评，可是作者本人却置之不顾，声称“我现在仍然深爱这部长篇小说，认为这只能是我的小说”，并且表示“在动手写这部小说之前，我可以说是牧歌式的少年们的作家，但从这部小说起，我却希望成为反牧歌式的表现现实生活的作家。另外，通过这部小说我还明确地决定了以‘性’作为自己最主要的方法”(《〈我们的时代〉和我自己》)。发表于 1963 年的中篇《性的人》(刊载于《新潮》)可以看作是《我们的时代》思想的继续和发展。在这篇小说里，作者进一步描绘了主人公 J 的种种同性、异性滥交行为，据说是为了证实人和人性都是真实、可靠的存在。这表明作者在这条路上走得更远了。

大江健三郎“政治”意识的重要内容之一是对天皇制的态度。不言而喻，他对天皇制的态度不是一成不变的。在上小学时，他曾因每天早晨到奉安殿参拜天皇照片时不认真而被校长用巴掌或者拳头痛打。这或许可以看出他那幼小的心灵中藏着某种反抗强权的种子。在日本战败时，当听到天皇宣布投降的广播后，他又曾暗下决心，要为天皇而死。这说明学校长期的思想教育已在他的身上发生了作用。不过，他对天皇制的态度主要还是在战后才最终形成的。日本战败投降时他只有 10 岁。当他世界观形成的关键时期，所接受的是新宪法所宣布的民主主义思想，是社会上日益浓厚的民主主义空气，而这些因素则促使他成为一个民主主义者。“所谓民主主义者，可能是我的人生理想吧。我打算尽可能地与地上和天上各种各样的权威毫无关系地生活下去……在政治上反对天皇制，也是因为我希望成为民主主义者。”(《大江健三郎和〈吉尔普军团〉》,采访记)——这可以说是他政治态度的宣言。

在体现他“政治”意识的小说中,1961 年先后发表于《文学界》的两篇作品《十七岁》和《政治少年之死——〈十七岁〉第二部》占有重要地位。这两篇作品都以 1960 年 10 月属于日本右翼团体——大日本爱国党的少年山口二矢刺杀社会党委员长浅沼稻次郎的政治事件为题材,尖锐揭露和严厉谴责政治暴徒的行为,因而受到日本右翼势力的严重威胁,迫使《文学界》杂志不得不登出谢罪广告才算暂且了结,但《政治少年之死》仍长期不能收入其后出版的各种短篇集里。

大江健三郎是个执著的人,只要确定某种主张便不肯轻易更改,哪怕遇到什么阻力也要坚持己见。当上述两篇小说发生麻烦时,作者本人始终没有退让。非但如此,他还在此后发表的小说中继续与天皇制对抗。从一定意义上说,当他获得诺贝尔文学奖金后,日本政府决定授予他文化勋章,他当即表示拒绝的举动,也是他的“政治”意识在起作用。

1963 年是大江健三郎思想和创作的转折点之一。在这一年,有两件事对他产生了深刻的影响:一是他的长子于 6 月出生,但这个孩子因头盖骨异常而濒临死亡状态,经医生抢救后勉强活命,成为残疾婴儿;二是他于 8 月前往广岛进行原子弹爆炸后果调查,深受刺激,颇有感触。残疾儿的出生是他个人的不幸,核武器的威胁是人类的不幸,而他则必须同时承受这两种不幸。所以,他把这两件事紧密地联系在一起了。

围绕残疾儿问题,他在 1964 年先后发表了短篇《空中怪物阿归》和长篇《个人的体验》。有趣的是,这两部小说却形成了鲜明的对照。在《个人的体验》里,当主人公听说妻子生下一个残疾儿时,起初他曾经想尽办法逃避现实,不打算千方百计去救活婴儿,而希望听任婴儿自然而然地死去;可是最后他终于通过长期痛苦的精神磨练,猛醒过来,全力以赴拯救婴儿生命,并且下定决心要和他共同满怀希望地、坚韧不拔地活下去。但在《空中怪物阿归》里，主人公却采取了完全相反的态度，他没有救活婴儿，自己也自杀身亡。作者之所以会在同一年里写出两部结局相反的作品，也许可以说在作者的头脑中存在着两种思想的矛盾和斗争；或者不如说当作者的精神处于正常状态时，他便会像《个人的体验》的主人公那样最终采取拯救孩子、养活孩子的态度；当作者的精神处于不正常状态时，他便会像《空中怪物阿归》的主人公那样采取放弃孩子的态度。

1964年以后，他又继续写了一系列小说和随笔，表示自己养育残疾儿的决心，诸如长篇小说《万延元年的足球队》(1967)、随笔《核时代的想象力》(1970)和《冲绳核记》(1969—1970)、对话录《遭受原子弹爆炸后的人类》(1971)和长篇小说《洪水涌上我的灵魂》(1973)等都涉及这个问题。除此之外，还应特别谈到1983年由讲谈社出版的系列短篇小说集《新人啊，醒来吧》。这本书的各短篇篇名取自19世纪英国神秘主义诗人布莱克的诗句。作者有意把自己的个人问题，特别是自己与残疾儿20年共命运的问题提到前面，这可以从其中安排的环境和人物与作者周围现实生活大体吻合得到证明。不过，《新人啊，醒来吧》仍与日本传统的私小说有所不同。这就是说，作者并非单纯地记述自己和残疾儿，而是通过布莱克的诗句，通过残疾儿的生活，讨论在核威胁状况下当今世界人类命运这个全局性的大课题。

大江健三郎对于日本现实社会是不满意的，但又没有发现能够取而代之的实际楷模，于是便在自己的想象中描绘乌托邦——理想国的形象。早在1966年，他就在一篇题为《乌托邦的想象力》的文章里，第一次提出了自己关于乌托邦的设想。其后，他经常不断地在自己的小说、随笔和谈话里提起这个话题，进一步具体细致地描述乌托邦的内容。如在对话录《寻找乌托邦，寻找物语》(1984)里，他说自己所谓的乌托邦存在于“森林和山谷”。不过他又加以解释道，这个“森林和山谷”，“虽与实际存在的东西相似，但又似是而非”。可见他的乌托邦仍然不是实际存在的东西，只存在于主观想象之内。

《同时代的游戏》(1979)可以说是他所写的一部有代表性的乌托邦小说。这部长篇是经过作者周密设计和考虑之后写成的，是他的重要创作成果之一。全书由6封信组成，这些信是主人公“我”写给妹妹的。在信里，“我”讲述了培育自己的山村的创建故事和历史，自己家族的发展历史。其中有三个不同时间层次的事件交织在一起，共同在一个平面上展开，即几百年前山村的建立过程，昭和初年山村人和大日本帝国军队的50天战争，“我”所参加的现代反体制运动。在这6封信中，最令人感到兴味的恐怕是第4封信，即“武功赫赫的50天战争”了吧。这封信生动地描述了武装精良的大日本帝国正规军与普通村民百姓的斗争过程，刻画了不屈不挠、敢于与强权作斗争的英雄形象。在这些英雄形象身上寄托了作者的希望和理想。在日本历史上当然并不存在这样一场战争，它完全是作者头脑中的产物。作者希望通过这场战争表现自己的乌托邦理想。

1986年作者又出版了一部具有浓厚乌托邦色彩的长篇小说——《致令人怀念年代的信》。小说的基本内容是写主人公“我”和“我”的友人——“义兄”的交往。“我”是作家，住在城市；“义兄”是“我”小学时代的老师，住在森林。“义兄”在森林里创建了一个根据地(即公社)，但后来由于一个突发事件而瓦解。这说明根据地虽是为人们所欢迎的，但毕竟是不能长久的，是理想化的和非现实的。

上文已经说过，大江健三郎心目中的乌托邦存在于“森林和山谷”。这表明他的“乌托邦”意识是和“森林”意识密切结合在一起的。在他的笔下，“森林”有时是具体的、实际的存在，但在更多的情况下则往往是抽象的、非实际的存在，是体现其想象世界以至神话世界的所在。他初期的不少作品,如《饲育》和《拔芽打仔》等的故事都是在森林和山谷展开的,其中的“森林”显然具有象征意义。在稍后问世的长篇小说《迟到的青年》(1962)里,有主人公“我”潜入森林的一段描写:“我走进森林,犹如游泳者走下游泳池铁梯子让身体完全没入水中一般,在森林中屏住呼吸慢慢下沉,觉得森林覆盖了自己的头部,好像游泳者的头部被水面覆盖了那样。于是,夜幕降临了。我站立不动,低垂下头。我必须让森林把自己同化,如同野兽、树木、小草、腐蚀土中的菌类一样,把自己的肉体和灵魂还原为森林的细胞。”

进入70年代以后,他的“森林”意识继续以各种不同的形式表现出来。如《洪水涌上我的灵魂》的主人公及其周围的人物都对“核时代的森林隐遁者”怀有同感,并且最后不得不和核时代权力的代表者进行决战。这表明作者的“森林”意识更进一步朝着批评时代的方向发展。又如《同时代的游戏》将对抗帝国正规军队的普通村民的根据地设定在“森林”里。这个“森林”显然含有象征意义,它使村民更加充满生机和活力。作者可能想要通过这种方式启示读者在当今时代应如何生活。此外,长篇小说《M/T与森林的奇异故事》(1986)和《致令人怀念年代的信》等也是“森林”意识的体现,而短篇小说集《倾听雨树的女人们》(1982)和最近新作长篇小说三部曲《燃烧起来的绿树》等围绕“树木”展开故事的作品则可以视为“森林”意识的延续和发展。

《万延元年的足球队》

长篇小说《万延元年的足球队》是大江健三郎的代表作之一,也是他获得诺贝尔文学奖的主要作品之一。

这部小说起初在1967年1月号至7月号的《群像》杂志上连载,并在同年9月由讲谈社出版单行本。小说的主人公是根所家的两兄弟。哥哥蜜三郎以翻译野生动物收集饲育记录为业,因不久前妻子生下一个重度精神残疾儿而苦恼不堪。弟弟鹰四参加学生剧团前往美国演出,如今脱离剧团突然回国。在鹰四的鼓动下,他们决定离开东京,回到位于四国的山村老家,开始新的生活。这个山村是万延元年即 1860 年发生农民起义的中心地,而这次农民起义又与他们家族(根所家)有密切关系。两兄弟想要投身于历史中去,以便重新审视自己现在的所作所为。特别是鹰四,极力要使自己同 100 年前领导农民起义的曾祖父的弟弟和 20 年前死于朝鲜人手下的 S 兄重合起来,与失去独立生活能力的农村青年共同斗争,恢复被朝鲜人企业家所遏制的农村活力。但是,鹰四所策划和领导的骚动终于失败,鹰四本人也自杀了。鹰四死后,蜜三郎似乎决心从正面继承自己家族的传统,改变自己暧昧不明的现实生活态度,确定自己再生之路。

在这部小说里,作者有意将蜜三郎和鹰四两兄弟对立起来加以描写。蜜三郎常常冥思苦索,而鹰四则喜欢采取行动;蜜三郎对生活的态度是消极应付的,而鹰四对生活的态度则是积极斗争的。蜜三郎自己清楚地认识到这个区别,他承认自己和鹰四的人生目标完全相反,自己绝对不会参加暴乱;但鹰四却必然参加各种暴乱。蜜三郎的妻子也持同样看法,她认为蜜三郎"已经完全退出了社会生活",但鹰四却"和他相反"。事实诚然如此。在 1960 年反对《日美安全保障条约》的运动中,蜜三郎不仅没有参加游行,甚至没有看过游行;但鹰四却是游行的积极参加者。当回到山村老家后,蜜三郎仍然躲在自己的小天地里,似乎无根可扎;但鹰四却很快和村里青年打成一片,重新扎下了根。在鹰四组织起青年足球队并抢劫超级市场时,蜜三郎下定决心绝对不让自己卷进去,买煤油非付钱不可。对于 S 兄被朝鲜人打死的问题,蜜三郎认为 S 兄扮演了替罪羊的角色;但鹰四却认为 S 兄是青年的领袖和战斗的英雄,死时场面极为壮烈。对于万延元年的农民起义问题,蜜三郎以为其中充满残忍的暴力,没有什么可骄傲的;但鹰四却把它描绘得有声有色，充满生机，充满力量，引得青年放声大笑。尽管后来由于鹰四所策划和领导的骚动遭到失败，再加上鹰四对于自己当年与妹妹发生乱伦关系并推卸责任因而迫使妹妹自杀的卑怯行为无限悔恨，终于在“说出了真相”之后自杀而亡，可是蜜三郎却觉得鹰四会被曾祖父的弟弟以及家族所有亡灵所接受，并且依靠这种力量超越地狱战胜恐惧，而自己则在家族亡灵的面前变得软弱无力，凄凄惨惨。由是可知，作者对鹰四给予了更多的肯定。

这部小说含有广博的、丰富的内容，是上述作者多种创作意识的综合表现，其中森林意识占有突出地位。作者出生于“森林和山谷”，长大后不得不离开“森林和山谷”，所以只好在想象里和作品里唤起对“森林和山谷”的回忆。《万延元年的足球队》便是其代表作之一。小说的主要故事是在“森林和山谷”这个舞台上展开的。小说开头写道，蜜三郎夫妇由于生下一个残疾儿，受到沉重打击，如果继续在东京生活下去，将会面临人格破坏和精神崩溃的危险，为了躲避危险才决定和鹰四一起回到故乡的“森林和山谷”中去。到小说结尾处，他们经过一段“森林和山谷”生活，似乎在一定程度上达到了预定的目的，所以最后一段写道：“我、妻子和胎儿穿过森林出发了。我们大概不会再回到洼地上来了吧。鹰四的回忆已然化为‘亡灵’为山谷人们所共有，那么我们也就没有必要守卫他的坟墓。离开洼地以后，我的工作是尽力让妻子从保育院接回的儿子重新回到我们的世界，等待另一个婴儿出生，同时戴上头盔喊叫斯瓦希里语，不分昼夜地击打英文打字机，过着满 是汗水和污泥的非洲生活，无暇顾及自己心中所出现的问题……”可见“森林和山谷”是拥有一定魔力的。从社会背景上看，作者在 1967 年将这样一部小说付梓，可能与当时流行的“反现代论”有着某种联系。所谓“反现代论”，是指随着日本经济的高速发展，人们开始对于未来感到担忧，害怕日本不仅要成为经济大国，而且也成为政治大国和军事大国，害怕日本将会被更紧地绑在美国的战车上，重蹈当年发动侵略战争的覆辙；于是人们对“现代化”表示怀疑，提出“何谓现代”的问题，提出实行“反对现代和回归土著”的可能性问题。在一定的意义上说，《万延元年的足球队》也带有“反对现代和回归土著”的色彩。

《万延元年的足球队》非但具有独特的思想内容，而且具有独特的表现形式。

第一是错综复杂的结构。为了充分展示小说贯通古今的思路，作者特意安排了三个不同时间层次的事件，使之互相交织在一起，共同在一个舞台和平面上展开，显得颇为错综复杂。即100年前曾祖父的弟弟率领附近农民起义的历史；20年前S兄在与朝鲜人部落发生冲突过程中死于非命的往事；当今以鹰四为领导的山村青年组成足球队，抢劫超级市场，对超级市场“天皇”的斗争。在鹰四的心目中，曾祖父的弟弟和S兄都是了不起的英雄，而他自己则是英雄的后继者。正是这一点，将三个事件有机地联系在一起了。

第二是现实和想象的结合。在作者的笔下，现实的世界和想象的世界往往是结合在一起的，以至有时令人很难区分其中哪些是现实的成分，哪些是想象的成分；多少是现实的成分，多少是想象的成分。例如，森林和山谷是小说故事的舞台，作者以生动的笔墨描绘了阴森可怕的森林、白雪覆盖的山谷等景色。这些描写可能是以作者故乡附近的实景为依据的，但显然也加进了若干想象的成分，以便更充分地表现作者的思想。又如：小说多次描述蜜三郎的梦境和幻觉，以便更深入地揭示他的内心世界。当蜜三郎在机场候机室等候鹰四乘坐的飞机到来时，蜜三郎做了一个梦，梦见自己眼前出现另外一个世界——十分安静的世界，全是老人的世界，其中包括他那自缢身亡的朋友和被收进养育院的残疾婴儿，他想接近他们，但是办不到。这表明他对朋友和儿子的歉疚心理在折磨着他。诸如此类虚虚实实的写法，使这部小说显得扑朔迷离，耐人寻味。

第三是鲜明的哲理性质。由于深受以萨特和加缪等人为代表的西方存在主义文学的影响，大江健三郎的小说也大多具有鲜明的哲理性质，注重采用文学的形式表现自己的哲学观点，通过他所体验的徒劳、墙壁、性、政治、残疾儿、核威胁、乌托邦和森林等意识来探讨现代人存在的可能、意义和价值。《万延元年的足球队》也不例外。它不属于历史小说，也不属于传奇小说，而应划入哲理小说的范畴。如小说第三章对于森林的描写，写到森林的神秘和可怕，近年以来森林力量的不断壮大，根所一家过去与森林的关系和现在与森林的关系，在森林里过隐居生活的阿义等，都是具有哲理性质的，含有深刻的寓意，引人深思，发人深省。

第五节 李 箕 永

生平与创作

李箕永(1895—1984)是朝鲜现当代文学杰出的代表作家，朝鲜无产阶级文学的奠基人之一。他的创作在朝鲜现当代文学史上占有突出的地位。

他出生于朝鲜忠清南道牙山郡一个贫苦的农民家庭。7 岁时入严里村私塾学习汉文，读过不少古典文学作品。12 岁时又入天安私立宁进学校学习，接触到新学，并读了一些流行的新小说。这使他开始意识到造成家庭贫困和农村凋蔽的原因是封建制度和日本帝国主义的殖民统治。16 岁勉强毕业时，他已经是一个饱尝丧母、失学和亡国痛苦的早熟青年了。

1914 年春，他再也无法忍受地主的残酷剥削和日本帝国主义的压迫，毅然离家到矿山、码头和中小城市，作矿工、苦力和各种短工。实在找不到工作，就是忍饥挨饿、露宿街头。这种飘泊不定的生活，使他广泛而深刻地接触到社会深层的现实，目睹了在殖民主义和封建主义统治下痛苦不堪的朝鲜人民的惨状，亲尝了劳动人民的各种痛苦，同时也了解了各地不少的风俗民情，熟悉了劳动人民的语言。1914 年至 1918 年，可以说他上了一次社会大学，在这所大学里他学到的东西，对他的思想发展影响很大，也为他的创作奠定了坚实的基础。

1919 年春，朝鲜爆发了著名的“三一”反日民族独立运动。广大人民为争取祖国解放、民族独立而进行的英勇斗争，为在黑暗中苦苦探索光明的他带来了希望。1922 年春，他满怀追求真理、拯救祖国的热切愿望，克服重重困难，东渡日本半工半读。在东京，他一面做工，一面在夜校学习。这期间，他在刻苦学习马列主义经典的同时，阅读了大量的外国文学作品，尤其是高尔基的自传体小说《我的大学》引起他的强烈共鸣，激发了他的创作热情。1923 年因日本关东大地震，他提前回国。

1924 年，在朝鲜《开辟》杂志社纪念创刊四周年的征文活动中，其处女作《哥哥的秘密信》中选，从此登上文坛。小说以兄妹俩在日常生活中富有喜剧性的矛盾冲突为基础，批判了当时男尊女卑的社会陋习，表现出强烈的反封建意识，显示出作者作为进步作家的思想素质。此后，经赵明熙的介绍进《朝鲜之光》杂志社当记者。

1925 年至 1926 年，他连续发表了许多短篇小说。如《老鼠的故事》(1925)、《民村》(1925)、《贫穷的人们》(1925)、《推销员和女传教士》(1925)、《农夫郑道令》(1926)、《朴先生》(1926)等。《贫穷的人们》描写贫穷的知识分子成浩穷困潦倒、走投无路，全家忍饥挨饿的生活。小说结尾，成浩要杀死那些“逼得人活不下去的家伙”，“复仇的火焰在他的胸中燃烧”，他在暴风雨中“呼喊着冲向黑暗”。小说不仅揭露了帝国主义和封建主义统治的罪恶，而且揭示了部分朝鲜人的觉醒与反抗。《民村》则描写贫苦农民的女儿占顺被卖给朴主事之子作妾抵债的悲剧。小说结尾，占顺宁愿一死也不作妾的决心，反映了贫苦农民的觉醒与反抗。这些作品虽仍属于批判现实主义范畴，但不单停留在对黑暗现实的揭露上，而且还进一步探索造成这些社会悲剧的社会根源。他对进步知识分子成浩和"汉城客"的塑造，并明确指出只有革命的"暴风雨"，才能摧毁"恶魔的世界"等等，却表明作者已成为朝鲜无产阶级文学的先声"新倾向派"文学的先驱作家了。

1925 年 8 月 24 日，李箕永和赵明熙、崔曙海等进步作家共同创建了"朝鲜无产阶级艺术同盟"(简称"卡普")。1927 年，"卡普"进行改组并制订了新纲领。李箕永遵循新纲领的要求，提出"朝鲜无产大众所要求的文学就是'普罗文学'。'普罗文学'是阶级文学，它应该承担起无产阶级运动的一部分任务"。他以自己的文学创作，实践了这一原则，写出一批在朝鲜无产阶级文学中具有代表性的作品。如短篇小说《彩虹》(1928)、《元甫》(1928)、《造纸厂村》(1930)等。《彩虹》中的女主人公早已摆脱个人反抗的叛逆模式，而成为以革命者为榜样，抛弃小资产阶级温情的战士。《元甫》通过主人公元甫的生活遭遇，塑造了革命知识分子石峰的形象。《造纸厂村》通过作家黄云因组织造纸工人举行罢工而被捕入狱的故事，也塑造了一个愿为真理而奋斗的革命知识分子形象。这时作家笔下的知识分子已是懂得只有进行斗争才能推翻旧世界的先觉者了。从中可以看出作者已转变成为朝鲜无产阶级文学的代表作家了。

30 年代，出于扩张的需要，朝鲜的日本殖民当局加紧对"卡普"作家进行迫害。李箕永于 1931 年和 1934 年两次被捕入狱，"卡普"也于 1935 年被迫解散。这期间，他先后创作了大量的小说。其中短篇小说主要有《苗术》(1933)、《朴承镐》(1933)、《寂寞》(1936)等，中篇小说有《鼠火》，长篇小说主要有《故乡》(1933)、《人间课堂》(1936)、《春》(1940)等。《鼠火》通过石铁和美妮等人的生活经历,反映了日本殖民统治下,"三一"运动前夜朝鲜农民每况愈下的现实,表达贫苦农民对自由幸福的渴望。《春》以方溪村的农村生活为背景,反映了1895年以后至日本帝国主义霸占朝鲜前,两班贵族的腐朽统治与靡烂的家庭生活,真实反映了劳动人民的悲惨生活和愤懑情绪。作者借古讽今,表达了在日本殖民统治下的朝鲜人民渴望"人民的春天"早日到来的思想情感和迫切愿望。

40年代初,李箕永依然没有放下手中的笔,后由于日本殖民当局的迫害日益加剧,自1944年起,他不得不避居江原道金刚郡的一个山村里。1945年8月朝鲜解放,他重新焕发了青春,不仅重返文坛,而且以极大的政治热情参加各种社会活动和组建新文学队伍的工作。

1946年7月,短篇小说《开辟》的问世,不仅标志着作者又开始了新的创作生活,而且表明创作题材向纵深开拓。1948年春至1949年,在《开辟》的基础上,他完成了著名长篇小说《土地》的创作。小说同样以土地改革为题材,通过普通农民郭巴威解放前后翻天覆地的生活变化,反映了土地改革以后广大农民和大自然以及阶级敌人进行斗争时的英雄气概和精神面貌。表现了在劳动党的领导下,新人的成长和新生活的创造所经历的艰难过程。小说的艺术特色以富有民族风情和民间文学色彩著称。

50年代,朝鲜战争爆发,他以笔为武器投入保卫祖国之战。这期间,他除写有政论文《英雄金风浩》(1950)、《以血还血》(1950)以外,还创作了短篇小说《复仇的记录》(1953)和描写祖国解放战争中朝鲜农民在残酷艰苦的环境中努力生产支前的中篇小说《江岸村》(1954)。原定于50年代初动笔的长篇巨著《图门江》三部曲,因战争爆发只得辍笔。解放战争胜利后不久,他便忘我地投入《图门江》三部曲的创作,先后于1954年、1959年、1962年完成。

《图门江》是一部史诗性的作品,反映了19世纪末至20世纪初朝鲜人民反对日本帝国主义侵略和封建主义压迫，争取民族独立和人民解放的战斗历程。艺术地再现了在农民起义、爱国文化运动、义兵运动、“三一”运动等重大历史事件中，农民、职业革命家、义兵、猎手、开明士绅等各阶层人物的政治态度和思想感情。小说在成功地运用农民语言方面有独到之处，无愧于“农民作家”的赞誉。

六七十年代，他发表了表现朝鲜工人阶级建设铁路中英雄事迹的小说《红色分册》(1961)、反映日本殖民统治下普通妇女悲惨遭遇以及觉醒成长的小说《一个女人的命运》(1963)等作品。此外，还发表过报告文学集《今日千里马》(1970)等。

李箕永从事文学创作近60年，文学成就卓著。这笔留给朝鲜人民的宝贵精神财富，反映了朝鲜人民的伟大历史进程，也使之享誉朝鲜现当代文学史。

《故　　乡》

长篇小说《故乡》不仅是李箕永“卡普”时期的代表作，也是“卡普”时期革命文学成就的主要标志。它是朝鲜现代文学最有代表性的一部作品，在朝鲜文学史上占有突出的地位。

小说描写1930年前后，在日本殖民统治下的朝鲜南部农村——元德村发生的故事。留学日本的知识青年金喜俊怀着想干一番事业的雄心壮志回到故乡。在涝灾之年，金喜俊领导元德村的佃农们进行反对封建地主残酷压榨剥削的抗租减租斗争。在坚持斗争的关键时刻，城里缫丝厂的工人鼎力相助。最后终于获得抗租减租斗争的胜利。小说中的元德村实际上是二三十年代朝鲜广大农村的缩影。作品以生动感人的艺术形象，广泛展示了沦为殖民地的朝鲜，在帝国主义和封建主义双重压迫下出现的种种黑暗现实：农民破产，生活贫困，工人不满，举行罢工与捐助。广大朝鲜人民日益觉醒，不断反抗斗争，正逐渐形成有组织、自觉的工农运动,它标志着朝鲜民族解放斗争已经进入新的历史时期。小说多方面地揭示了时代的、社会的、人生的种种矛盾,表现出历史的厚度与人性的深度。

《故乡》的重要意义就在于,在朝鲜现代文学史上,第一次成功地塑造出一个出身于农村的新型的革命知识分子的典型形象。

家道中落的金喜俊中学毕业后,对包办婚姻不满,前往日本勤工俭学。在东京他接受了新思想的影响,决心回国用真理的声音唤醒沉睡的同胞,争取民族的独立解放。故乡元德村农民备受压迫与剥削的悲惨处境,一次次地激起他的爱国主义热情。尽管他后悔过、失望过,但还是努力摆脱掉“小知识分子的根性”,肩负起时代重任,千方百计地将农民的积极性调动起来,参加反抗日本帝国主义和地主的斗争。

金喜俊不仅有革命热情,而且富有领导艺术和组织才能。他利用各种机会向村中的年轻一代和老一代农民灌输先进思想,将他们紧紧团结在自己周围。他机智地利用水灾之后农民难以交租的大好时机,组织贫苦农民向地主提出减免租佃的要求,并引导农民在困境中坚持斗争,同时创造条件得到工人的支援,使元德村农民的抗租斗争和缫丝厂工人的罢工斗争有机地结合起来。当农民欢呼抗租斗争胜利时,他清醒地意识到,艰苦的斗争还在后头,因而告诫人们要继续斗争。

金喜俊的形象表明,小资产阶级知识分子只有投身于工农群众的实际斗争,不断批判、消除小资产阶级的“根性”,才能成长为一个新型的革命知识分子。他成长于朝鲜沦为日本殖民地时期,他走的正是那些具有初步社会主义思想的无产阶级革命先驱者的必经之路,颇有典型性和代表性。

《故乡》在艺术上也取得了极大的成功。

首先,小说的艺术结构严谨,虽然以多条线索展开情节,但是脉络清楚,浑然一体。小说以农民元七一家的活动为线索,交织穿插元德村各农家的情况，尤以金喜俊的活动为重点。同时叙述仁顺、玉姬(甲淑)、方姑娘的活动，并进一步描写了工厂的工人生活，工人与公司的矛盾斗争。这样点、线、面结合描写，虽然头绪繁杂，场面众多，但是扩大了人物活动的舞台，突出了工农运动相结合的时代特征，体现了一个艺术整体的完整性、统一性。

其次，塑造人物性格不是从作者想象出发，而是通过人物的生活经历、经济地位、个性气质，深入人物性格的深层，揭示人物正反两方面的素质，使人物栩栩如生。如金喜俊的失望与反省，甲淑(玉姬)的伤感与坚强，安承学的可憎与令人同情等等。正是因为作者未对人物作简单、肤浅的漫画式处理，才使人物格外真实可信，形象跃然纸上。

再次，小说成功地运用通俗化的大众语言，描绘出一幅幅具有浓郁的乡土气息和民族风情的农村风俗画。农乐队的舞乐、青年男女的婚礼、月夜里年轻人的情欲冲动、乡亲们的争闹斗殴等，都描写得十分真切生动，使人如闻其声，如见其景。这些生活细节和景物描绘，形成小说独特的美学价值，达到了形式与内容的和谐统一。

第六节　韩　雪　野

生平与创作

韩雪野(1900—)是朝鲜文学史上的著名作家，是朝鲜现当代文学的杰出代表之一。他为朝鲜无产阶级文学事业的发展所做的贡献是不可磨灭的。

韩雪野原名韩秉道，出生于咸镜南道咸州郡一个趋于没落的封建家庭。少年时代，他一方面耳闻目睹了日本宪兵逮捕和监禁父亲，以及日本殖民主义者对朝鲜广大人民的荼毒等罪行；另一方面又亲身感觉到封建家庭虐待他家养女的事实，这使他幼小的心灵里深埋下对日本殖民者仇恨、对封建陋习不满的种子。

他毕业于咸兴普通学校，于1916年考入汉城第一高等普通学校学习，1918年又转入咸兴高等普通学校。这一系列学习生活，培养了他对小说、古典音乐、戏剧、电影等文学艺术门类的兴趣，这对他日后的文学创作极有益处。1919年，他因积极参加"三一"反日爱国运动而被日本殖民当局逮捕入狱达3个月之久。"三一"运动对他的思想发展产生了深远的影响。

出狱后，他到中国北京自修文学，并阅读到有关宣传社会主义的书刊。为了进一步寻求救国救民的真理，他又于1921年渡海去了日本东京。在日本大学里取得了学籍，在社会学系求学期间他研究社会科学和文学，并开始接触到并认识了马克思主义理论。

1924年，他于日本大学毕业后回国，开始在北青私立大成中学任教，同时从事文学创作活动。这期间他先后发表了短篇小说《在那天晚上》(1924)、《饥饿》(1924)、《憧憬》(1925)等。这些作品以描写男女间的爱情，反映知识分子内心苦闷，表达时代心声，显露出作者的文学才华。

1925年，他到汉城开始与李箕永等进步作家一起创建"卡普"，朝鲜无产阶级文学从此步入正规，这也成为他正式开始文学创作活动的标志。从此，他树立了创作的正确方向。1926年，他到中国东北旅行。1927年回国后又与李箕永等人一起改组了"卡普"，坚持以马克思主义为指导思想的新纲领。为此，他写了《关于阶级文学》、《无产阶级艺术宣言》、《阶级对立和阶级文学》等理论文章，用以宣传无产阶级文艺思想，主张为无产阶级利益而创作，批判资产阶级文学的反动性，谴责民族改良主义的欺骗性。在撰写这些文学评论的同时，还致力于文学创作。1929年前后，他根据"卡普"新纲领创作了短篇小说《摔跤》(1931)和《过渡期》(1932)等。

《过渡期》主要反映了日本帝国主义侵占朝鲜农村以后，农民破产和农村阶级分化的现实。描写世代以土地为生存之本的农民面对残酷的现实，所进行的反抗、斗争，乃至流浪，最后仍难以逃脱到日本资本家的工厂里去受残酷剥削的悲惨命运。《摔跤》可以说是《过渡期》的续篇，两篇作品的人物虽然不同，但是反映了相同的主题。在《摔跤》里，农民不仅开始进行有组织的、群众性的反抗活动，而且原先被迫进入工厂的农民现已成为觉悟了的工人。他们和农民联合起来，组成劳动会和佃农组合，共同向资本家进行斗争，终于取得了胜利。这两篇作品反映了农民和工人觉醒的全过程，揭示出工农联盟的伟大力量和意义，是朝鲜无产阶级文学初始时期的代表性作品。

1930 年，他参加了左翼杂志《朝鲜之光》的工作。1932 年，他进入“朝鲜日报社”工作，与社内的资产阶级民族主义者进行过坚决的斗争。1934 年，他与 200 多名“卡普”作家一起被日本警察逮捕，关进全州监狱。当他在狱中得知日本殖民当局利用变节分子解散了“卡普”时，他毫不动摇自己的信念，与狱中同志研究恢复和发展“卡普”的对策。他在 1935 年底获释至 1943 年这段极为艰难的时期里，写有著名短篇小说《洪水》(1936)、《劳役》(1936)、《山村》(1938)、《泥坑》(1939)等，以及优秀长篇小说《黄昏》(1936)、《青春期》(1937)、《草香》(1938)、《塔》(1941)。

小说《洪水》、《劳役》、《山村》以朝鲜山区农村为背景，仍然表现佃农与日本帝国主义及其走狗地主间的对立斗争，富有时代特色。《青春期》则更富有 30 年代的社会特点，通过对各类知识分子的塑造，再现了那动荡变革的历史时期，苦闷、彷徨的知识分子最终走上与工农结合的艰难历程，回答了当时知识分子应走什么道路的社会问题。小说以娴熟的艺术技巧和多样化的主题，成为 30 年代朝鲜无产阶级文学的佳作。

1945 年朝鲜解放后，他的作品遵循历史发展轨迹，表现鲜明的时代特征。短篇小说《村里的人们》(1946)反映土地改革后，朝鲜农民焕然一新的精神面貌。《煤矿村》(1946)描写煤矿技校的学生在时代的感召下,成长为新一代劳动青年的过程,颇有教育意义。《凯旋》(1948)描写金日成领导的抗日游击队,经过15年的漫长斗争,凯旋归国的史实。长篇小说《黄草岭》(1952)通过女主人公护士福实形象的塑造,表现了朝鲜青年对美帝国主义的仇恨之情和无限热爱人民的高尚情操。《大同江》(1952,第一部)通过敌占城市的青年工人和少年对美帝国主义侵略者的斗争,表现出朝鲜人民反对侵略的强烈爱国主义精神。

韩雪野是一位多产作家,他以自己的笔记录了朝鲜人民自20年代以来走过的革命斗争历程,形成一幅形象的历史画卷。他也是一位社会活动家,曾任朝鲜文学艺术总同盟中央委员会委员长、朝鲜教育文化部长、朝鲜劳动党中央委员会委员、最高人民会议副委员长、朝鲜作家同盟中央委员会委员长等职。

《黄　昏》

长篇小说《黄昏》是韩雪野30年代的代表作。它因第一次表现了工人阶级斗争的内容,而在朝鲜现代文学史上占有重要的地位。

小说描写1929年至1933年间,在日本殖民当局控制下的汉城一家纺织会社里发生的故事。从农村来汉城求学的丽顺当家庭教师勤工俭学。后因被辞退而拿不出钱支付学费,只好找和自己一起来汉城读书的俊植借钱。在纺织会社做工的俊植因参加了先进工人组织而充满了活力,在马列主义理论的教育下,俊植给丽顺讲革命道理,启发她的阶级觉悟。丽顺最后在摆脱了和京才的感情纠葛以后,下决心在纺织会社当了工人。会社社长安重书以体检为名行解雇工人之实,俊植小组的成员们号召工人和资本家斗争。他们提出改善工人生活和工作条件的要求被拒绝。俊植号召全厂工人立即罢工。

1929年至1933年,正值世界资本主义经济危机影响之际,日本帝国主义为摆脱困境,加紧对朝鲜进行经济压榨,朝鲜的一些资本家则投靠日本财阀，将经济损失转嫁到工人身上，实行“产业合理化”政策。其实质即加强劳动强度，延长劳动时间，缩减工人工资。于是工人生活条件进一步恶化，大批工人失业，这些情况激起工人阶级的强烈不满。他们在共产党的领导下，由自发的经济斗争发展成自觉的政治斗争。罢工斗争席卷各地，工人阶级以一支重要的政治力量开始登上朝鲜历史舞台。《黄昏》就是以汉城一家纺织厂工人反对资本家的所谓“产业合理化”政策为基本情节，反映了 30 年代朝鲜现实社会的特点，突出了当时工人阶级反对买办资产阶级的时代强音。

作者多年来一直关注着工人运动的发展，想写一部工人阶级反对“产业合理化”政策的作品，以填补当时朝鲜尚未出现真正表现新兴无产阶级作品的空白。于是他利用 1934 年至 1935 年被关押在全州监狱的时间，继续完成被迫解散的“卡普”那高尚的未竟之业。没有灯、没有纸和笔难不倒他，他在脑子里构思全篇。出狱后的 1936 年，他便在报刊上连载，及时地反映了工人阶级为争取实现社会主义理想而斗争的正确性，以及工人阶级从自发斗争转入自觉斗争时，先进分子如何在新与旧的矛盾中不断成熟的历史经验。

为了突出作品的主题，表达作者的思想，一批鲜活、个性突出的人物形象被精心塑造出来。

男主人公俊植是个先进的无产阶级革命青年。贫苦农民的家境与出身使他自幼就产生了向往美好事物、爱憎分明的情感。在汉城读书因参加罢课被学校开除而进了工厂。他有机会学习到马列主义理论，立下为无产阶级美好前景而献身的志向。在对资本家的斗争中，他逐渐锻炼成为坚定的革命者。他胸怀宽阔、沉着冷静，有领导艺术和组织能力，敢于斗争也善于斗争。他对丽顺之爱，不仅是男女之情，而且也是阶级之爱。他把对丽顺的培养视为壮大阶级队伍的努力，不仅从经济上帮助她，更重要的是对她政治上的关怀和帮助。他认识到爱情必须要有共同的理想和志向，因此，当丽顺苦闷彷徨，徘徊于人生道路的十字路口时，他用革命道理教育她，“只有劳动的人们才能互相信任，互相帮助，永远生活在一起”。俊植身上表现出无产阶级新型的爱情观。他的性格特征不仅与30年代朝鲜工人阶级政治斗争的时代特色相呼应，而且体现了当时朝鲜工人阶级的理想。

丽顺是个经过社会和阶级斗争磨练后逐渐成熟起来的新女性。她聪明善良，同俊植一起在农村长大。初时亲如兄妹，后来萌生了男女爱情。家庭教师和纺织会社职员的工作，使她接触到资产阶级上层社会，人生观发生了变化。她开始与接触进步思想的俊植有了思想和感情上的差距。与知识分子京才的相识，更使她沉湎于个人情感的狭小天地里难以自拔。是俊植给她讲的革命道理，引起她对人生的思考；是安重书、金载堂的卑鄙、京才的软弱与动摇，使她终于认识到自己原来生活在狼群之中。她在工人中间发现了充实的生活，在阶级斗争的洗礼之后才真正找到了自己的归宿。丽顺这一形象的意义在于说明普通农民成长为工人阶级一员的艰苦性与曲折性，具有时代气息。

京才是个出身于资产阶级家庭的知识分子的形象。在东京上大学时也曾因敢于抨击时弊、追求真理与光明而成为进步者中的一员。但是小资产阶级的两面性又使他虽有很高的理想，却缺乏大胆斗争的勇气和实际工作的能力。他同情工人的悲惨遭遇，却难以同罪恶的家庭决裂。在尖锐的阶级对立中，他企图把爱情当作逃避现实、摆脱个人痛苦的避风港，动摇于丽顺与玄玉之间。一旦得不到爱情，他便以消极的态度来对待生活。当工人运动冲击到资产阶级统治时，他感到恐惧、茫然，最终出于阶级本能和自身利益的需要，和没落的资产阶级一起步入“黄昏世界”。

《黄昏》这部小说为表现轰轰烈烈的工人运动，反映年轻一代人生道路的选择和追求，在艺术技巧上颇具匠心。

小说的情节线索十分清楚，它以先进工人俊植为首的工人领导小组和以安重书为首的买办资产阶级之间的阶级矛盾为主线，表现时代风云。又以丽顺、俊植、京才3个青年人的感情纠葛为小说的副线，将爱情放在民族矛盾的漩涡、阶级对立的残酷现实中交织描写，使作品表现出历史的厚重感。

充满寓意的景色描写具有明显的对比作用。为了更好地表现主题思想，反映蓬勃的无产阶级和没落的资产阶级，作品在景色描写上赋予深意。小说开篇即描绘初升的朝阳："被朝雾笼罩着的太阳一升到东山头，就放出一片朦朦胧胧的、西红柿一般的光彩，浓郁的空气像名贵的酒味儿一样的芬芳。如果迷蒙的游丝消散，梦幻的早晨晴朗起来，就会使人深深地感到大地蕴含着绿色的春意。"作者用这样一幅美妙的春日初升图来暗示工人运动无限美好的前景。另一方面，书中又一次次渲染黄昏的蒙蒙暮色，预示着资产阶级夕阳西下，无可挽回的衰落。早晨与黄昏，朝阳与夕阳，正是工人阶级和资产阶级在阶级斗争中力量转化对比的象征。

另外，小说在叙述故事时，经常有的放矢地变换叙述角度，插入客观评价的"画外音"。如对丽顺和俊植的关系，作者本人评价道："时间正是春天，人生也是春天，但是在今天，载着鲜花和爱情的'东君'的车辇并没有来到他们的面前。这一对踏着人生崎岖的道路，享受不到人间温暖的男女，只是相聚了一个黄昏的短促时刻就不能不分手了。他们俩人将是一直循着不同的道路走呢？还是成为同志，在一条道路上并肩前进呢？然而不管怎样，在'他们这些贫贱'的人们面前总会有无数意想不到的风波在等待他们！"又如对京才的客观议论："京才一直走的是平坦的道路，只要道道歉，弯弯腰就可以照旧过他往常的丰衣足食的生活，他果真能够忍受贫寒，泰然地在黑暗的社会里寻求光明吗？"作者利用这种"画外音"变换叙述角度，提出一个个的问题，推动着情节的发展，也引导着读者对作品进行深层次的探索与思考。

第十四章　现当代东南亚文学

第一节　概　　述

进入现代史阶段的东南亚，除泰国是英、法殖民地之间的“缓冲国”以外，其他各国仍然是英、法、美、荷帝国主义的殖民地或半殖民地。在第二次世界大战期间，这些国家又都遭到日本侵略者的蹂躏，直到20世纪四五十年代才相继取得了独立。

东南亚各国人民在20世纪上半叶，为民族解放而进行的斗争，波澜壮阔，此起彼伏。其中影响最大的有：1920年仰光大学发起的缅甸历史上第一次反对英国殖民教育制度的学生爱国运动；1926年—1927年印度尼西亚爆发的民族大起义；1930年越南胡志明领导的义安—河静苏维埃运动；1932年泰国资产阶级的维新政变等等。东南亚各国的现代文学，就是在这些如火如荼的反帝、反殖、反封建的斗争中发展起来的。

19世纪末、20世纪初，东南亚各国的知识分子接受了西方现代思想和文化的教育和影响，开拓了视野，迫切要求改变愚昧和落后面貌。他们在文学方面首先翻译和改写了西欧一些著名作家的作品。这些作品的内容大多是描写男女爱情的。到了二三十年代，随着各国资产阶级和无产阶级力量逐渐壮大，以及民族解放运动的加强，文学创作的基本主题渐渐由表现一般社会生活转向反帝、反殖斗争，产生了一些有影响的文学流派和文学运动，形成了现代东南亚文学的第一次高潮。

40年代，由于日本帝国主义的铁蹄踏上东南亚的大地，各国的文学艺术遭到了严重摧残。直至第二次世界大战结束后，饱经战乱、深受亡国之苦的作家才重新得到创作的机会。40年代末，50年代初，获得独立后的国家，文坛一片繁荣，涌现了大批描写社会进步、鼓励团结战斗、歌颂反帝反殖英雄的作品，形成了东南亚现当代文学发展史上的第二次高潮。这个时期，虽然西方形形色色的颓废、没落的文学思潮与流派也影响到东南亚地区，但是各国的多数作家仍然坚持在继承和发扬本民族原有文化传统的基础上有选择地吸收外国文学精华的原则，在他们的作品中努力反映人民在现实生活中的追求与理想。

由于东南亚各国的政治、经济和文化发展各异，所以，其文学的发展除有共同规律以外，也表现出各自的特点。

缅甸文学

20世纪20年代，缅甸现代文学中具有代表性的诗人和作家是德钦哥都迈(1875—1964)，他不仅是投身抗英、抗日，争取祖国独立的社会活动家，而且是以文艺为武器，开创反殖民主义文学的旗手。他的长篇小说《嘱咐》(1915)，描写了人民的风习、文化及反帝爱国斗争，思想性和艺术性俱佳，被誉为缅甸现代小说发展史上的里程碑。他满怀热爱祖国、热爱民族的激情，巧妙地写下许多诗歌与散文间杂的文体——“注”，其中尤以《狗注》(1925)最出色。这些长篇诗文主要讽喻英国殖民当局和出卖民族利益的败类，歌颂农民起义、学生罢课等正义斗争。1950年，他被缅甸政府授予“文学艺术卓越者”的称号，并于1955年获苏联斯大林和平奖金。

30年代初，仰光大学的师生在文学艺术界发动了一场历时10年之久的“实验文学运动”，它是缅甸新文学高涨的重要标志。其代表人物有：德班貌瓦(1899—1942)、佐基(1908—)、敏杜温(1909—)等。由于这些参加者社会地位的局限，“实验文学运动”

没有明显的反帝、反殖倾向。但是这些作家热爱本民族的文明，提倡发扬缅甸文学的优良传统。他们冲破了封建思想和旧的创作方法的束缚，写出了许多风格清新、质朴、简练，具有浓郁生活气息的佳作，一扫消闲文学的不良风气，在缅甸现代文学史上具有重要意义。值得提及的是德班貌瓦的创作。他不仅发表了不少文章批评殖民者轻视缅甸民族文学的政策，而且擅长以一种介乎小说与特写之间的文体来反映社会生活。如描写区长大人乘坐的官船"岗哨号"所到之处，穷苦百姓惊恐万状生怕被抓去法办的《"岗哨号"汽船》；揭露殖民主义教育实质的《失业者》；批判殖民者伪民主手段的《投票之前》等，都是缅甸现代文学中的名篇。

1936年，群众性政党——德钦党为适应反帝斗争的需要，成立了红龙书社。该社翻译、编写并出版了大量进步书刊，如德钦丹东的《新缅甸》和吴努译的《资本论》部分章节等，对缅甸的革命运动有直接的指导作用。又如著名作家吴登佩敏(1914—1978)的《摩登和尚》(1936)是该书社出版的优秀小说之一。这部中篇小说以生动的笔调描述了一些到处招摇撞骗、荒淫无耻的花和尚。他们的卑劣行径充分暴露了宗教的欺骗与伪善，作者也因此获得"摩登和尚"的绰号。

1942年日本侵占缅甸后，进步文学遭到摧残，直至日本投降后，才开始复苏。1947年，貌廷(1909—)发表了被誉为反映时代的一面镜子的著名长篇小说《鄂巴》。它通过农民鄂巴一家的痛苦遭遇，反映了40年代缅甸社会的变迁，揭露了日本帝国主义统治的残暴、野蛮与黑暗。鄂巴从忍受、觉醒到反抗的过程，形象地概括了日本帝国主义统治下的缅甸农民求生存的必由之路。"鄂巴"这个名字自然地成了缅甸农民的代名词。

1948年缅甸独立后，民族文化有了进一步发展的机会。各种整理古典文学，翻译外国文学和研究本国优秀文艺的机构在政府支持下发展起来，出版了数量可观的各种丛刊和读物。自1949年起缅甸设文学奖,奖励新创作的优秀文艺作品。

50年代的缅甸文坛相当活跃,出现了大批深受读者欢迎的小说。诗歌、戏剧等虽也有佳作,但数量较少。在优秀的小说中,林勇迪伦的《公仆》(1954)占有重要地位。它通过一雇农自述其在生活中的困苦挣扎,控诉了地主对农民的剥削、迫害以及社会的黑暗。女作家加尼觉玛玛礼(1917—)的《不是恨》(1955)描写一个羡慕虚荣的姑娘成为西方文明生活牺牲品的悲剧。还有吴登佩敏的《旭日冉冉》(1958)和八莫丁昂的《鄂奥》(1961)都出色地描写了30年代缅甸的独立斗争。这些作品笔调清新、刻画细腻、形象鲜明,表明缅甸现当代小说的进一步发展。

泰国文学

泰国现代文学始于1932年资产阶级维新政变的前夕。这时期,泰国一批留学欧洲的青年为泰国现代文学的诞生做出了贡献。他们崇尚欧洲文化,大量评介和改写莎士比亚、果戈里等人的作品,使泰国文学在内容和形式上发生了巨大的变化。

需要指出的是,泰国的政治情况与其他东南亚国家多少有些不同。它自19世纪末一直处于"缓冲国"的地位,保有独立的国家形式。所以,它的现代文学的开创,不是以反殖民主义统治等内容,而是以反专制制度、要求民主政治为旗帜的。

在泰国早期现代文学作品中,西巫拉帕(1905—1974)的作品当居首位。他原名古腊·柿巴立,1924年开始创作活动,是个多产作家,仅1928年—1929年间就创作了近10部长篇小说。他的长篇小说《男子汉》(1928)很有影响,它摒弃了以王公贵族生活为题材的旧传统,直接取材于现实生活,描写一个出身卑微、品德高尚的有志青年,依靠个人奋斗取得的成功,以及围绕他的几对青年的恋爱故事,有力地批判了封建贵族的等级观念和社会上的不合理现象,表现了新生知识阶层的愿望(详见本章第三节)。

此外，阿卡丹庚亲王(1905—1932)描写贵族家族没落的长篇小说《生活的戏剧》(1929)，女作家多迈索(1905—1963)描写青年人反抗封建礼教的长篇小说《她的敌人》(1929)等作品都反映了当时泰国社会新旧思想的冲突，以及新兴资产阶级的要求与理想。

1932年6月24日资产阶级维新政变，废除君主专制制度，建立君主立宪政体后，现代文学开始进入评论家们称为泰国文学史上的“黄金时代”。直到第二次世界大战之前，作家们以揭露社会黑暗、反对专制独裁和宣传资产阶级人道主义思想为主题，创作了大量不同体裁的作品。其中影响较大的有西巫拉帕的《生活的战争》(1932)和《一幅画的后面》(1937)。这两部小说是他的成名之作。前者写一对情人因地位不同而离散的故事，揭露社会的卑污和人们的伪善。后者写一个青年与一个贵妇之间的爱情悲剧，具有强烈的反封建精神。另外还有高·素朗卡娘(1911—)描写一个被拐骗到城市的农村少女，迫于生计，沦落烟花巷的长篇小说《妓女》(1937)；社尼·绍瓦蓬(1918—)探讨人生与爱情的长篇小说《失败者的胜利》(1943)和迈孟敦的《常胜将军》(1943)等，都堪称是优秀之作。

从第二次世界大战结束到50年代初，泰国文坛相当活跃。进步作家除继承战前现代文学传统，积极进行创作外，还针对当时出现的“为艺术而艺术”的倾向，提出“为人生的艺术”的口号，引导战后文学健康发展。这时期，在文坛上享有盛名的，除西巫拉帕外，还有克立·巴莫(1911—)等一批重要作家。克立·巴莫是当时著名的政治家兼文学家、翻译家、戏剧家和政论家。他的代表作是长篇历史小说《四朝代》(1953)。作品借描述一个皇族妇女的一生经历及四代王朝的历史变迁，反映19世纪末至20世纪50年代泰国上层社会的现实，具有很高的文学价值。《四朝代》在泰国颇受欢迎，一直畅销不衰。

六七十年代，泰国的两位女作家吉莎娜·阿索信(1931—)和素婉妮·素坤塔(1932—1983),写了三部优秀的现实主义小说。前者写的是长篇小说《人类之舟》(1968)和《夕阳西下》(1972),后者写的长篇小说是《他的名字叫甘》(1971)。这三部小说以其较高的思想和艺术成就,先后获得东南亚文学奖。

越 南 文 学

越南现代爱国文学,由于法国殖民主义的强化统治和日本侵略者的野蛮摧残,发展缓慢。在30年代初,只有几个由资产阶级知识分子组成的文学团体,如"自力文团"等。其创作内容只局限于提倡个性解放和要求恋爱自由。到30年代中期,才出现了一批比较成功的现实主义小说,其中较有影响的有阮公欢(1903—1977)的短篇小说集《男角四下》(1935)、《金枝玉叶》(1934)、《两个可怜虫》(1937)和长篇小说《女教师阿明》(1936)、《一片好心》(1937)、《最后的道路》(1938)等。《最后的道路》是他的代表作。它描写当时农民的悲惨生活,以及他们对地主兼高利贷者的斗争,曾被认为是接近革命现实主义的作品。吴必素(1894—1954)的代表作《熄灯》(1939)反映了农民被残酷剥削的境况,深刻揭露了地主阶级贪婪、腐朽的本质,被公认是越南抗战前现实主义创作的高峰。

1942年,印度支那共产党中央主席胡志明被中国国民党扣押后,在狱中用汉字写下的充满革命理想和乐观主义精神的一百多首诗,在越南文学史上占有重要地位。这些诗篇极大地鼓舞了越南人民反帝反殖的斗争意志。

从1946年法国重新占领越南到1954年抗战胜利,文学艺术获得了很大的发展,出现了许多优秀作家和作品。如阮辉想(1912—1960)歌颂北山人民起义事件的剧本《北山》(1946);描写抗战初期革命战士英勇抗敌的剧本《留下来的人》(1948);元鸿(1918—)的《火炉》(1946);南高(1917—1951)的《边界纪事》

(1951)；屠繁(1912—)的讽刺诗集《口碑》(1950)和刘重庐(1912—)的小说《第三战区》(1949)等等。素友(1920—)的诗集《越北》是一部反映越南人民为独立而战的优秀诗作。

进入70年代，友梅的《领空》(1971—1974)、勇河的《金星》(1974)等都描绘了新时代的新人形象。

印度尼西亚文学

印度尼西亚现代文学从它诞生的20世纪20年代起，就分成无产阶级反帝文学和资产阶级民族主义文学两大派。

无产阶级反帝文学的代表作家是马斯·马尔戈(1878—约1930)，他创作的第一部小说是《宫廷秘史》(1914)，之后又写了小说《疯狂》(1915?)、《大学生希佐》(1919)和诗集《香料诗集》(1918)。由于这些作品具有强烈的反对荷兰殖民统治的倾向，因此作者遭到多次监禁。他的最后一部作品《自由的激情》(1924)是其代表作。小说描写一个出身土著官吏家庭的青年知识分子，因不满荷兰殖民统治下的黑暗社会现实，去寻求真理，最后走向革命道路的过程，说明殖民地人民要获得独立自由，必须掌握革命的道理。作品正面塑造了为民族解放而探索、奋斗的早期革命知识分子的形象，对印度尼西亚革命文学的发展，有深远的影响。另外，鲁斯丹·埃芬迪(1903—1979)的诗剧《贝巴沙丽》(1928?)，借用神话人物揭露殖民者面目，号召人们奋起斗争，也是较有影响的无产阶级反帝作品。

在资产阶级民族主义文学流派中，耶明(1903—1962)和萨努西·巴奈(1905—1968)是诗坛的代表人物。他们最先采用十四行诗体写诗，是现代诗歌的开拓者。他们通过歌颂祖国河山，缅怀民族历史，来表现民族主义精神。在小说领域里，麦拉里·西雷格尔的《多灾多难》(1920)和马拉·鲁斯里的《西蒂·努尔巴雅》(1922)以其反封建习俗、要求婚姻自由的主题，赢得广大读者，风行一时。

还有穆伊斯(1890—1959)的小说《错误的教育》(1928),是现代文学史上第一部揭露种族歧视和殖民教育给印度尼西亚民族造成恶果的作品,具有重要的现实意义。

30年代,印度尼西亚出现了全国性的文化月刊《新作家》。经常在此刊物上发表作品的作家被称为"新作家派"。其代表人物是主张"艺术是社会的镜子"的小说家尔敏·巴奈(1908—1970)。他的代表作《枷锁》(1940)是优秀的现实主义小说。它确实像镜子一样映照出资产阶级上流社会的虚伪生活和颓废思想。作品通过一对夫妇由于私欲和虚荣心引起矛盾,分手后才从过去的精神枷锁中解脱出来的故事,说明个人欲望的束缚如同枷锁一般,表现了30年代资产阶级知识分子的生活和精神面貌。作品中的人物心理刻画比较成功,描写手法新颖,深受读者欢迎。

"新作家派"的代表诗人有阿米尔·哈姆扎(1911—1946)和阿斯玛拉·哈迪(1914?)。他们的诗歌都充满浪漫主义色彩,但风格不同。哈姆扎的诗集《相思果》(1941)和《寂寞之歌》(1937)主要表现恋情、乡愁、绝望等凄婉低沉的感伤情调;哈迪的《夙愿何时酬》(1932)等诗篇热情豪迈,充满反对帝国主义,要求独立的战斗激情。

1942年至1945年,日本帝国主义占领期间,印度尼西亚资产阶级作家大多创作"双刃文学",即把为"大东亚战争"效劳的一刃和为民族主义的一刃结合起来。但在日本统治占优势时,为侵略者效劳的一刃是主要的,只有在侵略者趋于失败时,才突出为民族主义的一刃。

1945年印度尼西亚独立后,其文学也进入了当代时期。除普拉姆迪亚(详见本章第二节)以外,乌杜依·达唐·宋达尼(1920—1979)比较著名。他创作的剧本有《笛子》(1948)、《饭店之花》(1948)、《阿瓦尔和米拉》(1952)等,内容多写对前途怀有希望的小人物的悲惨命运,揭露社会上的种种不合理现象。他的长篇历史小说《丹贝拉》(1949)是当时文坛上的优秀之作,描写的是16世纪末至17世纪初班达人民反抗荷兰东印度公司推行殖民主义政策的斗争。

1950年“人民文化协会”成立后，许多新老作家，如普拉姆迪亚、乌杜依等，都团结在协会周围，写出了不少反映人民生活和斗争的作品。“人民文化协会”有影响的诗人是班达哈罗·哈拉哈普（1921—）。他早期的诗集《沙丽娜与我》（1939）有浓厚的浪漫主义色彩。1956年发表的诗集《来自饥饿和爱情降临的地方》，以铿锵有力的诗句表达了革命人民坚强的斗争意志，具有强烈的时代精神，有些名句已成为鼓舞人民战斗的口号。在人民文化协会以外，代表民族主义者的诗人西托尔·西杜莫朗（1924—）和代表“最新一代”的诗人、作家阿伊普·罗迪等，在50年代也颇有影响。

除上述国家外，柬埔寨、老挝、菲律宾、马来西亚、新加坡等东南亚国家的现当代文学也都有一定的成就。

第二节　普拉姆迪亚

生平与创作

普拉姆迪亚·阿南达·杜尔（1925—）是印度尼西亚独立后最杰出和最有代表性的作家。他以优秀的小说闻名东南亚。有些评论家认为他是“在（印度尼西亚）一代人或许只能出现一个的作家”，并拟提名他为诺贝尔文学奖的候选人。

普拉姆迪亚生于印度尼西亚中爪哇的小市镇布洛拉。父亲是一位具有激进民族主义思想的教师，曾因不愿与荷兰殖民者合作，而放弃官办学校高薪教职，出任私立民族学校的校长。但学校屡遭荷兰当局的非难与破坏，其父也消沉、潦倒而死。母亲是个虔诚的伊斯兰教徒，在贫困的家境中哺养9个孩子。普拉姆迪亚自幼受到民族意识的默化以及艰苦生活的磨练，这对日后的创作颇有影响。

1942 年，日本帝国主义占领印度尼西亚时，他刚从泗水无线电专科学校毕业，为帮助病重的母亲养活弟妹，只得出外谋生，备尝艰辛，亲身体验到下层人民的苦难。后来，他在日本新闻机构同盟社当打字员，并开始对文艺产生兴趣。1945 年 8 月 17 日，印度尼西亚宣布独立，他积极投身于八月革命的热潮之中，任新闻军官，开始了创作生涯。

1947 年，他任印度尼西亚自由之声出版社编辑。不久即被荷兰殖民军逮捕入狱，直至 1949 年才获释。1950 年他任图书编译局现代文学部编辑。1952 年他自己创办出版语言、文学、文化等方面书籍的“使者图书社”。1953 年应荷兰文化合作 协会的邀请赴荷兰参观考察，但荷兰的社会状况令他大失所望。1956 年应中国作协邀请参加鲁迅逝世 20 周年的纪念活动，印象极深。1959 年被选为人民文化协会中央理事会理事、文化协会副理事长及《东兴报》文艺副刊主编。1965 年“九三〇事件”后被捕至 1979 年才获释，过了 14 年的禁锢生活。

普拉姆迪亚是个已有 40 多年创作历史的多产作家。他的作品程度不同地反映了印度尼西亚宣布独立前和独立以来的重大事变，渗透着强烈的民族情感和浓厚的人道主义精神，具有反帝、反殖的性质。他的作品尤其表现了对被压迫、被奴役、受侮辱、受损害的下层人民的深切同情，还有些作品突破了旧人性论的局限，表现为人民服务的思想内容。他的创作活动一般可分为三个时期。

前期(1945—1949)又称为八月革命时期。这时期，“八月革命”的风暴席卷了印度尼西亚，各阶层人民为迅速发展的形势欢欣鼓舞，反帝的革命情绪非常高涨。他创作的《勿加泗河畔》、《往何处去?》主要表现了八月革命时期主人公的战斗经历和高尚情操。在革命屡屡受挫，民族资产阶级向帝国主义妥协，八月革命宣告失败之后，他在狱中创作了小说《追捕》、《被摧残的人们》、《游击队之家》、《革命随笔》、《黎明》、《布洛拉的故事》等，内容都以他生长过程中所见所闻的人或事为题材。其中既有对以往童年家庭不幸遭遇的回忆，也有对家乡贫苦人民苦难生活的追述，表现出对荷兰殖民统治的强烈不满。但更多的是描写八月革命的战火，包括自己的战斗经历、狱中生活，以及战乱中各种人物的不幸与遭遇。

前期的代表作是《游击队之家》(1950)。这部长篇小说以荷兰发动的第二次殖民战争为背景，描写游击队员萨阿曼的家庭在1949年初的三天三夜中遭到破灭的故事。萨阿曼被捕后，妹妹为营救他，受骗被奸污；母亲因想念他在前线牺牲的弟弟，发疯而死。具有人道主义思想的主人公萨阿曼，被捕前为民族利益不但杀死过许多敌人，而且也杀死了当荷兰雇佣兵的父亲，精神很痛苦。被捕后，愿以死求得解脱。小说从一个侧面说明印度尼西亚普通人的家庭，在抗击外敌、争取民族独立的战争中所做出的重大牺牲。同时也表现出作者思想中民族主义和人道主义的矛盾，但从总的倾向看，作者还是把民族独立置于人道主义之上的。

中期(1950—1956)是他思想苦闷、彷徨的时期。八月革命失败后，印度尼西亚名为独立，实为半殖民地国家。统治阶级贪污腐化，下层人民困苦不堪，黑暗的社会现实使刚刚出狱的普拉姆迪亚非常失望。小说《一片漆黑》、《不是夜市》主要描写为民族独立而作出身残、破产等重大牺牲的普通战士和人民，在“独立”后的印度尼西亚处境依然悲惨，表达了作者彷徨和忧虑的情绪。《雅加达的故事》、《雅加达的搏斗》、《镶金牙的美人米达》等小说，主要描写女佣、妓女、小贩等社会底层小人物的悲惨生活，有的带有自然主义倾向，表现了作者对社会不平的愤懑与抗议。

1954年发表的《贪污》是这个时期的代表作。这部中篇小说以一个贪污官员的自述，描绘了在当时污浊的社会风气影响下，意志薄弱的主人公陷入贪污泥淖的犯罪过程。主人公巴基尔原先廉洁奉公，但结果不但生活困难，而且被人瞧不起；当他因贪污大发横财后，却受人尊敬，出入上层社会。作品以他的官场沉浮，无情地揭穿了体面的达官贵人，实际是贪赃枉法的罪犯的本质特征。小说运用细腻、逼真的心理描写刻画人物，尤为成功。

后期(1957—)是他思想发生了重大变化，踏上用文学为绝大多数人去斗争的道路的时期。1957 年，他在《红星报》上发表《吊桥与总统方案》一文，总结自己以往创作道路上的经验教训，阐明对现实的看法和对前途的信心。他肯定工人和农民的巨大作用，结束了悲观、彷徨的精神状态，用现实主义的方法直接描写工农，努力反映人民的生活和斗争。《南万丹发生的故事》已越出暴露文学的局限，正面描写贫苦农民反抗恶霸地主的斗争，赞扬了农民的胜利。《铁锤大叔》以满腔的热情描写了 1926 年印度尼西亚民族大起义。主人公铁锤大叔虽然是个一无所有的修鞋工，但他有强烈的民族意识和顽强的斗争精神，在同荷兰殖民军的战斗中英勇牺牲，表现出普通工人的优秀品质。这种讴歌明显地体现了作者新的文学观点。

《人 世 间》

1965 年，印度尼西亚发生"九三〇事件"后，普拉姆迪亚被拘捕，并押在布鲁岛等地 14 年。他不但没有消沉，没有泯灭艺术才华，反而在极其艰难的情况下，完成了 11 部宏篇巨著，《人世间》即其中之一。

《人世间》是被命名为布鲁岛小说四部曲的第一部，其余三部是《万国之子》、《足迹》、《玻璃屋》。这"四部曲"故事连贯，又各成一体，以鲜明生动的人物形象，波澜壮阔的场景，再现了印度尼西亚民族在 1898 年—1918 年这段重大历史转折时期，不甘忍受荷兰殖民主义者的欺压与掠夺，迅速觉醒斗争的历史画卷。1980 年，"四部曲"前两部《人世间》、《万国之子》相继出版，轰动了印度尼西亚文化界,也引起世界文坛的瞩目。

《人世间》以一对印度尼西亚青年的爱情故事为主线,展示了19世纪末印度尼西亚社会的各种矛盾,反映了印度尼西亚上层人民所受的殖民主义压迫。小说主人公明克是个印度尼西亚土著青年学生,他偶然到一白人侍妾温托索罗姨娘家作客,遇到她美丽无双的混血女儿安娜丽丝,两人情投意合。温托索罗姨娘想尽办法支持他们自由恋爱。为了纯真的爱情,明克蔑视上层社会的各种偏见与诽谤,顶住家庭的压力,安娜丽丝一往情深,坚持自己的选择,甘当土著民的妻子。明克高中毕业后,两人按照伊斯兰教习俗结了婚。但是好景不常,安娜丽丝在荷兰的同父异母哥哥上诉要求继承财产,并援引白人法律不承认她与温托索罗姨娘的母女关系以及她与明克的夫妻关系。白人法庭的无理判决引起武装骚乱。最后,在军警的弹压下,安娜丽丝被只身遣往荷兰。这个悲剧故事,深刻揭示出在荷兰殖民统治下,印度尼西亚民族的无权状态,以及他们不甘压迫所进行的反抗。

《人世间》的舞台中心是温托索罗姨娘家的"逸乐农场"。这个农场具有典型意义和象征意义,它实际上就是当时印度尼西亚殖民地社会的一个缩影。在这个小小的天地里,以农场主白人梅莱玛和他的白种儿子毛里茨为一方,代表着拥有殖民特权的统治者;以梅莱玛的侍妾温托索罗姨娘和明克为另一方,代表着受欺侮而又无权的人民;而混血儿的罗伯特和安娜丽丝是分化的中间阶层,他们虽属白人社会,但处处要低于纯白人一等,罗伯特倾向于白人父亲,也走向堕落的深渊,安娜丽丝则把自己的命运和土著民的母亲及恋人明克紧密联系在一起。他们之间围绕着爱情、婚姻、产业等展开的矛盾,看似家庭冲突,实质是剧烈的民族压迫与反抗,在一定意义上可以说是当时印度尼西亚殖民地社会基本矛盾的具体反映。

女主人公温托索罗姨娘是作者着力刻画的主要人物,她不仅有突出的个性,而且具有强烈的反封建、反殖民主义压迫的斗争精神,是印度尼西亚妇女从沉睡中觉醒的象征。她14岁时,被贪权爱势的父亲卖给糖厂经理、荷兰人梅莱玛当侍妾,成了白人的家奴,随时准备满足主人的任何欲望。因为不是正式婚姻,她所生的子女在土著民中也被看不起。在金字塔形的印度尼西亚殖民地社会里,土著妇女处于最底层,而姨娘和主人间"有着奴隶般的从属关系",地位比奴婢还低,比妓女更贱,是命运最惨的一类女性。从像牲畜一样被卖掉之日起,她幼小的心灵里就感到个人尊严受到极大损伤,拒不再见生身父母。为了摆脱受奴役的地位,她努力学习文化,学习荷兰语,学习饲养奶牛,学习经营管理农场,幻想通过提高自己的价值赎回失去的个人尊严。她把主人每年付给她的薪金,作为资金在农场里入股,日夜操劳,苦心经营,终于成为远近知名的"逸乐农场"的管理者。但是在殖民地社会中,一个土著姨娘想自立于社会的任何努力都是徒劳的。她连连受到打击:她为自己的混血子女办理法律手续,但法律不承认她有作为生身母亲的权利;梅莱玛纵欲死后,泗水的白人法庭将遗产的绝大部分判给了远在荷兰的梅莱玛的婚生子毛里茨;她终年辛劳到最后却两手空空,明明是自己的亲生女儿,却将被带到远隔重洋的荷兰,由别人监护。面对荷兰殖民者给她造成的一系列悲剧,温托索罗姨娘在白人法庭上义正辞严地提出血泪般的抗议和控诉:"是谁使我沦为别人姘妇的?是谁逼迫土著妇女给欧洲人作姨娘的?是你们,是你们这些被尊为老爷的欧洲人!"她虽曾立誓不让自己的悲剧在女儿身上重演,也决心为"女儿的尊严而奋斗",并且运用所有合法的方式进行顽强的反抗,但是在殖民地社会里,这种个人的反抗力量是微不足道的。一个具有欧洲文化知识、并能独立经营管理大农场的妇女尚且不能掌握自己的命运,不能保护自己的女儿,那些在殖民统治和封建压迫下的土著妇女的痛苦就更不堪设想了。

小说的男主人公明克是以西方教育方式培养出来的印度尼西

亚早期新知识分子的典型。他出身于封建贵族，只因是土著民就受到白人社会的鄙视。他的名字就是上小学时白人教师骂他“毛猴”的英语谐音。他靠着父亲的贵族地位才得以成为荷兰高级中学唯一的土著学生，但却时常受到同学们的捉弄与欺侮。他聪明能干，学习优秀，有坚定的民族自信心，不甘心受到不平等的待遇，力图以自己的努力和奋斗向白人社会表明自己存在的价值和意义。他接受西方科学文化以后，逐渐觉醒，成为第一代从印度尼西亚封建贵族中分化出来的具有民族意识的知识分子。他为捍卫、保护自己的妻子免遭劫夺，随同温托索罗姨娘一起斗争，是印度尼西亚知识界中最先觉悟的先驱者。他从自身遭遇到的殖民压迫与欺侮的痛苦经历中总结教训，开始以新的眼光，设身处地地去体察民族的苦难，寻求全民族的出路。在白人法庭上，他惊讶欧洲老师——他的“启蒙者”竟然会提出许多“令人作呕，无耻下流”的问题。他勇敢地发表文章抨击白人法庭不人道的审判，迫使学校撤销开除他的决定。在毕业典礼上，他大胆自豪地宣布自己的婚礼，蔑视社会的偏见与攻击。当他妻子安娜丽丝被无理遣返荷兰时，他义愤填膺，进行了最后的反抗。但是在殖民统治下，他只能是尽其“责任”进行反抗，以表明自己的所谓权利，“一直到无法反抗为止”。正如小说的结尾处温托索罗姨娘对他说的：“我们已经作了反抗，孩子，我的孩子！我们已经尽了最大的努力，作了最体面的反抗！”明克和温托索罗姨娘为捍卫自身权益的反抗虽然由于力量单薄而失败了，但是他们已经觉悟到：“土著民一辈子遭受像我们一样的苦难，犹如河底和山峦的石头，任人斧凿，无声无息。倘若大家都像我们一样起来呐喊，就会轰轰烈烈，也许会闹个天翻地覆。”因此他们决不会停止反抗，而且必将与整个民族的反抗汇合在一起，去争取全民族的解放。

小说的第三个主要人物是安娜丽丝，她天真、美丽、心地善良、勤劳能干，但有时表现出性格脆弱。她是混血儿，虽然法律上承认她的欧洲人血统,但她同情母亲温托索罗姨娘,愿意做个土著民,长大后要做个土著民的妻子。面对逆境,她表现软弱,反映了长期处于殖民剥削和封建压迫之下的土著妇女的一般性格。

除上述三个人物外,作者还成功地塑造了许多各阶层的人物。在这部小说里,作者不是将人物简单地划为好人和坏人两大类,更不是将白人统统归入殖民者之列,而是把握住殖民地社会的复杂性:民族矛盾与阶级矛盾相交织,白人民主派与白人统治者相对抗,封建传统观念与西方资本主义思想相斗争等等,赋予各种人物以千差万别的性格特征,使他们具有各自的典型性和象征性,因而使小说所反映的印度尼西亚民族的觉醒和斗争具有19世纪末的时代特征。这表明了作者创作思想的成熟。

《人世间》采用第一人称的写法,小说主人公明克不是以局外人或旁观者的身分客观描述他耳闻目睹的事实,而是以当事人和抒情主人公的身分倾诉自己的亲身经历及其真实感受,喜怒哀乐情真意切。这种写法不仅使故事娓娓动听,而且使读者觉得格外亲切,感人至深。

另外,《人世间》是作者的后期作品,在艺术手法上突破了作者早期形成的传统风格。除保持了原来描写细腻入微、善于刻画人物内心世界的矛盾等优点外,在情节结构和语言上都有新的创新。以往作者在展开故事时,结构和情节安排得比较松散,有时不尽合理,而在《人世间》中已有根本改变。小说的构思精巧,结构完整紧凑。《人世间》等"四部曲"既浑然一体,又独立成章。情节处理得巧妙得当,笔锋突转屡成悬念,使整个故事跌宕起伏,错落有致。作者为达到更好地教育青年一代的目的,大胆采用易于领会的 当代流行的通俗化语言,寓哲理于流畅、舒缓的描写之中,寄情深远。

第三节 西巫拉帕

西巫拉帕(1905—1974),原名古腊·柿巴立(一译赛巴立),是泰国最负盛名的现当代作家、进步的新闻工作者与著名的社会活动家,被公认为是泰国新文学的奠基人。

1905年3月,西巫拉帕出生于曼谷的一个中等职员家庭,自幼丧父,家境贫寒,靠母亲与姐姐抚养成人。他在越贴西林学校读完中学后,即投身新闻事业与文学创作,后进曼谷法政大学深造。他在中学时就酷爱文学,曾进作家哥颂·哥拉蒙开办的翻译合作讲习所学习写作。哥颂·哥拉蒙为他修改了他的处女作《情刃戳心》(1924),并给他起了西巫拉帕这个笔名。

1929年西巫拉帕邀请部分志同道合的校友创办了《君子》(一译《雅士》)杂志,由他任主编,并形成了一个倡导变革、针砭时弊、为民呼吁、鞭挞权贵的文艺团体——"君子社"。《君子》杂志与"君子社"在泰国现代文学史上影响很大,并培养造就了一批知名作家。

早年的西巫拉帕强调小说的思想内容和社会功效,主张文学"好像糖衣裹着苦药一样,起到药到病除的作用"。他在1928年至1930年间的主要作品有《男子汉》、《降服》、《人类的恶魔》、《色情世界》(以上均为1928年出版),《向往》(1929)、《惹祸》、《宫女之毒》、《精神威力》、《爱与仇》(均为1930年出版)等。

小说《男子汉》描写了一位出身平民的青年知识分子玛诺,为人坦诚正直,抱负远大,经过奋斗在英国获得博士学位,回国任律师并获封爵位。形成对照的是贵族子弟琪利行为荒唐堕落,最后沦为强盗,锒铛入狱。作品表达了中下层阶级的一代青年试图以个人奋斗来证明自身价值与尊严,并向封建等级制度挑战的渴望。小说《降服》以贵族阶级进步典型从另一面诠释了他的人生理想。芸彩身为贵族千金,性格坚毅、勇敢、蔑视权贵与等级制度,最终背叛了自己的家庭与阶级，与心爱的平民青年相结合，表现了新浪潮冲击下的青年身上萌生的独立的人格与意识。

西巫拉帕在30年代深受俄国作家陀思妥耶夫斯基的影响，继承其文学中“小人物”传统，提出了“小人物”在泰国这个特定社会政治环境中接受教育与获得劳动报酬的权利问题。这期间他赴日本考察，回国后与妻子差匿一起翻译西欧文学作品与政论著作，将其介绍给泰国人民。

在此期间，他完成了一系列优秀作品，如《生活的战争》(1932)、《罪孽》(1934)、《画中情思》(一译《一幅画的后面》，1937)、《生活的森林》(1937)、《生活所需要的东西》(1939)。其中《生活的战争》与《画中情思》是作家的成名作。

《生活的战争》以书信体形式，讲述了一对恋人由相爱到分道扬镳的故事：官宦家庭的千金波芬(一译蓬)生活阔绰，养尊处优。但家庭变故后，父亲出逃，母亲亡故。波芬无依无靠，在穷困潦倒之际结识了出身卑微的贫苦青年拉宾。二人相互倾心，爱恋至深。但波芬经受不住贫困生活的考验，应聘做了电影明星。随即她便抛弃了与其共度危难的拉宾，嫁给了腰缠万贯的电影导演。最后，波芬对拉宾吐露心曲：她17岁时曾与一个门当户对的青年相爱，但家道中衰使其失去爱情。她发誓对任何男人的爱情都不忠实。她结婚是一种需要的选择，对拉宾的爱情仅仅是实现誓言。这部小说抨击了社会的丑恶和人性的伪善，思想内容与写作手法别开生面。著名文学家泽·沙达维廷说：“还没有任何一部作品能与《生活的战争》媲美，这部作品的思想价值较高。语言，特别是爱情语言非常优美动人，青年男女读了无不感动得热泪盈眶。”

随后的《画中情思》作为一篇技巧圆熟的艺术精品，更加体现了西巫拉帕杰出的创作才华。作者并不是一个刻意讲故事的能手，但小说娓娓动听的故事反倒证明了他是一个手法明快、细腻的画家——他总是在小说中描写着什么，简约、传神，而且尽量使用浅淡的色调。小说所点染、勾勒的女主人公吉拉娣的形象,便是一幅贵族妇女凄苦孤寂、抑郁而终的肖像画。

小说写留学日本的诺帕朋对来日旅游的贵妇人吉拉娣一见钟情,后来却因二人年龄、地位及思想上的差异,诺帕朋对她的热恋渐趋冷淡,致使心境凄凉的贵妇抱憾辞世。

正如吉拉娣所言,作为昭(亲王之子)的女儿,她自幼就被父亲封闭在他的世界里,“长期在王公贵族中间周旋”。她自己也一直“禁锢着自己那青春的娇媚,不许外界窥视”。34 年的封闭生活使她成为了“一个不幸的女人,一个被命运所抛弃、长期无人理睬的女人”。作画与化妆这两件爱好便成了她漫长的寂寞生涯中仅有的安慰与快乐。妹妹的婚姻搅乱了女主人公的内心宁静,从而把这个端庄、娴雅的女性推入情感的波澜之中。当年老的昭坤向她求婚时,这个憧憬幸福、渴望爱情但从未得到回音的女子已经厌倦于等待。拒绝意味着继续痛苦,而应允意味她仍驻留在一个没有生气的世界里。她之所以应允是因为她以为“没有爱情的幸福总比憧憬和沉缅于没有幸福的爱情好得多”。

来日旅游,是她第一次走到外面的世界,欣喜、兴奋、新奇之情溢于言表。作者在这里为我们展示了在一位高贵、成熟女性身上一直沉睡着的,如少女般开朗、活泼的优美天性。这时,一个冒失的小伙子——留学生诺帕朋闯进了她的生活。这个恪守传统生活模式的贵妇人被爱情击倒了。作者详尽地描述了这个外表平静、内心早已失去理智的女性在爱情来临之际的犹疑、自卑、兴奋、不安与试探等种种微妙的心理变化。在“山鹰”之行的爱情时刻,吉拉娣意识到了现实的阻隔,拒绝了诺帕朋,让彼此的爱恋“发乎情,止乎礼仪”。异国他乡的分手,使诺帕朋逐渐淡忘了吉拉娣。而他并不明白,这次爱情是吉拉娣的全部生命和希望之所在,以至于当他与别人结婚时,孀居多年,一直期待幸福来临的吉拉娣再也经受不住这种打击。正如她临终前责备诺帕朋忘记了山鹰之行:“你的爱情在那里萌发,也在那里消逝;但另一个人的爱情却在行将崩溃的躯体内熊熊燃烧”。

作家用吉拉娣这一形象,剖析了变革时期新旧思想之间的尖锐冲突,揭示泰国贵族妇女的不幸命运和资产阶级兴起的历史。我们看到的是一个生命从初始到终结的全部悲怆的历程:吉拉娣正值鲜艳欲滴,青春绽放之际,她被禁锢在宫廷中;当韶华渐逝,她又走入了没有爱的婚姻;当她刚步入婚姻的殿堂,诺帕朋的爱情姗姗来迟;当丈夫病逝,幸福指日可待时,轻浮的诺帕朋又另有家室了。于是,这个一直以爱为生命的女人再也支持不住了,临终遗言注释了她执著追求但终成虚幻的人生:

我死了,没有爱我的人;

但我感到满足,因为我有了我爱的人。

西巫拉帕是一位爱国者和为世界和平而斗争的战士。太平洋战争爆发后,日本侵略军占领泰国,他因反日而被捕入狱。迫于政治形势,他搁笔近 10 年。第二次世界大战结束后,他成为积极的和平民主战士。1952 年他当选为泰国保卫和平委员会副主席和世界和平事理会理事。同年 11 月,他因追求和平、民主和自由而被捕,判刑 13 年 4 个月。1957 年因佛诞 2500 周年而大赦获释。同年秋天,他作为泰国作家代表团成员随团访问苏联,参加了亚非作家代表大会,在会上作了有关泰国现当代文学发展的报告。他在报告中所讲的“新的文学揭露了现代社会的不公正、剥削、压迫和道德败坏……其中也指出了改善生活的道路……指明了文学为劳动人民利益服务的道路”,实际上也可以看成是他个人创作的一个总结。1958 年,他率泰国文化代表团访问我国时,因泰国发生政变而滞留中国。1974 年 6 月在北京逝世。

1950 年他开始发表新作。其后的主要作品有长篇小说《后会有期》(1950),长篇小说《向前看》的第一部《童年》(1955),第二部《青年》(1957,未完成),还翻译了高尔基的《母亲》。

《向前看》是他小说中思想价值最高的一部。小说带有一定的自传性。小说的主人公詹塔是一个农村穷苦孩子。小说通过他在贵族公馆和贵族学校的遭遇以及后来成为一个有觉悟的民主革命者的成长过程,再现了 1932 年泰国资产阶级民主革命前后的社会生活,表现了 20 年代到 50 年代泰国社会的历史变迁,真实地刻画了那一时期各阶层人物的思想面貌,着意描绘一代知识分子追求真理的曲折道路,突出地表现了人民群众的觉醒和对未来前途的坚定信念。

小说详细剖析了在新旧交替的时代光怪陆离的社会生活。小说中描写了詹塔,一个从乡间走来的孩子初次步入曼谷这个文明世界时的惶惑不安,通过这个小书童的视线透视 了在豪华府邸以及贵族学校中所发生的一切"稀奇古怪"的事情——争权夺利、欺骗讹诈、等级制度、挥霍奢侈、剥削敛财、阴谋诡计,等等。起初詹塔这个来自乡村的"小旅行家"渴望在曼谷这个"天堂"寻找到属于自己的幸福,但从农村生活与都市中的贵族王宫生活之间的比照中,他看到京城里一切原来认为是伟大美好的事物逐渐失去令人目眩的美丽色泽,而乡间原来看似卑贱、落后的东西正在逐渐呈现它的质朴、淳厚与无私。在童年篇章中,作家试图展示詹塔正是这样一个既要受到尘世诱惑,又要跨越时代的主人公,"是一个必须通过激烈变化的风暴,但手里却又没有指南针的旅行家"。

通过对人生的观察和思考,青年篇中的詹塔与其好友渐渐认清社会现实,决计投身社会现实的改造之中。他与尼塔、阿诚思索人生症结,力图挽救水深火热中的劳苦大众。在动荡的时局中,阿诚因著文抨击时弊而遭逮捕,詹塔等人也遇到重重阻力。尽管资产阶级维新政变失败了,但青年一代并不气馁,依然满怀乐观地"向前看"。书中的一段话可以认为是青年一代思想的体现:"我们从鳄鱼口中逃了出来,却遇上了老虎,难道我们要退回鳄鱼湖、落入鱼嘴吗? 绝不! ……我们老百姓的出路只有一条:从老虎山上冲出去。”

作为“泰国文学天空的王鸟”，西巫拉帕的作品昭示了泰国现当代文学发展的历史。正如一位批评家所言：“在泰国的文坛上，西巫拉帕的作品好比一颗光彩夺目的宝石，他的作品总是走在时代的最前列……西巫拉帕在佛历25世纪最后10年(1947—1957)的作品，好像光辉灿烂的朝阳，给泰国文坛照亮了前进的道路。”

第十五章　现当代南亚文学

第一节　概　　述

现当代南亚各国总的历史发展过程是大致相同的。在第二次世界大战之前和大战期间，南亚各国都是英帝国主义的殖民地或保护国。印度和斯里兰卡等国人民，为争取民族独立和民主，开展了反对帝国主义、反对殖民主义和反封建主义的伟大斗争。第二次世界大战结束之后。印度、斯里兰卡和尼泊尔等国先后获得独立；但印度和巴基斯坦却是以分治为代价而独立的。以后，东巴基斯坦又独立成为孟加拉国。独立之后，南亚各国进入了为保卫民族独立成果、发展民族经济而奋斗的新时期。

在南亚各国中，印度历史悠久，地域广阔，人口众多，文化繁荣。印度的独立运动及独立后的政治形势，对南亚各国都有直接影响。在俄国十月社会主义革命的影响下，印度的独立运动蓬勃开展。1919 年英国殖民政府制造的阿姆利则大屠杀，激起印度人民的极大愤怒，使一度消沉的民族解放运动又掀起一个新的高潮。在以甘地为首的国大党组织下，开展了非暴力的不合作反英运动。30 年代，印度工农运动兴起，曾举行了著名的白沙瓦和绍拉普尔反英起义，使印度的独立运动发展到一个新的时期。

现当代南亚文学是中古南亚地区文学的延续，具有地区整体性的特点，其中心仍然是印度。印度古代梵语文学几乎成为南亚各国文学的根源。在一个相当长的历史时期，南亚各国的文学创作题材大都来自印度古代两大史诗、故事和传说。在古印度和尼泊尔地方产生的吠陀教、婆罗门教、佛教和印度教以及后来传入的伊斯兰教,对南亚各国文学影响都很深。

现当代南亚文学的主流是民族革命文学。这种文学同各国民族革命运动紧密相关,大都以普通人民及其生活作为题材,贯穿反殖民主义、反封建主义和争取独立与民主的主题,具有积极的进步意义,是亚非地区民族革命文学潮流的一个重要组成部分。

现当代印度文学在亚非文学中占有重要地位。其发展,大致可以划分为三个时期:20 年代,30 年代—40 年代和独立后。20 年代是现代文学继承近代文学的传统,并继续向前发展的时期。在近代文学史上已经闻名世界的伟大作家泰戈尔,在这个时期又发表了许多重要诗作。作为现代文学的奠基者的普列姆·昌德在本世纪之初登上文坛,20 年代发表了许多重要作品,已经成为一位蜚声文坛的作家。30 年代—40 年代是印度现代文学的繁荣时期。1936 年成立的印度进步作家协会,有力地推动了印度文学的发展。在这个时期的创作中,反殖民主义的主题日益深化,并同反封建主义的主题密切结合;这时的创作也更紧密地结合现实生活,取材社会下层,描绘工人、农民的悲惨命运。一些优秀之作,在内容上表现了印度的民族苦难和斗争,在艺术技巧上也具有较高的水平。作为这个时期代表之作的有:普列姆·昌德(详见本章第二节)的《戈丹》,安纳德(详见本章第三节)的《不可接触的贱民》和《两叶一芽》。著名作家钱达尔也在这个时期开始从事创作。

印度孟加拉语作家马克尼·班纳齐(1908—1956)是一位受到人们重视的左翼作家,他一共写了 40 多部长篇和中、短篇作品。他的早期创作尚有一层宗教色彩,后来他的写作对象逐渐转向底层,以被侮辱被损害的工农群众和贫苦的失业者为主人公,写出了一些揭示现实本质的作品。1936 年出版的《帕德玛河上的船夫》,是这个时期的一部代表作。这部小说的主人公库威尔,是帕德玛河上的贫苦船夫,全家靠他捕鱼为生。村子中有一个名叫荷散的人,利用各种诱骗手段,迫使一些人到他的独立王国摩伊纳岛去种植鸦片。村中一个名叫苏雷的青年,全家被荷散骗到岛上,因贫病交加而相继死去,仅剩他一人生还,并愿意娶库威尔的跛脚女儿戈比为妻。库威尔被荷散雇佣驾船送鸦片。荷散为控制库威尔,迫使他把女儿嫁给另一个青年,婚后即被送往摩伊纳岛。苏雷气愤之下,栽脏陷害库威尔偷窃,警察守在村口,准备逮捕他。库威尔只好按荷散的办法,去摩伊纳岛。他的小姨认为去岛上送死,不如去坐牢。库威尔却说:"坐一次牢,将来还要坐牢。永远也不会脱身。"故在坐牢和去摩伊纳岛之间,他还是选择了后者,尽管他知道到了岛上也难有生还之日。这部小说通过库威尔的命运,揭露了贫苦人民走投无路和"苛政猛于虎"的社会现实。40年代,班纳齐还写了《近郊区》(1940—1941)等作品。

印度独立之后,其现当代文学也进入一个新的时期。印度人民除为巩固自己的民族独立成果而斗争外,还要反对大地主、大资产阶级的剥削和压迫。独立后的文学,大多描写独立后的新矛盾和由此引起的人民的不满。发表于1949年的纳夫特治的《新的环境》,就反映了印度人民对于独立理想的幻灭,揭露了印度统治者对人民运动的镇压。纳夫特治写于1950年的《没有桨的破船》,描绘了印度儿童悲惨的生活。班纳齐于1951年—1952年间发表的长篇小说《比黄金还贵》,反映了印度社会中民不聊生的悲惨情景。这篇作品在1953年举行的第四届世界青年与学生和平友谊联欢节上,获文学竞赛一等奖。

巴伦·巴苏的长篇小说《新兵》(1950)被认为是独立后的一部优秀之作。这部小说以第二次世界大战为背景,取材于英国在印度的雇佣兵生活,描绘印度士兵的悲惨生活和觉醒过程。印度士兵终于调转枪口,对准压迫他们的英国殖民主义的军官,喊出了"英国人,滚出印度去!"的口号。

杰出作家克里山钱达尔(1914—1977)是印度乌尔都语作家,他的创作题材是多方面的。他的《慈善家》(1944,中译名为《我不能死》,是一部著名的讽刺性中篇小说,取材于1943年孟加拉的大灾荒。在二次大战期间,由于粮价迅猛上涨,地主和高利贷者逼迫农民把所有的粮食都用来缴纳地租和高利贷,以便囤积居奇,牟取暴利。这样,就造成了著名的1943年的大饥荒。到处是求乞的人群,遍地是饿莩。仅孟加拉邦,就有400万人死于饥饿。这部小说用讽刺手法,侧面描绘了这场令人恐怖的灾荒,揭露了帝国主义和"高等印度人"的丑恶嘴脸,反映了印度民族的悲愤和仇恨。1947年8月印巴分治前后,印度教徒、锡克教徒和伊斯兰教徒之间,发生了极为悲惨的大屠杀。克里山钱达尔也被赶出自己的家园。他目睹这一历史悲剧,以极端沉痛的心情,写了许多有关大屠杀的作品,编为《我们是野蛮人》出版。短篇小说《北夏华快车》(1948)就是一篇出色的作品。这篇小说以火车的独白形式,叙述了自己的见闻:一次200多个难民,被伊斯兰教徒枪杀了,尸体堆在月台上,鲜血流到路基,连铁轨好像也被漂起来了。在印度教徒居住区,伊斯兰教徒却又整批地遭到杀害。作者借火车之口,愤怒地指出"那一帮领袖连同他们的子子弟弟,真该受到千万人的咒骂。他们把这片美丽、英雄、光荣的土地撕成一片耻辱、欺诈、血腥的脏土,他们使这片土地和灵魂染上了梅毒,使它的身充满了杀人、放火、强奸的病菌。"

印度独立之后,由于贫富悬殊,两极分化严重,人们对独立的热情冷却下去了。失望、沉默和不满,就是克里山钱达尔创作的主题。短篇小说《花是红的》(1954)是一篇描写工人反抗的优秀作品。它写的是孟买纱厂的工人为反抗压迫和剥削,开展了罢工斗争,一个死难工人的儿子,12岁的瞎子也参加了游行,他手拿红旗,走在队伍的最前面,反动军警血腥镇压工人的反抗,瞎眼小孩被杀死了,但红旗并没有倒。小说写道:"尽管反动派把瞎眼孩子枪杀了。但是,他的鲜血却一定会开出红的花,自由的花,幸福的花。”

短篇小说《马哈勒米桥》是一篇描写社会下层人民生活苦难的优秀作品。小说写桥的右边是一座赛马场,而桥的左边则是贫民区。在桥的左边,晒着6条破烂的纱丽,每一条纱丽的主人,都有自己的辛酸史。这个故事说明印度独立之后,普通下层人民并没有享受到独立的好处。小说的结尾,作者号召人们走向桥的左边,到人民中去,为他们摆脱苦难而努力。

50年代中期至60年代中期,克里山钱达尔的创作发生了重大变化,在继续保持以前创作的社会批判精神的基础上,融会了大胆奇特的想象和曲折离奇的故事,形成独特的创作风格。50年代中期发表的长篇小说《流浪恋人》,通过主人公的经历,反映了印度独立后农民的贫困和城市贫民的艰难生活,揭示了两极分化的社会现实。小说中主人公的性格鲜明,传奇式的情节引人入胜。小说有许多对自然美的描述和对回归自然的向往,体现了浪漫主义的特点。50年代末,他还写了反映印度妇女不幸命运的中篇《一个少女和一千个求婚者》,也表现出浓郁的浪漫主义色彩。60年代初发表的中篇小说《钱镜》和《一头驴子的自述》都采用拟人化手法,以貌似荒诞不经的情节揭露批判社会。这时期他还创作了一些以资本主义金钱关系破坏艺术、毁灭艺术家为主题的小说,代表作有《五十二张牌》(1956)、《银色的伤痕》(1964)等。还有以农村生活为题材的作品,代表作有长篇小说《心中的谷地沉睡了》和《痛苦的运河》(1963)。此外还有童话《一棵倒长的树》等。

60年代后期,他的创作思想发生了重大变化,优秀作品不多,社会批判意识减弱。《末班汽车》是他晚年较有代表性的短篇。小说围绕着车上乘客太多,谁该下车的问题,展开情节,颂扬了铁路工人顾全大局,鄙视自私的高尚品质。

他的作品已被译成60多种文字在国外出版,在世界上享有较高的声誉，在我国也产生了较大影响。

耶谢巴尔(1903—1976)，印度印地语作家。出生于贫寒之家，少年时代因受母亲影响，积极参加民族解放斗争。1932 年，他被英国殖民当局逮捕，判刑 14 年。1938 年被提前释放后，因坚持斗争，于 1940 年再次被捕，直至二次世界大战结束后才出狱。印度独立后，他积极从事文化工作和国际和平活动。他的创作继承了普列姆·昌德的现实主义文学传统，题材广泛，战斗性强。后期重要作品有长篇小说《不真实的真实》、《我你他的故事》(1975)等。

《不真实的真实》于 50 年代末开始在杂志连载，1960 年出版全书。小说概括地反映了印度独立前后 20 年间的社会生活。通过其中人物的生活经历，反映了教派冲突给印度人民带来的灾难，反映了青年人特别是妇女争取婚姻自由和男女平等的斗争，同时还描写了各党派的政治活动。小说情节跌宕起伏，波澜壮阔，是印度现当代文学中少有的史诗性作品。

耶谢巴尔的作品对现实的反映和批判，比普列姆·昌德更深刻，更彻底，更有战斗性。因此，对印度青年产生了广泛的、积极的影响。

印度的新小说派深受西方现代派文学的影响，主要作家作品有尼勒默尔·沃尔马(1929—)的短篇小说集《候鸟》(1960)和长篇小说《那些日子》(1964)，莫哈姆·拉盖什(1925－1972)的长篇小说《密封的暗室》(1961)和戏剧《阿夏塔的一天》(1958) 等。这些作品表现了独立后人们的孤独、感伤和痛苦的情绪，反映了印度社会的精神危机。

巴基斯坦使用的乌尔都语，也是印度北方穆斯林使用的官方语言之一。巴基斯坦现当代主要作家有费兹、纳狄姆·卡斯密等。费·艾·费兹(1911—)是一位著名的现实主义诗人，曾在拉合尔学院攻读英语和阿拉伯语，获硕士学位。1936 年至 1942 年做英语教师，1942 年至 1946 年在印度军队中任情报官，1947 年印、巴分治后,当《巴基斯坦时报》和《今日报》的编辑。50年代曾因参加工人运动而被捕。1956年后多次访华。费兹在30年代就开始了创作生活,曾参加过印度进步作家协会的筹建工作。他的主要诗集有《诉怨》(1941)、《风之手》(1953)、《狱中诗抄》(1956)和《压在石下的手》(1956)等。他的诗作题材广泛,视野广阔,包括反对战争、维护和平、支持亚非拉民族独立运动等内容。

卡斯密(1916—)是巴基斯坦著名的诗人和小说家,1935年获文学学士学位。自1942年起,先后任《花》等文学杂志编辑、《今日报》主编及巴基斯坦进步作家协会书记。1956年访华归国后,曾数次被捕。他的诗作大都取材于现实生活,揭露社会的不平,同情人民的疾苦。主要诗集有《独立以后》、《镰刀》和《最伟大的人还是真主》等。

孟加拉的杰出诗人、作家伊斯拉姆(1899—1976)在一生中写下了23部诗集、3部长篇小说、3部短篇小说集、4部散文集和5个电影戏剧脚本。他的作品充分表达了广大人民群众反帝反封建的心声,洋溢着浪漫主义的革命激情。他的诗歌创作成就尤为突出。诗歌的代表作《叛徒之歌》,以高昂激越的语言刻画了一个顶天立地、英勇无畏的爱国英雄形象,给被侮辱被损害者带来了巨大的鼓舞。伊斯拉姆在泰戈尔之后开辟了孟加拉诗歌的一个新时代,产生了深远的影响。

斯里兰卡是一个与印度半岛相望的岛国,用僧伽罗语。公元前3世纪,这里曾是佛教中心地之一,佛教对其社会文化的影响,直到今天仍然很深。斯里兰卡古代文学除受佛教影响外,受印度梵语文学影响也很大。1815年英国占领全岛,西方文学影响也相继而入。20世纪初叶,斯里兰卡在继承自己民族文化优秀传统的基础上,吸收西方近代文学因素,开始建立自己的民族新文学。比亚达萨·西利塞纳(1875—1946)于1907年发表的小说《幸福的婚姻》,就是一部具有转折意义的作品。这部小说描写一个信仰佛教的青年和一个基督教徒之间的爱情,具有反殖民主义倾向。玛·魏克拉玛辛诃(1891－1976)是一位重要的作家。他出身于一个小康之家,当过店员。后经刻苦自学,掌握了僧伽罗语、英语、梵语和巴利语。他曾从事新闻编辑工作,担任过《太阳报》主编,1946 年后专门从事文学创作,共写了 80 多部作品。他的代表作三部曲《乡村的变迁》(1944)、《争斗时代》(1957)、《时代终结》(1949)反映了斯里兰卡在西方资本主义冲击下的深刻变化。他的中篇小说《神秘岛》(1947),(中译名为《蛇岛的秘密》是一部优秀的儿童读物。小说的主人公乌里帕是一个顽皮而又勇敢的孩子。他的一些恶作剧有时闹得四邻不安,谣传警察要抓他,于是乌里帕和小仆人吉纳连夜逃走,在农民波迪家中帮工。这个村子附近的大湖中有一座小岛,传说岛上满是毒蛇,人莫敢至,成为神秘之岛。乌里帕为探明岛上秘密,只身驾船而往,发现岛上果实累累,土地肥沃。后来他就带吉纳前去开垦,卖掉产品,一年能积蓄 200 卢比。可是,两年后,村长却以他们私自开垦为借口,企图霸占这块土地。经过激烈斗争,乌里帕才以每年缴纳 25 卢比的租金,获得岛上土地的开垦权。原来还盛传岛上有妖怪,乌里帕两次冒险探访,终于发现是一个为逃避警察追捕的农民躲在岛上。乌里帕发誓为其保守秘密。有一个家道败落后靠欺骗混日子的公子哥儿,被乌里帕带到岛上,经过几个月的劳动,也能干活了。当乌里帕因父病暂时离开小岛时,那位少年为他料理小岛。这部作品反映了农民的悲惨处境和地主官吏的横蛮凶狠,歌颂了劳动人民的诚实、朴素的性格,赞扬了乌里帕的勇敢和冒险精神。魏克拉玛辛诃的重要作品还有《海市蜃楼》(1947)、《禁欲》(1956)等。

尼泊尔是一个内陆山国,其文化历来受印度影响。大约在 18 世纪时,才开始产生国语(即尼泊尔语)文学。20 世纪 30 年代,著名作家鲍德雅尔(1884—1965)等提倡文学反映现实的主张,对尼泊尔创作影响很大,出现了一批反映现实生活的作品。40 年代,现实主义文学创作有了进一步发展。1951 年以后，出现了一批争取独立，寻求个性解放，揭露社会不平的作品。

第二节　普列姆·昌德

生平与创作

普列姆·昌德（1880－1936）是印度现代文学史上的一位杰出作家，也是印度现代文学的奠基者之一。他的文学活动为印度和世界文化留下了一笔宝贵的遗产。

普列姆·昌德于 1880 年 7 月 31 日出生于印度北方邦名城贝拿勒斯近郊的莫希村的一户普通农家，父亲是邮局的一名小职员，月薪只有微薄的 30 个卢比，这是家庭生活的主要来源。普列姆·昌德童年时代，在村子的旧式村学中学习波斯语和乌尔都语，他 7 岁时，母亲病逝，10 岁时，父亲续弦。此后，他在父亲工作的小镇上进入正规学校读书，同时开始接触文学作品，逐渐对文学有了浓厚的兴趣。他 15 岁时，由父亲包办结婚。16 岁时，父亲去世，留下后母和两个弟弟以及他的妻子，由他供养。这时，他还只是贝拿勒斯 9 年级的学生，却要担负起成年人的义务。为此，他不得不到另一个地方去做业余家庭教师，为孩子补课。作者后来回顾他的经历时，诉说了他的早年生活之艰辛：为给人补课，“冬天的日子天气冷，要在 4 点钟赶到，一直到 6 点我才有空。从那里回到我在农村的家要走十好几里，即使走得快，8 点以前也到不了家。早上 8 点又得从家里动身，要不，就不能按时赶到学校。晚上吃过饭就坐在油灯前面念书，也不知什么时候睡觉。”[①] 刚进入青年时代的普

---

① 见《一生的主要经历（自传）》，载《如意树》，刘安武译，上海译文出版社，1983 年版。

列姆·昌德,在家庭生活的重压下,领略了生活的辛酸。他的这些感受,在后来的创作中都有强烈的反应。

普列姆·昌德在中学毕业之后,经过多方努力,得以免费升入大学,但由于生病和数学考试不及格而失去了学习的机会。此后,为全家生活计,他充当了一位律师家的家庭教师,并住在律师家的一间简陋的房子里。他后来这样描述当时的生活:“我铺上了一块粗麻布,从街上买来了一盏小油灯,就开始在城里生活了。我还从家里拿来了几件器皿,一天熬一顿粥,吃完后把碗一洗,就到图书馆去了。”① 在那里,他大量地阅读小说,包括印度近代文学著名作家般吉姆·查特吉、勒登纳特·萨尔夏尔的作品。在这段时间里,他每月只有5卢比的收入,为养活家口,他不得不经常借债。他曾向他每天必须经过的一家布店赊购了两个卢比的布。后来因为无钱还债而绕道行走,3年后才还清。他又向一个土工借过半个卢比,5年之后,那位土工到普列姆·昌德的村子里讨回。1899年寒冬的一天,他一文不名,告贷无门,只好到书店去出卖一本《数学题解大全》。就在他用半价出卖这本旧书时,在这个书店里,他同一位小学校长巧遇。那位校长愿用18卢比的月薪聘请他去当教师。他当然答应了。他后来回忆这段偶然机遇时写道:“在那时候18个卢比,超过了我那失望而痛苦的心中所能产生的最大的幻想。我答应第二天就去找他。往回走时我的脚好像在飞一样,这是1899年的事。”②就这样,他跨进了教育界的大门,先后担任了20余年的中、小学教师、校长,教育行政部门的副督学和督学等职务。1920年,正当甘地领导的不合作运动处于高潮时,发生了殖民政府屠杀印度人民的杰利亚公园惨案,普列姆·昌德愤而辞去公职。自此以后,他就开始专门从事文学创作活动。

---

① ②《一生的主要经历(自传)》。

普列姆·昌德未能升入大学，但他依靠自己的顽强自学，于1904年在阿拉巴哈德东方学系通过了乌尔都语和印地语的特别考试。1905年又获得师范学院的教书凭证。1910年，他通过了大学预科的英语、哲学、波斯语和历史的考试。1919年，他取得了英语、波斯语和历史科的学士学位。此外，他还在图书馆、书店，特别是农村里，学到了书本上和学校里难以学到的社会知识，成为一个热爱祖国，真正懂得和了解自己民族、社会、人生，特别是农村生活的学者，从而写出了真正反映社会风貌、人生场景、时代本质和人民愿望的具有重大意义的小说。

他对印度现代文学的贡献，不只表现在他的创作方面，还表现在他所从事的文学活动中。他长期从事文学刊物的编辑工作，先后编辑过印地语的《荣誉》、《甘美》和《觉醒》等杂志。1930年，他创办了著名的杂志《天鹅》。他以顽强的精神，在极端艰苦的条件下，把这本杂志办成一份为印度民族独立而奋斗的刊物。他还同其他作家一道，筹建并创立了印度进步作家协会。1936年4月，他主持了印度进步作家协会第一次大会。作为大会主席，他发表了题为《文学的目的》的演说。6月，他在代表作《戈丹》出版后不久便病倒了，于10月8日不幸去世。

普列姆·昌德是一位爱国主义作家，他为自己民族和国家独立而奋斗不已。受俄国十月社会主义革命的影响，他认为独立应该是人民大众的解放。他明确地指出，“毫无疑问，独立运动是穷苦人的运动。”因此，“我们不仅仅对英国当权者进行斗争，而且也和印度的当权者进行斗争”。这里所说的“印度的当权者”，是指同英国殖民者相勾结的、吸吮穷人血汗的土邦王公、封建地主和高利贷者。他们正是殖民主义在印度存在的基础。他在自己的作品中，给我们描绘了在殖民主义和封建势力双重压迫下农民的悲惨命运。

普列姆·昌德的文学活动，是同现实生活、民族独立运动紧密地联系在一起的。他在题为《文学在生活中的地位》一文中，明确地指出了“文学的基础是生活”。在阐述文学和民族解放的关系时，他说：“文学的复兴就是民族的复兴。”文学创作应该反映民族的尊严和人民的觉醒。在1936年印度进步作家协会成立大会上的演说中，他号召作家把自己的文学作品，变为被压迫者的武器。他说：“作家凭着他对大自然的深刻观察和自己的强烈感受，使其美感更加丰富，以至于使那些丑的、恶的、没人性的东西，对他说来都是假的；并且他运用言词和感情的威力，对丑的，恶的，没人性的东西加以抨击。也就是说，他用美、善和人性的箭去射击相反的东西。对于凡是被压迫、被蹂躏和被剥夺的人——不管是一个人还是一群人——都表示支持并为他们辩护，这是作家的职责。”作为印度现代文学奠基者的普列姆·昌德，在他30多年的创作生涯中，正是这样实践他的文学主张的。

普列姆·昌德的创作活动开始于20世纪初，1902年发表的长篇小说《神庙的奥秘》，是他的第一部作品。在此后的30多年中，他写了15部中、长篇小说和300余篇短篇小说，有“小说之王”之称。

普列姆·昌德的短篇小说创作，开始于1907年。他的第一个短篇小说集题为《热爱祖国》，1909年出版，收集了包括《世界上的无价之宝》在内的5篇小说。他说，“这5篇小说歌颂了伟大的爱国主义。”正因为如此，在小说出版半年后，法院以“小说中充满了煽动性的言论”和“侮辱了英国政府”的罪名，传讯了他，责令他交出尚未卖完的小说，并规定以后不经过法官允许不得写文章。当然，普列姆·昌德并没有被吓倒，而是更加努力地进行创作。他的短篇小说大都收集在题名为《圣湖》的8部短篇小说集中。他的短篇小说选材广泛，人物性格鲜明，真实感人。著名的短篇小说有：《赫勒道尔王公》、《大家女》、《沙伦塔夫人》、《礼教的祭坛》、《牺牲》、《进军》、《老婶娘》、《棋友》、《一把小麦》、《首陀罗姑娘》、《教义》、《如意树》、《咒语》、《解脱》、《神庙》和《可番布》等。在这些作品中，有的反映了印度人民反殖民主义的斗争，有的揭露祭司的虚伪和毒辣，有的批判荒谬的种姓制度，有的抨击地主高利贷者的残酷，有的反映农民和妇女命运的悲剧。短篇小说《一把小麦》，就揭示了祭司的狠毒和农民的辛酸。农民香克，为招待一个过路的客人，向祭司借了一把小麦粉做饭。尽管所借的小麦粉数量微乎其微，但是贫穷的香克到期仍是无力归还，那个祭司就以此为由，利上加利，迫使香克给他做工以抵债。为一把小麦粉，香克竟做了20年的长工，累死了，债务尚未还清，他的儿子还被迫继续做工抵债。这个故事读来似乎令人难以置信，但确实反映了印度农民悲惨的命运。

普列姆·昌德的长篇小说有：《服务院》(1916)、《仁爱道院》(1921，中译名又为《博爱新村》)、《妮摩拉》(1923)、《战场》(1928，中译名为《舞台》)、《一串项链》(1930，原名《盗用公款》，)、《圣洁的土地》(1932)、《戈丹》(1936)等。

普列姆·昌德的长篇小说着力描写的场景是农村，故有"印度农村的现代史"之称。他在1916年出版的《服务院》，被称为是他的成名之作和印地语文学中第一部优秀的现代小说。这部作品的主人公苏曼，是一个中产阶级的妇女。她追慕虚荣，贪图享受，因无陪嫁而被丈夫遗弃，沦为妓女。她在受尽凌辱之后，醒悟过来，筹资建了一个服务院，收养孤儿。这部作品在一定程度上揭露了印度古老习俗的残酷和妇女地位的低下，有一定的现实意义，但其改良主义的结局只是一种空想而已。1921年出版的《仁爱道院》是作者早期创作的代表作，也是作者转向描写农村生活的第一部作品。这部小说以普列姆和葛纳衍兄弟对待农民的不同态度和所走道路的分歧，反映了印度农村中尖锐的阶级对立。葛纳衍是一个贪婪、自私、狠毒而残酷的地主，他从叔父手中夺取了祖产，又同官吏、包税人勾结在一起，使用种种诡计，敲骨吸髓。残忍地迫害和剥削贫穷农民，因此遭到农民的激烈反对，最后落得个身败名裂的下场。普列姆在美国学习农业归国后，放弃土地和财产，一直站在农民一边，为农民的利益而奔波，最后建立了一个没有剥削、没有压迫的仁爱道院。这部作品的意义在于反映了农民悲惨的命运和他们为争得生存权而进行的艰苦斗争。

长篇小说《妮摩拉》中的主人公妮摩拉，本是一位名律师的大女儿，已同一位颇有前途的青年律师订婚。但其父不幸被强人杀害，家庭失去支柱和经济来源，家道陡落，妮摩拉也无陪嫁可言。她的未婚夫借此解除婚约。陷入困境的妮摩拉的母亲，只好把女儿嫁给一个不要妆奁的老律师作继室。老律师多达拉姆的大儿子孟萨拉姆比妮摩拉还要年长一岁。妮摩拉在老丈夫的猜疑中，在刻薄的姑子的妒嫉和前妻儿子的偷盗讹诈之下，过着痛苦的生活，直至凄凉地死去。同《服务院》相比，这部小说在更深的程度上抨击了印度社会的恶习，表现了对妇女的更大同情。妮摩拉这个形象的描绘，也更真切感人；同时，作者也放弃了过去作品中表现出来的那种不切实际的改良主义幻想。

《舞台》是作者的名著之一。它所表现的故事发生在 20 年代的贝拿勒斯近郊，一个双目失明的乞丐苏尔达斯，手中有祖传的几十亩荒地。依靠英国殖民政府而发迹的资本家约翰·西瓦克拟高价收买这些荒地，准备在那里开办烟厂。但苏尔达斯宁愿无偿地让村民们自由放牧，也不愿出卖。约翰·西瓦克便通过土邦王公贡鄂尔的女婿、市政委员会主席莫罕德拉·古玛尔王公的权势强行征购。苏尔达斯不畏强暴，坚持用歌声诉说自己的冤屈和愤懑，得到广大群众的同情，于是掀起一场声势浩大的抗议运动。抗议运动被英国殖民政府镇压了，苏尔达斯惨遭杀害，荒地上办起了烟厂；但群众的不满仍然存在，他们为了纪念苏尔达斯，为他立了一座塑像。迫害苏尔达斯的古玛尔王公，在被迫辞去市政委员会主席职务之后，为发泄私愤，竟在夜间偷偷地去捣毁苏尔达斯的塑像，反被倒下的塑像砸死。作品通过这样一个复杂的故事，再现了 20 年代印度社会的生活图景，揭示了英国资本主义入侵后，印度农村自给自足经济的崩溃和农民破产的历史。印度著名评论家古普塔在《论普列姆·昌德》一书中，在阐述小说的这一深刻意义时写道："普列姆·昌德对工业经济在印度的迅速增长忧心忡忡，他认为，工业网在印度日益扩大的结果无疑是农民丧失自己的土地，普通劳动者受到残酷的剥削，社会生活和文化畸形发展，捣乱分子滋生猖獗。普列姆·昌德的这些担忧在他的长篇小说《舞台》中得到了极好的表现。

《一串项链》(1930)是一部描写城市小资产阶级的长篇小说。佳尔巴和他的丈夫罗玛纳特，由于虚荣心驱使，竟不惜盗用公款，购买一串项链。为此，罗玛纳特不得不潜逃在外，流落他乡，陷入警察的魔爪，被迫充当伪证人。后来，在妻子佳尔巴的帮助下，罗玛纳特才得以摆脱困境。这部小说，反映了印度社会的一个侧面。

普列姆·昌德的小说大都用印地语写成。他是印地语的"第一位符合现代意义的小说家"。[①] 他使由泰戈尔等伟大作家所开创的现代小说的形式得以不断完善。他以干净利落的艺术笔调和鲜明的感情色彩，真实而熟练地描绘了印度社会，特别是农村的生活面貌。他笔下的故事富有戏剧色彩，曲折而流畅。他善于刻画人物，特别善于描绘农民的心理活动。他的小说中的许多农民典型，几乎都是栩栩如生、真实可信的。

普列姆·昌德的作品也受到中国读者欢迎。从1953年起，我国先后出版了他的许多短篇小说和长篇小说《戈丹》、《妮摩拉》、《舞台》、《仁爱道院》及《一串项链》等。

《戈　　丹》

长篇小说《戈丹》是普列姆·昌德的重要作品。这部被称为印度农村史诗的长篇小说，体现了作者的最高艺术成就，也是30年

---

① 《印度现代文学》第93页，外国文学出版社，1981年版。

代印度文学的代表作。

《戈丹》取材于作者所熟悉的农村,通过贫苦农民何利苦难的一生和悲惨的结局,反映了20年代到30年代印度农村的深刻矛盾,揭露了地主、高利贷者和祭司对农民的残酷压迫和剥削的罪恶,表达了对贫苦农民的极大同情。作品的主人公何利是一个善良、纯朴而又谨守教规的贫苦农民。小说是通过何利所经历的几次“事件”来表现主题的。第一件是“奶牛事件”:何利唯一的希望,就是想买一条母牛,既可以挤奶,又可为家庭增添光彩。小说写道:“这是他一生中最美丽的梦想,最崇高的愿望。至于买田置地,修建高楼大厦,或者靠着银行存款的利息坐享清福——这些奢望他那渺小的心里怎能容得下呢!”由于一次偶然的机会,他以给丧妻的牛贩子薄拉提亲为由,赊买了他的一头奶牛,全家都很高兴。何利已分居的胞弟希拉出于妒忌,把奶牛毒死后外逃。在警察要搜查希拉的住宅时,何利为了维护家门的体面,不仅否认奶牛是希拉毒死的,而且还忍受警察和头人的敲诈。他的美梦化成了泡影。第二是“教籍事件”:何利的儿子戈巴尔和薄拉的寡居女儿裘妮亚私下相恋。一天晚上,戈巴尔把已有5个月身孕的裘妮亚送回家后,自己却逃走了。何利和妻子丹妮亚收留了这个可怜的少妇,可是却触犯了教规。何利被村中头人开除教籍。对何利来说,是不能离开教族的,而且他也不敢同威风十足的教族对抗。正如小说所描写的:“他对教族怀着的恐惧却像魔鬼一样骑在他头上”,而且在用刺棒打他。脱离了教族的生活,他简直不敢想象”。为恢复教籍,何利接受了头人的惩罚:交100卢比和20满粮食。他把房产抵押出去借了债,交了罚金,一年的收成也被头人抢走了。这一次沉重打击,使何利降为雇工了。第三件事是“嫁女”:为嫁大女儿,何利只好又借了200卢比,从此债台高筑。何利进一步陷入高利贷剥削的罗网之中。第四是“卖女还租”:何利连续欠了3年的地租,被地主控告了,将要抽回他的耕地,这对何利来说,等于斩断他赖以生存的命根子。作品写道:“何利的景况一天不如一天了。在人生的战斗中,他常常遭遇到失败,可是他从来没有失掉勇气。每一次失败仿佛都给予他一种新力量去跟命运搏斗。但现在已经到了连自信都完全丧失的山穷水尽的境地了。”求情无望,告贷无门,走投无路的何利,只得变相地把小女儿卖给一个丧妻的老头作为继室。当他接过 100 卢比的钞票时,作品写道:“何利接过钱来,手在簌簌发抖。他抬不起头,嘴里也一句话也说不出,仿佛他已跌入耻辱的深渊,而且在不断地往下沉落。他跟生活搏斗了 30 年,今天终于失败了,而且失败得这样惨,仿佛他给罚站在城门边,过往的人都朝他脸上吐一口唾沫。”这对他是一次致命的打击,不仅使他又下降为一个苦力,而且导致他的惨死。最后,他在做苦力的工地上倒下了。“什么样的苦我都受过了,让我去死吧!”这悲哀绝望的话语,是他在自己不幸的人生旅程即将结束之时,留给这个残酷而无情的世界的最后一句话。他搓草绳得来的 20 个安那,本是他生前为买奶牛而积攒的,却在他死后成为献给祭司的“戈丹”!

这部作品通过何利的悲剧,批判的矛头首先指向古老的教权统治。印度是一个宗教盛行的国家,从古老的吠陀教、婆罗门教、佛教到印度教,宗教信仰几乎成为社会和人民生活的一个不可缺少的组成部分。群众笃信宗教,是出于一种虔诚的、善良的愿望和理想。他们幻想通过信仰去获得精神解脱和改善自己的悲惨命运和凄凉处境。而统治阶级则利用宗教信仰,加强对人民的剥削和控制。在《戈丹》中,作者形象而深刻地描写教族就像一只巨大的罪恶之网,把农民紧紧地网在里面,任其摆布。作者愤怒地写道:“教族像一株树似地在他的生活里扎了根,而这一株树的根须又穿遍了他的每一个毛孔,无论是结婚、剃头、穿耳朵、生孩子、死人,都和教族有关。脱离了教族,他的生活就完全毁了。”收留了裘妮亚的何利,为了保住教籍,只得低头忍受,心甘情愿地受罚。他恢复了教籍,精神上似乎得到解脱,可是生活上却受到严重的打击。这一事件成为他一生悲惨命运的转折点,直到死去之后,还无法摆脱祭司的剥削。作者对祭司凶狠面目的揭露是辛辣的、无情的。作者借丹妮亚之口,一针见血地指出:“他们哪里是长老。他们是魔鬼,道地的魔鬼。他们想要把我们的田地都抢去自己受用,罚款不过是个借口罢了。”这种对于祭司本质的揭露,在印度现代文学史上,具有重大的意义。

在教族的大网里,地主、高利贷者和祭司结成了一个庞大的吸血鬼集团。他们利用古老的习俗,依仗英国殖民政府的庇护,为所欲为地欺压掠夺农民,傲慢而残忍,无耻而荒唐。那位曾是自由运动风云人物的地主莱易老爷,转眼之间,变成殖民主义者的宠儿。而村里的头人们:“都是杀人的,是穷人的吸血鬼。利息啦,粮账啦,送礼啦,送黑钱啦,不管什么东西,都要打劫穷人”。至于警官之类的官吏,则是专干“掐穷人脖子”的勾当而已。小说对于殖民主义、地主、高利贷者,甚至大资产阶级之间的相互勾结、相互利用的本质的揭露,表现了作者对现实生活认识之深刻和反映生活面之广阔。

小说的主人公何利,被认为是印度农民悲惨命运的典型化身。他诚实、勤劳。在社会恶势力面前,他委曲求全,逆来顺受,为的是能活下去。残酷的生活,几乎使他的人的本性也遭到蹂躏和扭曲。他的逻辑是:“别人的脚踩在自己身上,只得放聪明点,在那脚底板上抓抓痒。”他奉承巴结地主莱易老爷,忍受头人的重罚,变相地出卖小女儿等等,凡是穷人所能忍受的,他都忍受了。然而,他并没有活下去,终于被他们榨干了最后的一滴血,累死在苦力场上,离开了这个他无立锥之地的世界。何利死去了,但作者塑造的这一典型人物的社会意义,却是很大的。这部作品对罪恶社会的强烈控诉,几乎同何利悲惨的呼号一样,震撼人心。

何利的妻子丹妮亚,是同丈夫患难与共的生活伴侣。为了挣碗饭吃,年纪不过36岁的丹妮亚,已经未老先衰,不仅头发斑白,而且脸上起了皱纹，肤色变黑，眼光也有些模糊不清了。但她不像丈夫那样软弱可欺。而是勇敢倔强，直率泼辣，敢于同那些社会恶势力进行抗争。她无情地揭露社会丑恶，揭穿他们的阴谋。然而，这个具有叛逆性格的农村妇女，也无法摆脱悲剧的命运，最后还是在她丈夫的尸体前昏倒下去了。丹妮亚的结局，也是对罪恶社会的强烈抗议。

《戈丹》的艺术成就可以说达到当时印度文学创作水平的高峰，同安纳德的长篇小说《两叶一芽》，组成印度30年代文学的双璧。

普列姆·昌德善于刻画人物性格。从不同角度和不同层次去刻画人物，多方面地展示人物精神面貌，是这部作品的艺术特点之一。如作品中的何利，就是一个丰满而鲜明的形象。小说既描绘了他勤劳、忠厚和纯朴的一面，又写了他的自私和贪心以及对此的自责；既写了他的胆小怕事、委曲求全、逆来顺受的奴性，又表现了他对现实生活的悲愤和不满，而且还写了他的性格的发展和变化。何利之所以成为不朽的印度农民典型，还在于作者着力描写他的神情、思想和心灵，追求神似，富有浓厚的感情色彩，具有强烈的艺术力量。

作者还善于通过典型细节的描绘，增强作品情节的生动性，强化作品的主题思想。例如作品对农民收割甘蔗的场景的描绘就十分精彩。何利和村民们在收割甘蔗时，都有各自的打算。有的准备买耕牛，有的想借此还清旧账。可是，当他们一开始割甘蔗时，高利贷者、地主管家和头人们全都来了。何利借了杜拉梨30个卢比，3年之内利滚利就变成了100卢比。杜拉梨抢过何利的镰刀，要他先还账；不一会儿，大肚皮、黑面皮的蒙格鲁老板也来了，他在3年前借给何利的50个卢比，现在要还300个。何利的甘蔗一共只卖了120个卢比，高利贷者金古里·辛却先拿走账单，取了现金，扣了欠款，只丢给何利25个卢比。何利含着泪水捡起被金古里·

辛扔在地上的25个卢比,刚走出糖厂,地主管家诺凯·拉姆嚷着来了。何利走上前去,把25个卢比塞到他手里,一句话也没有说就急忙跑开了。农民索巴的遭遇也是这样。当何利劝他把剩下的钱送给村中头人时,索巴哽咽地说:“我会给的,大哥! 不给,又往哪儿走啊!”农民吉尔达尔喝了椰子酒,摇摇晃晃地朝他们走来。原来他把一个安那偷偷含在嘴里,才侥幸留下,他就用这一个安那喝了酒。他凄凉地指着自己的肚皮说:“天黑了,我一滴水也没有喝过,要说谎就让我吃牛肉好了。其实是我把一个安那含在嘴里,用这个安那买了点椰子酒喝。我心想,一年到头都泡在汗水里,今天就喝点椰子酒吧,可是,说老实话,我没有醉。一个安那的椰子酒哪会醉人? 不错,我有点摇摇晃晃的,因此,人们以为我喝得很多。真好呵,大叔,钱都还清了。借的是20个卢比,还的是160个卢比,还有个底吗?”这一场景的细节描写,把地主高利贷者的丑恶凶狠面目揭露无遗,也写出了农民的悲苦和凄凉,读来令人气愤难忍。

《戈丹》还表现出作者善于通过环境的描绘和人物的内心感受,反映现实本质,增强作品的悲剧气氛。如离家几年的戈巴尔回到农村时,心情是极不平静的。作品写道:“戈巴尔到了家,看见家里一副凄凉景象,心情很黯淡,真想立即回去。一部分房屋已经歪歪斜斜,眼看就要坍塌了。大门口只拴着一头公牛,而且现出半死不活的样子。”“这还不仅仅是何利一个人的光景,全村的人都在遭受这样的灾难。村里没有一个人不是愁眉苦脸的,仿佛他们的躯体内没有灵魂,只有痛苦。他们好像木偶似地跳来跳去,只知道干活、受苦,因为干活、受苦是他们命中注定的。”从童年时代就已习惯这种现象的戈巴尔,离家4年之后重又回来,仿佛看到一个“新世界”,他也无限悲哀。这种带有强烈情感的描绘,更增强了作品的艺术感染力量。

第三节　安　纳　德

穆吉克·拉吉·安纳德(1905—)是印度现当代文学史上一位极为重要的作家。他在30年代所发表的一些小说,对印度现代文学的发展,具有开创性的意义。

安纳德生于印度北部的白沙瓦城,父亲本是铜匠,后来成为一名军人,母亲是一个农民的女儿。安纳德于1925年在旁遮普大学毕业后,去英国研究哲学、文学和艺术,1929年获哲学博士学位。最初,他从事文艺理论研究工作,后来开始创作。1936年,安纳德同普列姆·昌德等创建了印度进步作家协会。1937年他作为一名记者到西班牙,写了许多反法西斯的政论。1948年,他访问了一些社会主义国家。印度独立后,他积极从事世界和平运动,1953年,获得世界和平理事会颁发的国际和平奖金。

对安纳德思想和创作起重大影响的因素有三:一是少年时期的生活。他在少年时代,随着父亲所在军队的流动而辗转各地,有机会接触印度社会的下层人民,如工人、游民、农民、军人等,了解他们的悲惨命运,逐步看清了殖民主义残酷统治的罪恶,这为他后来的创作奠定了生活基础。后来,安纳德在谈到他的创作时曾这样说:"我最熟悉的世界,是那块游民、农民、士兵和劳动人民的小天地。"[①] 因而,在他的创作中,大都取材于下层人民的生活。二是在英国学习和生活期间,他结识了包括拉尔夫·福克斯(1900—1937)在内的许多进步作家。在他们的影响下,他曾研究过马克思文艺理论,为他的现实主义创作提供了理论根据。三是受高尔基创作的影响。他说,高尔基是一位不仅用文字,而且用整个生命为革命而斗争的作家。他接受高尔基的影响,特别注视印度社会下

① 《两叶一芽·印度版再版前记》。

层人民的生活，怀着对自己民族和人民的深厚情感，努力表现他们的痛苦、挣扎和斗争。

安纳德是一位创作十分丰富的作家。30 年代，他写的著名作品有《不可接触的贱民》(1935)、《苦力》(1936)和《两叶一芽》(1936)。40 年代，他写了三部曲：《村庄》(1939)、《越过黑水》(1940)和《剑与镰》(1942)，这三部作品以第一次世界大战为背景，通过一个农民的故事，反映了印度民族的觉醒。1945 年创作的长篇小说《伟大的心》，反映了手工艺匠的不幸遭遇。50 年代以后：他写了长篇小说《七个夏天》(1951)、《一个印度王子的私生活》(1953)、《道路》(1960)等。此外，他还写了许多优秀的短篇小说。

他的作品，大都取材于苦力、农民和贱民等下层人民的生活，反映殖民地人民的苦难，谴责种姓制度等封建恶习的荒谬，批判殖民者的罪恶统治，表达印度人民的怀疑、不满、悲愤、反抗和对未来的幻想与希望。他在 30 年代创作的《不可接触的贱民》、《苦力》和《两叶一芽》，从各个不同侧面，展示了 30 年代印度社会生活的艺术画面，使我们看到了 30 年代印度人民奋斗的足迹。这 3 部作品，在题材的选择、主题的开掘和艺术原则的运用等方面，都具有重要的意义。

印度在远古年代，就奉行一种特有的种姓制度，把人们划分为婆罗门、刹帝利、吠舍和首陀罗等，这是一种具有浓厚宗教色彩的严格的等级制度。一个家族的政治地位、财产状况可能变化，而所属的种姓则世代相传。此外还有一种“贱民”，大都是世代相传的鞋匠和打扫工。印度教认为：粪便是不洁之物，人体不能接触；而打扫粪便的打扫工，也就成为“不可接触者”了。在千百年的印度社会历史中，贱民成为被神所抛弃的卑下者，始终过着悲惨的、贫困的奴隶生活。安纳德在他的《不可接触的贱民》中，不仅第一个把贱民作为小说的主人公，还无情地揭露了种姓制度的残酷和荒谬，嘲笑了僧侣的虚伪道德，表现了对于贱民悲惨命运的深刻同情。小说的主人公巴克哈，是一个世代相传的打扫工，早就代替年老力衰的父亲清扫厕所。这个身强力壮、勤劳能干的18岁青年，在他的结实的双肩上，载负着说不清、甩不掉的因袭的精神重担。严格的种姓、浓厚的宗教观念和社会恶习，像重重大山，压在他的头上。从他刚懂事时起，就时时有一种犯罪感笼罩在他的心头。他的灵魂，除了恐惧而外，几乎处于麻木状态。他从来没有在人前抬起过头，更从没有举起手来反抗过任何人。他总是卑躬屈膝，露出卑贱的笑容，任凭打骂，任人宰割，忍受非人的奴隶生活。这部作品，通过巴克哈在一天内所遭受的侮辱、责骂、恶意的折磨等情节，剖析他的灵魂的微小变化。他悲愤地说："我随便走到哪儿，都只会遭人谩骂和嘲笑。玷污，玷污，我做不出好事，只会玷污人家。"但是，这个被视为"讨厌的贱民"、"黑心鬼养的小畜生"的巴克哈，也抱着摆脱现状的幻想。然而，他的幻想却是渺茫的，失望的，对他来说，"他们的生活，只有沉默，阴森森的沉默。死里求生的沉默"。这种悲剧性的结局，使我们更具体地看到了封建恶习的吃人真面目。

《两叶一芽》是一部以反殖民主义为主要内容的优秀小说，它通过对一个契约劳工的命运浮沉的描写，反映了深重的民族灾难，尖锐地揭露了殖民主义统治的罪恶。小说的主人公甘鼓，是一个破了产的农民，在工头布塔的诱骗下，他带着妻儿，离开世代居住的家园，经过12昼夜的行程，来到英国人经营的茶叶种植园做工。甘鼓一到茶园的工棚时，一位过了20年奴隶生活的老工人纳延对他说："唔，现在你横竖逃不掉了，你永远也回不去了。"果然如此。甘鼓来到茶园不久，灾难也接踵而至。在他患病尚未痊愈时，妻子反而染病身亡；又因为参加"暴动"而被罚款，债台高筑，走投无路；最后，在他的女儿被茶园经理强行奸污时，甘鼓也被枪杀而死。小说通过这个悲惨的故事，把批判的锋芒直指殖民主义。这座茶园，就是英国殖民主义统治下的印度的一个缩影。殖民者使用血腥屠杀、残酷掠夺和无耻欺骗的手段，占有了这块茶园。殖民者把印度工人视为自己的财产，有生杀予夺之权。茶园的副经理勒吉·韩特，是一个典型的殖民强盗，他强奸印度妇女，毒打和枪杀工人，反而被殖民政府视为英雄。作品也揭示了殖民者灵魂的空虚和卑污，指明印度民族的苦难根源，就是殖民主义的“血腥的制度”。

这部作品中的主人公甘鼓，是殖民地印度苦难农民的典型。他忠厚、诚实、和善而勤劳，在地主和高利贷的压榨下出卖了仅有的3亩地后，背井离乡，到茶园去谋生。他虽然不相信工头布塔所说的“人间天堂”，但在迷惘中也带着渺茫的希望，梦想得到土地。可是，殖民者的罪恶行径，却使他家破人亡。

作者在描写这个不幸者的人生旅程时，特别着眼于揭示他的灵魂的变化和发展过程。历史的沉积污垢，荒谬的封建习俗，特别是殖民者的残酷统治，使他形成一种逆来顺受的性格。他破了产，不怨恨任何人；他明知工头在欺骗自己，却还故意装出相信工头诺言的样子，去忍受凌辱和不幸。他任从命运的拨弄，在幻想中过日子。“妻子死后，他带着印度教徒的那种万念俱灰的漠然态度，认为丧妻不过是过去造了孽的又一次报应罢了”。他还想在天堂和自己命运之间架起一个光辉灿烂的梯子来。因此，他保持缄默，力图去掉愤懑情绪，忍受屈辱，宽恕一切，以求活下去，修来世。可是，即使是这样与世无争的人，面对难以生活的困境，也不断产生疑问、不满和反抗。他的宿命论思想，也曾被一种闪烁着复仇的怒火所代替，成为“暴动”的带头人之一。然而，他的这种反抗意识，仍然是模糊的、空幻的、自发的，也是脆弱的。他既摆脱不了千年积习的精神枷锁，又跳不出宗教的魔法圈子，心头仍然带着永远无法解开的疑问，终于在绝望中结束了他的人生航程。这是甘鼓的悲剧，也是30年代印度民族命运的悲剧。这告诉人们：印度社会的解放，还要走许多更为艰苦的路程。

安纳德在30年代所写的几部长篇小说，代表了他的艺术风格，也促进了印度现代文学的发展。首先，在题材的选择方面，打破了禁区，扩大了文学表现生活的范围，着重描写社会下层人民的生活，把工人、农民和贱民的悲惨命运，作为主要题材。这既不是为了猎奇，也不是哗众取宠，而是时代的推进，文学发展的历史需要，也是出于他对这些下层人民生活的了解和深厚的同情。其次，他这些小说的主题的开掘，在印度现代文学史上，具有深化和推进的作用，他不仅注意把反封建和反殖民主义的主题有机地结合起来，而且还特别着眼于从正面提出反殖民主义的主题，表达了印度民族的愿望和要求。第三，他在创作中对现实主义艺术原则的运用和革新，对印度现代文学的发展，具有积极的推动作用。

第十六章　现当代西亚、北非文学

第一节　概　　述

第一次世界大战后，英、法、美等帝国主义国家重新划分在西亚和北非的势力范围。英国占领了整个伊朗和土耳其以及伊拉克等国的部分领土，并一度侵入阿富汗，企图建立一个从地中海到印度洋的广阔殖民地；法国除继续加强对突尼斯、摩洛哥和阿尔及利亚的统治外，还控制了叙利亚和黎巴嫩的主权；美国利用其在大战中获得的雄厚财力，企图左右这个地区的政治与经济。整个西亚和北非完全成了帝国主义垄断资本的原料基地和商品市场。

处于帝国主义和封建势力双重统治下的西亚、北非人民，在俄国十月社会主义革命的鼓舞下，为了争取国家独立、民族解放和实现社会改革的理想，进行了艰苦的斗争。由于这些国家内部的政治力量不同，反帝运动的领导性质有异，所以革命斗争的进程也不一。其中，西亚的阿富汗、伊拉克、土耳其、伊朗和北非的埃及在20世纪20年代—30年代相继独立。1952年7月，以纳赛尔为首的自由军官组织推翻了法鲁克王朝，又把埃及革命引向深入。其他一些国家，有的在二次大战结束后，有的直到20世纪六七十年代才挣脱殖民主义和封建专制的统治枷锁。

西亚、北非地区，历来存在着错综复杂的矛盾，致使这一地区的局部战争此起彼伏。1948年5月，以色列国成立。以美、英等国支持的以色列为一方，以巴勒斯坦阿拉伯人和阿拉伯国家为另一方，先后爆发了 4 次中东战争。而后，两伊战争、海湾战争等接连不断。大多数国家和人民在斗争中经受了考验，对外奉行中立和不结盟政策，反对侵略和霸权，维护民族独立和国家主权；对内致力于发展本国经济和政治，使国家逐步走向繁荣与民主。

由于各国的国情不同、条件各异，因而西亚、北非的现当代文学出现了极不平衡的发展状况。

西　亚

在西亚地区，伊朗现代文学处于领先地位。

诞生于 20 世纪初的伊朗现代文学，在 1905—1911 年的人民革命风暴被镇压后，曾经沉寂了近十个春秋，直到 1920 年伊朗爆发反抗英国殖民统治的武装起义，才重新获得生机。在革命期间，伊朗现代文学发挥了重要作用。

自 1925 年礼查建立巴列维王朝到 1941 年他逊位的 16 年间，是伊朗现代史上的一段黑暗时期。在这期间，礼查实行独裁政治，镇压民主运动，剥夺人民的言论和出版自由，严重地束缚了现代文学的发展。如伊朗著名作家恒拉里所说："在过去了的专制时期，没有出版自由，实行严格的检查制度，甚至抒情诗也要受到审查。报刊监督部门给诗人下达命令，不准写情调感伤的诗。"① 伊朗自 20 年代到 80 年代的文学，就是在这种严酷的政治背景下艰难曲折地发展起来的。

20 年代，除立宪运动时期的诗人继续创作外，还有一批新的诗人登上诗坛。他们在诗中同情平民百姓的疾苦，喊出了人们在悲惨社会里受迫害、受蹂躏的哀怨之声，但缺少抗争的勇气和战斗激情。这些诗歌在形式上更多地继承了波斯古典诗歌讲求音律和词藻的传统。其代表作家是伊拉治·密尔扎（1874—1924）和女诗

---

① 转引自《国外文学》1983 年第 4 期第 96 页。

人帕尔温·埃特萨米(1916—1941)。这个时期堪称文学革新派代表诗人的当推尼玛·尤什吉(1897—1960)。在诗歌内容上,他主张用人民的语言写人民的生活;在诗歌形式上,他力图摆脱传统格律的限制,提倡写充分表达个人情感的自由体诗。这种观点,对促进伊朗诗歌的改革有积极作用。

伊朗现代文学在小说创作上也有较大成就。1921 年贾玛尔扎德(1895—)发表的收有 6 个短篇小说的《故事集》,是伊朗现代文学向现实主义发展的重要标志。《故事集》一出版,即引起伊朗文坛的强烈反响。在《故事集》问世前出现的历史小说,往往以理想主义的色彩美化历史人物;社会小说大都以自然主义的方法描写社会黑暗面,而且使用的语言也深奥难懂。《故事集》则以朴实、自然、幽默的大众口语着重反映伊朗现实生活中的尖锐矛盾,提出人民关心的社会问题,谴责虚伪卑劣的宗教人士,揭露手段卑鄙无耻的政客,具有鲜明的政治倾向性。

《故事集》中的《恩将仇报》(又名《熊姨的友谊》),描写一个心地善良的伊朗青年,在旅途中救起一个即将冻死的俄国哥萨克兵,但是这个兵在归队后却诬陷青年人曾虐待他,并伙同其他侵略军将救命恩人杀死,最后还卑鄙地趁着月色,偷偷拿走青年的钱袋。在这里,作者以伊朗青年的热情、慷慨对照侵略者的贪婪、凶残,表达了强烈的爱憎之情。

30 年代初,四个进步的青年作家,在德黑兰组成一个被称为“四人会”的文学小组。他们是萨迪克·赫达亚特(详见本章第三节)、伯佐尔格·阿拉维、玛吉塔比·密努和马斯乌德·法尔扎德。赫达雅特是“四人会”的“灵魂”。尽管他们个性不同,创作道路各异,但其共同的思想基础和对文学艺术的相同观点使他们联系在一起,为伊朗现当代文学的发展做出了贡献。其中,伯佐尔格·阿拉维(1904—)是伊朗共产党员,曾于 1936 年被捕入狱。在 5 年的铁窗生活中,他著有短篇小说集《狱中杂记》。1942 年发表的中篇小说《五十三人》记述了包括他自己在内的53名革命者在狱中的斗争生活。1952年发表的长篇小说《她的眼睛》是其代表作。它生动地揭示了第二次世界大战前夕，伊朗进步人士反对独裁统治的斗争。

1946年，在德黑兰召开了有许多著名作家和诗人参加的第一次作家代表大会。大会在巴哈尔主持下探讨了诗歌、散文和文艺批评等伊朗现代文学中亟待解决的问题。这次会议强调了文学的社会功能，为伊朗现代文学向当代文学过渡指明了正确方向。

40年代末至50年代初，伊朗出现一批优秀的短篇小说。如赫达亚特的《明天》(1946)，艾赫山·塔巴利的《晴雨表》(1948)，密努的《行政会议》(1948)，阿赫玛德·萨迪克的《同志》(1952)，青年作家奥密德的《白色地平线》(1952)，伯佐尔格·阿拉维的《一个吉兰农民》(1951)、《书简及其他故事》和《水》(1952)等。

1953年，伊朗大资产阶级和大封建主的代表穆罕默德·礼查国王在帝国主义支持下残酷镇压人民革命运动，革命的、进步的文学遭到沉重打击。但一些进步的诗人和作家，在极其困难的条件下，仍然发表了不少优秀作品。

阿卜杜勒·侯赛因·努申(1910—)发表了描写伊朗农民悲惨遭遇的中篇小说《阿里穆拉德汗及其他人》(1959)。戈利恩·侯赛因·萨艾迪(1935—)的著名中篇小说《恐惧与担忧》等突出描写了民族的苦难。此外，诗人凯斯莱(1926—)还在1980年发表了赞颂民族革命、欢呼共和国诞生的著名诗集《从黑暗到黎明》和《美国！美国！》等。

土耳其现当代文学是在1919年爆发的资产阶级革命中兴起的。在四年独立战争中，曾经在第一次世界大战期间占领文坛的悲观主义、虚无主义思潮，迅速被爱国主义思潮冲垮，出现了一批以描写民族解放运动为题材的作品。如女作家哈利黛·埃迪普(1884—1964)的长篇小说《磨难》(1922)，亚库普·卡德里(1889—

1974)的长篇小说《私邸出让》(1922)等,就是当时著名的作品。

1923年土耳其共和国成立后,现代文学趋于繁荣,各种流派很多。在诗歌方面,深受波德莱尔影响的"七火炬"派居20年代诗坛首位,到了30年代,内吉普·法译尔(1905—)的表现个人悲哀、绝望的诗歌风行;纳齐姆·希克梅特(1902—1963)、迪纳莫(1909—)、勒法特·厄尔卡兹(1911—)和阿·卡迪尔(1917—)等人反映社会生活与政治问题的自由体诗也有很大的影响。到了40年代,称雄诗坛的是以奥尔汗·韦利(1914—1950)为代表的"怪诞派"诗人,他们对土耳其诗歌的革新和发展有很大贡献。

在小说方面,现实主义创作逐渐居主导地位。直到50年代,小说和戏剧等文体都有长足的发展,产生了大量描写劳动人民生活,反映社会矛盾的优秀作品。例如,雷沙特·努里·君泰金(1886—1956)通过一个孤女的遭遇,揭露官僚机构腐败和展现农民贫苦生活的长篇小说《戴菊鸟》(1922);萨德利·埃及泰姆(1900—1943)描写农民织工反抗压迫他们的地方富豪和外国承租者斗争的长篇小说《当纺车停转的时候》(1921)和揭露企业主剥削筑路民工的短篇小说《戴大礼帽的农民》(1932),前者被公认为土耳其文学史上第一部反映农村阶级斗争的杰作;雷菲克·哈利特·卡莱伊(1888—1965)反映农村生活的短篇小说《乡土故事》(1936);雷沙特·埃尼斯(1902—)表现农民和士兵在民族解放战争中的英勇精神的短篇小说集《我抽出自己的长剑》(1939)和通过一个贫农家庭的悲剧反映农民遭受残酷剥削境况的长篇小说《泥土气息》(1936);马卡尔·马哈穆特(1930—)描写农民生活的长篇小说《我们的村子》(1950),它发表后曾引起巨大的社会反响。还有萨伊特·法伊克·阿巴瑟亚纳克(1906—1954)的作品等。上述作品都在文学史上享有一定的地位。

特别需要提到的是萨巴·哈丁·阿里(1907—1948)的创作。他生于军官家庭,曾在德国柏林大学文学系学习,当过教师和编辑。

1931年因写诗讽刺总统，被监禁14个月。出狱后，他开始全力进行创作活动，到30年代末，相继发表了诗集《山和风》(1933)；短篇小说集《磨坊》(1934)、《大车》(1936)、《呼声》(1937)及长篇小说《来自库尤扎卡的优素福》(1937)、《我们心中的魔鬼》(1940)等。

《来自库尤扎卡的优素福》是为萨·阿里在土耳其文学史上赢得重要地位的心理小说。它通过描写男女主人公的爱情悲剧，反映了现实社会中严重的贫富对立，具有重要的思想意义和艺术价值。《我们心中的魔鬼》既是心理小说，也是社会政治小说，被公认是土耳其现代文学史上的一座丰碑。它以广阔的现实生活为背景，通过三种类型的知识分子由于生活变迁引起的心理变化，揭示出深刻的社会政治内容。

萨·阿里作品中鲜明的民主思想倾向和尖锐的批判锋芒招来了反动统治集团的诽谤和迫害。40年代初，他一度被悲观主义困扰，在1943年发表的中篇小说《穿皮大衣的圣玛利亚》和短篇小说集《新世界》中，流露出忧伤、绝望的情绪。到第二次世界大战末期，土耳其政府被迫放宽言论自由后，萨·阿里重登文坛，出版报纸抨击先后投靠希特勒和美帝国主义的国内反动派。1948年8月，萨·阿里惨遭特务暗杀。

纳泽姆·希克梅特(1902—1963)是土耳其一位著名的大诗人。少年时期在军校学习期间，他就参加了民主、爱国运动，后来又接受了社会主义思想，曾到苏联学习，回国后参加革命运动，被捕入狱，在狱中度过18年。于1950年在国内外舆论干预下被释放，后偷渡出国，流亡在苏联和东欧各国，最后死于苏联。他的诗歌不仅对形式进行了革新，创立无韵的自由诗体，而且在内容上表现鲜明的政治的和革命的思想。早年以抒情诗为主，晚年则以长篇叙事诗为主，长诗《我的同胞的群像》(1966)描写了从20世纪初到二战前夕社会各个阶层的生活，上有地主、资本家、政客，下有农民、工人，是一篇多角度的社会生活史诗。他的诗感情充沛，形象生动，语句激扬，富有鼓动性，给人以回肠荡气之感，是诗坛少有的珍品。

50年代之后，土耳其各种派别文学蜂起，以描写农村真实生活的“乡村文学”影响最大，出现了著名的作家雅夏尔·凯马尔(1922—)，其代表作是长篇小说《瘦子麦麦德》(1955)。阿齐兹·奈辛(1915—)的讽刺文学作品也是文坛上的重要成果。

此外，阿富汗、伊拉克等国的现当代文学也在国内的民主和爱国运动的背景下产生、发展，取得了重大成就，改变了过去沉寂、落后的状况。

在西亚地区，与伊斯兰各国不同，出现巴勒斯坦、以色列的现当代希伯来文学。它起步于19世纪末的欧洲，20世纪之后移入巴勒斯坦，20年代之后开始发展。初期的希伯来文学是移民文学，出现了重要诗人哈依姆·那合曼·比亚雷克(1873—1934)和撒乌尔·车尔尼霍夫斯基(1875—1943)，他们从不同的欧洲国家移居巴勒斯坦，开创现代希伯来的诗歌。此后，一批年轻一代诗人出现，繁荣了诗歌创作。现当代希伯来小说成就更为突出，早期作品效仿欧洲浪漫主义小说，是英雄传奇故事。20年代之后，文坛上涌入了西方的现实主义、现代主义的文艺思潮，小说创作活跃，出现了一批有才华的作家。其中阿格农(1888—1970)最有成就，他获得了1966年诺贝尔文学奖，是现当代希伯来文坛上的盟主(详见本章第四节)。

现当代希伯来文学是现当代亚非新兴的文学，它保留希伯来的文化传统，又融合西方现代主义、现实主义文学精神，成为西亚地区别具色彩的民族文学。

北　非

在现当代北非文学中，埃及文学的成就比较大。

自1882年英国占领埃及以后，埃及人民经过长期艰苦卓绝的斗争,直至1953年才获得真正的独立。埃及现代文学就是在埃及人民不断反抗英、法等帝国主义和本国封建势力的漫长岁月中诞生与发展的。

20世纪初,著名的诗人有艾哈迈德·邵基(1868—1932),哈菲兹·易卜拉欣(1871—1932)和赫利勒·穆特朗(1872—1949)。他们被称为阿拉伯现代诗歌复兴运动的“三杰”。

邵基在阿拉伯世界极享盛名,人们称之为“诗圣”、“诗王”。他的诗歌风格既有阿拉伯传统诗歌的古风,又有西方现代诗歌的艺术特征。在第一次世界大战前,他的诗歌大都是借赞美古老文明来抒发其爱国主义和民族主义的思想情感。如著名的史诗《尼罗河流域的大事件》(1894)。描绘了埃及历史的光荣与不幸,表达了诗人热爱祖国的深沉情感。1914年第一次世界大战爆发后,他的创作内容转向严酷的社会斗争。作品的主题集中表现在反对殖民主义压迫、同情人民苦难、关注祖国民族命运和对美好理想的追求等方面。《狮身人面兽》(1921)、《在金字塔下》(1923)等诗,就是表现这类主题的佳作。

邵基在晚年的主要贡献是创造了埃及式的诗剧,开辟了阿拉伯文学的新领域。他借鉴莎士比亚和法国古典主义戏剧,创作了5部古典题材的诗剧和一部散文剧。其中以《克娄巴特拉之死》(1929)和《莱伊拉的痴情人》(1931)最著名。前剧一反历史评说,把美丽的古埃及女王克娄巴特拉塑造成为捍卫埃及独立而忍辱负重、宁死不屈的巾帼英雄,突出爱国主义主题,鼓舞人民大胆反抗英国侵略,争取民族独立与解放。后一剧突出揭露封建制度对自由爱情的迫害,有阿拉伯的《罗密欧与朱丽叶》之美称。

哈菲兹·易卜拉欣有“尼罗河诗人”之称。他的诗歌题材广泛,渗透着高尚的爱国主义精神。他赞美埃及民族光荣的战斗传统,缅怀历史上阿拉伯人之间忧患与共的情谊,歌颂爱国志士的坚贞不屈,揭露殖民主义者对阿拉伯文化的摧残,号召人民为民族解放而斗争。他在诗中明确指出:“首先应该把敌人赶出去,把铁的脚镣手铐打碎!”“我们不应当空喊斗争——要靠手里的武力!”诗中充满着激情。

穆特朗原是黎巴嫩人,后移居埃及,因而又称之为“埃及、黎巴嫩两国诗人”。他的著名诗篇《两情人的故事》是其年轻时失去恋人的悲歌,它以真挚的感情歌颂纯洁的爱情。

上述三位诗人出色地担负起由巴鲁迪开始的诗歌复兴的重任,后人称他们是阿拉伯的古典主义派。但他们的诗不是对古诗的简单摹仿,而是在继承古诗精华的基础上的再创造,形成在古诗整体框架中融进新时代精神和诗人个性的新诗风。

20 世纪 30 年代—40 年代,埃及现代文学得到进一步发展。1931 年,“叙美派”文学中声望最高的代表人物纪伯伦逝世,“叙美派”作家逐渐分散,文学中心由黎、叙转入埃及,20 年代兴起的“埃及现代主义派”遂居文坛之首。它名为“现代主义”,实际上是现实主义,与欧美现代派毫无关联。这一派作家运用现实主义的创作方法,真实地反映埃及现代的社会生活、风俗习惯及普通人的思想情感,在阿拉伯地区很有影响。著名代表作家有塔哈·侯赛因(详见本章第二节)、迈哈穆德·台木尔、易卜拉欣·马齐尼和陶菲格·哈基姆等。

台木尔(1894—1973)是位多产作家,一生创作了 70 多部小说、戏剧和游记。其中 26 部短篇小说集,收入了近 400 篇佳作。他被公认为现代埃及现实主义短篇小说的奠基人。台木尔非常熟悉埃及城乡的各种人物和生活,所以他的作品中的人物上至官吏、僧侣、资产者,下至职员、知识分子、城市贫民、农民、乞丐等,都刻画得很真实、生动。台木尔通过这些人物的活动,充分展示了现代埃及社会丰富而复杂的生活面貌,表达了他个人改良社会,追求理想道德的愿望。其中揭露、批判社会各种痼疾,讽刺、鞭挞腐朽反动势力的小说写得格外深刻、成功。如短篇小说《沙良总督的姑妈》，写一个极其贪财吝啬的总督，从不理睬他贫苦的姑妈，可是当他姑妈病死后，他却利用为死者办丧事的机会，与贵人比阔气，为自己制造"孝道"的假象，活画出一副达官贵人的卑鄙丑恶的面目。

台木尔的小说在艺术上是相当成熟的。他在汲取莫泊桑和契诃夫的小说艺术的同时，创造了独具的艺术风格：小说的结构一般比较简单，人物形象比较鲜明，故事富有幽默感，讽刺非常辛辣。因此，他的作品不但在阿拉伯各国广泛流传，而且在他生前就被译成十多种文字。

这个时期在阿拉伯文坛上有影响的作品还有易卜拉欣·马齐尼(1889—1949)的长篇小说《作家易卜拉欣》(1931)，阿卡德(1889—1964)的长篇小说《萨拉》(1937)，陶菲格·哈基姆(1898—1987)的小说《灵魂归来》(1933)、《乡村检查官手记》(1937)等。这些作品从不同侧面，深刻地反映了现代埃及社会的阶级关系和新旧思想的斗争。马齐尼和阿卡德还是深受西方浪漫主义影响的"笛旺派"(意即"诗集派")的代表诗人。陶菲格还是阿拉伯语话剧的奠基人。他的剧作取材广泛，常用象征手法对人物和事件进行哲理分析，代表作有《洞中人》(1933)和《山鲁佐德》(1934)。30年代—40年代比较著名的诗人有1932年组成的"阿波罗诗社"的重要成员，艾哈迈德·扎基·艾布·沙迪(1892—1955)，易卜拉欣·纳吉(1898—1953)和阿里·迈哈穆德·塔哈(1902—1949)等。他们的诗作对呼唤民族觉醒，发展阿拉伯的诗歌，都起了一定的作用。

50年代，埃及文学的主要成就是长篇小说。这些作品不仅内容具有深度和广度，而且创作风格和技巧更臻成熟。著名作家纳吉布·马哈福兹(1912—)被誉为埃及小说界的"金字塔"(详见本章第五节)。另一著名作家阿卜杜·拉赫曼·舍尔卡维(1920—)以描写农村生活、塑造农民形象著称。他的长篇小说《土地》(1954)和《农民》(1968)被公认为现实主义的代表作。作品反映了近、现代之交的埃及农村中,农民与地主、与封建残余势力、与反动势力的矛盾和斗争,塑造了为争取水和土地、要求变革起而反抗斗争的农民形象。他的短篇小说集《斗争的国土》(1952)反映了埃及人民在各历史时期的反抗斗争,具有强烈的反殖民主义的战斗精神。

北非地区除埃及文学以外,还有“马格里布”地区的文学。“马格里布”一词在阿拉伯语中是“西方”的意思。一般指地处北非的阿尔及利亚、突尼斯和摩洛哥三国。这些国家长期受帝国主义奴役,直到20世纪50年代中期和60年代初才相继独立。这个地区的现当代文学伴随着民族解放运动的蓬勃兴起而发展起来。

阿尔及利亚现代中短篇小说的先驱者艾哈迈德·里达·霍霍(1911—1956)在文学界占有重要地位。他创作了阿尔及利亚文学史上第一部长篇小说《麦加少女》(1947)。作品反映了阿尔及利亚妇女的无权地位和要求自身解放的迫切愿望。另一著名作家是默罕穆德·狄布(1920—)。他在50年代创作了长篇小说《阿尔及利亚》三部曲:《大房子》(1952)、《火灾》(1954)、《织布机》(1957)。小说以1939年第二次世界大战前夕至1942年美军在北非登陆的历史为背景,描写阿尔及利亚社会底层的贫民、雇农和工人的痛苦生活以及他们反抗殖民主义者的斗争。他的另一部小说《非洲的夏天》(1959),反映了阿尔及利亚人民的武装起义,歌颂了民族解放战争。狄布属于长期侨居国外并用法语写作的作家。由于他年轻时家境贫寒,在国内当过工人、会计、教师和记者,比较熟悉祖国的风土民情,所以他的作品能真实地反映阿尔及利亚人民的生活,有鲜明的民族特色。

在突尼斯的现代作家中,最突出的是诗人艾布勒·卡西姆·沙比(1909—1934)。他去世后结集出版的诗集《生命之声》(1955)是突尼斯现代诗歌的典范。诗中不但表达了诗人要求摆脱暴政和压迫,追求自由的强烈愿望,而且表达了对殖民主义和封建统治下失去自由的人民的深切同情。那些既是艺术珍品又是战斗口号的诗句，使他的名声遍及阿拉伯世界。另一作家拜希尔·海里夫(1917—)的长篇小说《死亡，或者我受你爱情的诱惑》(1957)，反映了两次世界大战期间突尼斯小资产阶级和知识分子的生活。

摩洛哥现当代的著名作家中阿卜杜·迈吉德·本·加伦(1919—)负有盛名。他的作品《我的童年》和短篇小说集《血谷》(1948)反映了摩洛哥人民在法国殖民压迫下的悲惨生活和他们为争取自由独立所进行的反抗斗争。阿赫默德·塞夫里奥伊(1915—)在文坛上也颇有影响。他的短篇小说集《琥珀念珠》(1948)宣扬笃爱宗教、热爱邻人和过清廉生活的思想，旨在抵制西方唯利是图的习气。

第二节　塔哈·侯赛因

生平与创作

塔哈·侯赛因(1883—1973)是埃及现代最著名的作家、文艺批评家和学者，同时也是一位睿智的思想家和社会活动家。他对阿拉伯古典文学和现代文学有精深研究，著述很多，范围广泛，因而被誉为“阿拉伯文学泰斗”。

塔哈出生于埃及尼罗河畔马加加城附近的乡村，其父是甘蔗种植公司的小职员。他是13个孩子中的第7个。他在3岁时，因眼疾没能得到很好治疗而双目失明。迫于前途和生计，只好顺从父母的意愿走学习宗教的道路。他天资聪慧，记忆力超人，在学塾里就会背诵全本《古兰经》和许多古代诗文。1902年他刚13岁时，就随哥哥到开罗，入伊斯兰教最高学府爱资哈尔大学学习经训和教律。但这里古板、枯燥的课程和旧的教育制度使他烦恼、厌倦。1908年他转入新成立的埃及大学，学习文学、历史和外语。在这个根据现代教育制度建立起的新的学校的新环境里，他接受了许多新鲜事物，特别是欧洲东方学者运用现代资产阶级的学术观点和方法，对古典文学所作的研究，为他展现了富有生机的新天地。1914 年，他写出评价古代阿拉伯盲诗人艾布·阿拉·麦阿里的论文，受到好评，并荣获埃及大学授予的第一个博士学位。这篇题为《纪念艾布·阿拉》的论文提出关于新的文艺批评的原则和标准，观点新颖、论据充分，显示出塔哈非凡的才华和研究潜力。

1914 年底，他被埃及大学派往法国公费留学，先后在蒙彼利埃大学、巴黎索尔本学院、法兰西学院研读古希腊罗马历史、哲学、语言和文学，兼攻欧洲、特别是法国近代文学。在学习期间，他结识了一位品德高尚的法国姑娘。她帮助他克服了许多困难，并成了他的终生伴侣。塔哈曾说，她使他“从贫困变成富足，从绝望变成满怀希望，从贫贱变成富贵，从不幸变成愉快和幸福！”1918 年，他以研究哲学和社会问题的论文《伊本·赫勒顿的社会哲学》获巴黎大学博士学位，成为第一个在国外获得博士学位的埃及人。

1919 年 10 月，他回到埃及大学讲授希腊历史和文学，同时翻译、介绍希腊、罗马的文学艺术，出版了《希腊诗剧选》和《雅典人的制度》等书。当他发现埃及人难以接受希腊文学时，又于 1924 年出版了法国著名作家的作品集《戏剧故事》。后来，他还译了拉辛的剧本《安德洛玛刻》和伏尔泰的哲理小说《查第格》。

1924 年私立埃及大学改为国立开罗大学，他任文学院阿拉伯文学教授。1925 年发表《思想领袖》一书，这部历史评传论述了西方思想和文化发展的进程。1926 年，发表了《论贾希利叶(蒙昧)时代的诗歌》。在这篇文章里，全面阐述了他的文学主张：提倡思想自由和纯批评精神；应允许对一切古代典籍及先知圣人取怀疑、分析、批判态度；要敢于摒弃那些不符合理智和逻辑的东西。这些理论被保守分子视为“离经叛道”。后来，这部著作被当局查禁，但它预示了一个新的文艺批评标准将在阿拉伯诞生。此后，他出版了《星期三谈话》(1925—1926)，并开始思考、酝酿写自传体长篇小说《日子》。1928年以后,他曾几度担任文学院院长。1929年发表长篇宗教历史小说《先知外传》三卷中的第一卷。(另两卷分别于1942年、1943年出版)

1932年,他发表了1928年夏天在欧洲写的书信集《在夏天》,其中对自己青年时代求学情景的回忆,洋溢着一股奋发向上的热情。1933年发表了分析研究论著《哈菲兹和邵基》。1934年发表的题为《来自远方》的散文通讯集,收集了他在巴黎、比利时和维也纳时写的文章,其中最出色的一篇是关于笛卡儿及其怀疑论的文章。这期间他写的小说《鹬鸟的唤声》(1934),描述男女主人公追求爱情幸福,因地位不同而屡遭挫折,鹬鸟和小说中的人物遭受着同样的痛苦而发出悲鸣。1935年发表的《一个文人》,主要写和他同时留学的一位同学的生活。1936年出版的《和穆泰奈比在一起》一书,对10世纪阿拉伯的著名诗人的生活和作品进行了恰当的介绍与中肯的分析。同年还出版了《读诗和散文》。书中收入的《阿拉伯文学及其在世界几大文学中的地位》一文,客观地、旗帜鲜明地肯定了阿拉伯文学在世界文学中的历史地位和作用,强调向古代文学和外国文学学习的必要性,具有很强的说服力。

他离开大学在教育部任艺术顾问时,仍然关心埃及的现代文化教育,于1939年发表两卷本《文化的前途》。自1940年起,他开始担任阿拉伯语言学会委员。1942年被任命为亚历山大大学校长。在完成艰巨的建校任务的同时,他继续从事研究与创作,陆续出版了《再念艾布·阿拉》、《和狱中的艾布·阿拉在一起》、《艾布·阿拉的声音》等。1943年,他利用《一千零一夜》中的山鲁佐德和山鲁亚尔之间的矛盾故事,以借古喻今的手法,提出许多当时的社会问题。1944年发表小说《苦难树》,通过一个埃及家庭三代人之间的生动故事,反映出贫苦人民痛苦不堪的现实生活以及他们把希望寄托于命运和真主的信仰,表现了理性与愚昧的矛盾。1948年发表的短篇小说集《大地受难者》,逼真地描绘出一幅劳动人民在黑暗的封建统治下受苦受难的画面。同年，他还发表了宗教历史小说《真实的诺言》，散文通讯集《巴黎之声》，批评文集《文学与文艺批评论述》、《文学良心明鉴》。

1950年，他任教育部长后，大力提倡教育机会均等，并签署了埃及历史上第一个免费教育法令。1956年被选为埃及作家协会首任主席，并任埃及政府关注文学艺术和社会科学最高委员会主席。1958年发表《关于我们的现代文学》一文。1959年获国家文学表彰奖。1964年担任阿拉伯语言学会会长。1965年获尼罗河文学奖。英国、法国、西班牙等国7所大学先后授予他名誉博士称号，1973年10月28日逝世。

塔哈·侯赛因的创作生涯长达半个多世纪，共留下70多部文学、历史、语言、哲学、教育、政治、宗教等方面的著作。虽然他的思想基本上是宗教唯心主义和社会改良主义的，艺术上也有形式主义倾向，但他在文学研究和小说创作领域所开辟的全新道路，不仅在埃及启蒙运动中起了重大作用，也为丰富阿拉伯文学，做出了卓越的贡献。

《日　　子》

长篇小说《日子》是塔哈·侯赛因的代表作。它共分三部，分别出版于1929年、1939年、1962年。这是一部自传体小说，它描述了主人公幼年时的不幸与敏感、少年时的教育与希望、青年时的探索与追求。主人公的成长过程，从一个侧面概括了19世纪末20世纪初埃及知识分子所走过的学习、求索、反抗、改良的道路；同时反映了当时社会腐朽黑暗，人民愚昧贫困，教育制度陈腐落后等现实，肯定了资产阶级改良主义运动的巨大作用，表明作者对生活所持的积极态度。

《日子》第一部叙述主人公在祖国灾难深重的岁月里度过的童年生活。主人公出生在一个普通职员的家里，有12个兄弟姐妹。

他在3岁时,因患眼疾被土医生胡乱治瞎了双眼。他那“活泼天真,美丽可爱”的小妹妹,只因发高烧,父母不知怎样治疗就丧失了性命。不久,他那“心地最善良”的哥哥也被霍乱夺去了生命。双目失明的小主人公只好走当时一般盲童的唯一道路:在婚丧喜庆仪式上背诵《古兰经》以求生计。因此,他入村里的学塾学念《古兰经》。学塾里的教育是极其封建落后的,教师思想庸俗,不学无术,学生只会时断时续地背诵《古兰经》。为了满足求知欲,他求教于神学院的法官,到督察员家里学习新的朗读方法,听学者们谈论,但所获甚少。总之,这个盲童在家乡时只能“在家庭、学塾、法院、清真寺、督察员的住宅、学者们的座谈会和济克尔的会场上,度过既不甜也不苦的日子”。

《日子》第二部叙述主人公在爱资哈尔大学——实际就是爱资哈尔清真大寺度过的8年单调而又枯燥乏味的生活。

创建于970年的爱资哈尔大学是伊斯兰教的最高学府之一。曾对阿拉伯地区的文化、教育、科学等事业,做出过积极贡献,16世纪埃及被奥斯曼土耳其征服后,爱资哈尔逐渐落后,既不学曾在中世纪大放异彩的阿拉伯科学,也不重视哲学与文学,它只注重盲目背诵、胡乱诠释那些传统的圣训、教义、法律和文法。19世纪末20世纪初,受西方先进科技文化的影响,埃及先进的知识分子要求政治、经济、文化上的改革。1894年至1905年,爱资哈尔的校务委员会主任穆罕默德·阿卜杜首先在学校进行改革的尝试,但在校内外保守势力的压力下,他被撤职,不久抑郁去世。主人公在爱资哈尔大学的8年,正是穆罕默德·阿卜杜试行改革和改革失败的时期。在这期间,他深受改革派的影响,他的思想由对乡村学塾旧传统教育的朦胧不满,到对爱资哈尔典型经院教育的反抗,由厌倦坐在清真寺大理石柱下听毫无生气的说教,发展到嘲讽教师们那种拘泥不化的鄙俗陋习,最终和改革派站在一起,在精神上与爱资哈尔的教育完全决裂。“他成了新旧斗争的焦点”,“他的新生活已经和旧生活完全没有联系了。”

《日子》第三部，描写主人公进入埃及大学以后的生活和在国外的学习。埃及大学完全不同于爱资哈尔大学，在这里，那些新型埃及学者和欧洲的东方研究专家们讲授的新观点、新见解，使主人公开拓了视野。他如饥似渴地在知识的海洋里“尽情痛饮”。终于，他这个盲青年，以其优异成绩获得埃及大学的第一个博士学位，并被派往法国留学。小说还描写他在异国，如何克服孤身他乡生活、学习的困难；记述了他与同时代的名人广泛的社交活动及其感受；表述了他想借西方文明启迪人民、复兴祖国的热望。

小说《日子》概括了19世纪末20世纪初埃及城乡的真实生活，突出描绘陈腐不堪的教育内容与方法，揭示出从乡村到高等学府中新旧思想的矛盾冲突，具有重要的社会意义。

19世纪末20世纪初，埃及在经过100多年动荡不安的时期以后，逐渐被套上英国的殖民主义枷锁，人民处于水深火热之中。无论乡村还是城市，人民的生活都贫困不堪，而且没有文化，愚昧无知，唯一供人们学习的书籍是《古兰经》之类的伊斯兰教经典。面对这样的现实，一些具有民族意识，并受西方先进思想影响的知识分子，苦苦探索实现国家独立和人民幸福的道路，他们发现必须在文化上开展启蒙运动，在政治上推行改良主义。要达此目的，首先要对当时城乡极端落后的教育进行改革。但是，同历史上任何新思想的产生一样，它一开始就遭到旧的传统观念的反对，小说所描绘的新旧教育思想的斗争，从主人公懂事时起，到他成为一代文宗时止，一直没有停止过。作品一方面写出这种动荡变革的历史背景，一方面又表现主人公在启蒙主义思潮的影响下，同积习深重的陈腐教育制度等社会现实之间的冲突。正如埃及文艺批评家邵基·戴伊夫所说的，主人公“好像在他的脑子里装着一架精密的录相机”一样，录下在乡村和城市受教育的学生周围所发生的一切。他又好像变成了一架精密的地震仪，记载着周围大大小小的震动，然后他忠实地把这些记录摆在你的面前。人们从作者细腻的描绘中可以看出，新的教育思想在与旧的传统教育的反复较量中，表现出强大的生命力。它已冲开旧的锁链，开始抒写新的教育篇章。

小说《日子》的主人公，是个在祖国和个人苦难中勇于和命运搏击的生活强者的形象。他从一个为寻求生活出路而背诵《古兰经》的盲童，成为一个闻名阿拉伯的著名作家和学者，是他和命运抗争，刻苦求知，坚持真理，接受新思想的结果，而非凡的毅力和坚定的信念是他成功的保证。

他双目失明以后，曾苦恼、悲伤过，但他“忍受了他所能忍受的，甚至不能忍受的一切痛苦”。13 岁那年，他的妹妹和哥哥被病魔夺去生命时，他已是能用理智克制感情，把创伤深深埋在心底的少年了。在去爱资哈尔求学时，虽然“他身材瘦小，仪容不整，面色枯槁”，但是“他的脚步毫不蹒跚，走起来很果断，脸上丝毫看不出普通瞎子常有的那种阴影”。他一年到头只吃爱资哈尔供给的饼子充饥，低头往返于崎岖坷坎的小路上，默默忍受着困苦生活的煎熬。但他内心燃烧着要驾驭生活，向命运挑战的熊熊火焰。“他辛勤地劳动着，生活着。他热爱生活，热爱课业，虽然一无所有，但毫不觉得贫困。”他在求生存的奋斗中得到内心的满足，在命运的急流中鼓起生活的风帆，逆流而行。

他渴求知识，刚到爱资哈尔大学时，精神振奋，从蒙昧中苏醒，吮吸着他所不了解、但是热爱着并且渴望着的一点一滴的“学问”。在资产阶级改革教育的浪潮中，他茅塞顿开，要求进步、民主和科学，坚定地站在维新派一边，勇敢地向传统的教育提出挑战。当他听说要被开除时，他既不陪礼求情，也不奔走门路，而是写了一篇针锋相对的揭露文章送到报社，虽然学校悄悄撤销了对他的处分，但他“对爱资哈尔的厌恶日益加深，在这里，成天接触到的是他所憎恨的，却又不准他去追求他所衷心热爱的东西。因此，当主张改革教育，学习“新学”的埃及大学成立，他立即与爱资哈尔决裂。在埃及大学新的学习环境里，他努力学习，并被派往法国学习。他在与命运的搏斗中，赢得一个又一个胜利，终于成为生活的强者，受人尊敬的文豪。

长篇小说《日子》的主要特点在于其语言柔和、生动、细腻，没有华丽的修饰。叙述平静、优美动听，沁人心脾。

塔哈·侯赛因认为，既要动听，又要动人的作品，才是真正的文学。他经常有意识地注意音韵谐调的语言风格，以有音乐性的和谐音韵感染读者，并以丰富的语言音韵自然流畅地表达作品的思想内容。在文体上，小说《日子》独创的抒情散文风格别开生面。这部小说被公认为埃及现实主义文学的重要里程碑，无论是思想内容还是艺术形式都对阿拉伯世界产生了广泛而深远的影响。

第三节　赫达亚特

萨迪克·赫达亚特(1903—1951)是伊朗蜚声国际的小说家、艺术家和语言学家。他出生于德黑兰的豪门望族，自幼受到良好教育。他的祖父是个诗人，父亲是一位作家。他在德黑兰圣路易中学毕业后，遵从父亲要他学习理工的意愿，作为首批留学生赴比利时和法国学习土木建筑。但他的兴趣在文学，尤其酷爱法国语言文学，能用法文写小说。1930 年回德黑兰后，他因与家庭不和，断绝往来，先后在国家银行、经济管理委员会、建筑公司、音乐学院、美术学院任职，一边工作，一边创作。1950 年，他去巴黎寻找新的出路，次年 4 月 9 日在巴黎自杀。

赫达亚特主要以小说著称于世，同时也写剧本、童话、讽刺杂文、旅途随笔及关于语言学与人文学研究的文章等。还在青年时代，他就热爱波斯古代文学，欧玛尔·海亚姆是他最崇拜的波斯古代诗人。他潜心研究海亚姆的四行诗，并有独到见解，曾于 1924 年出版过论著。他还研究过佛教，翻译过古代巴列维语文献等，表现了他多方面的才华。

赫达亚特的文学创作活动始于1926年以后，他的第一部短篇小说集《活埋》于1930年问世，其中收集了他在巴黎和回国初期的作品。之后，他又相继发表了《三滴血》(1932)、《淡影》(1933)、《无家之犬》(1942)等短篇小说集和中篇历史小说《阿廖维耶夫人》(1933)民间故事《拜火教堂》(1933)，以及中篇小说《萨哈伯的狂吠》、《放荡无羁》、《盲枭》(1936)和《哈吉老爷》(1945)等。后两部中篇小说使他获得极大声誉，被认为是现代伊朗文学的代表作。此外，他还写过《萨珊姑娘帕尔雯》、《开天辟地的传说》和《马吉亚尔》等3个剧本。赫达亚特作品的基本主题是表现作者的爱国热忱和人道主义思想。他关注祖国的命运，憎恨人剥削人的社会，深切同情受帝国主义、封建势力双重压迫的人民。

由于礼萨国王日益加强反动统治，出版刊物受到严格限制，从1937年至1942年，他没有发表作品，这段空白使他的创作自然分成前后两个时期。

前期(1929—1937)创作取材广泛，内容丰富，描写了社会上地位卑下的人们的痛苦与不幸，但明显地受到西方颓废主义的影响，带有感伤色彩。特别是在进步力量遭到残酷镇压，社会异常黑暗的现实影响下，有些作品的颓废主义思想倾向更为明显。中篇小说《盲枭》是这类作品的代表。它是以西方现代派艺术手法写成的。故事的时序紊乱，情节离奇怪诞，人物形体变幻不定，主人公“我”爱恋与追求象征“真、善、美”的佳丽少女。在一个风雨之夜，“我”梦寐以求的少女终于出现，但她瞬间就变成僵尸。此后，“我”身患重病，精神恍惚，虽生犹死。不难看出，作者在作品里借“我”抒发了他内心长期的积郁和痛苦。用他的话说：“这些痛苦是不能向别人宣示的，因为人们往往习惯于认为这种难以言状的痛苦是偶然的感受，要是有谁说出来或写出来，人们就会按照他们传统的观念流露出怀疑和讥讽的微笑。”同时，他又以怪诞的构思，隐晦曲折地揭露统治者的骄横、宗教的虚伪、社会道德的堕落。作品的阴郁、沉闷和忧伤情调,正反映了当时伊朗统治者摧残进步人士的政治气氛对作者心灵的影响。

在作者的前期创作中,也有一些现实性强的作品。如在短篇小说《一个失掉丈夫的女人》里,作者除了描写一个被丈夫抛弃的妇女的复杂心理活动外,更多地描述了她的悲惨命运和她对幸福生活的向往。在《兀鹫》里,作者无情地嘲笑了一个商人偶然中风,犹未气绝即被活埋,表现了他的两个妻子自私和贪婪的卑鄙灵魂。她们犹如兀鹫啄死尸一样"到处嗅着猎物",攫取钱财。这两篇小说把资产阶级家庭那种充满铜臭的本质暴露无遗。在《阿阔尔老兄》里,作者刻画了一个正直、善良的城市游民的形象,在他身上体现了下层劳动人民舍己为人、疾恶如仇、同情弱小等优秀品质。这些作品,如作者所说:"字里行间渗透着斑斑血",人们读后,喟然而叹,诅咒吃人的社会制度。

他的后期(1942—1950)创作,由于国际反法西斯的巨大胜利,伊朗民主运动的空前高涨,逐渐摆脱了颓废主义的影响,走上现实主义道路。这一时期作者对伊朗现实社会的观察认识更加深刻。同其他优秀的现实主义作家一样,他把社会生活作为文学创作取之不尽,用之不竭的源泉。他从半殖民地半封建的伊朗现实生活中,从人们受社会恶德陋习污染而表现出的千奇百怪的丑态中,汲取素材,创作了许多具有现实主义思想倾向的作品。1943 年,他发表寓言《生命之水》,把苏联寓意为"永春国",借以表明自己对苏联必然战胜法西斯充满信心。1946 年发表的短篇小说《明天》,不但抨击美国占领军在伊朗的暴行,而且正面描绘了已经觉悟的伊朗工人的形象。从这篇小说中,已可以看出作者明显的民主倾向。1945 年发表的以揭露国内反动势力为内容的中篇小说《哈吉老爷》,标志着作者的创作思想发展到了一个更高的阶段,成为他后期创作的高峰。

《哈吉老爷》以1941年伊朗礼查国王被迫退位前后的社会现实为背景，塑造了堪称伊朗40年代大地主大资产阶级典型的哈吉老爷的形象。在这个主要人物周围聚集了形形色色的剥削者、寄生虫和旧时代的残渣余孽：大地主、奸商、贪官污吏、暴发户、丧失良心的政客、无耻的文人、记者等等。这些群丑构成伊朗上层社会舞台的缩影。小说深刻地揭露了这些人物的种种卑劣行径，指明了这些败类腐朽虚弱的反动本质和必然灭亡的历史命运。

小说主人公哈吉老爷既从政，又经商；既为地主，又是资本家。在他身上集中了伊朗反动统治阶级的一切丑恶品质。他认为人生无非是集虚伪、谎骗、诡诈、阴谋和舞弊之大成，所以他不惜采用假仁假义、阿谀奉承、蛊惑煽动等手段进行所谓的立身扬名的事业。

作为政客，他善于伪装，见风使舵。他原是个彻头彻尾的法西斯分子，表面却像个正人君子，满口仁慈，内心却很残忍。礼查国王统治时，他帮助朝廷镇压人民，与国外情报机关勾结，进行间谍活动，大肆敲诈勒索，捞取政治和经济上的好处。1941年8月，苏、美两国军队同时进驻伊朗以后，他迅速地将自己伪装起来。当时，伊朗国内民主运动风起云涌，席卷全国。礼查国王迫于形势，于9月退位。支持他亲德政策的大地主和大资产阶级又摇身一变，成为“民主派”。哈吉老爷就是伊朗反动统治阶级中这类无耻政客之一。面对急转直下的局势，他曾打算逃往美国，把钱财也转存美国银行。但他很快发现，原来自己那些胆战心惊的伙伴，那些投机家、卖国贼、特务和罪犯现在居然又“重新操纵起一切重大事情”。于是他犹如鳄鱼一样，伏俯在那里犹豫，观望，伺机而动。他不敢公开反对民主运动，在公共场合，他以冒牌民主派自诩，一遇机会就标榜自己是“伊朗民主之父”、“革命之子”，还喋喋不休地咒骂礼查国王的法西斯专政。暗地里他却招兵买马，拼凑形形色色的反动势力，千方百计地制造混乱，挑起部落冲突。他野心勃勃，不仅把手下走卒抬出去当部长大臣，自己也不甘幕后操纵而积极竞选议员,觊觎内阁首相的宝座。

作为商人,他利欲熏心,唯利是图。为了金钱,他不怕伤天害理,以种种卑鄙无耻的手段,朝思暮想扩大从奸商父亲那里继承来的财产。他不仅从庄园、商店、澡塘、出租房屋、针织厂、纺织厂等工商业中牟取暴利,而且靠买空卖空、伪造证券、走私偷税以及为别人买官鬻爵发横财。只要有利可图,他可以凭借财势左右法律,把私吞公款、残害部落人民的军官提升为将军,把害死人的罪犯保释出狱——马克思曾指出:"在资本主义生产方式的历史初期——并且每个资本主义暴发户都必须个别地通过这个历史阶段——致富冲动和贪欲是当作绝对的情欲起统治作用。"[①] 哈吉老爷正是这种暴发户。他作为地主、资本家,在资本主义初期发展的伊朗社会环境里,既是个丧心病狂、贪得无厌的吸血鬼,也是个嗜财如命、吝啬至极的守财奴。

在他的心目中,人与人之间的关系除去赤裸裸的利害关系,就是"残酷无情的现金关系"。金钱主宰着他的灵魂。他教育儿子:"有钱的人就有一切,没有钱的人就一无所有。"因此,占有黄金的欲望,是他性格的首要特征。只要一提起"金钱"二字,一听见金币的叮叮当当声或是纸票的沙沙声,他"心里马上扑通扑通地跳,浑身都飘飘然起来了"。他时常在睡梦之中,就已盘算着如何捞取金钱。金钱是能治他全部疾病的灵药,金钱才是他一生的唯一目的。小说里有一处写他手术后刚刚苏醒,听说有人送他一个金果盘,就连忙问:"是真金的吗?""……分量很重吗?"当听到令他兴奋的答复后,"一丝满意的微笑掠过哈吉干裂的唇边。"这个细节不但活画出哈吉老爷的贪欲,也是对地主、资产阶级金钱拜物教的真实、生动的写照。

极端的吝啬是哈吉老爷性格中的另一特征。他拥有巨资,但

---

① 《资本论》第1卷,第651页,人民出版社1963年版。

平时却总是一副穷酸相,深怕暴露真情,造成破费。为了积财,“他从白水里也要榨出油来”!为了守财,“要是一只苍蝇落在他的痰上,他也要一直追到彼得堡去捉它”!为了控制家人吃用,他亲自分发食糖,数吃剩的李子核,就连家中做饭用的木柴,他都要亲自称斤论两。他非常嗜好喝酒,作客时大喝特喝,毫不客气。可是自己从来不肯花钱买酒喝。有人拿酒给他送礼,他小心翼翼地把酒倒入坛子里,像服药似地慢慢饮用。哈吉老爷自称是虔诚的教徒。根据伊斯兰教规《沙列阿特法典》规定,哈吉要把每年收入的1/10拿出来救济贫民。但他舍不得这点钱,经过周密的思考,他把这笔钱计算精确,签成支票,放入盛满椰枣的提桶里,交给阿訇,施舍给贫民。但阿訇一提起枣桶,他就立刻借口孩子们想吃枣而按市价买下,让阿訇用卖枣钱去周济贫民。他自己则销毁支票,如此等等,完全暴露出一个吝啬鬼的卑贱灵魂。

此外,哈吉老爷还有一些根深蒂固的癖好。其一是贪吃。作者写道:“只要谈到吃,老头脸上顿时眉飞色舞,唾液直往肚里咽,连他的瞳孔也豁然放大了”,“眼睛里燃烧着贪得无厌的饥火”。其二是贪色,他妻妾成群,6个离婚的,4个故世的,还有7个组成现在家庭,而且内院后房里还有不少姘妇。即使如此。他只要“瞥见多少能引起他注意的女人……他那双眼睛照样骨碌碌地东溜西窜着”。其三是爱吹牛,不懂装懂。他连小学课本的生词也解释不清,却到处吹嘘自己在写一篇论述各地风俗的专题论文;对历史一窍不通,却偏要天南海北地胡扯历史上的事件。

哈吉老爷这个典型,集中概括了伊朗封建地主阶级的粗俗、愚昧与野蛮;资产阶级的冷酷、贪婪与吝啬。揭示出伊朗上层统治阶级的丑恶本质及其必然没落的客观规律。

赫达亚特是一位杰出的作家和语言大师。在这部作品里,他一反以往文学语言中堆砌词藻、晦涩难懂的弊病,别开生面地以自然准确、轻快流畅、朴实风趣、讽刺效果很强的语言,奠定了现代伊朗文学语言的基础。他笔触犀利,对事物的揭露与讽刺入木三分。他善于选择现实生活中平凡而又典型的事例,运用细节的描写和典型环境的氛围,刻画人物性格,“将人生无价值的东西撕破给人看”,深掘人物肮脏、鄙陋的内心世界,以及他们所赖以生存的社会基础。

这部小说缺乏一个比较系统的结构,除主人公哈吉老爷外,其他人物的形象不够鲜明。尽管如此,这部小说蕴涵的深邃思想和尖锐的批判性,以及优美的语言特色,标志着作者现实主义创作的最高成就,同时使他在阿拉伯世界享有盛誉。

第四节 阿 格 农

《旧约全书》是古代希伯来文学的辉煌,也是古代世界文学的顶峰之一。但是,自从公元135年民族大起义再次被罗马当局镇压后,犹太人被迫流散世界各地。随着犹太人历史苦难的加剧,对世界文学、文化有巨大影响的希伯来文学也一度陷入低迷的境地,不仅沉寂,几乎濒临灭亡。但是步入近代之后,尤其在犹太复兴运动蓬勃发展之后,希伯来文学开始复苏,又踏上兴盛之路。它的标志之一就是阿格农所取得的文学成就。

阿格农(1888—1970)原名撒母耳·约瑟·恰兹克斯,阿格农是作家用的笔名,后改成为自己的姓。他生于现属波兰的加利西亚地区的一个犹太人小镇。家族是犹太历史上有声望的大族,父亲是虔诚的犹太商人,母亲受过良好的教育,素喜文学。父母依照犹太人的风俗,重视孩子的教育。阿格农3岁上学,5岁便能提笔作诗了。他童年和少年时期生活在一个较为封闭的犹太人世界里,这个世界受到欧洲人的歧视,与世隔绝,但保留了犹太人的宗族、文化、思想和生活方式,具有浓郁的民族特色。他从小熟悉犹太人的生活与思想,这为他后来的创作提供了灵感和生活来源。他的青年时期正值民族复兴运动高涨，犹太复国主义(锡安主义)思潮隆盛，他在这种思想支配下，不满20岁就决定离开家乡，移居巴勒斯坦，为此他拒绝了叔父的好言规劝。6年之后，他又赴德国学习与深造，在犹太人的报纸工作，因而结识了不少宗教界、思想界、文化和出版界的犹太名流。1919年成婚并定居德国。5年之后(1924)决定举家迁往巴勒斯坦，定居在耶路撒冷。从此之后，他主要从事文学创作。以后虽有几次去欧洲旅游，但主要生活在巴勒斯坦，直到1970年2月17日病逝。

他很早就显露了文学的才华。他第一篇诗作《雷纳的约瑟》是在他15岁生日那天发表在刊物上的。嗣后他创作了不少歌谣和故事，它们来源于犹太人的平凡生活。题为《穷人》的歌谣，描写了祖孙二人沿街乞讨，在寒霜冰雪的天气下，正值犹太的盛大的节日"普珥节"，由于疲惫与困顿，双双冻死在街头的惨景。同样在故事《梅雪希与马尔卡》里，这种不和谐的音调也揉了进去，叙述一段犹太重大节日"逾越节"发生的悲剧。他的早期作品表明少年作家渴望正义和幸福，希望扫除一切贫困、痛苦和不公正，作品也真实地表现了在犹太人社会里贫富不均的生活现象。他在这些作品中违背了犹太宗教的观念，在民族盛大的节日里，不应出现犹太人的悲惨不幸的事件。这表明他在文学上所追求的是真实，所摈弃的是虚假。1912年他创作了长篇故事《但愿斜坡变平原》是一篇具有悲剧色彩的文学作品，描写了一对相爱的夫妇被迫分手的故事。它以中世纪犹太人生活为依托，主人公是一个笃信上帝神迹的虔诚教徒，使故事更具犹太民族色彩。这是他早期创作中的重要作品。

阿格农移居巴勒斯坦之后，放弃了用当时散居世界各地的犹太人通用的意第绪语写作，改用更富民族色彩、更体现民族复兴意志的希伯来语写作。第一篇希伯来语的作品是短篇小说《弃妇》，这篇感人肺腑的爱情悲剧小说，受到好评，从此他也成为知名的作家。他用小说的篇名(音译为“阿古诺”)改为“阿格农”,作为自己的笔名。“阿格农”意为“漂泊”,暗喻自己的命运。1924 年他把笔名改成自己的姓。

1922 年,他发表了第一部长篇小说《婚礼华盖》。小说描写了一个无比虔诚的犹太教哈西德派教徒余德尔,家境一贫如洗,为了能够把三个女儿体面地嫁出,他离别了家人,与车夫努塔出游各地的犹太人村镇,寻求资助,捐集嫁资。全书分为两卷,第一卷叙述主人公走乡串镇,化缘捐集,遇到了各样各色的人物,也经历了不同的事情,还听到各种的趣闻、传说、故事和各色的宗教、伦理的议论。他终于靠善良人们的帮助,筹集到一些金钱。他改变主意,打发走车夫,自己独坐客店,静心诵经。后由于媒人的走动,使一位富翁误认为贫穷的余德尔是另一个富有的余德尔,许下巨额聘礼,筹办婚事。第二卷叙述主人公在归途,筹备嫁资办理女儿的婚事。不久被对方识破,险些使婚事告吹,这时奇迹出现,女儿意外地在山洞里发现了珠宝金银,使余德尔一家转危为安,成为富有者,完美地让女儿出嫁了。小说以第一卷为主要内容。这部以穷教徒余德尔的奇妙故事为基本线索的小说,把主人公的经历作为框架和线索,并以此展现一幅多姿多彩的东欧犹太人的生活画卷。小说视野广阔,既有乡村,也有城镇;既有家庭,也有客店;既有富商,也有贫民;既有骗子、强盗,也有善良朴实的劳动者。它们构成了一个五光十色的犹太人的平民世界,表现了犹太人特有的民俗风情、文化传统和宗教信仰。小说的人物与构架使读者联想到欧洲名著《堂吉诃德》,主人公余德尔近似堂吉诃德,作者也用幽默、戏谑的语言描叙了余德尔,使他和堂吉诃德一样有几分喜剧色彩。但他不是欧洲中世纪后期的冒险行侠的义士,也没有堂吉诃德身上的深刻的矛盾与悲剧内涵;他只是一个普通的犹太平民,一个虔诚的犹太教徒。他在任何时候,都坚信上帝,严守一个教徒的职责:虔诚、诵经和谦恭。当他为女儿出嫁筹集了一些财产之后,又立刻静坐客店，专心诵读经文，很快把募集来的钱几乎花掉，他并不悔恨。由于富商的误解，订下儿女的亲事，他要筹备巨金回报对方的巨额聘礼而陷入了深深的困境时，他并不气馁，相信上帝是公正的，好人会得好报；在富商识破他的穷相，使他落入窘境时，他也并不慌乱，依然保持做人的尊严。他之所以坚定、乐观、顽强，不是依靠英雄般的大智大勇和超人的体魄，而是依靠始终如一的、坚定不移的信念：对上帝的信仰与真诚。因此，他能克服来自各方面的引诱而不图虚荣、不慕金钱和物质，甘于清贫与寂寞，尽到一个教徒的职责。在余德尔身上，确是体现了犹太人的精神和性格，他不是喜剧人物，也不是悲剧人物，而是作家运用喜剧形式描绘的正面人物。

《婚礼华盖》另一个突出的特点是随着主人公的游历，接触了各色各样的人物与生活的同时，也编织了众多的长短不一的故事。它们既有神秘的传奇，也有生活中的平凡小事；既有古昔的传说，也有现实生活的事件，是书中人物用来沟通思想感情、发表议论的手段。它们形成一个色彩斑斓的故事群体。这些故事一方面从社会各个方面，如政治、经济、文化、宗教、思想等等扩展了作品的容量，以突出作品"平民史诗"的特色；另一方面也是人物性格的发展与变化的手段。而最为重要的是故事体现了自《旧约全书》以来所表现的犹太人重具象和直觉的审美传统。犹太人发表议论、表述抽象的理念都是用讲故事的方式予以阐解。美国著名犹太作家贝娄说，对犹太人来说，"缺少故事生活是不可思议的"。[①] 小说最后的神秘、传奇色彩的结局——山洞宝藏的发现，使余德尔一家转危为安，从而顺利地把女儿嫁出。奇迹的出现就是上帝的显灵，是上帝对善良、虔诚的教民的爱护与帮助。这种笔法只能在无限信仰上帝的犹太民族文学中才能找到，是希伯来文学传统的表述方式。它也是小说的突出特点。

---

① 转引自阿格农的《婚礼华盖》，漓江出版社 1995 年版，第 11 页。

1935年他发表了一部颇有影响的中篇小说《大海深处》。这部小说带有纪实特点，它记叙了一群虔诚教徒，为了实现“回到故土以色列生活”的圣谕，离开代代居住的东欧地区，不远千里，跋山涉水来到耶路撒冷。小说并无惊人的描述，写这群移民途中的艰难，互相合作，克服大海的汹涌，到达圣土之后着手重建家园。它虽然平直无华，却深刻地表达了犹太人强烈要求民族独立与自由的愿望。它正是强大的精神凝聚力，使一批批犹太人不惧艰险踏上回到圣土的道路。就是这部平实的小说，也不乏神奇的描写，一位走失的教徒竟然出现在隔海的以色列土地上，欢迎同伙的到来。

第二部长篇小说《宿客》(1939)是作家另一部代表作。他曾于1930年回到波兰犹太小镇家乡，小说把这次重访家乡的感受予以形象化。主人公回到阔别多年的家乡，虽然江河依旧，但面目全非。家乡在受到第一次世界大战的浩劫之后，一片凋敝、萎缩，尤其人们的精神更是空虚，贫乏，失去了对上帝的真诚与信仰，被各种物质引诱所左右。昔日的光彩已不复存在。主人公曾多次召集人们到祈祷堂举行宗教仪式，却无一成功。他在失去光彩的家乡与乡人面前感到震愕、痛心与失望，觉得自己在家乡不过是个路宿客店的过客，完全没有家乡的亲切感。作家并没有完全失望，最后让主人公在家乡失去的开祈祷堂的钥匙奇迹般地在回到以色列的途中的行装中找到。这一神奇、象征性的情节，点明复活犹太人的民族精神只能在圣土以色列实现。

1946年发表了第三部长篇小说《逝去的岁月》。它描写移居以色列之后，一批着手建设家园的拓荒者，他们是新一代的犹太人。作品真实，客观地再现了新一代在新的家乡所经历的思想、生活的选择，以及必然带来的精神痛苦和感情的煎熬。作品一改他以前寄以幻想表达理想的浪漫神奇的笔法，而是直射现实，不美化虔诚教徒，表现他们在现实面前的种种软弱、矛盾和烦恼，甚至荒诞，可笑，并以象征的描写予以突出，使作品带有现代性的色彩。

阿格农一生作品甚丰,除上述名篇之外,还有《作家与故事》、《订婚者》、《伊铎与伊南古》等等,它们在读者中也享有盛名。他的作品充分展示了犹太人从18世纪到20世纪二次大战后的历史与现实,可以说是一幅具有厚重的历史感、时代感的犹太民族史册。他对自己的作品从不满足,他亲手编集的文集或全集,没有一版是相同的。他在不断地修改、编选。他说:"我对自己从不感到满足。我总觉得我必须做得更好。人不应该说:'我已经做完了。'"

阿格农于1966年获得诺贝尔文学奖。在此之前,他的文名早已在犹太人世界中传遍。他曾两度获得"比利亚克奖",两次获以色列政府颁发的"以色列奖"和著名的乌色什金奖。1958年他还获得希伯来大学授予的博士称号。生前,在他住所当地居民树起一座告示牌,上面写着"肃静,阿格农在写作",表达了当地人们对他的敬重与热爱。

第五节 马哈福兹

生平与创作

被誉为当今阿拉伯小说世界的"金字塔"的纳吉布·马哈福兹于1988年荣获诺贝尔文学奖。

纳吉布·马哈福兹全名为纳吉布·马哈福兹·阿卜杜·阿齐兹·易卜拉欣·萨比莱基,1911年12月11日生于开罗一个普通职员的家庭,家居开罗市民区,从小熟悉普通民众的生活。父亲既是一个虔诚的穆斯林,也是一位民族主义者,后来弃职经商。马哈福兹受到家庭的影响,有初步的宗教思想和爱国观念。1919年爆发了反对英国统治的爱国运动,他亲眼目睹了这场民族斗争,深受感动,从此萌发了强烈的爱国情感。1930年进入大学学习,接触了西方民主思想和社会主义思想,逐步形成了科学、民主和具有社会主义倾向的思想。大学毕业后，先后在宗教基金部、文化指导部和社会科学与文学艺术最高理事会任职。1970年退休后，又在《金字塔》报工作，成为该报专职撰稿作家。

他大学毕业后，曾从事过哲学、神学、美学学术著述工作，不久放弃学术研究，转向小说创作。他认为小说是“一种无与伦比的艺术形式。”终其毕生精力投入小说创作之中。他说“艺术是一种生活方式，既非职业，也非行当……我自己唯求力所能及的耕耘，不求用汗水去换取名利。”

马哈福兹半个多世纪的文学创作生活，硕果累累，写出了长、中篇小说和短篇小说集共50余部，许多作品改编成电影或电视片上映，在阿拉伯世界广泛流传。他的创作历程，大体可以分为三个时期：

早期从30年代末到40年代中期。他先后写出了3部历史小说：《命运的嘲弄》(1939)、《拉朵贝斯》(1943)、《梯庇斯之战》(1944)。它们均取材于古老的埃及历史，以史料为依托，运用非凡的想象力，描绘过去时代的宏大场面。第一部描述了一位来自民间的英雄开创了历史的新时期；第二部写由于法老的荒淫无耻引发了王朝的崩溃；第三部写古埃及人在梯庇斯王公的率领下，多次起义，历尽艰难，赶走了侵略者，建立了新的王朝。三部小说借古喻今，曲折地再现了在英国殖民统治下封建王朝当政的社会黑暗。作家曾说：“我并不是要把读者引向过去的生活，而是在不断地描写现实。”它们被誉为“埃及民族历史小说的真正的首创作品”。①

中期从40年代中期到50年代初期，马哈福兹不满足于写历史小说，他要干预生活，改造现实，他说要“发动人间的良知去改变社会制度”。于是放弃几十部历史小说的创作素材，注目于现实，

① 艾哈迈德·海卡尔：《埃及小说和戏剧文学》，上海译文出版社，1996年版第176页。

开始创作反映时代生活的现实主义小说。以1945年开始的《新开罗》小说为始，发表了《赫利利市场》(1946)、《始与末》(1949)等系列作品，最后以1952年完成的巨型小说《三部曲》达到高峰，作了完美的总结。

这一时期的现实主义小说，以中小资产阶级知识分子的命运和思想变化的轨迹为切入点，突入现实生活，再现广泛的社会生活。作家说自己是“中产阶级作家”。他熟悉并关心这个阶层，对其采取“批判的态度”。《新开罗》的主人公、青年知识分子马哈诸布大学毕业后，为挣脱贫困，以屈辱条件与部长的情妇结婚，成为部长的秘书，最后“隐私”暴露，遭到周围人的责骂，身败名裂。《赫利利市场》描写了一个善良、软弱的小人物阿基夫，他无力抗争，对不平之命运逆来顺受。父亲早逝使他过早地承担起家庭生活的重担，因而辍学工作，又念手足之情放弃了与弟弟争夺爱人。他默默地工作了20余年，仍然是一个小职员，过着孤独贫困的生活。小说不仅揭示造成主人公不幸的社会根源，也深刻挖掘了人物自己思想的弱点。他虽然忠厚善良，对污浊的世道愤愤不平，但懦弱无能，缺乏勇敢争斗和反抗的精神，这也是构成他内心的矛盾和生活不幸的原因。《始与末》描写爱慕虚荣、不惜一切想跻身于上流社会的青年哈赛尼奈，借用落入黑道社会的哥哥的帮助，进入学费昂贵的军官学校，毕业之后抛弃家庭贫困的未婚妻，要高攀显赫家族。最后又逼死多年供养他而沦为妓女的姐姐。后来自觉天理难容，良知顿悟，自杀身亡。

1947年写出的《梅达格胡同》有别于探索知识分子的主题。它是描写城市旧贫民区的生活小说。小说中的人物大都来自下层，有理发匠、小店主、小贩、妓女、失意文人等等，他们的生活构成一幅五光十色的普通市民生活的图景。小说最后以男女主人公爱情失败、男青年被“盟军”打死，而女青年自甘堕落为结局，写出了在殖民统治下，芸芸众生的悲剧。它是一部以人情和风俗为描写对象又蕴含着深刻思想的佳作。

这时期的创作改变了早期富有传奇色彩的浪漫主义倾向，注重人物性格的刻画，揭示人物心理的变化，细节、情节的运用符合现实生活，因而形成了凝重、客观的写实风格。在艺术构思上，不断扩大作品的容量，从单一情节的描述到多重情节的交织、演变，从某一人物为中心到多种人物群为描写对象，从数年生活场景的描写到几十年的人间沧桑的变化，逐渐形成全景式小说的叙述风格。此外，作家是一位善于吸收、融合各种文学派别的风格的小说家，艺术视野开阔。虽然这一时期的小说是以现实主义为基调的社会小说，但是也运用了自然主义的手法、意识流的心理描写手段以及隐喻、暗示、象征等手法，呈现出多元化艺术风格融合的倾向。

1952 年爆发的“七月革命”使马哈福兹的文学道路发生了变化。他放下文笔，深入观察、思考革命后的社会生活。他是一位富有使命感的作家，爱国忧民意识和政治上的参与意识促使他搁笔 6 年之后，又重新握笔创作，开始了文学道路的新阶段。

后期创作是丰富多彩的，不仅有揭露革命后的深刻社会矛盾的坚实之作，也有以寓言方式探讨人类历史发展真谛的珍品。在艺术上，写实的、象征的、荒诞的、心理分析的艺术手法熔为一炉，进一步体现了作家多元化的艺术倾向。它们既保留了阿拉伯古典文学的叙事风格和形式，也继承了“埃及现代派”文学的现实主义传统，同时也有西方现代派大师卡夫卡、普鲁斯特、福克纳等人的艺术影响，色彩斑斓，形式多样。但是作品的主流依然是民族叙事文学的风格和“以政治、信念、人为轴心”的倾向。

这一时期的创作继续探讨了现代知识分子在新时代的命运。1966 年问世的《尼罗河上的絮语》描写一群与社会脱节的知识分子，他们从彷徨、苦闷到堕落，甚至借毒品来麻醉自己，躲避现实。在强权政治和道德败坏面前，他们无力对抗，理想破灭，成为社会上的“多余人”，过着一种浑浑噩噩的生活。他们这种心理的变态和精神的扭曲是现代知识分子精神困惑的表现。1974 年所写的中篇小说《卡尔纳克咖啡馆》，描写了一代青年知识分子在强权恐怖政策下所蒙受的灾难。一批追求正义、自由的大学生，却遭到逮捕和拘禁，备受酷刑与凌辱。他们因而感情阴郁，精神失常，以致有人发疯而亡。小说描写了惊心触目的暴行对人性的摧残。作家也用讽刺的笔调揭露另一种类型的知识分子，他们以"革命"为招牌谋求私利。《米拉玛公寓》(1967)刻画了一个革命投机者赛尔罕。属于这类主题的作品还有《小偷与狗》(1961)、《道路》(1964)、《乞丐》(1965)等。虽然它们不都是以描写知识分子为题材的，但是都再现了现代人的危机与困惑。同时这类作品改变了传统的叙事模式，以人物内心变化的历程为主线，外在事物则是人物意识的映像。《米拉玛公寓》突破单一的情节叙事方法，用 4 位房客的视角记叙公寓发生的事件，对于他们与公寓女仆的交往以及个人的经历、思想、感情的变化等，作家完全隐去，构成一幅多角度、多层次的画面，给作品增添了直觉性与真实感。

1957 年发表的《我们区街的孩子们》(一译《街魂》)是作家后期创作的开始，也是新一类作品的开端。《我们区街的孩子们》以回顾历史的方式和说书人的讲述，描述一个区街的发生、发展和演变过程，它既没有历史事件的依据，也没有错综复杂的矛盾纠葛，只是一代人接续一代人的变化。作品用寓言的方式，借助犹太教、基督教、伊斯兰教的许多神话故事，表现人类发展的不同时代，是在善与恶、智慧与愚昧之争中，不断进化。《平民史诗》(1977)更是一部具有理想光辉的作品，它写了第一代人创业的艰辛和平等、和睦、劳动的生活，后代人的堕落、称霸、发财，甚至残害无辜，最后一代总结前人的经验，依靠团结和劳动，重建平民的天堂。《伊米·法图漫游》(1983)假托古代学者漫游世界，借助他的见闻表达作家对当今世界的看法，寻求人类大同世界(天之国)。《千夜之夜》(1982)则改写了《一千零一夜》，用 13 则故事，写出国王山鲁亚德从实践中不断认识自我，更新自我，剪除邪念，完善自我。这类作品不完全以现实生活为题材，而用哲学理性的思考，超越自然形态的时空，思索人类发展的真谛，探索人类自我完善的途径。它们在艺术上改革了阿拉伯古典叙事文学的形式，一方面使说书人不仅仅是故事的讲述者，而且也是历史的见证人，对历史故事予以评说，使作品增强了哲理性的思想；一方面融入现代小说表现手法，诸如对白、联想、暗示、象征等等，创作出现代风格的寓言小说。

作者立足于民族文学的传统，又积极吸收西方文学的营养，他在小说创作上，不断探索、开拓和创新，对埃及现当代文学有重大贡献，是一代文学的宗师。

《三 部 曲》

《三部曲》是马哈福兹于 1952 年完成的长篇巨著，是作家中期的压轴大作，也是使他获得世界声誉的代表作。发表之初，小说以《宫间街》为名，1956 年出版时则分为《宫间街》、《思宫街》、《甘露街》三部曲，翌年获得国家文学奖。

《三部曲》是反映从第一次世界大战开始，直到第二次世界大战结束之后的 30 年的埃及现代历史的社会生活。它以一个中等商人的家庭为核心，表现这个时代的历史风云、政治变化以及民情民俗，突出时代的两大使命：反殖的爱国运动和反封建的民主斗争。小说以商人艾哈迈德的妻子艾米娜深夜等候寻欢作乐的丈夫回家起笔，最后以家庭老一代人艾米娜病故的葬礼和第四代婴儿即将出世而结束，首尾照应，写出整个家庭生活随着时代的变迁发生巨大的变化。

第一代艾哈迈德是典型的旧式商人，在外是一个具有好名声商人，慷慨善施，信奉真主，也为爱国运动所感动，并为此出资捐助；在家庭内部则是冷酷的家长，对妻子、儿女严加管制，有时还施以暴虐。他思想保守，反对孩子的科学、民主、进步思想，干涉儿女的婚姻幸福，禁止儿子积极投入爱国运动。在个人生活上，他每夜必出，与“情妇”度过良宵，沉湎于酒色，但是又保持一定节制，以不失体面、不损害名誉为限。他是一个多重性格的人物，其主导是保守、封建和维护个人、家庭的利益。随着时间的前进，他不仅身体衰老，而且家长的权威也江河日下，已无力约束家庭成员的行动。不久他因病而去世。他的死表明老一代的封建传统在民主、自由社会思潮的冲击下，已经瓦解、消亡。第二代主要人物是幼子凯马勒。他不同于放荡、玩世的大哥亚辛，也不同于富有浪漫气质、为国捐躯的二哥法赫米。他自幼受到父命的压抑和宗教的影响，却也受到爱国思想的影响，立志做一个“爱国的思想家”。入大学之后，博览群书，追求科学，探索真理。这使他逐渐陷入传统与革新、宗教与科学、现实与理想的矛盾深渊，使他出现了精神上的困惑与迷惘。再加上爱情追求的失败，加重了他的失落感。徘徊、犹豫、苦恼、伤感主宰了他的感情世界。他落入了精神危机之中。他的心路历程反映了埃及现代知识分子的探索精神。第三代人是外孙哈麦德、蒙伊姆和孙子里德旺。他们因各自政见不同而走了不同的人生道路。哈麦德从一个坚定的爱国者成为一名革命战士，他信仰社会主义，宣传马克思主义，做群众的启蒙工作，因而遭到王朝政府的镇压而被捕；其兄蒙伊姆则主张宗教救国，是“穆斯林兄弟会”的主要成员，由于热中于自己的信仰，积极参加反政府活动，因而他也受到政府的镇压；里德旺是个自由派的政客，他手段灵活，见风使舵，因而官运亨通，年纪轻轻就成了政府机构的部员。他们不同的人生道路反映当时政治生活的复杂性，但是他们也有共同特点：既没有老一代人保守的传统和旧的价值观念，也没有第二代人的精神上的忧郁、痛苦和危机。他们目标明确、行动果断，有新一代人的朝气与力量。

《三部曲》规模宏大，篇幅较长，但构思严谨、布局完整。整部作品把老一代的生活贯彻始终，但是每部作品又有侧重。《宫间街》以老家宅第的座落街道而取名，以描写第一代人为重点；《思宫街》以一个孩子的宅院街道而命名，以描写第二代人为重点；《甘露街》又用另一个孩子的宅院街道而定名，以描写第三代人为重点。每部作品都由老家宅生活起笔，然后是以旧人亡故，新婴出生而结束，首尾照应，中心故事贯穿，内在联系紧密，层次分明、脉络清楚、浑然一体。小说还善于多角度地塑造人物，揭示人物内在的人性复杂的底蕴。艾哈迈德、凯马勒是多重性格的人物，而其他次要人物，如艾米娜是一个温顺善良的受害者，但也有老一代的固执与保守；放荡的亚辛，虽沉湎酒色，玩世不恭，但也有强烈的亲情，渴望安宁、幸福的家庭生活。小说运用现代小说的心理描写手法，开掘了人物内心世界，深化人物性格。独白、对白交织的心理活动，潜意识、前意识的心理表现，多层次地披露了人物复杂的内心世界和深刻的思想冲突。时而在情节中插入心理表现，时而又用整章整节记叙心理活动，灵活多变的艺术手法，大大增强了作品的表现力。

《三部曲》没有直接描写埃及现代史上的重大历史事件的场面，也没有编制悬案众多、勾人臆想的传奇情节，只写了日常生活的流程，却融会当代的政治、文化、宗教、思潮和风俗为一体，具有鲜明的时代性和深刻的思想性以及浓郁的生活气息，是作家的不朽之作。

第十七章　现当代黑非洲文学

第一节　概　　述

黑非洲即撒哈拉沙漠以南的非洲部分，包括东非、西非、南非的广阔地区。因为居住在当地的人民主要是黑色人种，习惯上称之为黑非洲。由于这些地区民族的历史命运相似，文化趋于同步发展。而与沙漠以北的阿拉伯人、柏柏尔人等迥然不同，所以其文学一般被视为一体，统称为黑非洲文学。

黑非洲的某些地区也是人类文明的发源地，学者发现了距今已有2.8万年历史的浮雕和壁画等史前艺术。但是由于沙漠和大海的阻隔，黑非洲的社会发展和文化状况长期以来鲜为人知。15世纪时葡萄牙人率先侵入非洲南部，接踵而至的是英国、荷兰和法国人等。从此，黑非洲成为西方殖民主义者掠夺黄金和奴隶的场所，在历史上揭开了屈辱痛苦的一页。

勤劳、勇敢、智慧的黑非洲人民热爱自由、向往幸福，从未停止过为争取生存权力、民族独立的反抗斗争。尤其是第一次世界大战和俄国十月革命的胜利，进一步激发了黑非洲人民的反抗精神。第二次世界大战和战后的国际形势，使黑非洲人民的民族革命运动具有了鲜明而强烈的反对帝国主义和殖民主义的性质。60年代，大多数国家和地区相继独立，开始走上发展民族经济和文化的广阔道路。

黑非洲早期具有丰富的口头文学传统，它是人民智慧的结晶，体现了人民丰富的艺术创造力。因此口头文学的收集、整理、出版工作在现代的黑非洲各国普遍受到重视，先后出版了塞内加尔的《阿马杜·库姆巴的故事》、象牙海岸的《非洲的传说》、喀麦隆的《在美丽的星空下》、乍得的《在乍得的星空下》、加蓬的《加蓬故事集》、尼日尔的《尼日尔的故事和传说》等。尤其是几内亚历史学家、文学家吉布里尔·塔姆西尔·尼亚奈(1932—)根据几内亚西基里地区民间说唱艺人的口头演唱整理成的《松迪亚塔》，是黑非洲既有神话色彩又有文献价值的著名的长篇英雄史诗。它歌颂了 13 世纪的英雄松迪亚塔一生的非凡经历和光辉业绩。这些文学遗产为黑非洲现当代文学的产生和发展，奠定了坚实的基础。

现当代黑非洲文学按照作品的语言进行划分，主要有以殖民者带来的欧洲语言为载体的黑非洲英语文学、黑非洲法语文学、黑非洲葡萄牙语文学，以及用非洲本土语言创作的斯瓦希里语文学、豪萨语文学等。无论黑非洲各国的作家运用哪种语言进行创作，其作品都是非洲文化土壤中长出的奇葩，反映的是非洲人的现实社会生活，表现的是非洲人的各种心态，理应属于黑非洲文学。他们创作的许多优秀作品为非洲文学在世界文学史上争得了应有的地位。

现当代黑非洲文学以其反映社会生活的时代性可以分为 4 个阶段:20 年代至 30 年代，40 年代，50 年代至 60 年代，70 年代至今。

20 年代至 30 年代，俄国十月革命的余波冲击着黑非洲大陆。随着民族意识的觉醒，受过西方教育的黑非洲知识分子努力寻求自我文化的归属，他们在两种文化的冲击下感到困惑，这种情绪反映在他们的作品中，就形成了文学领域里的维护民族文化的运动。这个运动既有理论倡导，又有大量作品涌现，影响很大。为 30 年代末出现的“黑人性”运动准备了条件。

约在 1934 年，塞内加尔的桑戈尔、马提尼克的艾梅·塞泽尔等在巴黎创办《黑人大学生》杂志，发起了旨在恢复黑人价值的文化运动，其理论核心即“黑人性”问题。“黑人性”这一术语首先出现于塞泽尔 1939 年出版的长诗《回乡札记》中。桑戈尔给“黑人性”下的定义是：“黑人世界的文化价值的总和，正如这些价值在黑人的作品、制度、生活中表现的那样”。显然，“黑人性”运动是同殖民主义同化政策相对抗的。提倡“黑人性”的作家肯定有一种独立的非洲文化存在，为探求明确其独特的价值观念而奋斗。“黑人性”运动在动员殖民地人民，尤其是黑人知识分子反对殖民主义的精神奴役，发掘和维护民族文化方面都起过重要作用。“黑人性”这个术语和概念在第二次世界大战后的 40 年代末和 50 年代得以广泛传播。桑戈尔的诗、狄奥普编写的故事、尼亚奈整理的史诗等，都是黑人性文学的重要作品，40 年代末桑戈尔编辑的《黑人和马尔加什法语新诗选》堪称黑人性文学的代表作。

50 年代和 60 年代，黑非洲的民族民主革命如火如荼，民族解放运动形成不可抗拒的历史潮流。伴随着国家要独立、民族要解放、反殖民主义斗争不断高涨的时代浪潮，黑非洲的文学出现了前所未有的繁荣局面。这个时期涌现出许多作家，其中有不少人本身就是民族解放斗争中的英勇战士、杰出领袖和革命英雄。他们以自己的笔忠实地记录、形象地再现了黑非洲各国人民的斗争生活，反映了民族觉悟的提高、民族意识的觉醒、民族团结的加强，民族解放力量的壮大和胜利发展。这是黑非洲现当代诗歌、小说、戏剧全面勃兴的时期，也可以说是“文学爆炸”时期。

第二次世界大战后至 50 年代末，黑非洲现当代文学中兴起最早、发展最快、普遍繁荣的文学体裁是诗歌。如前所述，《黑人和马尔加什法语新诗选》的问世，标志着黑非洲法语诗歌的诞生。这期间，塞内加尔的莱奥波尔德·塞达·桑戈尔(1906—)，被誉为现代诗歌的奠基人之一。他的诗歌以浪漫主义的绚丽色彩歌颂民族传统，以现实主义的犀利笔锋揭露殖民主义罪行，不仅内容丰富，情感炽热，充满爱国主义精神，而且努力吸收古代民族文化的精华，具有浓郁的乡土气息，形成一种独特的风格。桑戈尔的主要作品有《阴影之歌》、《黑色的祭品》、《埃塞俄比亚诗集》、《夜歌集》和《热带雨季的信札》等诗集。塞内加尔的另一位诗人戴维·迪奥普(1927—1960)，是50年代最有才华的政治诗人，是非洲战斗诗歌的代表作家。他的诗继承了桑戈尔奠定的政治方向，具有强烈的政论性和浓厚的浪漫主义激情。他因飞机失事而早亡，生前只出版一部诗集《槌击集》。但他那用火与血凝成的诗篇，却生动地反映了非洲人民争取自由解放的革命气概和必胜信念。贝尔纳·达迪耶(1916—)是象牙海岸的诗人、小说家和剧作家。他参加领导了象牙海岸的反殖民主义斗争，是非洲民主联盟当地分会的领导人之一，并因此而被殖民主义者判刑。在狱中，他发表了政治诗集《昂然挺立的非洲》。其后又发表抒情诗集《时日的交替》和《五洲的人们》。达迪耶对民间文学很有研究，曾收集、整理出版了一些民间故事和传说。他的诗歌，善于将民歌的表现手法运用到政治抒情诗中去，以塑造新的非洲人的形象。他的诗歌激情澎湃，形式活泼，很富有感染力和号召力。雅克·拉贝马南雅拉(1913—)是马达加斯加老一辈爱国诗人、戏剧家和社会活动家，曾因参加民族解放斗争而被殖民当局判处死刑，后改为终身监禁。民族独立后，他担任了政府行政职务。拉贝马南雅拉从30年代开始诗歌创作，歌颂民族传统。他的诗充满爱国激情，但也带有一些神秘色彩。40年代末诗人的创作进入新的阶段，表现出强烈的反殖民主义倾向，在被囚禁中完成的自由体长诗《祖国》，成为争取自由和独立的非洲诗歌中的光辉篇章，表达了战士——诗人对祖国的无限忠心。诗人对祖国的热爱，还表现在他的长诗《琅巴》中。诗人用马达加斯加妇女作为祖国的形象，赋予她最诱人的美，献给她最炽热的爱。全诗生趣盎然，欢快激越，表现了监禁中的诗人的高尚精神境界。这一时期黑非洲还有许多著名诗人出现在文坛，如扎伊尔的马尔蒂亚尔·辛达(1930—)、卢蒙巴(1925—1961)，尼日利亚的奥萨吉贝(1911—)、加纳的阿马托(1913—1953)、安哥拉的克鲁兹(1928—1973)和莫桑比克的桑托斯(1929—)等。

桑托斯不仅是诗人,而且也是民族解放运动的领导人。他的诗在武装斗争时期颇有影响,发挥了战斗号角的作用。作为一位具有鲜明的进步思想和政治气质的爱国诗人,其作品多为政治抒情诗。《我们就在这儿诞生成长》、《山甘纳》等诗主要歌颂了祖国的历史和民族的传统;《觉醒》、《起来吧,祖国》等诗主要歌颂了祖国的未来、人民的新生。《怀念祖国》、《对立的感情》、《大地在震动——长诗片断》主要揭露并控诉了殖民主义罪行,表现了诗人强烈的怨与恨。桑托斯还有一类诗是较之其他黑非洲诗人作品最具特色的部分,即表现民族解放战士战斗豪情和为祖国未来而献身的崇高精神。这类作品主要有《真实的爱情之歌》、《原谅我吧,妈妈》、《生命的欢乐》、《母亲——大地》等。创作于1955年的长诗《山甘纳》是其代表作之一。山甘纳本为部族的名称,也是流行的人名。诗中的山甘纳既是民族的象征,又是战士和歌手的形象,不仅寄托着诗人深厚的爱国热情,也表现出苦难人民的渴望。桑托斯不愧为"战斗诗人"。

小说,特别是长篇小说,在黑非洲民族解放斗争时期的文学中,占有重要地位,取得了很大的成绩,出现了一批有影响的作家和作品。列涅·马兰(1887—1960)是塞内加尔老一辈作家,著有《巴杜阿尔》,正如副标题所示,这是"一部真正的黑人小说"。故事描写了殖民主义者如何"闯入"乌班吉沙利村庄,强行"传布文明",改变原来"落后"的生活秩序。小说反映的生活是真实可信的,揭示的主题是深刻的:所谓殖民主义者的"文明",就是强盗式的掠夺和残酷的剥削。正如作家在小说中所议论的:"文明呵,文明……你在累累白骨上建立起自己的王国"! 小说的这种强烈的反殖民主义倾向,虽然使作家受到殖民当局的审判,但对塞内加尔文学的发展产生了巨大影响。正是在这一政治方向的基础上,产生了乌斯曼那样著名的作家(详见本章第二节)。贝尔纳·达迪耶不但是象牙海岸最著名的诗人,而且也是最著名的小说家。他有两部民间文学作品集和三部重要小说问世。《克兰比埃》是自传体小说。它生动地描述了一个民族解放运动参加者的民族意识的形成过程——由本能地反抗殖民主义同化政策,到自觉地为祖国独立、为人民自由而奋斗。小说中的景物描写、心理描写都非常生动。作品中运用了许多童话、寓言、传说故事等,使小说妙趣横生。《一个黑人在巴黎》是一部书信体小说。《纽约的老板》是一部长篇特写。这两部作品都以黑人的眼光看西方资本主义世界,笔调幽默,具有较强的讽刺性和批判性。斐迪南·奥约诺(1929—)是喀麦隆著名作家,也是黑非洲现当代文学的杰出代表之一。他的作品写出了人民对殖民统治的愤恨和抗议,因此遭到殖民当局的逮捕审讯。《家僮的一生》是一部自传性日记体小说,通过一个作为奴隶身分的家僮的眼睛,揭开了殖民主义者肮脏的内幕。《老黑人和奖章》是奥约诺的代表作。它描写一位老农民由对殖民主义者抱有幻想到最后觉悟的过程。小说塑造了一个具有时代意义的典型形象。老黑人的觉醒,标志着人民已丢掉幻想。《欧洲的道路》批判了殖民主义者对非洲青年一代思想的腐蚀,否定了走欧洲人的道路的幻想。钦·阿契贝(1930—)的小说《瓦解》是黑非洲英语小说的杰作。它的出现,为尼日利亚文学奠定了基础。作家着意描写殖民主义者到来前后农村的巨大的变化。整个小说的体裁颇似历史风俗小说,在结构上又遵循传记小说的传统。《动荡》是作家的又一部小说,它描写一个颇有抱负的非洲青年在殖民地资本主义化畸形发展的城市里腐化堕落,最后被送交法庭审判的故事,批判了资本主义生产关系对道德伦理的毒害。用英语写作的另一位杰出的小说家是南非的彼得·亚伯拉罕(1919—),他被誉为南非文坛的巨星。他陆续出版了著名小说《城市之歌》(1943)、《矿工》(1946)、《雷霆之路》(1948)、《野蛮的征服》(1950)、《献给乌多莫的花环》

(1956)、《今日这个岛》(1966)等。这些小说无论是描写爱情,还是描写贫富悬殊的现象,都未脱离种族的主题。夏巴尼·罗伯特(1907—1962)是坦桑尼亚用斯瓦希里语写作的著名诗人、小说家,被非洲评论界誉为当代"首屈一指的作家"。《可信国》是他的代表作。小说以象征手法描写天国的人们对现实的不合理社会的控诉,要求伸张正义和实行法制,矛头所向是殖民主义制度。夏巴尼是一位觉醒的非洲作家的代表,是一位继往开来的人物。他是古典斯瓦希里语文学的最后一位作家,又是现代斯瓦希里语文学的第一位作家。卡斯特罗·索罗梅尼奥(1910—1968)是用葡萄牙语写作的作家,被称做"真正的安哥拉小说的开创者"。他从30年代就走上文坛,早期作品多数为中、短篇小说,作品内容大都反映当地土著的部落生活,用作家的话说,那时非洲人"还不是人的儿子,而是神的儿子和奴隶"。因此,作品中充满危险和恐怖,富有神话的妙趣和诗意。《死亡的大地》发表在40年代末,标志着作家创作的新阶段。作品写出了殖民者的掠夺和同化以及非洲人民反抗前的忍受和沉默。尖锐的社会批判和准确的心理分析,是小说的突出特色。50年代末发表的《转折》,戳穿了"白人优越"的神话,描绘了殖民者在安哥拉的丑态和困境。巴尔塔扎尔·洛佩斯(1907—)的《小铃》是佛得角克列奥尔语第一部散文巨著,是一部长篇自传体小说,真实地再现了40年代佛得角知识分子的思想倾向和成长的苦难历程,在语言和结构上都有所创新。

戏剧也是黑非洲现代文学的重要组成部分。传统的民间滑稽戏、闹剧、哑剧、歌剧、配有音乐和歌唱的舞蹈等,是黑非洲现代戏剧的渊源。现当代戏剧在本世纪30年代开始出现,第二次世界大战后得到迅速发展。象牙海岸、扎伊尔、马达加斯加、尼日利亚等都出现了自己的优秀剧作家和作品。但是,现当代黑非洲戏剧不似诗歌、小说那样普遍,而且真正繁荣则在其独立之后。

60年代初,黑非洲的绝大多数国家已经实现了政治上的民族独立,面临着发展民族经济和民族文化的任务。这个时期的文学,总的说是继续发展和繁荣。独立后国内阶级关系的变化,为维护民族独立所进行的新的斗争,给文学提供了新的题材。尼日利亚作家埃克温西(1921—)的《佳伽·娜娜》和《美丽的羽毛》,对大企业界、大资产阶级作了揭露和批判。恩泽克伍(1928—)也是尼日利亚作家,他的长篇小说《蜥蜴之舞》描绘了民族资产阶级的形成和活动。尼日利亚青年作家恩瓦帕(1931—)的长篇小说《艾福璐》反映了小资产阶级的形成过程。作家将小说的主人公作为新人而加以赞赏。前面提到的作家阿契贝继续从事创作。他的小说《人民公仆》一方面嘲讽自诩为人民儿子、人民公仆的政客,一方面写了一个"老百姓党",并且宣布"我们一旦组成政府,就将工人、农民、铁匠、木工……吸收到我们的行列中来",发出了由群众自己组织起来改造社会的呼声。喀麦隆作家蒙戈·贝蒂(1932—)的小说《残酷的城市》,写农民为了摆脱酋长们的剥削到城市寻求工人兄弟的帮助,而城里工人也在进行反抗资本家的斗争的故事。这种新题材、新主题的出现,是这个时期黑非洲文学的第一个特征。第二个特征是英语文学和民族语文学突出发展,而法语文学则不如前一时期活跃。前面介绍的尼日利亚文学家们,都是用英语写作的。另一个英语文学发达的国家是加纳。评论界公认加纳最有才华的作家是阿尔玛(1938—)。他的成名小说是《美好的人尚未诞生》。作品描写一个小公务员的种种苦恼,无情地揭露了独立后的社会的阴暗面。作家对新社会的这种批判态度,受到了非洲评论界的批评。就文学体裁来说,民族独立后戏剧得到较大的发展,出现了繁荣景象,这是该时期黑非洲文学的第三个特征。马达加斯加诗人雅克·拉贝马南雅拉同时也是著名的戏剧家。他的诗剧《马达加斯加的神明》是马达加斯加岛第一部法语戏剧作品。他还发表了《诸神会宴》等剧本。这些剧作取材于民间传说,人物和情节大都是虚构的。艺术上,作家注意吸收民间创作的成功技巧,精于心理刻画,具有浪漫主义色彩。象牙海岸诗人达迪耶同时也是有影响的戏剧家。他不但写了《阿斯米安·达伊莱》、《刚果的贝雅特里齐》和《风暴岛》等历史剧,同时也写了《托戈——格尼尼老爷》、《风中的声音》等闹剧和讽刺剧。扎伊尔颇负盛名的剧作家是阿里贝尔·蒙吉塔(1916—)。他的风俗喜剧《思朵姆贝》和独幕剧《第十五个》都是有名的剧目。尼日利亚最著名的戏剧家是约·克拉克(1935—)和沃·索因卡(1934—)。前者长于以悲剧形式歌颂非洲人民的光荣传统,反击殖民主义者。著名剧作有《山羊之歌》、《假面》和《木筏》。后者长于编写喜剧,在笑声中揭示严肃的现实主题,以幽默和讽刺而获得国际声誉。代表作有《沼泽地居民》、《雄狮和宝石》、《裘罗教士的磨难》、《路》、《孔其的收获》等。(详见本章第三节)。

20 世纪 70 年代,大多数黑非洲国家获得独立,作家仍愈来愈深刻地认识到现阶段的种种矛盾已并不是外来文化因素注入所致,根源在于现在非洲正在形成中的社会性质的本身。因此,除南非还以反对种族歧视、反对种族隔离的"抗议文学"为主流以外,大多数黑非洲国家文学的基本主题逐步以反对殖民主义和讴歌独立转向关注非洲社会内部的问题。80 年代,文学主题进一步转向个人问题,新兴起的作家尤其如此。著名作家主要有肯尼亚的恩古吉(1938—),他发表的著名长篇小说《血染的花瓣》(1977)控诉了有钱的地主和政客。《钉在十字架上的魔鬼》(1982)意在提高农民和工人的思想意识。象牙海岸作家达迪耶(1916—)的剧作《风声》(1970)、《刚果的比阿特丽兹》(1971)以严肃的笔调涉及到非洲腐败与剥削的主题。索马里小说家纳鲁丁·法拉赫(1945—)在小说《一根弯肋骨》(1970)中描写了现实中妇女的地位和遭遇,《赤裸的针》(1976)则批判了 70 年代中叶索马里现实社会存在于恋爱婚姻中的恶德败行。这个时期黑非洲的文学走向多元化,取得了很大成绩,许多作家还获得了国际承认和国际荣誉。1986 年,尼日利亚作家沃尔·索因卡荣获诺贝尔文学奖。1989 年，尼日利亚青年女作家埃诺·奥邦的第一部长篇小说《圆屋》(1988)获日本野间文学奖。1991 年，南非作家纳丁·戈迪默荣获诺贝尔文学奖等等，都说明黑非洲现当代文学已成为世界现当代文学的重要组成部分。

综观黑非洲现当代文学，可以看出其发展的不平衡性。就时间说，第二次世界大战后至 50 年代末是黑非洲现当代文学最为繁荣的时期；就地区说，60 年代前法语、葡萄牙语地区文学创作较为繁荣，而 60 年代后，英语地区则更繁荣；就体裁说，60 年代以前诗歌和长篇小说创作比较繁荣，而 60 年代后，短篇小说和戏剧创作则更繁荣。当代黑非洲文学，正在以把握民族独立后的复杂的社会现实，并在宏伟的艺术画卷里予以深刻表现，以及将文学传统与现代派艺术手法有机地结合统一这样两个方面向文学繁荣的新高峰攀登。黑非洲人民正在用自己的英勇斗争和辛勤劳动，为人类进步事业谱写新的篇章，黑非洲文学也必将为世界文学宝库贡献更加绚丽多姿的艺术珍品。

第二节　乌　斯　曼

生平与创作

桑贝内·乌斯曼(1923—)是塞内加尔作家，具有世界声誉，在当代黑非洲文坛上占有十分重要的地位。

桑贝内·乌斯曼 1923 年 1 月生于塞内加尔的齐金绍尔一个沃洛夫族的渔民家庭。由于家境贫穷，他自幼随父捕鱼，除短短几年的初级教育外，他再未受过正规教育，他不愿按照父亲的愿望当渔民，尚未成年就到当时法属西非的行政中心、重要的港口城市达喀尔谋生。先后做过铅管工人、泥水匠、技工学徒、火车头仓库技师的助手等。第二次世界大战爆发后，他被宗主国法国征召入伍，在

"自由法国部队"当汽车兵,曾在意大利和德国境内参加过反法西斯的战役。战后的1947年,他复员回到达喀尔,参加过达喀尔—尼日尔铁路工人大罢工。几年后他去了法国巴黎,在雷诺汽车厂当技工,后来,他又在马赛度过了10年,在马赛港作码头工人,并成为那里码头搬运工会的领导人。

复杂的生活经历,为作家提供了丰富的创作素材。他的第一部长篇小说《黑人码头工》(1956)就是根据自己在马赛当码头工人的经历写成的。这部小说虽然在艺术技巧上还不够娴熟,但作品的反殖民主义倾向却十分鲜明,整个故事可以说是对种族歧视的控诉书。1957年他发表了第二部小说《祖国,我可爱的人民》(亦译为《塞内加尔的儿子》)。这是一部思想性和艺术性都很强的作品,是作家的成名之作。1960年发表的长篇小说《神的儿女》被认为是作家的代表作。这是一部反映铁路工人罢工的小说。作家将工人罢工这一现代斗争方式放在民族解放运动的广阔背景上,浓墨重彩地加以描绘,赋予反殖民主义的性质,表现了非洲工人阶级的觉醒和工人运动的蓬勃发展,塑造了自觉斗争的工人典型。这在黑非洲文学史上是个创举,产生了深远的影响。这部小说在艺术上也取得了巨大成就,它似一幅壮丽的历史画卷,不但塑造了众多的属于不同阶级、阶层的人物,而且色彩层次鲜明,细腻地刻画了各种人物的心理活动和巨大变化,从而表现了黑非洲人民由奴隶到战士的曲折而复杂的转变和发展过程。如果说,《祖国,我可爱的人民》主要写农民,《神的儿女》主要写工人,那么1964年发表的小说《全民投票》则第一次塑造了努力把自己的知识和才华献给民族解放事业的知识分子的形象。这是一部以1958年全民投票为题材的长篇小说。这次全民投票标志着人民已经能够掌握自己的命运,殖民主义体系开始崩溃。

乌斯曼才思敏捷,是一位多产作家。除了上述作品外,他还发表过两部中篇小说,即《维希·契奥赞涅,或私生女》和《汇票》

(1965);一部短篇小说集《沃尔特来的人》(1962)。两部中篇小说所反映的都是非洲国家独立后的政治与社会问题,曾在1966年举行的达喀尔艺术周上获大文学奖。1973年他又发表了小说新作《哈拉》。

乌斯曼具有多方面的艺术才能。1963年,他编导的故事影片《四轮马车夫》在法国图尔电影节上获最佳作品奖,标志着黑非洲电影得到国际上的承认,开始进入世界影坛。其后,他又编导了好几部故事片,其中以闹剧形式摄制的政治影片《汇票》,在1968年威尼斯电影节上获特别奖。

《祖国,我可爱的人民》

《祖国,我可爱的人民》是乌斯曼的成名作,是反映农民如何觉悟起来并开始同殖民主义者进行斗争的长篇小说。主人公乌马尔·法伊是一个勇敢、坚毅而富有智慧的青年黑人。他出生在卡扎曼斯河畔一个渔民的家庭,他自己也是一个出色的渔民。但是,殖民主义统治改变了他的命运。第二次世界大战中,乌马尔被强征入伍,参加法国部队,曾经两次负伤,得到一枚军功奖章和一枚战斗十字章。但是,乌马尔在战争中的收获不是这两枚奖章,而是认识了殖民主义统治的实质,找到了自己失去祖国和民族遭受凌辱的原因。所以,乌马尔复员后,虽然有在法国安家的机会,但他却毅然携着法国妻子伊扎贝拉回到了塞内加尔。他选择了一条困难而危险的道路。他是一个黑人,居然娶了一个白人妇女作妻子,这在他的同胞们看来是对自己民族的背叛,而在法国人看来,伊扎贝拉则是一个堕落的女人。乌马尔为此受到亲人的指责和白人殖民者的侮辱。但是,乌马尔顶住了这双重的威压,并坚定地走自己的路。为了拯救自己的同胞,他放弃自己精通的捕鱼生涯,改学种田,把收获的粮食低价出卖或无息借给黑人同胞,使他们免受殖民者的残酷经济剥削。他还耐心向年轻人宣传新思想,帮助他们克服旧的传统和摆脱落后生活方式的束缚。他成功地团结了年轻人,争取了老人,使他们认识到组织起来,办示范农场,组织合作社,同殖民主义者进行政治的和经济的斗争的意义。乌马尔的事业有利于祖国和民族,却威胁着殖民主义者的统治。敌人采取阴谋手段暗杀了乌马尔。乌马尔死了,但他的事业在继续,他的同胞在前进。人民用斗争和胜利来歌颂这位塞尔加尔的忠实儿子。

《祖国,我可爱的人民》的情节是沿着新思想意识同旧传统观念的矛盾,国家独立、民族解放同殖民主义统治的斗争这两条彼此交错的线索展开的,其中主要矛盾是种族矛盾。乌马尔·法伊的形象就是在这错综复杂的矛盾斗争中塑造成功的。乌马尔这个在铁与血的战火中觉悟了的青年黑人,在伊扎贝拉因被雅克侮辱而提出一起回法国时,他深情地说:"我知道卑屈和受辱的滋味,所以我了解你是怎样痛苦。可是,我,我应该到哪里寻求我的自尊呢?如果我不在我生长的家乡寻找,还到哪里去寻找呢?"是的,乌马尔是用一腔热血和整个生命热爱自己的祖国和人民的。在他看来,"一个人的自尊可贵并不在于他能生男育女,也不在于他会穿漂亮的衣服。最主要的是他的祖国","必须揭开一切事情的秘密,掌握一切事物的秘诀,为人民造福"。他不能忍受没有祖国的痛苦,于是他仇恨、反抗、斗争,立志要夺回他和他的同胞们失去的一切——独立、自由、做人的尊严。在轮船上,他两拳打倒了科佐诺公司的管事;在码头上,他同船长和海员们进行了力量悬殊的搏斗。他成了弱小者和被压迫者的保护人。接着,他为了改变祖国听命于人的状态,实行一系列宏伟计划,进行艰苦劳动。殖民主义者船长不是挥舞皮鞭叫嚣"我让他知道知道,在这里谁是主人"吗?乌马尔用自己的行动告诉同胞们:黑人是黑非洲的真正主人!正是在揭示和解决国家独立、民族解放、人民自由与殖民主义统治这一主要矛盾斗争的过程中,乌马尔的坚毅、刚强的性格特征被生动地刻画了出来。但是乌马尔的形象之所以丰富感人,还因为他的性格有着善良、温柔的一面。作家通过新思想意识和旧传统观念的矛盾，来刻画乌马尔性格的这一面。乌马尔爱人民、爱家乡，尽管他在战争中在欧洲经历了很长时间，但“就像他从来没有离开过祖国一样”，“内心深处的确蕴藏着自己民族的传统精神”。另一方面，他同旧的传统观念的斗争也是勇敢坚定的：他娶了一位法国妻子，并将她带回家乡；他动员母亲为他解除与阿伊达的婚约，拒绝按当地习俗娶两房妻室；他父亲是清真寺的教长，但他从不去做礼拜；他不顾别人的议论，离开父亲的宅子，在树林里盖起了新屋；他放弃家族世代捕鱼的传统，改学种田；他尊重混血儿迭齐列，努力促成她和医生阿格鲍的婚事……这一切行动都体现出新思想意识的光辉，都是对旧传统观念的挑战和决裂，说明“他的思想发生了深刻的变化。他甚至毫不容情地指责他同种族的同胞所固有的缺点：他们的宗派主义，阻碍社会进步的等级偏见，狭隘的种族观念，以及他们本能上某些‘反白种人’的幼稚病”。在这类斗争中，他表现出极大的耐心和韧性。当他发现固执守旧的父亲不肯接待他和他的妻子时，他很难过。在同父亲谈话时，虽然坚持自己的意见，又深深感到“作为一个儿子违背父亲的意志是很痛苦的”。当母亲问他为什么不祷告时，他搂着母亲说：“难道我不是一个好儿子吗？”乌马尔在母亲面前永远是个孩子。他在妻子面前也不是帝王和主人，而是充满了信任、尊重和友爱，处处表现出无限的柔情。他对青年们坦率、诚恳，是他们的兄弟、朋友、带路人。他的“小棕榈林”成了青年们集会和讨论青年的未来、民族的未来、非洲的未来的场所。乌马尔对老年人分外尊重。在长老会议上有人提出要用祭神来消除蝗灾时，乌马尔则以诚恳劝告和耐心说服，把自己的进步思想变成同胞们的集体行动。乌马尔对戈米斯老人说：“我是想办一个示范农场，使我们的全体人民以后都能得到它的好处，我今天就是来问你愿意不愿意同我合作……我们的人民习惯由老人带头做事。过去也有过您的时代，可是您不应该做我们时代的旁观者”。

字字声声充满了信任与期望。如果说,在同殖民主义者的斗争中集中表现了乌马尔性格刚的一面,那么,为了同传统观念作斗争,他在团结群众从事进步事业的过程中,则主要表现了其性格柔的一面。作者就是通过这两条线索,来塑造乌马尔的形象的。

《祖国,我可爱的人民》在艺术上是很有感染力的。强烈的爱憎,正是小说艺术力量之所在。在作品中,当作家的笔锋一触到他那美丽的祖国和亲爱的人民时,笔调便温柔、妩媚,充满诗情画意;然而,一旦笔锋转向殖民主义者,则文字如利剑。而且这种爱和恨的感情总是交相出现,使善与恶、美与丑形成鲜明对比。例如,小说一开始就把黑非洲热带森林风光呈现在读者面前:

> 轮船缓缓地逆流而上。河水滞重而浑黄。河的一岸是一片广阔的平原;上面长满灯心草,成了鳄鱼隐避的地方。远远望去,有一带灌木丛,阴森森的,好像隐藏着许许多多危险。鸟儿翅膀拍打着芦苇,一行接一行笨拙地飞翔。马拉布在岸边苇丛里捕鱼充饥,不时振翅冲上天空。

面对家乡迷人的景色,作家借主人公乌马尔的口抒发了他深情的爱:

> "乔多尔·卢梭要是看见这副景色……可惜他没到此地来过。"

但是,接下去,作家笔锋一转:

> "滚到你们原来的地方去,畜生!"一个白种人喊叫着,黑人都惊恐地看着他。
>
> ……可是谁也不愿意去淋这么大的雨。于是白人就用皮鞭抽打他们。出乎意外的抗拒行为激怒了他,他不分男女老幼,一个劲地来回乱抽。狭窄的过道里乱成了一团。有些人跌倒在地板上。
>
> 突然来了沉重的两拳!一拳打在颚骨上,紧接着第二拳打在肚子上,白人被打倒在地上了。

在白人面前站着一个黑人……

这两个男人面对面地站着，互相怒目而视。

这是多么深切的恨！这种强烈爱憎感情的对比描写，贯穿于整个小说的始终，而且每一次白人殖民主义者的出现，总会有一场暴风雨。那是仇恨的旋风，反抗的风暴！它是那爱祖国、爱人民的涓涓流水和熠熠春风的必然产物，是艺术家感情世界的真实写照。可见，作家感情的恳切真挚程度，是决定作品艺术感染力大小的最重要条件。

乌斯曼作品的另一个突出艺术特点，就是善于运用诗的激情、戏剧中精粹的对话和电影中蒙太奇手法，来塑造人物，展开情节，表现主题。《祖国，我可爱的人民》中，作家很少对人物做长篇叙述，而是通过他们做什么、怎样做的描写，来揭示人物复杂的心理活动和思想意识。比如小说对清真寺教长——乌马尔的父亲姆萨·法伊的描写就如此。他是个虔诚的伊斯兰教徒，他也痛恨殖民者，但又是个传统观念的顽固坚持者。他最反对儿子乌马尔的行为，但他从不像罗卡伊亚那样喋喋不休地抱怨，而是用行动表示不满。接到乌马尔和伊扎贝拉回国的电报后，他“坐在席子上，低着头，一个个地拨着念珠，一句话也没说”。正当全家“鸦雀无声地敬候着家长传下什么旨意”的时候，他却“穿上巴布什，倒背着手到清真寺去了”。在常开“酋长会议”的大树下，当他听到人们谈论他的儿子将带回一个法国女人时，内心感到羞愧和痛苦，但只是说了句：“做礼拜的时间到了。”当人们继续从他的儿子谈到战争，谈到年轻人的变化，最后又回到他儿子带法国女人回家来这件事时，他也只说：“愿真主饶恕我们！”“时候到了”。于是召集教徒们祈祷。难道他不爱自己的儿子吗？爱。他虽然有三房妻子、六个儿女，但乌马尔终究是长子。你看，当罗卡伊亚说“要是我料到乌马尔会这样，我会在他小时候就用这只手把他掐死”时，他马上制止老婆：“不要说了，孩子们都听着你呢！”当他得知乌马尔在船上拳击白人殖民者时，急于见自己的儿子。他说：“为了这件事，我等了你一整天”，“你可要小心，这个人是个坏人。”当乌马尔因同鲨鱼搏斗，捕鱼未能及时归来，人们担心出事时，他也和救护队员一起登上了独木舟。是的，姆萨是痛苦的，他痛恨殖民主义者，但又没有勇气反抗；他爱自己的儿子，但又无力摆脱传统观念的束缚，最后只好离家朝圣去了。姆萨这个富有个性的重要人物，心理活动十分复杂，但作家叙述过程用笔极少，全靠精粹的对话、典型的动作(行动)描写来活灵活现地刻画其性格。

《祖国，我可爱的人民》在语言上很有特色。虽然这是一部用法语写成的书，但是，由于作家的心与黑非洲的命运紧密相关，脑海里活跃着黑非洲人生活与斗争的情景，所以，作品的语言具有独特的民族风格。首先是具有黑非洲达姆达姆鼓的深沉、浑厚的音调和明快、急促的节奏。这一特征使作品具有浓厚的民族特色。另一方面，作家有意识地运用了一些非洲谚语，幽默而深刻，更增加了作品的乡土气息，使小说散发出黑非洲泥土的甜味和芳香。

第三节　沃尔·索因卡

生平与创作

沃尔·索因卡是当代尼日利亚最负盛名的剧作家、诗人、小说家、评论家和翻译家。他娴熟地运用英语创作了一系列戏剧杰作，以其丰富的文化视野及诗意般的联想影响了当代非洲世界，并获得1986年度诺贝尔文学奖，成为非洲第一位享有此殊荣的作家。

索因卡1934年7月生于尼日利亚西部阿比奥库塔城(意为“大石下的城市”)附近的农村。父母是土著的约鲁巴族人，都信奉基督教，父亲是当地英国圣公会教会小学的校长，母亲是有社会地位的商业妇女。他就生长于这样一个富于西方文化氛围的家庭里。古城阿比奥库塔盛行由传统祭祀仪礼演化而来的民间歌舞表演，在家乡度过童年和少年时代的索因卡深受这种传统文化的熏陶，幼时就对戏剧演出萌生了浓厚的兴趣。这样的生活经历孕育了他日后那种独特的熔西方戏剧艺术和非洲传统艺术于一炉的戏剧风格。

1952年，他18岁时前往尼日利亚中心城市伊巴丹求学。在伊巴丹大学学习期间，曾在颇有影响的《黑俄耳甫斯》杂志上发表了一些热情的诗歌，从此开始文学生涯。1954年，他争取到奖学金，赴英国利兹大学研读英国语言文学，曾求教于当时著名文学评论家G·W·奈特。当时利兹大学的学生戏剧活动丰富多彩，经常演出欧洲古典名剧和现代剧目，有时也演出一些自编自导的习作。如此浓郁的戏剧氛围与他早年戏剧的兴趣产生了沟通与共鸣，使之在初入文学研究领域时，最先踏入戏剧艺术的高雅殿堂。于是他潜心研读各种有关西方不同流派戏剧艺术的书和西方各种文艺思潮的作品。因此，他以优异成绩于1957年毕业于利兹大学后，很快就进入伦敦皇家宫廷剧院，开始了戏剧实践。他先后担任过校对员、剧本编审、编剧等职。五六十年代，伦敦皇家宫廷剧院是英国戏剧活动的中心，许多剧坛泰斗都是从这里起步并崭露头角的，如约翰·奥斯本(1929—)、阿诺德·威斯克(1932—)、塞缪尔·贝克特(1906—1989)等。皇家剧院的工作使他有机会广泛接触英美及欧洲各国的现代戏剧，提高了戏剧修养，拓宽了戏剧艺术的视野，并得以留心观摩许多名剧的编导过程和舞台美术设计的情况，使他有机会直接参与具体的演出和编导实践。

1959年，索因卡进行了自己作品的首次专场演出，剧目是处女作《新发明》。这出独幕剧以极其荒诞的情节，讽刺了南非白人政权的种族主义政策。南非偶然遭到一枚误射的美国导弹的袭击，因此黑人都失去了体内的黑色素，肤色全白。南非当权者惊恐不安，勒令科学家火速研究出鉴别人们种族身分的有效办法，以便重新将黑、白不同种族的人隔离开来。内容亦庄亦谐，令人啼笑皆非。50 年代末，他于英国工作期间创作的剧本还有《沼泽地居民》(1958)、《雄狮与宝石》(1959)等。前者描写尼日利亚独立前沿海沼泽地一带的农村生活。由于殖民统治，城市畸形发展，农业经济受到严重冲击。农村青年一批批逃离故土，流入城市谋生，结果农村更加凋敝。农民身受数重盘剥，还要同自然灾害进行无望的斗争。青年农民在面对天灾人祸，无以为生之际，只好离开沼泽地的故乡，向金钱主宰下的罪恶之窟——使人性殆尽、骨肉相残的城市走去。剧本流露出一种悲观色彩。后者的女主人公希迪是村中最漂亮的姑娘，在众多的追求者中间，她宁肯选择精于世故的老村长，也不肯答应满嘴时髦名词的青年教师。它借此入木三分地讽刺了殖民主义奴化教育下的知识分子崇洋媚外的现象。

1960 年，他从伦敦回到阔别多年、现已获得独立的祖国尼日利亚。他不辞辛苦地深入各地采风，在搜集整理民间艺术传统的基础上，致力于将西方戏剧艺术同约鲁巴等西非土著民族的音乐、舞蹈、戏剧结合起来，力图创造出一种既有 20 世纪时代精神、又不失尼日利亚乡土气息与民族风格的新型戏剧。《森林之舞》即是这种探索的最初尝试。这个剧本是他为了庆祝 1960 年 10 月 1 日尼日利亚民族独立日而创作的，并在独立庆典活动期间由他亲自创办的伊巴丹大学剧团公演，获得很大成功，引起热烈反响。这个两幕剧剧情围绕人类为庆祝民族团聚而举行的宴会(象征尼日利亚民族独立大会)展开。人们为了欢庆民族大团结的喜庆日子，请求森林之王准许他们死去的祖先，作为“民族杰出的象征”来参加盛会，不料想与会者竟是些不受欢迎的人。作者企图告诉人们，历史并不伟大，也没有过什么黄金时代，只有正视现实，面向未来，才能找到真正的出路。剧本体现了作者对于民族命运的深刻思考。

60 年代，他的创作步入高潮，进入成熟阶段，艺术手法趋于隐晦，讽刺与寓意相结合，表现人类进步中的困惑。讽刺喜剧《热罗兄弟的考验》(1960)写一个江湖骗子利用社会上各种人的不同心理,引人上当的故事。《强种》(1963,又译《强大的种族》)批评非洲社会迄今依然存在的不人道的蛮风陋习。《孔其的收获》(1965)抨击独立后的寡头专政现象(“孔其”在约鲁巴语中指专横跋扈的铁腕人物),表现出作者对现状的不满和对未来的焦虑,以及由此产生的一种孤独失落感。《路》(1965)则是一部寓意性极强的剧目,是他的代表作之一。评论家认为它以“诡秘称奇”。这一时期的其他剧作还有《灯火管制之前》(1965)、《枝繁叶茂的柴木》(1965)等。

60 年代后期,尼日利亚发生内战,索因卡痛感战争造成的生灵涂炭,而以人道主义精神置个人安危于不顾,奔走于交战双方的营垒之间,一再呼吁休战停火,结果却遭到逮捕,被军事独裁政府关押了近两年。1969 年获释后,他前往邻国加纳和欧洲。著名讽刺剧《疯子和专家》(1970)反映了在非常严峻的时代主人公丧失人性和掠夺成性的主题,在美国上演后产生了世界性影响。闹剧《热罗的变形》(1973)作为《热罗兄弟的考验》一剧的续篇,仍然写了江湖骗子的主人公那种机智与狡黠。《欧里庇得斯的酒神的情侣》(1973)则隐含了以当代尼日利亚事件为模式的各种场面,表现了作者鲜明的爱憎情感。《死神和国王的马夫》(1975)探讨自我牺牲的意义,弘扬忠于理想的精神。《旺尧西歌剧》(1977)是在英国约翰·盖依(1685—1732)的名剧《乞丐的歌剧》(1728)和德国布莱希特(1898—1956)的《三分钱歌剧》(1928)的基础上写成的,主要通过对广阔的社会风貌的描写,表现伦理道德及现实意义等问题。

1976 年,他结束 6 年的流亡生活,重新返回祖国。曾在伊巴丹大学、拉各斯大学、伊费大学执教或从事戏剧研究,后又任伊费大学比较文学教授。他还担任过非洲作家协会秘书长。他还受聘为英国剑桥大学、舍费尔德大学和美国耶鲁大学、康奈尔大学的客座教授。1985 年,他被任命为联合国教科文组织所属的戏剧学院院长。1986 年,又被全美文学艺术院选聘为院士,同年摘取诺贝尔文学奖的桂冠。为表彰他的文学业绩,尼日利亚政府授予他民族勋章,以及“联邦共和国司令”这一国家的最高荣誉称号。

索因卡是个具有多方面艺术才华的作家,其文学活动涉及了诸多体裁和各种题材。除戏剧创作为他赢得举世瞩目的声誉外,其小说、诗歌和评论也很有影响。

他的小说同其戏剧一样,往往采用象征、寓意的手法,反映现实世界和作家的理想。第一部长篇小说《解释者》(1965,中译名《痴心与浊水》)主要描写一群知识分子、工程师、新闻记者、艺术家、教师、律师等,面对尼日利亚的社会现实,在选择历史传统与现代文化两种生存方式时所表现出的困惑心境,同时也揭露了现实中的不合理现象。第二部长篇小说《暗无天日的年月》(1973)以60年代尼日利亚内战为背景,以金钱权势的罪恶和平民百姓的遭遇相对照,表达了作家的社会观点和理想。另两部自传小说是:《那人死人:狱中纪实》(1972)主要回忆了他在狱中的生活及其在狱中所形成的一些新的思想认识;《阿凯的童年》(1981)则再现了作家早年的生活,因其成熟、优秀的散文叙事技巧,而被《纽约时报书评·副刊》评为1982年12部最佳图书之一。

他的诗歌创作也颇引人注目。早在50年代初于伊巴丹大学读书时,他就曾在杂志上发表过热情的诗歌。1967年,又写出诗作《伊但纳及其他》,以表现自己在现实冲击之下的复杂情感和对某些事物的抒情式反思。《狱中纪诗》(1969)是他被拘押狱中写在草纸上,出版后深受读者欢迎的诗集,主要描写他失去自由后的遭遇与种种感受,表达了他对自由与光明的渴望之情。1972年,他在此基础上又增添了若干首诗,以《地穴之梭》为名重新结集出版。长诗《阿比比曼大神》(1976)是为欢呼莫桑比克对白人统治的罗得西亚宣战而写的颂辞。这些诗意象丰富,饱含哲理,具有一种崇高的道义上的使命感。

他的文学论著《神话、文学与非洲世界》(1975)较为全面地反映了他自己对文学与戏剧的独特认识与文艺观点。

索因卡以惊人的文学成就实践了自己的信念。他认为，非洲艺术家的作用在于"记录他所在社会的经验与道德风尚，充当他所处时代的先见的代言人"。[①] 因此，他成功地让非洲以外的人们，用非洲人的眼光看待非洲人和非洲的事件。

《路》

两幕话剧《路》是一部寓意深刻的剧本，创作于 1965 年，一向被推为索因卡最有代表性的剧作之一，并是他荣获诺贝尔文学奖的主要作品。它表现了作家对国家前途与民族命运的一种深刻的思索，以及因为结论悲观所产生的一种内心的焦虑。

剧情主要描写一个发生在"车祸商店"周围的荒诞故事。教堂的晨钟惊醒了昏睡中的客车售票员沙姆逊、司机科托奴、萨鲁比和一个名叫穆拉诺的仆人，他们像往常一样开始一天的谋生活动。车祸商店的老板是个被称为"教授"的神秘长者。他曾当过主日学校教师、祈祷仪式的主持人等，现在经营车毁人亡的汽车配件和伪造的驾驶执照。无票可售的沙姆逊和无驾驶执照的萨鲁比以恶作剧的方式搞乱"车祸商店"的秩序，使得从车祸现场归来的"教授"误以为别人的处所而离去。不久镇长来这里秘密雇用以"东京油子"为首的流氓为他的党派效力，而"东京油子"也立即用刚从镇长手中得到的海洛因贿赂警察。

"教授"在这里继续从事寻找《圣经》的工作。在科托奴的询问下，"教授"讲述了仆人穆拉诺的往事。原来他是个被肇事车辆撞伤后弃之不管的人，"教授"发现后将他救助，并照料他恢复健康。穆拉诺虽然肢体伤残，但在"教授"心目中却是个道德高尚的圣徒和永恒真理的卫士，也是可以帮助他自己寻找和发掘《圣经》的助

① 美国克莱因：《20 世纪非洲文学》，北京语言学院出版社 1991 年版，第 182 页。

手和桥梁。科托奴不顾“教授”劝说，不愿再开车，原因在于对车祸的恐惧。原来早年其父死于车祸，其好友、一个缅甸中士也在车祸中丧生，而前些天又亲眼目睹了一起惨痛的交通事故，自己也险些翻下桥头。此外，他心里还隐藏着一桩心事，即司机节那天，他驾车遇到一个戴面具的车祸遇难者，为了避免嫌疑，只好将其藏在卡车挡板下，逃之夭夭。当警察搜查时，遇难者不知去向，只留下一个奥贡神的假面具。后来警察“爱找碴的乔”在调查汽车节汽车肇事一案时，在“车祸商店”发现了受害者所戴的假面具，众人又将它藏起来。仆人穆拉诺看出被藏在“教授”座椅下的假面具，竟拿起来若有所思地端详，“教授”告诉大家，穆拉诺这个呆子身上附有了神灵。

假面舞会又跳起来，“教授”依然用他对《圣经》及其教义的理解进行说教。舞会的参加者着魔似地越跳越疯，越舞越狂。与会的“东京油子”看到手下的流氓也加入跳舞者的行列，便大声喝止，而“教授”则鼓励人们尽情地跳，于是发生冲突。扭打之中，得到萨鲁比帮助的“东京油子”用匕首刺中“教授”，但他本人也被头戴奥贡神假面的人摔倒在地。“教授”在弥留之际向众人说了如下一番话：像路一样呼吸吧，变成路吧！你们成天做梦，平躺在背信弃义和欺骗榨取上，别人信任你们时，你们就把头抬得高高的，打击信任你们的乘客，把他们全部吞掉，或是把他们打死在路上。你们之间为死亡铺开一条宽阔的床单，它的长度和它经历的岁月，犹如太阳光一样，直至变成许多张脸，所有死者投射成一条黑影为止，像路一样呼吸吧，但愿能像大路一样……

最后，“教授”在挽歌中死去，四周一片黑暗。

创作《路》剧的直接动因是作者有感于尼日利亚公路上频繁发生的交通事故，但是剧中却渗透着作者对许多现实问题的哲理性思考。因此《路》剧深刻而富有象征意义。无论是剧情的衍变赓续，人物的对话独白，还是动作的语言启示，都表露出作家从人性、人道主义立场出发，对社会所进行的尖锐有力的批评。剧中虽不乏作者对现实的深思，却很少探讨时事性问题，对社会生活内含实质的分析多于再现生活，对于国家与民族问题的关注又多于希望与想象，因此，《路》剧表现出一种警世意义，一种对于未来难以名状的时代穿透力。

《路》剧上演时，尼日利亚已经独立5年。祖国独立之初，索因卡急切回国，渴望投身祖国的建设事业，但是很快他就从企盼百废俱兴、弃旧图新的狂热中冷静下来，并清醒地发现刚独立的民族国家并未能走上健康发展的道路。国家没有出现欣欣向荣的可喜景象，反而暴露出各种深刻的社会危机。执政者营私舞弊、肆意妄为，政党和部落之间纷争不断，连连发生冲突。广大人民贫困潦倒，怨声载道。独立不久的国家重新面临分崩离析的危险，处处散发着恶浊的腐败气息。因此，《路》剧中所展示的不再是独立初期创作的《森林之舞》中象征着民族独立、团结与蓬勃向上的狂欢歌舞，而代之以破烂的卡车、崎岖的道路、不断的车祸等客观物象。

《路》剧幕布拉开，出现在观众视野中的即是“车身歪斜，轮子短缺”，“车身后部朝向观众的四轮卡车”，一派破败不堪的景象。继后，卡车又以其丰富的象征意义不断出现在剧中。有的部件残缺、车身破损，有的用不配套的零件拼凑而成，有的则是旧车重新涂上漆等等。这些开起来嘎嘎作响的破车常被用来“运穷光蛋”，“运麻疯病人”，以及运送许多乌七八糟的东西。它们行驶在高低不平、曲折狭窄的道路上，不仅“散发着腐烂食品和各种垃圾的臭味”，而且前途未卜，恰如其分地表现了尼日利亚广大人民不知去向何方的一种愚钝与困惑。作为主要象征物的“路”更是不堪入目。它自己不仅崎岖险恶，洞穴遍地，桥梁糟朽，无法承受车载，而且在如此破败的“路”上还寄生着流浪汉、毒品贩、巡警宪兵等，正犹如是尼日利亚社会的真实写照，这样的载体根本无法顺利安全地行驶车辆，因此车祸不断，使人心有余悸，也无法使人达到目的地，前景不乐观。而那些驾车的司机，常常置车毁人亡于不顾，毫无责任心。他们不是无法胜任工作，就是贪杯醉酒，更有甚者是没有执照的司机，或是惊魂未定的车祸肇事者。这些毫无责任感、草菅人命的司机正是当时尼日利亚执政者的象征，他们胡乱驾驶着满载的汽车，行驶在如此糟糕的“路”上，前途不堪设想。

《路》剧中表现出的探索精神，主要体现在对生存与死亡意义的理解上。剧中的怪老头“教授”经常实地勘察车祸现场，欲从血肉模糊的尸体和支离破碎的残车上寻找人生真谛的“启示”。为探求死亡的奥秘，他有时甚至丧尽天良地故意挪动路标，有意制造车祸。司机科托奴的父亲，一方面在路上与女人作爱，赋予了他以生命，另一方面又死于车祸，想使他离开路这一死亡的陷阱。而科托奴无论是主动求生存，还是被动逃离死亡，都不得不挣扎在一种绝望的困境之中。另外，剧中约鲁巴族信仰的奥贡神不时出现，他手执利斧开辟了连接神界与人世的通道，沟通了生存与死亡的两极，实际上是“路”的主宰。剧的最后，作者以“教授”作为自己理想的代言人，说出了路作为生死循环的象征意义，表现了作者面对现实所产生的一种绝望心理。当人们在现实中无所依存又生死不明的时候，当他们既不想成为政客的牺牲品，又不想让神主宰自己的时候，尽管“路”通向未知境界，但还是变成路，“把生死命运掌握在自己手里”。这是作者悲观情绪的反映，也是他思想矛盾的反映。

索因卡的戏剧艺术既深深地植根于民族生活和文化艺术传统的土壤，又受到西方生活和文化艺术的影响，他曾说过：“虽然我受过西方教育，但是我把自己扎根于非洲人民，注重反映他们的现实，特别是他们蒙受的苦难和对未来的理想。但是我也接受西方文学、东方文学对我的影响，只要是有益的我都接受。”因此，《路》剧反映了传统的非洲戏剧艺术与现代欧洲戏剧艺术的双重熏陶，是西非约鲁巴部族的文化基因与西方现代戏剧的艺术技巧有机融合的结晶。这两种异质的艺术形成一种独具特色的戏剧风格而得到世界剧坛的认同。

首先,《路》剧不似一般剧作那样统一完整。它缺乏贯穿始终的情节线索,既没有重要的戏剧矛盾和冲突,也没有高潮和余波。它不注重表现和塑造常规式、程式化的人物,而以一种深沉的哲理性思辨为前提,对历史和现实进行反思。因全剧袭用西方现代派的表现手法,打破了写实戏剧因果逻辑的结构,并杂糅了非洲当地文化艺术中诸如图腾与舞蹈等延续性意象,因此,剧情显得扑朔、迷离、朦胧、神秘,颇有些荒诞不经的色彩。

其次,《路》剧打破了传统的戏剧时空关系,将人物内在的意识流程的心理时间同外在事物进展的物理时间相互融合,将不变的客观世界的时空同可变的主观感觉时空交叉表现,从而形成了戏剧时空的高度凝聚。《路》剧的情节只表现一个上午发生在一间名为"车祸商店"的小棚屋里,然而在如此有限的时空条件下,作者却从容地表现了许多戏剧角色对漫长生活经历的多方位、多层次的追忆。

另外,《路》剧以相对独立的情节单元结构全剧。剧中人"教授"、"东京油子"、沙姆逊、科托奴、穆拉诺以及早已离世的缅甸中士等,都以各自所关联的事件构成相对独立的情节单元,在分属他们各自的微小时空区域里,有的追忆以往的经历,有的求索人生的真谛,有的以隐寓性事物揭示具体的现实内容,表现出人物意念流程的一种延伸,增加了戏剧的内涵与包容量。

不得不承认,作者在戏剧创作上,从内容到表现手法的创新,都能被不同文化心理素质的各区域人民所接受,确实难能可贵,这种能在世界范围内找到知音的戏剧家实属凤毛麟角。

第四节　纳丁·戈迪默

生平与创作

纳丁·戈迪默是南非用英语创作的著名小说家。她是继尼日利亚的索因卡、埃及的马哈福兹之后，第三位捧走诺贝尔文学奖的非洲作家，时间是 1991 年。她是在瑞典的奈莉·萨克斯之后，25 年来获此殊荣的唯一一位女性作家。

戈迪默 1923 年 11 月出生于南非德兰士瓦省约翰内斯堡斯普林斯矿山小镇。父亲是祖籍立陶宛的犹太移民，经营珠宝生意，母亲是英国人。斯普林斯镇是个种族隔离地区，随着年龄的增长，她渐渐明白了种族隔离"不是上帝的安排而是人为造成的"，而自己在生活中却"和黑人有更多的共同之处"。这对她将来始终把自己同使黑人从南非白人种族主义政权统治下解放出来，以及恢复黑人权利的伟大斗争紧密地联在一起，具有至关重要的内在关系。

戈迪默先在一所女修道院办的中学受教育，后在约翰内斯堡的威特沃特兰大学就读。她从未在南非以外的地区长期居住过，但是曾以旅游者的身分多次到过非洲、欧洲和北美洲广大地区，尤其是她还多次到国外演讲，最常去的是美国。这一切使她在自己的作品中"以直截了当的方式描述了在环境十分复杂的情况下个人和社会的关系"，成为现实与可能。

她在孩提和少女时代就勤于读书，因为身体娇嫩、病魔缠身，所以读书就成了她生活中的主要乐趣。她家乡有一所藏书相当可观的公共图书馆，她贪婪地阅读借到的一些书籍。稍大一些以后，她利用到图书馆帮忙的机会，有选择地多读那些更能启迪心灵的优秀作品。她最喜欢读的是契诃夫的短篇小说，也爱读劳伦斯、普鲁斯特和亨利·詹姆斯等作家的小说。后来，是卡夫卡的作品"使她对人们表面言行发生怀疑而产生执意要求寻找真实的愿望，并且醒悟到对有色人种歧视与隔离是奇耻大辱”。

她 9 岁时就开始写诗歌和小说。15 岁即在约翰内斯堡的《论坛》周刊上发表第一篇短篇小说《明天再来》。1949 年出版了第一部短篇小说集《面对面》，此后平均每隔一年必有一部新作问世。在 50 多年的创作生涯中，她共出版了 10 部长篇小说、11 部短篇小说集以及 160 余篇杂文和评论等，这足以证明她是一位勤奋、多产的作家。

她是写作短篇小说的能手，除了《面对面》以外，她发表的短篇小说集还有《毒蛇的柔和声音》(1952)、《六英尺土地》(1956)、《弗拉迪的足迹》(1960)、《不是为了出版》(1965)、《故事选》(1975)、《利文斯通的伙伴》(1975)、《肯定是某个星期一》(1976)、《战士的拥抱》(1980)、《那儿有什么事》(1984)和《跳跃》(1991)。这些短篇小说集以敏锐、深邃的目光，运用精炼、含蓄的语言，短小紧凑的结构，准确细致地描绘出南非的自然景色和不公平的社会中各种肤色的人们所表现出的种种心理态势。

她不仅以短篇小说著称，而且也是一位创作长篇小说的大师。她娴熟地运用这种艺术形式，深刻揭露了南非种族主义政权的种种卑鄙龌龊的勾当，表现了南非广大人民的痛苦和希望，困惑和觉醒，欢乐和忧患。这些作品以深刻的透视历史进程的洞见性和讽刺性，发出时代的最强音。这些恢弘的史诗般的作品记录了南非社会发展的足迹。她现已出版的长篇小说有《说慌的日子》(1953)、《陌生人的世界》(1956)、《恋爱时代》(1963)、《已故的资产阶级世界》(1966)、《贵宾》(1971)、《自然资源保护论者》(1974)、《伯格的女儿》(1979)、《朱利的族人》(1981，一译《专制的人》)、《自然变异》(1987)、《我儿子的故事》(1990)。

她的创作以反映南非社会现实为宗旨，以表现南非人民(尤其是广大黑人和有色人种)在白人种族主义政权统治下的生活遭遇和反抗斗争为主题，是了解南非社会和种族歧视的窗口。南非社会主要由黑人、荷兰裔白人、英国裔白人和有色人种组成。仅占全国人口15%的白人，却统治着占人口85%的广大黑人和其他有色人种。她生活的时代恰逢黑非洲前殖民地纷纷独立，南非周边国家的黑人也纷纷当家作主的年代，而独独在南非没有任何改变。1948年国民党上台后更加变本加厉，使种族隔离和种族压迫日益法律化和制度化。忍无可忍的黑人一次次起而反抗，均遭到白人统治当局的血腥镇压。发生于1960年的沙佩维尔惨案和发生于1976年的索韦托事件就是这一反抗及其悲惨结局的记录。生活在这样的国家、这样年代的白人有识之士，出于正直、有良知的天性同情并参与了黑人为争取生存权利和政治地位的斗争。戈迪默就是这些白人中的一员。她站在激进的人道主义立场上，揭露南非社会的种种不平与丑恶，从生活其中，并在其中进行斗争的现实中选取素材进行艺术加工，创作成文学作品，因此，格外具有说服力和感染力。

通观她半个世纪的创作历程，既是她政治上不断成熟的过程，也是她艺术上不断发展的过程。50年代，她的两部长篇小说及两部小说集的出版，使人一睹其"惊人的才华"，也为她赢得"真正的作家"和"文学界闪出的一颗最明亮的彗星"的赞誉。从此，她在文坛上确立了自己的作家地位。以1971年问世的《贵宾》为界，她的创作可以分为前后两个时期。

前期，她的主要文学成就在短篇小说方面。这个时期的作品，无论是短篇小说还是长篇小说，其基调是一种社会人道主义。作者笔下的黑人和"仁慈"、"正派"的白人往往被描写成在野蛮的、等级分明的、白人至上的社会里无能为力的受害者。"文明的"白人对他们身边的黑人虽有同情，但只是道义上的、象征性的。如《面对面》中的故事就像编年史一样记述了禁忌、限制以及复杂的警察权力机器所造成的南非种族隔离的残酷现实。《毒蛇的柔和声音》

和《六英尺土地》中的许多故事都揭露了“白人优越论”所造成的不公正现象。《不是为了出版》则描写了由于来自黑人和白人的有影响的政治行动受挫，反对南非种族歧视有时处于无能为力的状况。

前期，她的长篇小说也有类似的思想倾向。《说谎的日子》（又译《缥缈岁月》）描写了由于南非当局强化种族隔离制度而造成的不同肤色青年的恋爱悲剧。《陌生人的世界》通过白人居住区与黑人棚铺区贫富悬殊的对比，表现双方成了“陌生人的世界”。此书由于强烈的反种族歧视倾向而被南非当局查禁达10年之久。《恋爱时节》说明畸形的南非种族社会是扭曲不同肤色人际关系的根源。《已故的资产阶级世界》通过一白人女子对黑人求助感到恐惧的故事，指出白人要准备认同非洲的现实。她前期的小说主要以现实主义手法揭露南非种族主义的种种罪恶，尤其是以细腻的笔触和心理刻画，描写了生活在南非社会黑人与白人的心态，控诉了种族隔离制度对人心灵的扭曲与毒害。

70年代，她的创作进入后期。严酷的社会现实使她不得不深入思考，也进一步促发了她的创作灵感。后期的作品在继续展现南非社会现实的同时，明显地加入了一种对南非未来命运的“预言”成分，这是她不满足于直接逼真地描写现实的结果。这种被称为“预言现实主义”的艺术手法与象征手法和大时空跨度相结合，不仅表现出作者在反种族主义方面的超前意识，而且预示出南非黑人反种族主义斗争最后胜利的美好前景。在她的后期作品中，长篇小说的成就最为显著。

《贵宾》是具有前后期创作分水岭性质的作品。小说“结构严谨，简洁含蓄，文体高雅”，主要表现了白人黑人同是非洲人，无贵无贱，都应成为非洲主人的主题。故事描写了曾在某非洲国家任过行政官的英国少校，由于他对黑人独立运动表示过同情和支持，在该国独立后应邀以“贵宾”身分回来访问。作品一方面通过他的经历与体验揭示新独立国家所面临的问题，另一方面也指出非洲白人是非洲人，而不是宗主国的白人的事实。

《自然资源保护论者》与《贵宾》的主题相同。它采用意识流和象征的艺术手法，表现一个既非英国裔也非荷兰裔的南非白人实业家梅林的垮台。他可以花钱买地建农庄，却不能成为土地的真正主人，因为黑人更需要土地。小说说明南非白人自以为拥有了南非却无法成为其真正的主人。通过象征手法揭示出南非不可避免将产生巨大的政治动荡。

《伯格的女儿》因为触及到种族矛盾的核心问题而被认为是一部政论性很强也是最感人的作品。小说以 1976 年南非反种族隔离斗争为背景，以白人医生莱昂内尔·伯格的女儿罗莎的成长过程为主线，猛烈抨击了南非种族主义的罪恶，歌颂了南非非洲人国民大会和南非共产党中的优秀儿女光明磊落、无私献身的伟大精神。作者有意运用意识流手法，通过女主人公的内心活动推动情节发展。在作者对罗莎现实生活的叙述和罗莎本人娓娓倾诉中展现罗莎的成长轨迹。

90 年代的小说《我儿子的故事》，通过一个黑人小孩的所见所闻，描绘出反种族主义斗争战士的家庭悲剧，以及他们不平凡的战斗生活。主人公索尼是一位混血教师，由于他同情、支持黑人解放斗争，在南非社会中遭到迫害。他与白人姑娘的爱情，使他的私人生活也染上了反对种族隔离的色彩。小说不仅表现出作者对南非现实的新的思考和认识，而且显示出作者在创作题材上的新开拓。作者笔下的真实生活是通过大量心理描写和分析表现出来的。其笔锋深深触及到人物的内心世界，竭力捕捉和发掘人物的心理活动，使人物具有某种真实感。

《自然变异》

《自然变异》是一部引人入胜的长篇巨制，也是戈迪默写得最成功的作品之一。它代表了作者语言特色、艺术风格、思想深度的高水平。作者将南非社会镶嵌在广阔的非洲大背景中，为废除种族隔离制度后的南非描绘出一幅动人的图画。小说成功地表现了一个白人最终走上与黑人反种族主义斗争认同，并反对白人统治政权的漫长而艰辛的革命历程。

女主人公海丽拉·卡波兰原是个天真烂漫的白人女孩，父母婚姻破裂使她成了孤儿。她个性很强，收养她的奥尔嘉姨妈和宝琳姨妈都无法管束她，好像没有什么东西能够收住她的心。当宝琳姨妈发现她与自己的儿子搞在一起后，改变了收养她的初衷。退了学的海丽拉独身一人在约翰内斯堡四处流浪。她不满 20 岁时和一个反政府的新闻记者雷伊由相爱而同居。由于警察捣毁了住处，她便随他于 1963 年流亡国外。

海丽拉被雷伊遗弃在达累斯萨拉姆这座流亡革命者云集的重要的港口城市。那些流亡的白人、黑人政治家都想追求美貌的海丽拉，以便使她成为在政治上对他们有用的人。海丽拉爱上了黑人革命领袖惠拉，从一个单纯的海滨女郎变为黑人政治家的妻子。但是，惠拉却在黑人运动蓬勃发展时被南非政府的刺客杀害了。海丽拉并没有消沉、屈服，并开始有意识地投入黑人的解放事业。她与惠拉生的黑肤色女儿后来成了走红巴黎的名模。而海丽拉在欧美和非洲则继续为南非黑人的解放事业而奔走，并和日后成为某独立的黑人国家总统的政治家罗埃尔结了婚。此时的海丽拉已成为与英迪拉·甘地等名人来往的国际舞台上的风云人物。她和丈夫在庆祝南非建立黑人政权的典礼上，成了自己祖国的贵宾，看到了前夫——黑人革命家惠拉的理想得以实现时的伟大场面。

小说《自然变异》通过对海丽拉成长过程的描述，昭示出南非是非洲的南非，不是欧洲的南非；南非是全体南非人的南非，不是少数白人专有的南非这样一个铁的事实。在展示南非未来光明前景的同时，小说也回答了困扰着许多南非白人脑际的那个问题：白人在南非应该怎样生活。

主人公海丽拉在某些地方无疑具有作家本人传记的影子。但她本质上是个具有巨大艺术概括力的形象。海丽拉在自己追求爱的本性指引下随机应变,顺应了历史发展的潮流,在南非种族隔离制度的严酷现实中,不受社会上白人至上的传统观念影响,从生活中得出自己的结论,从而使自己从一个单纯的少女成长为黑人解放事业的一名战士。海丽拉少年时代是个天真、单纯、任性而又固执的女孩。她身为白人却对鼓吹白人至上的种族主义不以为然。妈妈的失踪强化了她本性中对爱情的追求,但是,她只有投身到黑人的解放斗争中,在与黑人革命者的结合中才找到了真正的爱情。海丽拉对黑人解放事业的态度也是从旁观到同情,直到最后参与其中。正如戈迪默在一篇记述她自己思想发展的文章《基本姿态》(1988)中所说:"任何一个作家,只要他生活在受歧视受压制的人民之中,只要他周围的人群由于种族、肤色、宗教的原因而被打入另册,就都会听命于时代,感受到大形势在他内心唤起的道德革命。"作家对塑造海丽拉这样一位觉醒的白人女性形象所采取的积极态度,其实就是革命的态度。

海丽拉在她的成长、成熟的过程中所难以摆脱的是南非残酷的政治现实——种族隔离制度对她身心的深刻影响。她 14 岁时就曾因为偶尔去过一个有色人种男孩的家而被学校开除。她挚爱的丈夫惠拉——一位黑人革命家,又是因为反对种族歧视的政策,争取民族独立,而被南非反动当局残忍杀害。小说还进一步预见到南非种族歧视和种族隔离制度被废除后,海丽拉返回南非的情景。她参加南非黑人新政权建立的庆典时,虽身为"白人妇女,但今天却穿着非洲礼服",以示自己无视种族差别,决心永远和黑人站在一起的决心。海丽拉靠着自己的良知和人道主义,靠着对祖国南非和南非人民的热爱,成为在动荡的政治生活中的拼搏者和胜利者。其形象生动、深刻地镌刻在非洲文学史册上。

《自然变异》的艺术表现形式较之作家以往的作品也有新的突破和发展。

她在诺贝尔文学奖获奖发言《写作与存在》中，指出作家“穷毕生精力企图通过语言释译我们在各种社会，我们身为其中一分子的世界中所汲取的书本知识，正是在此意义上，在此无法解决、不可言说的参与关系中，写出永远且同时是对自我和世界的探索，对个体和集体存在的探索”。《自然变异》就极好地表现了她的这种文学观。

正如小说的题目所暗示的那样，作品着力表现的是一个白人在南非当时社会历史条件下不可避免地发生“变异”的思想，而且是“自然变异”，即合乎逻辑地顺理成章地“变异”的思想。因此，小说基本上采取了按时间顺序进行叙述，按故事发展推进情节的方法。但是，作者不是呆板地罗列事件，而是有意在叙述中加进大量的超前铺垫和预言成分，从而使作品产生更大的悬念，更诱人的艺术魅力，表现出浪漫主义的理想化色彩。

有评论家认为《自然变异》是“20 世纪的流浪汉小说”。之所以如此评价，是因为作品主人公似乎是一个居无定所的“流浪汉”。她自动离开南非，环游世界。其足迹遍及西亚、东非、加纳、伦敦、东欧、美国等地，后来又返回非洲。她到处参与政治活动，但最关注的还是南非。作者将全书分为 20 个部分，每部分都列有小标题，这是她以往作品中所从未有过的现象。这样叙述能完整地看到主人公性格发展的全过程以及故事演进的全貌。

《自然变异》在叙述风格上的另一个特点是趋向散文化。整部作品优美、深刻，从主人公对生活的好奇，想探求生活的奥秘，到想象力得到进一步扩展而对他人远观审视。作者紧紧把握住将“道德的政治的力量裹进巧妙编织的插曲和明白晓畅的散文中”。她正是善于用生动敏锐的文笔将政治事件渗透进个人的痛苦之中，因而所描述的痛苦才能引起读者共鸣，才能打动读者的心。

戈迪默明确认识到作家始终就面临着“为谁而写作”的问题。因此，她同意马尔克斯的观点：“一个作家能够为一场革命服务的最佳方式即尽量写得好些”，也更赞同加缪的“较之有倾向的文学，他更喜欢有立场的个人”的观点。《自然变异》出版后，之所以受到评论界的高度评价，认为是一部全面了解南非社会的难得的教科书，其根本原因就在这里。

她先后获得过各种荣誉，评论界一致肯定其作品的高度政论意义，但这决不意味着可以将其作品视为政治宣言。她本人就否认这种观点。她说：“作家不论写什么，他们总是在创作人物。”评论家在指出她小说所具有的浓厚政治色彩的同时，也评价其风格完全是有意识的文学的。正是文学色彩与政论性主题巧妙有机地融为一体，才使她的作品具有“一种遒劲的力量和极强的感染力”。

她为南非的文学和解放事业所做的巨大贡献使之成为南非文坛泰斗。其文学中所表现出的博大胸怀和对自由的热爱，则使她当之无愧地跻身于当今世界文坛最前列。